COL

Jean Diwo

LES DAMES DU FAUBOURG
***

Le génie
de la Bastille

Denoël

Pour écrire cette saga dont la première partie commence à la fin du XV⁰ siècle et s'achève à la veille de la Révolution, Jean Diwo a abandonné une longue carrière de journaliste. Formé à l'école des grands quotidiens puis de *Paris-Match* où il fut grand reporter avant de fonder et de diriger pendant vingt ans *Télé 7 jours*, il vous présente aujourd'hui ses *Dames du Faubourg*. Que celles-ci soient abbesses, bourgeoises ou femmes d'ébénistes, elles réservent bien des surprises au lecteur, qui trouvera plaisir à les fréquenter tout au long de ces pages denses et passionnantes.

Le Génie de la Bastille fait suite au *Lit d'acajou*, formant ainsi le troisième volet des *Dames du Faubourg*, paru aux Éditions Denoël.

A François

PERSONNAGES

Ce volume constitue un roman qui peut être lu indépendamment de ceux qui l'ont précédé : *Les Dames du Faubourg* et *Le Lit d'acajou*. Toutefois certains personnages que le lecteur découvrira dans les premiers chapitres sont entrés dans l'histoire au cours du deuxième volume. Il nous a paru utile de les présenter succinctement.

Ethis de Valfroy (1775-1848). Enfant trouvé recueilli en 1789 puis adopté par Bertrand et Antoinette de Valfroy. A participé aux premières émeutes chez Réveillon (mai 89) puis à la prise de la Bastille. A épousé Marie Benard, fille d'un notable du quartier et monté un magasin de meubles dans le faubourg Saint-Antoine avec son beau-frère Emmanuel Caumont.

Marie de Valfroy. Femme d'Ethis. A deux enfants : Bertrand II et Antoinette-Emilie.

Emmanuel Caumont (1779-1852). Enfant d'une famille d'ébénistes du faubourg Saint-Antoine. Epoux de Lucie de Valfroy.

Lucie Caumont (1790-1853). Fille de Bertrand et d'Antoinette de Valfroy. Sœur d'Ethis, femme de Jean Caumont.

Antoinette de Valfroy (1754-1810). Fille du maître ébéniste Œben, belle-fille de Riesener ébéniste de la reine.

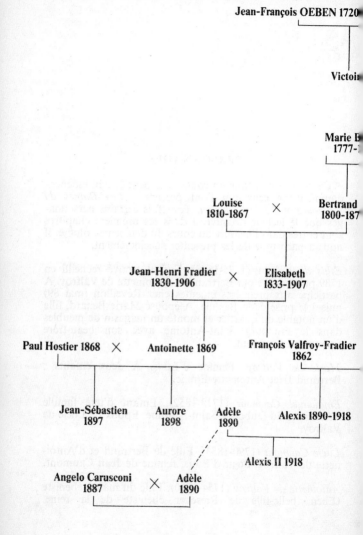

Jean-François OEBEN 1720■

Victoir■

Marie B■
1777-■

Louise   ×   Bertrand
1810-1867   1800-187■

Jean-Henri Fradier   ×   Elisabeth
1830-1906   1833-1907

Paul Hostier 1868   ×   Antoinette 1869   François Valfroy-Fradier
                                                        1862

Jean-Sébastien   Aurore   Adèle   Alexis 1890-1918
1897   1898   1890

                            Alexis II 1918

Angelo Carusconi   ×   Adèle
1887   1890

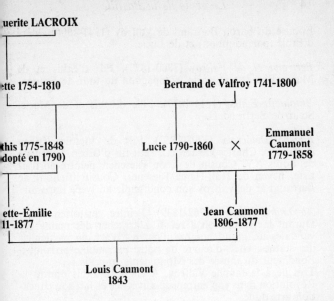

uerite LACROIX

ette 1754-1810   Bertrand de Valfroy 1741-1800

this 1775-1848   Lucie 1790-1860 × Emmanuel Caumont 1779-1858
dopté en 1790)

ette-Émilie   Jean Caumont 1806-1877
11-1877

Louis Caumont 1843

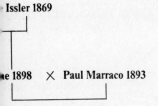

Issler 1869

le 1898 × Paul Marraco 1893

Epouse du baron Bertrand de Valfroy (1741-1800). Mère d'Ethis (par adoption) et de Lucie.

Bertrand II de Valfroy (1800-1877). Fils d'Ethis et de Marie. Ebéniste et poète, compagnon du tour de France.

Antoinette-Emilie (1811-1877). Fille d'Ethis et de Marie. Sœur de Bertrand II.

Eugène Delacroix (1798-1863). Fils de Victoire Œben (épouse de Charles Delacroix). Petit-fils d'Œben, l'ébéniste de Louis XV. Cousin de Léon Riesener, peintre-portraitiste, neveu de Jean-Henri Riesener. Cousin (fiction) de Bertrand II de Valfroy son condisciple au lycée impérial.

Alexandre Lenoir (1762-1839). Peintre, historien d'art. Durant la Révolution a réussi à arracher des mains des vandales un grand nombre d'œuvres d'art, en particulier des statues, chefs-d'œuvre de notre patrimoine artistique. Fondateur du musée des Monuments français.
Très lié à la famille Valfroy. A employé Ethis durant la Révolution dans son entreprise salvatrice et fait son éducation artistique.

Fontaine et Percier (nés en 1762 et 1764, morts en 1853 et 1838). Célèbres architectes, familiers de la maison Œben de la place d'Aligre.

Chapitre 1

LE VOYAGE A LONDRES

Depuis que Bertrand avait quitté la maison de la place d'Aligre pour accomplir son tour de France, une sorte de morosité pesait sur la famille. Ethis lui-même avait perdu de son optimisme légendaire en même temps que l'exaltation créatrice qui avait permis à tous les siens de survivre aux tragiques épreuves de la Révolution et de l'Empire. Finis pour lui les coups de cœur et les coups de gueule. Le jeune loup était devenu sage, trop sage au goût de Marie qui connaissait bien son « vainqueur de la Bastille », épousé en pleine tourmente.

Marie portait bien ses quarante-six ans, des années pas faciles qui, pourtant, ne l'avaient accablée d'aucune rondeur superflue. Les fils d'argent qui striaient sa longue chevelure brune ajoutaient un charme à son beau visage où les rides n'avaient pas fait de ravages. Elle s'appliquait à être gaie pour rassurer son mari mais elle partageait son angoisse. La dernière lettre de Bertrand datait de plus d'un mois. Depuis, on était sans nouvelles du jeune compagnon du tour de France. C'était pourtant une bonne lettre, postée à Bordeaux où Bertrand semblait se plaire chez son « bourgeois », le maître ébéniste Desvignes qui avait aussi embauché son camarade de route « Marseillais-Franc-Cœur », reçu compagnon du Devoir de liberté le même jour que lui.

« Je vais, écrivait-il, être élevé au rang de " compagnon fini " et pourrai prendre part à la direction de la société. Le compagnonnage est la plus belle chose du monde. La fraternité et la solidarité y régissent vraiment tous les rapports et c'est une école incomparable. Mon tour de France ne cesse de m'apporter de nouvelles connaissances, humaines et techniques. Quel dommage cependant que deux sociétés rivales, aussi riches l'une que l'autre de talents, d'honnêtes artisans et d'hommes intelligents, se fassent la guerre. On m'a raconté des histoires navrantes de batailles entre les compagnons du Devoir et les compagnons du Devoir de liberté qui se sont mal terminées après avoir commencé sans raison. Le plus grave, c'est que cet antagonisme stupide est si bien ancré dans les esprits que ceux qui essaient de faire prévaloir la sagesse se voient aussitôt taxés de lâcheté! Pourtant, tandis que ces jeunes se battent au moindre prétexte pour peu qu'ils ne soient pas affiliés à la même société, les compagnons du tour de France, dans leur ensemble, ne connaissent qu'un ciel, qu'une terre, qu'un monde. N'importe quel étranger, sans distinction de race, de religion, de nationalité est un " pays " qui a les mêmes droits et les mêmes devoirs que tous les autres compagnons. Comment cet idéal, cette harmonie universelle, peuvent-ils coexister avec d'affreux combats fratricides?

« Mais je veux vous parler de choses plus gaies. J'écris toujours des poésies et des chansons. Celles-ci font paraît-il le tour des " cayennes[1] " et sont apprises par les compagnons de la France entière. J'aimerais bien avoir sur mes refrains l'avis de mon cousin Eugène qui commence, me dites-vous, à devenir un peintre connu. En tout cas, je suis aussi fier de mes vers que de mes travaux d'ébéniste! »

---

1. Lieu de réunion des compagnons et par extension l'assemblée elle-même.

Fiers, Ethis et Marie l'étaient encore plus qui avaient montré la lettre de Bertrand à tous les amis du Faubourg :

– C'est un poète qui va nous revenir! disait Ethis qu'il ne fallait pas prier beaucoup pour qu'il déclame quelques strophes envoyées par le fils et qu'il avait apprises par cœur :

> *Au cabaret du père Marquis,*
> *J'ai rencontré un matelot*
> *Revenant de Pondichéry.*
> *L'Empereur était son héros*
> *Et de passage à Sainte-Hélène,*
> *Il avait cueilli un rameau*
> *Du saule qui pleure et qui promène*
> *Ses longs doigts verts sur le tombeau.*

> *D'un rameau du saule impérial*
> *Le marin coupe une relique,*
> *Feuille séchée et historique*
> *Qu'il m'offre, cadeau d'amiral,*
> *A moi compagnon du Devoir.*
> *Ce cadeau est dans mon bagage*
> *Et je le garde comme un gage*
> *De notre honneur, de notre gloire!*

Bertrand n'avait pas précisé sur quel air on chantait sa rengaine qui comportait deux autres couplets, mais il affirmait que l'histoire était vraie et qu'il rapporterait au Faubourg cet émouvant cadeau du matelot. Comme la plupart des compagnons du tour de France, il était sensible au prestige napoléonien, ce qui gênait un peu Ethis qui avait perdu depuis longtemps ses illusions bonapartistes.

– Bah! disait-il, cela leur passera à ces jeunes! Que voulez-vous, il faut bien qu'ils se raccrochent à un idéal et ce n'est pas notre roi qui peut les enflammer!

Enfin, une seconde lettre arriva de Bordeaux. Marie eut un coup au cœur en déchiffrant l'adresse qui n'était pas de la main de Bertrand. Elle pâlit, hésita une seconde avant de décacheter l'enveloppe puis l'ouvrit fébrilement, sûre qu'il était arrivé un malheur à son fils. L'écriture était malhabile et, malgré les fautes et les ratures, Marie la lut d'un trait :

Monsieur,

Je suis « Marseillais-Franc-Cœur », l'ami sincère de votre fils « Paris-la-Canne-d'or ». Il ne peut vous écrire car il a été blessé dans l'attaque d'un groupe de tailleurs de pierre du Devoir de liberté, les « loups-garous ». Dieu merci, il va mieux et a quitté l'hôpital. Il est soigné par la Mère et par Pauline, la fille de notre bourgeois. Ne vous inquiétez pas. Il sera bientôt guéri. Je crois qu'il veut rentrer à Paris. Je suis, monsieur, votre serviteur.

Marseillais-Franc-Cœur.
Compagnon du Devoir de liberté.

Marie s'effondra sur une chaise et ferma les yeux, partagée entre l'inquiétude que la lettre n'avait pas effacée et le soulagement de savoir son fils en vie. Elle se reprit vite. Elle faisait partie de cette génération de femmes qui avaient connu toutes jeunes les horreurs de la guerre et de la Révolution et avaient conservé de ces épreuves une énergie farouche, toujours prête à resurgir au moindre signal d'alarme de l'adversité. En hâte, elle se coiffa d'un châle noué sous le menton, mit la lettre dans la poche de sa robe et courut prévenir Ethis qu'elle espérait bien trouver dans son magasin *L'Enfant à l'oiseau,* fondé aux premiers jours du Directoire. Il était là, penché sur le

plateau d'une table-guéridon que lui montrait
Emmanuel Caumont, son beau-frère.

— Regarde, dit-il en voyant entrer Marie, cette
jolie rosace de bois clairs qui ressort comme un soleil
sur le placage d'érable blond. Cela va bien se
vendre...

Il s'arrêta net en remarquant le visage décomposé
de sa femme.

— Qu'est-il arrivé? demanda-t-il. C'est Bertrand?

— Rassure-toi. Il va mieux mais il a été malade.
Tiens, lis la lettre de son ami Marseillais-Franc-
Cœur.

Ethis la parcourut d'une traite, sautant les passages difficiles à déchiffrer et s'écria :

— Il est vivant Marie! C'est la seule chose importante. Et s'il est vivant, on va le sortir de là! Je vais
prendre dès demain matin la diligence de Bordeaux.

— Et moi? Crois-tu que je vais rester à attendre
des nouvelles en me rongeant d'inquiétude? Bertrand
a besoin de nous deux. Les voitures pour Bordeaux
partent de la rue Gît-le-Cœur ou de la rue Saint-
Martin. Cours vite te renseigner et retiens des places.

— Je viens avec toi, dit Emmanuel. Nous allons
trouver un fiacre au corps de garde de la Fourche et
filer rue Gît-le-Cœur où l'on trouvera sûrement une
voiture de retour pour demain matin, peut-être
même pour ce soir. Toi, Marie, va prévenir Lucie[1] et
prépare ton bagage.

Emmanuel avait senti tout de suite le désarroi qui
accablait son beau-frère et sa belle-sœur et décidé de
prendre les choses en main. Il fallait que tous deux
partent vite retrouver Bertrand, ce Bertrand qu'il

---

1. Lucie : fille d'Antoinette Œben et du baron de Valfroy, sœur
d'Ethis par l'adoption de ce dernier et épouse du maître ébéniste
Emmanuel Caumont.

aimait comme un jeune frère et à qui il avait appris le métier.

Une heure et demie plus tard, les hommes étaient de retour place d'Aligre avec la location de deux bonnes places, de face et côté fenêtre, retenues sur une solide diligence qui regagnait son point d'attache bordelais le lendemain à cinq heures du matin.

Personne ne put dormir cette nuit-là chez les Valfroy et les Caumont. Les femmes préparèrent durant des heures un sac de vivres pour le voyage car les arrêts dans les postes aux chevaux et les auberges étaient aléatoires. Ethis et Emmanuel, eux, passèrent le temps à parler affaires, à étudier de nouveaux projets et à refaire des comptes vérifiés déjà dix fois. Finalement, ils s'assoupirent, l'un dans « le fauteuil d'Antoinette », comme on l'appelait toujours, l'autre sur le lit de repos que Jacob avait fabriqué autrefois pour son vieux camarade Riesener. Aucun meuble n'avait place dans ce modeste appartement, qui ne portait une estampille fameuse. Un petit bureau, racheté par Riesener à une vente de Versailles en 1793, et marqué de son poinçon, avait même orné durant des années le boudoir de la duchesse d'Orléans.

Marie non plus ne ferma pas l'œil, revivant sans cesse le combat des compagnons du tour de France qui avait failli, elle en était sûre, tuer son fils. Elle imaginait cette bataille bien plus terrible qu'elle ne s'était déroulée dans la réalité et Lucie, malgré tous ses efforts, ne réussit pas à la soustraire à son cauchemar. Elle s'endormit seulement sur l'épaule d'Ethis, après la traversée d'Arpajon. Heureusement, les ressorts de la voiture étaient bons et amortissaient assez bien les cahots. Ethis pensa alors que c'était la première fois qu'il entreprenait un vrai voyage. Il n'avait pour ainsi dire jamais quitté Paris. D'autres avaient traversé l'Europe, connu le brûlant soleil d'Egypte et les glaces de la Berezina. Lui, sa blessure, reçue durant le sac de la Folie Titon avant même la prise de la Bastille, l'avait empêché de partir aux armées...

— Du monde, tu ne connais finalement que ton Faubourg, se dit-il à lui-même en regardant Marie dormir. Si ton fils n'avait pas été recevoir un mauvais coup en Gascogne, tu serais peut-être mort dans ton lit de la place d'Aligre sans avoir rien vu de la France...

Il décida que si Bertrand se sortait sans dommage de son aventure, il repartirait avec Marie faire un beau voyage. Vers la mer, par exemple, qu'il n'avait jamais vue. Enfin, les routes ont toujours un bout et la diligence finit par les lâcher à Bordeaux le lendemain matin de bonne heure, au bureau des voitures de la rue Sainte-Catherine. Aussitôt, Ethis, le Parisien débrouillard, le vainqueur de la Bastille, l'enfant du vieux Faubourg, s'aperçut combien il se découvrait impuissant dans une ville inconnue, perdu avec sa femme épuisée et son bagage poussiéreux dans la cour d'un relais où les chevaux piaffaient et les cochers s'interpellaient. Marie, la première, prit conscience des réalités :

— Il faut louer un fiacre et trouver une auberge où nous pourrons poser nos sacs, nous rafraîchir et nous renseigner sur l'endroit où loge le maître ébéniste Desvignes. Allez, remue-toi un peu, tu as l'air complètement égaré, mon pauvre Ethis!

— Je te demande pardon. C'est vrai, je me sens perdu. C'est vrai aussi que vous, les femmes, vous êtes plus fortes que nous. Enfin, je me crois tout de même capable d'aller quérir une voiture.

Moins d'une heure plus tard, un coupé de louage les déposait à l'autre bout de la ville, sur la route de Pessac, devant la maison qui servait à la fois de logement et d'atelier au maître Desvignes. Une discrète enseigne de bois gravé battait au vent et Ethis dut frapper longtemps à la porte avant de se faire entendre car les bruits insistants de la scie et du maillet couvraient ses appels. Enfin, un jeune homme vint ouvrir. Grand, solide, sympathique, il sourit aux visiteurs :

– Vous êtes, j'en suis sûr, M. et Mme Valfroy! Pardon, sans doute j'aurais dû dire de Valfroy mais mon ami Parisien-la-Canne-d'or se met en colère quand on lui donne de la particule. Je suis Marseillais-Franc-Cœur, ajouta-t-il avec un accent qui justifiait pleinement son surnom de compagnonnage.

– Comment va Bertrand? coupa Marie en pensant qu'on pouvait remettre à plus tard les présentations.

– Bien. Très bien! Depuis ma lettre postée il y a plus d'une semaine, les progrès sont énormes. Je vous ai écrit qu'il allait mieux, aujourd'hui je peux vous affirmer qu'il est guéri. Mais je bavarde, je bavarde... Au lieu de vous conduire tout de suite près de lui! Venez, vous verrez le bourgeois plus tard.

Un escalier étroit aux marches plaintives – Ethis pensa que le maître aurait pu le changer – les mena à une petite chambre d'où l'on entendait, à peine assourdis, tous les bruits de l'atelier. Bertrand, qui semblait converser plaisamment avec une jeune fille assise sur le bord du lit, éclata de joie en apercevant ses parents.

– Enfin, vous voilà! Et tous les deux! C'est magnifique! Si vous saviez comme j'ai pensé à vous tous ces temps!

– Même dans son délire il parlait de vous, de sa petite sœur Antoinette-Emilie, du Faubourg et d'une certaine table du roi qu'il fallait finir et dont il manquait toujours un morceau...

Marie qui n'avait pas quitté son fils du regard leva un œil curieux sur la jeune fille qui venait de parler et qu'elle devinait être la Pauline de la lettre. Elle ne la trouva pas tellement jolie mais lui dit un mot aimable puis se pencha pour étreindre Bertrand.

– Doucement maman, dit celui-ci en riant. Ma tête est recollée mais elle n'est pas encore tout à fait

sèche. Comme le bobéchon d'un fauteuil qu'on vient
de poser!

– Pardon, pardon, je suis folle!

Et Marie se mit à sangloter tandis qu'Ethis, ému,
lui aussi, se dandinait en toussotant. Enfin il réussit
à parler :

– Quelle peur tu nous as faite, mon pauvre Bertrand! Mais tu raconteras tout cela plus tard. L'essentiel, c'est que tu sois bientôt sur pied et que nous
puissions te ramener à la maison. Tous les amis du
Faubourg t'attendent. Et bien sûr avant tout le
monde ta tante Lucie et Emmanuel qui a besoin de
toi à l'atelier. C'est que nos affaires marchent bien,
tu sais!

Et puis, se tournant vers la jeune fille qui n'avait
pu dissimuler un tressaillement en entendant ses
dernières paroles, il ajouta :

– Vous êtes sûrement Mlle Desvignes dont Marseillais-Franc-Cœur nous a parlé dans sa lettre? Ma
femme et moi ne savons comment vous remercier
d'avoir si bien soigné notre fils. Quand nous aurons
passé un moment avec Bertrand, vous serez très
aimable de bien vouloir nous conduire auprès de
votre père dont nous avons hâte de faire la connaissance.

– Lui aussi aimera vous voir et vous parler de ce
fameux Faubourg dont la renommée a depuis longtemps gagné les provinces les plus lointaines.

– C'est que ce Faubourg du bois est fait de
provinciaux. Et d'étrangers qui depuis des siècles
viennent y chercher du travail, qui s'y installent et
qui s'y plaisent.

– A tout à l'heure, je vous laisse avec votre fils.

Bertrand regardait sa mère et son père dans une
sorte d'éblouissement, dû à la fois à sa faiblesse et à
leur présence qui marquait la fin d'un long et
douloureux cauchemar.

– Comme tu as dû souffrir, dit Marie. Montre-
moi ta tête, je n'y toucherai pas, sois tranquille.

– On m'a enlevé hier le dernier pansement. Regardez, il paraît qu'on voit très bien la cicatrice.

Marie crut défaillir en apercevant une longue et vilaine boursouflure que les cheveux rasés tout au long ne réussissaient pas à cacher.

– J'ai été heureusement bien soigné à l'hôpital. Et quand je suis rentré, mon bourgeois et sa femme n'ont eu de cesse que de me voir reprendre des forces. Jamais un compagnon du tour de France n'a bu autant de bouillon et de lait de poule.

– Et leur fille, Pauline, elle ne t'a pas soigné peut-être? dit Marie en riant.

– Si, elle est très gentille et ne sait quoi faire pour rendre ma convalescence agréable.

Bertrand jugea inutile de préciser que c'est alors qu'il la serrait de près durant une promenade dominicale, après avoir semé les amis, qu'il avait été attaqué par les loups-garous, tailleurs de pierre du Devoir de liberté.

Ethis allait dire quelque chose mais Marie lui fit signe de se taire. Elle sentait que ce n'était pas le moment de parler d'une situation qui visiblement embarrassait Bertrand.

Ce n'est que le lendemain, alors qu'elle était seule avec lui, qu'elle demanda incidemment :

– Et Pauline? Avez-vous des projets? Y a-t-il quelque chose de sérieux entre vous?

– Non, maman. Il y a juste eu le début d'une amourette. Et puis, j'ai été blessé. Pauline a été merveilleuse. Evidemment on a beaucoup parlé, surtout depuis que je vais mieux. Je ne lui ai pas fait de déclaration enflammée mais je lui ai raconté Paris, la place d'Aligre, nos amis, je lui ai écrit aussi quelques vers...

– Et elle est tombée amoureuse de toi! Il n'y a qu'à la regarder quand elle te parle! Ai-je tort?

– Je crois que tu as raison. Pourtant, je ne lui ai pas fait la cour depuis ma maladie.

– Tu lui as écrit des vers, c'est pis! Et puis tu es

plutôt joli garçon monsieur mon fils. Il n'est pas
étonnant qu'une fille te trouve à son goût. Mais toi,
l'aimes-tu?

– Non, pas vraiment. J'éprouve pour Pauline de
la reconnaissance, de l'amitié. Sûrement pas de
l'amour.

– Alors ne le lui laisse pas croire. Tu vas la faire
souffrir et elle ne le mérite pas. Je crois d'ailleurs
qu'elle a déjà tout deviné, même si elle continue de
rêver. Elle sait que tu vas partir, elle se doute que tu
vas lui jurer que tu reviendras la chercher... Et elle
sait que ce n'est pas vrai. Fais attention tout de
même. Rien n'est plus fragile qu'un cœur de jeune
fille.

La joie était revenue place d'Aligre depuis que le
compagnon du tour de France avait raccroché sa
canne enrubannée au-dessus de l'établi sur lequel il
avait, jeune apprenti, raboté sa première planche de
bon bois. Le travail qu'on faisait maintenant dans
les meilleurs ateliers du Faubourg était très différent
de celui fourni à Bordeaux par le maître Desvignes.
La mode du « bois jaune » qui commençait seulement de percer au moment de son départ fleurissait
maintenant en grands bouquets de loupe de frêne et
d'amboine aux coloris éclatants qui s'accommo-
daient bien aux ors, dentelles, et soieries du moment.
Ethis et Emmanuel avaient été parmi les premiers à
proposer dans leur magasin, *L'Enfant à l'oiseau,* ces
meubles clairs que les bourgeois se disputaient
aujourd'hui et dont le succès rappelait aux vieux
ébénistes l'âge d'or du siècle des commodes. Les
deux beaux-frères récoltaient les fruits de leur antici-
pation sur le goût du public et leur renommée allait
grandissant, assurant à la famille des revenus inespé-
rés.

Cette aisance soudaine n'avait pas changé les

habitudes des Valfroy et des Caumont qui continuaient d'habiter place d'Aligre les logements où
Œben et Riesener avait vécu et où Antoinette,
dernière « dame du Faubourg », avait tenu le salon
le moins mondain, le plus discret mais certainement
pas le moins intelligent de son époque.

Il était dit d'ailleurs que cette maison possédait un
pouvoir d'attraction qui survivait aux événements les
plus tragiques. Ceux qui la fréquentaient au temps
d'Antoinette n'avaient pu se résoudre, après sa mort,
à en oublier le chemin. Sans que cela fût dit, Lucie et
Marie qui ne possédaient ni son extraordinaire personnalité ni son irrésistible séduction avaient réussi,
à force de charme et de gentillesse, à retenir les vieux
amis qui se sentaient liés presque autant que la
famille aux innombrables souvenirs prisonniers des
vieux murs de la place d'Aligre.

Alexandre Lenoir ne paraissait pas ses soixante
ans. Le conservateur-fondateur du musée des Monuments français avait gardé le sourire narquois et
charmeur auquel Antoinette elle-même avait succombé. Il passait souvent place d'Aligre et s'asseyait
pour le repas du soir sur la chaise qu'il avait si
souvent occupée durant les heures tragiques. Deux
autres habitués du cénacle le retrouvaient chaque
fois qu'ils le pouvaient : Fontaine et Percier, les deux
inséparables architectes de Napoléon qui n'avaient
pas posé le crayon et poursuivaient leur œuvre, pour
l'heure les travaux d'aménagement du Louvre et la
chapelle expiatoire qu'on allait inaugurer rue d'An-
jou, à l'emplacement où les corps de Louis XVI et de
Marie-Antoinette avait été inhumés en 1793. Le
monument, austère mais aux proportions parfaites et
aux lignes pures, avait coûté trois millions de francs
à Louis XVIII et à la duchesse d'Angoulême. Et
puis, Fontaine accomplissait place d'Aligre un pèlerinage. Il n'avait pas oublié la mort atroce d'Antoinette brûlée vive dans l'incendie de l'ambassade
d'Autriche au cours du bal de l'Empereur où il

l'accompagnait. Il reportait sur Lucie l'affection qui l'avait lié à sa mère et la comblait de cadeaux.

Le plus assidu était le savant Nicolas Appert, l'inventeur de la conserve, qui venait en voisin de son laboratoire de l'enclos des Mousquetaires, aux Quinze-Vingts. Comme au temps d'Antoinette, il arrivait toujours avec un cabas plein de boîtes de métal contenant des mets rares ou passés de saison. M. Appert avait chaque fois une histoire nouvelle à raconter. Négligeant les honneurs et la richesse, il ne s'intéressait qu'à l'amélioration de la vie de ses contemporains. Un jour c'était la chandelle blanche, translucide et dépourvue de cette odeur de suint qui empuantissait l'atmosphère, un autre la gélatine ou le jus de viande réduits en tablette. La dernière fois qu'il était venu voir ses amis, il s'agissait d'un traité d'association conclu avec un Chinois, inventeur d'une voiture spéciale nommée « tcho-thching ».

– Cela signifie « voiture-cuisine », expliqua-t-il. Grâce à elle et à celles que nous allons faire construire, je crois pouvoir porter et distribuer dans les différents quartiers de Paris des aliments chauds et sains à des prix modiques. Cela doit rendre service à de nombreux Parisiens qui n'ont ni le temps ni souvent les moyens de préparer eux-mêmes leur nourriture.

Ethis, toujours à l'affût des nouveautés, posa mille questions :

– Quelle sorte de voiture allez-vous utiliser?

– Elles auront quatre roues et seront tirées par deux chevaux.

– Mais la cuisine?

– Chaque voiture disposera de deux fourneaux et de huit petites chaudières à vapeur, mes autoclaves de sûreté que j'ai perfectionnés.

– Cela ne coûtera-t-il pas trop cher?

– Jugez : le bouillon sera livré à raison de 9 sous la pinte et 3 sous la mesure. Chaque plat chaud sera servi au prix de 5 sous pour la viande et 4 sous pour les légumes. Je voudrais qu'il y ait une voiture par arrondissement pour parcourir les rues et les marchés. On devrait arriver à servir 2 000 rations par jour et par voiture.

– Mais qui va financer cette affaire, Monsieur Appert?

– Bah!... Je ne me suis jamais intéressé à l'argent mais Mgr le Duc d'Orléans et M. Debelleyme[1] ont daigné se faire rendre compte de ce projet philanthropique. On verra bien.

Les salaires avaient été un peu augmentés et le travail ne manquait pas, c'était assez pour que la vie reprenne, franche et simple, comme on l'aimait chez les compagnons du bois. Les femmes trouvaient que le pain était trop cher, 22 sols les quatre livres, mais il y en avait à volonté chez le boulanger. Sauf les indigents secourus – leur nombre avait sensiblement baissé depuis l'Empire –, tout le monde avait les moyens d'en acheter.

Bertrand s'était vite réhabitué à la vie du Faubourg. Ebéniste habile, il tenait sa place dans l'atelier familial. Le tour de France l'avait mûri, lui avait appris des procédés de métier inconnus à Paris, et, surtout, l'avait contraint à se frotter aux autres. Il ne pouvait pourtant s'empêcher de penser que ce n'était pas là l'essentiel des fruits de son expérience. Ce qui lui tenait le plus à cœur, c'était le goût d'écrire, des vers surtout, ces vers qui lui avaient valu une réelle notoriété chez les compagnons. Avant de s'endormir, après avoir lu Chateaubriand ou quelques pièces des *Nouvelles Odes* que Victor Hugo venait de publier, il rêvait qu'un libraire lui proposait d'éditer ses poésies et que son cousin Eugène Delacroix l'emmenait chez

1. Debelleyme, préfet de police. La voiture-cuisine chinoise desservit plusieurs quartiers durant une année.

Mme de Conflans où il lisait ses vers accoudé à la cheminée de marbre du grand salon[1]. C'était son jardin secret. Il ne montrait à personne les poèmes qu'il écrivait le dimanche, enfermé dans sa chambre ou, certains soirs, dans son lit, en s'appuyant sur une planchette d'acajou qu'il avait façonnée à l'atelier.

L'atelier, il le retrouvait chaque matin à six heures et demie et contribuait sans rechigner à son développement. Il aimait le métier qu'il avait choisi; simplement, il espérait qu'un jour il pourrait se consacrer plus complètement à l'écriture et, tout en maniant la gouge et la petite masse de bronze qui portait encore sur son manche de buis le nom gravé de Riesener, il écoutait chanter dans sa tête des phrases rythmées auxquelles il cherchait des rimes. Il lui arrivait alors de poser l'outil et de fermer les yeux un instant. Son oncle Caumont le regardait du coin de l'œil en souriant : « Voilà, pensait-il, notre poète parti dans les nuages. »

Seuls les frères Janselme, établis rue Saint-Louis-au-Marais, et Claude Mercier qui avait ses ateliers cour du Vampire, au Faubourg, possédaient des scies mécaniques mais leur mouvement de va-et-vient compliqué ne donnait pas entière satisfaction.

Depuis longtemps, Ethis rêvait d'acquérir une machine mais il la voulait précise, efficace : « Rien ne sert, disait-il, d'aller vite si une seule feuille de bois de placage sur trois est utilisable. » Et puis un jour, un Anglais, Mr. Merill Meadows, venu au magasin de *L'Enfant à l'oiseau* en client pour acheter un secrétaire de marqueterie imité de ceux que Riesener livrait jadis à la cour, lui dit qu'il avait fait mettre au point pour un menuisier de Londres une machine infiniment plus parfaite que celles utilisées à

1. Mme de Conflans était la fille de l'ambassadeur Guillemardet, ami du père de Delacroix. Eugène en a peint un portrait, aujourd'hui au Louvre où il est présenté à tort comme celui de George Sand *(La Femme au grand chapeau)*.

Paris. Il s'agissait d'un plateau circulaire en acier, taillé en scie sur sa circonférence et mis en rotation rapide par un moteur à vapeur. Le bloc de bois, fixé sur un chariot mobile et mis en mouvement synchronisé par l'axe de la scie, se trouvait ainsi présenté de lui-même aux dents tournant à vive allure.

Intéressé, Ethis demanda d'innombrables renseignements, se fit dessiner l'engin et dit qu'il allait étudier la question avec ses associés. Le soir même, il demanda aux femmes de débarrasser la table dès la fin du souper parce qu'il avait reçu une intéressante proposition de l'Angleterre dont il convenait de parler au plus tôt. Intriguée par cette entrée en matière pompeuse qui n'était pas dans les habitudes d'Ethis, toute la famille se groupa autour du dessin qu'il déployait lentement, en toussotant.

— As-tu fini de nous jouer la comédie? coupa Marie. De quoi s'agit-il?

— D'une machine à scier qui peut nous permettre de gagner beaucoup de temps et d'augmenter notre production en vendant les meubles moins cher. Dans quelques années tout le monde aura ce genre d'outil automatique. Il faut que nous soyons les premiers!

Les candélabres du premier étage de la place d'Aligre restèrent allumés tard cette nuit-là. On se serait cru revenu au temps où Ethis dressait des plans pour vendre les bretelles élastiques qu'il avait inventées afin de faire survivre la famille durant la grande crise du Directoire. Bertrand était emballé et imaginait déjà dans l'atelier les poulies et les courroies de cuir entraînant la machine qui débitait des tranches de bois fines comme des feuilles de papier. Pour un peu il aurait composé sur-le-champ une ode à la machine.

Emmanuel Caumont était plus réservé. Comme toujours lorsqu'il y avait une décision importante à prendre, il examinait en détail les risques et les inconvénients tout en sachant qu'il se rangerait finalement aux entreprises d'Ethis. Marie était la seule qui puisse vraiment faire obstacle aux projets de son mari quand elle les jugeait déraisonnables. En l'occurrence elle n'avait pas tellement envie de s'y opposer. Pourtant, après avoir réfléchi, elle souleva la question de bon sens à laquelle tout le monde pensait sans vouloir la formuler :

— Si ta machine fonctionne comme tu le dis, il n'y a que des avantages à l'acquérir. Et un risque, un seul : pour le moment les affaires marchent bien, les ateliers travaillent, vous n'arrivez pas à satisfaire toutes les commandes. Seulement, il y a déjà eu dans l'histoire du Faubourg, et même dans son histoire récente, des périodes de prospérité auxquelles ont succédé des années de marasme et de misère. Il faut donc savoir que cette scieuse mécanique qui va nous coûter tout l'argent que nous avons peut un jour devenir inutile.

— Tu as raison, maman, dit Bertrand, mais peut-on vraiment vivre sans jamais prendre de risque ? Si chaque fois que tout va bien on doit songer à des lendemains tragiques, il n'y a pas de bonheur possible sur terre.

Marie regarda son fils et sourit :

— J'aime t'entendre parler ainsi. Bien sûr, c'est toi qui as raison mais il est quelquefois utile de savoir penser à tout ce qui peut arriver. En tout cas, je ne crois pas qu'on puisse s'engager dans cette affaire sans avoir vu fonctionner la machine. Ce n'est évidemment pas ton Anglais qui va te dire que sa mécanique déraille.

— Mais cette machine n'existe pas encore en France !

— Alors il faut aller la voir fonctionner en Angleterre !

Marie avait dit cela tranquillement. Et, maintenant que tout le monde la regardait avec étonnement, elle était elle-même surprise de ses paroles, et se rendait compte de ce qu'impliquait sa proposition. Partir pour l'Angleterre quand on n'a pratiquement jamais quitté la place d'Aligre, c'est tout de même une drôle d'aventure... Et qui irait? La réponse était évidente : Bertrand. Mais après ce qui était arrivé à Bordeaux fallait-il le laisser repartir? Il se plaignait rarement mais Marie savait qu'il souffrait de migraines depuis son accident... Elle pensait à tout, Marie. Et puis elle se raisonna : « Ne sois pas stupide ma fille. A l'âge de ton fils, il y en a combien qui ont été se battre et même se faire tuer aux quatre coins de l'Europe!

— Oui, il faut y aller, continua-t-elle, fermement cette fois. Et je pense que c'est Bertrand qui doit partir. C'est le plus jeune des hommes, il a l'habitude de se débrouiller en voyage et a appris un peu l'anglais au collège impérial.

Personne ne fit d'objection. Bertrand était ravi de reprendre la route et, cette fois, comme un vrai voyageur, avec un bagage convenable et une place assurée sur les voitures des Messageries royales. Et puis il y avait la traversée de Calais à Douvres qui l'excitait follement. Il avait vu la mer à Marseille et à la pointe de Grave pendant son tour de France mais n'était jamais monté sur un bateau de ligne. C'était l'aventure qui recommençait! Si seulement son cousin Eugène avait pu l'accompagner! Mais Delacroix tirait le diable par la queue et, surtout, il travaillait frénétiquement à son *Massacre de Scio*. La dernière fois qu'il l'avait vu, il peignait l'homme du milieu et leur ami commun depuis le lycée, Jean-Baptiste Pierret, posait pour lui. Eugène était comme transfiguré et disait : « Que de problèmes, que de réflexions pour faire une belle tête expressive! »

Le départ de Bertrand décidé, il restait à l'organiser. D'abord le passeport. Ce n'était pas une mince affaire d'obtenir un laissez-passer pour l'étranger. Il fallait en faire la demande au directeur général de la police du royaume dans une pétition signée par le commissaire de police du quartier et deux témoins, puis la faire viser au ministère des Affaires étrangères rue du Bac. Il en coûtait dix francs, une somme peu importante eu égard aux frais engagés par la famille dans un voyage dont Ethis lui-même se demandait parfois si le jeu en valait la chandelle. Mais l'optimisme revenait vite et il dressait les plans d'un atelier tout neuf où le bruit grisant de la machine à vapeur remplaçait celui de la scie et du maillet[1].

Le machinisme qui s'installait timidement dans les ateliers les plus prospères n'était qu'un élément des transformations qui modifiaient profondément la vie de Paris. Depuis la mort de Louis XVIII, qui n'avait suscité aucun émoi dans le quartier du bois, Charles X régnait et son ultracisme commençait à inquiéter. Dépolitisé, le vieux Faubourg n'en était pas au point de s'insurger mais il s'intéressait de nouveau aux débats houleux de la Chambre où une poignée de députés libéraux se battaient contre la loi sur le sacrilège empruntée à une époque depuis longtemps révolue, et contre toutes les mesures répressives du gouvernement qui rendaient chaque jour le roi plus impopulaire.

C'est tout naturellement qu'Ethis et sa famille s'étaient joints aux autres compagnons du bois pour suivre les obsèques du général Foy, patriarche de la liberté qui, après avoir servi sous Dumouriez et participé à toutes les guerres de la Révolution et de l'Empire, était devenu à la chambre où il siégeait au côté de La Fayette, Manuel et Benjamin Constant, un orateur chaleureux et généreux de l'opposition. Sa mort était un deuil populaire et des dizaines de

---

1. L'idée de la scie mécanique n'était pas nouvelle. Déjà en 1708, un menuisier nommé Jacques Ponsard avait obtenu un privilège de dix ans pour installer à Lyon une machine à refendre... mue par un cheval!

milliers de citoyens, certains journaux en avaient annoncé près de cent mille, avaient suivi son convoi jusqu'au cimetière du Père-Lachaise où La Fayette et Casimir Périer avaient prononcé dans un silence impressionnant l'éloge du soldat et du tribun. La pluie glaciale qui tombait depuis le matin n'avait découragé ni les ouvriers des faubourgs, ni les bourgeois, ni les jeunes des grandes écoles qui portaient le cercueil. La nuit était tombée de bonne heure et l'inhumation se fit à la lueur des torches devant la foule qui avait envahi le cimetière. Au premier rang on reconnaissait les militaires et les officiers licenciés qui avaient tous revêtu leur vieil uniforme aux épaulettes noircies de poudre.

Tard, la famille rentra grelottante et trempée place d'Aligre. Ethis qui avait retrouvé dans cet élan populaire la flamme de ses jeunes années dit à sa fille Antoinette-Emilie dont on venait de fêter le quatorzième anniversaire :

– Tu vois pourquoi j'ai tenu à porter aujourd'hui ma médaille de vainqueur de la Bastille. Tous ces braves gens que tu as côtoyés ont voulu, comme moi, montrer qu'ils ne laisseront jamais toucher aux conquêtes libérales!

Le lendemain, Bertrand devait aller s'acheter un costume de voyage.

– Il faut voir chez Parisot, avait dit Ethis. Je t'accompagnerai, cela me donnera l'occasion de revoir ce vieil ami.

Parisot avait monté quinze ans auparavant un magasin de nouveautés à l'entrée du Faubourg, en face de *L'Enfant à l'oiseau*. Il était tout de suite devenu le fournisseur et l'ami de la famille. On s'était entraidé dans les moments difficiles et la réussite d'Ethis avait suivi celle de Parisot, encore que ce dernier était aujourd'hui devenu un très riche commerçant alors qu'Ethis n'avait atteint qu'une honnête aisance : la fabrication et la vente des vêtements rapportaient davantage que celles des meubles. Il faut dire que Parisot avait le génie des affaires. Hardi, entreprenant, il avait vite compris qu'il ne ferait fortune qu'en fabriquant lui-même les articles qu'il vendait et il avait ouvert deux ateliers, l'un rue Traversière-Saint-Antoine, l'autre rue de Reuilly dans un ancien local du brasseur Santerre. Pour lors, il venait de vendre son magasin du Faubourg *A la Belle Fermière* pour s'installer à l'angle du quai de la Corse et de la rue de la Lanterne[1] où il avait pris pour enseigne une jeune femme arrosant ses fleurs. La boutique, beaucoup plus vaste que celle du faubourg Saint-Antoine s'appelait *La Belle Jardinière*. Enfin, il avait entrepris de réaliser sa vieille idée : confectionner des habits de tout genre dans des conditions telles que le prix en serait bon marché, d'abord en les coupant groupés dans plusieurs épaisseurs d'un même tissu, ensuite en faisant coudre les différentes pièces, toujours les mêmes, par des ouvrières spécialisées. Tout de suite, le succès avait été considérable. Parisot lorgnait déjà les maisons voisines[2].

Ethis et Bertrand découvrirent un magasin différent des nombreuses boutiques de nouveautés ouvertes maintenant dans tous les quartiers de Paris et qui portaient, pour la plupart, des noms de pièces de théâtre :

La Petite Nanette, La Fille d'honneur, Le Page inconstant... Ces magasins étaient en général encombrés de ballots non ouverts, de comptoirs chargés de pièces d'étoffes entre lesquels il était difficile de circuler. Des prospectus traînaient annonçant invariablement des rabais importants, et des bandes de tissus de toutes couleurs pendaient du plafond et se mêlaient dans un désordre voulu : Il s'agissait de

1. Rue de la Cité.
2. Le magasin de *La Belle Jardinière* créé par Parisot sera considérablement agrandi la même année et transféré en 1828 de l'autre côté du fleuve, rue du Pont-Neuf.

montrer aux chalands l'importance du choix de la marchandise qui lui était proposée.

Rien de tel à *La Belle Jardinière*. Parisot accueillit le père et le fils dans un magasin propre et net où tout était rangé et où n'étaient exposés que quelques modèles choisis. Les vendeuses, toutes habillées de la même robe noire agrémentée d'un nœud blanc, étaient jeunes, avenantes et faisaient asseoir les clientes qui attendaient leur tour.

– Ethis et son poète de fils! s'écria l'« habilleur ». Quelle joie de vous voir! Venez-vous en clients ou simplement en amis. Dans un cas comme dans l'autre soyez les bienvenus.

– Nous sommes les deux. Le petit – Parisot sourit en toisant Bertrand qui mesurait plus d'un mètre quatre-vingts – part pour l'Angleterre et il faut l'habiller confortablement pour le voyage.

– Fort bien. Viens avec moi Bertrand, on va te trouver l'habit qui convient. C'est que les Anglais sont plutôt élégants et il faut faire honneur à Paris...

– Et à Parisot! coupa Ethis, tout heureux de voir qu'on riait de son mot.

Escorté par Parisot qui avait l'air satisfait, Bertrand revint dix minutes plus tard dans le magasin où son père l'attendait en regardant, amusé, le va-et-vient des vendeurs. Il avait fière allure le fils de Traîne-Sabot[1] dans sa redingote de drap puce à col montant rappelant discrètement la coupe anglaise qu'arboraient les « dandys » et « fashionables » sur le boulevard. Elle était ouverte sur le devant comme cela se faisait maintenant mais Parisot fit remarquer que, s'agissant d'un costume de voyage, des boutons invisibles, cachés dans le pli de la martingale permet-

---

1. Surnom donné dans sa jeunesse à Ethis qui boitait après avoir reçu un mauvais coup durant le sac de la Folie Titon, émeute qui, le 21 avril 1789, avait marqué le vrai début de la Révolution (voir *Les Dames du Faubourg*).

taient d'élargir les basques de la redingote et de les croiser pour se protéger du froid ou de la pluie. Le pantalon de serge acajou foncé épousait les mollets sans les serrer. Il ne restait plus qu'à retoucher la longueur des manches et du pantalon pour que Bertrand puisse fouler sans complexe les pelouses de Hyde Park. Parisot appela un tailleur qui ajusta quelques épingles et emporta dans l'atelier les deux pièces du vêtement :

– Il n'en a pas pour longtemps, dit le maître des lieux. En attendant, nous allons te choisir une cape en tissu de tweed. Voyager sans une telle pèlerine relèverait de l'inconscience. Elle te protégera de la pluie et du soleil et te servira de couverture. Ce sera mon cadeau, une façon de souhaiter bon voyage au fils de mon vieil ami.

Bertrand tint à garder sur lui ses nouveaux vêtements pour éblouir sa mère à l'arrivée. Ethis contemplait son garçon avec une fierté mêlée de tendresse :

– Tu vas être un superbe ambassadeur du Faubourg, tâche de bien défendre nos intérêts à Londres! Mais pressons, il nous reste encore à te choisir chez Moynat, à côté du Théâtre-Français, un bagage digne de ton allure. Et *Le Guide des voyageurs en Grande-Bretagne* de Reichard à la librairie Ollendorf qui se trouve juste à côté. Mercier qui voyage souvent m'a dit que c'était indispensable.

– Mais, père, tu vas te ruiner! Tu sais, je suis habitué à voyager plus simplement...

– Je le sais mais, vois-tu, cela me fait plaisir, à moi qui n'ai jamais quitté mon Faubourg, de te voir partir.

– Mais j'y pense, père, pourquoi ne viendrais-tu pas avec moi? Ce serait chic de voyager tous les deux!

– Ne dis pas de bêtises. D'abord cela coûterait trop cher, et puis tu seras bien plus tranquille sans moi qui ne connais pas un mot anglais. Enfin, on ne peut pas laisser ta mère toute seule.

Son bagage d'osier renforcé de cuir à la main et sa cape de tweed sur l'épaule, car il faisait déjà chaud en ce matin de mai 1826, Bertrand arriva une demi-heure avant le départ de la diligence, fixé à sept heures, au siège des Messageries Royales, rue Notre-Dame-des-Victoires. D'autres compagnies concurrentes assuraient à des prix légèrement inférieurs le trajet Paris-Calais mais n'offraient pas les mêmes garanties de correspondances et de respect des horaires. On avait donc choisi les vénérables « Royales » fondées à la fin du XVIIIᵉ siècle et qui avaient changé plusieurs fois de nom selon les régimes pour lesquels elles roulaient. Ses quelque quatre cents voitures blanc et vert sillonnaient maintenant les routes de France avec une régularité qui faisait l'admiration des étrangers.

Toute la famille, Ethis, Marie, Antoinette-Emilie, avait accompagné Bertrand et regardait en attendant l'arrivée de la voiture, l'étonnant spectacle de la cour des Messageries livrée aux diligences, aux chaises de poste, aux postillons, énormes dans leurs bottes de cuir bouilli et leur livrée rouge et bleu avec une plaque à fleurs de lys sur le bras gauche. De temps en temps, une voiture démarrait dans un fracas de roues grinçantes et de coups de fouet et une autre venait prendre sa place sur l'aire de départ, aussitôt entourée de bagagistes, de voyageurs impatients et d'accompagnateurs pleurnichants.

Tout de suite après le départ tumultueux de la diligence d'Abbeville, celle de Calais vint se ranger devant l'amoncellement de sacs et de paquets appartenant aux voyageurs. Déjà, ceux-ci se pressaient vers les portières mais le conducteur, d'une voix dont l'autorité ne laissait place à aucun compromis, hurla en couvrant le bruit des fers sur le pavé et celui des disputes de cochers :

– Personne ne monte avant mon appel, groupez-vous s'il vous plaît derrière moi et répondez quand vous entendrez votre nom! D'abord les voyageurs qui ont une place dans la rotonde[1]! et Mme Rouget, M. Fielding, M. Leblond...

Assagis, les voyageurs prenaient place un à un dans la voiture qui pouvait en tenir seize. Après la rotonde, l'intérieur : le nom de « M. de Valfroy », la particule figurait sur le passeport, fut annoncé. Sous les regards attendris des siens, Bertrand gravit alertement le marchepied et se retrouva dans une sorte de cabine tapissée de velours rouge qui lui parut d'un luxe inouï, comparé aux voitures qu'il avait parfois utilisées sur les routes du tour de France. L'« intérieur » était la partie la plus recherchée parce que située entre les roues mais cet avantage – Bertrand devait s'en apercevoir – était bien illusoire quand la route était mauvaise. Détail plus important : il s'était vu attribuer une place de fenêtre qui lui permettait de découvrir à sa guise le paysage. En attendant, cette place de choix, qu'il devait à son nom, pensa-t-il en souriant, lui permettait d'écouter jusqu'au bout, par-dessus la glace baissée, les dernières recommandations de Marie :

– Ne te promène pas trop tard dans les rues. Il paraît qu'à Londres elles sont encore plus mal famées que dans certains quartiers parisiens. Et relis bien dans ton guide les conseils donnés aux voyageurs.

– Défends bien notre cause auprès de M. Meadows, dit à son tour Ethis. Si la machine te semble fonctionner de façon convenable tâche d'obtenir de

---

1. La grande diligence ordinairement tirée par six chevaux était partagée en trois compartiments couverts : à l'avant, le coupé; au milieu, l'intérieur; à l'arrière, la rotonde; sur l'impériale, la banquette, derrière le siège du conducteur.

bonnes conditions. Et puis, il ajouta à mi-voix :
Amuse-toi bien mon fils. Il paraît que les Anglaises
sont beaucoup moins laides qu'on ne le dit chez
nous. Il y en a même sûrement de très jolies. Elégant
comme tu l'es, tu vas en faire des ravages à Pica-
dilly!

    – Attention, nous partons! hurla à ce moment le
postillon en enfourchant le cheval de tête, le plus
puissant, celui de droite, qui hennit à pleins naseaux
comme pour montrer sa satisfaction de prendre la
route. Une salve de coups de fouet lancée par le
conducteur du haut de son siège était le signal du
départ. La diligence s'ébranla, frôla en grinçant la
borne de la porte cochère et remonta, au pas
d'abord, puis au petit trot la rue Notre-Dame-
des-Victoires qui durant la Révolution, une vieille
plaque l'attestait encore, portait le nom de Notre-
Dame-des-Victoires-nationales.

    Bertrand s'intéressa alors discrètement à ses com-
pagnons de voyage : deux femmes, une jeune et une
vieille qui, il avait cru le comprendre à leur conversation, faisaient partie de la maison d'un personnage
important parti de son côté en carrosse; un paysan
endimanché qui avait dû venir vendre ses bêtes à
Paris; un monsieur qui frisait ses moustaches blondes avec un grand contentement et qui devait bien
être anglais. À côté de lui avait pris place un homme
encore jeune au sourire disponible et aux doigts
agités qu'il frottait continuellement les uns contre les
autres comme pour compter des billets. Bertrand
pensa, après l'avoir observé, que son voisin était un
commis voyageur.

    Les langues commencèrent à se délier quand on
eut passé la barrière du Télégraphe. C'est son voisin,
Bertrand n'en fut pas étonné, qui engagea la conversation, d'une voix forte et assurée :

    – Je suis sûr, monsieur, que vous n'allez ni à
Saint-Omer ni même à Calais : vous partez pour
l'Angleterre. Seriez-vous par hasard un sujet de Sa

Majesté George IV? Votre élégance le laisserait supposer. N'est-ce pas mademoiselle? ajouta-t-il en s'adressant à la jeune fille qui était assise en face de Bertrand.

Celle-ci avait l'air plutôt délurée, elle sourit en fixant Bertrand qui commençait à se sentir gêné d'être devenu si vite le point de mire du compartiment.

— En effet, dit-elle d'une voix flûtée, monsieur pourrait être anglais mais je crois bien qu'il est français... Et même parisien!

Bertrand se dit qu'il fallait répondre :

— C'est vrai, mademoiselle, mais comment le savez-vous?

— J'ai entendu tout à l'heure votre mère vous faire mille recommandations. Surtout soyez prudent, prenez bien soin de vous!

Elle éclata de rire, ce qui fit rougir un peu plus le jeune homme. Heureusement, le commis voyageur vint à son secours :

— Je m'appelle Jacquemart, Louis Jacquemart et je m'en vais parcourir les Flandres pour vendre le savon que fabrique l'estimable maison « Auguste Jacquemart et Fils » au 133, rue de Montreuil. Auguste c'est mon père, je suis le cadet de ses trois fils.

« Voilà un personnage dont nous saurons tout, jusqu'au parfum de ses savonnettes », pensa Bertrand qui répondit en souriant :

— Moi, je vais à Londres acheter une machine à scier pour mon père qui tient un magasin de meubles rue du Faubourg Saint-Antoine, à l'enseigne de *L'Enfant à l'oiseau*. Nous sommes presque voisins.

— Vous avez raison milord, lâcha le monsieur blond. Les machines anglaises sont les meilleures du monde.

Et il plongea ses moustaches entre les pages d'un livre qu'il venait de sortir de sa poche, comme si les secousses multipliées de la voiture pouvaient permettre de déchiffrer des caractères imprimés.

Au bout d'une heure de route, hormis l'Anglais qui s'était endormi, Bertrand n'ignorait rien de ses voisins, brinquebalés comme lui en tous sens depuis que l'état de la route était devenu mauvais. La diligence dansait sur les bosses et les fondrières sans ralentir le moins du monde. On aurait dit au contraire que le conducteur et le postillon dont les coups de fouet claquaient comme le tonnerre dans cet ouragan organisé, faisaient tout pour augmenter la vitesse de la voiture.

– Heureusement, la route est meilleure après Chantilly! parvint à dire le sieur Jacquemart entre deux cahots.

Chantilly, on n'y était pas encore. La diligence faisait ses dix à onze kilomètres dans l'heure en roulant à un train d'enfer.

– Il lui faut conserver cette allure pour ne pas se laisser dépasser par la concurrence, c'est-à-dire la « Comtesse », diligence ainsi nommée sur la ligne parce qu'elle appartient à l'entreprise des Lecomte, précisa Jacquemart.

Le marchand de savons qui passait sa vie sur les routes faisait profiter ses voisins de son expérience. Il connaissait les passages difficiles, les relais où la chère était bonne et le maître de poste aimable. Il annonçait aussi à l'avance les paysages agréables. C'est tout juste s'il ne prévoyait pas l'instant où un caillou gros comme le poing vous ferait cogner la tête contre celle du voisin.

– Voici Survilliers! Nous allons relayer. Si vous avez quelque besoin à satisfaire, il faudra faire vite car, ici, les conducteurs ne perdent pas une minute. Tenez, regardez : des chevaux déjà harnachés nous attendent sur la route!

Effectivement, six chevaux piaffaient devant la poste, retenus par trois palefreniers. Le maître de poste, debout au milieu de la chaussée, agita son chapeau pour indiquer que tout était prêt pour le relais. La diligence réduisit progressivement son allure et s'arrêta à deux pas derrière le nouvel attelage. Le postillon avait déjà sauté à terre et surveillait la manœuvre. Chacun savait ce qu'il avait à faire. De sous-ventrières en courroies de hausse-col habilement glissées là où il fallait, les chevaux se trouvèrent comme par enchantement attelés, n'attendant que le signal du conducteur et du postillon pour s'élancer vers le nord.

Le conducteur vérifia si tous les passagers avaient regagné leur place et grimpa sur son siège. Déjà en selle, le postillon lui fit signe qu'on pouvait démarrer. Comme au départ, son fouet cingla l'air et des poussières de mèche volèrent un instant au-dessus de la voiture qui s'ébranla. Vingt mètres plus loin, les chevaux étaient déjà au trot :

— Il paraît qu'en France, dit Jacquemart, les chevaux des diligences ne doivent pas aller au galop. Vous allez voir si notre conducteur va s'en priver jusqu'à Senlis! C'est là que nous allons manger.

La plus âgée des femmes, qui devait être quelque chose comme gouvernante dans la maison où elles servaient et qu'on n'avait pas beaucoup entendue jusque-là, dit qu'elle mourait déjà de faim, sortit une grosse tartine au fromage de son cabas et la partagea avec la jeune fille.

— Vous avez tort de manger! prévint le savonnier. Cela va vous donner soif et l'on ne s'arrêtera pas pour boire!

— Ne vous tracassez donc pas mon bon monsieur, j'ai aussi un flacon de clairet dans mon sac. Nous aussi sommes habituées à voyager. Et en tout cas plus prévoyantes que vous!

Sous l'œil complice de sa duègne, la jeune fille rompit un morceau de sa tartine et le tendit à Bertrand :

— Tenez, monsieur, cela vous fera patienter car nous allons dîner fort tard... Je m'appelle Louise...

Et vous Bertrand. Je le sais car j'ai entendu votre père vous nommer ainsi tout à l'heure.

Bertrand se confondit en remerciements :

– Si j'avais écouté ma mère, je serais parti avec trois pains et deux jambons. J'aurais dû la croire! Mais vous me sauvez la vie. J'espère pouvoir vous rendre la pareille d'ici la fin du voyage. Au fait où allez-vous?

– Nous allons à Richmond, près de Londres, rejoindre notre maîtresse qui a épousé lord Hobbouse. Madame est ma tante.

– Alors nous prendrons peut-être le même paquebot[1] pour Douvres. J'ai une place retenue sur le *Gloria*. J'espère que le bateau et la mer seront bons car je n'ai jamais fait de traversée et je crains d'être malade.

– Nous passons deux ou trois fois la Manche chaque année. Ma pauvre tante est toujours malade mais, moi, je supporte vaillamment les tempêtes les plus fortes. Je ne sais pas sur quel navire lady Hobbouse a retenu nos places. J'aimerais bien que ce soit sur le même que vous, nous pourrions bavarder plus tranquillement à bord que dans le vacarme de cette voiture.

Bertrand n'avait jusque-là porté qu'une attention discrète à sa voisine; il la regarda avec plus d'insistance et constata qu'elle était jolie. Elle possédait surtout un charme qui n'était pas seulement celui de la jeunesse et qu'elle devait à son air rieur et spirituel. « C'est Rosine! » pensa le jeune homme qui avait vu *Le Mariage de Figaro* au Grand-Théâtre de Bordeaux. « Va pour Rosine! Cette charmante enfant n'a pas l'air farouche et le voyage, grâce à

---

1. A l'origine, les paquebots étaient de petits navires rapides, à voiles, destinés au courrier. Plus tard leur dimension s'accrut et ils transportèrent des passagers en même temps que le courrier. Ce n'est qu'après l'avènement de la vapeur et des coques en acier qu'on construira les grands paquebots modernes affectés au transport des passagers.

elle, a des chances d'être agréable. Quand je pense
que j'aurais pu faire tout le trajet avec des Jacquemart ou des Anglais dans le genre de celui-là! »

La route était devenue meilleure, sans fondrières
ni pierres saillantes, la diligence roulait sans secousses, et Louise s'était assoupie. Afin d'échapper aux
considérations assommantes du commis voyageur,
Bertrand sortit de sa poche *Le Guide des voyageurs
en France et en Angleterre*, acheté l'autre jour rue de
Richelieu. C'était un petit livre d'aspect un peu
rébarbatif mais qui contenait une quantité incroyable de renseignements sur les routes, les compagnies
de voitures, les relais de postes et les curiosités du
chemin. Il apprit ainsi que le relais prochain, celui
où l'on allait enfin pouvoir se restaurer, n'avait pas
une bonne réputation et qu'on y mangeait médiocrement. En revanche, l'étape du souper s'annonçait
sous les meilleurs auspices : le relais de Compiègne
était renommé pour ses poulardes rôties et ses gigots
tranchés à la lueur d'un gril monumental qui datait,
assurait M. Reichard, de 1634, date de la signature
au château d'un traité entre la France et la Hollande.

Pour compléter le guide, le libraire avait vendu à
Bertrand un opuscule intitulé : *Conseils aux voyageurs appelés à loger dans des auberges*. Bertrand le
feuilletait distraitement quand il fut secoué soudain
d'un immense éclat de rire qui réveilla Louise :

— Laissez-moi vous lire ces quelques recommandations dont vous tirerez sans doute, comme moi, le
plus grand profit :

Vous descendez dans une auberge ou un hôtel,
suivez ces conseils :

1. Renseignez-vous sur les meilleures auberges et
descendez toujours dans celles qui sont le mieux
fréquentées.

2. En prenant possession de votre chambre,
ouvrez-en les fenêtres, contrôlez-en la propreté.

Soyez présent quand on change les draps du lit, afin de vous assurer qu'ils sont propres et bien séchés.

3. Pour combattre les punaises, ayez toujours sur vous des boules de camphre.

4. Si vous allez en Italie ou dans les pays méditerranéens, assurez-vous qu'il n'y a pas de scorpion dans votre lit ou dans vos chaussures le matin au réveil.

5. Si vous devez vous arrêter dans une auberge isolée, barricadez la porte avec des meubles.

6. Ne pas s'asseoir à nu sur les commodités d'une auberge. Contrôlez la propreté de la chaise percée.

Et enfin ce septième commandement du parfait voyageur : « A table d'hôte, ne pas se gêner pour se servir car qui veut être modeste risque fort de rester sur sa faim[1] ! »

On rit beaucoup. Le commis voyageur fit quelques plaisanteries et l'Anglais daigna sortir de son superbe isolement :

– Ces conseils, peut-être, sont fructueux dans la France. Mais ils n'ont aucune utilité pour mon pays, la Grande-Bretagne, où les auberges sont parfaites!

Comme on arrivait dans les rues de Senlis et que la voiture ralentissait, personne ne fit attention à cette impertinence.

– Vous avez trente minutes, une demi-heure exactement, pour vous restaurer, cria le conducteur.

Le guide ne trompait pas le voyageur : la chère du *Relais de la Poste* était bien quelconque et la diligence avait depuis longtemps repris la route que le marchand de bestiaux, silencieux jusque-là, pestait encore contre la poularde coriace et les pommes de terre mal cuites dont avait dû se contenter son

1. Guide Richard, Audin éd., 1825.

estomac habitué, cela sautait aux yeux, à être mieux soigné.

Au bout de dix heures d'un train infernal, les os et les muscles s'étaient habitués à être maltraités dès que la route devenait mauvaise. Secoués avec rage dans cette prison roulante, les voyageurs avaient tant bien que mal fait leur trou dans le capiton de la banquette et la rembourrure des voisins. Ils dormaient ou faisaient semblant en rêvant à la halte de Compiègne et aux délices d'un souper qui, le conducteur l'avait promis, ne serait pas avalé à toute bride comme une lieue de cailloux secs.

A peine la voiture eut-elle franchi la limite des premières maisons de Compiègne que tout le monde se réveilla comme par enchantement. La cour du relais, éclairée par des lanternes et deux grosses torches qui brûlaient de chaque côté de l'entrée, bourdonnait d'activité malgré l'heure avancée. Dans un coin on ferrait un cheval, en face on s'affairait devant la roue démontée d'une malle-poste; partout des palefreniers, postillons et cochers se croisaient et s'interpellaient. Face à la porte cochère, au fond, s'ouvrait une sorte de grotte rougeoyante où se mouvaient des ombres surgies d'une fumée chargée de sucs et d'odeurs subtiles qui mettaient l'eau à la bouche. C'était la cuisine et en même temps la salle commune où, par tablées de diligences, les voyageurs se restauraient avant de repartir dans la nuit.

Aux murs, des faïences de toutes formes empilées sur des étagères et des bataillons de cuivres alignés par rangs de taille reflétaient les flammes d'un immense feu qui brûlait dans une cheminée capable de contenir des troncs d'arbres gros comme la colonne Vendôme. Le plafond, luisant de suie et de graisse, avec son réseau compliqué de poutres, était un ciel noir d'orage d'où tombaient des averses de bienfaits : jambons des Ardennes, trapèzes de lard, saucisses de Montdidier. Comme dans la cour, on se pressait, on se poussait vers les tables ou du côté des poêles et des marmites où les soupes bouillonnaient, les fritures crépitaient, les ragoûts mijotaient.

Comme par hasard, Louise et Bertrand se retrouvèrent assis côte à côte. Leurs genoux, leurs jambes se touchaient mais il eût été difficile de l'éviter. Ni l'un ni l'autre ne songea d'ailleurs à rompre un contact qui leur était agréable. Dans une telle atmosphère, en savourant des mets aussi variés que délicats, on ne pouvait que parler de choses gourmandes. Louise s'y entendait assez en cuisine pour tenir compagnie au fils du Faubourg nourri des recettes d'Antoinette, celles de la famille Œben que Marie et Lucie ne cessaient d'adapter aux hasards du marché.

– Si vous venez à Paris, ma mère et ma tante Lucie vous feront déguster une fricassée de poulets de Houdan comme on n'en trouve que dans quelques campagnes et dans cette petite province qu'est la place d'Aligre. En votre honneur, elles la doteront richement de truffes. Cela vous fera oublier la cuisine anglaise qui n'a pas très bon renom et à laquelle vous semblez condamnée.

– Détrompez-vous. Ma maîtresse, qu'entre nous ma tante a vue naître, est une Montmorency et n'a pas renoncé aux plaisirs de la bonne table en épousant lord Hobbouse. Celui-ci d'ailleurs, comme tous les Anglais qui ont goûté à une autre cuisine que la leur, s'est plié de bonne grâce aux règles de la gastronomie française. Il se vante maintenant d'avoir la meilleure table du royaume et il ne ment pas.

Un serveur les interrompit; il apportait sur un plat deux levrauts à côtes rondes. Dès que les passagers de Calais eurent goûté de ce mets délectable, le patron en personne, homme réjoui et important qui faisait honneur à sa maison, vint souligner de quelques propos aimables les inestimables qualités de sa cuisine :

– Les Parisiens ne connaissent pas ces petites

bêtes, dit-il en souriant. C'est une race de la région et savez-vous ce qu'en disait un de mes clients fidèles, M. Brillat-Savarin, conseiller à la cour de cassation et expert dans l'art du bien manger? J'ai prononcé « disait » hélas! car cet homme valeureux vient de mourir... Eh bien, il disait en parlant de mes levrauts que leur fumet embaumerait une église.

Il fallut bien repartir mais c'est l'estomac satisfait et le pied léger que chacun escalada le marchepied de la voiture et retrouva sa place. Bertrand cependant dut faire un échange car la bonne tante lui dit d'un air où il crut deviner quelque malice qu'elle préférait voyager dans le sens de la marche et qu'il l'obligerait en lui cédant sa place. Bertrand se retrouva donc assis à côté de Louise qui, le plus simplement du monde, s'endormit sur son épaule. Parfois un cheveu évadé d'une tresse blonde venait chatouiller son nez. Le jeune homme résistait longtemps au doux picotement puis il remettait le cheveu en place en effleurant de son index la tempe veloutée de Louise. Et il s'endormit lui aussi car, aussi brimbalé qu'on soit dans une diligence, on finit par y dormir!

On s'y réveille même à destination, après une succession de relais si nombreux qu'on ne les compte plus. Trente heures de route laissent les plus résistants dans un état d'accablement voisin de l'épuisement. Sale, barbe et moustache en désordre, le conducteur si élégant au départ dans son uniforme à fleur de lys avait l'air d'un bandit de Calabre. Seul le postillon qui n'avait enfourché sa monture qu'au dernier relais semblait encore dispos. C'est lui qui aida les femmes à descendre et qui déchargea les bagages entassés sous la housse à l'impériale. Le bureau des Messageries royales était heureusement installé sur le port de Calais et l'air du large rendit tout de suite un peu de force à Bertrand, suffisamment en tout cas pour dire à Louise et à sa tante qu'il allait chercher une chambre dans une auberge ou une hôtellerie voisine et y dormir au moins douze heures avant d'embarquer :

– Je ne veux pas, ajouta-t-il, arriver à Douvres et surtout à Londres dans cet état. Et vous madame?

– Nous allons naturellement faire comme vous. Lady Mary nous a retenu comme d'habitude une chambre à l'*Auberge des Rois* qui s'appelle en réalité *Hôtel d'Angleterre*. Le propriétaire n'en finit pas de changer son enseigne. Il a remis celle d'avant la Révolution après que sa maison se fut appelée successivement *Hôtellerie nationale, Hôtellerie Napoléon Bonaparte et Hôtel de l'Empereur*. C'est une bonne auberge. Venez avec nous, j'espère qu'il y aura une chambre de libre.

C'était ce que souhaitait Bertrand qui remercia chaleureusement la bonne tante. Un commissionnaire s'offrit à porter leurs bagages, ce qui le libéra d'un souci car les deux femmes étaient encombrées de sacs, de paquets et même d'une petite malle marquée aux initiales de lord Hobbouse et qui pesait très lourd bien que Louise eût dit qu'elle ne contenait que du linge commandé à Paris par sa maîtresse.

L'auberge n'était pas très éloignée, il fallait pour y arriver longer le quai Neuf où une multitude de bateaux de toutes tailles étaient amarrés. Il chercha le nom du *Gloria* sur la poupe de chaque navire mais ne le trouva pas.

– Allons à l'hôtellerie nous rafraîchir, dit Louise. Nous reviendrons plus tard sur le port quand je saurai sur quel paquebot nous devons embarquer. J'aimerais bien que ce soit le vôtre! répéta-t-elle en décochant à Bertrand un sourire d'ange qui lui fit chaud au cœur.

– Moi aussi je le souhaite. Cela nous permettra de demeurer ensemble encore un moment. Tenez, Louise, je préfère ne pas penser à l'instant où nous devrons nous séparer.

– Oui, encore quelques heures, peut-être une jour-

née si la mer est mauvaise et même une nuit s'il n'y a
pas de vent du tout..., répondit-elle rêveuse.

Bertrand pensa que la vie est mal faite qui allait
lui ravir la plus jolie, la plus spirituelle, la plus
intelligente des filles qu'il avait rencontrées. Il pesta
carrément quand Louise lui apprit, après avoir déca-
cheté le message qui les attendait à l'*Hôtellerie des
Rois,* que leurs places étaient retenues sur le *Henri-
IV* qui levait l'ancre trois heures avant le *Gloria.*

— La chance nous quitte déjà! dit-il d'un ton si
navré que Louise ne put s'empêcher de rire.

— Attendez avant d'aller vous noyer dans le port,
murmura-t-elle. Nos paquebots appartiennent à la
même compagnie et les choses peuvent peut-être
s'arranger. Allons faire un peu de toilette et nous
irons jusqu'au bureau des embarquements. Ma
tante, elle, je la connais, va prendre un bain chaud et
dormir. Nous aurons du mal à la réveiller à l'heure
du souper!

— Elle m'est bien sympathique cette tante qui ne
joue pas les duègnes.

— C'est un ange. Elle me passe tous mes caprices.
Et elle trouve que vous êtes un garçon charmant et
bien élevé. A-t-elle raison?

— C'est à vous, Louise, de répondre à cette question.

— Je dois encore attendre avant de me faire une
opinion. Disons qu'à cette heure vous bénéficiez
d'un préjugé favorable!

Elle rit et grimpa comme une gazelle l'escalier de
bois qui menait au premier étage où se trouvaient les
chambres de voyageurs.

Bertrand trouva la sienne au bout d'un long
couloir. C'était une petite chambre bien tenue. Le lit,
haut perché sur trois matelas, laissait voir des draps
aussi blancs que ceux qui sortaient du lavoir de la
rue de Cotte, réputé comme le meilleur du Faubourg. N'eût été l'incertitude de l'embarquement, il
aurait chanté l'une de ses chansons de compagnon.

Il sourit à la petite bonne qui lui apportait un broc d'eau bien chaude et se déshabilla. Avec volupté, il se lava à grande eau, se rasa et décida de mettre sa plus belle chemise, celle taillée dans la pièce de fin coton que l'ami Richard-Lenoir lui avait offerte à son retour de Bordeaux. Il brossa soigneusement son costume de *La Belle Jardinière* qui n'avait pas été trop froissé par le voyage et l'enfila après avoir noué autour de son cou, avec un gros nœud comme on le faisait maintenant, sa cravate de soie grège. Il se regarda dans le miroir accroché au-dessus de la table de toilette et se trouva plutôt séduisant. Et puis, soudain, son visage se rembrunit et il défit vivement la cravate :

– Non! dit-il tout haut, je ne peux pas faire cela!

Il venait de se rendre compte que c'était la cravate que lui avait offerte Pauline, son amoureuse de Bordeaux, la gentille fille de M. Desvignes, celle qui l'avait soigné avec tendresse et à qui il n'avait jamais donné de nouvelles malgré toutes ses promesses. Il n'était pas fier de lui, Bertrand, et le souvenir de Pauline le poursuivit un instant. Mais Louise devait l'attendre et il se dépêcha de se rhabiller...

Elle s'était changée elle aussi et portait une très jolie robe de batiste discrètement brodée et un canezou d'organdi bordé de ruches de tulle. Un bonnet en gros de Naples retenait ses cheveux découverts sur les côtés. Au risque de paraître trop habillée dans une auberge de voyageurs, Louise, visiblement, s'était vêtue pour plaire. Bertrand en fut heureux et lui fit mille compliments sur son élégance qui dépassait de loin celle des dames du Faubourg, même de sa mère et de sa sœur qui pourtant portaient bien la toilette.

– Louise, dit-il en lui offrant son bras, savez-vous que je ne me suis jamais promené avec une jeune fille aussi élégante que vous? Et aussi jolie, ajouta-t-il en esquissant un sourire dont il connaissait la séduction.

Louise ne répondit rien mais il s'aperçut qu'elle rougissait.

— Nous sommes arrivés au bureau des passages, coupa-t-elle. Donnez-moi votre titre que je m'occupe de votre transfert. Les gens ici nous connaissent, c'est rare qu'il n'y ait pas quelqu'un de la maison Hobbouse à bord de l'un de leurs paquebots. S'il reste une place sur le *Henri-IV,* elle sera pour vous. Mais au fait monsieur le charmeur, je me demande pourquoi je m'intéresse autant à votre personne! D'où me vient cette ardeur à nous faire voyager de conserve? Hier, je ne vous connaissais pas, et l'on pourrait croire aujourd'hui que je ne veux pas vous quitter!

— Peut-être vous trouvez-vous bien en ma compagnie. Dois-je vous confier que la vôtre ne m'est pas déplaisante?

Dans la minute qui suivit, Bertrand avait son billet de traversée validé sur le *Henri-IV.* Ils se retrouvèrent sur le quai riant et serrés l'un contre l'autre, heureux de cette première victoire.

Le soir le souper fut très gai. La tante Marguerite avait mis un spencer noir sur une robe de laine grise et un chapeau orné de fleurs écarlates qui attirait les regards mais qu'elle portait avec l'aisance d'une grande dame.

— Mon chapeau semble faire jaser aux fourneaux! s'écria-t-elle rieuse en désignant les marmitons qui s'affairaient autour de l'âtre mais ne cessaient de jeter des regards moqueurs du côté de leur table.

— Moi, je le trouve très élégant! dit Bertrand. Et vous le portez très bien...

— Je crois jeune homme que c'est plutôt ma nièce que vous trouvez bien et que je ne suis qu'usufruitière de l'intérêt que vous nous portez. Mais ça ne fait rien, vos compliments me font plaisir. Louise m'a dit que vous aviez accompli votre tour de

France. Quelle aventure! Racontez-moi ça par le
détail. Mon grand-père était charpentier, il a fait lui
aussi le voyage...

Bertrand ne demandait qu'à parler du compagnonnage. Appelé souvent à l'évoquer, il avait mis
au point un récit brillant qui lui valait toujours un
beau succès. Il y incorporait un poème sur « la
magie du bois, matériau noble et sensuel » qui faisait
briller les yeux des dames. La bataille qui avait mis
fin à ses exploits terminait en apothéose son histoire.
Ce soir-là, cependant, il passa sous silence le rôle
qu'y avait joué Pauline, ce qui était délicat mais
enlevait de son panache à la fin du récit. La tante
Marguerite ne s'en montra pas moins enchantée et il
dut ensuite répondre à mille questions sur l'atelier et
le magasin de la famille, sur ses parents, sur ses
projets...

– Vous vous appelez de Valfroy? demanda-t-elle
encore en appuyant sur le « de ».

Bertrand sourit intérieurement : « J'ai l'impression, pensa-t-il, de subir un examen de passage pour
savoir si je mérite de voyager en sa compagnie. » Il
décida de s'amuser un peu :

– Oui, mais comme mon père je ne mentionne
jamais cette particule.

La dame, surprise, allait demander pourquoi mais
il continua, sûr de son effet :

– Il faut dire que nous sommes plutôt républicains dans la famille et que le titre de baron qui a
failli faire guillotiner mon grand-père ne nous engage
pas à en tirer vanité.

– Alors, vous êtes baron? demanda la tante
médusée.

– Pas moi, mon père!

Bertrand sentit que son prestige venait de monter
très haut dans l'esprit de la dame. Il jeta un regard à
Louise qui suivait la conversation sans sembler s'y
intéresser mais qui n'en avait pas perdu un mot et lui
dit :

– J'espère que vous vous moquez de tout cela!
Nous avons des titres auxquels nous tenons bien
plus : ma grand-mère était la fille du grand ébéniste
Œben, la belle-fille de Riesener. Quant à mon père,
le baron, il est fier de figurer sur la liste des
« vainqueurs de la Bastille ».

Louise acquiesça à ces déclarations quelque peu
provocatrices mais Bertrand fut certain, en sentant
la jambe de la jeune fille frôler la sienne, qu'elle avait
soigneusement rangé la couronne des Valfroy dans
un coin de sa jolie petite tête.

Lorsqu'ils eurent terminé de souper, après avoir
commenté comme il se doit le menu qui était fort
bon, Bertrand invita les dames à venir déguster un
café ou une infusion dans le salon. C'était une
énorme pièce tendue d'étoffe bleue, éclairée par des
lustres en verre de Murano et des candélabres de
bois doré dont Bertrand remarqua la sculpture délicate. Les chandelles faisaient miroiter deux grandes
statues de bronze représentant l'une Bacchus et
l'autre Pan, le dieu des bergers d'Arcadie. Sur des
tapis débarqués de la malle des Indes brillaient les
marqueteries de tables et de guéridons où Bertrand
reconnut la patte des ébénistes du faubourg Saint-
Antoine. Quant aux sièges, chaises, bergères et
cabriolets, ils venaient, c'était évident, des ateliers de
Jacob.

Bertrand était ébloui :

– Se peut-il qu'une auberge affiche autant de
luxe? C'est un palais où l'on aimerait vivre, n'ayant
d'autre occupation que de boire, de manger et de
dormir.

– Je crois que vous vous ennuieriez vite, dit
Louise en riant, mais savez-vous que beaucoup
d'Anglais font spécialement la traversée pour venir
vivre comme vous rêvez quinze jours ou trois semaines dans ce paradis qui ne s'appelle pas pour rien
l'*Hôtel d'Angleterre*.

– Que vous nommez l'*Auberge des Rois*... Pourquoi?

– C'est vrai, tout le monde l'appelle ainsi, dit le valet qui apportait un plateau chargé de tasses et d'argenterie. Songez que chez Dessin, c'est le nom des propriétaires qui n'ont fait qu'agrandir leur maison depuis sa création, sont descendus Sa Majesté Christian VII, roi de Danemark, lord Cornwallis, négociateur de la paix d'Amiens en 1802, Napoléon Bonaparte le 2 juillet 1805. Louis XVIII passa chez nous sa première nuit en France le 24 avril 1814. Enfin, George IV, roi de Grande-Bretagne, nous fit l'honneur d'être notre client en 1821.

– Quelle leçon d'histoire! s'exclama Bertrand. Je vous remercie, ajouta-t-il en glissant une pièce au serveur.

– Ce n'est rien, monsieur. Mais si vous désirez en savoir plus sur l'*Hôtel d'Angleterre,* voyez M. Dessin qui se fera un plaisir de vous parler de sa maison, sans doute aujourd'hui l'auberge la plus somptueuse du monde.

Quand la tante eut avalé sa tasse de camomille et fut montée se coucher, les deux jeunes gens décidèrent de visiter l'hôtel, en commençant par les cuisines que Louise ne connaissait pas. Des grappes de chefs à toque, de sauciers et de marmitons étaient agglutinées autour des fourneaux, d'autres s'affairaient devant le tournebroche et tout ce petit monde en blanc dont on ne voyait que le dos et dont l'activité semblait admirablement organisée, donnait naissance, comme par enchantement, à des chefs-d'œuvre odorants, présentés avec art dans des plats d'argent et qu'emportait aussitôt une colonne de serveurs aux habits galonnés dont le défilé incessant entre la cuisine et la salle à manger faisait penser au mouvement perpétuel.

C'est à ce moment qu'ils rencontrèrent M. Dessin, dont l'élégance n'avait rien à envier à ses clients les plus smart. Redingote gris perle sur pantalon de fine laine noire, il promenait son sourire à travers l'établissement sans cesse de surveiller la parade des fantassins de la gastronomie.

— Comment trouvez-vous l'*Hôtel d'Angleterre*? demanda-t-il à Bertrand. Mademoiselle, si je ne me trompe, le connaît depuis longtemps. Avez-vous vu mon théâtre?

— Il y a un théâtre dans l'hôtel? s'étonna Bertrand.

— Et bien d'autres choses encore. Venez, je vous conduis. Nous n'avons malheureusement pas de spectacle aujourd'hui. La troupe des comédiens de Calais répète en ce moment *Le Coureur de veuves* qui triompha l'an dernier à Paris au théâtre des Nouveautés. Il nous arrive aussi d'inviter des artistes anglais... Vous savez, plus de la moitié de nos clients viennent de Grande-Bretagne!

— C'est vous, monsieur, qui avez construit cette auberge magnifique?

— Non, je l'ai seulement agrandie. Mon arrière-grand-père a ouvert ici jadis une auberge qui s'appelait *Le Lion d'argent*. Elle eut tout de suite une grande renommée et mon père la transforma en *Hôtel d'Angleterre* après avoir acheté l'ancien hôtel de la Justice royale qui était voisin. Il a aussi créé les jardins et j'y ai ajouté le théâtre, installé une cuisine toute neuve dont vous avez pu apprécier le perfectionnement, et augmenté le nombre de lits. Je voudrais que mes clients puissent se procurer sur place, dans l'instant même, tout ce dont ils ont envie. A condition qu'ils aient de quoi payer, naturellement, ajouta-t-il en riant[1].

---

1. Les Dessin, précurseurs de l'hôtellerie de luxe, avaient créé un établissement unique en son genre. Ville dans la ville, avec ses vastes cours, ses jardins, il comptait en 1826 huit salons superbement décorés, quatre salles de bains, soixante lits de maître toujours prêts et un grand nombre de chambres de courriers et domestiques.

Seule ombre au tableau, Bertrand se faisait quelque souci à propos de la facture qu'il aurait à payer. Cette folie d'un soir motivée par le seul désir de rester avec Louise n'allait-elle pas écorner sévèrement son pécule? Il respira le lendemain matin : il avait dormi dans une chambre de courrier et le prix du souper était raisonnable. Sans être donné, le luxe lui parut abordable et c'est le cœur plus léger qu'il salua la tante Marguerite et sa nièce qui attendaient leur bagage à la porte. Un quart d'heure plus tard, précédés par le chariot du commissionnaire de l'hôtel, ils arrivaient devant l'échelle qui permettait d'accéder au *Henri-IV*.

Avant de monter à bord où le capitaine houspillait ses matelots, il restait à accomplir une formalité : le passage en douane qui n'était pas une plaisanterie. Une baraque était prévue à cet effet sur le quai des paquebots et il fallait attendre son tour pour être minutieusement « fouillé au corps » et obtenir sur son passeport le cachet qui autorisait à quitter le sol de France. Selon le nombre des passagers, cette attente pouvait durer entre une demi-heure et une heure et demie.

La tante pestait contre la multitude de douaniers qui prétendaient s'occuper de ses bagages et qui n'accordaient pas la moindre attention à ses protestations où le nom de lord Hobbouse revenait constamment assorti de menaces effroyables. Enfin les échelleurs, seuls habilités à effectuer le transfert des bagages à bord des bateaux, purent commencer leur travail. Le règlement les obligeait aussi à aider les voyageurs dans ce passage délicat et il leur fallut presque porter la tante, morte de peur, qui criait que c'était la dernière fois qu'elle montait sur un paquebot. A l'autre bout de la passerelle le capitaine riait en tirant sur sa pipe. Louise, très tranquille, dit à

Bertrand de ne pas s'inquiéter : l'embarquement donnait lieu chaque fois à la même scène cocasse.

En partant de Paris, Bertrand était persuadé de faire la traversée à bord d'un de ces voiliers en service depuis presque un siècle sur la ligne Calais-Douvres et qui transportaient la poste et les passagers. Les paquebots du détroit, comme on les appelait, étaient d'excellents navires qui, malgré leur petite taille, affrontaient bravement la mer par tous les temps. Les naufrages étaient rarissimes. C'est à peine si l'on se rappelait que le *Modeste,* du capitaine Couteux, avait été drossé sur la côte un jour de tempête et que le *Susanna,* le cotre anglais du commandant Moon, avait dû, il y a bien longtemps, se laisser échouer sur le sable de la plage. Et voilà que Bertrand avait appris, à Calais, qu'il allait franchir le détroit à bord du *Henri-IV,* équipé d'une machine à vapeur de 30 chevaux-vapeur! Cela ajoutait au plaisir de la découverte. A peine monté à bord il arpentait le pont de long en large, questionnait les hommes d'équipage et demandait au capitaine de lui montrer le moteur.

Le capitaine Lelong avait bourlingué sur toutes les mers à bord de tous les bateaux imaginables. Il avait fait au moins dix fois le voyage d'Amérique sur des clippers longs et étroits qui atteignaient, grâce à leur voilure géante, des vitesses prodigieuses. C'était un petit bonhomme au visage rougeaud à moitié mangé par une barbe grise qui débordait en cascade sur ses épaules. Il aimait rire, il aimait boire et mâcher le bout de sa pipe, que celle-ci fût éteinte ou bourrée de l'épouvantable tabac brun que lui rapportait un ami en service sur les lignes hollandaises. C'était un fier marin Georges Lelong. Ses matelots se seraient fait noyer pour lui dans une mer à requins. Il connaissait l'instant précis où il fallait faire monter sur la drisse le hunier carré, cette diablesse de petite voile qui peut vous faire gagner un bon nœud, là-haut dans le ciel, pourvu que la grand-voile, les focs et le beaupré emportent déjà le voilier à une vitesse respectable.

Lorsque les expériences de Fulton sur l'utilisation de la vapeur s'avérèrent concluantes[1] et que les armateurs français commencèrent à s'intéresser à ce nouveau mode de propulsion, ils firent tout naturellement appel à Lelong qui connaissait le détroit comme sa blague à tabac. C'est que, pour s'orner d'une cheminée, les nouveaux bateaux essayés jusque-là timidement sur l'Hudson, la Seine ou la Tamise, n'étaient pas moins gréés à voiles pour s'aventurer en mer. C'est ainsi que le capitaine Lelong avait eu l'honneur de s'illustrer dans l'histoire maritime en réalisant à bord de l'*Elise,* le 17 mars 1816, la première traversée aidée par la vapeur entre Newhaven et Le Havre. Ce n'était encore qu'une audace, la vapeur fit long feu jusqu'à ce que les Anglais construisissent le premier vrai paquebot à vapeur, le *Rob Roy,* utilisé d'abord entre Greenock et Belfast puis mis en service entre Douvres et Calais.

C'est sur ce même bateau, racheté en 1822 par un armateur de Calais et rebaptisé *Henri-IV* que venait d'embarquer Bertrand.

Lelong se devait de veiller au confort et à l'agrément des passagers mais il avait ses têtes et pouvait aussi bien se montrer affable et sociable que froid et distant. Comme Bertrand était sympathique et Louise jolie à regarder, il s'évertua à les satisfaire et répondit à leurs questions, ce qui lui était agréable car il aimait parler de son bateau aux gens qui lui plaisaient.

– Je le connais bien mon *Henri-IV,* dit-il en tirant sur son brûle-gueule, cela fait déjà quatre ans que je

1. Ingénieur mécanicien américain qui imagina, en France, en 1798, un sous-marin à hélice propulsé manuellement et réalisa en 1807 le premier vapeur, le *Clermont* qui assura un temps la liaison New York – Albany sur l'Hudson.

le conduis, par tous les temps, contre vents et
marées, de Calais à Douvres. Vous voyez ces grosses
roues à aubes qui transforment cet aimable cotre en
une sorte de dragon qui crache le feu par ce tuyau de
poêle et salit mon cacatois. Eh bien! je ne sais pas
encore si elles aident ma voilure ou si ce sont les
voiles qui aident la vapeur. En tout cas aujourd'hui,
le vent se lève, mais comme il vient du nord-ouest il
va falloir naviguer au plus près et donner de la gîte.
Je me passerais bien de mon battoir tribord qui va
faire le moulin à vent!

— Quelle est la longueur de votre bateau, demanda
Bertrand?

— Il a un nom, appelez-le *Henri-IV*. Si tous les rois
avaient été comme le Béarnais, on n'aurait pas eu
besoin d'une révolution. Et ce n'est pas ce Charles X
qui va me faire changer d'idée! Mais revenons au
Henri-IV. Ses mesures, je les connais par cœur :
24,70 m de longueur, 4,75 m de largeur et un creux
de 2,40 m. Les proportions d'une belle femme! femme
Celles de la demoiselle, j'en suis sûr, ajouta-t-il en
regardant Louise qui rougit juste ce qu'il fallait.
C'était de plaisir.

— Et la machine?

— Ah! oui, bien sûr vous voulez voir cette chaudière qui fait un bruit d'enfer et use le matelot qui la
charge plus vite qu'un gabier dans sa mâture...
Venez, mais je vous préviens, c'est sale, ça sent
mauvais et ça dégage une odeur d'huile chaude
insupportable.

Bertrand découvrit dans la cale une chaudière de
cuivre luisante comme la bassine à confitures de sa
mère, des tuyaux astiqués et toute une machinerie de
leviers et de bielles auxquels la graisse donnait l'éclat
du diamant. Cette belle mécanique ne fonctionnait
pas encore mais un homme, torse nu, enfournait du
charbon par larges pelletées afin de faire monter la
pression nécessaire au départ. Il avait un visage
d'enfant sur un torse puissant tatoué d'un superbe

trois-mâts dont les voiles semblaient se gonfler à
chaque mouvement des épaules et des bras. Il posa
sa pelle à l'arrivée de Bertrand et salua de la main.

– Je ne vous dérange qu'un instant, dit Valfroy.
Votre travail n'est pas trop dur?

L'homme sourit :

– Ah! Ce n'est pas une tâche de gringalet! Mais
j'aime ma machine que je soigne et entretiens comme
une femme. Quand la mer est dure et que je pousse
la vapeur pour cravacher ces trente chevaux qui font
tourner les moulins du capitaine, je suis heureux. Et
puis, je suis mieux payé que ceux du pont; c'est qu'il
n'y a pas beaucoup de mécaniciens capables de faire
marcher un moteur comme celui-là! A Calais, on dit
qu'il n'existe pas meilleur capitaine que M. Lelong et
pas meilleur mécanicien que Mescot. Mescot c'est
mon nom. Eh bien! Mescot, il ne changerait pas sa
place pour le trône du Bourbon! Ah! celui-là!

Bertrand se dit que l'impopularité de Charles X
n'était pas le monopole de Paris.

L'heure avançait, on entendait le capitaine crier
des ordres aux trois hommes d'équipage.

– Quand le capitaine aboie c'est que le départ est
proche. Pardonnez-moi mais il manque encore de la
pression et nous allons passer le chenal à la vapeur.
Les voiles, ce sera pour plus tard quand nous serons
dans le vent mais j'aime mieux vous dire que tout est
paré et qu'il ne faudra pas longtemps pour étarquer
la toile.

Sur le pont, Bertrand retrouva Louise qui n'avait
pas voulu salir sa robe dans la chaufferie :

– J'ai des renseignements, dit-elle. Au large, le
vent est fort et pas très favorable. Il paraît que nous
allons danser et que la traversée durera au moins
quatre heures. Ma pauvre tante est déjà malade bien
que nous n'ayons pas encore bougé du port, elle est
allongée dans la cabine. Je nous ai retenu deux
places un peu abritées, à côté du timonier. J'espère
que nous ne serons pas obligés de nous réfugier à

l'intérieur, j'aime profiter du spectacle de la mer...
Tiens, je devrais épouser un marin!...

– Mais vous ne seriez jamais avec lui. Vous
passeriez votre temps à l'attendre à la maison en
tricotant et en vous occupant de la ribambelle d'enfants qu'il vous aurait faits pendant les escales!

Ils se regardèrent en riant. N'empêche, elle avait
parlé de mariage et le mot avait fait mouche. Bien
qu'il fût prononcé sur le ton du badinage, Bertrand
n'avait pas manqué d'en ressentir confusément le
poids.

Mais les préparatifs de départ avançaient. A peine
le dernier passager eut-il franchi la douane que le
capitaine Lelong, après avoir solidement enfoncé sur
sa tête une casquette délavée par les embruns de
toutes les mers du monde, commandait aux échelliers de retirer la passerelle. Un second ordre, « Larguez les amarres », libéra le *Henri-IV* qui se couvrit
d'un panache blanc : la vapeur déjà entraînait les
deux grandes roues latérales dans un bruit assourdissant de pistons et de cataractes. Lentement, comme
un animal à peine réveillé qui s'étire, le paquebot de
Douvres s'engagea dans le chenal. Louise se rapprocha de Bertrand. Appuyé au bastingage, il regardait
au passage des hommes qui s'affairaient au sommet
de la tour du fort Vauban. Ils préparaient la barrique d'huile et les mèches qu'on allumerait dès la
tombée de la nuit devant un demi-cercle de grosses
lentilles pour indiquer l'entrée du port aux marins[1].
Elle posa sa main sur celle de Bertrand. Ni l'un ni
l'autre n'entendit venir le capitaine qui dut toussoter
pour les distraire à leur silence :

– Vous voyez, ça fonctionne la vapeur! Peut-être
qu'un jour on pourra se passer de voilure! En

---

1. Feux de bois puis feux de charbon, les phares brulèrent de
l'huile jusqu'en 1864, année où l'électricité fit son apparition et
équipa le phare de la Hève. Depuis 1823, un jeu de lentilles
concentriques imaginé par Fresnel remplaçait sur les grands phares
le miroir parabolique utilisé depuis le milieu du XVII\ :sup:`e` siècle.

attendant nous voici bientôt dans le vent et je vais faire hisser... D'abord les focs, puis la grand-voile et le grand hunier. Regardez, c'est tout de même beau un bateau qui s'entoile!...

— Et le vent? demanda Louise, sera-t-il aussi fort et méchant que me l'a dit le timonier?

— Non, mais nous l'aurons contre nous. Vapeur ou pas vapeur, il va falloir tirer des bordées pour avancer.

— Combien de temps allons-nous mettre?

— Ça, les enfants, je suis bien incapable de vous le dire. Quatre heures, peut-être plus...

— Nous ne sommes pas pressés, dit Bertrand.

Dès que le paquebot eut passé le cap Gris-Nez, la mer jusque-là tranquille changea de forme et de couleur. Les lames plus courtes viraient au jaune et attaquaient sèchement les aubes de la roue de tribord, laquelle, entraînée par la vapeur sifflante de Mescot, les réduisait avec constance en une infinité de gouttelettes minuscules que le vent dispersait sur le pont. A l'abri derrière un coffre à drisses, serrés l'un contre l'autre, Louise et Bertrand regardaient le spectacle de la mer. Le bruit de la machine mêlé à celui du claquement du vent dans les voiles, vent dont la force augmentait à mesure qu'on s'éloignait de la côte, les empêchait de s'entendre. Avaient-ils d'ailleurs besoin de se parler pour saisir, entre chacune des secousses qu'un autan contraire imposait au navire, le moment rare qui leur était offert?

Au bout d'une heure de navigation, la mer était devenue si dure et les embruns si violents qu'ils durent se réfugier dans la cabine où l'odeur des vomissures mêlée à celle de l'huile chaude qui montait de la soute flottait au-dessus des groupes de passagers assis ou allongés sur les couchettes et les bancs. Recroquevillée dans son coin, la bonne tante semblait sommeiller; des malades, penchés sur leur seau, gémissaient, un enfant pleurait. Insensibles à ce spectacle lamentable, les deux jeunes gens s'allongèrent côte à côte sur un matelas libre, heureusement placé près d'une écoutille. Et puis, soudain, le paquebot changea de respiration. Le mélange des bruits auquel on s'était accoutumé se recomposa sur une autre octave : le capitaine venait de faire arrêter la machine. Seul le sifflement du vent et les craquements de la coque meurtrie accompagnaient maintenant le *Henri-IV* vers les côtes d'Angleterre.

— Il y a des moments où la vapeur et les aubes gênent plus la marche du navire qu'elles ne l'aident, dit le capitaine Lelong, venu un instant rendre visite aux passagers. Venez donc sur le pont, ajouta-t-il à l'adresse de Louise et de Bertrand. Le bateau bouge moins depuis que nous marchons seulement à la voile. Vous pourrez respirer un peu de bon air. Et puis nous allons croiser l'*Arrow,* un paquebot tout neuf de 130 tonneaux que les Postes anglaises viennent de lancer sur la ligne. C'est un beau bateau qui file ses dix nœuds. Je me demande ce qu'attend la France pour imiter la General Steam Navigation Company et construire une flottille de bateaux modernes. Si cela continue, les Anglais vont nous prendre toute la clientèle!

Deux feux vert et rouge se rapprochaient dans la nuit tombante. Bientôt on distingua un grand bouquet de voiles nimbé dans la fumée blanche de la vapeur. L'*Arrow* allait vite car le vent lui était favorable, bientôt il fut à hauteur du *Henri-IV* et lança trois mugissements de corne à vapeur qui firent sursauter Louise :

— C'est mon vieil ami Barnett qui nous salue, dit le capitaine Lelong. Un foutu marin lui aussi et qui a bourlingué comme moi avant de conduire la malle dans le Channel. Il a un beau bateau le bougre! Mais il faut lui répondre!

Il empoigna le cornet de communication avec la

soute à machine et hurla : « Réponds trois coups à l'*Arrow*! » A son tour la trompe à vapeur du *Henri-IV* rugit dans le vent. Déjà la malle britannique qui marchait aux roues et à la voile les avait dépassés et s'estompait dans sa fumée.

– Nous allons essayer de remettre la vapeur, marmonna Lelong. Si nous ne prenons pas trop de gîte nous gagnerons bien deux nœuds!

Il commanda de rentrer le beaupré horizontal et descendit donner des ordres au mécanicien Mescot. Bientôt la vapeur siffla, la machine se mit en marche et les aubes recommencèrent à marteler la mer qui, comme domptée, se calmait à l'approche de la côte anglaise.

– Je crois que nous n'allons pas tarder à arriver, murmura Louise.

– Et à nous séparer..., dit Bertrand en l'attirant contre lui. Il embrassa ses lèvres entrouvertes et goutta le sel d'une larme qui valait toutes les déclarations du monde.

– Tu pleures, ma chérie? demanda-t-il à mi-voix.

– Un peu... Cela me fait mal de devoir te quitter. Car je le sais bien, nous ne nous reverrons jamais. Toi à Paris, dans ton Faubourg, et moi dans la campagne du Kent... comment espérer nous retrouver?

– Cela n'est pas si sûr, petite Louise. Ce qu'a fait le hasard, l'amour peut le poursuivre. Nous allons nous écrire; un jour, si le poids de la séparation se fait trop lourd, je viendrai te chercher. Mais c'est peut-être toi qui accompagneras ta lady à Paris...

– Je veux que tu m'écrives dès que tu seras rentré à Paris. Ne laisse pas passer le temps qui fait tout oublier, même les promesses les plus sincères. Moi, je sais que tu vas me manquer. Et je sais que tu peux me rendre malheureuse!

– Allons, ne pleurnichons pas. Profitons plutôt des derniers moments de ce voyage qui nous a miraculeusement rapprochés. Tiens voici la côte.

J'aperçois le faisceau d'un phare là-bas, sur la droite. C'est sûrement Douvres.

– La voiture du château nous attend sur le quai d'arrivée. On va voyager toute la nuit et encore demain... Toi, prends une chambre au *St. William's Manor*. Le nom est pompeux mais c'est une petite auberge pas trop chère où tu pourras penser à moi dans un bon lit dont tu n'auras pas besoin de vérifier la propreté comme le conseille ton guide !

Ils rirent et s'embrassèrent longuement, si longuement que lorsqu'ils se séparèrent, le premier visage qu'ils aperçurent était celui de la tante Marguerite qui les regardait en hochant la tête.

– Eh bien ! dit-elle, je crois ma fille qu'il est temps de se préparer, nous allons entrer dans le chenal. Dire qu'après cette traversée épouvantable, il va falloir maintenant se faire secouer en voiture !

Le largage des voiles, le ralentissement de la machine, le capitaine à la barre pour l'accostage, tout se passa très vite. Des lanternes éclairaient le quai où attendaient les douaniers anglais qui paraissaient plus vifs que leurs collègues français. Déjà, Louise et sa tante avaient fait viser leurs passeports et un grand escogriffe vêtu d'une livrée verte et d'un haut chapeau s'était emparé de leurs bagages qu'il chargeait à l'arrière d'une voiture à deux chevaux. Bertrand se précipita. Soudain il avait eu très peur que la berline démarrât avant qu'il ait pu dire au revoir à ses compagnes de voyage et, surtout, demander à Louise l'adresse où il pouvait lui écrire :

– J'enrageais à l'idée que vous n'alliez peut-être pas y penser ! dit la jeune fille. Cet oubli aurait marqué la fin de notre histoire, monsieur de Valfroy. Tenez !

Elle avait préparé un billet plié en quatre qu'elle lui glissa dans la main. Bertrand se fit charmeur pour saluer la bonne tante. Un mouchoir s'agita longtemps à la portière de la voiture qui s'éloigna en grinçant.

Machinalement, Bertrand donna le nom du *St. William's Manor* au commissionnaire qui s'était emparé de son sac de voyage et le suivait sur les pavés disjoints du quai. Il gardait dans la main le billet de Louise comme un talisman. « Je le lirai tout à l'heure et j'écrirai un poème afin de le poster dès demain », se dit-il. Mais, arrivé dans sa chambre, il n'eut qu'une idée : se coucher et s'endormir en relisant les deux phrases tracées d'une écriture de jeune fille appliquée : « Ne m'oublie pas trop vite, mon Bertrand. Je crois que je t'aime vraiment! Tu peux m'écrire à Ham House, Richmond, Kent. J'espère avoir raison de croire que je recevrai bientôt une lettre de toi. Louise. »

Bertrand se réveilla le lendemain matin de bonne humeur. Sa montre de gousset – c'était celle du baron de Valfroy, un cadeau de Necker, qui avait égrené tant d'heures interminables dans les cachots de la Terreur et que sa grand-mère Antoinette lui avait léguée – marquait huit heures. Il tira le cordon qui pendait près du lit pour demander un broc d'eau chaude et eut la surprise de voir entrer un valet vêtu d'une impeccable tenue, portant un plateau où fumait une tasse en porcelaine de Chine :

– *Your early morning tea, milord,* dit l'homme en s'inclinant.

Bertrand n'aimait guère cette boisson que les Français assimilent à la tisane mais il se dit qu'il devait se plier aux coutumes d'un pays où les hôteliers sont si prévenants. Finalement, il convint qu'une bonne pinte de thé n'était pas d'un mauvais usage pour remettre d'aplomb un voyageur somnolent. Lavé, rasé, il descendit s'informer de l'heure de départ des diligences pour Londres. Par chance le bureau était à deux pas et il retrouva dans la cour des messageries voisine la même atmosphère bruyante et bon enfant que dans les relais français.

Dès qu'il entreprit de questionner l'employé préposé au départ, Bertrand s'aperçut que son apprentissage de la langue anglaise au lycée impérial n'avait pas laissé de traces suffisantes pour lui permettre de plonger sans difficulté dans la vie britannique. Il réussissait à se faire comprendre mais n'entendait pas grand-chose à ce qu'on lui répondait. La bonne volonté du préposé aidant, il réussit à savoir qu'il restait une place disponible dans le *mail coach* qui partait une heure plus tard. Il se serait contenté de cette certitude mais un voyageur anglais qui parlait assez correctement le français entreprit de lui expliquer qu'il pouvait aussi prendre le *stage coach* qui démarrait un quart d'heure après et qui coûtait trois pence de moins.

— Quelle est la différence? demanda Bertrand, le stage coach est sans doute moins rapide?

— Vous avez deviné. Le mail coach, que vous reconnaîtrez sur les routes à sa couleur jaune et noire et à ses roues peintes en rouge, a un horaire précis et couvre ses dix milles à l'heure, arrêts compris. Vos diligences, je crois, ne vont pas aussi vite! Comptez une douzaine d'heures pour arriver à Londres avec un arrêt pour le lunch.

Bertrand remercia chaleureusement ce gentleman qui, malheureusement, ne prenait pas la même voiture que lui. Il se retrouva donc dans le mail coach de Londres coincé entre un gros voyageur qui soufflait en croisant les mains sur le coussin de tweed de son ventre et une dame sans âge ni charme dont la maigreur compensait heureusement l'embonpoint du voisin de droite. Ni l'un ni l'autre ne comprenait le français. D'un accord tacite on renonça vite à échanger ces insignifiances dans lesquelles excellent les Anglais. Bertrand ferma les yeux et se choisit une attitude béate et lointaine pour composer dans sa tête, au rythme des secousses du coach, le poème d'amour destiné à Louise. Au relais de Canterbury il

put en transcrire la première strophe sur son carnet
de voyage :

> *Ton cœur mon cœur, est-ce ton cœur*
> *Le tien le mien le tien la mienne*
> *Est-ce mon âme est-ce la tienne*
> *Qui chante au vent notre bonheur?*

A Faversham, il tenait la deuxième :

> *Ma joue ton front et ta fraîcheur*
> *Entre mes lèvres est-ce ta bouche*
> *De cils de là un oiseau-mouche*
> *Qui volette ici l'enjoleur?*

A Dartford où l'on changea les chevaux pour la
troisième fois, les cinq autres occupants du coupé
regardaient avec un peu d'inquiétude le *french travel-
ler* dont les lèvres récitaient sans fin le silence et qui
ne cessait de compter sur ses doigts. Comment
auraient-ils pu savoir qu'il s'assurait que ses vers
n'étaient pas bancals! La troisième strophe, encore
qu'un peu osée, lui plaisait bien. Qu'en penserait
Louise?

> *Mes mains tes seins dessins d'un saint*
> *Rondeurs pudeur sur ta peau fine*
> *Est-ce ma main ma main câline*
> *Est-ce ton sein ce saint coussin?*

Il termina le poème dans sa chambre du *Tavistock
Hotel* où le fabricant de machines qu'il devait voir le
lendemain avait conseillé de descendre. Par la fenêtre, il pouvait découvrir la place de Covent Garden.
Inspiré par les étalages de fruits et de légumes,
Bertrand composa quatre vers qu'il déchira : ils
sentaient le pot-au-feu, pensa-t-il. Et il broda d'une
traite une guipure autour de ses rimes :

Coucou filou ton cou est doux
Dans les froufrous de la dentelle
C'est un bijou ma tourterelle
Et ton doux roucou me rend fou.

Il était léger comme ses vers l'ambassadeur du
faubourg Saint-Antoine! Jusque-là le voyage s'était
déroulé dans des conditions inespérées. Grâce à
Louise bien sûr qui avait transformé la redoutable
expédition de Londres en promenade amoureuse. Ce
n'était pas la première fois qu'il se sentait épris.
Aussi bien au cours de son tour de France que dans
son quartier, les filles n'avaient jamais manqué d'être
attirées par le fier et séduisant compagnon qui, à la
noblesse du bois, joignait, bien qu'il n'en fît jamais
état, celle d'un nom aristocratique. Plusieurs fois il
avait cru aimer mais il s'était vite rendu compte qu'il
s'agissait d'amourettes sans lendemain. Il y avait
bien Pauline, la petite Bordelaise, qui revenait parfois dans ses pensées et qui s'en évadait aussi vite.
Louise, c'était autre chose. Il y avait à peine vingt-
quatre heures qu'ils étaient séparés et déjà elle lui
manquait. Que pouvait-elle faire à cette heure où il
s'apprêtait à aller dîner? Il l'imaginait dans ce
château au nom un peu ridicule de Ham House,
sûrement enfoui dans une de ces verdures humides si
bien décrites par Walter Scott. Sa tante, sans doute,
n'était pas une domestique ordinaire, des liens quasi
filiaux l'attachaient à Lady Hobbouse et Louise,
quant à elle, lui avait dit qu'elle s'occupait de la
lingerie de sa maîtresse. N'empêche, cette situation
lui déplaisait. Tous les hommes du personnel
devaient tourner autour de la jeune fille. Lord
Hobbouse lui-même...
— Allons, se dit-il, te voilà jaloux! Tu divagues
mon vieux Bertrand! Cette adorable fille n'a eu que
des bontés pour toi, elle t'a même écrit qu'elle
t'aimait et tu ne trouves rien de mieux que de mettre

en doute son honnêteté! Dépêche-toi plutôt de lui écrire une lettre gentille pour accompagner ton poème et laisse faire la poste, le temps et l'amour, puisqu'il semble bien qu'il s'agisse d'amour.

Au rez-de-chaussée, l'aubergiste qui se tenait derrière un énorme bureau-guichet en acajou, se chargea de faire acheminer les rimes galantes de Bertrand vers Richmond et conseilla à son client d'honorer le dîner servi dans le grand salon :

– La cuisine du *Tavistock* est renommée à Londres et dans les environs, dit-il dans un français approximatif mais assuré. Je veux faire mentir la légende qui dit qu'on mange très mal en Angleterre. Entre nous, cher monsieur, moi qui vécus une année à Paris où j'étais premier maître d'hôtel à l'ambassade, je peux vous confier que cette mauvaise réputation n'est pas tout à fait usurpée. Mais chez moi, c'est autre chose et vos compatriotes connaissent bien ma maison. Tenez, pas plus tard que la semaine derrière, M. Henri Beyle, un écrivain qui envoie des chroniques parisiennes aux journaux anglais, était notre hôte. Il préfère la cuisine du *Tavistock* à celle des plus grands hôtels de Londres.

Bertrand se laissa convaincre. Comme Stendhal[1] il fut surpris par l'immensité du salon, cent pieds de long et trente de large, et dîna fort convenablement pour deux shillings[2].

---

1. *Journal de Londres* et *Souvenirs d'égotisme*.
2. 2,50 francs.

Chapitre 2

LE TEMPS DES BOIS CLAIRS

Merill Meadows, l'agent de la firme Thrust and Keeping dont la visite à Paris avait décidé du voyage de Bertrand, prévint celui-ci par un messager qu'il passerait le chercher à son hôtel vers deux heures. Le jeune Français avait fait repasser son vêtement défraîchi par le voyage et mis sa plus belle cravate blanche. Ses demi-bottes, serrées à la cheville par le pantalon bien coupé de *La Belle Jardinière,* avaient déjà pris le brillant profond et discret que seuls les valets anglais savent donner au cuir délicat du chevreau.

En un coup d'œil, Mr. Meadows avait jugé Valfroy :

— *Well*! Vous êtes plus anglais que les vieux Londoniens! Pardonnez mon étonnement mais votre élégance fait honneur aux tailleurs de votre pays. Vous me donnerez l'adresse du vôtre, je lui rendrai visite quand je viendrai à Paris installer votre machine.

— Nous n'en sommes pas encore là, dit Bertrand en riant, mais je goûte vos compliments. Quand allons-nous voir cette fameuse scieuse à vapeur?

— Mais tout de suite! Un *handsome cab* nous attend. Avant de vous accabler de renseignements techniques, je voudrais vous montrer la machine en fonctionnement chez l'un de nos clients, Maple, l'un des grands fabricants de meubles anglais.

— C'est ce que je voulais vous demander.

— Comment va votre père? Il vend des petites tables admirables et je compte lui faire bientôt une commande importante. Vous savez combien mes compatriotes sont friands des meubles français! Je vous ferai inviter chez sir Thomas Hope qui sera ravi de montrer sa superbe collection au petit-fils du grand Riesener.

— Je suis son neveu. C'est Œben qui est mon arrière-grand-père.

— Jean-François Œben, le bureau du roi... Dire que j'ai failli acquérir cette merveille en 1794! Mais quelle folie vous a poussés, vous autres Français, à vendre à l'encan votre patrimoine? Les châteaux britanniques sont aujourd'hui remplis de meubles du temps de Louis XV et de Louis XVI. A côté d'eux nos Chippendale et Sheraton font figure de lourdauds!

— Vous exagérez. Il existe de très beaux sièges et meubles anglais et j'aimerais connaître ce qui se fait actuellement dans vos ateliers.

— Vous verrez les plus intéressants chez sir Thomas qui est un esthète. Malgré sa fortune qui est immense, il passe son temps à dessiner des meubles et à les faire construire. Mais, tout de suite, vous allez vous rendre compte chez Maple de la production anglaise. Si nous y arrivons un jour, avec ce diable de cocher qui roule comme une tortue!

Comme le cocher en question se tenait à l'anglaise derrière le coupé et que la capote était baissée, il était inutile d'essayer de stimuler son ardeur. D'ailleurs, Mr. Meadows était trop occupé à se montrer agréable envers son client. C'était un bel homme, encore jeune, élégant, dont le vêtement à peine déformé comme il se doit faisait penser à Bertrand que le sien sentait un peu trop le neuf. Il parlait le français couramment, avec un accent dont l'origine semblait être sa moustache, tellement les pointes rousses vibraient toutes les fois qu'il cherchait un mot.

On arriva enfin au bout de Brompton Road devant une bâtisse de brique sur la façade de laquelle se détachait un panneau : « Maple and Co. » Il s'agissait d'une fabrique dont les dimensions n'avaient rien de commun avec celles des ateliers du Faubourg assemblés de guingois au fond des cours et des passages.

– Regardez, dit Meadows en montrant une cheminée d'où s'échappait un nuage de fumée noire. C'est la machine à vapeur qui distribue par des jeux de poulies et de courroies l'énergie aux différentes machines à bois.

Le plus jeune des fils Maple qui ne paraissait guère plus âgé que Bertrand accueillit avec chaleur son confrère parisien :

– Mr. Meadows m'a dit qui vous étiez et en particulier les liens qui vous unissent aux plus grands ébénistes français. Nous, nous sommes une jeune firme spécialisée dans le meuble anglais. Mais notre installation, la plus perfectionnée du pays, vous intéressera sûrement.

Comme il essayait de placer quelques mots de français dans sa conversation, il parlait lentement et Bertrand eut la satisfaction de constater qu'il comprenait l'essentiel de ce que disait son hôte.

Bertrand fut introduit dans un premier atelier qui, en dehors de ses vastes proportions, ressemblait à tous les ateliers d'ébénisterie : partout des établis où des ouvriers sciaient, rabotaient, assemblaient dans le même bourdonnement où dominaient successivement, comme dans un orchestre symphonique, un ou plusieurs instruments. Et puis, aussi, la même et prenante odeur de colle forte :

– C'est l'atelier traditionnel, dit le jeune Maple, vous n'y apprendrez rien de nouveau mais celui des machines va sans doute vous étonner.

Ils pénétrèrent d'abord dans une pièce surchauffée qui rappela à Bertrand la soute aux machines du *Henri-IV*. Deux hommes enfournaient du charbon dans la chaudière et un troisième surveillait la machine dont les pistons huilés entraînaient un énorme volant de fonte relié par une courroie à un arbre d'acier qui passait à travers le mur dans la pièce voisine.

— Voici nos machines, dit Meadows. Regardez-les fonctionner à loisir. Après je laisserai Mr. Maple vous dire ce qu'il pense de cette mécanisation.

Cinq machines, reliées par courroie à l'arbre moteur, étaient en fonctionnement, conduites chacune par un ou deux hommes :

— Dans l'ordre, dit Meadows, vous trouvez la plus simple et la plus ancienne : le tour; puis la scie circulaire que vous connaissez et qui sert à débiter les gros bois. La scie à ruban, à côté, est dangereuse pour le manipulateur mais c'est l'outil à tout faire. Seul inconvénient, la lame sans fin est difficile à affûter. Voici encore la machine à débiter les bois de placage. C'est l'un de vos compatriotes parisiens, l'ébéniste Cochot, qui a fait faire d'énormes progrès à cet outil, mais nul n'est prophète en son pays, personne en France ne s'est intéressé à son invention. La preuve, c'est que vous êtes ici! A propos, est-il vrai qu'en France on emploie de moins en moins le bois de placage considéré comme une tricherie et qu'on revient au bois massif, l'acajou, le chêne ou le noyer?

— En effet, le meuble massif, plus résistant, est redevenu à la mode mais il faut bien utiliser le placage pour les copies marquetées des siècles passés. C'est la spécialité de notre maison et cette machine doit nous intéresser.

— Enfin, vous voyez, au fond, la dernière-née : une machine à raboter. Avec ses lames hélicoïdales interchangeables pour les divers usages, c'est sans doute l'outil mécanique qui rend le plus de services.

Bertrand était ébloui. Il aurait voulu tout acheter et créer dans le Faubourg une usine à meubles aussi importante que celle de Maple and Co. Il n'en était naturellement pas question et il allait devoir choisir pour les proposer à son père et à son oncle une ou peut-être deux des merveilles qui fonctionnaient devant lui. Tout cela serait à étudier avec Mr. Meadows qui, en bon vendeur, guettait sur son visage chacune de ses réactions.

— Ce soir, je vous emmène souper, dit le représentant de Thrust and Keeping. Vous découvrirez ainsi un peu la vie nocturne de Londres, enfin celle des quartiers où l'on ne risque pas de se faire égorger. Les affaires, ce sera pour demain. Vous me parlerez de votre Faubourg qui semble tenir tant de place dans votre vie. Et puis aussi de votre tour de France. Votre père m'a parlé de cette étonnante coutume que nos jeunes devraient bien imiter. En attendant, je vous ramène à votre hôtel. Je passerai vous chercher vers six heures, nous ferons un petit tour de ville en cab et irons souper au *Beefsteack House*. C'est une maison sérieuse où l'on mange presque aussi bien qu'à Paris.

Bertrand vit ainsi de Londres tout ce qu'on peut en apercevoir par la portière d'un cab. Il fut surtout émerveillé par la vue d'Oxford Street, illuminée à perte de vue des deux côtés et coupée par Regent Street inondée elle aussi de lumière. Le cab s'arrêta près de Cavendish Square sous l'enseigne éclairée, au gaz s'il vous plaît, du *Beefsteack House*.

— Ce n'est pas le plus *swell* restaurant de Londres mais c'est celui où l'on mange la meilleure viande de bœuf, affirma Merill Meadows. Avec des pommes de terre, du fromage et un dessert, nous ferons un bon souper. Si vous souhaitez faire l'expérience d'un repas tout à fait à l'anglaise, nous boirons du thé ou de la bière.

Bertrand se hâta de dire qu'il choisissait la bière et fut agréablement surpris par la tendreté de la viande

qui, ô bonheur! n'avait pas été bouillie avant d'être
grillée. Les choses ne se gâtèrent qu'au dessert,
lorsque le serveur lui apporta un grand godet de
verre rempli d'une gelée jaune de fort bonne mine et
tenue au frais dans une coupelle de glace pilée.
Comme le goût de cette friandise lui semblait bizarre
et même pour dire la vérité franchement mauvais, il
demanda ce que c'était. « *It is calf foot gelley, sir* »,
répondit le serveur. Bertrand crut ne pas avoir bien
compris et questionna Meadows du regard.

– Eh oui, c'est de la gelée de pied de veau!
répondit celui-ci en souriant. C'est typiquement
anglais. Je n'aurais jamais dû vous laisser commander ce mets qu'il est décidément impossible d'apprécier si l'on n'est pas né de ce côté du Channel.

Le lendemain matin, Meadows déploya tout son
art de vendeur en inondant de prospectus et de tarifs
la chambre de Bertrand où ils s'étaient réfugiés pour
être tranquilles.

– Nous sommes disposés à vous consentir des
conditions tout à fait intéressantes, affirma-t-il. Pas
seulement parce que vous êtes sympathique et qu'on
veut vous faire plaisir mais parce que vous allez être
notre premier client à Paris. Bientôt, tous les ébénistes d'une certaine importance vont devoir mécaniser
leurs ateliers. Ils viendront voir votre installation...
vous servirez en quelque sorte de vitrine à nos
machines. Vous voyez, nos intérêts se confondent.

– D'accord, Mr. Meadows, répondit Bertrand
après un moment de réflexion, mais une vitrine,
comme vous dites, cela se paie. Mon père sera tout à
fait disposé à montrer à ses confrères votre production, mais à condition que vous nous consentiez un
rabais important.

Bertrand ne dormit guère cette nuit-là. Il imaginait l'atelier d'Emmanuel transformé en fabrique,
mécanisé, envahi de poulies et de courroies de cuir,
occupé jusque dans ses recoins par des machines
ronflantes qui débitaient au calibre et à la courbure

souhaités des bâtis de pieds de chaises dont il ne restait qu'à assurer la finition à la main. Dans la première pièce donnant sur la rue Saint-Nicolas, où l'on vernissait les meubles terminés, une chaudière à vapeur avait pris la place des réserves d'alcool, de vinaigre, d'acétate de fer, d'huile, de noix du Brésil, d'eau-forte, de sang-dragon et d'orcanette, ces deux derniers nécessaires pour imiter l'acajou en teignant le bois de poirier...

Et puis, Bertrand réfléchissait. Il savait bien qu'une telle mutation n'était pas possible. Pour des raisons financières d'abord mais surtout parce que la renommée de *l'Enfant à l'oiseau* reposait entièrement sur sa spécialité de travail soigné, de copies irréprochables et de fini exemplaire. Il ne pouvait être question de changer de clientèle, d'abandonner les amateurs de beaux meubles dont certains étaient fidèles à la maison depuis le Directoire pour satisfaire le plus grand nombre en fabriquant en série des meubles de qualité douteuse. Dans ces conditions, la machine était-elle vraiment utile? Ce qu'il avait vu chez Maple et dans les catalogues de Meadows lui donnait à penser que le bon choix se situait dans un juste milieu, la machine demeurant une auxiliaire destinée à diminuer les temps de préparation du travail. Il fallait donc en rester à la petite machine à scier circulaire et à la machine à couper les feuilles de placage. Pour entraîner ces deux outils qui, d'ailleurs, n'étaient pas obligés de fonctionner ensemble, une petite machine à vapeur, facile à mettre en marche et peu encombrante ferait l'affaire. C'est sur ces bases que Bertrand avait décidé d'engager la négociation avec Meadows avant de reprendre le bateau pour Paris.

Meadows évidemment avait espéré mieux. Longtemps il chercha à convaincre le jeune homme d'acquérir un matériel plus lourd et plus complet :

— Vous ne serez pas long à regretter de ne m'avoir

pas écouté. Bientôt vous devrez revendre vos machines à perte afin de les changer. Réfléchissez...

Devant la détermination de Bertrand, il finit par
s'incliner et fit des propositions chiffrées et détaillées
que le garçon rangea dans son bagage :

— Merci, Mr. Meadows. Maintenant, c'est à mon
père et à mon oncle de décider. Je vais rentrer
après-demain en France. Avant, je souhaiterais tout
de même rencontrer sir Thomas Hope. Vous m'aviez
proposé...

— Très bien, cher ami, j'essaie de vous arranger un
rendez-vous pour demain matin. Mais je vous préviens, sir Thomas est un vieil original. Si vous lui
plaisez, tout ira bien, sinon il vous dira au bout de
cinq minutes, avec une politesse exquise, qu'il doit
vous reconduire à la porte parce qu'il doit rencontrer
le prince de Galles, ce qui sera peut-être vrai.

— Parlez-moi donc un peu de ce monsieur. Il est
bon de savoir qui l'on va rencontrer.

— Je suis bien placé pour le faire car j'ai travaillé
cinq ans pour lui. J'étais à la fois son secrétaire, son
conseiller, son acheteur. Nous nous sommes séparés
— question de caractères — mais sommes demeurés
amis. Quand je découvre un meuble rare, je vais tout
de suite le lui proposer. Que voulez-vous savoir?

— Tout. Le peu que vous m'en avez dit me donne
vraiment envie de connaître ce personnage.

— Bon. Commençons par le début. Il doit avoir
cinquante-six ou cinquante-sept ans. Il est né à
Amsterdam d'une riche famille de banquiers et a
passé toute sa jeunesse à voyager en Grèce, en Sicile,
en Égypte, en Turquie, en Syrie, partout où il était
sûr de rencontrer des ruines antiques. Quand sa
famille vint s'établir à Londres, vers 1795, il était
considéré comme l'un des plus riches héritiers d'Europe. Considérant cette réputation et cette fortune
suffisantes, il ne s'intéressa jamais, ni de près ni de
loin, aux affaires de la banque, préférant consacrer
son temps et son argent à briller dans la société

raffinée de Londres, de Brighton et, surtout, à réunir une extraordinaire collection d'œuvres d'art dans sa maison de Duchess Street près de Portland Place. C'est là que vous irez le voir demain. Fasciné par la sculpture et la peinture antiques, comme l'étaient chez vous David, Percier et Fontaine, il pensa qu'on avait copié l'antique ou qu'on s'en était inspiré d'une façon tout à fait erronée. Alors, il voulut savoir, il voulut comprendre pour essayer d'influer sur le style anglais de l'époque, le fameux Regency. Le plus fort, c'est que n'étant ni architecte, ni artisan, ni créateur, il y réussit, en s'entourant de sculpteurs, de peintres et d'ébénistes, car il avait une passion pour les meubles. Il écrivit des livres, il publia des recueils de dessins et même un roman historique, *Anastasius or Memoirs of a Greek*[1]. Voilà! Le reste du personnage que son ami lord Byron appelait le *gentleman of sofa,* c'est à vous de le découvrir.

Lord Thomas reçut Bertrand avec chaleur. Les noms d'Œben et de Riesener étaient pour le dandy cosmopolite de Duchess Street la meilleure des introductions :

– Meadows m'a dit que vous êtes ébéniste et que votre famille s'honore d'avoir dans son ascendance les artistes incomparables que furent Œben et Riesener. C'est plus qu'il n'en faut, monsieur, pour vous considérer ici chez vous. Nous allons, si vous le voulez bien, bavarder en visitant cette maison à laquelle je travaille depuis près de trente ans. Entrons d'abord dans la galerie des tableaux...

L'énorme pièce de marbre au plafond gréco-romain soutenu par quatre colonnes doriques renfermait des meubles curieux, tous inspirés de l'antique avec des réminiscences égyptiennes et chinoises inattendues :

– C'est moi qui ai dessiné ces meubles, dit-il. Ils

---

1. *Anastasius ou les mémoires d'un Grec,* ouvrage qui lui valut un grand succès.

figurent tous dans un livre que j'ai publié en 1809 :
Household Furniture and Interior, dont je vous ferai
cadeau. Vous remarquez, je pense, l'influence du
style Directoire de mon ami Fontaine?

– MM. Fontaine et Percier sont de grands amis
de ma famille. Ils fréquentent notre maison depuis la
Révolution. Leur talent est immense!

Lord Thomas acquiesça et dit :

– Vous cherchez peut-être les tableaux? Ils sont
derrière ces tentures afin d'être protégés de la
lumière.

Visiblement les tableaux étaient le cadet de ses
soucis. Il ne proposa pas d'ouvrir les lourds rideaux,
préférant s'attarder devant un groupe de statues :

– *Aurore et Céphale dans la maison de Hope,*
annonça-t-il en ajoutant : c'est l'œuvre de Flaxman,
un sculpteur qui travaille pour moi, comme Canova
l'auteur prestigieux de cette nymphe que vous voyez
entre ces deux petites tables en acajou sculpté. Elles
sont de moi, naturellement, comme cette autre table
plus importante où les références à la Grèce (les
cariatides qui soutiennent le plateau) sont mêlées à
celles de l'Égypte antique (la déesse Isis)...

Il parlait un français très pur et son ton, quelque
peu emphatique, convenait à l'architecture et au
mobilier de la maison. Brusquement il s'arrêta après
avoir annoncé sur le pas de la porte du « salon
bleu » : « Meubles romains, plafond décoré de
paysages indiens et panneaux sur les murs d'origine
turque. »

– Ainsi, monsieur, vous êtes ébéniste?

– Oui, je travaille avec mon oncle. Mon père
possède un magasin de meubles et de décoration
grande rue du faubourg Saint-Antoine...

– Pourquoi ne resteriez-vous pas à Londres?
coupa Thomas Hope. J'emploie déjà deux ébénistes
français, Decaix et Bogaert, des émigrés. Ce sont eux
qui ont construit presque tous les meubles qui sont ici.

Bertrand sursauta. C'était une proposition à

laquelle il était loin de s'attendre. L'espace d'une seconde il pensa que son acceptation lui permettrait de demeurer près de Louise mais, aussitôt, il se dit qu'il ne pouvait faire une chose pareille à ses parents. Et puis il n'avait, hormis la présence de Louise à quelques milles de Londres, aucune raison de s'installer en Angleterre. Pour ne pas vexer son hôte, il remercia et dit qu'il allait réfléchir mais qu'il était, pour l'heure, obligé de rentrer à Paris afin de rendre compte à la famille de sa mission.

– Ah oui! Vous êtes venu acheter ces cochonneries de machines. Meadows m'a dit. Comment voulez-vous construire des meubles d'art à la vapeur? Enfin, pensez à ce que je vous ai dit et si vous revenez à Londres, passez me voir.

La visite était terminée. Chargé de deux albums de dessins représentant des centaines de lits, de tables, de fauteuils et de canapés aux décors surchargés de tous les styles antiques, Bertrand se retrouva dans la rue tout abasourdi. Il se promit de parler à Fontaine de cet halluciné du bois.

Une lettre l'attendait à l'hôtel. Il reconnut sur l'enveloppe l'écriture de Louise et son cœur se mit à battre plus fort. Le rêve de la vapeur et l'originalité de lord Thomas avaient estompé sans l'effacer la pensée de la jeune fille. La lettre attisa le feu qui couvait depuis Douvres et c'est en tremblant qu'il décacheta le pli. Déjà, l'en-tête le ravissait : *Mon voyageur chéri.* Elle avait employé le mot « chéri »! Pour Bertrand qui n'avait jamais reçu une lettre d'amour, c'était un engagement. Il lut d'un trait :

La poste a apporté ce matin tes vers au château. Lady Hobbouse m'a remis l'enveloppe avec un petit sourire. Ma tante qui ne sait pas tenir sa langue avait dû lui parler de toi car elle a ajouté : Cela m'a tout l'air d'être de ton amoureux français, l'adresse n'est pas libellée à l'anglaise. Et puis, voyant mon trouble, elle a ajouté : Va donc lire ta lettre et reviens m'assurer que ce garçon a de l'esprit!

Et j'ai lu ta poésie. Tu ne peux imaginer combien tes strophes, légères comme des papillons, m'ont fait plaisir et combien tes rimes m'ont séduite. Dans ma première lettre, je te disais : Je crois que je t'aime. Aujourd'hui, je te crie : je t'aime, je t'aime, je t'aime... Hélas! nous allons être séparés par des heures et des heures de voiture et de bateau. Quand nous reverrons-nous? C'est la seule question qui m'intéresse. Réponds-moi vite.

Ta Louise.

P.-S. Ma maîtresse m'a reparlé de toi : Est-ce une bonne lettre que tu as reçue? Je lui ai répondu : Ce n'est pas une lettre, c'est un poème! Un poème! s'est-elle écriée, mais c'est merveilleux. Il reste encore des hommes capables de faire leur cour en rimant! Tu as de la chance. Tiens, ne le dis à personne : je t'envie, lord Hobbouse, lui, m'a déclaré son amour en me parlant de la chasse à la grouse!

Tu vois, lady Jane est bien disposée à notre égard. Elle nous aidera à nous retrouver. Je ne sais pas comment mais j'ai confiance. Et toi, as-tu toujours envie de me revoir?

Fou de joie Bertrand rangea soigneusement la lettre et se mit à improviser une chanson en faisant son bagage : c'était la réponse à Louise, saisie dans un quatrain et qu'il entreprit sans attendre de transcrire :

Ni les flots ravageurs ni la route poudreuse
Ne vont ma douce fleur dresser entre nos cœurs
Obstacles au bonheur ou barrages frondeurs.
Il faut croire à l'amour, ma belle ensorceleuse!

– Ce n'est vraiment pas un chef-d'œuvre! se dit Bertrand en relisant ses vers, mais tant pis : elle les recevra demain quand je voguerai vers la France. Et il pensa que sans Louise le voyage de retour allait être bien long...

Bertrand fut accueilli place d'Aligre comme un héros. Il serait revenu du cap Horn après avoir survécu à trois naufrages que la famille et les voisins ne lui auraient pas posé plus de questions. Il est vrai qu'avoir traversé la Manche constituait pour les gens du Faubourg, qui se hasardaient rarement sur la rive gauche de la Seine, un exploit prodigieux. Quand il annonça qu'il avait emprunté un paquebot à vapeur chacun s'extasia :

– C'est donc vrai qu'on navigue maintenant à la vapeur! s'exclama l'oncle Emmanuel.

– Comment le bateau ne prend-il pas feu? demanda Marie qui se sentait prête à aller brûler un cierge à sainte Marguerite pour remercier le Bon Dieu d'avoir permis à son fils d'échapper à d'aussi grands périls.

Le cousin Eugène Delacroix, prévenu du retour de Bertrand, était descendu de son atelier du passage Saulnier pour se joindre au chœur familial. Il avait amené le jeune Léon Riesener, fils d'Henri-François Riesener dont la femme, la pauvre Félicité, attendait toujours le retour de Moscou[1]. Eugène était maintenant un peintre connu. Mieux que la célébrité, sa peinture, depuis *Le Massacre de Scio,* lui apportait

---

1. Henri-François Riesener, élève de David, était un bon portraitiste. Il était lui-même le fils de Jean-Henri Riesener, le célèbre ébéniste, et avait accepté un poste de peintre à la cour de Russie. Le jeune Léon, âgé de dix-huit ans, peignait lui aussi. Il était le cousin d'Eugène Delacroix et, dans la fiction, celui de Bertrand de Valfroy.

la consécration d'une bataille d'écoles. Après la mort
de son ami Géricault, il devenait à vingt-huit ans le
chef de file des adversaires de l'académisme. Bertrand qui avait toujours été proche de lui l'admirait
profondément. Il enviait un peu son cousin qui
rencontrait dans le salon de Jean-Baptiste Pierret,
leur condisciple au lycée, tout un groupe intéressant
de Paris : Mérimée, Viel-Castel, Sauvageot, Viollet-
le-Duc... C'est à eux qu'il rêvait de venir lire un jour
ses poèmes...

Delacroix qui avait été à Londres l'année précédente pour admirer les tableaux de Constable de
Fielding, de Bonington qu'il avait connus au Louvre
alors qu'ils copiaient les Rubens, ne se lassait pas de
questionner Bertrand :

— Ah! Londres... Quelle ville! As-tu été voir les
paysages de Constable?

— Mais non, je n'ai eu le temps que de m'occuper
des machines-outils à vapeur et de voir un gentleman
extravagant, lord Hope, qui m'a fait visiter sa maison.

— Comment? Tu as pu rencontrer lord Hope?
C'est paraît-il un personnage fascinant mais qui est
plus difficile à approcher que le roi d'Angleterre.

— J'ai pu le voir longuement, il m'a donné ses
livres de modèles de meubles, répondit Bertrand pas
mécontent de pouvoir briller aux yeux de son cousin.
Il m'a même proposé, ajouta-t-il avec un sourire, de
venir travailler pour lui à Londres et à Brighton!

— Tu ne vas pas y aller? dit Marie déjà inquiète.

— Non, rassure-toi. Si je retourne à Londres, ce ne
sera pas pour ce vieux fou!

— Et pourquoi donc? demanda Ethis. Tu as rencontré là-bas une jolie Anglaise? J'en étais sûr. Tu
me raconteras cela mon garçon.

L'Anglaise de Bertrand suscitait naturellement
l'intérêt de tous, mais le jeune homme se refusa à en
dire plus. C'est à Eugène qu'il raconta, en le raccom-
pagnant, sa rencontre avec Louise.

– Elle à Richmond, toi faubourg Saint-Antoine...
vous ne risquez pas de nous faire bientôt un petit
cousin, plaisanta Delacroix. Mais enfin, Londres
n'est pas le bout du monde et si tu veux nous irons
tous les deux après le Salon où j'expose plein de
choses. Mais dis donc, fais-tu toujours de la poésie?
Tu m'avais lu dans le temps quelques vers qui
n'étaient pas mal tournés.

– Si tu les trouves bons, m'inviteras-tu à venir les
lire devant tes amis?

– Pourquoi pas? Mais d'abord, si tu veux, nous
irons demain au *Moulin-Vert* ou plutôt au *Moulin à
beurre* chez la mère Saguet. J'aime de temps en
temps, avec mes amis Pierret et Jules-Robert
Auguste que tout le monde appelle M. Auguste, aller
me plonger dans cette atmosphère populaire de la
barrière du Maine. On rit, on chante, on déclame...
Je suis sûr que tes chansons de compagnonnage y
obtiendraient un grand succès. *Le Moulin à beurre,*
ce n'est pas le salon de Mme de Damas mais on s'y
régale de tripes et de joyeux couplets en compagnie
de gens qui s'appellent Thiers, Armand Carrel,
Hugo, Dumersan et Béranger. Viens, cela te fera
oublier ton Anglaise!

Il restait à choisir la machine dont l'installation
devait transformer la vie de l'atelier familial. La
veille, une réunion plénière avait permis à Bertrand
de rendre compte de sa mission à Londres. Alexandre Lenoir qui avait abandonné son musée des
Monuments français depuis qu'une ordonnance
royale avait rendu aux édifices religieux leurs anciennes œuvres d'art et qui était chargé maintenant de
l'administration des monuments de la basilique de
Saint-Denis, avait été prié à souper pour donner son
avis.

Le nouveau poste qu'on lui avait confié lui laissait
des loisirs qu'il consacrait à écrire et à publier des
ouvrages dont les belles reliures occupaient place
d'Aligre tout un rayon de la bibliothèque offerte

naguère par Riesener à sa belle-fille Antoinette. La
Description du Musée royal comportait huit volumes.
La Vraie Science des artistes deux, et Lenoir travaillait maintenant à la rédaction d'un *Atlas des monuments et des arts libéraux*. Toutes ces occupations ne
l'empêchaient pas de demeurer fidèle à la famille
d'Ethis à laquelle tant de souvenirs l'attachaient.

Comme tout le monde, il écouta Bertrand et fut le
premier à le féliciter :

– Mon garçon, ton analyse semble pleine de
sagesse. Je me méfie un peu de toutes les nouvelles
mécaniques qui prétendent remplacer la main de
l'artiste. Quand on a vu travailler le grand Riesener,
on ne peut s'empêcher de se demander quel cas il
aurait fait de ces machines à gagner du temps. Il est
vrai que durant toute sa carrière il n'a pas construit
deux meubles absolument identiques. Tout chez lui
était création, comme chez Martin Carlin ou David
Roentgen, pour ne citer que deux des ébénistes
géniaux de la fin du siècle passé. Aujourd'hui tout
est changé. Les dessinateurs, à commencer par nos
amis Percier et Fontaine, proposent aux artisans des
modèles tellement précis que ces derniers, abandonnant tout esprit inventif, sont réduits au rôle d'exé-
cutants et reproduisent autant de répliques du
modèle initial que l'on veut. C'est un autre travail,
respectable d'ailleurs, qui fait intervenir une notion
nouvelle dans l'ébénisterie, celle de rapidité. De la
rapidité à la machine il n'y a qu'un pas. Cela ne
m'étonne pas que mon cher Ethis veuille le franchir.
Il a raison, mais je suis heureux de constater votre
prudence : il me paraît raisonnable, pour conserver à
votre atelier sa renommée, de n'utiliser la mécanique
qu'à bon escient, seulement pour certains travaux
d'ébauchage.

– Nous sommes tous d'accord! dit Ethis, et nous
allons adopter le projet le plus simple, le moins
coûteux, le mieux adapté à nos fabrications. C'est

celui qui, à Londres, a retenu l'attention de Bertrand.

Il fut donc convenu que celui-ci écrirait dès le lendemain à Merill Meadows pour lui commander une machine à vapeur légère et facilement démontable ainsi qu'une scie circulaire et une scie à bois de placage. Cette décision prise on passa à table. Une fois de plus se répandit l'odeur savoureuse d'un bœuf en daube, cuisiné par Marie et Lucie selon la vieille recette transmise autrefois à Antoinette par sa mère Marguerite.

– Je n'ai pas besoin de ce fumet, reconnaissable entre tous, pour penser à ma chère Antoinette, dit Lenoir, mais il me remet tellement de souvenirs en mémoire que je ne peux le respirer sans sentir... Excusez-moi, je m'absente un instant.

Il n'était pas le seul à retenir ses larmes. En regardant Alexandre quitter la table, Lucie sortit son mouchoir, Ethis l'imita et Antoinette-Émilie, la jeune sœur de Bertrand, éclata en sanglots. C'était souvent comme ça, dans la « maison Œben », qu'on honorait à propos d'un rien, d'une odeur, d'un papier retrouvé dans un livre, la mémoire d'Antoinette qui souriait dans son cadre doré au-dessus de la table.

Afin de ne pas faire monter Bertrand jusqu'au passage Saulnier, les cousins étaient convenus de se retrouver, derrière le Luxembourg, à la barrière du Maine devant l'entrée du *Moulin à beurre*[1]. Arrivé le premier, Bertrand regardait avec curiosité des groupes joyeux d'hommes, jeunes pour la plupart, vêtus indifféremment d'une blouse ou d'une redingote,

---

1. L'ancien *Moulin-Vert* était devenu pour les clients le *Moulin à beurre* parce que son nouveau propriétaire avait fait fortune dans le commerce du beurre.

s'engouffrer sous la porte cochère qui menait, au fond d'un jardin, à la véritable entrée du cabaret. Les femmes étaient rares mais celles qui arrivaient au bras d'un compagnon étaient plutôt jolies. Bertrand se dit qu'il aurait été bon d'avoir ce soir Louise près de lui. Un instant, sa pensée s'évada vers Hame House, le château de brique rouge que lui avait décrit la jeune fille. Que faisait-elle à cette heure? La lecture à lady Hobbouse, peut-être, ou de la broderie près d'un de ces feux de charbon qui font croire aux Anglais qu'ils ont chaud dans leur maison? Peut-être lui écrivait-elle? L'arrivée dans une voiture de place d'Eugène et de Léon le ramena à Paris, les trois garçons s'embrassèrent et Delacroix, l'aîné, ouvrit la marche vers le cabaret où un garçon leur trouva des places près de l'estrade encore vide.

Tout était nouveau pour Bertrand ce soir-là, à commencer par l'atmosphère pleine de gaieté et d'exubérance qui régnait dans la salle où tout le monde semblait se connaître, s'étreignait, se faisait des signes. Il éprouvait un vrai bonheur d'être mêlé au monde des artistes, des poètes, des chansonniers, pour la plupart amateurs mais qui se croyaient tous promis au succès. Lui-même avait apporté, sur le conseil de Delacroix, quelques feuillets de ses chansons du compagnonnage et ses dernières poésies. Aurait-il tout à l'heure l'audace de monter sur l'estrade pour les lire et les chanter? Il n'en savait rien, laissait faire son cousin qui serrait des mains, le présentait à la ronde et qui semblait jouir ici d'un prestige particulier, celui d'une jeune célébrité dont la peinture révolutionnaire suscitait autant d'enthousiasme que de contestation.

– Cela te change des cabarets du Faubourg? demanda Eugène qui s'amusait de l'étonnement de son cousin. Ici tu n'entendras pas parler de « bois de bout » ou d'« incrustation de citronnier », encore que notre société chantante qui rassemble près de mille membres compte des charpentiers et des menuisiers. Il y a de tout dans notre confrérie : des ouvriers, des fonctionnaires des finances, des peintres, des sculpteurs, des journalistes, des écrivains. Il y a même un poète-chansonnier génial, c'est le président qui vient justement de s'installer à sa table. Nous irons le saluer tout à l'heure.

— Il ne monte pas sur l'estrade?

— Rassure-toi, il va y monter, frapper les trois coups, comme au théâtre, puis redescendre car nous allons d'abord manger. Avant de chanter, il faut se refaire le torse. Cela ne sera pas aussi bon que place d'Aligre mais à la chanson comme à la guerre... Tiens, les serveurs arrivent avec les assiettes et les soupières.

Ils apportaient aussi de grands cruchons de vin des coteaux parisiens et l'on trinqua à chaque table tandis que Béranger, un petit homme d'une cinquantaine d'années, un peu chauve, l'œil pétillant de malice et vif comme un lapin, escaladait la tribune. Il s'assit dans le grand fauteuil qui faisait face à l'assemblée et se saisit d'un étrange instrument placé devant lui : une sorte de maillet de bois reposant dans un énorme pot de grès. Un silence de cathédrale s'établit soudain et Béranger frappa trois coups sur le flanc de la cruche qui trois fois vibra comme une cloche. Ce n'était pas une sonnette mais un bourdon. Aussitôt tout le monde se leva. « Chapeau bas! » cria une voix et l'assistance en chœur entonna :

> *Accourez au Moulin-Vert,*
> *Gais enfants de la folie;*
> *Pour vous, pour femme jolie*
> *On met toujours un couvert.*

Trois nouveaux coups furent frappés par le président qui regagna sa place et la soupe de légumes, épaisse et chaude, fut servie dans les assiettes par un convive bénévole. C'est Bertrand, le nouveau, qui fut

désigné à sa table et s'acquitta avec bonne humeur
de sa tâche.

– Maintenant, nous avons une heure pour manger, dit Delacroix à Bertrand. Faisons honneur au
menu de la mère Saguet. Ce n'est qu'au dessert
qu'on s'inscrira pour les chansons. J'irai avec toi car
je ne veux pas que tu te défiles. Et nous t'applaudi-
rons comme il convient, tu peux en être sûr!

Ainsi allèrent les choses. Il ne viendrait pas à l'idée
d'un chanteur d'opéra de manger des tripes avant
d'entrer en scène mais au *Moulin-Vert,* le vin aidant,
c'est sans appréhension que Bertrand monta les trois
marches de la destinée.

Le président se leva pour l'accueillir et le présenter :

– Voici, mes amis, un nouvel artisan du couplet
qui vient nous rejoindre. C'est Bertrand Valfroy,
cousin de notre ami Eugène Delacroix qui répand
avec tant de talent le sang des Turcs sur les toiles du
Salon. Valfroy est un ébéniste du faubourg Saint-
Antoine, il a fait son tour de France et tous les
compagnons, de la Bretagne à la Lorraine et de
Dunkerque à Marseille, chantent ses chansons. C'est
un répertoire que nous ne connaissons pas mais qui
sent l'odeur du bois de chêne fraîchement raboté.
Applaudissons Bertrand Valfroy!

Et Bertrand chanta le compagnonnage, la solidarité de l'établi, l'initiation des aspirants, les batailles
des gavots contre les dévorants. Il chanta l'amour,
l'harmonie universelle et le symbolisme de l'équerre
et du compas. Tout cela était un peu confus mais
l'assistance, gagnée par l'enthousiasme et la sincérité
de Bertrand, reprit en chœur le refrain d'*Une rose à
la canne,* devenu le chant de ralliement des compagnons du Devoir de liberté :

> *Une rose au bout de ma canne,*
> *Une fleur au fond de mon cœur,*
> *Je ne crains pas la tramontane*

C'est le vent du grand bonheur,
Celui des compagnons du tour,
Bons ouvriers, bons troubadours.

Une ovation salua le dernier couplet et Bertrand fut invité à lire un poème. Il n'eut pas besoin de notes, car il le connaissait par cœur. La dernière strophe, bien venue, fit oublier le début un peu mièvre :

Sa taille était de celles qu'on compare aux
[amphores,
Fine comme le cou du cygne dédaigneux,
Elle s'évasait à peine au point mystérieux
Où la femme est plus femme et s'offre aux
[métaphores.

Bertrand fut à nouveau applaudi et Béranger lui-même déclara qu'un poète était né au *Moulin-Vert.* Il l'engagea toutefois à s'intéresser à la satire politique puisque, dit-il, « c'est le rôle des poètes et des chansonniers de fronder le pouvoir établi ».

Pour appuyer son conseil, le président succéda au jeune ébéniste. Il chanta sa chanson la plus populaire, *Le Vieux Sergent,* qui lui avait valu la prison en 1815. Tout le monde ici, à part Bertrand, en connaissait les paroles et c'est l'assistance entière, plusieurs centaines de boute-en-train, qui brocarda sur un air entraînant les réactionnaires ultras de tout poil. Bertrand était stupéfait de constater la liberté qui régnait dans le cabaret et les risques que prenaient ceux qui se succédaient sur l'estrade en ridiculisant à mots à peine couverts l'archevêque de Paris et ses fameuses « processions générales[1] », le ministre

---

1. 1826 fut l'année du « grand jubilé » marqué par quatre gigantesques processions dans les rues de Paris, conduites par tout le clergé, la famille royale avec une pompe et un éclat depuis longtemps oubliés.

de Villèle qui prétendait exhumer de la poussière féodale le droit d'aînesse, les deux chambres, les jésuites et même le roi dont la morgue constituait un sujet de choix pour les contestataires.

— Les agents de police qui sont à la porte n'interviennent jamais? demanda Bertrand.

— Non, ils rient avec nous et se contentent certains soirs d'expulser les consommateurs un peu trop éméchés, ce qui est rare dans les réunions de notre société. Et puis, Béranger est quasi intouchable : l'année dernière, le tribunal l'a relaxé. Je crois que le gouvernement s'est rendu compte que ses chansons libérales et patriotiques sont finalement moins dangereuses que tout ce qu'on peut lire dans *Le Constitutionnel* ou *Le Courrier français*.

La tête lui tournait un peu quand le président frappa les trois coups qui marquaient la fin de la réunion. Son initiation à la vie intellectuelle parisienne l'avait fatigué et il serait bien rentré se coucher, d'autant plus qu'il avait une bonne heure de marche, en ne flânant pas, pour regagner le Faubourg. Mais M. Auguste qui avait rejoint le groupe au cours de la soirée ne l'entendait pas ainsi :

— Mon ami, il n'est pas question de se séparer comme ça. Je suis arrivé trop tard pour vous entendre et je veux connaître vos poèmes dont tout le monde ce soir vante la fraîcheur et la jeunesse. Alors, nous allons passer prendre Pierret avant d'aller chez moi déguster quelques bouteilles d'un fameux vin de Bourgogne que m'avait offertes le pauvre Géricault.

Bertrand fit remarquer que la rue des Martyrs où habitait le sculpteur n'était pas le plus court chemin pour rejoindre le faubourg Saint-Antoine.

— Eh bien! vous n'y rentrerez pas aujourd'hui! déclara, péremptoire, M. Auguste. Vous coucherez dans mon atelier sur un sofa très confortable. Le pire qui puisse vous arriver est de trouver la couche occupée par Esther, mon modèle, mais il y a de la place pour deux. J'ajoute qu'Esther est jolie...

– Ne lui dis pas ça, coupa Delacroix, il est amoureux fou d'une belle au bois dormant qui vit dans un château perdu en Angleterre.

On rit et Bertrand se dit que puisqu'il avait commencé, il fallait continuer de mener cette nuit la vie d'artiste jusqu'au bout. On s'entassa dans un fiacre qui maraudait, le cocher protesta en disant que son pauvre cheval n'arriverait jamais au bout de la course mais une pièce qu'Eugène fit briller à la lueur de la lanterne rendit le sourire à l'homme qui salua de son chapeau de cuir et réveilla sa rossinante d'un vigoureux claquement de fouet à la pointe des oreilles.

M. Auguste habitait tout près de la barrière des Porcherons, au numéro 11 de la rue des Martyrs, un charmant petit hôtel qui lui servait à la fois de logement et d'atelier. Fils et petit-fils d'orfèvres célèbres, il avait reçu cette maison en héritage en même temps qu'une rente qui lui permettait de vivre largement et d'aider ses amis artistes et écrivains que le romantisme ne nourrissait guère. Il avait remporté le premier grand prix de Rome en 1810, vécu en Italie où il avait rencontré Géricault et voyagé en Orient, en Grèce, en Egypte, au Maroc. Il avait rapporté de ses pèlerinages aux sources d'innombrables objets qui encombraient toutes les pièces de sa maison et des cartons entiers d'études au crayon et à l'huile où Eugène Delacroix puisait des modèles de personnages et de vêtements pour ses tableaux. Les figures du *Massacre de Scio* devaient beaucoup à M. Auguste qui était dans la vie le plus gai et le plus fidèle des compagnons.

Pierret s'était fait un peu tirer l'oreille mais il habitait à côté et avait finalement rejoint le groupe des trois cousins. Sa situation au ministère de l'Intérieur lui permettait de ne pas se lever de bonne heure et de connaître les secrets de la vie parisienne qui agrémentent la conversation. Comme c'était un homme de grande culture, il avait trouvé naturellement chez son ancien condisciple Delacroix et M. Auguste l'amitié qu'il savait cultiver comme l'un des beaux-arts. Quand on eut écouté les vers de Bertrand qui, pour la seconde fois de la soirée, goûta aux délices des applaudissements, la conversation tomba sur le sujet du jour, l'événement qui, depuis quelques semaines, faisait oublier aux Parisiens les soucis de la vie matérielle et de la politique : la gloire aussi insolite qu'inattendue du singe Jocko.

L'année précédente, Charles Pougens qui exerçait le métier de libraire et d'écrivain et qu'on disait être le fils naturel du prince de Conti, avait fait paraître une nouvelle ayant pour titre *Jocko,* épisode détaché d'un ouvrage intitulé *Lettres inédites sur l'instinct des animaux.* Si le livre était passé inaperçu, la nouvelle publiée par *Le Correspondant* avait obtenu un bon succès, insuffisant toutefois pour assurer la postérité du primate. Par bonheur, Gabriel et Rochefort, deux auteurs de vaudevilles qui écrivaient et vivaient dans le sillage de Scribe, lurent la nouvelle et en tirèrent une pièce *Jocko ou le singe du Brésil,* qui fut jouée plus de deux cents fois au théâtre de la Porte-Saint-Martin et rapporta près d'un million de francs.

Alors se produisit un phénomène, aussi subit qu'inattendu, la réaction chimique mystérieuse de la mode qui transforme parfois à Paris un fait banal en péripétie considérable. En l'espace de quelques semaines, tout devint « Jocko » dans la capitale soudain vouée au singe dont la caricature colonisait la première page des journaux satiriques.

– Je crois que tout est venu du pain, dit Pierret. Rappelez-vous, un boulanger a un jour décidé d'appeler, va savoir pourquoi, les pains longs qu'il vendait des « Jockos ». Huit jours plus tard tous les boulangers de Paris l'imitaient et les clients deman-

daient « un Jocko bien cuit[1] ». Et la mode s'est
emparée aussitôt du singe pour l'utiliser sous toutes
les coutures. Savez-vous que les marchands de tissus
fabriquent maintenant des étoffes de couleur
Jocko?

— Je devrais peindre des singes dans mes tableaux!
plaisanta Delacroix, le ministère me les achèterait
peut-être plus facilement.

— On pourrait aussi marqueter des Jockos sur les
panneaux de meubles, dit Bertrand.

— J'ai vu au Palais-Royal, affirma Léon Riesener,
le benjamin de la bande, un éventail de laque et d'or
au milieu duquel un médaillon représente Jocko
jouant de la guitare.

— Je vois que si vous connaissez tous Jocko, vous
ignorez sa dernière réussite, reprit Pierret. Je vous en
fais la confidence si notre hôte remplit encore une
fois les verres.

L'offre était honnête, M. Auguste déboucha une
nouvelle bouteille et le commis principal du ministère de l'Intérieur reprit :

— Vous avez entendu parler de Mazurier, l'acteur
qui a joué au Gymnase *Le Fondé de pouvoir* de
Scribe et Carmouche. C'est lui aussi qui a joué le
rôle du singe à la porte Saint-Martin. Eh bien!
figurez-vous qu'une Brésilienne fort riche qui l'avait
vu dans sa peau de singe a été si fortement impres-
sionnée par Jocko qui devait lui rappeler son pays
qu'elle s'est éprise de Mazurier, fort bel homme il
faut le dire, et qu'elle va l'épouser! Que dites-vous de
cela? C'est plus fort que de porter une robe ou un
manteau à la Jocko[2]!

L'endemain matin, en remontant à grands pas la

1. A la fin du XIXᵉ siècle, on vendait encore des « pains Jocko »
dans les boulangeries parisiennes.
2. Le mariage fut béni par le curé de Saint-Merri et cette union
de la belle et de la bête accrut encore la vogue insensée de
Jocko.

rue de Rivoli vers la Bastille, Bertrand revivait sa soirée avec une pointe d'orgueil mêlée d'inquiétude. Eugène lui avait révélé l'existence d'une vie tellement différente de celle qu'il menait! Au Faubourg, on n'était certes pas bégueule et l'on savait s'amuser, on y pratiquait même l'art d'être heureux. Mais Bertrand ne pouvait s'empêcher de penser qu'un fossé séparait l'existence réglée, presque puritaine des gens du bois, de celle que partageaient dans l'insouciance, l'irrespect et la licence ses nouveaux amis. Le compagnonnage lui avait fait connaître une certaine liberté mais, là aussi, freinée par un rigorisme, un respect du devoir qui frisaient souvent l'austérité. Tout en marchant, il réfléchissait et prenait conscience que cette nuit-là allait peser dans sa destinée. Il pensa aussi que sa mère devait être morte d'inquiétude et il pressa le pas pour la rassurer.

Marie était aussi intelligente que courageuse. Elle sourit et dit simplement à Bertrand qui entrait l'air penaud :

– Heureusement que je savais que tu étais avec Eugène et Léon, sinon je me serais fait du souci. Mais va vite te rafraîchir et changer de chemise, tu as l'air d'un vagabond. En attendant, je te prépare un bol de lait et des tartines.

Bertrand prit sa mère dans ses bras et lui dit en posant un gros baiser de gosse sur sa joue :

– Tu sais, j'ai chanté et dit mes poèmes au *Moulin-Vert*! j'ai eu beaucoup de succès et je suis sûr maintenant que mes vers ne sont pas ridicules. Ce soir je vous les réciterai. Jusqu'à maintenant, tu comprends, je n'osais pas. J'avais bien plus peur de votre jugement que de celui de tous ces gens que je ne connaissais pas. Crois-tu que le père sera content?

– Bien sûr mon chéri. Il ne le montrera peut-être pas trop parce qu'il craint que tu n'abandonnes l'atelier mais il est tellement fier de toi!

– Maman, il se peut que je veuille un jour mener une autre existence mais il faudrait pour cela que je puisse gagner ma vie en écrivant. Et ce n'est pas demain la veille ! En attendant je me dépêche car l'oncle Emmanuel doit depuis longtemps regarder sa montre...

Les jours passaient au Faubourg, calmes, sans trop de soucis apparents. Le travail ne manquait pas et le nombre des chômeurs avait diminué depuis que la mode du « bois jaune » incitait les Parisiens à changer leur mobilier :

– Cela durera ce que cela durera, disait Ethis, mais il faut suivre l'engouement du public pour les loupes d'amboine et de frêne. D'ailleurs je la trouve agréable, moi, cette nouvelle mode !

Dans l'atelier familial de la rue Saint-Nicolas on fabriquait donc, comme chez tous les ébénistes qui suivaient l'évolution du marché, des commodes, lits, secrétaires, tables à ouvrage et tabourets en X d'un coloris clair et rayonnant, éclairé de filets, de motifs découpés dans l'amarante ou le palissandre et incrustés dans les vagues mouvantes de l'érable moucheté.

Les machines commandées à Londres avaient été installées. Après des semaines d'essais difficiles qui avaient fait douter de leur utilité, elles commençaient à fournir ce qu'on attendait d'elles : un travail plus rapide et souvent plus précis. Peu à peu, à l'exemple d'Ethis et de son beau-frère, le Faubourg optait pour la mécanique. Parfois un nouveau nom apparaissait ou un ancien resurgissait dans les cours et les passages. On l'associait souvent à une trouvaille, celle d'une table repliante imaginée par Antoine Bellanger, par exemple, ou d'une méridienne au capitonnage mobile estampillée par Janselme, l'ébéniste du boulevard Saint-Antoine[1]. La palme de l'invention revenait pourtant à un voisin, Othon Kolping, qui dans son atelier de la rue de la Juiverie venait de construire la première armoire à glace. Cette innovation exaspérait Ethis qui s'en voulait de n'avoir pas eu le premier l'idée de marier la psyché à l'armoire :

– Grâce à Boulle qui avait eu l'idée de transformer le coffre en commode, disait-il, nos aïeux ont vécu une longue période de prospérité. Dans le métier, les vieux appellent encore le XVIIIᵉ siècle, « le siècle de la commode ». Eh bien, j'en suis sûr, le Faubourg va vivre maintenant le « siècle de l'armoire à glace »! Kolping va passer à la postérité et j'enrage de n'être pas à sa place. En attendant, mes enfants, ce n'est pas parce que nous avons raté le coche qu'il ne faut pas courir après. Nous allons le fabriquer, ce nouveau meuble! Je vais passer à la manufacture de glaces de la rue de Reuilly pour voir quel genre de miroir on nous propose et à quel prix.

Alexandre Lenoir, présent ce jour-là place d'Aligre et qui était une encyclopédie vivante intervint :

– L'idée de ce monsieur est excellente mais je me souviens qu'en effectuant des recherches pour mon *Atlas des arts libéraux,* j'ai trouvé dans les mémoires de Mme de Hautefort une anecdote qui montre que votre Kolping n'est pas le premier à avoir imaginé l'armoire-miroir. Vers le milieu du XVIIIᵉ siècle, la belle et émouvante Mme de la Popelinière, femme du fermier général, possédait un meuble de ce genre mais celui-ci ne servait pas seulement à ranger de précieux chiffons : son fond dissimulait une porte secrète qui lui permettait de communiquer avec l'hôtel voisin du maréchal de Richelieu. Lorsque le mari trompé eut connaissance de l'existence du

---

1. Le boulevard Saint-Antoine prendra en 1831 le nom de boulevard Beaumarchais.

passage, il dépêcha un commissaire et deux notaires pour établir le constat d'une infortune dont l'armoire à glace n'avait pas réussi à conserver le secret. Peut-être est-ce à ces débuts galants et légèrement scandaleux que le meuble en question doit l'oubli dans lequel il est tombé durant presque un siècle!

Une occasion allait se présenter de le montrer aux Parisiens en même temps qu'une sélection des dernières créations de l'industrie et de l'artisanat d'art : l'Exposition nationale de 1827 qui allait permettre de découvrir le chemin brillamment parcouru depuis 1819, date de la précédente exposition.

Pour la circonstance, Ethis et Emmanuel décidèrent de faire ciseler une nouvelle estampille, la précédente « L'enfant à l'oiseau » faisant un peu vieillot. Il ne s'agissait pas de supprimer l'emblème de la maison, la statuette de Pigalle qui avait porté bonheur à toutes les entreprises d'Ethis et de Marie puis à leur association avec leur beau-frère, mais de mettre la marque familiale au goût du jour pour affronter la concurrence des confrères ébénistes qui abandonnaient les uns après les autres les expressions drôles ou poétiques des enseignes et préféraient se faire connaître sous leur patronyme. Il fut convenu que l'entreprise se nommerait désormais « Valfroy-Caumont, ébénistes d'art à Paris ».

Après plusieurs réunions plénières de la famille, les beaux-frères décidèrent de présenter trois pièces à l'exposition : une armoire à glace avec un grand miroir ovale biseauté qui rappellerait celui d'une psyché, une méridienne assortie d'un capiton amovible et l'un des petits meubles qui avaient fait la renommée de la maison, en l'occurrence une ingénieuse table à ouvrage. Le tout en placage de loupe d'orme avec incrustations d'ébène et d'amboine. Durant un mois, l'atelier travailla fiévreusement à leur réalisation.

L'exposition obtint un grand succès[1]. Six semaines durant la foule se pressa sur l'esplanade des Invalides pour admirer les nouvelles machines à vapeur et l'ensemble de ce que le goût français pouvait produire dans tous les domaines : orfèvrerie, ameublement, bronzes, dentelles... Le jury, présidé par Jacob-Desmalter, délibéra longuement. Finalement, l'association Valfroy-Caumont obtint une citation flatteuse. Les deux beaux-frères espéraient une médaille mais leur déception fut légère : « Pour une première participation, ce n'est pas si mal, dit Ethis. Nous aurons la médaille une autre fois. »

L'exposition de l'industrie française de 1827 marquait un changement de la société, elle inaugurait la grande révolution économique du siècle. Dans tous les domaines, les affaires prenaient un essor qu'accentuait l'utilisation de la machine. Si la classe ouvrière ne profitait guère de cette richesse, l'argent qui circulait et s'investissait facilement se trouvait distribué entre un plus grand nombre de mains et contribuait à la formation d'une nouvelle bourgeoisie promise à devenir bientôt maîtresse du pouvoir économique qui s'installait.

Toutes les conditions d'une longue prospérité semblaient réunies; il eût suffi de prendre quelques mesures généreuses et libérales, d'étendre le champ des richesses et des libertés pour que le peuple, qui n'aspirait qu'à une modeste et tranquille aisance, continue d'accepter un régime auquel il ne reconnaissait pas que des défauts. Malheureusement, le roi était le même comte d'Artois qui s'était montré à la cour de Louis XVI l'adversaire le plus acharné de toute réforme, celui qui avait donné le signal de l'émigration, qui était revenu en 1814 sans avoir rien abandonné de sa haine contre tout ce qui conservait quelque parfum révolutionnaire, le prince, enfin, qui

1. 1605 exposants.

sous Louis XVIII était demeuré chef des ultras pour faire tomber Decazes et favoriser Villèle...

En ces conditions, Charles X n'ayant pas changé et affirmant même chaque jour sa volonté de rétablir une monarchie absolue et despotique, son gouvernement se voyait condamné à une course en arrière qui ne pouvait mener qu'au précipice. L'idée de lutter les armes à la main, si on y était contraint, faisait son chemin. Elle plaisait aux jeunes républicains, flattait les espérances des partisans de Napoléon II et ralliait les nouveaux bourgeois de plus en plus persuadés que cette Restauration qui avait favorisé leur prospérité courait maintenant à leur ruine. L'importante fraction libérale non encore détachée des principes monarchiques envisageait même sans effroi une révolution qui, par un changement de dynastie, substituerait une monarchie constitutionnelle à la monarchie de droit divin.

Le Faubourg, on le voit, était étranger à cette agitation venue de la presse, de la Chambre où l'opposition majoritaire était bafouée et d'une classe sociale qui n'était pas la sienne. Mais pouvait-on attiser longtemps des braises encore chaudes sans risquer d'enflammer les faubourgs?

Bertrand qui fréquentait maintenant assidûment le *Moulin-Vert* et le cercle des amis de son cousin Delacroix, rapportait place d'Aligre des propos et des nouvelles qui faisaient dresser l'oreille à Ethis. L'ancien enfant trouvé, le vainqueur de la Bastille sentait souvent renaître en lui la fougue de sa jeunesse :

– Nous n'avons tout de même pas fait la révolution pour subir une monarchie plus bête et plus autoritaire que celle de 89! disait-il.

Le sage Alexandre Lenoir lui-même, qui avait

vécu en témoin philosophe toutes les tempêtes, ne cachait pas son inquiétude :

— Ceux qui ont si mal conseillé Louis XVI avant de l'entraîner vers l'irréparable, sont encore là et, comme les mêmes causes produisent les mêmes effets, je ne donne pas cher de l'avenir du frère. Souhaitons seulement que la nouvelle révolution, si révolution il y a, soit moins sanglante que la première!

Cette turbulence, en tout cas, n'était pas bonne pour le Faubourg. Les ébénistes, dont beaucoup s'étaient endettés afin d'acheter des machines et d'augmenter la production, voyaient avec anxiété le nombre de leurs commandes diminuer. L'atelier de la rue Saint-Nicolas, lui, marchait encore sur la lancée de son succès couronné mais les effets de l'Exposition n'allaient pas durer éternellement.

— Heureusement, disait Ethis, nous avons payé nos machines et la crise ne nous surprendra pas. Nous nous sommes sortis de situations autrement difficiles! N'est-ce pas Marie?

— Oui, mon cher mari, mais je te vois mal, à ton âge, te remettre à vendre des bretelles élastiques et à fabriquer des corsets pour faire vivre la famille. J'espère, Dieu merci, que nous n'allons pas revivre des moments aussi pénibles!

— Et ton cousin Eugène que nous ne voyons presque plus, que devient-il? continua Marie en s'adressant à Bertrand. Que pense-t-il des événements?

— Tu sais, pour lui il n'y a que la peinture qui compte. Il a bien ses idées, qui sont celles de tous les amis, mais la politique l'intéresse moins que l'autoportrait qu'il est en train de peindre, faute de commandes officielles. Après, il fera le mien et celui de Léon Riesener. Eugène n'a pas digéré la froideur hostile de l'accueil officiel à son chef-d'œuvre *La Mort de Sardanapale*. Il se voyait déjà décoré pour cette prouesse asiatique contre « les pastiches spartiates de l'école de David », comme il dit. L'autre semaine, Eugène avait mis sa plus belle cravate blanche pour se rendre chez M. Sosthène de la Rochefoucauld, le directeur des Beaux-Arts, dont il attendait compliments et honneurs, mais en fait de félicitations ce dernier vint à lui et le tança d'importance : « Si c'est ainsi, monsieur, que vous entendez peindre, n'attendez pas de moi le moindre travail de longtemps! » Eugène alors le regarda droit dans les yeux et répondit : « Monsieur, l'univers entier ne m'empêchera pas de voir les choses à ma manière! » et il lui tira sa révérence... Voilà tout mon cousin. Je trouve sa réponse admirable.

— Elle n'est pas en tout cas dans le style de son père, Charles, qui sut courber l'échine sous cinq régimes différents! dit Ethis. Tu le féliciteras pour moi. Mais dis-lui donc de ne pas oublier la place d'Aligre!

— Il vient de partir en Touraine chez son frère, mais ne croyez pas qu'il vous oublie, il me demande de vos nouvelles et raconte souvent des histoires sur tante Antoinette qui, dit-il, fut une grande dame.

— Et toi, mon fils, tes poèmes ont-ils toujours autant de succès? Vas-tu réussir à les faire publier?

— Peut-être plus tôt que je ne le pensais. Notre ami Pierret doit m'emmener un jour prochain chez Mme Sophie Gay, une femme écrivain de grand talent qui réunit dans son appartement de la rue Louis-le-Grand les hommes de lettres en renom. On m'y présentera M. Emile de Girardin qui va fonder un nouveau journal. Je ne me fais pas trop d'illusions mais je crois à ma bonne étoile. A propos de bonne étoile une lettre de Londres arrivée ce matin m'a appris que Louise allait peut-être venir à Paris. Si vous acceptez de la recevoir...

— Comment ça, « si vous acceptez de la recevoir »... coupa Ethis. Tu nous vois refuser de rencontrer la jeune fille que notre fils porte dans son cœur? C'est presque injurieux!

On rit à cette fausse colère et son souper à peine terminé – un potage de pommes de terre et une saucisse aux choux – Bertrand se retira dans sa chambre pour répondre à Louise. Ce soir-là, la formation d'un nouveau gouvernement par le prince de Polignac était bien le cadet de ses soucis !

C'était la nouvelle apportée par Lenoir qui s'était invité, comme cela lui arrivait souvent quand il avait passé l'après-midi à fouiller dans les réserves de la bibliothèque de l'Arsenal[1].

– Voilà un changement de gouvernement qui va faire des remous, dit-il. Il n'y a qu'à voir la composition : à la Guerre, Bourmont passé à l'ennemi deux jours avant Waterloo, le comte de la Bourdonnaye à l'Intérieur, de Courvoisier à la Justice et le procureur général Mangin à la préfecture de police. Personne ne peut s'y tromper : ce ministère, c'est la guerre ouverte entre la monarchie de droit divin et l'immense majorité de ceux qui n'en veulent plus. On voudrait réunir toutes les conditions d'une prochaine révolution qu'on ne pourrait mieux faire !

– Le nom de Polignac est honni dans le Faubourg, dit Ethis. Vous avez raison, les ultras vont finir par réveiller le vieux levain révolutionnaire !

On n'en dégusta pas moins avec délectation la tarte à la frangipane qu'avait apportée Lenoir et dont Marie, toujours attentive, porta une part à Bertrand qui cherchait des rimes pour dire à Louise qu'il l'attendait place d'Aligre.

En apparence tout au moins la colère suscitée par l'arrivée au pouvoir du prince de Polignac s'apaisa. La rue était calme, le Faubourg travaillait en ignorant les joutes oratoires de la Chambre. Seule, la presse pouvait donner à penser que la superbe glacée du roi et l'ultracisme de Polignac que tout le monde appelait « Jules » cachaient une instabilité fatale.

1. Rendue au comte d'Artois en 1815 et donc à l'époque propriété du roi.

Ethis qui recommençait à dévorer les journaux comme au plus beau temps de la Révolution lut un soir, après le souper, un article paru le matin :

– Ecoutez, j'ai relevé cela dans *Le Globe* qui n'est pourtant pas un journal bien combatif :

« Quel esprit de vertige est venu troubler cette nation? Quelle main a allumé dans les cœurs le feu des défiances et des haines? Qui donc ne veut pas que la France soit calme? Faut-il le dire, c'est le pouvoir lui-même. C'est lui qui, sans provocation, sans motif, sans prétexte reprend des armes menaçantes, relève des drapeaux irritants, fait entendre des noms redoutés. Avions-nous oublié qu'il est un lieu où la raison est sans voix, l'évidence sans clarté, un lieu où dominent le caprice et la prévention, un lieu où ne sont écoutées ni comprises les leçons les plus frappantes et les plus dures? Ce lieu, c'est la cour. De là vient en effet le ministère nouveau. L'intrigue l'a préparé, le bon plaisir l'a formé. Son avènement sépare la France en deux : la cour d'un côté, de l'autre la nation. »

– J'aurais lu ça dans *Le National*[1], cela ne m'aurait étonné qu'à moitié mais dans *Le Globe* c'est un signal!

La famille acquiesça, plus par gentillesse que par passion. Chacun avait ses soucis personnels que l'intérêt politique ne pouvait effacer : Marie songeait à sa fille Antoinette-Emilie qui venait d'avoir dix-neuf ans et qui était tombée amoureuse d'un tourneur dont la réputation n'était pas irréprochable, Emmanuel Caumont songeait à sa scie mécanique qu'aucun mécanicien ne réussissait à réparer, et Bertrand devenait lointain, sollicité à la fois par l'arrivée de Louise et par l'invitation de ses amis à

1. *Le National,* nouveau journal fondé en 1829 par Thiers, Mignet et Carrel. Chateaubriand sollicité s'était dit intéressé. Financé par le banquier Laffitte *Le National* à la fois royaliste et antidynastique était en fait orléaniste.

aller assister, le lendemain, à la première représentation d'*Hernani* au Théâtre-Français. « Viens, avaient
dit Pierret et M. Auguste, il faut défendre la pièce de
notre ami Hugo contre toutes les " perruques " du
classicisme rétrograde. Cela va chauffer! »

Cela chauffait depuis plusieurs jours dans les
gazettes. Armand Carrel pourfendait de belle
manière le sieur Hugo et ses cromwellistes hirsutes.
Le National lui-même défendait la dignité du temple,
jusqu'ici vénéré, du classicisme contre cette jeunesse
hugolâtre qui ne respectait rien, pas même Charles
Quint en rivalité amoureuse avec un hors-la-loi, un
brigand qui finalement le supplantait! De son côté,
Le Constitutionnel s'interrogeait sur le bien-fondé
littéraire de ce « ragoût de vers », de scènes et
d'actes, si discutable que Mlle Mars avait annoncé
qu'elle se refusait à nommer Firmin son « lion
superbe et généreux ».

Bertrand allait donc être aux premières loges pour
assister à cette soirée extraordinaire qu'on appelait
déjà « bataille d'Hernani »! Les amis s'étaient donné
rendez-vous chez *Sabatino,* le cafetier de la galerie du
Palais-Royal. Pierret et M. Auguste étaient là, naturellement, en compagnie de Delacroix, de Léon
Riesener et d'une dizaine de joyeux lurons habitués
du *Moulin-Vert.* Ils ne constituaient qu'une escouade
des chevaliers du romantisme qui devaient, dès l'ouverture des portes, dans le courant de l'après-midi,
occuper toutes les places de la seconde galerie et du
poulailler. M. Auguste distribua à chacun le signe de
reconnaissance, un petit morceau de papier rouge
paraphé par le maître du mot *Hierro,* signifiant
« fer » en espagnol, et qu'il était passé prendre au
domicile de Victor Hugo, 11 de la rue Notre-
Dame-des-Champs[1]. Des places de seconde galerie
échurent à Bertrand et Léon Riesener pour la
somme de 2,20 francs. Les deux cousins se retrouvè-

1. Ce tronçon fait aujourd'hui partie du boulevard Raspail.

rent au milieu d'une foule d'élèves des grandes écoles, d'artistes, de musiciens, de poètes tous décidés à défendre de la voix et si nécessaire du geste l'œuvre de l'avant-garde romantique.

Delacroix, personnage déjà célèbre, était à l'orchestre. Bertrand et Léon l'apercevaient en train de discuter avec un jeune homme qui ne risquait pas de passer inaperçu : ses cheveux longs à la mérovingienne lui descendaient jusqu'aux épaules et sa redingote noire à parements vert d'eau, largement ouverte, laissait éclater, comme un phare, son gilet écarlate qui devint en quelques instants le point de mire d'une salle déjà surchauffée.

— Tu regardes l'homme au gilet? dit Léon. C'est Théophile Gautier, un poète, à la fois homme de main et porte-voix d'Hugo. S'il faut brocarder ou insulter les « grisâtres », comme il appelle les classiques, c'est lui qui donnera le signal. Je crois qu'on ne va pas s'ennuyer!

Il était vrai qu'on ne s'ennuyait pas au paradis plongé encore dans une obscurité presque totale. La plupart des « Huns d'Attila » comme les baptisaient les journalistes défenseurs des classiques, avaient apporté leurs provisions qu'ils se partageaient dans la joie, à l'exemple des Grecs sur les gradins d'Epidaure. De temps en temps on acclamait un nouvel arrivant qui rejoignait à l'orchestre les gloires déjà présentes : Balzac, Berlioz, Mérimée, Sainte-Beuve, Thiers, Benjamin Constant et le pape des lettres, Chateaubriand, l'auteur du *Génie du christianisme,* venu voir la pièce de ce jeune Hugo qui, à quatorze ans, déclarait à ses condisciples de la pension Cordier : « Je veux être Chateaubriand ou rien! »

Le lendemain, Bertrand qui était loin de se douter qu'il avait vécu une soirée historique, raconta place d'Aligre les péripéties de la représentation :

— Dès les premières répliques la salle devint houleuse. Sifflets et acclamations se mêlaient dans un charivari indescriptible. Les sifflets qui ponctuaient chaque tirade étaient aussitôt couverts par d'interminables acclamations qui rendaient le texte souvent inaudible. Par moments, des flots de petits papiers blancs tombaient de l'amphithéâtre sur les crânes dénudés et les épaules poudrées des deux sexes « classiques »; des quolibets, des insultes couvraient ceux qui conspuaient les vers jugés scandaleux : « A la guillotine les tondus », « Ne riez pas, on voit vos dents! », « Demain des œufs pourris! » Toutes les folies semblaient permises, on se les permit et la pièce se termina avec une bonne demi-heure de retard...

— Et vous avez pu voir Hugo après la représentation? demanda Antoinette-Emilie qui regardait son grand frère avec admiration et regrettait bien de n'avoir pas été de la fête.

— Non, il y avait trop de monde, mais on a su par Delacroix retrouvé à la sortie sur les marches du théâtre qu'entre le troisième et le quatrième acte, l'éditeur Mame a entraîné Hugo dans un café voisin et lui a signé un contrat de six mille francs. Et savez-vous ce qu'a dit cet homme de goût et d'affaires : « Au second acte je pensais vous offrir deux mille francs; au troisième quatre mille. Je n'attends pas le cinquième car j'aurais peur de vous donner dix mille francs. Signons donc tout de suite pour six mille! »

L'empoignade des alexandrins était peut-être une bataille, pas une révolution. L'opposition semblait avoir digéré la nomination de Polignac et le Faubourg se désintéressait autant du ministère que d'*Hernani*. Le quartier demeurait tranquille; on n'y rencontrait même pas, dans les cafés et chez les marchands de vin, les agitateurs habituels, venus d'ailleurs pour tâter le pouls politique de la communauté du bois et au besoin souffler sur les braises encore chaudes de 89. Chez la veuve Briolle, au 8 de la place d'Aligre, quartier général des ébénistes qui se retrouvaient le soir dans ce cabaret en sortant de l'atelier, on ne parlait que de scies mécaniques et de l'arrivée à La Rapée d'une barge chargée de plançons de citronnier, un bois de plus en plus utilisé et qui se faisait rare sur le marché. La conversation revenait sans cesse sur cette mode des meubles en bois clair. Allait-elle durer? Etait-ce bien raisonnable d'emmagasiner des piles de feuilles de loupe d'orme ou d'érable moucheté qui coûtaient les yeux de la tête?

Les vieux ébénistes qui avaient taillé dans le hêtre et l'acajou les robes élégantes et racées des meubles du temps de Louis XV et de Louis XVI, se rendaient compte que le mobilier qu'ils fabriquaient maintenant et qui avait les faveurs du public, ne procédait pas d'une facture originale :

– Que voulez-vous, disait Jean-Jacques Werner, la couleur et la nature du bois utilisé n'ont jamais fait un style. Je peux en parler puisque je suis l'un de ceux qui ont lancé la mode des placages en bois clair. Ceux-ci ne font qu'habiller des formes anciennes. Je n'ai rien à gagner à ce que cette vogue disparaisse mais je crois vraiment qu'elle ne durera plus longtemps[1].

– Ce sont pourtant des meubles agréables, solides, remarqua Emmanuel Caumont. Je pense que tu es bien pessimiste. Crois-moi, tu n'as pas fini de vendre tes bois clairs à tous les rois de l'Europe. A propos, est-il vrai que tu as reçu commande du roi de Bavière?

– Eh oui! Il m'a même breveté fournisseur et décorateur de sa maison! Mais cela ne change rien à

---

1. J.-J. Werner, tapissier, ébéniste et décorateur peut-être le plus important de la Restauration. Il exploitait lui-même quatre forêts et vendait du bois à ses confrères. A partir de 1819, il utilisa les bois indigènes et fut le principal responsable du dépérissement de la mode des meubles plaqués en acajou.

l'affaire. Je viens aussi de recevoir une lettre de la duchesse de Berry qui me dit qu'elle est enchantée de tous les meubles que je lui ai livrés depuis dix ans pour son château de Rosny. Certes, on ne brûlera pas toutes ces pièces ni celles que vous avez fabriquées et vendues mais bientôt on en fera d'autres, différentes, si toutefois nous avons le talent de trouver des formes nouvelles.

La première moitié de 1830 se déroula donc dans le calme. La venue à Paris du roi et de la reine de Naples, prétexte à des défilés et à des fêtes, semblait être le symbole de la tranquillité retrouvée; au Faubourg tout au moins, associé à la préparation du grand bal que le duc d'Orléans offrait aux souverains. La plupart des menuisiers, ébénistes et charpentiers à la recherche de travail, près de quatre cents, avaient été embauchés au Palais-Royal pour restaurer les boiseries du palais, meubler des appartements, construire des estrades, enlever des cloisons et en élever d'autres. On se serait cru revenu plusieurs siècles en arrière quand les compagnons de l'abbaye Saint-Antoine-des-Champs fournissaient l'essentiel de la main-d'œuvre nécessaire aux fêtes et réceptions royales.

Qui aurait pensé que cette fête, la plus somptueuse organisée depuis longtemps, allait être le détonateur d'une explosion qui ferait voler en éclats le trône de Charles X? Pas le roi de France en tout cas qui se rendit, l'âme légère, à l'invitation du duc.

Le roi de Naples était vieux et cassé, fatigué par un voyage en Espagne où il était allé conduire sa fille qui épousait Ferdinand VII. Il avait fallu le conduire avec mille précautions jusqu'au fauteuil doré installé au fond de la grande galerie. Quant à la reine, que l'embonpoint rendait difforme et commune, elle ne marchait pas sur le parquet, elle avançait en glissant ses pieds énormes enveloppés dans des sortes de raquettes en satin blanc qui lui tenaient lieu de chaussures.

Ethis, dont la débrouillardise avait aidé les circonstances, se trouvait placé dans la première salle
qui servait aux gardes chargés de veiller sur les
monarques. Grâce à Fontaine, promu une fois de
plus architecte de la fête, il avait obtenu le marché
du mobilier volant, celui des tables de cuisine, des
buffets dressés dans tous les salons du palais, et il
était là, avec Emmanuel, afin de pouvoir intervenir si
une réparation urgente s'avérait nécessaire. En fait, il
avait dû beaucoup insister pour obtenir un laissez-
passer qui lui permettait, ainsi qu'à son beau-frère,
d'être aux premières loges.

– Si tout ce beau monde savait que je suis un
vainqueur de la Bastille! glissa-t-il à Emmanuel.

– Eh! tu oublies que notre hôte est le fils d'un
régicide et qu'il a lui-même fait siens les principes de
la Révolution avant de rejoindre l'émigration.

Mais les invités arrivaient, il fallait se taire pour ne
rien perdre du spectacle. A droite s'ouvrait un salon
fleuri servant d'antichambre à la galerie de Psyché
où était installé un premier orchestre. Un second
ensemble s'apprêtait à jouer dans la salle du Conseil
décorée de deux grandes toiles d'Horace Vernet
représentant les batailles de Jemmapes et de Valmy.
Un troisième accordait ses instruments dans la galerie de la Chapelle; puis venait le salon des Bijoux où
était préparée la table de jeu royale. Une interminable galerie continuait cette enfilade de salles de bal
éclairées par des lustres et des candélabres chargés de
bougies.

Vêtus d'une redingote noire et cravatés de blanc,
Ethis et Emmanuel faisaient plutôt bonne figure
dans le groupe des argousins auquel ils étaient mêlés
derrière une haie de gardes en tenue de gala. Comme
les gens de « la secrète », mais pas pour la même
raison, ils regardaient avec attention le défilé des
invités habillés de soie et de dentelles ou, le plus
souvent, vêtus d'uniformes chamarrés d'or et de
médailles. Le roi de Naples était arrivé à huit heures

et demie, Charles X allait faire son entrée d'une
minute à l'autre.

Depuis un moment, on percevait une rumeur
sourde qui venait de l'extérieur. Ethis dont les yeux
fureteurs balayaient la pièce avait remarqué l'air
grave et inquiet des policiers qui entraient et s'entre-
tenaient avec leur chef.

— Il se passe quelque chose dans les jardins! dit-il
à Emmanuel, attends, je vais essayer de questionner
l'un de ces roussins.

Les hommes du préfet de police Mangin n'avaient
rien à dire à ces deux intrus qu'ils auraient bien
flanqués dehors s'ils n'avaient été porteurs d'un
sauf-conduit en règle :

— Le parquet ne s'est pas effondré sous le poids de
la reine de Naples? Alors, les menuisiers, fichez-nous
la paix!

Ethis refréna l'envie de river son clou à ce malotru
et se contenta de marmonner quelques aménités en
rejoignant Emmanuel. C'est à ce moment qu'il aperçut, venant de la galerie de Psyché, un homme dont
le visage ne lui était pas inconnu. « Où diable ai-je
vu cette tête? se demanda-t-il. Tiens, le voilà qui
vient vers la garde. Serait-ce un policier? Je ne
fréquente pourtant pas tellement ces gens-là! »

— J'y suis, glissa-t-il à Emmanuel, tu vois, ce
bonhomme qui parle maintenant au commandant de
la garde? Eh bien! c'est Caniolle, un ancien voisin. Il
doit être aujourd'hui au moins commissaire, ou
sous-chef de la Sûreté. C'est lui qui a arrêté Cadoudal en 1804, tu sais ce chef chouan qui voulait tuer
Napoléon alors premier consul...

— Oui. Et tu le connais?

— Un peu, Antoinette était très bien avec sa
femme. Je suis sûr qu'il se souvient de nous[1].

Le commissaire général Caniolle, deuxième ad-

1. Cf. *Le Lit d'acajou*.

joint de Mangin, se rappelait très bien la place d'Aligre et la famille Valfroy :

– Vous êtes le fils de Mme Antoinette, je vous reconnais. Cela fait pourtant vingt-cinq ans! Cadoudal a bien failli avoir ma peau, vous vous rappelez le coup de couteau... Mais il a fait aussi mon bonheur en me permettant de monter en grade... Je suis désolé, monsieur de Valfroy, mais il m'est impossible de continuer cette conversation. Nous sommes sur des charbons ardents. Alors qu'on ne s'y attendait pas la foule a envahi les abords du Palais-Royal et injurie les invités. Et il faut voir quels sont ces gens : mêlés au bon peuple de Paris, de vrais brigands venus de Bondy et des quartiers les plus mal famés de la capitale! Excusez-moi, le roi arrive et la garde va être obligée de faire le coup de poing pour les faire reculer.

– Et voilà! j'avais raison! dit Ethis. J'ai bien envie d'aller faire un tour pour voir ce qui se passe à la porte de Mgr le duc d'Orléans.

Emmanuel l'en dissuada. D'ailleurs, Charles X, à peine un peu voûté par l'âge, faisait son entrée à pas mesurés, digne, le visage impénétrable, répondant d'un imperceptible signe de tête aux saluts et aux révérences. C'était le moment qu'on attendait, les orchestres se mirent à jouer la première contredanse, ouverte par Madame[1] avec le comte Anatole de Montesquieu et par Louise d'Orléans avec le marquis de Brezé.

Une lueur rouge puis des flammes montaient maintenant jusqu'aux fenêtres en même temps que des sifflets, des insultes et des menaces : « A bas les aristocrates! A bas les galonnés! » C'est à peine si les orchestres qui forçaient pourtant sur les cordes et les instruments à vent, arrivaient à couvrir les voix du dehors. Le feu avait été mis à un amas de chaises dans le jardin. Comme il faisait beau et chaud, les

---

1. Nom que s'était elle-même donné la duchesse de Berry.

fenêtres avaient été laissées ouvertes. En attendant
que les domestiques, aidés par la police, les eussent
fermées, certains invités venaient jeter un coup d'œil
sur l'étrange spectacle de la foule hurlante, agressive,
agglutinée au pied du palais décoré de lampions où
se trouvait réunie, autour de deux rois, la fine fleur
d'une cour inconsciente, quelques artistes et écrivains et les représentants de la plus riche bourgeoisie.

M. de Salvandy ironisa pourtant :

– C'est une fête napolitaine, nous dansons sur un
volcan.

– Le volcan n'est pas vraiment réveillé! souffla
Ethis qui, posté près d'une fenêtre en compagnie
d'Emmanuel, avait entendu. Ce monsieur n'a pas dû
voir le Palais-Royal pendant la Révolution. C'était
autre chose!

A ce moment les gendarmes arrivèrent et déblayè-
rent le jardin. La fête, un moment perturbée, reprit
avec entrain sous les lambris dorés. Vers minuit, le
souper de quatre cents couverts était servi. Seuls,
dans la liesse générale, deux personnages semblaient
soucieux : le roi, sanglé dans son grand uniforme de
colonel général de la garde, et le duc d'Orléans dont
l'habit de soie brodée rappelait d'autres temps.
Charles X balayait de son regard fatigué les tables
dressées dans la grande galerie. A chacune d'elles il
reconnaissait des personnages qui lui étaient le plus
désagréables : Laffitte et ses consorts de la banque,
Benjamin Constant et même les grandes signatures
de la presse d'opposition qui bavardaient avec les
maîtres du négoce, ces nouveaux riches qui rêvaient
tous d'une royauté parlementaire à l'anglaise.

De son côté, le duc d'Orléans paraissait consterné
et répétait que la fête avait été gâchée par une
manifestation regrettable dont il fallait rechercher les
meneurs. Mais était-il vraiment fâché? Polignac et
les ministres avaient été insultés, aucun cri de « Vive
le Roi! » n'était parti de la foule avant l'échauffou-

rée alors que, même durant l'explosion de fureur, on avait maintes fois entendu celui de « Vive le duc d'Orléans! ». N'était-ce pas lui qui avait entrouvert les grilles du parc aux incendiaires de chaises?

Charles X ne pouvait pas ne pas penser à une machination orléaniste et il enrageait à la pensée qu'il s'était laissé prendre au piège napolitain dans ce Palais-Royal, « point de ralliement, comme il l'affirmait, de tous ceux qui travaillent à transformer le nom d'Orléans en drapeau de menaces ». Charles n'était point sot et comprenait qu'il se retrouvait, quarante ans plus tard, dans la situation inconfortable de son malheureux frère Louis en face de Philippe-Egalité.

Les lampions de la fête éteints, tout au moins ceux que la foule n'avait pas piétinés, la vie politique, avec son cortège d'hypocrisies, et la vie tout court avec ses difficultés reprirent leurs cours parallèles dans un climat de crise latente.

– La maladie n'est pas déclarée, disait Lenoir qui avait retrouvé son rôle d'observateur philosophe comme chaque fois que les affaires tournaient à l'aigre. Mais, ajoutait-il, la fièvre monte et notre Dindon[1] pourrait bien y laisser des plumes, sinon les os.

Ethis était de cet avis. Il rapprochait les événements de ceux qui avaient marqué les prémices de la Révolution. Il s'intéressait aussi avec Lenoir – ce n'était pas le cas de l'immense majorité des Français – aux préparatifs de l'expédition d'Alger. Curieuse en vérité cette mise sur pied d'une formidable armada, dans l'indifférence quasi générale. Lenoir s'en étonnait :

– C'est à croire, disait-il, que cette expédition de 100 bateaux de guerre et de 350 bateaux de commerce qui, paraît-il, vont transporter 37 000 hommes

---

1. Surnom donné à Charles X depuis que le caricaturiste Charles Philipon l'avait représenté toutes plumes dehors faisant la roue.

de troupe, est l'affaire personnelle de deux hommes :
Polignac et Bourmont qui semblent avoir tout
décidé. La presse elle-même commence seulement à
s'apercevoir que la France va soudain se retrouver
en état de guerre, ce qui ne lui était pas arrivé depuis
longtemps!

— Justement, dit Ethis, les militaires sont frustrés,
ils veulent combattre. Dans le fond, il vaut mieux
que ce soit contre les Arabes que contre le peuple qui
a montré au Palais-Royal qu'il ne fallait pas trop le
provoquer. La nomination de Bourmont à la tête de
l'opération ne va pas tarder à susciter des protestations.

— Cela commence, coupa Bertrand, les couplets
piquent comme des baïonnettes au *Moulin-Vert.*
Tenez, voici le dernier refrain que vont chanter
marins et soldats en route vers les côtes d'Afrique. Il
ne fera sûrement pas plaisir au traître de Waterloo :

> *Alger est loin de Waterloo*
> *On ne déserte pas sur l'eau*
> *De notre général Bourmont*
> *Ne craignons pas la trahison...*

— A savoir, continua Lenoir, si la date des pro-
chaines élections a été fixée en fonction de l'expédition d'Alger ou si l'on en a accéléré les préparatifs à
cause des élections. Dans un cas comme dans l'autre,
il est évident que le gouvernement compte sur une
victoire rapide pour rendre un peu de panache à la
monarchie. C'est une recette vieille comme le
monde!

La presse en effet ne tarda pas à suivre les
chansonniers. Longue à réagir, elle se déchaîna
soudain : le vieux rêve du partage de l'Empire
ottoman, Alger base d'un futur empire colonial, le
dey, les Algériens, la piraterie barbaresque, devinrent
d'un coup des arguments électoraux.

« Serait-il vrai, disait *Le Journal des débats,* qu'en désespoir de cause le ministère s'en fût remis à la marine et à l'armée du soin de lui ramener dans les collèges électoraux la majorité qu'il a perdue à la Chambre des députés? »

Le Mémorial allait plus loin encore : « On peut se demander, écrivait-il, si l'expédition n'a pas été montée tout exprès pour pouvoir donner avec quelque décence le bâton de maréchal au transfuge de Waterloo. »

Ces questions étaient superflues : l'annonce triomphale du débarquement de l'armada de Bourmont sur la côte d'Afrique, à Sidi-Ferruch, laissa les électeurs de marbre. Le 30 juin, les premiers résultats se révélèrent désastreux pour le roi et son gouvernement. La Chambre que renvoyaient les départements était pire que celle qu'on avait dissoute. Malgré la prise d'Alger l'opposition remportait 274 sièges contre 143 seulement au ministère. La différence pesait du plomb, du plomb qui allait entraîner aux abysses Sa Majesté, Polignac et les ministres.

Comme au temps des grandes crises de la Révolution et de la fin de l'Empire, Alexandre Lenoir venait souvent place d'Aligre prendre la température du Faubourg. Un soir il y retrouva même Fontaine qui levait rarement le nez de sa planche à dessiner et qui, jusque-là, ne s'était jamais senti concerné par les passions politiques.

– Mon cher Fontaine, dit Lenoir moqueur, votre présence m'inquiète. Auriez-vous appris quelque secret dans les couloirs de Saint-Cloud que vos ouvriers embellissent à la mesure grandissante des mérites de notre roi?

– Comme vous, je viens voir si le Faubourg dort toujours profondément, s'il ne somnole que d'un œil ou s'il est prêt à abandonner le rabot contre le mousqueton. Ailleurs, chaque camp fourbit ses armes : Charles X et Chantelauze, le garde des Sceaux, atterrés par le résultat des élections, mettent la dernière main à une riposte musclée. Ils préparent, m'a-t-on dit, un véritable coup d'Etat! En face, la presse use ses dernières plumes avant qu'on les lui brise, les financiers cherchent de quelle façon ils pourraient profiter de la tempête qui approche et l'opposition politique, en réalité majorité, s'interroge autour de Thiers, Rémusat et François Arago.

— Elle s'interroge sur la possibilité de répondre au coup d'Etat par une révolution! dit Ethis. C'est-à-dire sur les chances et les moyens de soulever une nouvelle fois les braves gens, les pauvres, ceux qui s'engagent habituellement dans des émeutes dont ils ne tirent aucun profit.

— Bref, penses-tu que le Faubourg va, comme en 89, marcher comme un seul homme? coupa Lenoir. Ah! ils ne savent pas la force qu'ils représentent ces braves gens, comme tu les appelles. Sans eux, pas de révolution possible. Ce ne sont pas les penseurs qui jetteront leurs meubles par les fenêtres pour élever des barricades!

— Bien dit! Avouez tout de même qu'ils ne seraient pas assez nombreux! Et puis, il y a des journalistes qui prennent des risques!

— Celui de se faire interdire? C'est rien à côté du danger d'être fauché par les balles!

— Et toi? serais-tu prêt à repartir à l'assaut d'une nouvelle Bastille?

Marie n'avait entendu que ces derniers mots. Elle apportait une soupière fumante de bouillon qu'elle posa si brutalement sur la table que des gouttes brûlantes jaillirent et firent crier ceux qui les avaient reçues sur les mains et les joues. Elle, toujours si calme, si posée, éclatait de fureur :

— Comment, vous, Lenoir, pouvez-vous poser de telles questions à Ethis? Trouvez-vous intelligent de lui mettre des idées pareilles dans la tête? Vous le connaissez comme moi et vous savez qu'il serait capable de prendre un vieux fusil et de risquer sa vie pour je ne sais quelle chimère! Il nous a déjà fait le coup à la fin de l'Empire et doit à une grande chance de n'avoir pas été tué par les cosaques sur la barricade de Picpus!

Lenoir ne s'attendait pas à une telle algarade. Il s'excusa comme un enfant pris en faute tout en essuyant avec sa serviette des taches de bouillon sur les revers de sa redingote :

– Je n'ai jamais pensé, ma petite Marie, qu'Ethis pouvait à son âge reprendre du service dans une révolution. C'était une mauvaise boutade. Et puis, vous avez montré souvent que vous étiez assez forte pour l'empêcher de faire des bêtises. En attendant, je vous avoue que je préférerais voir le bouillon dans mon assiette que sur mon habit.

On rit et Ethis, pas fâché dans le fond d'avoir suscité un incident qui flattait sa petite vanité, déclara tout net que pour rien au monde il ne participerait à une émeute s'il en éclatait une dans le quartier.

– Et pourtant, ajouta-t-il, je ne me sens pas aussi vieux que semble le prétendre M. le Conservateur des monuments de Saint-Denis!

En raison des chaleurs, le roi s'était transporté à Saint-Cloud. C'est là, dans le salon rouge qui servait à la fois de bibliothèque et de salle du conseil, qu'il avait convoqué les ministres. La veille, ils avaient arrêté leur détermination, accepté l'interprétation de l'article 14 de la Charte selon les désirs de Polignac. Il ne restait plus, en cette belle journée du 25 juillet, qu'à ratifier les ordonnances préparées par le garde des Sceaux, ordonnances qui équivalaient – Fontaine avait raison – à un véritable coup d'Etat.

A sept heures, le lendemain, Ethis et Bertrand, guillerets, quittaient la place d'Aligre pour rejoindre l'atelier de la rue Saint-Nicolas. Le soleil brillait mais il faisait encore frais, la rue, éveillée depuis longtemps, bruissait déjà d'activité. Les femmes bavardaient autour de la fontaine Beauvau et les apprentis, attelés aux voitures à bras, entamaient le manège quotidien des commodes et des carcasses de sièges entre les ateliers d'ébénistes, de tapissiers, de bronziers et de vernisseurs. Ce va-et-vient qui faisait gémir le pavé était signe de prospérité. Bertrand en fit la remarque à son père :

– Ce bruit n'est pas celui qui annonce les révolutions!

Comme chaque matin, ils traversèrent le Faubourg à hauteur de la rue de Charonne pour jeter un œil sur l'éventaire des journaux de la mère Louasse, installée près de la fontaine Trogneux depuis la Révolution. Il en était passé des feuilles imprimées entre ses mains que l'âge avait déformées! Elle avait vendu *Le Journal de Paris*, *La Lanterne*, *Le Patriote français* et *Le Vieux Cordelier*, *Le Père Duchesne* et *Le Drapeau blanc*... Près d'un demi-siècle de l'histoire de la France avait, au gré des pouvoirs successifs, été affiché sur ce mur gris, éclaboussé les jours de grand vent par l'eau qui coulait depuis deux siècles du mascaron en forme de tête de lion. Les femmes qui venaient remplir leur seau puisaient en même temps les nouvelles du temps que la mère Louasse commentait généreusement pour celles qui ne savaient pas lire ou dont la vue était devenue trop faible pour déchiffrer les petits caractères pâlots des journaux. Légende vivante du vieux Faubourg, Mme Louasse, comme l'appelait toujours Ethis avec respect, avait ce jour-là du sensationnel à vendre. Elle en était tout émoustillée :

– Ethis, je t'ai gardé un *Moniteur*. Je sais que ce n'est pas ton journal préféré mais il publie ce matin les ordonnances royales. Et cela va faire du bruit! Je ne me rappelle pas avoir cameloté une nouvelle pareille depuis le 18 Brumaire!

Ethis paya ses trois sous et coupa court aux commentaires de la vieille. Il avait hâte de découvrir l'imprévu qui s'étalait sur toute la première page du journal le plus ennuyeux et le plus soumis au pouvoir.

— Eh bien! dit-il à Bertrand, nous y voilà! C'en est fait de la Charte et la mère Louasse dit vrai : il va y avoir du grabuge. Peut-être pas une révolution mais sûrement des réactions violentes. Viens, allons dans l'atelier pour pouvoir lire tranquillement.

Rue Saint-Nicolas, ils retrouvèrent Emmanuel Caumont qui n'était au courant de rien, pas plus d'ailleurs que les autres compagnons affairés à la scie mécanique ou à leur établi.

— Arrêtez la machine qui fait un bruit du diable et écoutez tous, cria Ethis. Le roi refuse d'accepter le résultat des élections et déchire la Charte. Voici résumées les cinq ordonnances : La première abolit la liberté de la presse en soumettant les journaux à une autorisation préalable. La seconde dissout la Chambre qui vient d'être élue. La troisième modifie la loi électorale à l'avantage des partisans de la royauté absolue. La quatrième est une convocation de nouveaux électeurs triés sur le volet et la dernière réintègre au Conseil d'État les membres éliminés par Martignac. Qu'en pensez-vous?

A part Emmanuel, personne ne semblait vraiment penser quelque chose. Le peuple du bois se sentait vraiment peu concerné par des ordonnances qui touchaient plus directement la bourgeoisie, les législateurs congédiés, les journalistes et les écrivains frappés de plein fouet. Le père Matthieu, le plus ancien de l'atelier qui avait autrefois travaillé avec Riesener, dit pourtant :

— L'opposition est trop forte dans le pays pour laisser passer de telles lois sans broncher. Le tout est de savoir si les ébénistes du Faubourg, les tisserands de Richard-Lenoir et les faïenciers de la rue de la Roquette sont disposés à aller combattre la troupe pour laisser Blanqui, Carrel et Thiers écrire ce qu'ils veulent dans des feuilles qu'ils ne lisent jamais.

Il réfléchit encore un instant et continua :

– Ce n'est pas sûr mais ce n'est pas impossible. Si tous ces gens instruits et riches sont habiles, ils arriveront bien, pour peu que le ministère fasse encore des sottises, à nous entraîner dans une bataille qu'ils nous persuaderont être la nôtre! Mais peut-être hésiteront-ils à déclencher la tempête!

Ethis avait écouté, ému, les propos du vieil ébéniste et admiré la lucidité de cet homme peu habitué aux subtilités de l'esprit mais qui, dans ce Faubourg qu'il n'avait jamais quitté, avait assisté à tant d'événements, avait connu tant de ferveur et de désillusions!

– Le père Matthieu ne croit plus en rien, dit Bertrand à son père, mais il sait bien que si le terrible engrenage de la révolution se remet en marche il se laissera prendre... Comme bien d'autres!

Pour l'heure Paris, accablé de chaleur, ne songeait pas à l'émeute. On ne lisait pas *Le Moniteur* dans les ateliers d'ébénistes pas plus que dans ceux du faubourg Saint-Marcel ou dans les manufactures de la barrière de Courcelles.

Durant toute la journée, la scie à vapeur fonctionna rue Saint-Nicolas pour préparer les feuilles de placage de loupe de frêne destinées à une importante commande qu'Ethis avait arrachée à un courtier anglais. On n'avait pas reparlé des ordonnances; d'ailleurs, le bruit de la machine interdisait, quand elle était en marche, toute conversation sérieuse.

Le soleil était encore rayonnant quand les ateliers se vidèrent et que, par groupes de trois ou quatre, les compagnons gagnèrent, sur le chemin de leurs logements, les différents cabarets et marchands de vin du quartier. Chacun avait ses habitudes, les Valfroy préféraient, au nouveau café qu'un certain Pierre Amelot, venu des vergers de Montreuil, venait d'ouvrir au 19 du Faubourg, la vieille auberge aux rideaux à carreaux de la mère Briolle, place d'Aligre.

Œben l'avait jadis fréquentée, Riesener avait été jusqu'à sa mort l'un de ses clients les plus fidèles, Ethis et les hommes de la famille restaient tout naturellement attachés à ce haut lieu de la chevalerie de l'ébène. La Briolle avait servi tant de chopines aux compagnons qu'elle ne pouvait plus lever son bras droit immobilisé par un rhumatisme. Sa fille Marthe avait pris le relais dans la salle et elle se contentait, maintenant, de faire le tour des tables pour bavarder avec ses chers ébénistes. Elle connaissait le quartier comme sa poche, aucune tête ne lui était inconnue. Son cabaret servait aussi de bureau de placement : quand un patron voulait engager un ouvrier, elle était en mesure de lui donner, sans attendre, le nom de tous ceux qui cherchaient de l'embauche. Ce soir-là, elle avait sorti tous les bancs et tables disponibles à l'ombre des marronniers de la place. Ethis, son beau-frère et leurs deux garçons s'y installèrent.

A deux pas, au numéro 4, *Chez Gérard,* toutes les places étaient également occupées. Il en allait partout de même : au Palais-Royal, au *Café de la Banque* place des Victoires ou à *La Réunion* sur les Champs-Élysées. Paris prenait le frais sans se douter que le volcan de M. de Salvandy allait bientôt ajouter ses explosions à la canicule.

Sept heures sonnèrent à la grosse pendule du marché Beauvau. Les Valfroy s'apprêtaient à gagner l'autre côté de la place où Marie et Lucie devaient commencer à s'impatienter quand Lenoir arriva en fiacre devant l'auberge.

– Je meurs de soif mes amis! Qu'on nous serve vite un pichet de vin de Sancerre! s'écria-t-il en serrant les mains.

– Nous allions rentrer, dit Ethis, mais vous êtes, mon cher maître, un excellent alibi. Marie vous pardonnera notre retard. Va prévenir les femmes que M. Alexandre vient souper avec nous, ajouta-t-il à l'adresse de Jean, le fils Caumont.

– M. Lenoir prendra ma place, dit Bertrand. Ce soir je vais au *Moulin-Vert*. J'y apprendrai les dernières nouvelles.

– Les nouvelles sont bonnes ou mauvaises, selon la façon dont on prend les choses, continua Lenoir que les événements alléchaient visiblement. Les responsables de tous les journaux d'opposition, même les plus prudents, viennent de rédiger un manifeste contre la suppression de la liberté de la presse, manifeste qui sera imprimé dès demain en dépit des interdictions. Tout le monde a signé, m'a assuré Albert Stapfel du *National* que je quitte à l'instant : Carrel, Rémusat, Mignet, Alexandre Dumas, le podagre Benjamin Constant et les autres...

– Et Hugo? demanda Bertrand.

– On ne l'a pas encore joint, sa femme Adèle est sur le point d'accoucher. Sainte-Beuve non plus qui est à Honfleur et qui, paraît-il, pense que le ministère tombera et que le prochain sanctionnera la fusion entre la Charte et la royauté. C'est Thiers qui a emporté l'affaire. « Tous les journalistes dignes de ce nom doivent signer! s'est-il écrié. Unis, offrons nos têtes au gouvernement! » C'est beau, n'est-ce pas? Du vrai Danton...

– Mais vous savez bien qu'on ne fait pas une révolution avec des articles de journaux! dit Ethis en haussant les épaules.

– Personne ne parle de révolution. La presse est parfaitement consciente de la torpeur du peuple de Paris. Le but, c'est de défendre un principe et d'affaiblir l'autorité du pouvoir à plus ou moins long terme. Il est prodigieusement intéressant de voir maintenant ce que va faire le gouvernement.

– Tout cela semble vous amuser, dit Lucie. Je comprends maman que votre persiflage agaçait parfois.

– Mon persiflage, comme tu dis, la divertissait aussi. Antoinette me comprenait très bien. Dis-toi, petite Lucie, que, sans mon scepticisme et mes

fureurs iconoclastes, je ne serais jamais revenu sain
d'esprit de toutes les péripéties de ma vie. L'ironie
est pour moi une arme défensive. Quand je ne
décèlerai plus la sottise sous la phraséologie incanta-
toire qui nous submerge, ni la malhonnêteté, ou si tu
veux la naïveté que cache l'expression des grands
sentiments, je serai bien près de la fin. J'ai compris il
y a longtemps que je ne pouvais pas influer sur
certains événements. Alors, j'ai décidé de m'en distraire.

C'était là le genre de discours qui autrefois réjouissait Antoinette. En la perdant, il avait vu disparaître
son auditrice la plus fervente, même si parfois elle
faisait semblant d'être scandalisée. Personne maintenant n'était capable d'apprécier les finesses de son
esprit corrosif. Seul Bertrand, mais il était trop jeune
et occupé ailleurs, en goûtait parfois la subtilité.

Bertrand n'alla pas ce soir-là au *Moulin-Vert*. Il
avait rendez-vous avec ses cousins Léon Riesener et
Delacroix dans l'atelier du peintre qui finissait de
s'installer au 13 du quai Voltaire, sous la grande
verrière que venait d'abandonner Horace Vernet. Au
bruit qui venait du cinquième étage, Bertrand comprit qu'il devait y avoir beaucoup de monde chez
Eugène. M. Auguste, sûrement, dont la voix de
tragédien résonnait dans la cage de l'escalier et aussi
Pierret dont on percevait l'enrouement chronique.
Bertrand poussa la porte qui n'était pas fermée et
salua l'assistance à la mode des compagnons en
levant à hauteur du visage la canne de M. Auguste
qu'il avait trouvée dans l'entrée. « Tope! » crièrent
ensemble les cousins. « Salut Paris-la-Canne-d'Or! »
déclama Auguste. Aucun d'entre eux n'avait accompli son tour de France mais ils aimaient, comme tous
les habitués du *Moulin-Vert,* célébrer le compagnon
poète qui leur racontait de belles histoires. Bertrand
connaissait tout le monde : Fielding qui préparait du
thé dans une sorte de marmite en criant au sacrilège : « Monsieur Delacroix, je vous annonce que je

vous coupe le bonjour si vous n'acquerrez pas dans
les trois jours un récipient digne de recevoir le thé
des Indes que j'ai la bonté d'apporter! »; Frédéric
Leblond, intarissable sur la pêche à la truite et
Walter Scott; Zélie, le modèle aux yeux noirs dont
on retrouvait l'éclat sur beaucoup de tableaux du
maître de céans... Certains étaient assis sur l'unique
canapé revêtu d'un châle de cachemire, les autres sur
le tapis de Rabat aux couleurs éteintes qui avait
longtemps orné le salon de Victoire Delacroix à
Charenton.

Dans le fauteuil Jacob, autre relique familiale,
trônait une dame que Bertrand n'avait jamais rencontrée. Delacroix le présenta :

– Mon cousin, Bertrand de Valfroy, l'homme le
plus spirituel et le plus inattendu d'entre nous : il est
comme moi le petit-fils du grand Œben. Ebéniste
lui-même, il est aussi poète. Il a accompli son tour de
France et porte chez les compagnons le nom fameux
de Paris-la-Canne-d'Or. Monsieur de Valfroy, j'ai
l'honneur de vous présenter notre illustre visiteuse,
Mme Sophie Gay, la plus séduisante, la plus décon-
certante, la plus passionnante des grandes dames de
Paris.

Il s'inclina jusqu'à terre et s'effaça, laissant Bertrand, gauche et intimidé devant le sourire le plus
célèbre de la France littéraire, celui qui accueillait
dans son entresol de la rue Gaillon Nodier, Vigny,
Hugo, Lamartine, parfois Chateaubriand.

– Ainsi, monsieur, vous êtes compagnon du tour
de France! dit-elle. Et vous êtes poète! Mon Dieu,
que de raisons de vous trouver sympathique! Venez
donc un jour chez moi avec votre cousin Delacroix.
Vous rencontrerez d'autres personnes de mes amis
qui écrivent aussi.

Bertrand devint rouge comme un coquelicot. Il
bredouilla quelques mots de remerciements que
Mme Gay n'écouta pas. Elle avait repris sa conversation avec Pierret :

– Charles X a commis une grande faute qui va lui coûter cher : en s'attaquant à la presse, il a uni contre lui les forces discordantes de l'opposition.

– Mais, chère madame, dit Pierret, cette presse d'opposition n'a pas des tirages éblouissants, ils ne pénètrent guère dans les couches populaires.

– On n'achète pas beaucoup les journaux, c'est vrai, mais on se les prête. Ils font le tour des immeubles et finissent en lambeaux. Croyez-moi, la rébellion n'est pas loin. Les bonapartistes redressent la tête et les étudiants commencent à s'agiter. Il y a longtemps que la jeunesse des écoles n'a pas rompu de lances avec ses aînés, vous verrez qu'ils vont saisir l'occasion et se distraire en dépavant quelques rues parisiennes.

On se sépara tard. Eugène s'offrit à aller chercher une voiture pour reconduire Mme Gay, Pierret et M. Auguste partirent ensemble vers Montmartre et Bertrand, seul, marcha d'un pas sonore le long des quais pour rejoindre le boulevard Bourdon, allée déserte qui suivait tout au long les anciens fossés de la Bastille et gagner le faubourg Saint-Antoine. Aguerri par les longues marches du compagnonnage, Bertrand n'était pas peureux. Il se dit tout de même que si des malandrins venaient à l'attaquer il ne trouverait pas grand monde pour le défendre dans ce néant pierreux où la vieille forteresse n'avait laissé que son fantôme sinistre. Enfin, il arriva à l'autre extrémité de la place, là où commence le faubourg. Tout était calme dans l'ancienne route de l'Est devenue l'une des grandes artères parisiennes. Bertrand ne rencontra pas âme qui vive jusqu'au *Café Amelot* qui fermait boutique. Il échangea quelques mots avec le patron occupé à verrouiller sa grille :

– Tu viens de Paris[1]? demanda le cafetier. Il n'y a

1. Le quartier du Faubourg était tellement demeuré un village que lorsqu'on s'apprêtait à passer la vieille porte Saint-Antoine, on « allait à Paris ».

pas de chambard du côté de l'Hôtel de Ville? On m'a
dit que des bandes d'excités ont manifesté.

– Non, tout est calme, Paris est désert. Ici, on a
dû discuter ferme! Qui était là?

– Oh! toujours les mêmes. Un ouvrier imprimeur
a apporté un numéro du *Globe* sorti tout chaud des
presses malgré l'interdiction. Il paraît que les serru-
riers commis par le gouvernement pour empêcher les
machines de fonctionner ont refusé d'opérer. Ce
journal va faire le tour du quartier. « Ordonnances »... voilà un mot qui sonne mal aux oreilles du
Faubourg. Tout est calme mais je sens qu'il ne
faudrait pas grand-chose pour réveiller la colère des
ateliers...

Bertrand, pensif, reprit sa marche vers la rue de
Cotte. Il avait un peu trop bu ce soir-là, d'abord
chez la mère Briolle puis chez Eugène où en dépit de
la présence de Mme Gay on avait débouché plusieurs bouteilles de chinon après avoir trempé les
lèvres dans le thé de Fielding. Un tas d'idées lui
tournaient dans la tête : la révolte des politiques et
des journalistes pouvait-elle vraiment faire sortir les
baïonnettes des cours et des passages? L'encre des
imprimeries déborderait-elle jusqu'à noyer l'amboine
et le frêne dont les veines emmêlées assuraient l'existence tranquille des gens du bois? A ces considérations se mêlaient les paroles aimables de Sophie Gay
qui l'avait pratiquement invité à venir rencontrer les
hommes illustres du moment. Et, comme toujours
lorsque sa pensée était un peu flottante, il songeait à
Louise dont la venue à Paris, retardée trois fois à
cause des lubies de lady Hobbouse, lui paraissait de
plus en plus incertaine. Il s'interrogeait sur ses
sentiments. Aimait-il vraiment Louise à laquelle il lui
arrivait de ne pas penser durant des jours alors que,
ce soir, il aurait donné n'importe quoi pour l'avoir
auprès de lui?

Il trébucha contre une chaise en entrant dans la
chambre et sa mère, réveillée, vint l'embrasser :

– Tu sens le vin! dit-elle en reculant. C'est Eugène qui t'a fait boire? Il n'a pourtant pas l'habitude...

– Moi non plus, maman! Mais je t'annonce trois choses : je suis invité dans le salon de Mme Sophie Gay avec Victor Hugo et Vigny; je crois que nous allons avoir une révolution; enfin je vais aller chercher Louise en Angleterre pour l'épouser!

Marie hocha la tête et dit :

– Tu ferais mieux de te coucher tout de suite. Nous reparlerons de tout cela demain quand tu seras dégrisé!

Sur un point au moins, Bertrand avait eu raison. Le lendemain matin, la révolution grondait. Elle n'avait pas éclaté dans le Faubourg comme une colère subite et terrible. La rupture ressemblait plutôt à celle d'une traverse de chêne mal sciée qui se brise dans le fil. Le mouvement avait été d'abord une rébellion de journalistes épaulée, plus ou moins vigoureusement, par des députés de l'opposition mais, la répression qui s'organisait contre ceux qui défendaient les principes essentiels de la liberté ne pouvait indéfiniment laisser indifférent le vieux Faubourg. Sans qu'on sache exactement pourquoi ni comment, à midi, les ateliers étaient vides, les machines à vapeur arrêtées, les poêles à sciure éteints. Tout le monde était dans la rue, le soleil tapait plus fort encore que la veille et les marchands de vin faisaient fortune.

Réuni au coin de la rue Saint-Nicolas et du Faubourg, le clan Valfroy, mi-amusé mi-sérieux, écoutait Ethis raconter ses exploits passés et prévoir une flambée révolutionnaire qui, selon lui, allait embraser Paris. Marie et Lucie eurent toutes les peines à faire rentrer leur monde pour le repas de midi. C'est là, entre la soupe aux haricots et le fromage blanc aux herbes que les femmes avaient été chercher à la ferme de Picpus, que Pierre Picousi, le menuisier de sièges qui avait son atelier dans la cour, vint les prévenir que tout se passait dans les jardins

du Palais-Royal et devant l'immeuble du *Temps* où
un commissaire de police tentait vainement depuis
des heures de saisir les presses du journal coupable,
comme ses confrères, d'avoir violé les ordonnances :

– Mon fils en vient. Il paraît que la plupart des
étudiants sont là avec d'anciens gardes nationaux et
une escouade de demi-soldes. Vous venez?

– Nous venons! dit Ethis. Allez Bertrand et
Emmanuel, dépêchez-vous!

Le ton était si net, si autoritaire que les femmes,
stupéfaites, n'émirent pas la moindre objection.

– Cela me rappelle, continua le « vainqueur » le
jour où un groupe armé de piques est venu nous
chercher chez Nadal où je faisais mon apprentissage.
C'était le 14 juillet 89. On a été prendre la Bastille!

En marchant d'un pas ferme vers la rue de Rivoli,
Ethis continuait de raconter, en gesticulant, l'autre
révolution, la grande. Bertrand et Emmanuel qui
avaient entendu cent fois ces histoires n'écoutaient
pas. Ils regardaient la foule, à la fois grave et
souriante, qui se dirigeait vers le centre de Paris.
Déjà, la veille, des attroupements avaient été disper-
sés au Palais-Royal mais, comme le souligna Bertrand, « si tous ces gens-là se rencontrent sous les
fenêtres du duc d'Orléans, cela va faire beaucoup de
monde! ».

Plus ils avançaient, plus les groupes devenaient
compacts, se soudaient entre eux et criaient la même
invective, « A bas les ministres! » et la même
acclamation, « Vive la Charte! ». On reconnaissait
les imprimeurs à leur tablier de cuir qu'ils portaient
fièrement, comme une cuirasse et qui recevaient les
vivats de la foule. Ils représentaient la presse, et la
presse, cet après-midi-là, symbolisait la résistance à
l'oppression.

– Regardez, dit Emmanuel Caumont, il y a autant
de bourgeois que d'ouvriers et d'étudiants. Ces gens-

là ne veulent pas la révolution, ils demandent simplement le renvoi des ministres.

C'était vrai : la redingote et la blouse se mêlaient pour communier sous le grand soleil et cette alliance spontanée semblait aller de soi.

— Cela me rappelle la fête de la Fédération en 90, murmura Ethis. On y a cru à la fraternité! Et on a eu la Terreur...

Toutes les rues autour du Palais-Royal étaient bouchées et les bruits les plus invraisemblables couraient dans la foule, aussitôt démentis par d'autres nouvelles aussi fausses. L'une pourtant était vraie : Marmont, le duc de Raguse, avait reçu le commandement de la garnison de Paris et concentrait ses troupes aux Tuileries avant de faire évacuer les jardins du Palais-Royal par la gendarmerie.

Dans tout le quartier le ton montait. La place comme toutes les rues avoisinantes était noire de monde, une foule encore bon enfant mais que l'intervention de la troupe n'allait pas tarder à échauffer jusqu'à l'explosion. Pour l'instant, les groupes les plus décidés se rassemblaient autour des boutiques d'armuriers qui n'avaient pas fini de regretter d'avoir laissé leurs collections de fusils de chasse en vitrine.

Vers trois heures, le 5e de ligne avait réussi à dégager sans drame les jardins. Brève accalmie : une heure plus tard trois chariots étaient renversés rue Saint-Honoré, à l'angle des rues de Rohan et de Richelieu. C'était la première barricade. Ethis et ses amis qui avaient été refoulés rue de Rohan réussirent à s'approcher. Protégés par les voitures et les poutres trouvées dans un chantier voisin, les insurgés, car il fallait bien maintenant parler d'insurrection, lançaient des pierres et des briques sur la garde. Ethis ne tenait plus en place, démangé par l'envie de se mêler à cette première bataille. Emmanuel n'eut pas à le retenir : un peloton de lanciers dépêché par Marmont faisait déguerpir les premiers révolutionnaires de juillet et laissait la place à la garde chargée de démanteler la barricade.

C'est là qu'ils retrouvèrent Delacroix et ses amis, Pierret et Auguste, venus en curieux. Eugène avait sorti son carnet de croquis et fixait d'un crayon prodigieusement habile les scènes qui se déroulaient sous ses yeux.

— Crois-tu qu'il y aura d'autres barricades? demanda-t-il à Ethis à qui il plaisait visiblement d'être considéré comme celui qui savait tout de la révolution.

— Sûrement, mais elles seront plus hautes, plus larges, plus solides. On s'y battra vraiment.

— Alors je reste, car je vois déjà l'esquisse d'un grand tableau qui représenterait le peuple en armes défendant son château fort d'occasion. C'est le rôle d'un artiste d'être le témoin de son temps!

Sa seconde barricade, Delacroix l'aura une heure plus tard au coin de la rue de l'Echelle. Là encore la foule devait résister à coups de pierres aux assauts des lanciers avant de laisser la place.

— La machine insurrectionnelle commence à s'emballer! constata Bertrand. Ecoutez, on entend des coups de feu du côté du Palais-Royal.

Un homme passa en criant qu'une femme était morte d'une balle reçue en pleine poitrine. Des cris d'indignation s'élevèrent tandis qu'une nouvelle barricade, celle annoncée par Ethis, plus haute et plus lourde, renforcée par des réverbères abattus, se levait un peu plus loin rue Saint-Honoré[1].

— La blouse et le frac, le chapeau et la casquette... Je trouve cela extraordinaire, dit Delacroix. Je suis de plus en plus décidé à faire un tableau!

— Tu le feras, répondit Ethis. Et ce sera un chef-d'œuvre! Maintenant, je pense qu'il est temps de rentrer. Les femmes doivent être inquiètes. D'ail-

---

1. « Quand le roi fait des sottises, le pavé monte et le réverbère descend! » écrira Victor Hugo.

leurs, même s'il s'agit d'une vraie révolution, Paris va se calmer pour la nuit. Allons, en route!

Bertrand échangea un regard avec Delacroix que le cousin Léon Riesener avait rejoint à son tour. Tous trois avaient eu la même pensée : Ethis qui parlait de rentrer alors que les échauffourées continuaient dans toutes les rues autour de la Bourse et du Palais-Royal! Le vainqueur de la Bastille avait bien vieilli. Le héros fatigué de parler durant des heures de la révolution, ne pouvait plus la faire...

– Tu as raison, père, dit simplement Bertrand. Retournons à la maison. Il faut voir s'il s'est passé quelque chose au Faubourg.

– Nous rentrons aussi, annonça Eugène. Je voulais voir, j'ai vu, je vais mettre mes croquis à l'abri.

Paris s'était levé à l'aurore. Ethis aussi qui n'avait dormi que quelques heures et marchait de long en large dans le salon-salle à manger-chambre de secours qui, depuis Œben, n'avait cessé d'être le théâtre d'une pièce passionnée et passionnante, moitié drame, moitié comédie : l'histoire d'une grande famille du faubourg Saint-Antoine qui avait vécu pleinement les péripéties de l'Histoire. Les femmes y avaient joué leur rôle, longtemps le premier avec Antoinette. Aujourd'hui encore Marie et Lucie tenaient leur place. Les hommes, s'ils étaient les maîtres à l'atelier, filaient doux à la maison.

Marie, ce matin-là, faisait semblant de dormir mais, du grand lit un peu haut perché où elle était née et dont le fronton doré avait été sculpté jadis par Riesener, regardait du coin de l'œil Ethis qui tournait à côté comme un ours en cage. « Que manigance-t-il encore, se demandait-elle. Je ne pense pas qu'à son âge il va aller se mêler à l'émeute. Par

chance, le Faubourg est calme et, le Palais-Royal, il
faut y aller! »

— Éthis, appela-t-elle, que fais-tu?

— Je pense! répondit-il en venant s'asseoir sur le
bord du lit.

— A quoi? As-tu vraiment envie d'aller lancer des
pierres et des pavés sur les bonnets de peau d'ours
des hussards et les casques de cuivre des cuirassiers?

— Eh non, je n'ai pas envie! Et c'est cela qui
m'ennuie. Je deviens vieux, ma bonne Marie. Ce
n'est pas l'Éthis d'aujourd'hui qui irait faire le coup
de feu, à un contre cent pour empêcher les cosaques
d'entrer à Paris!

— Vous croyiez vraiment les arrêter et sauver
l'Empereur?

— Non, mais on peut dire que grâce à nous ils
n'ont pas paradé dans le Faubourg sans avoir dû
combattre!

— Oui, je te comprends, enfin j'essaie. Heureusement Bertrand est moins fou. Je ne crois pas qu'il
éprouve le besoin d'aller dépaver les rues de Paris!

— Oh! ce n'est pas qu'il manque de courage! Il a
montré pendant son tour de France qu'il pouvait se
battre mais, vois-tu, Bertrand est un artiste, enfin un
poète, c'est la même chose. La liberté, il la défendra
en écrivant des chansons, comme ton petit-neveu
Eugène en fera un tableau... Mais c'est peut-être à
cause d'eux qu'on se souviendra plus tard que par
ces belles journées de juillet le Bourbon Charles X a
dû abandonner son trône.

L'atelier demeura fermé comme tous ceux des
maîtres et artisans du Faubourg –. Bertrand en
profita pour dire qu'il allait retrouver Eugène, Léon
et ses amis.

— Prends garde à toi, dit Marie en l'embrassant.
Ne va pas te faire blesser par une balle perdue!

Bertrand sourit et rassura sa mère:

— Ne crains rien, personne dans notre groupe n'a

l'âme d'un héros. Comme dit Eugène, nous sommes des témoins.

Il partit en sifflotant et se rendit compte tout de suite en arrivant dans la grand-rue qu'au calme de la veille succédait une vive effervescence. A part le *Café Amelot,* plein à craquer, tous les magasins et ateliers donnant sur le Faubourg étaient clos; devant chaque porte des groupes animés discutaient; souvent, des bras tendus indiquaient la direction de la Bastille.

– Que se passe-t-il? demanda-t-il au fils Mansion qui lisait *Le National* accoudé au mur. Toi non plus tu n'as pas ouvert?

– Pas question. Des bruits circulent sans arrêt et énervent tout le monde. Il y a moins d'une heure on annonçait que le peuple avait pris l'Hôtel de Ville. Des gamins, regarde, ils sont tous dehors, assurent des relais avec les bandes des autres quartiers. Ils viennent d'affirmer que c'est faux. Ce qui est sûr, c'est qu'on arrête un peu partout des groupes de lanciers et de lignards et qu'on les oblige à crier « Vive la Charte! ». Ce qui est sûr aussi, et c'est plus grave, des barricades se dressent rue Saint-Antoine et les cuirassiers de Saint-Chamans ont pour mission de les franchir et de venir occuper le Faubourg. S'ils montrent leur nez à la porte Saint-Antoine, tout le quartier va être sur pied en un clin d'œil. La rue de Charenton est pleine de chariots, de voitures, de tonneaux. C'est pareil rue Saint-Nicolas. Avec tout ce qui tombera des fenêtres, il y aura de quoi faire des barricades jusqu'au ciel!

Bertrand continua son chemin en songeant que le Faubourg n'allait pas tarder à entrer dans la bataille, bataille qui apparaissait de plus en plus proche à mesure qu'il avançait vers la Bastille. Il passa la vieille porte sans encombre mais se cogna un peu plus loin, dans la rue Saint-Antoine, à une immense barricade au sommet de laquelle flottaient des drapeaux tricolores. Des drapeaux, il y en avait partout aux fenêtres. Sous le soleil vibrant de lumière et de chaleur, ils donnaient un petit air de fête à la rue. Hélas, les coups secs qui claquaient du côté de l'Hôtel de Ville n'étaient pas des pétards d'artifice mais le bruit des fusils.

En manches de chemise – il avait laissé sa redingote bien inutile pour circuler dans la fournaise parisienne –, Bertrand franchit l'étroit passage ménagé du côté impair de la rue. Il connaissait la grande fille qui contrôlait le couloir. C'était la jeune sœur de l'ébéniste Antoine Menchez qui travaillait à façon pour la famille. Elle lui agrafa un bout de ruban bleu, blanc, rouge sur la poitrine et l'embrassa en riant.

– Prends garde à toi Sophie! dit Bertrand. Si ça pète, rentre tout de suite chez toi. Tu es trop jeune et trop jolie pour faire un ange.

– Ne te soucie pas. Promets-moi plutôt de m'emmener danser un dimanche quand on sera en république!

L'idée de Bertrand était de rejoindre l'atelier d'Eugène, quai Voltaire, ce qui semblait de plus en plus difficile : les quais de la rive droite étaient occupés par les lanciers du major Imbert Saint-Amand, tandis que le général Talon essayait de tenir au marché des Innocents. Ses troupes harassées de fatigue et noires de poudre étaient bombardées par une pluie incessante de tuiles, de briques, de chenets, de fers à repasser et même de meubles qui tombaient des étages. Bertrand jeta un œil sur la place en se protégeant dans l'encoignure d'une porte : on lavait les plaies des blessés dans la fontaine de Jean Goujon. Près de lui, un gamin qui lui dit avoir quatorze ans tirait maladroitement les soldats avec un fusil qu'il avait déniché on ne sait où. Oui, c'était bien la révolution, le sang du peuple se mêlait sur les pavés à celui des lignards et des gardes nationaux. C'était la révolution et ce n'était pas joli. On s'entre-tuait entre Français, un peu à l'aveuglette car les uniformes ne signifiaient plus rien; des groupes de lignards et de gardes, mal commandés, avaient changé de camp avec armes et bagages.

Un moment, Bertrand songea à revenir place d'Aligre, mais refaire le chemin en sens inverse s'avérait quasiment impossible, sans compter que le Faubourg était sans doute maintenant à feu et à sang. Il décida donc de continuer en empruntant les petites ruelles qu'il connaissait bien. Un blessé qui revenait chez lui en boitant lui dit que la colonne de Saint-Chamans n'avait laissé que quelques estafettes à la Madeleine pour filer vers la Bastille. La place était quasi déserte et il pourrait traverser la Seine aisément.

Il arriva exténué quai Voltaire et se jeta sur les coussins défraîchis du sofa :

— Mes amis j'ai tout vu, on se bat partout, c'est horrible!

Delacroix et Léon Riesener venaient de rentrer. Eux aussi avaient vu des choses épouvantables et frôlé la mort de près :

— Eugène, tellement absorbé par son dessin, ne s'est pas rendu compte que les balles qu'on entendait siffler passaient très près de lui. L'une d'entre elles s'est fichée dans le carton à dessin qu'il avait posé contre le mur. Tiens regarde la pièce à conviction! continua Léon en montrant le carton percé en son milieu d'un joli trou rond.

— Tu vois, dit Eugène, si j'avais été tué, peut-être aurais-je gagné la postérité : peintre et martyr... Vivant, il faut que j'en peigne des tableaux pour arriver à mériter un peu de gloire!

— Ne regrette rien, assura en riant Pierret qui venait d'entrer. Tu n'es pas encore un artiste assez célèbre pour devenir d'un coup un héros en mourant stupidement!

Pendant que les trois cousins philosophaient en

attendant les autres membres du groupe, peut-être isolés dangereusement dans l'embrouillamini armé de Paris, les événements se succédaient faubourg Saint-Antoine. Comme on pouvait s'y attendre, Saint-Chamans en pénétrant dans le vieux chemin de l'Histoire avait soulevé le quartier. Deux canons braqués à la Bastille avaient eu raison assez vite des barricades. La population du bois n'étant pas armée, il lui fallait recourir aux techniques moyenâgeuses, à commencer par le harcèlement de l'ennemi à coups de pierres et de pavés diligemment hissés par les enfants aux étages supérieurs. Cela avait duré une bonne heure puis, la troupe ayant reçu l'ordre de se replier sur les Tuileries, Saint-Chamans n'avait laissé que quelques pelotons de fantassins échelonnés jusqu'à la place du Trône. Les pauvres diables, morts de fatigue et de soif, noirs de poussière, le casque cabossé par les projectiles, attendaient effondrés sur le pavé. Tout le monde avait envie de souffler et la foule, redescendue dans la rue, les entourait, moins hostile que curieuse. On questionnait les gradés, on demandait si l'Hôtel de Ville avait été repris. Et puis, pourquoi tirait-on sur le peuple ? Et avec des canons ! En défendant la Charte, on défendait la loi. Et tout ça à cause de ce Bourbon de malheur tapi dans son château de Saint-Cloud qu'il serait bien obligé d'abandonner un jour... Les soldats privés de munitions et qui n'avaient rien mangé depuis l'aube commençaient à se demander, eux aussi, pourquoi on leur commandait de tirer sur des gens qui étaient somme toute de leur famille.

Cela c'était l'Histoire, Ethis et son beau-frère Emmanuel la vivaient d'assez loin pour ne pas trop s'exposer et d'assez près pour ne pas manquer cette bataille de rue prodigieuse et spontanée. Sans drapeaux tricolores, sans *Marseillaise* et sans fusils, une autre histoire aussi inattendue que singulière mettait la famille Valfroy en émoi.

Vers trois heures, alors que les combats se pour-

suivaient dans le Faubourg, Marie qui se faisait du
souci pour ses hommes, en particulier pour Bertrand
parti depuis le matin, entendit qu'on l'appelait de la
rue. Elle se pencha à la fenêtre et vit les deux frères
Gaulet, bien connus de la famille. Ils soutenaient
chacun par un bras une jeune fille blonde dont la
pâleur surprit Marie avant qu'elle s'aperçût que sa
robe était tachée de sang. Pourquoi l'appelait-on?
Elle ne se posa pas la question et descendit le plus
vite qu'elle put.

— Cette jeune personne, dit Jean Gaulet, vient
d'être blessée derrière la barricade dressée au coin de
la rue de Charonne. Nous l'avons relevée et, comme
son visage nous était inconnu, nous lui avons
demandé chez qui elle voulait être reconduite. « Em-
menez-moi chez Bertrand Valfroy, s'il vous plaît.
Savez-vous où il habite? Cela ne doit pas être loin
d'ici. — Bien sûr que nous connaissons la famille
Valfroy, répondis-je. Nous allons vous conduire,
accrochez-vous à nos bras... » La pauvre semblait
blessée à la cuisse. Nous l'avons presque portée
jusqu'ici. C'est quelqu'un de votre famille? Nous
allons vous aider à la monter.

Marie, étonnée, regardait l'inconnue. Elle avait
beau chercher, ce joli visage ne lui disait rien. Et la
voilà qui tournait de l'œil... La jeune fille en effet
serait tombée si elle n'avait pas été soutenue. Ses
yeux vacillaient, les paroles qu'elle tentait de prononcer étaient inintelligibles.

— Je ne la connais pas mais on ne peut pas la
laisser là. Aidez-moi à la monter.

Le plus jeune des deux frères, dont l'atelier, rue de
Charenton, fournissait des petites tables à tirettes au
Mobilier royal, était un véritable athlète, il avait le
matin monté à lui seul la moitié d'une barricade. Il
prit l'inconnue dans ses bras et la déposa sur le lit de
repos de la grande pièce. Marie s'agenouilla et
souleva sa jupe blanche couverte de sang. Elle ne put

réprimer une grimace : la blessure, sûrement une balle, était vilaine...

– Soyez gentille, dit-elle aux Gaulet, essayez de trouver Ethis et dites-lui d'aller chercher un médecin. Vous lui expliquerez...

A ce moment la jeune fille sembla retrouver ses esprits :

– Vous êtes peut-être Marie, la mère de Bertrand ? demanda-t-elle d'une voix faible. Pardonnez-moi de m'être fait conduire chez vous mais je ne connais personne à Paris, à part lady Hobbouse qui habite très loin...

Marie comprenait de moins en moins. La blessée délirait-elle ?

– Vous avez bien fait, mademoiselle, mais pouvez-vous me dire qui vous êtes, d'où vous venez et comment vous nous connaissez ?

– Je suis Louise, madame. J'ai connu Bertrand durant son voyage à Londres et je venais le voir quand j'ai été prise entre des soldats qui tiraient dans tous les sens et une foule qui chantait *La Marseillaise* en brandissant des drapeaux. Que se passe-t-il à Paris ? Est-ce la révolution ?

– Grands dieux ! s'écria Marie. Vous êtes Louise ! Mon fils nous a parlé quelques fois de vous. Oh ! il ne nous a pas dit grand-chose, c'est un être secret, mais j'ai cru comprendre que vous ne lui étiez pas indifférente... Pas plus tard qu'hier, il nous disait qu'il voulait retourner en Angleterre pour vous voir. Si seulement je pouvais le prévenir. Il est avec ses cousins à l'autre bout de Paris. J'espère qu'il n'a pas, comme vous, été victime d'une balle perdue. Mais il faut vous soigner. En attendant le médecin, je vais laver votre plaie et vous faire un bandage.

Lucie entrait justement pour demander si Emmanuel et Ethis étaient revenus.

– Qu'arrive-t-il ? s'exclama-t-elle. Qui est cette malheureuse ?

Il fallut lui expliquer la présence de Louise. En

apercevant sa blessure à la cuisse, elle pensa aussitôt
à sa mère, touchée elle aussi quarante ans auparavant par une balle perdue, lors de l'émeute chez
Réveillon. A cause de cette réminiscence, peut-être,
elle éprouva une vive sympathie, mêlée de pitié, pour
la jeune fille. Tandis que Marie faisait bouillir de
l'eau et cherchait des linges de pansements, elle lui
prit la main et la rassura d'une voix douce :

— Ce n'est rien ma petite. On va vous guérir bien
vite. Et puis, Bertrand va s'occuper de vous. Si
seulement il pouvait rentrer notre poète baladeur,
cela irait tout de suite mieux! Et puis, vous allez
connaître sa petite sœur Antoinette-Emilie qui a
votre âge... Au fait où est-elle aussi celle-là!... Elle
doit comme vous se promener du côté des barricades. Ah! ces jeunes filles modernes! Nous qui avons
vécu la grande Révolution, n'avons pas tellement
envie d'aller voir à nouveau les Français s'entre-
déchirer!

— Ne la fatigue pas trop avec tes bavardages, dit
Marie, aide-moi plutôt à la nettoyer et à lui faire un
pansement de fortune.

La blessure était impressionnante, à cause du
sang, mais heureusement moins grave que ne l'avait
cru Marie :

— La balle n'est pas restée, constata Lucie. Elle
n'a fait qu'enlever un morceau de chair.

— Comme sur la tête d'Antoinette, coupa Marie.

— J'y ai pensé, moi aussi...

Penchées sur la jeune fille qui s'abandonnait à
leurs mains maternelles, les deux femmes lavèrent
doucement la plaie puis avec un linge fin de coton
nettoyèrent le sang qui avait coulé jusqu'au bas de la
jambe.

— Je lui mettrais bien de la pommade de marjo-
laine, dit Lucie. C'est ainsi qu'on a soigné Emmanuel quand il avait eu la main écrasée par une bille
de bois, mais il vaut mieux attendre ce que dira le
médecin. Contentons-nous de lui faire un pansement

léger. Maintenant, on ne peut pas la laisser dans
cette jupe pleine de sang. Tu devrais aller lui chercher une robe d'Antoinette-Emilie. Elles ont à peu
près la même taille.

Pansée, propre, vêtue d'une jolie tunique de voile
beige, Louise, à qui Marie venait de faire croquer un
morceau de sucre trempé dans de l'eau de mélisse,
avait déjà repris des couleurs.

— Merci, murmura-t-elle. Vous êtes bonnes avec
moi. Cela va déjà beaucoup mieux. J'espère que Mlle
Antoinette-Emilie ne sera pas fâchée de voir que
vous m'avez prêté l'une de ses robes.

— Une Valfroy qui se fâcherait pour une raison
pareille n'aurait pas sa place dans la famille! affirma
Marie qui, se rendant compte aussitôt du ton théâtral de sa déclaration, sourit avant d'ajouter : Disons
plus simplement qu'Antoinette-Emilie est une très
gentille fille et qu'elle sera ravie de prêter sa robe à
une amie de son frère.

— Quelle chance que Bertrand n'ait pas été là
quand on m'a amenée chez vous. Je n'aurais pas
aimé qu'il me voie dans l'état où j'étais. Il va venir,
n'est-ce pas? Vous pensez qu'il ne sera pas désagréa-
blement surpris de me trouver installée chez lui?

— Surpris, il le sera sûrement, mais je serais bien
étonnée qu'il fût irrité. Croyez-moi, Louise, il ne
vous a pas oubliée.

— Cela fait presque un mois qu'il ne m'a pas
envoyé de poème!

Marie sourit, se pencha et embrassa la jeune
fille :

— Je sens, Louise, que nous allons bien nous
entendre. Mais parlons-nous donc un peu de vous. Je
crois que vous avez une tante. Est-elle avec vous à
Paris? Il faudrait la prévenir.

— C'est hélas inutile, elle est morte subitement la
semaine dernière. Lady Hobbouse qu'elle avait élevée est aussi frappée que moi par ce décès. C'est avec
elle que je suis venue à Paris. Elle voudrait que je

demeure auprès d'elle à Richmond. Je n'ai dit ni oui ni non, cela dépend de Bertrand...

« Mon grand benêt de poète va fondre au premier regard », pensa Marie qui s'exclama aussitôt :

— J'entends des pas dans l'escalier, c'est peut-être lui, ou Ethis...

C'était Ethis, accompagné du Dr Perrot, le bon vieux médecin du quartier qui soignait la famille depuis qu'il s'était installé au 259 de la grand-rue du Faubourg après avoir quitté l'armée impériale où il avait servi sous les ordres du grand Larrey. Les blessures, il connaissait. Il examina celle de Louise et félicita les deux femmes de la maison pour les premiers soins prodigués :

— Eh bien, voici un beau petit séton sans gravité. La plaie va se refermer toute seule mais, avant, je vais la parer et la drainer. Nous serons sûrs ainsi qu'on ne va pas enfermer le loup dans la bergerie, je veux parler de ces saletés qui risquent d'infecter le membre de l'intérieur. Combien d'amputations auraient pu être évitées si l'on avait pris ces précautions! Donc, nous allons faire le ménage. J'espère que vous avez de la charpie, il faut toujours en avoir à la maison dans une boîte en fer bien fermée.

— Oui, nous en avons, il y a toujours, vous savez, un homme qui se coupe avec une gouge ou un ciseau...

Le Dr Perrot soigna Louise, lui fit un joli pansement en lui recommandant de ne pas trop marcher :

— Dans une huitaine de jours tout ira bien, mais évitez, mademoiselle, d'aller vous promener du côté des barricades. Laissez cela à Ethis qui doit se sentir rajeunir...

— Euh!... fit simplement celui-ci.

— Bon, vous appliquerez sur la blessure de la petite des compresses d'anthyllide vulnéraire. Vous en trouverez chez le pharmacien de la rue de Charonne. Et à moi, mesdames, qu'allez-vous donner pour me remonter? Je traîne depuis hier ma vieille carcasse sur le pavé à soigner les ouvriers et les soldats qui s'étripent sans trop savoir pourquoi. Ce matin j'ai dû envoyer à l'Hôtel-Dieu un grenadier de la garde que j'avais opéré sur le champ de bataille de Leipzig en 1813. Toujours bonapartiste, il avait repris du service contre les Bourbons sur la barricade de la Bastille!

Marie avait déjà débouché la bouteille de vieux marc dont le cachet de cire portait encore le sceau de l'abbaye de Saint-Antoine-des-Champs. C'était le dernier flacon de ceux qu'avait jadis offerts l'abbesse de Beauvau-Craon au baron de Valfroy pour le remercier de l'avoir aidée à démêler une histoire confuse de fermages. En même temps, Marie avait essayé d'éclairer Ethis qui n'avait pas compris grand-chose aux explications de Gaulet. Il était un peu dépassé par les événements, Ethis! Fatigué par la chaleur des barricades, épuisé par la longue course qu'il avait dû faire pour aller chercher le Dr Perrot dans le poste de garde de la rue du Pas-de-la-Mule transformé en infirmerie, il regardait la jolie inconnue aux traits tirés, vêtue d'une robe de sa fille, étendue sur le lit de repos d'Antoinette et qui lui souriait.

– Allons, se dit-il, le fils a bon goût, je la verrais bien entrer dans la famille, d'autant qu'elle n'a pas l'air sotte...

Cette réflexion lui fit prendre conscience que Bertrand n'était pas rentré. Une sourde inquiétude l'envahit. Il n'en laissa rien paraître afin de ne pas alarmer Marie mais, à voir son air soucieux, il savait bien que, comme lui, elle ne pensait qu'à son fils qu'elle devait imaginer mourant sur une civière quelque part dans Paris. En se cachant l'un de l'autre, tous deux guettaient les bruits de l'escalier. Était-ce lui? Non, c'était Antoinette-Émilie. Puis Emmanuel à qui il fallut à nouveau raconter l'histoire de Louise.

Marie, enfin, dès que le Dr Perrot eut pris congé, sentit qu'il fallait faire quelque chose :

— Allons, s'écria-t-elle, venez les filles que nous préparions le souper. Cette petite doit mourir de faim.

— Tu as raison, femme, mettons-nous à table. Vous allez voir, cela va faire arriver Bertrand.

Il ne s'agissait pas d'un festin. D'abord le cœur n'y était pas, et puis cela faisait trois jours que le ravitaillement n'arrivait plus à Paris encombré de troupes et de barricades qui, même abaissées, rendaient toute circulation impossible dans les rues importantes.

On installa Louise dans le grand fauteuil, celui de Riesener devenu privilège d'Antoinette avant qu'Ethis l'occupât à son tour.

— Soupe au lait et omelette, annonça Marie. Vous nous excuserez, mademoiselle, mais c'est un souper de révolution. On fera mieux la prochaine fois.

Juste à ce moment Marie s'exclama : « C'est lui, je reconnais son pas! Tenez, il est déjà dans l'escalier. » Les autres n'avaient rien entendu. Seule une mère aux aguets pouvait percevoir par la fenêtre ouverte la présence proche de son fils. Et Bertrand entra en saluant de la main.

Ce n'était pas une entrée glorieuse. Le poëte ressemblait à un charbonnier à la fin de sa journée. Son visage dégoulinait de sueur noirâtre, sa chemise maculée était déchirée en plusieurs endroits et ses cheveux, collés par la crasse et la transpiration, pendaient lamentablement sur ses tempes.

— Tu n'es pas blessé? demanda Marie en s'essuyant les yeux.

— Non, épuisé seulement. Mais...

Il venait d'apercevoir Louise et restait les bras ballants, interloqué, se demandant s'il rêvait ou si cette fille pâlotte, habillée comme sa sœur, était vraiment celle qui selon toute logique aurait dû se trouver à Ham House au fin fond de la campagne anglaise. Elle lui souriait, c'était elle. Il se précipita mais sa mère l'arrêta dans son élan :

– Oui, c'est Louise mais attention, ne va pas la bousculer, elle est blessée.

– N'aie pas d'inquiétude, Bertrand, ce n'est pas grave. Avant de m'embrasser je te suggère simplement d'aller te débarbouiller!

Et Louise sourit pour la première fois depuis son arrivée.

– Mais c'est vrai! s'exclama Bertrand qui était allé se poster devant la grande glace ovale, je suis épouvantable! Jamais personne ne s'est présenté ainsi devant sa fiancée. Tout est perdu, à commencer par les quelques chances que j'avais de lui plaire!

Avec Bertrand, le bonheur était d'un coup rentré dans la maison. La diaphane Louise était devenue toute rouge, Marie pleurait, Antoinette-Émilie regardait, émue, cette sœur tombée du ciel, Ethis essuyait discrètement une larme, Bertrand, lui, était vite descendu en caleçon se laver à la fontaine Beauvau au milieu de tous les gosses qui s'aspergeaient d'eau fraîche en criant. Qui aurait pu penser qu'à quelques pas de là on s'était battu jusqu'au soir... Louise en fit la remarque et Lucie dit :

– C'est toujours comme cela. Ma mère Antoinette, dont vous n'avez pas fini d'entendre parler, chère Louise, m'a raconté bien souvent qu'elle n'avait appris la chute de la Bastille que le soir lorsque Ethis était rentré place d'Aligre en lui apportant une clé prise sur l'une des portes de la forteresse. Mais demandez donc à votre futur beau-père comment il est devenu vainqueur de la Bastille. Mon grand frère adore raconter...

C'est ainsi que Louise fit son entrée dans « la maison Œben » comme les anciens du quartier et souvent même les plus jeunes appelaient ces deux

logements qui n'en faisaient qu'un depuis longtemps.
Chargés d'art, d'amour et d'histoire, ils étaient aux
yeux de tous le symbole de ce vieux Faubourg voué
depuis Louis XI aux meubles et au bois.

Grâce à la tisane calmante de Lucie qui connaissait bien les plantes et leurs pouvoirs – ce n'était pas
pour rien qu'on l'appelait « la sorcière » dans la
famille –, Louise passa une bonne nuit sur le lit
dressé pour elle au deuxième. Quand elle se réveilla,
la maison était déjà debout. On entendait tirailler du
côté de la grand-rue.

– Ça recommence? demanda-t-elle à Bertrand
venu lui apporter un bol de lait fumant.

– Oui, ma chérie. Je suis allé tout à l'heure faire
un tour avec le père. Des barricades ont été recons-
truites durant la nuit mais le Faubourg est calme. Il
paraît que le reste de Paris est en état de siège. Un
millier de barricades nous a-t-on dit! D'après les
journaux, plutôt les tracts imprimés à la hâte d'un
seul côté et qu'on trouve affichés un peu partout, le
départ de Charles X est imminent et la classe
ouvrière, couverte de louanges, prête à poursuivre la
bataille jusqu'à la victoire finale. En tout cas, moi, je
ne bouge pas. J'ai cru mourir dix fois hier en
traversant et retraversant Paris. Mon cousin Delacroix a eu son carton à dessin troué par une balle!...
Mais toi, ta vie? Il y a deux jours je disais à ma mère
que j'allais partir pour Londres et te ramener. Et tu
es là... Que s'est-il passé?

Louise prit la main de Bertrand et l'embrassa
longuement, à la commissure du pouce et de l'index,
comme sur le bateau de Douvres, puis raconta la
mort de sa tante, sa venue à Paris avec lady Hobbouse et les péripéties de sa course dans Paris
enragé. Lui se taisait et la regardait. Une question
lui brûlait les lèvres mais il hésitait à la prononcer. Il
savait que la réponse aurait une importance décisive.
Enfin, il se lança :

– Lady Hobbouse souhaite sans doute te garder
auprès d'elle?

– Oui, elle me l'a demandé...

– Et tu as accepté?

– Non, j'ai différé ma réponse. Je n'ai rien voulu
décider avant de t'avoir revu.

Tout était dit. Le visage anxieux de Bertrand se
détendit, il lui sourit :

– Alors, c'est vrai, tu veux toujours de moi?

– J'ai toujours voulu de toi. Depuis l'instant, je
crois bien, où nos regards se sont croisés pour la
première fois dans la diligence de Calais. Je n'ai
jamais cessé de penser à toi mais je croyais que, toi,
tu m'oublierais...

– Non, tu vois. Maintenant les choses sont simples : tu es dans ta maison et tu vas y rester. Pour la
vie si tu acceptes de devenir Mme Valfroy, de ne plus
vivre dans un château mais dans ce Faubourg des
gens du bois où il fait bon respirer l'odeur des
copeaux...

– Quand on ne fait pas la révolution!

Il rit, elle aussi :

– Embrasse-moi, mon mari, mais doucement, fais
attention à ma jambe. Elle me fait encore mal, tu
sais...

Ils restèrent longtemps ensemble à savourer leur
bonheur puis Bertrand se leva de la ruelle où il était
demeuré agenouillé :

– Je te laisse un moment, il faut que j'aille annoncer la bonne nouvelle à la famille.

– Que pense-t-elle de moi, la famille? Tu crois
qu'elle va m'accepter? Je les aime tous déjà, ils ont
été si bons avec le pauvre oiseau blessé qui cherchait
un refuge...

– Je crois qu'ils t'ont déjà adoptée. A propos
d'oiseau blessé, sais-tu comment s'appelle le magasin
de mon père? *L'Enfant à l'oiseau.* C'est une belle
histoire, Ethis te la racontera...

Bertrand descendit quatre à quatre un étage et fit

irruption dans la cuisine où Marie et Lucie bavardaient en épluchant les dernières pommes de terre de la réserve. Épanoui, il s'écria :

— Maman, Lucie, je suis heureux : Louise reste avec nous, nous allons nous marier!

Marie ne parut pas tellement étonnée de la nouvelle :

— Elle t'adore, cette petite! Je l'ai su tout de suite. Comme toi tu sembles l'aimer aussi... Je crois que vous ferez un beau couple. Viens Lucie, nous allons féliciter la petite fiancée et lui faire ses compresses. Toi, Bertrand, tu devrais aller annoncer la nouvelle à ton père. Il m'a dit qu'il allait avec Emmanuel à l'atelier mais je crois que tu les trouveras plutôt en train de discuter chez Amelot. En tout cas ramène-les. Je n'aime pas vous savoir dehors en ce moment.

Marie avait vu juste. A la terrasse du café qui débordait largement sur l'emplacement des boutiques voisines fermées, le monde du bois discutait ferme autour de pichets de vin blanc de Charonne. Il n'était évidemment question dans la conversation que des événements de la veille et... du temps :

— Déjà vingt-cinq degrés et il n'est que neuf heures! constatait le patron en brandissant un thermomètre.

— Ne fais pas semblant de le regretter, répondit Rossi, le spécialiste des sièges en bois de rose incrusté de filets d'ébène. Chaque degré supplémentaire te fait vendre un tonneau!

Ethis et Emmanuel parlaient stratégie avec les deux frères Balny. Une autre vraie famille du Faubourg ces Balny qui, depuis la fin du XVIIIe siècle, s'étaient bâti une belle renommée en fabriquant des meubles de qualité courante! Fait unique, leurs ateliers étaient construits sur un vaste terrain qui leur appartenait, entre le Faubourg et la rue de Charenton. Une voie privée, le passage Balny, y avait été ouverte en 1815.

– Regardez le Faubourg, disait Ethis : tout est tranquille, les barricades abandonnées, ce n'est pas ici que ça va chauffer aujourd'hui. Chaque quartier s'embrase l'un après l'autre. Maintenant, c'est le tour de l'ouest. Croyez-moi on va se battre à Auteuil et à Passy. Saint-Cloud est à côté et c'est très bien. Quand Charles X entendra siffler les balles et tonner le canon, il se rendra compte qu'il faut laisser la place. D'ailleurs, si les régiments continuent de changer de camp comme hier, on se demande bien avec quelles troupes il pourrait vaincre le peuple!

Justement, les premières nouvelles de la journée arrivaient. Peu précises car les messagers appartenaient aux troupes de gosses qui ne savaient pas toujours distinguer l'essentiel. Les informations semblaient donner raison à Ethis : Alexandre Dumas[1] et sa colonne d'émeutiers qu'il menait au combat depuis deux jours étaient réfugiés à l'Institut, attendant une accalmie pour passer le pont des Arts; le 5e léger refusait de tirer vers la place Vendôme; l'assaut du Palais-Royal tenu par la garde était proche et, plus près, de l'Hôtel de Ville maintenant aux mains des insurgés, parvenait une proclamation tonitruante du général Dubourg, promu depuis peu chef de la garde nationale : « Le triomphe est certain. Le rendez-vous est à l'Hôtel de Ville. Nous avons de la poudre! »

A la table voisine, Othon Kolping discourait sur les conséquences des journées d'émeute :

– Je ne sais pas à qui tout cela profitera mais je sais qui souffrira d'abord : nous, les gens du Faubourg. Je ne dis pas qu'il fallait ne rien faire, j'ai arraché comme les autres mon lot de pavés, mais je crains, hélas! que l'émeute n'arrête pour des mois le commerce des meubles et le métier qui nous fait vivre!

---

1. Dont la pièce *Henri III et sa cour* venait de marquer les débuts fracassants.

Bertrand réussit au bout d'un moment à attirer son père dans un coin plus paisible à l'ombre du petit toit de tuiles qui protégeait l'entrée des ateliers Lhumann :

– Père, je suis venu te dire que Louise et moi avons décidé de nous marier. J'espère que tu seras d'accord...

Ethis sourit malicieusement :

– D'accord ou pas, je sais bien que tu l'épouseras, mais je suis d'accord. Je la trouve très mignonne cette petite et, puisque vous vous aimez, le mieux est que vous vous mariiez le plus tôt possible. Attendez tout de même que la révolution soit finie et que le ravitaillement reprenne. Je dis cela pour le repas de noces... Viens mon fils que je t'embrasse. Et ses parents? Habitent-ils Paris?

– Elle avait une vieille tante charmante qui vient de mourir. Louise n'a maintenant plus d'autre attache que lady Hobbouse qui l'aime beaucoup...

– Ne te plains pas. Tu sais, quand j'ai épousé ta mère, je l'aurais préférée orpheline! Sans la force de persuasion d'Antoinette, les Bénard n'auraient jamais laissé leur fille à « Traîne-sabot », l'enfant trouvé! Ces imbéciles n'ont cédé que lorsqu'ils ont appris que M. de Valfroy m'avait adopté et que je deviendrais un jour baron! A propos, qu'en dit ta mère?

– Elle est ravie d'avoir Louise pour fille. Elle m'a dit aussi de te ramener à la maison avec Emmanuel. Elle tremble de vous savoir dehors.

– Peur de quoi, je vous le demande! Hier, je ne dis pas, mais aujourd'hui c'est la « révolution-partie de campagne » arrosée au vin des coteaux. Dis-lui que nous serons là pour le repas de midi. Nous passerons avant avec Emmanuel chez la mère Jeanne, au bout de la rue Picpus; elle m'a promis une poule. Cela me rajeunit... Pendant les années terribles j'ai dû en faire des kilomètres et en raconter des histoires pour assurer tant bien que mal le ravitaillement de la famille!

Les deux beaux-frères rentrèrent bien un peu avant midi place d'Aligre. Ils rapportaient la poule, soigneusement enveloppée dans des feuilles de chou pour ne pas susciter de convoitises inutiles, et une nouvelle qui devait normalement signifier la fin prochaine de la guerre civile : tandis que les députés tentaient vainement de négocier avec Charles X, La Fayette avait décidé de diriger les efforts des insurgés! Le héros des deux mondes n'aurait pas, à son âge, accepté une telle responsabilité s'il n'avait pas vu la victoire de l'insurrection se dessiner dans les plis du drapeau tricolore qui venait de remplacer sur l'Hôtel de Ville l'étendard blanc des Bourbons.

Le quatrième jour, en effet, la fureur s'apaisa. Les trois couleurs flottaient au Louvre sur le palais des rois. La Fayette porté en triomphe de barricade en barricade redevenait général de la garde nationale comme en 89 et Charles X ne pouvait que prendre le chemin de l'exil. Le peuple avait joué son rôle et gagné la révolution déclenchée par la presse et la bourgeoisie. La parole était maintenant aux politiques.

Comme attiré par le fumet de la poule qui mijotait dans son jus depuis des heures sur le fourneau de Marie, Alexandre Lenoir poussa vers sept heures la porte des Valfroy en s'écriant :

— Cela sent rudement bon chez vous! Même si vous ne m'invitez pas, je garderai de ce parfum un souvenir inoubliable!

— Comme si vous ne saviez pas que votre couvert est toujours mis, dit Marie.

— Eh oui! Et depuis bien longtemps, pour mon bonheur. Mais dites donc, Marie, la famille s'agrandit. Qui est cette charmante personne?

— Approchez qu'on vous présente, don Juan, mais attention! Louise est la fiancée de Bertrand.

— Le veinard! Depuis quand?

– Depuis ce matin, dit Louise en souriant. Moi je vous connais, monsieur. Bertrand m'a parlé de vous bien souvent, je sais que vous faites partie de la famille.

– C'est la grâce des vieux célibataires de choisir leur famille. Pour moi, c'est fait depuis le jour béni de 92 où j'ai rencontré Antoinette dans une vente publique. Naturellement vous savez qui était Antoinette, la dernière grande dame du Faubourg. Au fait, mademoiselle, le titre est vacant et vous me semblez de taille à le mériter un jour. Les hommes ne sont pas là? questionna Lenoir. J'ai des nouvelles...

– Monsieur, répondit doucement Louise, voilà une question que vous n'auriez sans doute pas posée à Antoinette. Elle vous aurait vertement répondu que les femmes ne sont pas forcément des idiotes et qu'elles s'intéressent avec autant de curiosité et de finesse que les hommes aux choses de la politique.

– Touché, mademoiselle! Bravo! Vous avez de la repartie et nous allons pour notre commun plaisir croiser le fer plus d'une fois. Marie et Lucie sont trop douces pour s'adonner à de pareils jeux. Mais êtes-vous souffrante, blessée, je vous vois allongée...

– Blessée. Par une balle avant-hier.

– Bigre!

– Oh! ce n'était qu'une balle perdue! Je ne faisais pas le coup de feu sur une barricade, je passais, tout simplement.

La soirée s'annonçait finalement plutôt agréable. Comme le dit Ethis en apercevant Lenoir à son arrivée : « Ce n'est pas parce qu'il y a la révolution qu'on doit cesser de vivre. Je suis heureux, mon maître, que vous soyez venu ce soir. Nous allons fêter du même coup les fiançailles de Louise et de Bertrand, le retour de La Fayette, celui du drapeau tricolore. Et...

– L'amitié, Traîne-sabot! Quand je pense que cela

fait près de quarante ans qu'on se connaît! Rappelle-
toi, Ethis, les statues arrachées aux démolisseurs de
chefs-d'œuvre. Et les têtes des rois à Notre-Dame. Et
le corps intact de Turenne à Saint-Denis...

— Comme si c'étaient des choses qui s'oublient,
mon maître.

— Pourquoi appelez-vous M. Lenoir « mon maître »? demanda Louise.

— Ah! C'est une longue histoire. Je vous la conte-
rai un jour. Si vous saviez tous les événements
extraordinaires qui se sont déroulés ici depuis cinquante ans! Hugo lui-même n'aurait pu les imaginer.
Savez-vous, mademoiselle, que vous entrez dans une
famille dont le moins qu'on puisse dire est qu'elle
n'est pas banale! N'est-ce pas mon maître?

Lenoir opina en souriant et Louise s'exclama :

— Je l'aime beaucoup cette famille que je connais
si peu!

Comme si le temps avait voulu laver le pavé de
Paris encore taché du sang des mille morts et des
quatre mille blessés[1] fauchés des deux côtés des
barricades, la pluie se mit à tomber le dernier jour de
juillet. Avec elle la chaleur accablante et la passion.

Dans une éclaircie, La Fayette qui régnait depuis
deux jours sur la capitale et sur la France avait, dans
les plis du drapeau tricolore, présenté Louis-Philippe
au peuple de Paris : « La meilleure des républiques,
la voilà! » Le peuple avait acclamé son nouveau roi
à l'Hôtel de Ville comme elle l'avait acclamé quelques instants auparavant dans le faubourg Saint-
Antoine triomphalement traversé.

1. Le nombre exact des victimes des Trois Glorieuses varie avec
l'opinion politique des historiens. Celui que nous donnons paraît
raisonnable.

Une semaine plus tard, la Charte révisée, le duc d'Orléans était désigné comme roi des Français. Tout s'était déroulé si vite qu'Alexandre Lenoir lui-même s'interrogeait sur les suites de cette curieuse révolution retombée comme un soufflé dans l'assiette vide de ceux qui l'avaient faite.

Lenoir, qui ne voulait pas manquer ce spectacle, avait obtenu une invitation pour assister au sacre laïc du fils de Philippe-Egalité. Le soir, il devait souper place d'Aligre où il y était attendu avec impatience.

– Pardonnez-moi, dit-il en arrivant, je viens du Parlement et n'ai rien pu apporter.

– Et votre conversation? dit Marie. Rassurez-vous, nous mangerons quand même convenablement. Louise nous a aidées à faire un chou farci.

– Si Louise est aussi généreuse que vous aux fourneaux, cela nous promet de succulents repas. Je la prie seulement de ne pas introduire dans les traditions culinaires de cette respectable maison certaines habitudes d'outre-Manche...

– Il arrive, monsieur, qu'on mange bien en Angleterre. Lady Hobbouse chez qui j'ai passé ces dernières années emploie il est vrai un cuisinier français, dit Louise en souriant.

– Très bien. Honorons donc ce soir ce chef-d'œuvre de la cuisine plébéienne qu'est le chou farci. A propos, vous restait-il, chère Marie, quelques-unes de ces truffes que j'ai apportées l'autre jour? Avec des champignons hachés et un peu de moelle de bœuf, elles donnent à votre farce un goût et un velouté incomparables. Bon Dieu! Avoir ce soir un roi des Français et un chou de Bonneuil – car naturellement Marie et Lucie n'ont pu choisir qu'un chou de Bonneuil, un frisé hâtif, le meilleur à farcir...

– Comment, monsieur Lenoir, savez-vous tout cela? Vous êtes le premier homme que je connaisse à savoir tant de choses sur la cuisine.

– Sans doute, Louise, n'avez-vous pas connu beaucoup d'hommes. Si vous aviez comme moi fréquenté M. de La Reynière ou Fulbert-Dumonteil, vous sauriez que les hommes parlent beaucoup mieux de cuisine que les femmes.

On en resta là car, justement, les hommes arrivaient et il fallait passer à table. Tout le monde d'ailleurs souhaitait entendre Lenoir parler d'une autre cuisine que celle qui fleurait bon, au milieu de la table, dans le grand plat en faïence de Gien qui datait de la mère d'Antoinette.

– Alors, mon maître, questionna Ethis, ça y est? Le roi des Français, entre parenthèses c'est une trouvaille ce « roi des Français », a reçu son sceptre et sa couronne?

– Eh oui, on a failli avoir une république mais c'est Louis-Philippe qui est sorti du chapeau de Laffitte et de celui de Casimir Périer, princes sans particule mais particuliers de la fortune. Les gars des barricades ont passé le drapeau tricolore aux gens de la banque et aux grands bourgeois.

– Mais La Fayette? dit Bertrand.

– C'est vrai qu'il a eu entre ses mains l'empire vacant. Mais il est âgé. On a été le chercher dans sa retraite de La Grange et on l'a promené sur les barricades. C'est un destin extraordinaire. Hélas! Il n'avait plus la force de prendre en main le gouvernement de la France.

– Voulait-il vraiment la république? demanda Ethis.

– Je crois qu'il est foncièrement républicain ou plutôt royaliste à l'anglaise. Peut-être a-t-il eu peur de voir l'insurrection continuer, le sang couler encore, la Convention renaître de ses cendres avec au bout une nouvelle Terreur... Peur aussi d'une aventure bonapartiste... Alors il a fait confiance à Louis-Philippe pour instaurer un régime de libertés. Peut-être a-t-il eu raison... Y a-t-il eu beaucoup de victimes dans le Faubourg?

– Difficile à savoir. Ce n'est plus comme au temps où tout le monde se connaissait. Avec toutes les manufactures... On apprend petit à petit qu'Untel a été tué ou blessé.

– On m'a raconté ce matin au marché une histoire à la fois superbe et terrible, dit Lucie. C'est celle du fils d'un serrurier de la rue Amelot. Il avait quatorze ans et son père l'avait emmené se battre contre les Bourbons. C'était le plus jeune et pendant la première attaque contre l'Hôtel de Ville son groupe d'insurgés en avait fait son porte-drapeau. Est-ce déjà la légende? On dit qu'il s'est écrié : « Je vais vous montrer comme on sait mourir! On se souviendra de moi. Je m'appelle Arcole! » On a ramassé le corps d'Arcole sur le pont de Grève où il essayait de planter son drapeau. Louis-Philippe mérite-t-il cette mort[1]?

– Personne ne mérite la mort d'un garçon de quatorze ans! dit Bertrand en regardant Louise. Et il ajouta : Tu vois, Louise, je ne souhaite pas que nos enfants deviennent des héros!

– Remarque que j'aurais pu être tuée en essayant de me faufiler entre les balles pour arriver jusqu'ici. Aurais-je été pour autant une héroïne?

– Sûrement, Louise, dit Lenoir. Si vous saviez combien de gens sont devenus des héros sans le vouloir!

1. Paris s'est souvenu : en 1855 le pont de Grève fut remplacé par un pont de pierre auquel le nom de pont d'Arcole fut donné en mémoire du jeune apprenti serrurier, et non pour célébrer, comme on le croit, la victoire de Bonaparte en 1796.

Chapitre 3

LE GÉNIE DE LA BASTILLE

Aussi violente et brève qu'un cyclone, la révolution de Juillet laissait les Parisiens stupéfaits. Après avoir compté leurs morts et leurs blessés, ils commençaient à se demander ce qu'ils avaient gagné dans cette bataille où ils s'étaient laissé entraîner par leur générosité et la magie de mots-symboles. Ils ne se seraient sans doute pas posé cette question si le chômage et la misère, déjà inquiétants avant le 26 juillet, n'étaient devenus insupportables pour un nombre de plus en plus grand d'ouvriers et d'artisans.

Le roi des Français ne commençait pas son règne dans l'éblouissement de l'arc-en-ciel qui suit les orages mais sur un fond sombre d'agitation qui frôlait l'état d'émeute permanente. Des attroupements de malheureux se formaient place de Grève, à la porte des ministères et bien sûr au Palais-Royal demeuré en dépit de tous les changements de régime le centre voyant de la puissance et du plaisir.

A ces malheureux sans travail, des agitateurs plus anarchistes que républicains ou bonapartistes désignaient une responsable : la machine dont le développement s'affirmait dans toutes les industries. D'autres accusaient la préférence donnée dans certains ateliers à la main-d'œuvre étrangère. Ce dernier argument n'avait pas grande résonance dans le Faubourg qui accueillait par tradition depuis des siècles les compagnons venus d'autres pays. L'abrogation des ordonnances et le rétablissement de la liberté de la presse constituaient certes des acquis dont on était fier mais la fierté n'est pas une monnaie acceptée chez le boulanger. Le libéralisme bourgeois issu des barricades profitait à certains, pas aux pauvres dont les manifestations étaient plus sévèrement réprimées qu'au temps de Charles X.

Alexandre Lenoir pouvait discourir brillamment durant des heures sur ce sujet. Un soir, il arriva place d'Aligre porteur d'une nouvelle qui lui permettait de donner libre cours à son scepticisme et à son goût du paradoxe :

— Qui ose prétendre que ceux qui ont fait la révolution ne sont pas ceux qui en tirent avantage? La dernière décision du gouvernement qui paraîtra demain dans la presse va faire taire ces éternels mécontents.

— Que va-t-on faire pour eux, demanda Bertrand. Que va-t-on leur donner?

— Des médailles, mon cher, des médailles... Et, en plus, un monument à la gloire posthume de ceux qui sont morts! Pour le monument, rien n'est décidé mais pour la médaille, je sais tout. C'est mon ami le sculpteur Danjou qui l'a dessinée.

Il sortit de sa poche un dessin accompagné d'un texte qui décrivait dans tous ses détails la récompense du peuple.

— Voilà! La croix de Juillet exclusivement destinée à célébrer les combattants des trois journées consiste en une étoile à trois branches en émail blanc surmontée d'une couronne en argent. Attendez, ce n'est pas fini : le centre de l'étoile divisé en trois auréoles émaillées aux couleurs nationales portera à la face « 27, 28, 29 juillet 1830 » et l'inscription « Donné par le roi des Français ». Au revers un coq gaulois doré et les mots « Patrie et Liberté ». Je vous fais grâce du ruban qui sera moiré de couleur bleu azur.

Chacun dit son mot. Les femmes trouvèrent le ruban horrible et Ethis coupa l'herbe sous le pied de son maître en glosant sur la vanité des décorations, ce qui lui valut une remarque de sa femme : – Tu es pourtant content de porter parfois ta croix de vainqueur de la Bastille!

– Vous vous demandez pourquoi je vous assomme avec cette histoire de médaille, continua Lenoir. Eh bien! c'est simplement parce que l'un d'entre nous en sera honoré...

– Qu'est-ce que c'est que cette histoire? interrompit Lucie. Qui de la famille pourrait être décoré? Ethis peut-être que j'ai vu porter un pavé le premier jour et qui a eu mal aux reins le lendemain. Question héroïsme, cela paraît un peu juste!

– C'est vrai, je n'ai pas participé activement à la révolution, dit Ethis un peu vexé, mais j'ai conseillé les jeunes, mon expérience a été utile!

– Si cela te fait plaisir, cher Traîne-sabot, poursuivit Lenoir, je pourrai peut-être réussir à te faire décerner l'étoile. Mais, voyons, il y a à cette table une héroïne, une glorieuse victime de la révolution. C'est Louise qui, sur vous tous, a l'immense avantage d'avoir été blessée! Or le décret précise que les blessés seront les premiers récompensés. Mignonne Louise, allons voir si la médaille...

– J'espère que vous plaisantez. Je ne veux à aucun prix de médaille. Durant des heures je n'ai fait que m'enfuir et me cacher!

– Je vous ai déjà dit que le charme des honneurs est inversement proportionnel à leur mérite. Croyezvous qu'un ministre ou un préfet a gagné les médailles dont il se pare? Il ne fait qu'accomplir sa tâche et les principes républicains voudraient qu'un pauvre carrier soit honoré au même titre qu'un ambassadeur; même davantage car il est payé peu pour faire un travail pénible et ennuyeux! Puisque le gouverne-

ment a décidé que les blessés seraient décorés, je ne
vois pas comment vous pourriez échapper au coq
gaulois doré sur émail blanc. D'ailleurs il vous ira
ma charmante. Je le vois très bien épinglé à votre
robe de mariée. A propos, avez-vous enfin fixé la
date de l'événement?

– Oui, le deuxième samedi de février, dit Marie.

– Brr... Il ne va pas faire chaud!

– Figurez-vous que ces jeunes gens sont pressés.
Alors, on ne va pas leur faire attendre le printemps.
Nous n'avons pas encore décidé où se fera le repas
de noces. Peut-être à Montreuil, chez *Cachat*[1] ou tout
simplement à la maison. Qu'en pensez-vous Alexandre?

– Marie, puisque vous me demandez mon avis, je
vote pour la maison. Nulle part nous ne mangerons
aussi bien! Et puis, songez au plaisir que vous aurez
de préparer le repas de noces de votre fils!

– Plaisir, plaisir... Les hommes ne se rendent pas
compte du travail que cela représente.

– C'est vrai mais vous serez quatre à mettre la
main à la pâte. Sans compter que les hommes
pourront pourvoir au ravitaillement. Moi-même je
m'engage à parcourir Paris du nord au sud pour
aller quérir la meilleure viande ou la meilleure
volaille. Ethis, de son côté, n'est pas manchot et il
connaît tous les fermiers et les maraîchers du quartier. Allons, Marie, laissez-vous faire!

– Ce serait tellement mieux, appuya Louise.
D'abord, cela reviendra moins cher. Et puis, il me
semble que mon entrée dans la famille ne peut se
faire autrement que par la porte de cette maison à
laquelle je me sens déjà tellement attachée.

Marie se faisait prier pour la forme mais, comme
le dit Ethis, elle n'avait vraiment jamais songé à
marier son fils ailleurs que place d'Aligre:

– Je te connais trop, ma femme, pour croire le

1. Restaurateur spécialisé dans les repas de noces.

contraire. Allons, c'est dit, Bertrand et Louise seront
fêtés ici, dans la maison Œben!

Tout le monde applaudit et l'on commença à
parler du menu, une affaire sérieuse qui ne trouverait
sa conclusion qu'à l'heure de se mettre à table.

Le jour même où s'ouvrait le procès des anciens
ministres Polignac, Peyronnet et Guernon-Ranville,
mourait à soixante-trois ans Benjamin Constant de
Rebecque. Ecrivain, journaliste, orateur, l'homme à
multiples facettes, l'ami de Mme de Staël n'avait
jamais cessé de jouer un rôle de premier plan dans la
vie politique française. Animateur de l'opposition
libérale, ses discours l'avaient rendu très populaire et
sa mort suscita un grand émoi dans la population,
celle des faubourgs mais aussi chez les étudiants et
les bourgeois.

L'activité de l'atelier de la rue Saint-Nicolas s'était
tellement réduite depuis les journées de juillet que les
hommes prirent le temps de suivre les obsèques de
Constant qui s'annonçaient grandioses. Ethis, Emmanuel Caumont et Bertrand rejoignirent le cortège
sur les Boulevards où se pressait une foule énorme.
Ils laissèrent passer l'escadron de cavalerie qui
ouvrait la marche et les six premières légions de la
garde nationale qui précédaient le cercueil. Des
jeunes gens des écoles tiraient le corbillard et l'interminable colonne des Parisiens, de toutes conditions,
suivait dans le silence. Un incident avait perturbé la
cérémonie à la sortie de l'église, les étudiants prétendant mener le corps au Panthéon, mais tout était
rentré dans l'ordre.

Les Valfroy avaient réussi à se faufiler dans les
premiers rangs du cortège qui grossissait à mesure
qu'on approchait du Père-Lachaise. La nuit était
presque tombée quand la foule envahit le cimetière
pour s'écraser autour de la tombe.

– Voici La Fayette! dit Ethis en apercevant le général que précédait le drapeau tricolore de la garde nationale. Des torches allumées autour du cercueil donnaient à la scène un aspect théâtral. La Fayette s'approcha. Il était pâle.

– C'est l'émotion, dit Emmanuel.

C'était surtout la fatigue. Eprouvé par l'âge et les événements auxquels il venait d'être mêlé un peu malgré lui, le général chancela soudain au moment de prononcer la première phrase de son discours. S'il n'avait été retenu sur le bord de la tombe par le préfet de police, il y serait tombé. On le ramena à sa voiture et la foule commença à refluer presque à tâtons vers la sortie. Ethis et ses compagnons descendirent vers le Faubourg par la rue de la Roquette. Le chemin n'était pas bien long mais on se bousculait sur la chaussée. Lorsqu'ils furent arrivés sur le terre-plein ménagé à l'emplacement de l'ancienne Folie Regnault[1], Ethis fit remarquer à ses compagnons un chantier récemment ouvert :

– C'est ici que l'on construit une maison de correction pour les jeunes détenus. Elle pourra abriter cinq cents enfants délinquants[2]. Pauvres gosses. Je ne peux m'empêcher de penser que si cette prison avait existé quand j'étais un enfant abandonné, livré à moi-même, j'y aurais sûrement été enfermé.

– Ne pense donc plus, à ça, père, dit Bertrand en lui serrant le bras. Dis-toi au contraire que tu as eu beaucoup de chance. Tu as trouvé la plus merveilleuse famille qui soit. Et même, rien ne t'empêche de porter le titre de baron!

Les trois hommes éclatèrent de rire et décidèrent de laisser passer la foule en se reposant quelques

---

1. Somptueuse maison de campagne ayant appartenue au XIVᵉ siècle à un riche marchand d'épices Regnault de Wandame.
2. Cette prison pour enfants sera sous le nom de « Petite Roquette » affectée aux femmes à partir de 1935, puis démolie dans les années 1970-80 pour faire place à des habitations dans un quartier entièrement rénové.

instants à la guinguette du *Bon-Secours* où les connaisseurs pouvaient déguster le meilleur vin blanc de Bourgogne de Paris. Tout en remplissant les verres, Ethis dit d'un ton redevenu soudain sérieux :

– Dites donc les enfants, il faudrait que nous parlions sérieusement de l'atelier et de la boutique. Nous ne faisons que des bricoles, quelques commandes en retard et des séries de petits meubles pour lesquels nous n'avons pas le moindre acheteur. Je sais bien que nous traversons avec tous les maîtres du faubourg la période de crise classique qui suit les grands troubles mais, si cela dure, je ne sais pas comment nous pourrons continuer d'assumer toutes les charges de l'atelier.

– Père, ne t'inquiète pas. Tu m'as raconté cent fois les moments difficiles que tu as traversés et les reprises souvent très actives qui ont suivi. Une fois encore nous nous en sortirons.

– Oh! nous ne sommes pas pauvres! En tout cas, pas dans l'état où nous nous sommes débattus, tu te souviens Emmanuel, après la grande Révolution. Mais dans ces périodes de marasme il faut se tenir prêt à repartir afin d'être les premiers à s'engager dans une mode nouvelle qui perce presque toujours à ces moments-là. Pensez-y tous les deux, ouvrez l'œil, soyez aux aguets de tous les frémissements du métier : couleur des bois, formes nouvelles, enfin tout ce qui peut changer dans le métier!

Bertrand et Emmanuel acquiescèrent. Le premier dit qu'il allait essayer de savoir ce que prévoyaient les frères Grohé, établis depuis peu au Faubourg mais qui ne manquaient ni de talent ni d'imagination, ainsi que les Janselme qui commençaient à damer le pion au fils Jacob pour les sièges.

– N'oublie pas notre voisin Kolping qui est un malin et découvre toujours quelque nouveauté, reprit Ethis. A propos, il ne faut pas oublier l'armoire à glace. Songeons à de nouveaux modèles pour la reprise.

– Il faudra voir aussi du côté de chez Lemarchand, l'ancien officier de Napoléon au 29e léger, dit Emmanuel. C'est un résolu. Et Sormani, l'Italien de la rue du Cimetière-Saint-Nicolas qui fabrique des nécessaires et des petits meubles de fantaisie...

– Je pense aussi aux Wassmus qui sont des ébénistes supérieurs, continua Ethis. Sans oublier Claude Mercier qui travaille dans la cour du Vampire[1] et dont on m'a dit le plus grand bien. Cela dit, il ne nous est pas interdit de chercher nous-mêmes la fabrication qui assurera la renommée de notre marque!

La condamnation à la prison perpétuelle des anciens ministres et leur transfert discret au fort de Ham calmèrent un peu les esprits. Le Faubourg n'était d'ailleurs pas le quartier le plus turbulent. On s'aperçut même, le 23 décembre, que le roi n'y était pas impopulaire. Louis-Philippe qui n'avait pas oublié l'initiative habile de Bonaparte avait décidé d'aller visiter le faubourg Saint-Antoine, ce faubourg qui ne déteste pas renverser les rois mais qui aime aussi les acclamer. On pouvait s'attendre à un intérêt poli, mesuré, de la part des gens du bois victimes d'une crise dont on ne voyait pas la fin. Ce fut l'enthousiasme!

Le roi, accueilli à la porte Saint-Antoine par de

1. Cour ouvrant sur le 100 du faubourg Saint-Antoine. Son nom lui venait d'un magasin de nouveautés établi à cet endroit et où l'on vendait vêtements, accessoires et colifichets de toutes sortes, à l'attrait desquels les femmes ne savaient résister. Le nom des Mercier deviendra, de génération en génération, l'un des plus célèbres du Faubourg. Le magasin de meubles et de décoration du 100, faubourg Saint-Antoine racheté par un groupe étranger ne disparaîtra qu'en 1986.

vives acclamations, fut fêté tout au long du parcours. Rue de Lappe, une illumination spontanée traduisit l'allégresse des habitants qui, pour éterniser la mémoire de cette visite, résolurent de demander dès le lendemain l'autorisation de donner le nom du roi à leur rue, autorisation qui leur fut facilement accordée[1].

Place d'Aligre, l'heure était aux préparatifs. On envisageait la reprise des activités de l'atelier : c'était l'affaire des hommes; on organisait le mariage : c'était celle des femmes. Cependant, le soir, autour de la table en noyer massif qu'Œben jadis avait voulu solide comme le roc, chacun donnait son avis sur les deux questions qui accaparaient l'intérêt familial.

Côté meubles, l'éclaircie tant attendue venait d'apparaître, tout au moins pour la famille Valfroy. Un revenant avait fait son apparition place d'Aligre : Fontaine, l'habitué des soirées d'Antoinette, l'architecte de Napoléon demeuré celui de la Restauration, avait frappé avec sa discrétion habituelle à la porte du premier étage et demandé dans un sourire si, malgré son silence de plusieurs mois, son couvert était encore mis dans la maison. Marie lui avait sauté au cou, l'avait fait asseoir dans le grand fauteuil et lui avait servi un verre de vin de grenache qu'il appréciait particulièrement :

— Maître, puisque j'ai la chance de vous avoir un moment pour moi toute seule, je vais vous donner les dernières nouvelles de la famille.

Elle lui raconta Bertrand, ses fiançailles, son goût pour la poésie, les états d'âme d'Ethis au moment des émeutes et ses soucis professionnels. Elle lui demanda aussi comment allait l'ami Percier qu'on n'avait pas vu depuis si longtemps.

— Percier vieillit, hélas! dit Fontaine. Sa santé

1. La rue de Lappe prit le nom de rue Louis-Philippe jusqu'en 1848. Elle reprit alors son ancien nom.

m'inquiète. Il a cessé de travailler au cabinet. Je continue seul, non pas que j'y sois contraint mais que ferais-je sans mes crayons et ma planche à dessin? J'ai perdu ma meilleure cliente, la duchesse de Berry. Heureusement, le roi qui m'honorait déjà de sa confiance lorsqu'il était duc d'Orléans m'a demandé des dessins de meubles pour l'appartement du duc de Nemours au château de Neuilly. D'autres commandes viendront pour le nouvel Hôtel de Ville et le Conseil d'Etat... Le mobilier royal tient à ce qu'Alphonse Jacob-Desmalter exécute le travail mais, et c'est un peu la raison de ma visite, j'ai obtenu qu'une partie des gros meubles soit confiée à l'atelier d'Ethis et d'Emmanuel Caumont.

– Quelle merveilleuse nouvelle! Merci d'avoir pensé à nous...

– On ne se voit plus parce que les trajets en voiture me fatiguent mais je rencontre assez souvent Alexandre Lenoir qui me donne des nouvelles de la famille. Il m'avait dit hier vos difficultés...

– Vous êtes un ange! Vous allez voir l'accueil que vont vous faire les hommes en rentrant!

Grâce à la fidélité de Percier que des liens indestructibles liaient à la famille depuis la mort tragique d'Antoinette, l'atelier de la rue Saint-Nicolas retrouva une activité qui devait permettre d'attendre le vrai réveil du Faubourg. Cela n'alla pas sans quelque jalousie mais, comme le dit Ethis :

– Dans les périodes difficiles, chacun se débrouille. Le seul qui pourrait n'être pas content, c'est Alphonse Jacob mais il ne dira rien parce que Fontaine a sauvé son grand-père Georges qui, sans lui, serait mort ruiné dans un asile[1], et parce que nos familles se sont toujours bien entendues.

Autant l'ébénisterie hâtive, en partie fabriquée à la mécanique et vendue bon marché, n'intéressait guère Bertrand, autant construire dans les meilleurs bois

---

1 Voir *Le Lit d'acajou*.

de beaux meubles dessinés par Fontaine lui rendait l'amour du métier. Il s'agissait en l'occurrence de deux consoles en érable ornées de filets incrustés d'amarante, d'une table de milieu soutenue par trois pieds à griffes emmanchés à tenons et mortaisés sur un socle en amarante, d'autres consoles et, enfin, d'un bureau de trois pieds en bois d'érable et d'amarante, la ceinture garnie de deux tiroirs fermant à clé, le dessus avec un maroquin violet orné d'une vignette en or...

Bertrand avait presque des larmes dans la voix en lisant la description méticuleuse des meubles dont la construction allait rendre vie à l'atelier. De leur côté, Ethis et Emmanuel regardaient avec une émotion non dissimulée les plans et les dessins de Fontaine, si complets, si fouillés qu'ils ne laissaient guère de place à l'initiative de l'ébéniste :

– Le travail nous est presque trop mâché, dit Emmanuel, mais quelle joie de suivre dans tous les méandres de son art un génie comme Fontaine. Cela va me rendre la foi dans le bois et sa magie. Après, tant pis, si nous sommes obligés de faire jouer la machine pour fabriquer du meuble en série.

– A propos, dit Ethis, j'ai eu une idée qui peut être intéressante. Les gens veulent des meubles sans avoir toujours la place pour les installer. De là le succès, qui ne fait que commencer, de l'armoire à glace. Et si nous fabriquions des commodes à double usage qui puissent s'ouvrir sur le dessus par un jeu de glissières en découvrant une table de toilette avec la cuvette et tous les accessoires? Tu devrais y penser Emmanuel, et faire des dessins.

– Très bien! Avec deux ou trois tiroirs classiques pour ranger les vêtements et le dessus comme tu dis.

– Et pourquoi ne pas garnir de marbre la partie toilette qui se découvre? poursuivit Bertrand. Je verrais même un miroir à l'intérieur du panneau-couvercle.

– Mettons-nous au travail, mais soyons discrets. Ah! mes enfants! notre fortune est assurée, s'écria Ethis toujours prompt à l'enthousiasme.

Comme bien de fois dans le passé, les ateliers fermés par le chômage reprirent vie peu à peu! Les bons ébénistes qui n'avaient pas eu la chance de bénéficier comme les Valfroy d'une commande du Mobilier royal, voyaient leurs clients revenir les uns après les autres. Des marchands, souvent nouveaux venus, commençaient à constituer des réserves pour être prêts à offrir de la marchandise lorsque les demandes afflueraient. Tout cela, sans rendre la prospérité au quartier, lui apportait un peu de travail et beaucoup d'espoir. Assez en tout cas pour l'empêcher de se mêler à l'agitation qui, sporadiquement, secouait Paris. Des voyous auxquels s'alliaient quelques nostalgiques des barricades se livraient à la moindre opportunité à des déprédations insensées. La dernière en date s'était déroulée peu avant le jour prévu pour le mariage de Bertrand et de Louise.

Les légitimistes avaient tenu à commémorer l'assassinat du duc de Berry. L'archevêque de Paris et le curé de Saint-Roch ayant refusé de laisser célébrer des messes, la cérémonie avait eu lieu à Saint-Germain-l'Auxerrois. A la sortie, une troupe d'agitateurs n'attendait qu'un prétexte pour se livrer aux pires excès.

Un portrait du prince, imprudemment brandi sur le parvis, fournit ce prétexte et les vandales se ruèrent dans l'église et le presbytère, brisant les statues de Chilpéric et de sa femme Ulthrogote, lacérant les tableaux, brisant et souillant les objets du culte. Quand ils eurent tout dévasté, les excités se dirigèrent vers l'archevêché dans le dessein de mettre le palais à sac. Là, les mêmes profanations recommencèrent. Meubles, croix, vêtements épiscopaux, livres, statues furent jetés dans la Seine et les appartements dépouillés. La police, quelquefois si prompte à intervenir, avait laissé faire, les quelques gardes nationaux qui avaient tenté de s'opposer au pillage avaient été désarmés. Il y avait de quoi se poser des questions sur la capacité du nouveau gouvernement à maintenir l'ordre!

Pendant que ces fous cassaient les statues qui avaient résisté aux vandales de la révolution de 89, Marie, Lucie et Louise procédaient aux derniers préparatifs de la noce. Depuis trois jours, les femmes étaient en cuisine. Tout ce qui avait pu être confectionné à l'avance l'avait été : les fonds de sauces, les courts-bouillons, la chair des farces et des pâtés. Les volailles étaient plumées, les légumes épluchés. Toutes ces opérations avaient dégagé des fumets, des parfums, des sucs qui, se mêlant dans une symphonie odorante, embaumaient la maison. Le menu que les femmes avaient tenté de tenir secret avait été vite dévoilé. Lenoir, pour qui tout repas sortant de l'ordinaire était une affaire d'État, avait été l'un des premiers au courant. D'abord il était curieux, ensuite il avait apporté un quartier de chevreuil ou plutôt de chevrotin d'un an, attention qui lui avait permis de pénétrer dans le saint des saints, de soulever les couvercles, de humer les sauces et, finalement, de confesser Marie pas fâchée de peaufiner son menu avec un vrai gastronome qui ne faisait pas la cuisine mais connaissait sur le bout des doigts des centaines de recettes et était capable d'énumérer, en goûtant un plat, tous les ingrédients qui le composaient. De plus, Lenoir savait parler des bonnes choses qu'il décrivait comme personne.

— Ma petite Marie, dit-il, nous sommes tranquilles. Dites-moi les mets que vous avez choisis et je vous donnerai mon avis. Laissez ce quartier de chevreuil, il sera temps ce soir de le faire macérer dans du vin rouge et de l'huile fine, le tout bien assaisonné d'épices et de tranches d'oignons. Alors, votre menu?

– Un potage pour commencer. Je ferai un consommé de volailles servi avec quelques petites quenelles.

– Parfait, le potage excite l'appétit. Beauvilliers dans son *Art du cuisinier* en dénombre trente-trois sortes mais il y en a bien plus que cela. On m'a dit que notre roi Louis-Philippe mangeait quelquefois quatre assiettées de potages différents et une cinquième dans laquelle il les réunissait tous. Et après le consommé, quel relevé avez-vous prévu? Le relevé, vous le savez, est important dans l'ordonnance d'un repas. Il prépare aux plats sérieux.

– J'ai pensé à des perches à la hollandaise. C'est une vieille recette de famille que vous avez certainement appréciée au temps d'Antoinette. Sa grand-mère était une Van der Cruse...

– Je me rappelle très bien ces merveilles que les gourmands du XVIe siècle appelaient des perdrix d'eau douce et qu'Antoinette préparait si bien dans un court-bouillon hollandais à base de persil, de poireaux et de panais. Éventuellement, faute de perches, vous pourrez prendre des truites. Et comme entrée, que dois-je retenir dans ma mémoire de gastronome?

– Des rognons de veau sautés au vin blanc sec de Suresnes. Mme Lherber saura très bien nous faire cela au dernier moment. Ensuite, pour l'entremets je compte servir des briochines chaudes au fromage et à la farce de légumes. Chacun piochera dans le plat à sa guise.

– Parfait! Je pense que le rôt ne posera pas de problème. N'oubliez surtout pas de piquer abondamment la bête de lardons et de la servir avec une poivrade bien relevée.

– Je servirai le chevrotin avec une purée de pommes de terre et de cerfeuil bulbeux. Et une bonne salade de chicorée verte. A cette époque de l'année, les légumes verts sont rares!

– Pensez au gâteau de mariage!

– Comme si j'allais l'oublier! Je préparerai la veille, de mes blanches mains, un croquembouche gros comme une montagne, nappé de caramel et de filaments de sucre filé. Tiens, il faut que je dise à Bertrand de sculpter une petite mariée à piquer sur le sommet. Ethis s'est déjà occupé du vin. Il connaît tous les marchands de Bercy et je pense que personne ne souffrira de la soif.

– Eh bien! Voilà un mariage qui s'annonce sous de bons auspices. Vous savez que, pour la circonstance, je me suis fait faire un nouvel habit. Je suis ruiné mais tant pis! Plus on vieillit plus il faut essayer d'être élégant. Ma redingote de sortie commençait à tomber en poussière. Et la mariée?

– Oh! pour l'habillement je ne m'occupe de personne, sauf de moi! Les deux filles, Louise et Antoinette-Emilie, se débrouillent ensemble pour leur robe, Ethis et Bertrand se font vêtir de neuf à *La Belle Jardinière* par l'ami Parisot.

– Et vous, belle Marie. Après m'avoir confié les détails de votre menu, me direz-vous dans quelle robe on vous admirera?

– En tablier de cuisinière! Non, Mme Lherber et sa fille viendront me relayer aux fourneaux et faire le service. Samedi, je serai la mère du marié et j'espère que ma robe ne vous décevra pas. Voulez-vous que je vous la montre?

Marie alla chercher dans la grande armoire de la chambre une robe soigneusement protégée par une housse de toile. Elle en sortit un long fourreau de soie grège finement brodée aux manches, à la taille et au décolleté.

– Mais, s'écria Lenoir, c'est une robe d'Antoinette!

– Oui, je l'avais gardée comme une relique. Je me suis aperçue que, depuis l'Empire, la mode n'avait

pas tellement changé, et j'ai pensé que ce serait une
façon de sentir Antoinette présente au mariage de
son petit-fils. Ni Ethis ni Bertrand ne sont au
courant, ce sera une surprise...

— Marie, venez que je vous embrasse, dit Lenoir
en essuyant une larme. Vous savez combien j'ai aimé
Antoinette... Me voilà qui pleure comme une grosse
bête...

— Mais non, cher Alexandre. Je savais que vous
seriez sensible à ce choix! Surtout ne vendez pas la
mèche...

Enfin le grand jour arriva. Tous les anciens du
Faubourg, les vieux qui avaient travaillé avec Riesener, ceux qui avaient connu le baron Bertrand de
Valfroy à la section des Quinze-Vingts durant la
Révolution, les compagnons de jeunesse d'Ethis dont
certains arboraient la médaille des vainqueurs de la
Bastille, les amis d'Antoinette qui avaient joué avec
« la fille Œben » dans le dédale des passages, les
compagnons du tour de France venus avec leur
canne à rubans embrasser Bertrand et faire la haie
d'honneur sur les marches de Sainte-Marguerite, ils
étaient tous là dans la vieille église du Faubourg,
vêtus de leurs plus beaux habits, venus écouter
l'abbé Mahieu, curé de la paroisse depuis près de
quinze ans, marier l'un des leurs à une fille venue
d'ailleurs mais dont on savait qu'elle avait été blessée
le 27 juillet.

Ethis donnait le bras à la mariée. Il était superbe
avec son chapeau-tube de feutre gris, sa redingote de
drap bleu ardoise, son gilet en poil de chèvre orné de
boutons dorés, son pantalon de fil gris et sa cravate
drapée blanche. Louise, dans une robe en dentelle
qui laissait apercevoir un dessous de satin, apparaissait comme une mariée de rêve. Le voile en point
d'Angleterre posé un peu en arrière de la tête pour

montrer quelques mèches de cheveux blonds était orné d'un croissant de fleurs d'oranger que l'apprenti de l'atelier avait été chercher, tôt le matin, chez Defert, au marché aux fleurs de la pompe Notre-Dame.

Marie, droite dans la robe d'Antoinette, ressemblait à une prêtresse romaine. Ethis et Bertrand avaient eux aussi pleuré en la voyant ainsi parée. Au bras de son fils elle monta les marches de l'église en se forçant à sourire. Elle était émue et aussi fatiguée par les préparatifs du repas.

Le marié, lui, avait choisi un habit gris très simple dont la coupe, étudiée spécialement par Parisot, mettait en valeur ses larges épaules. Bertrand avait un moment songé à décorer son revers gauche du ruban bleu et blanc du Devoir de liberté. Finalement, pour marquer son appartenance au compagnonnage, il avait décidé de porter seulement au lobe de l'oreille droite l'anneau d'or des gavots[1]. Sa mère, qui avait pris son bras, le regardait avec tendresse et fierté.

Eugène Delacroix, beau comme un jeune dieu avec sa moustache courte et sa légère barbe blonde, donnait le bras à sa cousine Antoinette-Emilie. Léon Riesener était là lui aussi accompagnant une dame que personne ne connaissait mais dont le port distingué et l'élégance discrète ne pouvaient passer inaperçus : c'était lady Hobbouse qui avait tenu à assister au mariage de Louise et qui découvrait avec étonnement l'existence d'une autre noblesse, celle des gens du bois.

L'abbé Mahieu fit un joli discours pour magnifier la lignée d'artistes dont était issu le nouveau marié. Il dit aussi combien il était honoré, et avec lui tout le vieux Faubourg, de recevoir dans sa modeste paroisse des personnages aussi éminents que lady

---

1. Nom donné sur le tour de France aux menuisiers et ébénistes du Devoir de liberté.

Hobbouse, Pierre-François Léonard Fontaine et
Alexandre Lenoir. Ces trois personnalités signèrent,
avec Eugène Delacroix, en qualité de témoins, le
registre d'état civil. Tandis que Louise et Bertrand,
radieux, se dirigeaient lentement vers la sortie, le
chœur des compagnons résonna dans l'église. Sur
une vieille musique du compagnonnage, les gavots
du Faubourg chantaient des paroles écrites naguère
par Bertrand et qui n'avaient cessé, depuis, de courir
les routes du tour de France. Le marié cachait mal
son émotion, il serra plus fort le bras de Louise...
Après un dernier au revoir aux amis, M. et Mme
Valfroy ouvrirent le cortège familial qui, sous les
applaudissements des passants, remonta lentement le
Faubourg, vers la place d'Aligre où la grande table
de noyer d'Œben, garnie de belle vaisselle et jonchée
de fleurs blanches, attendait les convives.

Lady Hobbouse s'était excusée de ne pouvoir
assister au repas mais, durant la bénédiction, elle
avait chargé son cocher d'aller déposer place d'Aligre un grand carton noué de rubans blancs et roses.
C'était un paquet très lourd que Louise et Bertrand
ouvrirent sans attendre. Ils découvrirent un coffre
gainé de cuir fin qui contenait, dans un capitonnage
de velours bleu de roi, un magnifique service d'argenterie dont chaque pièce était gravée aux initiales
des jeunes époux.

Le repas fut savouré comme il se devait. Chaque
plat était accueilli et commenté avec esprit par
Lenoir dont le lyrisme aiguisait les appétits et honorait les vaillantes cuisinières. Les vins choisis par
Ethis et précautionneusement chambrés depuis la
veille étaient à la hauteur des mets. On apprécia
particulièrement le laffitte découvert chez le petit
traiteur du cul-de-sac Guéménée, une boutique qui
ne payait pas de mine mais qui, gérée par un
Bordelais, vendait les meilleurs crus de Pauillac.

Quand vint le moment de découper le gâteau,
ruisselant de crème et de caramel, les mariés, sur la

prière d'Ethis, allèrent chercher les voisins de la maison et le petit groupe d'enfants qui jouaient sur la place. Marie avait prévu ces invités de dernière heure et le gâteau était bien assez gros pour régaler le quartier. On déboucha les six bouteilles de champagne qu'avait apportées Fontaine et qui rafraîchissaient en cuisine dans une bassine de glace.

– Et les cadeaux? lança Emmanuel Caumont. Nous n'avons vu que celui venu de Londres. Il doit y en avoir d'autres. Lucie, va chercher le nôtre!

Vite, elle monta au deuxième et revint avec un gros paquet. C'était tout le linge de maison dont pouvait rêver un jeune ménage : des draps de fine toile brodés, des nappes, des serviettes damassées marquées B. L. Ethis et Marie montrèrent quelques assiettes du service en porcelaine de Limoges qu'ils offraient de leur côté.

– Quand vous aurez trouvé le logement de vos rêves, dit Ethis, je vous le ferai tapisser par les frères Mathias, les meilleurs. Mais à condition que vous restiez dans le Faubourg!

Eugène et Léon déballèrent à leur tour leurs cadeaux, enveloppés dans la même toilette dont ils défirent avec précaution les quatre oreilles : deux tableaux apparurent. Le premier était le portrait de Louise par Léon Riesener.

– Quelle merveille! s'écria la jeune femme. Mais comment avez-vous fait? Je n'ai jamais posé.

– Vous ne vous en êtes pas aperçue mais j'ai pris une dizaine de croquis de vous, assez pour en tirer ce modeste portrait que Delacroix a bien voulu trouver réussi.

Delacroix renouvela son compliment et tendit à Louise une petite toile ruisselante de couleurs :

– Ma cousine, j'ai pensé que tu voudrais conserver un souvenir des Trois Glorieuses où tu as conquis, si ce n'était déjà fait, le cœur de notre poète en passant à travers les balles nationales. C'est l'ébauche de la partie centrale du tableau auquel je suis en train de travailler et qui s'appellera *La Liberté guidant le peuple sur les barricades.*

Louise n'avait été qu'une fois quai Voltaire, mais l'émotion qu'elle avait ressentie en le voyant achever son *Boissy d'Anglas à la Convention* l'avait persuadée que Delacroix deviendrait un grand peintre. L'esquisse de *La Liberté* laissait présager une œuvre considérable. Et elle lui appartenait! Elle embrassa les deux cousins et dit :

— Il y a à Ham House un petit Rubens. Eh bien! je vais peut-être dire une bêtise mais il y a du Rubens dans l'ébauche d'Eugène.

— Une bêtise? J'espère bien que non! Rubens est mon dieu et tu viens de me faire le plus merveilleux des compliments.

Lenoir, à son tour, sortit son cadeau qui, enveloppé tant bien que mal, avait la taille et la forme d'une bouteille d'un demi-setier.

— Pardonnez l'emballage, mes enfants, mais Ethis est témoin que je n'ai jamais su emballer le moindre objet. Tiens, Bertrand, ouvre...

— Je ne sais pas ce que c'est mais c'est lourd!

Il sortit des plis du papier une statuette de bronze qui arracha le même cri à tous ceux qui formaient cercle autour des mariés :

— C'est une statuette de Pigalle, le pendant de *L'Enfant à l'oiseau*!

— Un coup de chance, dit Lenoir. Il y a plusieurs mois, je suis tombé sur cette sculpture qui peut être effectivement considérée comme le pendant de l'emblème de la maison. Je l'ai gardée, attendant une grande occasion pour l'offrir à Bertrand. Regardez, c'est le même enfant qui joue mais il n'a pas d'oiseau dans ses paumes unies.

— Il va nous porter chance! dit Louise en admirant le bronze. Je propose qu'il soit installé dans le magasin à côté de l'autre. Il n'est pas possible de séparer les deux frères! Merci, monsieur Lenoir, rien ne pouvait nous faire plus plaisir...

Le pouvoir bénéfique des statuettes n'allait pas tarder à s'exercer. Deux semaines après le mariage, Mme Schmidt, la voisine qui occupait avec son mari, le ciseleur, la moitié du troisième et dernier étage de la maison de la place d'Aligre, arrêta Marie dans l'escalier :

— Personne ne le sait encore mais nous allons quitter notre logement. Mon mari est fatigué, nous allons vivre chez le fils à Neuilly. J'ai pensé qu'il pourrait faire l'affaire de Bertrand. Va voir le propriétaire. Tu le connais, c'est le fils Pelet, le fabricant de vernis de la rue de Montreuil...

— Merci. Je vais aller le voir dès demain. Ce serait merveilleux si les jeunes pouvaient rester près de nous. Ce qu'il faudrait, c'est pouvoir racheter le logement comme nous avons jadis acquis les nôtres. Hélas! ce n'est pas le moment!

Le jour du printemps, Bertrand et Louise emménageaient au troisième dans le logement refait à neuf. Il y avait bien assez de meubles dans la famille pour garnir les trois pièces. Bertrand découvrit même, enfoui sous la poussière, dans la vieille maison du Faubourg, celle des origines de la famille qui servait de débarras, un splendide bureau que Riesener avait acquis dans une vente de Versailles. Le meuble avait souffert de l'humidité mais c'était un jeu pour les Valfroy de restaurer la marqueterie de losanges qui ornait le cylindre et de faire redorer les bronzes.

En même temps, Ethis retrouva au fond d'un placard la liste des meubles que le maître avait rachetés. Il y trouva facilement celui qu'il cherchait et courut retrouver Louise qui repassait son linge au troisième :

— Sais-tu que le bureau de Riesener qui est dans ta chambre et sur lequel Bertrand écrit ses poèmes n'est pas n'importe quelle table à écrire?

— Je le sais, il est magnifique.

– Tiens, lis tout haut ce qu'a écrit le maître à son propos.

Louise déchiffra l'écriture de Riesener qui avait conservé dans le tracé de certaines lettres de l'alphabet les formes du graphisme allemand appris à l'école :

– « Numéro 14. Acheté à la vente de Versailles du 25 août 1793. Réduction aux trois quarts d'un bureau d'apparat à cylindre. Pièce livrée par moi au Garde-meuble le 6 août 1777 pour servir à la reine au château de Trianon. Acquis pour la somme de 4 150 livres. »

– Grâce à Riesener qui s'est ruiné pour racheter quelques-uns de ses meubles vendus à l'encan durant la Révolution, tu possèdes aujourd'hui le bureau de Marie-Antoinette! Ainsi va la vie...

– Quelle chance, père, j'ai eue d'entrer dans votre famille!

– Moi aussi, petite, j'ai eu cette chance, il y a longtemps. Mais l'important, vois-tu, ce n'est pas de vivre dans les meubles d'un prince. C'est l'amour, l'amour du métier et l'amour que nous nous portons dans la famille. Ma chère Louise, puisque nous sommes tous les deux, je vais en profiter pour te dire deux choses : d'abord que je suis content de t'avoir pour belle-fille et que Marie pense comme moi. Ensuite, que ton esprit, ta façon de voir les choses, ton goût d'entreprendre, en un mot ta vitalité, font mon admiration. Les femmes, tu le sais, ont toujours joué un premier rôle dans la famille. Antoinette avait découvert dans la maison des souvenirs, de vieilles lettres, des papiers jaunis qui montraient qu'elle n'était pas la première de la lignée à avoir mérité le titre de « dame du Faubourg ». Cela peut faire rire aujourd'hui mais, crois-moi, quand le quartier, il n'y a pas si longtemps, était encore un grand village où tout le monde se connaissait et s'entraidait, cela voulait dire quelque chose! Eh bien! je vais te faire une confidence. Marie m'a beaucoup aidé, sans elle

je ne sais pas ce que j'aurais fait... Mais elle est
fatiguée, elle en a tellement vu au cours de sa vie!
Lucie, ma sœur, est une femme merveilleuse, bonne
épouse, bonne ménagère mais elle est d'un naturel
discret, effacé, comme son mari Emmanuel dont le
talent est grand. C'est l'un des meilleurs ébénistes du
Faubourg mais il faut toujours le soutenir, l'encourager, le stimuler. Quant à la petite Antoinette-
Emilie, elle est encore bien jeune...

— Mais, père, elle a presque mon âge!

— Oui, je sais bien, mais vous, Louise, vous êtes de
celles dont l'âge importe peu. Vous arrivez dans la
famille mais c'est vous qui êtes de la race d'Antoinette, de la mienne aussi peut-être. D'ailleurs, Lenoir
ne s'y est pas trompé. Il a tout de suite flairé en vous
la finesse, la détermination, le courage d'une femme
exceptionnelle.

— Mais, père, vous me gênez, pourquoi tous ces
compliments?

— Parce que, petite, c'est toi qui seras peut-être un
jour obligée de mener la barque! Toi et pas une
autre, ni un autre.

— Il me semble que vous oubliez Bertrand. Votre
fils est doué comme personne. Il sera capable de
vous succéder, de mener la barque, comme vous
dites, avec Emmanuel.

— Il mènera la barque si vous veillez au grain, si
vous aidez Emmanuel et son fils à pousser la vapeur!
Tout cela entre nous, Louise, et pour vous dire que
je suis fier et rassuré de voir une nouvelle Antoinette
entrer chez nous. Venez que je vous embrasse. Et
puis, j'oubliais, n'attendez pas trop longtemps pour
nous faire un fils. Nous vieillissons, Marie et moi...

— Et pourquoi pas une fille?

Paris continuait d'être agité. Les manifestations,
souvent violentes, se succédaient mais l'ordre et le

gouvernement bourgeois régnaient tant bien que
mal. Louis-Philippe avait fini par se décider à quitter
le Palais-Royal et à s'installer aux Tuileries; on
ouvrait des rues nouvelles, on construisait les piles
d'un pont sur la Seine entre le pont Royal et le
Pont-Neuf; Paganini donnait son premier concert à
l'Opéra. Les Parisiens avaient conscience que la
nouvelle royauté ne durerait pas, ils savaient pourtant gré à Louis-Philippe de leur permettre de
reprendre souffle.

Au Faubourg on travaillait : les bourgeois avaient
besoin de meubles et ils avaient les moyens de se les
offrir. Le goût des nouveaux clients ne les portait
pas, hélas! vers un mobilier de grande qualité.
L'inexorable industrialisation aidant, les grands ateliers cherchaient une exécution rapide et bon marché
par la vulgarisation des formes de la Restauration et
l'emploi de matériaux médiocres. L'acajou et le bois
clair plaqué sur des châssis simplifiés permettaient
l'abaissement des prix de revient mais le bel art de
l'ébénisterie qui avait fait la gloire du Faubourg n'y
gagnait rien.

Le roi lui-même, qui aurait pu montrer l'exemple
aux nobles et aux bourgeois fortunés, ne s'intéressait
guère à l'ameublement. Aux Tuileries, il vivait dans
les « bois » de Napoléon et ne se passionnait que
pour les marqueteries de Boulle qu'il faisait rechercher dans toute la France. De ce choix rétrograde
allait tout de même naître l'engouement du XIXe siècle pour le « faux Boulle » et la spécialisation
d'excellents ébénistes dans ce genre abâtardi qui
avait au moins le mérite d'exiger une façon soignée.

Place d'Aligre, la discussion revenait sans cesse sur
l'orientation à donner à l'atelier familial. Parfois,
Ethis était tenté par l'aventure industrielle :

— Nous avons été les premiers à utiliser les machines, disait-il. Continuons, perfectionnons notre
matériel et produisons en série des meubles à deux

fins comme les armoires à glace et les commodes de toilette...

Puis il réfléchissait :

– Hélas! Nous ne sommes pas de taille à lutter contre les usines à bois montées par les banques et les marchands. Notre force, c'est de pouvoir tout fabriquer : les meubles de Fontaine comme ceux destinés à une clientèle plus modeste.

Emmanuel Caumont qui était un perfectionniste et Bertrand que le métier n'intéressait qu'au service de l'art et de la qualité, abondaient dans ce sens.

– Tous les ateliers, disait Emmanuel, ne vont tout de même pas se mettre à faire de la pacotille. Alphonse Jacob-Desmalter est toujours là. Et Pierre-Antoine Bellengé. Et Werner avec ses meubles à complications mécaniques. Et Meynard qui continue d'orner merveilleusement ses bois de palissandre d'incrustations en cuivre rouge... Vous connaissez aussi bien que moi des dizaines d'ébénistes inscrits à la maîtrise sous Louis XVI et qui font toujours du beau meuble.

– Et si l'on construisait très bien les modèles que d'autres font hâtivement?

C'était Bertrand qui venait de parler, et Ethis s'écria :

– Tu as raison mon fils. Ces fameux meubles à double usage ont du succès parce qu'ils sont pratiques et ne tiennent pas beaucoup de place. Continuons, au lieu de les bâcler, de bien choisir les bois, de leur assurer une bonne finition, de les garnir de beaux miroirs. Il y a sûrement une clientèle pour ce genre de fabrication qui correspond tout à fait à notre savoir-faire. Et si Fontaine nous commande des meubles d'art, nous les lui fabriquerons avec joie.

Un événement bien plus grave que ces hésitations de métier allait plonger Paris dans la crainte et dans l'horreur. Des cas de choléra avaient été signalés dans certaines provinces mais le peuple ne s'en

préoccupait guère. Jusqu'au 26 mars 1832 où les
journaux annoncèrent que l'effrayant visiteur avait
frappé à la porte de plusieurs demeures parisiennes.
L'extension du mal fut si rapide que, le 31, les
services de l'Hôtel de Ville dénombraient déjà plus
de 300 cholériques. En quatre jours, on compta 86
décès à l'Hôtel-Dieu, le 9 avril le nombre des morts
s'élevait à 814.

Comme les autres quartiers populaires, le Faubourg fut touché dès le début par le terrible mal.
Prémont, un menuisier de sièges qui travaillait à
façon pour Jacob, tomba le premier. Il vivait seul
dans une chambre attenante à son atelier du passage
de la Main-d'Or et c'est un voisin qui découvrit le
corps. Puis ce fut le tour du fils Mainfroy, un
doreur, et de sa mère. D'autres cas furent signalés
entre Picpus et la Bastille. Le 13 avril, c'est-à-dire en
l'espace de dix-huit jours, 20 000 personnes étaient
atteintes et, selon les journaux, plus de 7 000 avaient
succombé.

La panique était devenue générale et l'autorité,
impuissante devant le fléau, ne pouvait que recommander des mesures d'hygiène le plus souvent
impossibles à appliquer. Ainsi l'ordonnance du préfet de police Gisquet qui fit sourire bien que personne ne fût porté à la gaieté. Elle engageait le
peuple à ne pas s'entasser dans des chambres petites
et malsaines et invitait les Parisiens, même pauvres, à
« changer d'air afin d'éviter les étreintes d'un mal
qui tuait si vite ». Seuls les plus riches purent
naturellement profiter de ces sages conseils en s'em-
pressant de prendre la poste.

L'inquiétude régnait place d'Aligre comme dans
toutes les familles. Les femmes sortaient le moins
possible de la maison qu'on ne cessait d'aérer et de
désinfecter au grésil. L'efficacité de ces mesures
domestiques restait à démontrer mais l'on avait au
moins l'impression de faire quelque chose, de lutter
contre le fléau.

– Plus question d'aller boire un vin blanc chez Pierret! avait décrété Ethis. Le soir, après avoir désinfecté l'atelier, il faut rentrer directement à la maison en marchant au milieu de la chaussée afin d'éviter les parlotes avec les gens que l'on croise!

Comme il fallait bien se nourrir, Ethis se chargeait lui-même du ravitaillement. En fait cela ne lui déplaisait pas de reprendre le rôle du père nourricier qu'il avait si bien rempli durant la disette révolutionnaire. S'il y avait un morceau de jambon ou un pain de sucre dans le quartier, Ethis savait où le trouver. Et puis, cette mission lui permettait de bouger un peu car il était bien incapable d'observer lui-même les règles strictes de claustration qu'il imposait aux autres.

Un matin on eut très peur. Bertrand, l'air soucieux, descendit seul du logement du troisième pour venir prendre chez sa mère le bol de soupe habituel :

– Mère, je suis inquiet, dit-il. Louise a essayé de se lever tout à l'heure et elle a dû se recoucher tellement elle avait mal au cœur. Les nausées, les vomissements, est-ce que ce ne sont pas là les symptômes du choléra?

– Qu'est-ce que tu dis? Non, ce n'est pas possible. Dieu ne peut nous infliger cette épreuve! Je monte tout de suite!

– Viens! dit Ethis à Bertrand, nous allons essayer de trouver un médecin. Cela ne va pas être commode mais il ne faut pas perdre de temps.

– Et qu'est-ce qu'il fera ton médecin? coupa Marie. Il fera transporter tout de suite la pauvre Louise à l'Hôtel-Dieu où elle sera sûre d'attraper la maladie si elle n'est pas vraiment atteinte. Alors, restez là et attendez-moi. J'ai ma petite idée...

Sans attendre la réaction des deux hommes qui demeuraient désemparés elle escalada les deux étages.

Louise en effet était pâle, sa tête reposait légèrement de côté sur l'oreiller brodé.

— C'est vous, mère. Cela semble aller mieux. Je viens de vomir.

— Est-ce que tu te sens fiévreuse? Donne ton poignet... Non, ton pouls bat normalement et tu n'es pas chaude. Bertrand nous a flanqué une de ces frousses! Bien sûr il a pensé tout de suite au choléra.

— Moi aussi mais je ne le lui ai pas dit.

— Finalement, on va le faire venir ce médecin car je t'observe depuis quelques jours et j'ai remarqué certains signes qui me portent à croire que tu es peut-être simplement enceinte. N'y as-tu pas pensé?

— Un peu. Il y a un moment que je n'ai pas eu mes règles... mais la peur de ce maudit choléra me rend folle. Je ne sais plus...

— Ouf! Je suis sûre maintenant que ton choléra est un beau bébé que tu es en train de nous faire. Allons, descends avec moi, il faut que tu manges quelque chose. Et puis non, rejoins-nous. Je file tout de suite rassurer Bertrand et Ethis qui sont dans tous leurs états et qui te voient déjà à l'hôpital avec les mourants.

Venu tard le soir, le Dr Perrot confirma le diagnostic de Marie : Louise était grosse à n'en pas douter et la journée qui avait commencé dans l'angoisse s'acheva dans le bonheur.

— N'empêche! dit Antoinette-Emilie, la maladie rôde encore et il ne faut pas laisser au Faubourg Louise et son petit. Arrangeons-nous pour qu'elle quitte Paris le plus tôt possible. Mais où pourrait-on l'emmener?

— J'ai une idée, coupa Bertrand. Mon ami Pierret possède une maison de famille près de Melun. Sa mère y vit avec un oncle. Je suis sûr qu'il sera d'accord pour que nous y conduisions Louise. Je prends un fiacre à la Fourche[1] et je cours chez lui.

– Je resterai là-bas avec Louise le temps qu'il faudra, dit Antoinette-Emilie.

Dès le lendemain la voiture de Lenoir emmenait les deux jeunes femmes à La Chapelle-la-Reine où une jolie chambre tapissée de toile de Jouy les attendait dans un petit manoir où régnait Mme Pierret, une charmante vieille dame heureuse d'accueillir des amis de son fils.

Si le choléra avait épargné Louise, il avait frappé à mort l'un des hommes politiques les plus importants, le ministre Casimir Périer atteint à la suite d'une visite à l'Hôtel-Dieu en compagnie du duc d'Orléans. Ses obsèques se déroulèrent avec pompe au moment où l'épidémie reculait. Le nombre des victimes diminuait en effet de jour en jour. Pourtant, avant d'abandonner la place, le mal s'offrit encore une victime illustre, le général Lamarque, héros d'Austerlitz, chef et orateur vénéré de l'opposition républicaine.

Le général était très populaire et la foule des Parisiens s'associa spontanément à la pompe militaire des obsèques. Entendant des clameurs venues de la Bastille, Bertrand et Emmanuel qui venaient de livrer une commode-toilette au marchand ébéniste Claude Mercier décidèrent de laisser l'apprenti reconduire la voiture à bras à l'atelier et d'aller voir le passage du cortège qui, venant de la maison mortuaire, arrivait place de la Bastille après avoir emprunté les boulevards.

Ils s'attendaient à assister à un défilé d'allure officielle mais se trouvèrent, dès les dernières maisons du Faubourg dépassées, mêlés à une multitude innombrable où les étudiants de l'école de droit et les élèves de l'Ecole polytechnique côtoyaient les bataillons de gardes nationaux, les soldats, tambours

1 Angle de la rue de Montreuil et du faubourg Saint-Antoine.

drapés et fusils retournés, les imprimeurs reconnaissables à leurs bonnets de papier, les compagnons et leurs bannières multicolores, les officiers des Invalides portant des branches de laurier. Au milieu de cette foule désordonnée, Bertrand et Emmanuel aperçurent le corbillard traîné par des jeunes gens et qui se dirigeait dans le tumulte vers le canal et l'esplanade du pont d'Austerlitz.

— Cela va mal tourner! dit Bertrand.

— Je le crois, ajouta Bergeron, le bronzier de la rue de Lappe rencontré sur la place avec de nombreux ouvriers du Faubourg descendus en curieux de leurs ateliers. Je viens d'apprendre que quatre escadrons de carabiniers sont massés place Louis XV, le 6ᵉ dragons aux Célestins, et que toute la troupe est consignée dans les casernes. Si le gouvernement décide de faire intervenir la force, il y aura du grabuge!

Soudain, le silence se fit. Bertrand et son oncle étaient trop loin pour entendre mais La Fayette parlait, disait adieu à Lamarque. Tout le monde s'était découvert et l'on pouvait penser que le cortège allait se disloquer dans le calme. Deux cris alors s'élevèrent de la foule : « Lamarque au Panthéon! La Fayette à l'Hôtel de Ville! » Etudiants et jeunes gens se mirent à traîner le corbillard et La Fayette dans un fiacre dételé pour passer le pont d'Austerlitz. Un autre cri domina alors le tumulte, submergeant la foule comme une marée : « Les dragons! »

Bertrand et Emmanuel décidèrent de rentrer. Ils ne connurent la suite des événements que le lendemain matin par la presse. L'irréparable s'était produit sur le quai Morland lorsque la foule et les dragons s'étaient trouvés face à face. Minute fatale : trois coups de feu étaient partis de la mêlée, tuant le chef d'escadron Cholet, une vieille dame à sa fenêtre et blessant un officier. C'était le début d'une fusillade qui devait durer toute la nuit, de charges sabre au clair. Des barricades aussi hautes que celles de 1830 s'étaient dressées à la Bastille et dans la rue Montmartre : l'insurrection, la première depuis les Trois Glorieuses, gagnait Paris et surtout le quartier Saint-Merri ou l'état-major des révoltés s'était installé près de l'église, dans la maison du numéro 30.

C'est dans cette maison, pour leur malheur, que se réfugièrent les derniers insurgés réduits par la garde et l'artillerie. Que pouvaient-ils faire contre la colonne du 1er de ligne lancé à l'assaut des barricades qui protégeaient la maison et contre la maison elle-même ? Tenter de s'enfuir. Quelques-uns y réussirent en perçant audacieusement le front des lignards ou en s'échappant par les toits. Poursuivis de chambre en chambre, les dix-sept derniers insurgés furent tués à coups de baïonnette. Quelques fuyards retrouvés rue du Cloître-Saint-Merri auraient été égorgés sans l'intervention généreuse du capitaine Billet du 48e de ligne.

Le lendemain, une chape de deuil pesait sur la ville. Paris mis en état de siège par M. Thiers avait retrouvé le calme. Seuls trois ouvriers du Faubourg dont deux travailleurs de la manufacture de papier avaient trouvé la mort au cours des émeutes. Les gens du bois étaient restés en dehors de la bataille : ce n'était pas au moment où les ateliers reprenaient vie qu'on allait se lancer dans une révolte téméraire vouée à l'échec.

La petite Elisabeth naquit le 25 mars 1833 au troisième étage de la maison de la place d'Aligre. La famille avait longuement discuté du prénom que porterait l'enfant de Bertrand et de Louise. Celui de Nicolas avait été choisi pour un garçon et comme lady Hobbouse avait accepté d'être la marraine, c'est tout naturellement son prénom, Elisabeth, qui fut donné à la petite fille, un charmant bébé, blond comme sa mère dont elle semblait avoir hérité la grâce et la bonne humeur. Cette nouvelle venue avait comme on s'en doute bouleversé les habitudes de la famille. Elisabeth avait les trois femmes de la maison à sa dévotion, son père était fou d'elle et le grand-père Ethis sacrifiait souvent le verre du soir chez la mère Briolle afin de rentrer plus tôt à la maison pour jouer avec sa petite-fille.

Bertrand avait de son côté abandonné les soirées du *Moulin-Vert* et les sorties en compagnie de Pierret et de M. Auguste. Il continuait d'écrire des vers, tous marqués par son amour pour sa femme et Elisabeth. « Un jour, je publierai les meilleurs! » disait-il. Il avait aussi entrepris après la naissance de sa fille une chronique du Faubourg. Chaque soir, installé devant le bureau de Marie-Antoinette, il noircissait au moins une page du registre gainé de cuir fauve relié spécialement par le maître Ollendorf, frère du libraire de la rue Richelieu et ancien compagnon du tour de France. C'est que la vie du Faubourg changeait. Sans parler des industries du papier peint, de la porcelaine, de la verrerie et de la petite chaudronnerie qui se développaient du côté de la rue de la Roquette, le monde du bois évoluait au rythme des pistons de la vapeur et des accélérations de la révolution bourgeoise. Les vieux maîtres d'avant 89 se comptaient maintenant sur les doigts de la main et des noms nouveaux apparaissaient sur les portes des ateliers. Certains ébénistes n'hésitaient pas à faire appel à des capitaux étrangers au quartier pour ouvrir de véritables fabriques dans lesquelles bien des artisans de talent perdaient leur liberté en devenant des « embauchés ».

Bertrand notait d'un style vif et imagé toutes ces transformations, n'hésitant pas à sortir du quartier lorsque des événements importants touchaient l'ensemble de la population parisienne à travers la politique ou les émeutes qui agitaient sporadiquement la capitale. Le premier chapitre de la *Chronique du Faubourg,* comme Bertrand avait décidé d'appeler son témoignage, concernait, lui, le cœur de l'enclave du bois. A la date du 26 mars 1833, il avait écrit :

« Elisabeth est née hier en même temps qu'une grande sœur qui va pousser et grandir avec elle : la colonne qui, au centre de la place de la Bastille, sera consacrée aux combattants des journées de Juillet. Il y a bien longtemps que le roi en a posé la première pierre mais les travaux commencent aujourd'hui. Déjà on a déménagé le fameux éléphant de Napoléon qui devait être construit dans le bronze des canons pris à l'ennemi mais qui ne fut jamais qu'un monstre de plâtre. Je me demande bien pourquoi on l'a transporté sur le côté de la place[1] au lieu de le démolir. Il est vrai que l'architecte en était Alavoine, l'ennemi intime de Fontaine qui a toujours trouvé cette maçonnerie affreuse. Or Alavoine est chargé de bâtir la colonne et il doit avoir de la tendresse pour son éléphant dont il ne reste aujourd'hui que le piédestal, seule partie construite en bonne pierre. C'est sur ce socle élevé au-dessus du canal Saint-Martin que se dressera la colonne. Pour l'instant on creuse juste à côté une voûte ogivale, à cheval sur le canal, qui donnera accès aux caveaux funéraires dans lesquels seront inhumés les restes des 504 combattants de 1830. La colonne elle-même aura plus de 50 mètres de hauteur et 4 mètres de diamètre. Cela va être bien amusant de voir pousser la colonne en même temps que notre petite fille ! »

En attendant l'inauguration qui n'était pas prévue de sitôt, Bertrand situait pour la postérité la position de l'entreprise familiale dans le quartier du meuble :

« Finalement, beaucoup grâce au père, nous avons réussi à occuper une place enviable dans la

---

1. Tout près aujourd'hui de l'opéra de la Bastille.

profession, entre les grandes maisons qui fabriquent et qui vendent aux particuliers et les petits ateliers. La juste mesure nous évite les risques d'une faillite qui guette les plus entreprenants et les empêche souvent de vivre en paix. Comme nous l'avions décidé, nous sommes surtout spécialisés dans les meubles à plusieurs usages qui se vendent de mieux en mieux. Avec Emmanuel nous réussissons même des petits chefs-d'œuvre qui se vendent cher. Quelquefois Ethis est repris par ses idées de grandeur et il échafaude des projets qui rendront riches ses enfants et ses petits-enfants mais il revient vite à la réalité : " Si j'avais trente ans, je ne dis pas mais je deviens vieux et sage ! "

« En fait, le père va sur ses soixante ans et ce n'est pas parce qu'il en paraît dix de moins qu'il peut se permettre de jouer au jeune homme. Maman aussi vieillit. Antoinette lui a appris à se défendre contre les atteintes de l'âge mais elle me semble parfois bien fatiguée. Heureusement, l'arrivée d'Elisabeth lui a redonné un coup de jeunesse. »

Un autre jour, Bertrand confiait à son album l'étrange histoire d'un homme devenu soudain célèbre, comme cela arrive souvent à Paris :

« Le gouvernement a eu bien tort d'interdire la distribution de brochures politiques. Cela a permis à M. Rodde, rédacteur du journal *Le Bon Sens* d'assurer le triomphe de ses publications. A deux heures de l'après-midi on l'a vu descendre sur la place de la Bourse, en blouse bleue, coiffé d'un chapeau en cuir verni sur lequel était écrit : " Brochures nationales " et vendre en un clin d'œil toutes ses livraisons. Des cris de " Vive Rodde ! Respect à la loi ! Vive le défenseur des libertés ! " se firent entendre. Tandis que *Le Catéchisme républicain* et *Le Catéchisme des droits de l'homme* s'arrachaient, M. Rodde se faisait orateur : " Qu'on y prenne garde, s'écria-t-il un jour juché sur une voiture. Je suis sur le terrain de la légalité et j'ai le droit et même le devoir d'en appeler à la justice et au courage des Français! " La police était là mais ne bougea pas. C'est peut-être cela le libéralisme bourgeois dont se réclame le gouvernement. L'ennui c'est qu'on ne sait jamais jusqu'où on peut aller, ce qui est permis et ce qui ne l'est pas. D'autres jours un tel incident aurait pu déclencher une émeute! »

Et l'émeute dégénère facilement en drame. C'est ce que Bertrand écrivit moins d'une année plus tard :

« Le Faubourg est encore bouleversé par le récit d'horreurs publié dans la presse. Bien que ces faits épouvantables se soient déroulés non loin, en plein Marais, nous n'avons rien su avant le lendemain. Tout a commencé selon la presse gouvernementale par des coups de feu tirés sur l'escorte qui accompagnait le général Bugeaud et M. Thiers dans une reconnaissance nocturne des lieux où une poignée de sectionnaires[1] avaient élevé des barricades. Soudain, un capitaine fut touché à mort par une balle tirée du soupirail d'une maison. Plus loin, rue Transnonain[2] des soldats emportaient un officier blessé quand ils furent assaillis par des hommes sortant d'une maison qui achevèrent le lieutenant entre leurs mains. Furieux, les soldats enfoncèrent la porte de la maison, se précipitèrent à tous les étages, dans toutes les chambres, et un massacre indistinct et cruel vengea aveuglément de sauvages assassinats.

« L'opposition raconta évidemment tout différemment l'événement tragique. Les habitants de la maison de la rue Transnonain, apeurés par les barricades élevées non loin, s'étaient enfermés chez eux, attendant que la force armée les délivre de leur situation périlleuse. Malheureusement un coup de feu partit réellement de la maison, tiré par un jeune

---

1. Membres de groupes révolutionnaires particulièrement actifs.
2. La rue Transnonain fait partie aujourd'hui de la rue Beaubourg.

homme nommé Brefort que son père avait enfermé
dans une chambre pour l'empêcher de prendre part
aux troubles. C'est après ce coup de pistolet fatal
que les voltigeurs du 35ᵉ de ligne massacrèrent au
fusil et à la baïonnette, les uns après les autres, tous
les habitants innocents qui s'y trouvaient. Le général
Bugeaud est déjà surnommé partout à Paris " le
boucher de la rue Transnonain ". C'est en pire
l'affaire du cloître Saint-Merri qui a recommencé.
On peut épiloguer sur ce massacre inutile. Pour ma
part l'horreur de la violence qui me poursuit depuis
les luttes absurdes entre compagnons du tour de
France ne fait que croître. Serai-je donc contraint,
dans cette chronique que je veux aussi fidèle que
possible, à n'accumuler que des atrocités?

« Non, tout de même. Loin de ces mares de sang
qui n'ont cessé depuis la Révolution d'inonder le
pavé de Paris, il y a la vie de tous les jours, calme et
heureuse, à l'abri des marronniers de la place d'Aligre miraculeusement demeurée un havre de paix
dans la tempête. Il y a le métier dont je ne parle pas
assez. Il y a aussi mon cousin Eugène qui, tout en
sauvegardant son indépendance et son originalité,
est en train de devenir l'un des peintres les plus
célèbres de Paris. Comme Louise aime le répéter,
Delacroix est un génie. Sa *Liberté guidant le peuple
sur les barricades* a obtenu un succès triomphal au
Salon. L'Etat a acheté le tableau bien que Louis-
Philippe, selon Lenoir, n'en ait pas saisi toute la
grandeur. Ses fils en revanche l'apprécient et le duc
d'Orléans a acquis pour sa collection le *Meurtre de
l'évêque de Liège*. Enfin, Eugène a pu suivre durant
plus de six mois une mission du comte Mornay au
Maroc et en Algérie. Il en a rapporté *Les Femmes
d'Alger dans leur appartement,* un chef-d'œuvre pour
lequel je reproduis l'impression de Louise, celle
d'entre nous qui comprend le mieux l'art de la
peinture et celui de Delacroix en particulier : " C'est,
a-t-elle dit, une œuvre voluptueuse et pleine de

mystère. La figure de la négresse qui sort, saisie dans son émotion frémissante, représente pour moi le summum de la beauté artistique. "

« Dans son sillage flamboyant, notre cousin commun Léon Riesener suit un chemin plus serein. Il sait qu'il n'a pas les dons d'Eugène et qu'il doit se contenter d'être un très bon peintre, ce qui n'est déjà pas si mal. Théophile Gautier a rendu hommage à son talent dans *La Presse*. « Sa Vénus, a-t-il écrit, étincelle de vie, de sang, de jeunesse et de fraîcheur; c'est de la chair souple, satinée, luisante, de la vraie chair... Depuis les Flamands on n'a rien fait de mieux. »

C'était dimanche. Le premier soleil du printemps inondait la chambre et faisait briller comme un énorme bijou le lit de citronnier et d'érable moucheté au milieu duquel Bertrand jouait avec la petite Elisabeth venue le retrouver lorsque sa mère s'était levée pour aller préparer le « breakfast ». Louise en effet avait gardé certaines habitudes anglaises dont le petit déjeuner qu'on servait le dimanche place d'Aligre comme à Ham House. Ces matins-là, Elisabeth à qui elle avait appris quelques mots d'anglais ne devait pas, à l'exemple de ses parents, employer de mots français. Il en résultait autour du thé et des tartines de marmelade de grandes crises de fou rire. A deux ans, Elisabeth était une jolie petite fille débordante de vitalité, dont le grand souci était d'aller chaque dimanche matin, avec son père et son grand-père, voir si la colonne de Juillet, née en même temps qu'elle, avait grandi.

Sa mère dut se fâcher pour faire sa toilette et lui faire enfiler sa longue robe d'organdi rose et blanc que Marie lui avait cousue dans la semaine. Enfin, fraîche comme une fleur de camélia juste éclose, un bonnet de dentelle sur ses mèches blondes, ses menottes dans les larges mains d'Ethis et de Bertrand, elle se laissa balancer d'avant en arrière tout au long de la rue de Cotte, en riant et en chantant. La petite-fille d'Ethis était déjà connue comme le loup blanc dans le Faubourg et il fallait à chaque instant s'arrêter pour échanger quelques mots avec l'un ou avec l'autre, ce qui agaçait la gamine mais permettait à Ethis de manifester son orgueil de grand-père.

Enfin, les trois générations de Valfroy arrivèrent sur la place et Elisabeth s'écria : « Cette semaine elle a grandi ! »

Oui, la colonne de Juillet avait grandi. On pouvait même dire de combien au centimètre près puisqu'elle était composée de tambours en bronze de un mètre de hauteur qu'on empilait les uns sur les autres et qu'on boulonnait entre eux. Il y en avait déjà cinq sur la plate-forme jadis destinée au pachyderme et qu'on apercevait là-bas, transpirant son plâtre sous le soleil. Il fallut aller lui dire bonjour après avoir fait au moins dix fois le tour du chantier. C'était d'ailleurs le chemin pour arriver à la petite baraque de la mère Courtial, la glacière installée là depuis les rois capétiens, comme le disait Ethis, tellement il y avait longtemps qu'elle vendait des cornets pleins de toutes les couleurs de l'arc-en-ciel aux gosses du Faubourg. Et l'on rentrait tranquillement place d'Aligre où toute la famille se réunissait chez Marie qui avait préparé le déjeuner dominical avec l'aide de Lucie et de Louise. Comme à bien d'autres époques de son histoire, le Faubourg vivait, entre deux crises, une période de calme. On n'osait pas dire de bonheur car un nombre encore important de compagnons n'avaient pas de travail ou n'en avaient pas assez pour vivre décemment.

En dehors des émeutes dont on n'avait souvent l'écho que plus tard, les nouvelles qu'on échangeait au lavoir, au marché ou chez Pierret avaient la banalité des causettes ordinaires : Jacob-Desmalter

venait de se retirer et de céder la maison de la rue
Meslée à son fils Georges-Alphonse; un nouveau
magasin de nouveautés, *Au Soldat cultivateur* venait
de s'ouvrir au 79 de la grand-rue, Bernard Gouffé
allait épouser la fille du maître ébéniste Kerkoff chez
qui il travaillait au 20 de la rue Saint-Nicolas; plus
de 600 ouvriers, la plupart du faubourg Saint-
Antoine, étaient inscrits au nouveau cours de dessin
ouvert au cloître Saint-Merri par l'Association polytechnique; les saint-simoniens du père Enfantin faisaient toujours recette au sommet de la butte escar-
pée de Ménilmontant; une nouvelle ligne d'omnibus
venait d'être mise en service et, s'ajoutant aux trente-
quatre déjà existantes, permettait de desservir tous
les quartiers de la capitale; Alexandre Fourdinois
installé depuis peu rue Amelot commençait à être
connu et apprécié...
    Ce n'étaient là que faits courants, propres à
alimenter les conversations quotidiennes. Un événement considérable survint dans le quartier dont la
nouvelle franchit la porte Saint-Antoine jusqu'aux
barrières comme une traînée de poudre. C'est bien
de poudre qu'il s'agissait : en passant en revue la
garde nationale à l'occasion de l'anniversaire des
trois journées, le roi avait été victime d'un attentat et
ne devait qu'à un miracle d'avoir eu la vie sauve.
Dès le début de l'après-midi on eut tous les détails de
l'affaire par le fils Cresson de la rue Traversière qui
avait été témoin du drame :
    — J'avais été commander du placage d'acajou chez
Dulet, rue Charlot, et m'étais arrêté devant *Le Café
turc*[1] pour voir passer le roi qui, la revue terminée,

---

1. *Le Café turc,* l'un des plus beaux établissements de Paris,
ouvert en 1780, était entièrement décoré à la turque. Il possédait
un grand jardin séparé du boulevard par un mur. Kiosques,
cabinets de verdure, tonnelles étaient illuminés les soirs d'été. Cet
immense ensemble conserva sa vogue jusqu'à la chute de Louis-
Philippe et se transforma sous la direction de son propriétaire
Bonvalet en établissement pour noces et banquets.

descendait le boulevard du Temple. A cet endroit, les
forces de police étaient moins nombreuses et le roi
trottait sur son cheval blanc, l'air bonhomme dans
son uniforme de général de la garde. Il était entouré
d'une foule d'officiers, à cheval eux aussi, et semblait
de bonne humeur, répondant d'un geste aux applaudissements de la foule.

Les badauds essayaient de reconnaître les personnages les plus célèbres de l'état-major royal : les ducs
d'Orléans, de Joinville et de Nemours; le maréchal
Mortier, le comte Lobau, le général Exelmans, le
ministre Rambuteau... lorsque, en face de l'endroit
où je me trouvais retentit une formidable explosion.
Tandis qu'un nuage de fumée sortait d'une fenêtre,
au troisième étage du numéro 50, des cris de douleur s'élevaient de tous côtés. Devant moi, un
pompier du service d'ordre avait été atteint au bras,
des gens ensanglantés s'enfuyaient, mais le vrai
drame s'était joué sur la chaussée au sein même de
l'escorte royale où les hommes, les uniformes déchirés et les chevaux blessés constituaient une affreuse
mêlée.

On entendit le roi dire « Je ne suis pas blessé! » en
se relevant. Sans attendre, sur la prière de ses fils, il
monta dans une voiture pour rejoindre le palais des
Tuileries au galop. Le duc d'Orléans semblait touché
à la cuisse et le cheval du prince de Joinville s'était
effondré sous lui. L'assassin avait manqué son but,
la famille royale était sauve mais une cinquantaine
de personnes gisaient à terre. Parmi les morts on
releva le maréchal Mortier, le général Lachasse et
d'autres officiers.

– Quel fou a monté cet attentat contre le roi? dit
Ethis. Voilà une nouvelle violence qui va permettre à
Thiers de serrer encore un peu plus la vis!

Le fou, on le sut le lendemain par la presse qui
consacrait de longues colonnes à l'affaire, avait été
arrêté peu après alors qu'il tentait de s'enfuir par
une fenêtre donnant sur les toits de l'immeuble

voisin. C'était un nommé Gérard qui s'attribuait la responsabilité et l'exécution de l'attentat mais la police était persuadée qu'il n'avait pu installer seul la formidable machine à tuer découverte sur les lieux. Le journaliste de *La Gazette de France* avait pu en avoir la description de la bouche même de Gisquet, le directeur de la police :

« L'engin se composait de vingt-quatre canons de fusil placés en jeu d'orgue sur un fort châssis de bois formant un plan incliné. Il occupait toute la largeur de la croisée donnant sur le boulevard. Trois de ces canons n'avaient pas fait feu. Leur charge énorme les remplissait sur presque toute leur longueur. Quatre autres avaient éclaté et leurs débris étaient épars dans toute la pièce criblée de leurs éclats. Partout, des traces de sang prouvaient que le coupable avait dû être lui-même grièvement blessé. Quand j'ai pu interroger le malheureux au poste du Château-d'Eau où il avait été transporté, il présentait un aspect horrible. Son visage ensanglanté était à moitié arraché et les chairs pendaient de son front lui cachant entièrement la joue droite. »

Dès le printemps de 1838, une grande affaire mettait le Faubourg en ébullition. On ne parlait dans les ateliers que de l'exposition des produits de l'industrie française qui allait s'ouvrir au début de l'année suivante sur les Champs-Elysées et où le meuble devait occuper une place de choix.

Les « choutiers[1] » et les petits artisans étaient certes peu concernés mais ceux qu'on appelait maintenant les ébénistes d'art et qui produisaient des

1. Le « choutier » traitait un marché, souvent important, avec un grand négociant en meubles et sous-traitait les différents travaux (menuiserie, placage, sculpture, vernissage...) auprès des artisans spécialistes. Cet usage ne concernait que les meubles courants fabriqués en série.

meubles de haute qualité; ils se seraient crus désho-
norés de n'être pas présents à cette grand-messe de la
compétence et de la vertu techniques. La dernière
exposition nationale s'était déroulée place de la
Concorde en 1834 et avait réuni durant trente-cinq
jours 2 477 exposants. Les récompenses glanées par
les artistes du Faubourg étaient encore dans toutes
les mémoires et avaient beaucoup contribué au développement de leurs affaires. C'est ainsi qu'on pouvait voir dans l'entrée des ateliers de François Baudry, au 117 du Faubourg, la médaille d'argent
encadrée avec les attendus du jury : « ... pour ses
beaux meubles en frêne, remarquables par leurs
formes nouvelles et la beauté des marqueteries ». A
côté était accrochée une petite toile représentant
Charles X en train de remettre sa récompense à
François Baudry. Bouillon de la rue de la Roquette,
un rescapé du XVIIIᵉ siècle, avait été distingué pour
« une table-guéridon constituée par une parclose de
36 pouces de diamètre garnie d'une frise de myrte
dorée ». Quant à Jacob dont la marque collection-
nait les médailles depuis l'an IX, il avait obtenu le
rappel de sa médaille d'or avec la mention la plus
flatteuse : « Ce fabricant soutient la bonne réputation acquise par son père. Tous ses ouvrages sont
ajustés avec une précision remarquable... »

Depuis leur demi-succès de 1827, Ethis et Emmanuel avaient dû renoncer à présenter des modèles de
leur fabrication. Les petits meubles de commande
qui les occupaient alors n'étaient pas dignes de
figurer dans une exposition et leur production ne
laissait pas le temps à Caumont et à Bertrand de
réaliser des créations particulières. Ils l'avaient
regretté et étaient décidés à ne pas manquer leur
participation à l'Exposition de 1834.

– Il n'est pas question d'être bredouilles, avait dit
Ethis. Si nous décidons de présenter une œuvre, il
faut qu'elle soit parfaite. Je crois que le mieux est
d'aller voir Fontaine qui, en quelques coups de

crayon, va nous dessiner le meuble idéal à montrer dans ce genre de concours. Table ou bureau? Qu'en pensez-vous?

– Et pourquoi pas une armoire à glace? C'est notre spécialité, non? Tout le monde va présenter des tables, des guéridons et des bureaux. Distinguons-nous et prouvons que ce meuble nouveau, un peu galvaudé par les marchands de pacotille, peut être aussi très soigné, richement décoré et de forme agréable.

– Tu as raison, dit Caumont. Je serais même partisan de présenter en même temps une commode ouvrante avec sa cuvette, son broc de porcelaine fine et sa glace. Ce sont les meubles qui ont le plus de chances d'être achetés. Pas par les princes mais peut-être par quelques bourgeois avertis.

Fontaine, avec sa gentillesse habituelle, dessina l'armoire en érable moucheté rehaussé de marqueterie d'amarante. Il avait prévu deux portes à glaces biseautées, ce qui n'avait encore jamais été fait, et deux tiroirs ouvragés à l'intérieur :

– S'il s'agissait d'une commande habituelle, je laisserais l'intérieur des deux portes uni, habillé seulement des taches tigrées du placage d'érable. Mais je connais les jurés. Ils sont toujours sensibles au soin que l'artisan apporte à la finition des endroits cachés ou peu visibles. Je vous conseille donc d'orner l'intérieur des deux battants de rosaces très simples, en ébène incrusté, et qui pourraient servir de cadres, par exemple, à deux profils gracieux en porcelaine blanche...

– Et la commode? demanda Bertrand qui s'était joint à son père et à son oncle pour aller trouver Fontaine dans son cabinet. En quel bois la voyez-vous?

– De l'acajou, tout simple, tout net et bien verni, comme un velours qui fera ressortir la porcelaine de la cruche et de la cuvette qu'il faudra choisir très sobrement décorée. Boutier, rue de la Roquette, trouvera sûrement ce qui convient.

Et l'on se mit au travail. L'atelier retrouva le climat de joie et d'enthousiasme qu'il avait connu quelquefois quand une commande exceptionnelle était venue rompre la monotonie du travail ordinaire et transformer en artistes les artisans de tous les jours. Personne n'avait oublié la table en bois de teck construite pour Louis XVIII sur les directives de Fontaine dans une tranche de « chêne de Malabar de trois mètres de diamètre rapporté des îles par la Royale ». Elle était toujours aux Tuileries...

En préparant les fines feuilles de placage d'érable, Bertrand se rendit compte que la machine de la Thrust and Keeping Co. commençait à donner des signes de fatigue.

— Nous avons été parmi les premiers à introduire la machine à vapeur et les scies mécaniques dans l'ébénisterie, dit-il à son père, mais il faut admettre qu'aujourd'hui beaucoup d'ateliers sont mieux équipés que nous. Il conviendra peut-être un jour d'aller revoir à Londres le bon M. Meadows.

— Je sais tout cela mais il faut attendre que nos finances soient plus prospères. Une médaille d'or nous aidera peut-être...

L'exposition, qui réunissait cette fois 3 281 participants, s'annonça dès l'ouverture comme un triomphe. Deux mois durant, les Parisiens défilèrent par familles entières dans les allées couvertes qui abritaient les plus belles machines, les plus beaux objets d'art, les plus beaux meubles jamais fabriqués en France. Dans la section de l'ameublement, l'emplacement des Valfroy n'était ni le plus important ni le plus tapageur. Il n'avait jamais été question de rivaliser avec les Mercier, Soubrier, Bellangé, Grohé et Jacob-Desmalter, vieux habitués des expositions et déjà pourvus de médailles. Autant marchands que fabricants, ces grands de l'ébénisterie disposaient de moyens financiers sans rapport avec ceux de l'entreprise familiale. La modestie et la discrétion n'étaient pourtant pas forcément des facteurs défavorables, les membres du jury choisissant souvent de couronner des « petits » dont le talent était prometteur.

Et puis, la marque « Valfroy-Caumont », rappelée au-dessus de la loge de présentation par l'estampille agrandie trente fois, jouissait d'un atout particulier et secret : la patte de Fontaine qui avait prêté son crayon magique à l'élaboration de l'armoire à glace et de la commode-toilette qui trônaient sur un fond de rideaux bleus parfaitement accordés à l'acajou et à l'érable moucheté des deux pièces présentées.

Avant que le jury rendît son verdict, les princes royaux, la plupart des ministres et la cour vinrent visiter l'exposition. Kolping exposait une autre armoire à glace, moins élégante que celle des Valfroy qui étaient les seuls à présenter une commode-toilette, meuble vraiment nouveau qui attirait tous les regards. Fermé, il ressemblait à n'importe quelle commode d'acajou dont on avait fabriqué des milliers d'exemplaires depuis la Restauration mais, quand on soulevait le couvercle dont l'envers était garni d'un grand miroir s'avançant sur une glissière, on découvrait un vrai cabinet de toilette paré de marbre blanc. Le duc d'Orléans s'arrêta devant le meuble qui aiguisait sa curiosité. Il demanda des explications à Éthis qui n'en menait pas large, sanglé dans l'habit bleu ardoise du mariage de Bertrand mais qui fit au prince une démonstration réussie. C'était un grand soulagement car, le matin même, le mécanisme d'ouverture fonctionnait mal et il avait fallu démonter tout le haut de la commode.

Le duc eut un mot aimable pour Ethis et Emmanuel puis ajouta que ce meuble à deux usages était bien pratique et qu'il aurait beaucoup de succès. Il en eut : à la fin du premier mois de l'exposition, Bertrand avait déjà noté sur son carnet onze commandes de commodes et trois autres d'armoires. C'était une victoire. Non seulement les frais engagés pour l'exposition étaient largement couverts mais les Valfroy étaient certains d'en retirer un bénéfice de notoriété, ce qui fit dire à Ethis, toujours pragmatique :

– Nous n'avons certes pas vendu comme Grohé une table d'apparat à la famille royale, ni un somptueux secrétaire décoré d'incrustations de houx et de plaques émaillées comme Bellangé, mais les meubles que nous avons présentés ne sont pas faits pour les princes. Nous les vendrons par dizaines à une clientèle bien plus intéressante!

Le jour des récompenses arriva avec la fin de l'exposition. « J'espère que nous aurons une mention, peut-être même une médaille de bronze », confiait prudemment le discret Emmanuel Caumont à Bertrand en attendant la proclamation du palmarès.

Bonheur! c'est une médaille d'argent qui fut décernée à la maison Valfroy-Caumont, assortie d'un attendu très flatteur :

« En présentant deux meubles originaux dont la composition est d'une rare recherche et la finition parfaite, Valfroy-Caumont se sont placés au premier rang de nos ébénistes. Le jury leur décerne une médaille d'argent. »

L'événement fut fêté comme il convient place d'Aligre. Le même jour, Ethis avait conduit Elisabeth voir « sa » colonne. Il avait encore grandi l'interminable manchon de bronze qui se dressait maintenant au centre de la place. Il fallait se reculer pour en apercevoir la partie la plus haute. C'était une sorte de chapiteau sur lequel s'affairaient quelques ouvriers dont les silhouettes, réduites à des points noirs, se détachaient sur le ciel.

Elisabeth, âgée maintenant de six ans, assaillait Ethis de questions : Quelle est la hauteur de la colonne? Comment les messieurs sont montés jusqu'en haut? Qu'est-ce qui est écrit en bas de la colonne? Le vent ne peut-il un jour l'emporter comme une grosse paille de blé?

Ethis embarrassé finit par dire :

— Viens, nous allons essayer de demander tout cela à l'un des messieurs qui discutent devant la barrière de bois qui entoure le monument.

Il l'entraîna vers un groupe d'hommes absorbés par l'examen d'une grande feuille de papier qui devait être un plan. L'un d'entre eux ne portait ni blouse ni tenue de travail. Emmitouflé dans une pèlerine verte, il semblait être le personnage important de l'assemblée. C'est à lui qu'Ethis s'adressa :

— Pardonnez mon audace, monsieur. Ma petite-fille qui est née le jour où l'on posait la première pierre, se passionne pour la colonne qu'elle a vue grandir. Elle me pose des questions auxquelles je ne sais pas répondre. Peut-être pourrez-vous satisfaire sa curiosité.

Amusé, l'homme en vert se tourna vers la petite fille :

— Que veux-tu apprendre? Je sais tout sur ta colonne! Et s'adressant à Ethis, il ajouta : Je m'appelle Duc, je suis l'architecte qui a succédé à M. Alavoine lorsque celui-ci est mort.

Ethis se présenta à son tour en usant, ce qui lui arrivait très rarement, de la particule : « Ethis de Valfroy, l'un des plus anciens fabricants et négociants en meubles du faubourg Saint-Antoine. Le père de ma femme était le maître Œben, ébéniste du roi. »

L'architecte tendit la main à Ethis :

— Je n'ai jamais eu l'occasion de dessiner des meubles mais je le regrette car j'ai du respect pour les gens du bois qui peuplent ce quartier. Je suis toujours pressé et n'ai pas le temps d'aller flâner dans votre faubourg mais, un jour, je viendrai vous voir.

En deux minutes, Elisabeth en apprit plus qu'elle ne demandait : la colonne, creuse, était renforcée à l'intérieur par une charpente de bronze qui soutenait un escalier de 204 marches, en bronze également. Si l'on y ajoutait les 36 marches extérieures, cela faisait 240 degrés à monter pour arriver au chapiteau. Le monument était presque terminé, il ne restait qu'à installer une lanterne qui supporterait une magnifique statue de bronze doré, œuvre du sculpteur Dumont : le génie de la Liberté s'envolant en brisant des fers et en semant la lumière...

M. Duc ajouta que le roi inaugurerait la colonne avant six mois et qu'il inviterait personnellement Elisabeth à la fête organisée à cette occasion.

L'année qui avait si bien commencé avec l'exposition prit soudain place d'Aligre un tour néfaste. Depuis la mort dramatique d'Antoinette, trente ans auparavant, la famille Valfroy semblait avoir miraculeusement rompu avec le malheur : pas de décès, pas de maladies graves, pas de ces dissensions qui attristent bêtement l'existence... Quand Ethis faisait remarquer, en s'en réjouissant, cet état de grâce, Marie lui disait de se taire et se signait : « Je t'en supplie, ne vas pas réveiller la mauvaise fortune! »

Personne pourtant ne songea à accuser Ethis d'avoir provoqué le sort quand il fallut compter avec l'adversité. D'abord, Louise perdit un enfant au cinquième mois de sa grossesse dans des circonstances tragiques. Transportée d'urgence en pleine nuit à l'hôpital Saint-Antoine voisin, elle perdit beaucoup de sang et demeura près d'une semaine entre la vie et la mort. Finalement, bien soignée, soutenue moralement par toute la famille et grâce à sa volonté de vivre, elle rentra guérie mais épuisée, amaigrie, diaphane, place d'Aligre où chacun s'employa à lui rendre des forces. Hélas, au sursaut d'énergie qui l'avait peut-être sauvée succédait un état dépressif qui attristait toute la famille. C'était, disaient les médecins, une réaction normale que seul le temps pouvait combattre. Effectivement, au bout de deux mois, Louise reprit peu à peu goût à la vie et recommença à sourire.

Ces misères à peine oubliées, Ethis commença à se plaindre de sa jambe. Réveillée par un rhumatisme, la vieille blessure de 89 se rappelait à son souvenir et le faisait boiter comme au temps de sa jeunesse :

– C'est Traîne-sabot, disait-il, qui est entré dans la famille et c'est un boiteux qui en sortira quand je mourrai!

Tout le monde se récriait mais Bertrand voyait bien que son père vieillissait. Ethis venait d'avoir soixante-quatre ans et s'il conservait sa gouaille d'enfant du Faubourg, son inaltérable enthousiasme et sa véhémence, ses forces physiques s'amenuisaient tandis que ses cheveux blanchissaient. Heureusement, Marie, dont on venait de fêter le soixante et unième anniversaire, semblait résister aux agressions du temps. Toujours vaillante, elle menait la maison avec une autorité qu'on ne lui avait jamais connue.

A ces soucis s'ajoutait l'inquiétude que causait depuis des semaines l'état de santé d'Alexandre Lenoir. Coquet, le vieux garçon n'avait jamais avoué son âge.

– Vous vous apercevrez que je suis vieux quand je mourrai, disait-il.

Elégant, soigné, impertinent, généreux bien qu'il n'eût d'autre fortune que sa maigre pension d'ancien conservateur du musée des Monuments français, il était de ceux dont on ne pense pas qu'ils puissent un jour quitter la vie. Sa famille – la vraie, il n'en parlait jamais – était demeurée celle de la place d'Aligre qu'il avait choisie et qui l'avait adopté. Il y tenait toujours sa place, une place à part entière dans les conversations qu'il animait de son esprit incisif. Et puis, un jour, la poste apporta une lettre :

« Mon cher Ethis, nous avons fait un bon bout de route ensemble mais je crois qu'elle arrive à son terme. Je suis très malade et les médecins appelés par ma logeuse, la bonne Mme Dubreuil, ne peuvent rien, que m'endormir de paroles apaisantes. Voilà pourquoi vous ne m'avez pas vu place d'Aligre depuis près d'une semaine. Moi qui ai tant aimé la vie, elle ne m'intéresse plus beaucoup. Je peux bien vous dire mon âge aujourd'hui : je vais avoir soixante-dix-huit ans et c'est sûrement celui qui figurera sur la pierre – ma dernière pierre, cher Traîne-sabot – qui fermera mon tombeau. J'ai pourtant encore beaucoup de choses à vous dire à tous mais ne venez pas en même temps, l'émotion serait trop forte. Je vous embrasse. Votre affectionné Alexandre Lenoir. »

Ethis pleura en lisant la lettre de son vieux maître et décida de se rendre sur-le-champ rue des Lions-Saint-Paul de l'autre côté de la Bastille. Là, Mme Dubreuil, avant de le conduire dans la chambre, lui dit sa peine et son inquiétude :

– M. Alexandre est perdu. Les médecins sont moins catégoriques mais je le sais. Et lui aussi. Il a attendu avant de vous prévenir, maintenant il a hâte de vous voir tous, vous en particulier, M. Ethis. Il m'a encore dit ce matin qu'il vous aimait comme un fils.

Ethis sécha ses larmes et essaya de sourire en s'approchant du lit où reposait Lenoir. Celui-ci lui répondit par un bonjour qu'il aurait voulu clair et sonore comme à l'accoutumée mais sa voix n'était qu'un murmure :

– Approche-toi, Ethis, je ne peux pas parler fort, j'ai les bronches engorgées. Il faut que tu saches. Mon notaire est Me Depardieu, au 37 de la rue Saint-Antoine. Il détient mon testament qui te fait mon seul héritier et mon légataire universel. Ce n'est pas un riche cadeau. Tu sais que je n'ai pas beaucoup d'argent, même presque rien... A cette pensée il sourit vraiment : « Nous avons manipulé tous les deux trop de trésors pour être riches! » Je crois que ce qui me reste paiera tout juste mon enterrement. Le seul bien que je possède, ce sont quelques tableaux et quelques œuvres d'art. Tu les garderas en souvenir. Et puis, il y a les livres qui encombrent tout l'appartement, ceux que j'ai écrits depuis *La Description des monuments de sculpture du musée des Petits-Augustins.* Tu te souviens, c'était le premier en 1795, un gros in-octavo... jusqu'aux *Observations sur les comédiens et les masques,* il y a quatre ans. En tout j'ai bien dû signer une douzaine d'ouvrages qui ne peuvent intéresser que des spécialistes. Et puis, il y a ma bibliothèque. Tu prendras tout ce que tu veux garder et tu feras don du reste à la bibliothèque de l'Arsenal où j'ai passé une bonne partie de ma vie.

Ethis écoutait, ému, ne sachant que dire. Puis il eut conscience que son maître n'attendait pas de lui des dénégations ni des paroles lénifiantes.

— Mon maître, il en sera comme vous le désirez. C'est un grand honneur que vous me faites et j'essaierai d'en être digne. Vous m'avez toujours couvert de bienfaits et je n'oublierai jamais ce que je vous dois.

— Et toi? Tu crois que tu ne m'as rien apporté? Avec Antoinette vous m'avez fait découvrir la meilleure et la plus noble famille dont je pouvais rêver. Je ne dis cela qu'à toi mais tu l'as toujours su : j'ai connu beaucoup de femmes dans ma vie et n'ai aimé vraiment qu'Antoinette. Je n'ai pu lui survivre que parce que j'étais avec vous et qu'on parlait d'elle... Comme j'aimerais aujourd'hui pouvoir croire que je vais la retrouver, mais tu sais, la religion et moi...

Brusquement, Ethis que la spiritualité n'avait jamais préoccupé, sentit qu'Alexandre quêtait un encouragement, une parole qui lui ouvrirait, sinon la porte de la foi, depuis trop longtemps verrouillée, du moins un souffle d'espérance. Sans trop réfléchir, sinon il se serait tu, il dit :

— Et pourquoi ne pas penser que vous allez, le

premier de nous tous, retrouver Antoinette? Que de
fois avons-nous dit : « Si Antoinette nous entend, là
où elle est... ou si Antoinette nous voit... » Un jour
vous m'avez parlé d'un écrivain qui vivait au temps
du roi Louis XIV et qui conseillait aux incrédules de
faire un pari : « Vous ne risquez rien à croire que
Dieu existe » ou quelque chose d'approchant.

Lenoir sourit :

– Tiens, tu te souviens de cela! Je parlais de
Pascal... Après tout lui et toi vous avez peut-être
raison. Je vais y réfléchir...

– Souhaitez-vous, mon maître...

Comme Ethis, devenu très pâle, laissait en suspens
la phrase qui soudain lui faisait peur, Lenoir poursuivit :

– Tu voulais me demander si je voulais des obsèques religieuses. Sois tranquille, Mme Dubreuil qui
entend veiller sur mon salut comme elle a veillé sur
mes derniers jours a déjà dû tout prévoir. Je suis
même sûr qu'elle m'amènera un curé, bien que cela
m'embête, lorsqu'elle jugera que les heures me sont
comptées... A propos, il est dommage que le cimetière de Sainte-Marguerite soit désaffecté, j'aurais
aimé être enterré dans la vieille paroisse du Faubourg. Enfin, le Père-Lachaise n'est pas tellement
éloigné...

Deux semaines plus tard, l'archiprêtre de l'église
Saint-Paul des jésuites de la rue Saint-Antoine disait
la messe pour le repos de l'âme d'Alexandre Lenoir
devant une illustre assistance. Mme Dubreuil avait
essayé de prévenir un lointain cousin qui habitait le
Loiret, le seul dont elle avait trouvé l'adresse. Il
n'était pas présent mais toute la famille de la place
d'Aligre était là, conduite par Ethis qui ne cachait
pas son chagrin. Au premier rang, dans la travée de
gauche, avait pris place le ministre des Beaux-Arts
entouré des conservateurs des musées et de la Bibliothèque nationale. Halévy, Sandeau et Legouvé représentaient la Société des gens de lettres dont Lenoir

était membre. Eugène Delacroix fit remarquer à Bertrand que Rossini, Alexandre Dumas, le sculpteur Barye et le peintre des batailles Horace Vernet avaient pris place dans une stalle. Fontaine, très affecté par la mort récente de son ami Percier, était là lui aussi avec ses amis du Faubourg : « Lenoir, glissa-t-il à l'oreille d'Ethis, était vraiment un être très secret, je ne savais pas qu'il connaissait tous ces gens. »

Le char, couvert de fleurs et de couronnes, passa devant la colonne de la Bastille, brillante dans son bronze tout neuf et autour de laquelle s'affairaient des ouvriers, puis gagna la rue de la Roquette au bout de laquelle on distinguait le portail du cimetière du Père-Lachaise.

Ceux qui avaient suivi le convoi jusqu'au bout firent cercle autour du cercueil posé sur deux traverses au-dessus de la tombe fraîchement creusée pour écouter le discours du ministre qui retraça, dans un langage de circonstance, l'œuvre d'Alexandre Lenoir, peintre de talent promis à un bel avenir qui avait abandonné ses pinceaux pour sauver le patrimoine artistique de la France promis sans lui à l'anéantissement durant les heures les plus cruelles de la Révolution. Suivit la liste des ouvrages du défunt qui montrait que l'art, sous toutes ses formes, avait passionné jusqu'au bout cet esprit curieux et encyclopédique.

Au moment où l'on allait se séparer, Fontaine dit à Ethis et Marie :

– Le tombeau de mon pauvre Percier est à deux pas. Voulez-vous m'y accompagner un instant? J'y reposerai sans doute bientôt à côté du compagnon de ma vie et d'un autre ami de jeunesse, Bernier. Vous n'avez pas connu Bernier. C'était un très bon artiste, mort il y a plusieurs années. Nous formions à Rome, durant notre séjour à la Villa Médicis, un groupe si indéfectiblement lié que nous avons fait alors le serment de ne jamais nous marier et de nous retrouver dans le même tombeau à la fin de nos vies. La première partie de ce pacte d'amitié a été respectée, il ne manque que mon arrivée sous cette pierre pour que soit accomplie la seconde. J'ajoute, mes amis, que je ne suis pas pressé car j'ai encore beaucoup de choses à faire sur cette terre.

Fontaine qui avait dessiné les tombeaux monumentaux de dizaines d'hommes illustres ou princiers avait, pour lui et ses compagnons, choisi la plus extrême simplicité : une dalle de granit surmontée d'une croix et, gravés dans la pierre, ces mots qui perpétuaient la trinité : *Hic tres in unum.*

Le petit groupe se recueillit un instant et Fontaine donna le signe du départ :

– Allons, mes amis, retournons vers la vie[1] !

– Oui, ajouta Marie. Place d'Aligre, un bœuf mode mitonne sur le feu, venez monsieur Fontaine, le partager avec nous. Et toi, Eugène, tu viens aussi ?

– Mais oui, ma tante ! J'ai pourtant bien des soucis avec ma *Pietà*[2] mais comment résister à ton bœuf mode dont je sens déjà le subtil fumet...

La mort d'Alexandre Lenoir allait laisser un grand vide dans la maison Œben. Chacun le savait : rien ne remplacerait son esprit original constamment aux aguets de toutes les rumeurs, de toutes les nouvelles qui faisaient et défaisaient les jours de Paris. On attendrait longtemps sa remarque, son commentaire narquois, son mépris des idées reçues dont il émail-

---

1. Fontaine ne mourra qu'en 1853 à l'âge de quatre-vingt-onze ans.
2. Il s'agit de la *Descente de croix* commandée à Delacroix par le préfet de Rambuteau pour l'église Saint-Denys-du-Saint-Sacrement au Marais, rue de Turenne à Paris où le tableau est demeuré. Cette œuvre admirable peinte dans l'église « au son des orgues » est reprise d'une esquisse datant de 1830 (au Louvre). Elle fut violemment attaquée, traitée de « composition maladroite » mais Baudelaire écrira : « Il faut aller voir cette majestueuse Reine de Douleurs, la plus belle peinture religieuse de l'école française au XIXᵉ siècle. »

lait la conversation. Chacun savait que les soirées de la place d'Aligre ne seraient plus jamais comme avant. Pourtant, le souper, commencé dans l'affliction, ne sombra pas dans la tristesse. Lenoir avait tant donné à la vie autour de cette table que sa disparition ne semblait pas une fin. Si l'on se tournait vers la place qui avait été si longtemps la sienne, il en revenait comme en écho le mot ou la phrase qu'il aurait prononcé s'il avait été présent, qu'il avait d'ailleurs sûrement prononcé dans une situation analogue. Et dès le premier soir, chacun, sans le dire, sans même y penser, s'appliqua à exister dans la douce harmonie d'une présence invisible mais miraculeusement constante.

Ethis, dans sa naïve sagesse, ressentait cela mieux que personne. C'est lui, le plus atteint par cette mort, qui dit les mots qu'il fallait :

– Mon maître n'aimerait pas que nous demeurions tristes. Il voudrait continuer de vivre avec nous... Et s'adressant à Fontaine : Il y a longtemps que vous nous avez donné votre avis sur la mode nouvelle de l'ameublement. Votre goût y trouve-t-il satisfaction?

Le bois, qui régnait sur cette demeure depuis un demi-siècle, retrouvait sa légitimité et son pouvoir magique, comme chaque fois qu'il convenait de faire face à une situation pénible.

– La mode nouvelle? répondit Fontaine. Où avez-vous remarqué qu'il existe une mode nouvelle de l'ameublement? Depuis ce qu'on peut appeler le style Empire, auquel nous avons, Percier et moi, apporté notre contribution et qui, aujourd'hui, ne me satisfait plus guère, le meuble n'a fait que s'appauvrir. La Restauration en a perpétué les lignes en les arrondissant, en lénifiant ses formes. On a fait des meubles en bois clair parce que l'on n'avait plus d'acajou et cela a été plutôt une réussite mais voilà qu'on revient au bois foncé, ébène ou chêne noirci pour faire plus gothique, quand on ne greffe pas sur

les vieilles formes Empire des motifs empruntés à la
période rococo de la fin du XVIIIe siècle.

— Vous êtes bien sévère, dit Emmanuel Caumont.
Il y avait pourtant des meubles superbes à l'exposition...

— Oui, mais ils relevaient de l'exploit, de la virtuosité de quelques maîtres ébénistes dont vous êtes,
mais pas d'une tendance marquée. Tout dans ce
salon était disparate comme l'est aujourd'hui l'ameublement des gens fortunés qui sont censés influencer
les arts. Leurs appartements sont des boutiques
d'antiquaires, des cabinets de curiosités : l'antique, le
gothique, le genre Renaissance, le style Empire et
celui de Louis XII, tout y est pêle-mêle. Tous les
siècles y sont présents, sauf le nôtre. Nous nous
nourrissons de restes... Tenez, votre confrère Grohé
vient de livrer pour Chantilly un secrétaire-bureau
que l'on peut considérer comme une réussite. Merveilleusement exécuté, ce meuble ajoute un dessus à
cylindre au bureau ministre classique à deux rangs
de tiroirs, bombés pour la circonstance. Deux
emprunts surajoutés ne font pas une création !

— Votre remarque, souligna Bertrand, me rappelle
la description que m'a faite il n'y a pas longtemps
mon ami Pierret de l'appartement de Victor Hugo à
qui il venait de rendre visite. Le salon d'attente
revêtu de cuir de Cordoue gaufré et éclairé par des
vitraux moyenâgeux est paraît-il meublé d'une cheminée en chêne sculpté, d'un buste de nègre en pierre
dure, d'une pendule en marqueterie et d'un fauteuil
en bambou de Chine... Et le reste de l'appartement
est paraît-il du même acabit !

— Doit-on attribuer cet abâtardissement de
l'ameublement à l'abolition des communautés d'artisans? Les maîtres d'hier étaient-ils plus créateurs que
nous ne le sommes aujourd'hui? La responsable est
peut-être la machine. L'industrie succède au métier
et choisit dans le passé ce que les machines peuvent
exécuter. Encore que cette accusation ne me satis-

fasse pas tout à fait. Je crois que notre époque ne réussit pas à trouver son style. Peut-être aussi que l'esprit créatif des gens du meuble s'use à rechercher les qualités pratiques et l'utilité. La notion d'œuvre disparaît devant le pragmatisme.

– Ce que vous nous dites est plutôt désespérant! soupira Ethis. Nos métiers seraient donc fichus... Serions-nous tous condamnés à devenir des industriels ou des commis d'industrie?

– Mais non, mais non, l'art du bois ne périra jamais. Il peut changer d'orientation. Il suffira qu'un jour un architecte ou un ornemaniste ait plus de talent que nous en avons pour modifier les goûts et trouver le style qui convient à notre époque bouleversée. En attendant je suis sûr mes amis qu'un ébéniste digne de ce nom trouvera toujours de l'allégresse, et même de la volupté à enrouler un beau copeau, bien régulier, dans la fenêtre de sa varlope ou à respirer, le matin, les premiers effluves de la colle qui commence à chauffer...

On se sépara sur ces paroles d'espoir. Ce n'est que lorsqu'ils furent couchés qu'Ethis se laissa aller à son chagrin. Comme un enfant, il se serra contre Marie et murmura : « C'est une grande partie de moi-même qui s'en est allée avec Alexandre, j'ai beaucoup de peine, tu sais!... »

Sans doute, la machine avait enrayé l'engrenage naturel et gracieux qui, au cours des siècles, dévidait depuis Henri IV l'écheveau ininterrompu des styles du mobilier français, gloire des ouvriers du Louvre et des compagnons du Faubourg. Ce n'était là, hélas! qu'un incident à côté de l'extrême misère que développait son inéluctable installation dans les manufactures. La détresse du nouveau prolétariat était immense et entretenait les violents soulèvements qui, depuis la révolte des canuts de Lyon, en 1831, ensanglantaient le règne de Louis-Philippe. Fidèle au mot d'ordre de Guizot, la bourgeoisie d'affaires qui tenait solidement le pouvoir ne négligeait rien pour s'enrichir, sans se soucier de la situation d'une classe ouvrière vouée à la misère. La durée de la journée de travail variait entre treize heures et seize heures. Le salaire moyen, l'un des plus bas de l'histoire de la France, permettait juste à un célibataire de se procurer le strict nécessaire. Un couple ne pouvait subsister que si l'homme et la femme travaillaient. Les enfants étaient envoyés à la manufacture, à l'atelier ou à la mine dès l'âge de huit ans[1].

Moins gravement touchés, les gens du bois, artisans et maîtres bourgeois, constataient avec crainte et désapprobation cette misère qu'accompagnaient de répressions impitoyables les moindres tentatives de grève. On en parlait souvent place d'Aligre où il ne se passait pas de jour sans que les femmes rapportent du marché des récits désolants.

— Si le roi et les ministres persistent à prendre leur parti des souffrances de la classe ouvrière, nous allons tout droit à une nouvelle révolution! disait Bertrand.

L'affaire des concessions des mines, des chemins de fer, des fournitures pour la guerre d'Algérie où l'on disait que Casimir Périer et Thiers avaient pris leur part, avait été rendue publique par la *La Réforme,* le journal de Louis Blanc, et par *Le Semeur,* un hebdomadaire protestant également opposé à la politique gouvernementale et aux doctrines socialistes. Dans le numéro du 20 septembre 1841 rapporté par Bertrand, la famille avait pu lire un article qui se terminait par un redoutable avertis-

---

1. Faits irréfutables fournis par un rapport du Dr Villermé à l'Institut : *Tableau de l'état physique et moral des ouvriers employés dans les manufactures de coton, de laine et de soie,* 1840. A noter que le Dr Villermé, homme de bonne foi, était un conservateur.

sement, inattendu dans un austère journal réformiste :

« Qu'est-ce donc que la propriété pour celui qui n'a rien? Aussi longtemps que le salaire suffira à peine aux besoins du jour, l'homme du peuple verra dans la propriété un privilège! »

Les Valfroy n'étaient pas directement concernés par cette misère qui suintait des manufactures voisines. Sans rivaliser avec les nouveaux marchands-fabricants dont les magasins et les ateliers occupaient quelques immeubles neufs et donnaient au Faubourg un lustre qu'il n'avait jamais connu, la marque « Valfroy-Caumont » avait acquis une renommée qui, la médaille du Salon aidant, permettait à la famille de vivre dans l'aisance. Les bourgeois venaient de fort loin commander les commodes-toilettes et les armoires à glace devenues la spécialité de l'atelier de la rue Saint-Nicolas. Ethis n'avait plus besoin de se démener pour chercher de nouveaux clients et Emmanuel Caumont qui portait bien ses soixante ans mais dont la vigueur déclinait aussi, laissait de plus en plus Bertrand et son fils Jean mener la barque.

Jean était un brave garçon, habile artisan mais dont la personnalité un peu falote n'avait pas réussi à s'imposer, éclipsée par le tempérament d'Ethis, le talent de son père et l'esprit brillant de Bertrand. Pourtant, les responsabilités nouvelles qu'on lui avait confiées, sur l'insistance de Bertrand, semblaient le sortir de son effacement. Taciturne, il retrouvait la gaieté de son adolescence et prenait conscience de sa valeur professionnelle. Cette transformation était remarquée avec plaisir et soulagement par les siens, à commencer par son père et sa mère qui voyaient avec désespoir leur unique enfant devenir un vieux garçon sans charme :

– Crois-tu que Jean se mariera un jour? demandait souvent Lucie à Emmanuel.

Il répondait par un haussement d'épaules :

– Il faudrait pour cela qu'il sorte, qu'il voie du monde mais il ne connaît que la lecture et se confine dans un isolement qui me navre autant que toi. Je connais pourtant bien des filles du Faubourg qui ne demanderaient qu'à entrer dans la famille.

A l'étage au-dessous, Antoinette-Emilie se fanait doucement, jolie fleur qu'un amour déçu semblait flétrir avant l'âge, ce qui désolait Ethis et Marie.

Cette double faillite n'échappait naturellement pas à Louise. Elle fit même un jour germer dans sa tête une idée qu'elle confia à Bertrand :

– C'est drôle, dans votre famille...

– C'est aussi la tienne ma chérie!

– Tu as raison. Dans notre famille, si soudée, il n'y a qu'une chose dont on ne parle pas. Même toi, et je sais que cela te tracasse comme tout le monde, tu n'as jamais évoqué la condition de ta sœur. Sais-tu que si personne ne l'aide elle va finir vieille fille et laisser sa beauté s'étioler. Moi qui viens d'ailleurs, je vois les choses autrement. J'aime profondément Antoinette-Emilie qui a été si gentille avec moi quand j'ai débarqué dans votre tribu et je veux la sortir de la prison où elle s'est enfermée.

– Que peux-tu faire? J'ai essayé mille fois de la raisonner, j'ai voulu l'emmener chez mes amis, lui faire rencontrer des gens mais il n'y a rien à faire. Son histoire manquée, heureusement d'ailleurs, semble lui coller inexorablement à la peau.

– Figure-toi que j'ai une idée. Elle va te paraître insensée mais elle mérite d'être envisagée. A son âge et étant donné les circonstances, Antoinette-Emilie ne se mariera pas par amour.

– Sans doute mais alors...

– N'as-tu jamais pensé qu'au-dessus de nos têtes, chez les Caumont, un homme très bien vit à peu près les mêmes incertitudes?

– Quoi? Tu penses à Jean? Mais ils ont été élevés ensemble, ils sont comme frère et sœur. On ne se marie pas entre cousins!

– C'est à voir, mais le cas ne se pose pas vraiment. Vous l'avez tous oublié : par le sang, Jean et Antoinette-Emilie ne sont rien l'un pour l'autre puisque Ethis n'est que le fils adoptif d'Antoinette!

Bertrand restait muet. Il regardait Louise avec étonnement, comme si elle venait de lui faire une révélation fantastique. Il finit par dire :

– Tu as raison mais cela ne résout pas le problème. S'ils avaient voulu s'épouser il y a longtemps qu'ils l'auraient fait. Et puis, tu disposes de deux êtres comme s'ils étaient d'accord. Rien ne prouve, je suis même sûr du contraire, qu'ils ont envie de vivre ensemble. Si quelqu'un t'avait proposé un marché comme celui-là, car il s'agit bien d'un marché, je vois d'ici la façon dont tu l'aurais reçu!

– Quand je t'ai rencontré sûrement, mais si je n'étais pas mariée aujourd'hui, à trente ans, je ne sais pas si je refuserais de m'intéresser à un beau garçon dont je connaîtrais les qualités et que j'aimerais déjà d'une affection profonde. Tu ne connais parmi tes proches, à commencer par nous, que des couples qui se sont unis par amour; mais quand la rencontre idéale ne se produit pas, je suis certaine qu'il est possible, dans certaines conditions, de forcer le destin et d'atteindre un réel bonheur.

– Tu ne m'as pas convaincu... D'ailleurs, ce n'est pas moi qu'il faut convaincre!

–Si! Toi d'abord! Sinon j'abandonne. Mais je suis sûre de moi car j'ai encore un argument à opposer à ton scepticisme.

– Va ma douce, je t'écoute.

– Je connais par cœur la vie de ta grand-mère, vous me l'avez tous racontée dix fois, depuis son amour fou pour Pilâtre de Rozier jusqu'à son dernier amour pour Alexandre Lenoir. Mais, entre les deux, il y a eu sa vie, son mariage avec le baron de Valfroy qui n'a pas été dicté par un coup de cœur irrépressible mais par l'admiration, le désir d'être protégée par un homme loyal et bon... Tu me suis?

Bon! Peux-tu dire que le mariage d'Antoinette et de ton grand-père n'a pas été un mariage heureux? S'il n'avait pas eu lieu nous ne serions pas là à discuter avant de nous aimer. Je te glisse ce dernier mot à tout hasard...

– Viens, ma femme chérie. Tu es le diable en personne et je me range à tes idées, toutes tes idées! Mais nous n'avons pas parlé de Jean. Le sauvage se civilise un peu depuis quelque temps mais de là à lui faire épouser sa cousine, il y a un grand pas à franchir. Je me demande bien, madame la marieuse, comment tu vas jeter ces deux-là dans les bras l'un de l'autre!

– Et si ce benêt de Jean était resté célibataire parce qu'il aime sa cousine et qu'il n'a jamais osé le dire? Cela n'est qu'une hypothèse mais je l'ai bien observé et je pense qu'il ne sera pas trop difficile à convaincre.

– Arrête! J'ai l'impression que tu me racontes un roman de Mme Sand!

Ce soir-là, la chandelle resta allumée tard dans la chambre du troisième. Avant de s'endormir, Bertrand alla voir si la petite Elisabeth dormait bien puis il revint s'allonger près de Louise qui souriait, perdue dans ses pensées :

– Tu es tout de même une drôle de bonne femme, madame Valfroy! Sais-tu à qui tu me fais penser?

– A qui donc, monsieur mon mari?

– A Antoinette! Ma grand-mère, seule, aurait été capable d'avoir une idée aussi surprenante et de s'attacher avec obstination à la faire réussir.

– Quelqu'un m'a déjà dit cela peu de temps après notre mariage. Il a ajouté, j'ose à peine te le répéter, que j'étais la femme forte de la famille et qu'il comptait sur moi pour veiller sur son avenir et son bonheur. Tu l'as deviné, c'est ton père.

– Cela ne m'étonne pas, il t'adore. Et il t'admire...

– Tu vois, s'il ne m'avait rien dit, je ne me serais

sans doute jamais mêlée de cette histoire. J'aurais
laissé les choses aller, comme vous...

– Tu n'as pas encore réussi... Mais en t'écoutant,
je me suis convaincu que ton projet n'est pas si fou
qu'il ne paraît.

– C'est vrai, je ne suis sûre de rien mais cela me
passionne de tenter le bonheur. Je ne te demande
qu'une chose : le secret. Il faut me laisser agir seule.
Si quelqu'un d'autre s'en mêle, l'échec est assuré,
avec tout ce que cet échec causera de malentendus,
de rancunes et d'amertume. Mon plan est simple : je
dois arriver à persuader Jean et Antoinette-Emilie
que l'idée de se marier vient d'eux. Mon rôle sera
terminé le jour où ils annonceront eux-mêmes leur
projet. Personne en dehors de toi ne doit savoir la
part que j'y aurai prise!

– Sois tranquille mon amour, je saurai me taire et,
si j'étais croyant, je prierais pour que tu réussisses!

Et la vie continua place d'Aligre, avec ses habitudes si bien ancrées qu'on pouvait penser que rien n'y
changerait jamais. En dehors de la politique dont les
hommes suivaient l'humeur chaotique à travers les
journaux, des fêtes, des défilés venaient parfois mettre un peu de fantaisie dans la suite des jours. Ainsi,
l'inauguration de la colonne de la Bastille amena-
t-elle tout le Faubourg et les quartiers avoisinants
sur la place, noire de monde depuis les premières
heures du matin. La famille avait décidé d'accompagner Elisabeth à cette cérémonie à laquelle l'enfant
attachait beaucoup d'importance puisque, comme on
le lui avait si souvent répété, la colonne commencée
sept ans auparavant avait juste son âge.

Sur le coup de onze heures, tandis que les canons
tonnaient, l'architecte Duc remit la clé de la porte de
bronze qui donnait accès à l'escalier au duc d'Orléans représentant du roi. La garde nationale avec
tous ses drapeaux, les corps de troupe casernés dans
les environs de Paris entouraient la colonne de
bronze mais le public n'avait d'yeux que pour le

génie doré qui, là-haut, s'envolait pour la Liberté.
On avait monté la statue de Dumont au sommet de
la colonne dans le plus grand secret, puis on l'avait
recouverte d'un grand drapeau tricolore. Le peuple
de Paris et Elisabeth découvraient donc ce matin-là
le génie de la Liberté qui se démenait à 52 mètres du
sol. Tout le monde l'appelait déjà « le génie de la
Bastille ».

Une marche funèbre annonça l'arrivée des chars
qui portaient les 504 victimes de la révolution de
1830. Une partie de ces corps avaient été inhumés
dans des fosses communes creusées dans les jardins
du Louvre, le long de la colonnade de Perrault. Sous
Charles X on avait enterré à cet endroit un certain
nombre de momies rapportées par Bonaparte et que
l'humidité du musée avait décomposées. Un journaliste, rappelant ce détail, écrivait que des ossements
des contemporains de Ramsès II se trouvaient
mélangés à ceux des héros de 1830 et allaient reposer
avec eux dans la crypte creusée sous la colonne :

– Voilà, dit Bertrand, une information qui aurait
fort réjoui notre ami Alexandre Lenoir. À quelles
paraboles éblouissantes il se serait livré[1] !

Un autre événement vint peu après transformer
l'ambiance du « triangle historique du Faubourg »
demeuré pratiquement sans changement depuis
Louis XIV, celui formé par le carrefour de la grande
rue, de la rue de Montreuil et de la rue de Reuilly.
La manufacture de glaces fondée par le grand roi et
par Colbert pour combattre le monopole des verriers
de Venise cessait toute activité et devenait caserne
d'infanterie. Après la destruction, déjà oubliée, de
l'abbaye Saint-Antoine pendant la Révolution,
c'était le second coup porté par le temps et les
hommes au cœur du vieux quartier.

---

1. Dès l'année suivante, la colonne sera utilisée pour la première
fois comme mode de suicide.

Chapitre 4

LOUISE

Un soir, Ethis, après avoir fait son « tour de Faubourg » comme il disait, rentra place d'Aligre tout émoustillé.

— A moins qu'il ne se soit attardé chez la mère Briolle en compagnie de quelques vieux compagnons, père doit nous rapporter des histoires piquantes, remarqua Bertrand en s'asseyant pour le souper. Je vois cela à son sourire en coin...

— Attendez-moi! cria Marie de sa cuisine où elle retirait du feu une potée aux choux.

Quand elle fut installée à son tour et qu'Antoinette-Emilie eut commencé à remplir les assiettes avec la grande louche de bois qui avait servi tant de soupes et de ragoûts qu'elle conservait, même lavée à grande eau, une odeur suave très particulière, Ethis, ménageant ses effets, commença :

— J'ai fait mon tour du côté de la Roquette et de la rue de Lappe. Savez-vous que Liénard se lance dans le meuble Renaissance? C'est un fameux dessinateur et un bon sculpteur, il m'a dit qu'il en avait assez de fabriquer des meubles plats et nus qui n'ont pas d'âme. Alors, il a entrepris de construire une salle à manger, taillée à vif dans le chêne et qui lui permet de donner libre cours à son goût pour les chimères, les mascarons et les cartouches. Je trouve pour ma part cela un peu lourd mais si la clientèle marche, on n'a pas fini de faire de la fausse Renaissance, d'asseoir nos tables sur des sphinx ou des lions griffus et nos fesses sur des sièges à dossiers plus hauts que la tête comme on n'en voit même plus dans les châteaux! Ce n'est pas notre genre mais il ne faut rien négliger. Ouvrez l'œil, mes enfants.

– Il n'y a pas que Liénard, dit Jean Caumont. Schmidt de la rue Traversière s'est converti aussi à ce genre de meubles qu'il baptise de « style Henri II »!

– Et tu ne nous en as pas parlé? Ma parole, si je ne vais pas moi-même fureter dans les ateliers on ne sera jamais au courant des nouveautés[1]!

– Voilà qui est intéressant, dit Bertrand, mais je te connais bien, tu as rapporté de ta promenade autre chose que des cariatides et des attributs de chasse sculptés dans la masse.

– Oui. Devinez à quoi travaille le fils Lemarchand depuis hier?

– Sûrement à quelque chose d'extraordinaire, hasarda Louise sans se compromettre.

– Et sûrement à un chef-d'œuvre, continua Emmanuel, car c'est un fameux ébéniste!

Les Lemarchand étaient l'une des plus anciennes familles du Faubourg. Le père, Charles-Joseph, fils d'un maître de postes de Dieppe, avait fait son apprentissage à Paris et passé sa maîtrise à la veille de la Révolution. Marié à la fille d'un marchand épinglier assez fortuné il avait pu s'établir et créer un atelier qui, en peu d'années, avait acquis une belle notoriété. Sans obtenir de facilités du Garde-meuble il avait été, sous l'Empire, l'un des ébénistes les plus connus de Paris. Murat lui avait passé commande d'un grand bureau plat en acajou orné de bronzes dorés, hélas! un peu tard pour qu'il puisse être livré à son destinataire.

_____

1. Le buffet Henri II avait en effet de beaux jours devant lui et les ébénistes du Faubourg allaient, durant plus de cinquante ans, le construire en série et à tous les prix.

Bien que plus jeune de vingt ans, son fils Louis-Edouard qui avait pris la succession de son père mort en 1826 était un ami d'Ethis. Les deux hommes avaient bien des points communs, à commencer par l'enthousiasme et le goût de l'action. Enfant, Edouard ne se lassait pas d'écouter Ethis lui raconter la Révolution :

– J'ai été trop jeune pour tout, disait-il. J'ai manqué 89 et la grande aventure napoléonienne mais je réaliserai une partie de mon rêve : combattre pour l'Empereur. Dès que j'aurai l'âge, je m'engagerai!

Son père l'avait placé dans une école d'architecture mais, toujours tenté par la carrière des armes, il était entré en 1813 à l'école militaire de Saint-Cyr, juste à temps pour aller dix-huit mois plus tard se battre à Ligny, voir Napoléon écraser Blücher et se faire décorer sur le champ de bataille. C'était, hélas! quarante-huit heures avant Waterloo. Il préféra alors remettre sa démission de sous-lieutenant au 29e léger et aider son père à l'atelier.

Cette aventure ne pouvait que plaire à Ethis et le rapprocher d'Edouard qui, désormais, avait décidé de se consacrer à son métier avec le même enthousiasme que celui qui l'avait conduit au combat. Il s'était révélé un remarquable ébéniste et un bon homme d'affaires, qualités qui l'avaient vite placé parmi les bons fabricants du Faubourg.

– Et alors? demanda Antoinette-Emilie. Que fait donc Edouard de si extraordinaire?

Ethis se fit prier encore un peu puis lâcha sa nouvelle :

– Lemarchand a été choisi par le ministère de la Guerre pour construire le cercueil de l'Empereur!

La stupéfaction et l'incrédulité se lurent sur tous les visages :

– Qu'est-ce que tu nous racontes, père? demanda Bertrand. Napoléon est enterré depuis près de vingt ans dans l'île de Sainte-Hélène. On ne va pas, je pense, le changer de cercueil...

– Si, fils incrédule. La nouvelle demeure encore secrète mais, en accord avec l'Angleterre, le gouvernement a décidé le retour du corps de l'Empereur à Paris où des funérailles grandioses lui seront faites. Dans moins de dix jours, le prince de Joinville[1] prendra la mer à bord d'un navire de la Royale pour présider à l'exhumation et à la translation des restes de Napoléon. Le bateau emportera le cercueil dans lequel seront déposées les cendres.

– Curieuse situation que celle d'Edouard Lemarchand! dit Bertrand. Sous-lieutenant l'espace d'une bataille et appelé à ajuster les planches du cercueil de son idole... Encore une fois : Alexandre Lenoir eût aimé disserter sur cette destinée un peu macabre mais extraordinaire!

Ethis avait été l'un des premiers prévenus mais, dès le lendemain, l'affaire du cercueil était le secret de polichinelle. De tous les ateliers, cours et passages on venait voir Lemarchand travailler des planches d'ébène épaisses de cinq bons centimètres, le bois le plus dur, le plus difficile à scier et à raboter, un bois qu'on n'utilisait plus depuis longtemps qu'en feuilles de placage minces comme la lame d'un couteau et dans lequel les scies laissaient toujours quelques dents.

C'est que Lemarchand y allait de bon cœur. Il avait conscience de travailler à l'œuvre de sa vie et tenait à se montrer digne de l'honneur qui lui était fait. En une nuit, car le temps pressait, la *Belle-Poule* devant appareiller à Toulon le 6 juillet, Edouard avait dessiné les plans d'une véritable œuvre d'art, un meuble aux proportions parfaites dont les moulures, creusées dans l'ébène à la doucine[2], constituaient

1. Fils du roi Louis-Philippe.
2. Sorte de rabot à lame profilée servant à « pousser les moulures ».

la seule décoration qu'il se soit permise. A tous ceux qui s'étonnaient des dimensions considérables du cercueil, l'ébéniste répondait que ce sarcophage d'ébène devait en fait contenir trois autres caisses mortuaires, l'une en fer-blanc soudé contenant le corps, une seconde en bois enfermée elle-même dans une enveloppe de plomb.

Les artisans et les amis du Faubourg n'étaient pas les seuls visiteurs qui se succédaient dans l'atelier de la rue des Tournelles. Les fonctionnaires du ministère venaient régulièrement constater l'avancement du travail. Le dernier jour, le prince de Joinville qui allait commander la *Belle-Poule* et le comte Philippe de Rohan-Chabot, commissaire du gouvernement délégué à l'exhumation et au transfert des restes de Napoléon, vinrent à leur tour apprécier la qualité du coffre historique. Ils félicitèrent chaleureusement Lemarchand :

– Vous avez fait, monsieur, le chef-d'œuvre qu'on attendait de vous, un meuble qui sans doute n'entre pas dans le lot de vos commandes habituelles...

– Monseigneur, je n'ai construit, avant celui de l'Empereur, qu'un autre cercueil : celui de mon père. Mais... votre bonté m'encourage à vous présenter une requête...

– Faites, mon brave, vous méritez qu'on vous récompense.

– Oh! Monseigneur, je ne demande rien d'autre que le remboursement du bois d'ébène. Jamais je n'accepterai d'être payé ou récompensé pour avoir exécuté le travail qui demeurera l'honneur de ma famille. Mon souhait est d'un autre ordre. C'est d'ailleurs celui de M. Victor Hugo qui est venu hier en voisin[1]. Il a apprécié ce que j'ai fait, m'a dit qu'il aimait lui-même travailler le bois et m'a questionné sur mes assemblages à tenons croisés. Puis, lorsqu'il

---

1. Victor Hugo habitait à cette époque place des Vosges, tout près de la Bastille. L'anecdote de l'inscription est authentique.

a aperçu l'inscription sur le couvercle, il s'est exclamé : « Qu'est-ce que cela? Du cuivre doré pour Napoléon? Des lettres d'or, des lettres d'or, ce n'est pas trop pour lui! » Eh bien, monseigneur, la dévotion que je porte à l'Empereur me pousse à vous dire que M. Hugo a raison. Moi aussi, je vous demande des lettres d'or!

Le prince sourit, se tourna vers Rohan-Chabot et lui dit :

– Je crois que le gouvernement de la France peut consentir à ce sacrifice, mais il faut faire vite car nous partons après-demain pour Toulon.

Edouard remercia et ajouta :

– Je connais un orfèvre, rue de Sévigné, capable d'exécuter ce travail en moins de deux jours. Mais il faudra lui avancer le prix de l'or car je ne pense pas qu'il puisse attendre le remboursement du ministère.

– Votre orfèvre aura son or dès ce soir, j'en fais mon affaire.

– Une dernière question, monseigneur : ne pourrais-je accompagner votre mission jusqu'à Sainte-Hélène afin de parer à d'éventuelles difficultés et, en tout cas, procéder à la fermeture du cercueil?

– Hélas, mon brave! Ce n'est pas possible. Les pompes funèbres de Toulon ont déjà tout prévu. Elles achèvent en ce moment l'installation d'une chapelle ardente à bord de la *Belle-Poule*[1].

Sans celui qui l'avait construit mais garni des huit lettres d'or impériales qui éclataient sur l'ébène comme des joyaux sur le velours d'un présentoir de joaillier, le cercueil quitta le Faubourg dans un fourgon de l'armée pour gagner Toulon, Sainte-Croix de Tenerife, le cap de Bonne-Espérance et,

1. Sur l'expédition de la *Belle-Poule*, l'exhumation du corps de l'Empereur et le retour en France, voir *Les Cinq Cercueils de l'Empereur*, souvenirs du comte de Rohan-Chabot, retrouvés et présentés par René de Chambrun, Ed. France-Empire.

enfin, l'île de Sainte-Hélène où la *Belle-Poule* et son escorte, la *Favorite,* arrivèrent le 8 octobre. Mission accomplie, la dépouille de Napoléon, miraculeusement conservée dans l'uniforme de chasseurs de la garde barré par le Grand Cordon de la Légion d'honneur, reprenait dès le 18 le chemin de la France.

Edouard Lemarchand devait revoir un court instant son cercueil le jour des funérailles de l'Empereur, le 15 décembre. Il avait pu obtenir une place sur l'un des immenses échafaudages dressés sur l'esplanade des Invalides, mais, là, il n'aurait vu, comme tous les Parisiens massés sur le parcours malgré le froid, qu'une fabuleuse cavalcade de maréchaux et d'officiers, de chevaux caparaçonnés et de drapeaux entourant le char funèbre, une énorme masse pyramidale de douze mètres de long que recouvrait un crêpe violet soutaché d'abeilles d'or.

Comment apercevoir son chef-d'œuvre enfoui sous les draperies et les étendards pris à l'ennemi? Edouard, jouant du coude et des épaules, réussit, malgré les protestations, à se faufiler et à s'approcher de la grille où le char, trop haut pour passer, avait dû s'arrêter. Là, entre deux têtes, il entrevit le cercueil au moment où un groupe de matelots de la *Belle-Poule* descendaient le fardeau sacré pour le porter dans l'église Saint-Louis-des-Invalides. Qui, dans cette foule immense, aurait pu imaginer que cet homme anonyme, emmitouflé dans un vieux manteau et qui essuyait une larme sur son visage, était pour quelque chose dans ce fabuleux spectacle? Pour lui, c'était fini, la lente procession des marins venait de pénétrer dans l'église où attendaient le roi, la reine, les princes, Mgr Affre, évêque de Paris et tous les dignitaires du royaume. Le reste, il l'apprendrait le lendemain par les journaux.

Tous les quotidiens, même les feuilles républicaines et légitimistes, consacrèrent en effet une ou plusieurs pages au compte rendu de la cérémonie.

Edouard Lemarchand lut ainsi que l'arrivée du cercueil, précédé par le prince de Joinville sabre au clair, et son exposition sur le catafalque avaient produit une émotion considérable dans l'église. *Le Moniteur* reproduisait ce dialogue pompeux entre Joinville et son père : « Sire, je vous présente le corps de l'empereur Napoléon. – Je le reçois au nom de la France. »

Et Louis-Philippe ajouta en s'adressant à Bertrand : « Général, déposez sur le cercueil la glorieuse épée de l'Empereur. »

Puis à Gourgaud : « Général, déposez sur le cercueil le chapeau de l'Empereur. »

Une heure plus tard, la cérémonie était terminée, Napoléon reposait sur la terre de France et le char vide était conduit sous l'arc de l'Etoile où le peuple vint admirer de près, durant plusieurs jours, l'ultime vestige de la grandeur napoléonienne.

Louise avait hésité longtemps après sa conversation avec Bertrand. Chaque fois qu'elle réfléchissait à son projet, de nouvelles raisons de ne rien faire lui venaient à l'esprit, et puis l'affection profonde qu'elle portait à Antoinette-Emilie et à Jean, aiguisée par l'attrait d'un jeu qui lui permettrait de mesurer son pouvoir personnel, reprenait le dessus. Elle n'avait pas connu Antoinette mais c'est à elle, à son intelligence, à son esprit de décision et à sa force qu'elle se référait. « A ma place, il y a longtemps qu'elle aurait arrangé cette affaire de bon sens familial. Les risques, somme toute, ne sont pas bien graves... Manquerais-tu de courage ma fille? »

Enfin, un jour où elle se trouvait seule avec Antoinette-Emilie en train de tricoter, elle se décida à agir. Oubliant toutes les belles phrases qu'elle avait mûries soir après soir en s'endormant, elle dit doucement à sa belle-sœur :

– Tu ne trouves pas que ce serait plus gai de tricoter pour un nouveau-né?

Antoinette lâcha son aiguille et la regarda étonnée :

– Si, bien sûr. Tu attends un bébé?

– Non, tu sais bien qu'après mon accident il est à peu près certain que je n'aurai pas d'autre enfant. C'est à toi que je pensais. Tes parents vieillissent, les Caumont aussi et la famille va s'étioler... Tu devrais y songer et nous faire un beau garçon!

Antoinette-Emilie rougit, ne répondit pas tout de suite puis se mit presque en colère :

– Il faut être deux pour faire un enfant et tu vois bien que du train où va la vie je suis prête à finir vieille fille. Si toi aussi tu te mets à me le reprocher!

– Ne te fâche pas, ma chérie. Je te dis cela parce que je sens que tu es en train de gâcher ton existence. Tu ne m'as jamais fait de confidences mais je sais que tu as souffert d'un amour malheureux. Et alors? Tu crois que tu es la première? Je te parle aussi parce que j'ai l'impression que le bonheur te frôle tous les jours et que tu ne veux pas t'en apercevoir. Pourquoi ce gâchis?

– Qu'est-ce que tu me racontes là! Je sais bien que mon cœur est désespérément vide, que je n'y peux rien, ni toi non plus. Alors, je t'en prie, parlons d'autre chose.

– Sais-tu que quelqu'un qui vit près de toi est malheureux plus que toi, et qu'il pourrait en une seconde devenir un homme comblé?

– A qui penses-tu? Tout de même pas à Jean! Je vois bien qu'il supporte mal sa vie. Cela me chagrine car Jean c'est mon frère. Nous avons toujours vécu l'un près de l'autre et je l'aime...

– Tu l'aimes?

– Ne joue pas sur les mots. Je te dis que c'est mon frère et que je l'aime comme un frère. Et lui m'aime de la même façon. C'est vrai qu'il n'est pas mon frère mais mon cousin germain, c'est pareil...

– Il est ton cousin pour l'état civil, en fait aucun lien du sang ne vous lie. Mais cela est une autre affaire. Puisque tu veux que je mette les points sur les « i », j'ai la conviction que sans se l'avouer à lui-même, Jean te voue un amour qu'il croit impossible. Alors il se tait, se complaît dans l'isolement en attendant peut-être de se jeter un jour dans les bras de n'importe quelle bonne femme et de commettre la plus grosse bêtise de sa vie. Voilà, je t'ai dit ce que je crois être la vérité, sans arrière-pensée, sans autre but que de te voir heureuse. Réfléchis à notre conversation qui est née comme ça, sur une maille qui a sauté dans mon tricot. Je te jure que je ne te reparlerai plus jamais de ta vie personnelle dont tu peux et dois seule décider. Tu aurais très bien pu me répondre qu'elle ne me regarde pas et tu aurais eu raison.

Le soir, Louise fit un récit complet de la conversation à Bertrand qui se contenta de hocher la tête et de demander :

– Et alors? Que va faire Antoinette-Emilie? Crois-tu avoir réussi? As-tu l'impression qu'elle éprouve quelque attirance pour Jean?

– Je n'en sais rien. J'ai semé une graine. Va-t-elle germer? Maintenant, il faut que je parle à Jean sans attendre. Bonsoir mon amour, fais de beaux rêves.

Le lendemain, comme par hasard, Louise après le repas de midi se rappela que la fenêtre de sa chambre fermait mal.

– Jean, veux-tu monter voir? Je me suis gelée toute la nuit avec le froid qu'il fait dehors. Tu sais que Bertrand, tout bon ébéniste qu'il est, est incapable de planter un clou dans la maison. Je mets ma santé entre tes mains expertes.

– Bien sûr que je viens. Je vais essayer de te réparer cela en moins de temps qu'il n'en faut pour le dire.

Quand ils furent dans le logement du troisième où couchaient les jeunes Valfroy, Louise s'assit sur le lit et dit :

— Tiens, mets-toi dans le fauteuil. La fenêtre ferme très bien mais je voulais te parler un moment tranquillement. Dans cette maison on a toujours tout le monde sur le dos.

— Quel mystère! Que puis-je faire pour toi ma belle Louise sinon réparer ta croisée?

— Pour moi rien mais pour toi tout. Figure-toi que tu nous inquiètes beaucoup. Tu n'es pas heureux et cela se voit.

— Je te vois venir. Tu vas me dire de me marier. Les parents me répètent cela à longueur d'année et plus on me parle de mariage moins j'ai envie de chercher l'âme sœur, comme on dit. Chercher l'âme sœur! Comme si une âme sœur ça se trouvait dans la première boutique venue!

— Et si tu la connaissais cette âme sœur?

— Il me semble que je le saurais.

— Pas si sûr Jean. Tu sais que, souvent, on ne trouve pas un objet placé trop en évidence. Rappelle-toi, combien de fois as-tu cherché une gouge qui était posée devant toi, sur ton établi?

— Je te jure que je n'ai aucune femme couchée sur mon établi!

Ils éclatèrent de rire et Louise pensa que c'était de bon augure.

— Jean, continua-t-elle, n'as-tu pas remarqué que depuis quelque temps Antoinette-Emilie était morose? Je ne sais pas l'effet que cela te fait mais, moi, j'ai de la peine à la voir s'étioler. Elle est si belle, si fine, si intelligente...

— C'est vrai! Elle m'attriste. J'aimerais tellement la voir heureuse!

— La voir ou la rendre heureuse?

— Si seulement je le pouvais! Je la connais depuis toujours et l'aime profondément. Tu vois, Louise, si elle était la fille de n'importe quel ébéniste du

Faubourg, il y a longtemps que je l'aurais demandée en mariage !

Louise ferma les yeux et respira : « Ouf ! pensa-t-elle, je crois que j'ai vu juste. Je n'ai pas encore gagné mais presque. Elle n'attendit pas qu'il lui objecte son degré de parenté avec Antoinette et lui rappela qu'Ethis avait autrefois été adopté.

— Jamais je n'oserai dire que j'aime Antoinette-Emilie à la famille. Encore moins à elle. D'ailleurs, elle ne m'a jamais montré qu'elle éprouvait pour moi d'autres sentiments que ceux qu'on porte normalement à un frère.

— Si elle raisonne comme toi cela ne m'étonne pas ! A ta place, j'essayerais d'y réfléchir tranquillement et de décider, seul, ce que tu dois faire. Peut-être qu'un mot, un geste, un regard permettrait de vous rendre heureux, de clarifier en une seconde cette situation absurde que vous croyez tous les deux sans issue. Voilà, j'ai fini, tant mieux, si j'ai pu t'ouvrir les yeux !

La transformation de la manufacture de glaces en caserne d'infanterie avait sensiblement modifié l'atmosphère du Faubourg. De la diane à l'extinction des feux, le clairon ponctuait maintenant la vie des alentours et les soldats en balade donnaient à la rue un petit air de fête. Quand le régiment sortait, drapeau en tête, les gosses se ruaient rue de Reuilly pour voir défiler les lignards et applaudir la musique. Ce n'était pourtant pas ses fantassins, adoptés tout de suite par le vieux quartier révolutionnaire et cocardier, qu'attendaient le matin du 13 septembre 1841 les badauds massés le long du Faubourg. Ce jour-là, le 17e régiment d'infanterie légère qui menait depuis sept ans la campagne d'Algérie faisait sa rentrée à Paris par le faubourg Saint-Antoine. Vers une heure, Bertrand et Emmanuel Caumont qui retournaient à l'atelier, se joignirent à la foule. Une musique encore lointaine arrivait par moments avec les coups de vent de la place du Trône et l'on commençait à entrevoir, sur le milieu de la chaussée, une tache mouvante et colorée qui se dirigeait vers la Bastille.

— Curieux peuple tout de même que celui de notre vieux Faubourg, glissa Bertrand à l'oreille de son oncle. Prêt demain à se battre contre l'armée derrière une barricade dressée sur l'ordre d'un excité, ils applaudissent aujourd'hui les héros d'une conquête, qui, par ailleurs, les laisse complètement froids. Tiens, les voilà et c'est le duc d'Aumale qui est à la tête de son régiment.

Soudain, au moment où les premiers éléments atteignaient l'angle du Faubourg et de la rue Traversière, un coup de feu éclata et le cheval d'un colonel qui escortait le duc d'Aumale s'écroula sous lui. L'homme qui avait tiré se trouvait à quelques mètres des deux ébénistes. Il avait manqué son coup et sans avoir le temps d'en tirer un second se trouvait désarmé, arrêté et sérieusement malmené par les ouvriers du bois qui s'étaient arrêtés pour assister au défilé. Beaucoup d'entre eux ne portaient pas Louis-Philippe dans leur cœur mais tous réprouvaient une tentative d'assassinat sur le jeune prince qui n'avait rien fait pour s'attirer la haine des partis.

Cette affaire passionna le quartier durant quelques jours. On apprit par la presse que l'auteur de l'attentat se nommait Quénisset mais qu'il se faisait parfois appeler Papard. C'était un ancien du 15e léger condamné à trois années de fers pour rébellion et qui s'était évadé. Parmi ses complices arrêtés, car il s'agissait d'un complot, on eut la surprise de trouver le journaliste Dupoty, rédacteur en chef du *Peuple*.

C'est dans cette atmosphère cocardière qu'éclata la nouvelle que Louise espérait tant. Manœuvrière fine et habile, elle n'avait jamais reparlé à Jean et

Antoinette-Emilie de son immixtion dans leur vie privée. A Bertrand qui s'impatientait et qui lui disait qu'elle avait manqué son affaire, elle avait répondu : « Je ne dis rien mais j'observe. Je crois que bientôt nos deux godiches vont annoncer, sur un ton de défi, qu'ils ont découvert qu'ils s'aimaient. Alors, je savourerai ma victoire et m'amuserai de la stupeur qui frappera la maison. »

Cela se passa un dimanche. La famille se mettait à table pour le repas de midi, il ne manquait que Jean et Antoinette partis chercher du pain chaud de la dernière fournée chez le boulanger de la rue de Cotte. C'était habituellement le travail d'Antoinette et Marie s'était un peu étonnée d'entendre Jean dire qu'il l'accompagnait. Tous deux semblaient très gais, Marie l'avait aussi remarqué mais n'avait pas attaché d'importance à ces deux faits. Ce n'est qu'à leur retour, alors qu'Ethis découpait les deux poulets dominicaux, dorés à point et dont le parfum embaumait tout l'escalier, qu'elle se rendit compte qu'il se passait quelque chose d'inhabituel. Les deux jeunes gens tenaient chacun une miche de pain serrée sous un bras tout en se tenant par la taille. L'ennui et la tristesse avaient fui leurs regards, ils apparaissaient transformés à la tablée familiale qui les contemplait avec étonnement. « Fais semblant d'être surpris, glissa Louise à l'oreille de Bertrand, le coup de théâtre ne va pas tarder ! »

Sans s'asseoir, son pain toujours à la main, c'est Antoinette-Emilie qui parla :

– Nous rapportons de chez le boulanger une nouvelle extraordinaire, une nouvelle comme père n'en a jamais apprise au cours de ses tournées dans le Faubourg...

– Bonne au moins ? dit Ethis, son couteau en l'air.

– Très bonne ! répondit Jean. Il aura fallu du temps pour qu'elle éclate mais c'est chose faite. Sans le savoir ou sans vouloir nous en rendre compte, nous nous aimons depuis toujours, Antoinette et moi. Vous voilà donc rassurés : il n'y aura bientôt plus de vieille fille ni de vieux garçon dans la famille! Que dites-vous de cela?

La famille ne disait rien, abasourdie par cette révélation qui était bien la dernière qu'elle attendait.

– Vous avez l'intention de vous marier? demanda sottement Caumont en regardant fixement son fils et sa nièce.

– Dame! répondit Antoinette-Emilie avec une effronterie qui plut à Louise. Nous n'allons tout de même pas vivre dans le péché!

– Mais on ne se marie pas entre cousins germains, remarqua Lucie. Je ne comprends rien à ce qui vous arrive.

Ethis, lui, avait tout compris. Le tour inattendu que prenait ce dimanche, décidément pas comme les autres, semblait le réjouir au plus haut point. Hilare, il posa enfin le couteau et s'exclama :

– Mais vous êtes tous balourds! Vous ne voyez pas qu'un grand bonheur vient de frapper à la porte de notre maison? Bien sûr qu'ils peuvent se marier! Je vais même vous dire que c'est la première fois que je ne regrette pas de n'être qu'un fils adopté, encore que cette réalité ne m'ait jamais empêché d'être heureux. Me croirez-vous si j'ajoute que j'ai souvent pensé à cette union? Je n'en ai jamais rien dit à personne car je sais qu'il est parfois dangereux de vouloir forcer le destin. Je ne sais pas ce qui a poussé enfin! ces deux-là à voir clair dans leur vie mais je m'en réjouis. La famille s'agrandit dans son propre cercle, voilà encore une raison supplémentaire d'être contents : on ne tombe pas toujours sur une Louise!

Il eut à ce moment-là un regard furtif et complice pour sa belle-fille. Louise lui sourit, sûre qu'Ethis avait deviné qu'il avait fallu donner un coup de

pouce à la providence et qu'elle n'était pas étrangère
à ce geste délicat.

L'atmosphère s'était dégelée et les poulets refroi-
dis :

— Tiens, la fiancée, lança Ethis, va donc remettre
ces deux bestioles au four pendant quelques minutes.
Ce n'est pas parce que vous avez décidé de vous
marier qu'on doit manger froid.

L'émotion avait été trop forte pour que le repas,
commencé par une scène que n'eût pas désavouée M.
Scribe, se déroulât dans la franche gaieté d'un dîner
de fiançailles. Marie s'essuyait sans cesse les yeux,
Lucie Caumont pleurait franchement et Ethis, plus
touché qu'il ne voulait le laisser croire, bafouillait en
expliquant à son vieux complice Emmanuel Caumont, bien près des larmes lui aussi, pourquoi le
mariage était non seulement possible mais tout à fait
raisonnable. Seuls Antoinette-Emilie et Jean qui ne
s'étaient pour ainsi dire jamais quittés depuis leur
naissance paraissaient avoir des choses urgentes à se
confier à mi-voix, imités par Louise et Bertrand qui
se chuchotaient à l'oreille des confidences qui les
faisaient à chaque instant pouffer.

— Tu es vraiment trop maligne, disait Bertrand. Il
va falloir que je me méfie!

— Tout s'est déroulé comme je l'avais prévu, c'est
vrai, mais avoue que j'ai été habile... Seul Ethis a, je
crois, percé le secret. S'il en est ainsi, il m'en
parlera.

— Les fiancés non plus n'ont pas été mal. Tu vois,
ils ne sont pas aussi cruches qu'on le pensait.
Crois-tu qu'ils te diront un mot.

— Ce n'est pas sûr. Ils ont sans doute oublié mes
prudentes suggestions et sont persuadés d'avoir
résolu leurs difficultés tout seuls. C'est mieux
ainsi...

Le lendemain, la surprise passée, les doutes estom-
pés et la réalité acceptée, on commença à parler du

mariage. « Pas question, avait dit Jean qui décidément prenait de l'autorité, de faire un mariage à
grand tralala[1]. Puisqu'il s'agit, et comment! d'une
affaire de famille, restons en famille! »

Finalement, le seul problème que posaient ces
noces au foyer était le logement des nouveaux
époux. Il existait bien au troisième étage de la
maison de la place d'Aligre, à côté de celui occupé
par Bertrand et Louise, un logement de deux pièces
mais le fils Pelet demeuré propriétaire de l'étage
refusait de le louer. Il voulait le vendre en même
temps que les pièces voisines.

— Si nous achetons, dit Ethis, nous aurons toute la
maison à nous. Plus de loyer à payer pour Bertrand
et la liberté de nous installer comme il nous plaira.

— Avons-nous de quoi? demanda Marie. Je sais
que nous avons gagné pas mal d'argent ces derniers
temps mais...

— Mais il faut choisir, dit Caumont. Le petit
capital amassé doit, vous le savez, être utilisé à
changer nos machines et surtout à acheter une
toupie[2].

— La question est bien posée, dit Bertrand. Moi, je
crois qu'il faut avant tout penser à l'important. Et
l'important c'est le logement d'Antoinette et de
Jean! Les machines sont vieilles, usées, c'est vrai,
mais elles tournent. On pourra se débrouiller avec
elles encore quelque temps. Pour la toupie, achetons-
la à crédit. Les fabricants se livrent une concurrence
acharnée et je me fais fort d'obtenir toutes les
facilités que nous voudrons.

— Je travaillerai un peu plus, dit Jean. Et je
connais bien notre vieille scie mécanique, elle peut
tenir pour les bois que nous travaillons.

1. Mot venu d'une chanson. A la mode depuis 1833.
2. Machine à bois rotative destinée en particulier à faire les
moulures.

– Alors, qu'en penses-tu, Emmanuel? demanda Ethis.

– Je crois que si nous travaillons une heure de plus chaque jour nous pourrons bientôt posséder et la maison et les machines.

– C'est mon avis, conclut Ethis. J'irai voir demain ce vieux grigou de propriétaire.

Ainsi s'acheva dans le bonheur, au début de l'an 1842, la première partie de l'histoire de Jean et d'Antoinette-Emilie.

Personne en ce début de siècle ne menaçait les frontières et, si l'on excepte les petites unités engagées dans la campagne d'Algérie, l'armée française coulait des jours sans gloire mais sans danger. Comme il fallait bien occuper les états-majors partagés dans leur désœuvrement entre la nostalgie des triomphes napoléoniens et le douloureux souvenir de l'invasion de 1815, on avait constitué une commission de la défense du royaume. Les stratèges, hélas! n'avaient rien appris du grand homme et préférèrent se référer à Vauban en décidant d'entourer Paris d'une enceinte de 39 kilomètres divisée en 94 bastions. Ces travaux considérables dont l'utilité et l'efficacité étaient fort controversées coûtaient une fortune que les pauvres et les gens modestes auraient préféré voir consacrer à l'aide charitable et au soutien de la petite industrie. Dans le Faubourg, on avait déjà donné un nom à ce fossé serpentin : « les fortifs ».

Bertrand, qui continuait d'écrire son journal « pour garder la main », disait-il, et qui avait consacré de longues pages au mariage de Jean et d'Antoinette, avait, outre les murs d'escarpe de Paris, maints sujets à se mettre sous la plume : la réception de Victor Hugo à l'Académie française; la visite aux Tuileries de M. Daguerre, inventeur d'un procédé magique qui permettait de réaliser le portrait d'un homme en quelques instants sans avoir recours au dessin et à la peinture[1]; l'ouverture du Salon où Eugène Delacroix exposait *La Noce juive* et Léon Riesener sa *Léda*; la visite au jardin des Plantes avec Elisabeth pour lui montrer la panthère noire et l'autruche qui venaient d'y être admises...

Pas de tragédies dans ce catalogue fidèle de la vie quotidienne. Le drame, hélas! survint l'année suivante, un drame qui endeuilla la France entière et qui n'épargna pas la famille Valfroy. Dès la soirée du dimanche 8 mai, le bruit courait dans le Faubourg qu'un épouvantable accident de chemin de fer s'était produit peu après six heures à la station de Bellevue mais ce n'est que le lendemain qu'on apprit les circonstances de la catastrophe.

Un convoi direct venant de Versailles, composé de six wagons et de cinq diligences[2] et tiré par deux « remorqueurs », le *Mathieu-Murray* et l'*Eclair* avait déraillé à la suite de la rupture d'un essieu de la première locomotive. La seconde, l'*Eclair,* projetée sur l'obstacle fumant, avait entraîné dans le chaos d'où fusait la vapeur et les flammes quatre diligences aussitôt réduites en débris et dévorées par l'incendie qui s'était déclenché. Le journaliste du *Siècle* faisait un récit apocalyptique de l'accident :

« Les premiers témoins ont appelé du secours mais les gardes de la station se sont trouvés devant un véritable bûcher d'où sortaient des plaintes, des gémissements, des appels au secours auxquels les flammes empêchaient de répondre. Les diligences dont on ne pouvait ouvrir les portes fermées étaient pleines de familles qui avaient été admirer les premières grandes eaux du printemps dans les jardins de Versailles. Tous ces gens, joyeux une minute auparavant, brûlaient, torches vivantes, dans leurs habits de

1. Louis-Philippe s'est fait daguerréotyper dans la cour, « la face tournée du côté du soleil et les bras croisés sur la poitrine ». L'opération a duré 3 minutes.
2. Le nom de diligences était resté pour désigner les premiers wagons de première classe.

fête. On retirait bien çà et là, en prenant de gros
risques, quelques corps mutilés mais il était impossible de s'avancer plus avant dans le brasier.

« Tout ce qui a pu être sauvé, on l'a sauvé, et
dans cette lutte contre la mort, il y eu des prodiges
de courage et de dévouement. Sur deux chauffeurs et
deux machinistes, un seul a été retrouvé vivant. Leur
chef qui se tenait sur le *Mathieu-Murray* a disparu, il
laisse une femme et cinq enfants.

« On déplore 59 morts et 109 blessés plus ou
moins grièvement. Parmi les morts se trouvent le
contre-amiral Dumont d'Urville, sa femme et son
fils. L'infortuné navigateur qui a échappé aux tempêtes sur tous les océans du monde et aux glaces
monstrueuses des régions antarctiques qu'il a découvertes (terres de Louis-Philippe, de Joinville et terre
Adélie) a donc trouvé la mort dans le feu d'un
accident de chemin de fer! Il n'était âgé que de
cinquante et un ans. »

Bertrand lisait avant de se mettre au travail cet
horrible récit dans le journal acheté en passant à la
fontaine Trogneux. Il venait de dire à Emmanuel
Caumont déjà penché sur un panneau de commode
qu'il achevait de poncer : « Tu liras ça, c'est terrible.
On aurait tous pu être brûlés vifs avec ces malheureux! Tu sais que j'ai promis à Elisabeth de l'emmener un dimanche à Versailles... » Soudain il s'exclama :

— Non, ce n'est pas possible! Louise va être très
malheureuse!

— Qu'y a-t-il? demanda Emmanuel.

— Lady Hobbouse figure parmi les victimes. Elle
est morte. On a identifié son corps grâce au collier
qu'elle portait. Tiens lis... Je vais aller prévenir
Louise, j'aime mieux lui apprendre moi-même la
nouvelle.

— Cela me fait autant de chagrin que lorsque ma
tante est morte, dit Louise qui ne pleura pas mais

devint toute pâle. Je vais prendre un coucou[1] à la Bastille et me rendre rue Montpensier.

Louise était restée en très bons termes avec son ancienne maîtresse. Lorsque lady Hobbouse séjournait à Paris, elle ne manquait jamais d'aller lui rendre visite dans son hôtel du Palais-Royal. Souvent, elle amenait la petite Elisabeth qui adorait « la belle dame anglaise qui lui faisait de si beaux cadeaux ».

Mary, la femme de chambre, était en larmes quand elle ouvrit la porte :

– C'est affreux! répétait-elle. Lady Jane était si heureuse hier matin d'aller voir jouer les grandes eaux en compagnie d'un couple d'amis anglais de passage à Paris. Ils sont morts tous les trois!

– Calmez-vous, Mary. Il ne sert de rien de pleurer. Au contraire, soyez forte, Monsieur va avoir besoin de vous. A-t-il au moins été prévenu?

– Le cocher a expédié un télégramme à lord James qui doit déjà être dans la diligence de Calais ou plutôt dans la voiture qu'il a dû louer.

– Savez-vous où ont été transportés les corps des victimes? Sont-ils toujours à Bellevue?

– L'agent de police qui est venu prévenir a dit qu'ils allaient être transférés dans une dépendance du cimetière Montparnasse transformée en chapelle ardente.

– J'y vais, mais avant donnez-moi de quoi écrire. Je vais laisser un mot pour lord Hobbouse et lui donner mon adresse. Dites-lui bien que je suis passée et que je suis à sa disposition.

Louise revint place d'Aligre toute bouleversée. On ne lui avait pas permis de voir le corps, complètement carbonisé comme celui des autres victimes. Enveloppé dans un linceul à peine plus grand qu'une serviette, il était, au dire du gardien, complètement

---

1. Fiacre rustique et peu confortable. Les conducteurs de coucous de la station de la Bastille avaient piètre réputation.

méconnaissable, desséché, réduit par l'action du feu à l'état d'une momie d'enfant.

C'était en France le premier accident grave de chemin de fer. Déjà, les journaux soulevaient le problème de la sécurité posé par le nouveau moyen de locomotion. Très en retard sur l'Angleterre et l'Amérique, la France allait-elle devenir le pays où le rail serait le plus meurtrier? Les diligences, voitures de première classe, avaient toutes été pulvérisées et brûlées. Les rescapés étaient des voyageurs de troisième dont les wagons étaient en queue. « Il valait mieux ne pas être riche en montant dimanche soir dans le chemin de fer de Versailles! » écrivit *Le Journal des Débats*.

Un mois plus tard, Louise reçut une lettre pleine de tristesse de lord Hobbouse qui la remerciait de l'aide qu'elle lui avait apportée dans le moment le plus dramatique de sa vie. « Lady Jane vous aimait beaucoup, écrivait-il, et elle a pensé à vous en faisant son testament peu avant l'accident. Elle vous a légué la somme de cinq mille livres sterling. Mon notaire se mettra en rapport avec vous à ce sujet. »

Emue aux larmes, Louise tendit la lettre à Bertrand :

— Tu vois, cette femme aurait pu me considérer comme une simple personne travaillant à son service et m'oublier. Mais elle aura été la clé de voûte de mon bonheur. Sans elle, je ne t'aurais jamais connu et voilà qu'aujourd'hui elle nous fait, de l'au-delà, un cadeau royal! J'ai presque du scrupule à accepter ce don providentiel...

— Tu as dit « presque », heureusement! C'est vrai lady Hobbouse était une femme bonne et généreuse mais tu dois aussi te dire que ta tante et toi avez été pour elle une compagnie fidèle et dévouée. Ainsi j'ai épousé une femme riche! Tu vois, j'ai raison de te répéter que je te découvre chaque jour de nouvelles qualités!

Ce n'est que six bons mois après le mariage célébré dans l'intimité d'un pot-au-feu familial qu'Antoinette-Emilie fit devant Louise une discrète allusion au rôle que celle-ci avait joué dans son union avec Jean.

— Tu sais, lui dit-elle un jour où elles bavardaient en écossant les beaux haricots blancs veinés de mauve qu'Ethis avait rapportés d'une tournée chez ses amis les maraîchers de Charonne, je vais te révéler un secret. Jean ne sait encore rien : j'attends un enfant...

— Mais c'est le bonheur, ma chérie! Que je suis contente pour toi. Et pour nous!

— J'ai voulu que tu sois la première à le savoir... Car cet enfant c'est un peu le tien!

— Le mien?

— Oui, sans toi je n'aurais sans doute pas épousé Jean! Je ne suis pas tout à fait idiote et je sais bien que la conversation que nous avons eue un jour et que je n'ai jamais crue fortuite, a été le déclenchement de notre bonheur. Je ne savais pas que Jean m'aimait... J'ai failli plusieurs fois t'en parler, te dire merci, et puis j'ai reculé, ne voulant pas que notre mariage paraisse, à moi surtout, un peu arrangé... Tu comprends ce que je veux dire?

— Bien sûr que je comprends mais je ne t'ai rien dit d'extraordinaire, seulement quelques évidences, lancées un peu au hasard d'une conversation entre sœurs. Je n'ai jamais cru qu'elles aient été pour quelque chose dans votre décision de vous marier!

— Tu es merveilleuse! Maintenant que nous allons avoir un enfant, tout cela n'a pas d'importance. Une question tout de même : as-tu tenu à Jean les mêmes propos qu'à moi?

— Pas du tout! Jamais je n'aurais osé une chose pareille!

Jean – c'était un homme – ne rappela, lui, jamais à

Louise leur conversation. Sans doute l'avait-il oubliée!

La promesse d'une maternité avait toujours été une affaire considérable dans la famille. Celle d'Antoinette, couronnement d'une union inespérée, prit tout de suite des dimensions quasi célestes. Ethis lui-même, transporté à l'idée que la famille n'allait pas s'éteindre, y voyait un signe divin. « Ne prends tout de même pas ta fille pour la Sainte Vierge, lui disait Bertrand en riant. Elle a un mari qui travaille le bois mais il ne s'appelle pas Joseph! »

Ça, c'était le roman de la famille. Un autre, de pure fiction celui-là, mettait en délire toutes les classes de la société : l'histoire de Fleur de Marie, héroïne d'Eugène Sue qui gagnait une fortune en distillant chaque jour aux lecteurs des *Débats* les malheurs d'une pauvre enfant élevée par une mégère et contrainte de se livrer à la prostitution.

Les Mystères de Paris n'étaient pas le premier roman publié en épisodes par un journal mais c'était, certes, le chef-d'œuvre du genre. Les mœurs trop bourgeoises du règne de Louis-Philippe avaient-elles sécrété un exutoire? Le fait est que la littérature des bas-fonds sortie chaque jour de l'encrier de M. Sue était attendue par une foule de plus en plus nombreuse, avide de savoir quelles nouvelles catastrophes s'étaient abattues sur la pauvre Fleur de Marie, protégée, Dieu merci, par Rodolphe et le Chourineur, un assassin repenti, contre les agissements de ses misérables persécuteurs, la Chouette et le Maître d'école.

Place d'Aligre comme partout on attendait la suite des *Mystères*. Quand Ethis ne rapportait pas à midi *Les Débats* dont le tirage pourtant multiplié se montrait toujours inférieur à la demande, les femmes se rendaient dans l'après-midi chez Mme Flippot qui tenait cabinet de lecture au 14 de la rue Saint-Antoine. Là, après avoir payé les deux sous à l'entrée, il fallait parfois attendre une heure pour entrer en possession de l'un des deux exemplaires mis à la disposition des clients. En attendant, on faisait la causette, on vilipendait le sinistre Ferrand, archétype de la dureté et de l'avarice bourgeoise, on plaignait le bon Morel, incarnation du courage et de la probité ouvrière, on riait de M. Pipelet le concierge, dont le patronyme allait devenir un nom commun. L'excitation générale augmentait encore lorsque Eugène Sue ménageait dans son feuilleton un coup de théâtre qui remettait en cause le déroulement de l'intrigue. Celle-ci, fort mince au demeurant, était prétexte à de nouveaux épisodes colorés et pathétiques, bien orchestrés, qui mettaient en scène un milieu dont la plupart des Parisiens ignoraient l'existence.

Le soir, à table, on évoquait le mystère du jour. Là encore, Alexandre Lenoir manquait pour analyser l'inexplicable engouement général. Bertrand s'essayait à le remplacer, souvent avec bonheur, en s'inspirant des discussions entretenues à longueur de soirées chez Pierret ou Delacroix car les intellectuels et les artistes n'étaient pas eux-mêmes insensibles au pouvoir irrésistible et pervers des personnages de M. Sue qu'on fustigeait un jour et dont on portait aux nues le lendemain l'imagination diabolique.

Tandis que Paris se passionnait pour un roman-feuilleton, Louise avait d'autres soucis que la destinée de Fleur de Marie. Elle lisait certes comme tout le monde l'histoire que l'auteur savait arrêter chaque jour au moment le plus pathétique, mais s'inquiétait davantage de son mari. Bertrand en effet semblait avoir perdu cette solidité, cette soif de vivre, cette tranquille assurance qui avaient marqué sa vie jusque-là. Coïncidence surprenante, alors que Jean, comme libéré d'un poids depuis son mariage, prenait de l'assurance, surtout depuis qu'il savait qu'il allait être père, que sa personnalité semblait s'épanouir et qu'il assumait de mieux en mieux ses responsabilités dans l'atelier familial, Bertrand accusait une fatigue

sourde et paraissait se détacher des contingences de
la vie. S'il était encore le plus brillant dans les
conversations du soir où Louise lui renvoyait la belle
avec intelligence, c'était par intermittence. Il lui
arrivait ensuite de ne plus desserrer les dents de tout
le repas.

Aux questions de Louise, il répondait que tout
allait bien, qu'il l'aimait toujours autant et que sa
petite fille, la plus belle du Faubourg, lui causait
trop de joies pour qu'il fût malheureux. Et puis, un
soir, il s'épancha :

— Ma Louise, oui, j'ai changé. Sans raison je ne
suis pas tout à fait heureux. Je crois que je m'ennuie!

— Je le vois bien, mais que faire? Je ne vais pas te
dire sottement de te secouer ni essayer de te persuader que tu n'as aucune raison d'être malheureux. Tu
le sais aussi bien que moi. Parle-moi, dis-moi tes
pensées. Peut-être que je pourrai t'aider!

— C'est difficile mais je vais essayer. Une idée me
lancine : hormis ma rencontre avec toi et notre
mariage, j'ai l'impression de rater ma vie. Je voulais
être poète, écrivain, journaliste, je voulais vivre par
ma plume et j'ai été ébéniste. Parce qu'il fallait bien
aider le père en un moment difficile, j'ai quitté le
lycée impérial pour l'établi et j'ai appris le métier.
Un beau métier, que j'ai aimé, qui m'a fait vivre
mais que je commence à haïr parce qu'il m'a empêché de m'épanouir. Le tour de France a été une
éclaircie et le voyage à Londres un arc-en-ciel mais le
reste... Regarde Eugène et Léon : ils voulaient
devenir peintres, ils le sont. Ils ont eu le courage
d'aller jusqu'au bout de leurs ambitions. Moi je suis
resté englué dans cette famille merveilleuse mais
tentaculaire. On ne sort pas facilement de la place
d'Aligre!

— Je suis si heureuse d'y être entrée! Mais je te
comprends. Peut-être qu'un voyage... En attendant
tu devrais voir tes amis plus souvent. Retourne chez

la mère Saguet, remets-toi à écrire des chansons, des poèmes. Tu as du talent, Bertrand, et il faut que tu saches que je ne suis pas un obstacle à son épanouissement, au contraire!

— Merci mon amour. Comment réussis-tu à trouver les mots qu'il faut dire, au bon moment? Tu es devenue en quelques années l'ange gardien de la famille. Ethis lui-même ne fait rien d'important sans demander ton avis... Tu viens de me redonner du courage et l'envie d'écrire autre chose que ces petites notes que je griffonne le soir... Tiens! je vais t'écrire un poème et si tu le trouves acceptable je retournerai voir mes amis.

Bertrand était trop fort, trop équilibré pour que son désespoir soit durable. Louise le savait et elle savait que s'il réussissait à composer pour elle de bons vers, tendres, pleins de trouvailles et de ces rimes inattendues qui faisaient l'originalité de son talent, il serait guéri pour un bon bout de temps de sa mélancolie. Deux jours après sa confession elle était soulagée. Bertrand lui avait remis, calligraphiées sur une feuille de vélin elle-même protégée par un étui de placage d'amboine finement travaillé, cinq strophes qui étaient un cri d'amour, les meilleures sans doute qu'il eût jamais composées.

— J'aurais voulu avoir plus de temps pour fignoler la boîte, avait-il dit, mais les rimes me pressaient, elles avaient hâte de savoir ce que tu penserais d'elles.

— L'étui est très beau, je vais y ranger toutes les poésies que tu écriras pour moi. J'y placerai aussi quelques vieilles lettres d'Angleterre, les premières que tu m'aies écrites. Ce sera mon trésor.

— Moi, mon trésor c'est toi! D'ailleurs, ce n'est pas l'étui qui est important, c'est ce qu'il contient. Tu ne m'as encore rien dit du poème. Le trouverais-tu médiocre, ou mauvais?

— Ne sois pas impatient. Tu viens de me l'offrir et j'ai juste eu le temps d'y jeter un coup d'œil. Mais il a suffi pour m'impressionner comme jamais encore tes vers ne l'avaient fait. Tiens, mon chéri, je vais te le lire tout haut ton poème. Cela doit être agréable d'entendre réciter la chanson qu'on a cisélée dans sa tête comme un objet d'art. Tu sais que je dis fort bien les vers, j'ai pris naguère des cours de diction, je voulais devenir actrice...

– Tu aurais sûrement supplanté Mlle Rachel. Dans la vie tu es déjà une merveilleuse comédienne!

– Dois-je prendre cela pour un compliment ou un reproche?

– Pour un compliment, ma Louise. Nous jouons tous la comédie, plus ou moins bien. Seuls Antoinette et Alexandre Lenoir savaient interpréter aussi bien que toi les scènes de l'existence quotidienne.

– Appelle cela la comédie si tu veux, moi je pense que c'est plutôt le don de convaincre. Tiens, écoute ce que je fais de ton chef-d'œuvre.

Et Louise lut, de sa voix claire et posée dont le charme avait séduit Bertrand dès les premiers tours de roues de la diligence de Calais :

LES CINQ SENS

Aimer c'est regarder au fond de tes grands yeux,
C'est y voir le soleil quand le ciel est morose,
C'est y boire une larme sur ton iris éclose
Et dans cet élixir trouver l'art d'être heureux.

Aimer c'est écouter ton petit cœur de chair
Sous la soie de ton sein danser la tarentelle.
C'est aussi percevoir derrière la dentelle
Ton cœur d'amour épris, léger comme un brin d'air.

Aimer c'est te goûter, découvrir sur ta langue
La pulpe d'une figue embuée de rosée,
C'est cueillir la douceur de ta bouche épousée
Dans le puits de tes lèvres où fraîchit une mangue.

Aimer c'est te sentir, c'est respirer ton âme
Et l'odeur de la vie sur ton sein palpitant,
C'est percer le mystère de l'ange souriant
Qui flotte autour de toi comme un bel oriflamme.

Aimer c'est te toucher, ma peau contre la tienne.
C'est savoir émouvoir le marbre de ton corps
Quand ma paume hésitante, écartant le remords,
Joue sur tes reins conquis une fugue éolienne.

— Et voilà, Monsieur le poète! C'est très beau, je
suis fière d'être celle qui se cache sous ces mots
sibyllins. Ecris beaucoup de vers comme ceux-là et je
suis sûre qu'un éditeur sera heureux de les publier.
Viens maintenant t'allonger près de moi et explique-
moi, strophe après strophe, certaines évocations
poétiques que je n'ai pas bien comprises...

— Ma poésie serait-elle érotique? A dire vrai cette
éventualité n'est pas pour me déplaire. Je te signale
pourtant qu'à la seconde strophe, ma démonstration
exigera... Veux-tu en courir le risque?

— Viens, mon amour! Avant, pousse tout de
même le verrou, afin qu'Elisabeth ne surprenne pas
les délicatesses de nos jeux littéraires.

Bertrand fut accueilli glorieusement quand il
poussa la porte de Pierret :

— Notre poète nous revient! annonça le maître de
maison. C'est un grand jour!

— Si c'est un grand jour, dit Léon Riesener, ouvre
donc cette bouteille de vin de Sauternes dont tu nous
fais miroiter depuis des semaines la couleur d'or.
Cela dit, mon cousin, je suis heureux de te retrouver
ailleurs que dans l'ermitage de la place d'Aligre.
Votre maison, nous en faisions la remarque hier avec
Delacroix, tient maintenant du monastère. On n'y

parle plus que de travail, de famille et même, c'est un
comble! de religion. Voilà Marie qui va à la messe
presque tous les jours et Ethis lui-même qui devient
mystique en vieillissant!

— C'est vrai, dit Eugène, la maison Œben, naguère
si gaie, si chaleureuse, toujours ouverte aux idées les
moins conformistes, semble devenir sévère. Dieu sait
si nous l'aimons cette place d'Aligre, mais depuis la
mort de Lenoir et le mariage inattendu de Jean et
d'Antoinette-Emilie elle paraît figée, austère, morose. Et ta femme dans tout cela? La fine mouche
qu'est Louise doit s'y ennuyer à mourir!

— Elle ne s'ennuie pas, elle est en train de prendre
la famille en main. Sans que personne, à part Ethis,
s'en rende compte. Quand elle aura réussi et rendu la
gaieté à nos vieux murs, je vous ferai signe!

La conversation avait pris un tour qui déplaisait à
Bertrand et sa dernière phrase, lancée d'un ton sec,
laissait ses deux cousins un peu penauds :

— Ne prends pas mal ce que nous venons de te
dire, sans doute trop brutalement. Tu sais que c'est
notre manière de traiter les sujets qui nous tiennent à
cœur, assura Léon. Mais nous vous aimons Ethis,
Marie, toi bien sûr, et toute la famille. Alors on a de
la peine, on voudrait bien savoir ce qui se passe.
C'est tout!

— Ce qui se passe? Ethis et ma mère vieillissent,
les Caumont aussi et les jeunes mariés, encore étonnés de ce qui leur est arrivé, ne pensent qu'à eux,
dans leur coin, en attendant l'enfant divin que toute
la famille va vénérer. Vous voyez, je ne suis pas loin
de penser comme vous mais il ne suffit pas, hélas! de
constater des faits désolants pour en changer le
cours. J'ai senti moi-même que j'étais en train de me
laisser asphyxier dans cette atmosphère devenue
débilitante et c'est pourquoi, sur le conseil de Louise,
je suis revenu parmi vous afin de voir d'autres
visages, pour vous lire les nouveaux vers que j'écris
et pour savoir si j'ai une chance de les publier. Quant

à Louise, je l'amènerai quelquefois si vous le voulez bien.

— Naturellement nous le voulons! Elle mettra un peu de fraîcheur et de sensibilité dans notre assemblée de vieux garçons qui en manque, comme tu viens de t'en rendre compte.

C'était le bon Pierret qui venait de parler en apportant précautionneusement une bouteille de château-yquem toute ruisselante.

— Heureusement qu'il fait froid dehors, ajouta-t-il. Je l'avais mise dans un seau sur le balcon. Jamais je n'aurais commis le sacrilège de déboucher une telle merveille si elle n'avait pas été à la température qui lui convient. Monsieur Auguste, va chercher des verres dans le buffet, les plus fins, ceux qui me viennent de ma chère tante Dorothée.

— J'y vais, maître de céans, mais avant de déguster ce délectable breuvage, je propose que Valfroy nous dise les derniers poèmes qu'il nous assure avoir écrits.

Une approbation unanime salua ces paroles et Bertrand ne se fit pas prier. En tirant de sa poche la feuille sur laquelle il avait transcrit *Les Cinq Sens,* il eut conscience qu'il était simplement venu pour cela. L'enthousiasme de Louise l'avait certes conforté mais l'amour la rendait indulgente. L'avis de ses amis serait sincère, il le savait. D'ailleurs, s'ils se montraient quelque peu complaisants, il les connaissait assez pour pouvoir lire la vérité sur leurs visages. Son cœur battait un peu fort lorsqu'il annonça le titre mais dès le premier vers : « Aimer c'est regarder au fond de tes grands yeux... », il s'était senti sûr de lui, sa voix était claire.

Quand il eut fini, son regard chercha tout de suite celui de ses auditeurs pour y lire une réaction. C'est l'étonnement qu'il perçut d'abord et l'éclair de l'échec effleura son esprit mais, aussitôt, les applaudissements et la chaleur des exclamations le persuadèrent qu'il avait gagné.

— Mais c'est très bon! dit Eugène. Tu as fait des progrès étonnants.

— Rien à voir avec tes chansonnettes de compagnonnage, enchaîna Léon. Il y a du souffle, de l'invention et du rythme dans ce poème.

— Si tu peux en composer une quarantaine de cette facture, je me fais fort de te trouver un éditeur, affirma Pierret. En attendant, je t'emmènerai chez Delphine, la fille de Sophie Gay que tu as rencontrée un jour ici. C'est une remarquable chroniqueuse et une bonne poétesse. Tous ceux qui riment ou qui écrivent à Paris défilent chez elle rue de Chaillot. Si tes vers lui plaisent, ta fortune est faite. Dans la mesure où la poésie peut enrichir son auteur...

— Ce n'est pas l'argent qui m'intéresse, c'est l'encouragement à continuer et à meubler mon existence autrement qu'avec des commodes et des armoires. Merci mes amis, j'attendais votre verdict avec angoisse. Maintenant, tandis que Louise s'évertue à rendre à la place d'Aligre ses vertus légendaires, je vais me mettre au travail!

Il n'était pas question d'abandonner l'atelier. L'éloignement de Bertrand n'aurait été possible qu'en embauchant un autre compagnon de talent dont la paye eût rendu précaire l'équilibre financier de l'entreprise familiale. Et puis, on ne fabrique pas des vers comme des copeaux qui s'enroulent bien gentiment à la fenêtre du rabot. Bertrand ne s'imaginait pas penché des journées entières sur sa feuille blanche en attendant l'inspiration. Ce qu'il fallait, pour l'instant, c'était se mettre en condition, chercher dans toutes les choses de la vie leur côté poétique, mettre au jour des images, faire sonner un hémistiche ou un alexandrin susceptible d'entraîner dans sa suite une sonnaille de vers, claire comme celle d'un troupeau égaré qui se reforme au chant des clochettes... Bertrand se disait tout cela en regagnant la place d'Aligre d'un pas ferme, celui d'un chasseur dans le layon d'une forêt.

— Oui, se dit-il tout haut, c'est cela, la poésie est une chasse, une chasse au mot qu'il faut débusquer, non pas pour le tuer mais pour le sublimer. Il en était là de ses réflexions en poussant la porte du logement du second. Un trait de lumière filtrait sous la porte de la chambre : Louise ne dormait pas et lisait le dernier roman de M. de Balzac, *Le Lys dans la vallée,* qu'elle avait loué au cabinet de lecture de Mme Flippot.

— Je t'attendais, dit-elle simplement à Bertrand dont elle devinait l'étonnement de la voir encore éveillée. Dis-moi vite ce qu'ont pensé tes amis.

— Ils m'on affirmé que *Les Cinq Sens* était ce que j'avais écrit de mieux et qu'il fallait que je travaille. Si je réussis quarante autres poèmes de la même veine, Pierret les fera éditer. Ils veulent aussi m'emmener chez Delphine de Girardin, la femme du journaliste dont le salon voit défiler tous ceux qui écrivent et qui pensent à Paris. Ce jour-là, je veux que tu m'accompagnes!

— Qu'irais-je faire chez cette dame? Tu iras seul cueillir tes lauriers, mon poète.

— Non, tu viendras. C'est pour toi que je fais de la poésie et tu dois assumer jusqu'au bout ton rôle de muse. Et puis, ta présence me donnera du courage!

Surveillé discrètement par Louise qui ne manquait jamais une occasion d'encourager son mari à écrire, Bertrand tenait sa promesse : il ne se passait pas de soir sans qu'il eût aligné quelques vers sur un grand registre gainé de maroquin que seule Louise avait le droit d'ouvrir. Le plus souvent, ces alexandrins ou octosyllabes ne menaient à rien et l'auteur les barrait d'une plume triste avant d'aller rejoindre Louise mais, quelquefois, ils le poussaient vers le sonnet et Bertrand veillait jusqu'à deux ou trois heures dans une exaltation qui, loin de le fatiguer, lui offrait au matin un réveil royal que sa femme saluait d'une joie partagée.

Chaque semaine, il rejoignait ses amis dans l'atelier de Delacroix et le plus souvent Louise l'accompagnait. Elle avait été tout de suite adoptée par la bande et Eugène lui demandait chaque fois de donner son avis sur le travail accompli depuis la précédente visite.

— Tu ne sais ni peindre ni dessiner, lui disait-il, c'est pourquoi tu peux juger mieux que personne la qualité d'un tableau. Car tu sais juger, ma petite Louise, tu as l'art de découvrir des finesses ou des défauts que je suis moi-même incapable de discerner.

C'était vrai et cette confiance que lui portait le génie du groupe lui valait le respect et l'affection de tous. Parfois, Bertrand apportait ses dernières œuvres et on laissait la peinture pour parler de poésie.

Ces escapades dans le Paris de l'art, aussi inconnu place d'Aligre que celui des bas-fonds que décrivait Eugène Sue, avaient d'excellents effets sur le climat de la maison Œben. Plutôt introverti, Bertrand racontait mal ou pas du tout cette autre vie dont Louise, en revanche, savait faire briller toutes les facettes. Par une histoire rapportée du quai Voltaire, le récit d'une sortie au bal Musard en compagnie des amis ou la description de l'accueil chaleureux fait aux nouveaux poèmes de son mari, elle réveillait Ethis qui retrouvait soudain son enthousiasme et sa joie de vivre. Elle intéressait les femmes qui lui posaient mille questions et réussissait même à passionner les Caumont, le père et le fils qu'elle détachait un moment de leurs obsessions professionnelles. Ces soirs-là, Louise était heureuse :

— Tu vois, disait-elle à Bertrand, la maison Œben ne demande qu'à vivre et à se réjouir... Tu sais ce que nous allons faire? Un souper place d'Aligre où nous inviterons Pierret, M. Auguste, tes cousins naturellement et, si elle veut venir, cette Mme Dalton qu'Eugène a rencontrée à Londres chez Ronington et qui semble avoir des faiblesses pour le peintre qui l'a représentée en ange dans *Le Jardin des oliviers*. Cette fête enchantera nos amis, réjouira Riesener et Delacroix mais, surtout, fera entrer place d'Aligre un peu d'air neuf et d'inattendu.

— Très bonne idée. Je n'ai jamais voulu mélanger mes deux petits mondes et j'ai eu tort...

— Qu'est-ce qui te fait rire? coupa Louise.

— Je pense au formidable dialogue qui ne peut manquer de s'échanger entre M. Auguste et Ethis. Je te l'ai dit déjà mais tu es la fée de cette maison, ma femme chérie!

— Mon pouvoir n'a rien de surnaturel. Je pense simplement un peu plus que vous, voilà tout!

— Tu penses surtout mieux que nous!

— Si tu dis vrai, il ne faut pas que je m'endorme. Il ne suffit pas de faire sourire la famille de temps en temps, il convient d'assurer sa survie.

— L'atelier ne marche pas si mal. Nous vivons bien...

— Oui, nous vivons ou plutôt nous vivotons alors que l'industrie du meuble est en plein développement! Vos machines sont poussives, elles vont vous lâcher avant peu. Si l'on ne fait rien, vous travaillerez bientôt pour un patron et l'on pourra mettre en vente le magasin de *L'Enfant à l'oiseau*.

— Quel pessimisme! Si Ethis t'entendait!

— Justement, il n'entend plus beaucoup. C'est lui, sa foi, son goût, ses idées, sa volonté d'entreprendre qui nous manquent! Le pire, c'est qu'il se rend compte de ses défaillances et qu'il en souffre. Ne crois-tu pas qu'il a gagné le droit de se reposer un peu, de ménager sa jambe et de s'occuper tranquillement de ses petits-enfants?

— Trouves-tu vraiment le père aussi mal en point?

J'ai remarqué, moi aussi, que l'énergie lui manque, qu'il laisse aller les choses...

— Ethis est fatigué, tout simplement. Il est vieux, il faut l'aider.

— Ce serait à moi, je le sais bien, de prendre les affaires en main, de prospecter les clients, de souscrire un nouvel emprunt pour changer nos machines... Outre que je ne sais pas du tout si je suis capable d'assumer une telle responsabilité, cette charge signifierait pour moi l'abandon de l'écriture. Au moment où je vais peut-être toucher le but, cette idée m'accable.

— Pas question de toi. Ce n'est pas un poète qu'il faut à la tête d'une affaire, même modeste. Jean à qui le mariage semble réussir sera capable de diriger l'atelier. Rien de plus, comme son père!

— Alors? Que devons-nous faire?

— Si tout le monde est d'accord je vais essayer de m'occuper de *L'Enfant à l'oiseau*. Et si tu es d'accord, toi, je commencerai par employer dans le développement de notre affaire une grande partie de la somme que m'a léguée la bonne lady Hobbouse. Qu'en dis-tu?

Bertrand avait pris l'habitude de ne plus s'étonner des idées de Louise qui, pour être surprenantes, n'en étaient pas moins raisonnables et efficaces. C'était pourtant, là, la dernière proposition à laquelle il s'attendait. Il resta un moment interdit en face de sa femme qui, souriante, lisait dans ses pensées comme dans un livre ouvert.

— Mais Ethis? finit-il par murmurer. Il est encore là, que je sache, et demeure le chef de la famille...

— Et il le restera mais, vois-tu, c'est lui qui m'a tendu la perche, qui m'a suggéré de m'occuper activement du magasin, de la comptabilité en particulier qui est en désordre. Il sait qu'il n'est plus en mesure d'animer l'affaire comme il l'a fait depuis sa création et je suis sûre qu'il compte sur moi. Je crois que tu devrais lui parler et surtout le laisser parler.

Tu verras bien ce qu'il te dira et si j'ai bien compris sa pensée profonde. Naturellement, je ne ferai rien si la famille, au complet, ne me le demande pas.

— Tu m'abasourdis, Louise. Laisse-moi le temps de réfléchir. Mais, d'abord, cela t'intéresse vraiment d'acheter du bois, de discuter avec les clients, de calculer des prix de revient, de choisir des nouveaux outils mécaniques?

— Je pense que tu me seras tout de même de bon conseil? Et tout le monde avec toi. Rassure-toi, je n'ai pas l'intention de devenir la patronne autoritaire qui entend tout régenter. Si je me lance dans cette aventure c'est parce que j'aime cette famille extraordinaire qui m'a adoptée et m'a apporté l'amour. Quant à savoir si cette entreprise m'intéresse, je te réponds oui! Figure-toi que moi aussi je m'ennuie et que j'ai besoin d'exercer ma vitalité et mon imagination. Si j'avais tes dons, j'écrirais, je serais romancière comme Mme Sand ou inventerais des personnages extraordinaires comme Eugène Sue. J'en suis incapable. En revanche Dieu m'a dotée d'une certaine finesse, d'une intelligence pratique, en un mot d'un solide bon sens que j'ai envie de rendre utiles.

— Tu n'as jamais grand mal à me convaincre. Après tout, tu as raison. Si cela marche comme tu dis, le Faubourg n'a pas fini d'être étonné et d'épiloguer sur ta prise de responsabilités : « Vous vous rendez compte ma chère, une femme! Et qui n'est même pas née dans le Faubourg!... »

— Mais qui a la médaille des blessés de 1830!

Ils rirent en s'embrassant et Bertrand entraîna Louise dans un tourbillon qui renversa au passage la table à ouvrage d'où s'échappèrent les pelotes de laine. Empêtrés dans ces fils de toutes couleurs ils tournaient encore quand Elisabeth entra dans la chambre et éclata de rire à son tour :

— C'est le « galop de Musard » que vous dansez? s'écria-t-elle.

Ils s'arrêtèrent surpris :

– Comment connais-tu le « galop de Musard »?
demanda Louise.

– A l'école, les filles qui ont des grandes sœurs
racontent que c'est une danse complètement folle qui
a en ce moment un grand succès à Paris. Vous
m'emmènerez un jour chez ce M. Musard?

Car on dansait à Paris. On dansait aux bals
masqués de la rue Saint-Honoré, on dansait dans les
ambassades, on dansait bien sûr chez Musard et l'on
dansait aussi au bal Mabille dont les jardins étaient
devenus en quelques mois le rendez-vous à la mode
du monde galant et du monde tout court. Delacroix,
de plus en plus étreint par son génie, n'aimait pas ce
genre de plaisir et préférait terminer la figure d'un
ange sur l'un de ses tableaux que d'aller applaudir
les reines de Mabille : Rigolette aux sauts de carpe
prodigieux, Frisette dont les quatre robes de moire
faisaient l'envie des débutantes, Céleste Mogador qui
allait épouser le comte de Chabrillan, Rose-Pompon
ou la Reine Pomaré, de son vrai nom Elisa Sergent.
Pierret et M. Auguste, eux, ne détestaient pas pousser la porte illuminée qui s'ouvrait à trente pas du
rond-point des Champs-Elysées dans l'allée des Veuves[1]. Ils y entraînèrent un soir Bertrand et Louise qui
s'amusèrent comme des enfants au jeu de bague,
toujours en mouvement dans les bosquets et qui
laissait le choix entre le cheval de bois et la gondole
vénitienne. Puis ils applaudirent avec tout le monde
Chicard, un intrépide danseur acrobate qui, dans la
journée, vendait des cuirs rue Quincampoix. Rigolette, Clara et Pritchard dont les lunettes bleues
lançaient des éclairs. Ils eurent le lendemain toutes
les peines du monde à expliquer à Elisabeth qu'elle
était trop jeune pour participer à ces réjouissances
d'adultes.

Bertrand écrivit un joli poème sur les bosquets et
les palmiers factices de Mabille qui protégeaient les

---

1. Aujourd'hui avenues Montaigne et Matignon.

ébats des célébrités de la danse et les confidences de
couples éphémères. Tandis que le poète remplissait
avec bonheur son registre à rimes, Louise dont
l'initiative avait été accueillie avec soulagement par
la famille, mettait de l'ordre dans les livres de
comptes de *L'Enfant à l'oiseau*. Le bilan qu'elle avait
dressé n'était pas victorieux. Le passif, avec un bon
nombre de factures impayées et des dettes de clients
non honorées, dépassait l'actif et l'honnête marque
« Valfroy-Caumont, ébénistes d'art » était à la merci
des marchands de bois créanciers qui se montraient
compréhensifs pour la vieille famille du Faubourg :
« On ne met pas en faillite les descendants d'Œben et
de Riesener, avait dit Forgerie, le plus important
d'entre eux. Mais cela ne saurait évidemment durer
éternellement. Si votre situation ne s'améliore pas,
nous serons contraints de cesser nos livraisons de
bois. »

Loin de décourager Louise, cette révélation désas-
treuse lui donnait des forces pour combattre. Elle
avait dit qu'elle sauverait la famille, elle la sauverait !
Au cours d'une réunion où les autres femmes de la
maison apprirent en même temps que Jean la gravité
de la situation – Emmanuel lui la pressentait mais ne
croyait pas le danger aussi pressant –, il fut décidé
que la moitié des deux mille livres de l'héritage serait
consacrée au règlement des dettes et à l'achat d'un
stock de bois divers qu'il était urgent de reconstituer,
le reste, placé chez le notaire, étant réservé pour la
dot future d'Elisabeth.

Ethis dont on craignait quelque manifestation
d'accablement se montra au contraire plein d'entrain
et presque joyeux :

– Mes enfants, dit-il, il y a longtemps que j'ai
prévu cet instant. Il y a longtemps que j'ai dit à
Louise qu'elle seule était capable de nous tirer
d'affaire. Ce que j'ai fait autrefois – pas trop mal
étant donné les circonstances – elle le fera avec vous
aujourd'hui. Et avec moi aussi, car si je ne suis plus

assez résistant pour mener la barque, je peux tout de
même donner un coup de rame quand le courant est
trop fort. Emmanuel lui aussi est fatigué mais assez
d'attaque pour assurer mieux que personne les travaux délicats et continuer à donner à nos meubles
l'éclat de son talent. Mais l'avenir est aux plus
jeunes : à Jean qui sait tenir l'atelier, à Bertrand tant
qu'il voudra mettre un peu de sa chère poésie dans
nos bouts de bois, et à toi Louise sur qui reposent
nos espoirs. Je ne veux pas prononcer de grands
mots, je te dis simplement merci au nom de tous. Ta
générosité et ton intelligence honorent la famille où
tu as découvert sinon la richesse, l'amour et la
chaleur des gens du bois.

   La longue déclaration d'Ethis, prononcée à mi-
voix, avait été écoutée par tous dans le silence.
Maintenant, Marie pleurait en caressant la main de
son vieux Traîne-sabot, Emmanuel était ému comme
l'étaient Jean et Antoinette-Emilie. Bertrand avait lui
aussi essuyé une larme aux dernières paroles du
vieux chef. Seuls Ethis et Louise paraissaient heureux et détendus. On devinait leur affectueuse complicité. La page qui venait d'être tournée l'avait été
par eux et eux seuls. Les autres n'étaient là que pour
aider à la manœuvre. C'est Louise qui, désormais,
allait mener la barque, comme disait Ethis.

   Elle décida de parer au plus pressé en rendant
visite aux créanciers, les marchands de bois qu'il
fallait faire encore patienter quelques semaines en
attendant le règlement de l'héritage que les notaires,
selon une habitude qui avait fait leur fortune, retar-
daient le plus possible en prétextant des contretemps
juridiques.

   Louise s'était préparée avec soin et malignité au
rendez-vous que lui avaient donné Forgerie père et
fils, établis à Bercy depuis 1775. « Puisque je suis
une faible femme, je vais user de mes atouts de
femme, s'était-elle dit. Ces messieurs sont habitués à
traiter avec des maîtres et des artisans le plus

souvent sans défense. Ils vont voir ce que c'est que d'avoir affaire à une femme décidée. »

Louise avait longuement réfléchi au vêtement qu'elle devait porter pour inaugurer sa nouvelle fonction. Il ne s'agissait pas de s'endimancher, de se couvrir de colifichets, mais d'être simplement élégante, d'apparaître à la fois sérieuse et séduisante. Elle opta finalement pour sa robe préférée, en fine percale lilas, qui mettait en valeur sa taille gracieuse et descendait à mi-mollet, laissant deviner la forme parfaite de ses jambes. Un seul bijou : le collier d'or que lui avait offert jadis lady Hobbouse. Elle enleva la bague ancienne de sa tante et ne conserva que son alliance sur ses longues mains blanchies par un bain de lait d'amandes douces. Elle se coiffa du chapeau qu'elle venait d'acheter : un « demi-Paméla » à la mode dont les passes arrondies dégageaient les contours de son visage. Un dernier coup d'œil dans la glace de l'armoire et elle s'écria joyeuse : « A nous deux, monsieur Forgerie ! »

Le bonhomme attendait une femme d'ébéniste, l'une de celles qu'il avait si souvent reçues pour mettre en ordre une succession, tristes et pâles dans leur vêtement teint en noir pour le deuil. Il vit arriver la grâce en personne, souriante et sûre d'elle-même qui portait en guise de sac à main un portefeuille de ministre dont le maroquin vert passé était orné du monogramme « J.H.R. ». Comme il semblait fasciné par cet accessoire étrange, Louise dit en souriant :

– Vous regardez mon portefeuille ? C'est celui de Jean-Henri Riesener, un ancien client de votre père qui, je crois, a fait bon usage de vos bois.

Elle en tira la correspondance des notaires, lui traduisant celle de Baghton Baghton and Co. car M. Forgerie ignorait naturellement tout de l'anglais et ajouta :

– Mon beau-père le baron Ethis de Valfroy m'a demandé de reprendre l'administration de la marque « Valfroy-Caumont » et je suis venue vous prier d'attendre encore quelque temps, celui que prendront les hommes de loi, pour être réglé de vos créances.

Impressionné par l'assurance de Louise, Forgerie bredouilla dans sa moustache puis finalement réussit à s'exprimer :

– Je connais votre famille, madame. Ni mes fils ni moi n'avons un seul moment songé à vous créer des ennuis. Je suis néanmoins très heureux que votre estimable entreprise reparte sur des bases financières plus solides. Nous attendrons le temps qu'il faudra!

Louise savait qu'elle n'aurait aucune peine à obtenir ce premier résultat. Il lui restait à gagner le vrai pari : décrocher l'ouverture d'un nouveau crédit. « Va pour le charme! » se dit-elle. Si tu ne réussis pas à convaincre cet épais bourgeois, tu n'es pas capable de remplacer Ethis!

L'homme écouta en silence, ne détachant pas ses yeux du visage de Louise, superbe dans le feu de l'action, puis il soupira sur sa dernière phrase qui ressemblait à une tirade de M. de Beaufort, au Vaudeville :

– J'en ai fini, M. Forgerie. Les descendants d'Œben et de Riesener vous demandent de leur faire confiance. Vous pouvez être sûr que les bois que vous nous livrerez vous seront payés rubis sur l'ongle. Ne laissez pas s'éteindre une dynastie qui a régné si glorieusement sur l'art de l'ameublement!

– Ce que vous me demandez est contraire à toutes les règles commerciales, chère madame. Quelques clients comme vous et notre maison, qui elle aussi éprouve des difficultés, ne tarderait pas à faire faillite. Est-ce la dernière faveur que vous comptez solliciter?

– Alors, monsieur Forgerie, vous acceptez?

– Disons que je n'ai pas encore refusé, je réfléchis. Mes fils qui sont plus durs que moi en affaires ne vont pas être contents si je me laisse prendre à votre charme. Tenez, voici justement Julien, mon aîné.

Un homme d'une trentaine d'années, à lunettes et au cheveu rare venait en effet d'entrer et semblait pétrifié devant Louise plus souriante que jamais. Elle pensa qu'elle ne devait pas perdre son avantage et, coupant la parole au père qui ouvrait la bouche pour la présenter et, en même temps, lui exposer l'énormité de sa requête, elle s'adressa au fils en jouant de tous les artifices dont peut disposer une femme subtile :

– Vous opposeriez-vous, monsieur Julien, à ce que votre père sauve l'une des plus anciennes familles du Faubourg, une famille d'ébénistes célèbres qui est votre cliente depuis bien avant la Révolution? Non, n'est-ce pas! Vous avez trop conscience que votre rôle est d'aider les artistes. D'ailleurs vendre du bois est un métier d'artiste!

M. Julien ne comprenait rien à ce qui se passait, ni la présence dans le bureau de son père d'une créature de rêve, ni cette incantation à l'art et aux artistes qui n'étaient pas sa préoccupation majeure. Il finit tout de même par dire avec un sourire :

– Madame est trop charmante pour que nous n'accédions pas à sa demande, demande dont j'ignore d'ailleurs la nature. N'est-ce pas, père?

Forgerie hocha la tête en regardant Louise et dit d'un air désabusé :

– Eh bien! si tu es d'accord, va avec Mme de Valfroy qui te commandera les bois dont elle a besoin.

Louise avait gagné. Le fils, elle en était sûre, lui accorderait tout ce qu'elle voudrait. Beaucoup moins sot qu'il ne le paraissait devant son père, Julien conduisit Louise dans une grande pièce où étaient rangés des centaines d'échantillons de bois venus de tous les pays du monde.

– La mémoire me revient, dit-il, vous devez être la femme de Bertrand que j'ai connu autrefois à l'école.

Je me rappelle aussi que M. Valfroy est notre débiteur depuis un certain temps. Et vous voulez un nouveau crédit pour vous procurer le bois indispensable à votre entreprise...

– Vous avez tout compris, monsieur, et je vais sans détour vous expliquer notre situation, vous dire aussi pourquoi c'est moi qui suis venue trouver votre père, un bien brave homme autant que j'aie pu en juger...

– Brave mais avare! Je m'étonne qu'il ne vous ait pas éconduite. Je crois qu'il a tout simplement succombé à votre charme. Cela dit, madame, choisissez tous les bois que vous voudrez, ce n'est certes pas moi qui vous empêcherai de réussir.

– Merci, je dirai à Bertrand combien vous avez été compréhensif.

– Dites-lui aussi qu'il a de la chance d'avoir une femme telle que vous!

Louise sourit et sortit de son portefeuille une liste qu'elle avait dressée sous la dictée des hommes :

– Voilà, il me faut vingt planches d'acajou de Cuba, vingt planches d'érable, quinze de chêne du Morvan, cinq planches de citronnier, autant de frêne, d'amarante et de courbaril. Ah! j'oubliais le cèdre, pouvez-vous en ajouter trois planches?

– Tout cela vous sera livré après-demain, madame. L'artiste se jette à vos pieds!

Louise revint joyeuse par la rue de la Planchette qui coupait à travers les champs de l'ancienne abbaye dont la plupart restaient en friche. Elle rejoignit la rue de Reuilly, fit un sourire au voltigeur qui montait la garde devant la caserne et acheta une grosse part de potiron au petit marché de la Fourche[1] à l'angle de la rue de Montreuil, avant de s'engager dans le Faubourg : « Il n'y a que moi qui aime la soupe au potiron mais tant pis! se dit-elle en riant,

_____
1. Dit aussi « Petite Halle ». Ouvert en 1643, disparaîtra en 1940.

j'ai bien mérité aujourd'hui une petite récompense! »

Tandis qu'avec acharnement et bonne humeur, Louise, active comme une fourmi, remettait sur le bon chemin *L'Enfant à l'oiseau,* la vie continuait dans le quartier avec ses péripéties minuscules qui prenaient un tour considérable et des événements majeurs dont les échos ne passaient pas le porche des cours. Certains faits ne pouvaient passer inaperçus, la démolition de l'éléphant de la Bastille par exemple qui occupa tous les enfants durant une bonne semaine. La décision avait été prise, enfin! de mettre à bas ce monstre de plâtre qui avait mal supporté son déménagement sur le côté de la place. Surprise désagréable, quand les démolisseurs attaquèrent à la pioche le cœur de l'édifice, une nuée de rats s'échappèrent. Jusqu'au bout, cependant des malheureux y avaient trouvé un asile de nuit[1].

Si la soumission d'Abd el-Kader ne retint guère l'attention du Faubourg, les troubles de plus en plus nombreux qui éclataient spontanément dans les boulangeries, en signe de protestation contre le prix du pain, faisaient l'objet d'interminables discussions autour des fontaines et dans les marchés du quartier.

— Rappelez-vous, disait Ethis qui connaissait son Faubourg comme un médecin le plus vieux de ses patients, toutes les révolutions ont commencé chez nos boulangers!

Le signal fut compris en haut lieu : la loi sur le pain promulguée peu après mit fin à l'agitation. Un autre fait passionna les ateliers : la vente par Alphonse Jacob-Desmalter de son fonds aux frères Jeanselme. Depuis plus d'un an le bruit courait que

---

1. Victor Hugo y a caché Gavroche et ses amis.

Georges-Alphonse voulait se retirer. Il s'en était confié à Ethis peu de temps auparavant :

– C'est bien joli d'être l'un des plus importants et des plus anciens ébénistes de Paris, le nom de Jacob a beau être au firmament de la renommée, les fins de mois deviennent de plus en plus difficiles à boucler. Comme tout le monde j'ai industrialisé l'entreprise et avancé de grosses sommes alors que le gouvernement est toujours aussi long à payer les factures!

J'ai dû aller implorer Mlle Adélaïde[1] et grâce à elle j'ai obtenu la fourniture des meubles et l'aménagement d'un navire à vapeur de 300 chevaux que l'on construit au Havre, ainsi que l'installation de vingt-deux wagons de chemin de fer. Comme les clients privés se font de plus en plus rares, j'ai pris ce malheureux travail qui paie à peine à la moitié et qui aurait fait frémir le grand-père Georges. Mais je ne veux pas finir comme lui, en faillite : si je trouve un acquéreur, je vends! D'ailleurs je mets les peintres la semaine prochaine dans notre appartement de la rue Taitbout et vais m'occuper de faire des meubles afin que tout soit prêt et que nous puissions nous installer si l'affaire se traite comme je l'espère[2].

Alors que d'anciennes fabriques, couvertes d'honneurs et de médailles, avaient tant de mal à survivre, de nouveaux venus réussissaient à percer, à prendre la tête d'un art devenu en quelques années une industrie. Parmi eux, les frères Jeanselme dont la prospérité faisait rêver les maîtres d'hier. Leur entreprise de menuiserie en sièges ne datait pourtant que de 1825. Joseph-Pierre-François et Jean-Arnoux s'étaient installés à Charonne, rue des Deux-Portes, puis rue Neuve-Saint-Gilles près de la rue Saint-Louis-au-Marais[3] avant de s'établir définitivement

1. Sœur de Louis-Philippe.
2. Dialogue tiré d'une lettre à Mme Jacob restée avec ses filles dans leur propriété de Melun.
3. Aujourd'hui rue de Turenne.

rue du Harley en 1837. Chaque déménagement avait marqué une ascension dans le monde du bois et leur brillante réussite venait d'être couronnée par l'achat de l'immeuble du 93, boulevard Beaumarchais pour la somme importante de 180 000 francs. La reprise du fonds Jacob devait permettre aux Jeanselme d'ajouter à la fabrication des sièges qui avait fait leur fortune celle des meubles courants.

Cette réussite exceptionnelle faisait réfléchir Louise.

– Il doit bien y avoir une raison à cette réussite! disait-elle à Ethis qui se grattait la tête sans pouvoir répondre. Bertrand l'attribuait à une gestion sage et serrée et Jean à l'esprit inventif des deux frères.

Cela ne menait pas loin et Louise, sans en parler à personne, se promit d'aller rendre visite à ces deux prodiges qui avaient su, en douze ans, se faire un nom et une fortune. Elle ne s'ouvrit de son idée qu'à Bertrand :

– Je ne vais pas naturellement demander à ces messieurs comment on s'y prend pour gagner de l'argent mais je vais essayer de voir ce qui distingue leur entreprise des autres, de la nôtre en particulier.

– C'est de l'espionnage, dis donc, lança Bertrand.

– Pas du tout. Je leur poserai quelques questions et ils ne me répondront que s'ils le veulent. Le tout est d'être assez habile pour qu'ils aient envie de répondre!

– Je te fais confiance mais je crains bien qu'il n'y ait d'autre réponse que « le talent et le travail » aux questions que nous nous posons naïvement.

– Probablement mais j'ai tout de même envie de voir comment ils sont installés rue du Harley!

Parmi les modèles de réussites, Louise lorgnait aussi du côté des Balny. Une vraie famille du quartier celle-là, à l'origine de laquelle on se rappelait un militaire invalide dont le fils, Pierre-Marie,

avait compris très jeune qu'en associant à son métier
d'ébéniste celui de marchand de bois, il accroîtrait
sérieusement ses chances de gagner de l'argent, réussite déjà engagée quand son fils lui avait succédé à
son tour et avait ouvert rue de Charenton un
magasin et un grand atelier à l'enseigne *Au Petit
Moulin vert*. Lui aussi avait la conviction que l'avenir appartenait plus au meuble de qualité courante
qu'au chef-d'œuvre et il venait de faire installer la
plus grande usine à vapeur du Faubourg pour la
fabrication de sièges par procédé mécanique. Sa
fortune, acquise surtout par la vente des bois, lui
permettait toutes les audaces.

Depuis sa visite au marchand Forgerie, Louise ne
cessait de penser à ces bois exotiques dont Julien lui
avait montré les beautés cachées, ces couleurs si
diverses et ces veinures superbes que la nature avait
cachées dans le tronc des arbres venus des lointaines
forêts. Les îles où ils avaient poussé la faisaient
rêver, elle se disait que plus tard, quand l'estampille
familiale aurait retrouvé son éclat, il serait passion-
nant d'aller voir là-bas, avec Bertrand, s'il n'existait
pas un moyen de faire venir quelques billes d'essences rares qu'il serait facile et fructueux de revendre
aux artisans. Ce que d'autres avaient réussi, elle
pourrait peut-être un jour le tenter...

Ces idées un peu folles avaient un côté poétique
qui ne devait pas déplaire à Bertrand. Elle s'était
promis de lui en souffler un mot ce soir-là mais le
cousin Léon débarqua place d'Aligre à l'heure du
souper, porteur d'une nouvelle qui rendait bien
vaines ses chimères exotiques : mise en condition par
Pierret, Delphine de Girardin avait dit qu'elle serait
enchantée de recevoir le poète-ouvrier dont il lui
avait montré quelques strophes, « bien meilleures,
avait-elle affirmé, que tout ce qu'on lui avait fait lire
récemment ». Louise, présentée comme une femme
chef d'entreprise, l'intéressait aussi beaucoup et elle

serait la bienvenue si elle voulait lui faire le plaisir d'accompagner son mari rue de Chaillot.

Léon Riesener, naturellement, resta souper et il fut, dès le potage, assailli de questions sur cette dame, paraît-il fort belle, dont on savait seulement hors du milieu littéraire qu'elle était l'épouse du journaliste Emile de Girardin, directeur de *La Presse*.

— Ne vous figurez surtout pas une mondaine bêcheuse, une dame de cour encombrée de préjugés et de prétention. C'est une femme très intelligente, une grande poétesse et aussi une journaliste remarquable.

— Une journaliste? dit Ethis étonné.

— Oui, une journaliste dont tu lis souvent sans le savoir les articles ou plutôt les chroniques dans *La Presse* car ils sont signés « vicomte de Launay ».

— Comment, c'est elle? s'étonna Louise. Je ne lis pas *La Presse* tous les jours, surtout maintenant que je travaille, mais quand j'allais chez Mme Flippot chercher de la lecture je ne manquais jamais *Le Courrier de Paris,* feuilleton plein d'esprit, de liberté et de courage. Ainsi, Delphine de Girardin est le vicomte de Launay!

— Parfaitement, et vous verrez que le vicomte a plutôt belle figure. Vous constaterez aussi que Delphine parle aussi bien qu'elle écrit. Elle parle de tout mais exerce surtout sa verve sur trois sujets qui lui tiennent à cœur : Paris, les femmes et la politique.

— Et quand allons-nous rencontrer cette femme extraordinaire, demanda Louise passionnée au plus haut point.

— Jeudi de la semaine prochaine. Vous passerez nous chercher vers dix heures chez Pierret. Delphine reçoit tard ses amis.

— Qui avons-nous des chances de rencontrer? questionna encore Bertrand.

— Elle-même serait bien en peine de te le dire. Peut-être Lamartine, Victor Hugo ou Balzac.

Eugène Sue, Alphonse Karr, Cabarrus et Chassériau comptent aussi parmi ses fidèles. Toutes ces célébrités ne seront pas là mais vous aurez sûrement la chance d'en voir une ou deux.

Louise pensait déjà à la toilette qu'elle porterait en mangeant son bœuf mode tandis que la conversation roulait maintenant sur les travaux des deux cousins peintres.

— La maison que je viens de faire construire rue Bayard, à l'angle du Cours-la-Reine est à peu près installée. Il faut que vous veniez tous souper un soir. Laure sera ravie de vous voir. Je viens de faire d'elle un grand pastel, en robe de mousseline blanche. Elle est superbe[1]. Pour le reste je n'arrive pas à réaliser toutes les commandes que je reçois. Je partage mon temps entre la décoration de la chapelle de l'hospice de Charenton, les cinq plafonds de la bibliothèque de la Chambre des pairs, des commandes du ministère de l'Intérieur et le tableau que je prépare pour le Salon... Et Eugène me morigène : il me trouve fantaisiste et dit que je me disperse!

— Eugène est maintenant trop célèbre, nous ne le voyons plus guère! soupira Ethis.

— Il ne pense qu'à sa peinture et à sa santé. Il est constamment malade mais travaille comme un forcené. Pour l'instant, il décore la partie centrale de la galerie d'Apollon, au Louvre. Il reprend le thème que Lebrun, jadis, n'avait pas exécuté, *Le Triomphe du Soleil,* mais alors que Lebrun projetait une allégorie à la gloire de Louis XIV, Eugène a conçu un triomphe de la lumière sur les ténèbres, de la vie sur le chaos. Ce sera un chef-d'œuvre!

— Le verrons-nous jeudi chez Mme de Girardin? demanda Louise.

— Je ne le pense pas, il vient de partir hier pour Nohant, chez George Sand.

1. Léon Riesener venait d'épouser une rare beauté, Laure Peytouraud, jeune fille de la bourgeoisie parisienne.

– C'est dommage, dit Bertrand, sa présence m'aurait donné du courage. J'ai le trac!

– Ne te fais donc pas de souci. Tout se passera bien!

Louise qui avait assisté à maintes réceptions au château de Richmond se sentait, elle, tout à fait à l'aise. Affronter Delphine et ses monstres sacrés ne l'effrayait pas et elle s'était employée à rassurer Bertrand :

– Delphine ne va pas comparer tes poèmes à ceux d'Hugo ou de Lamartine. Elle veut connaître un poète ouvrier, sois donc simplement ce que tu es : un artisan du bois qui écrit des vers. Et de bons vers! Tu verras que tu seras le roi de la soirée!

Ces sages propos n'avaient pas tout à fait convaincu Bertrand mais l'avaient mis en confiance. Quand le jeudi arriva, après le souper expédié au grand dam de Marie qui ne concevait pas que son petit puisse affronter une pareille épreuve l'estomac quasiment vide, il était calme et résolu en passant le « costume de bourgeois », comme il appelait son habit de drap noir sanglé, à larges revers bordés. Louise lui avait noué sur sa chemise empesée une étroite cravate noire comme on en portait maintenant :

– Il ne te manque que des cheveux longs pour ressembler à Musset, avait-elle dit en riant. Et n'oublie pas ton « tuyau de poêle », ce couvre-chef qui écrase sous sa forme robuste les hommes de petite taille mais que tu arbores avec une rare élégance.

Louise, qui d'ailleurs n'avait pas tellement le choix, avait opté pour la robe qu'elle portait lors de sa visite à M. Forgerie. Un châle de fine dentelle blanche épinglé avec goût sur ses cheveux qu'elle avait fait gonfler, mettait en valeur son visage à peine poudré.

Toute la famille s'était mise à la fenêtre pour voir partir le couple vers un monde dont elle ne saurait jamais grand-chose. « Ils sont beaux! » dit simplement Ethis. Marie opina ainsi que Caumont. Seuls Jean et Antoinette-Emilie ne dirent rien. Un regret, peut-être un soupçon de jalousie dans leur regard... mais ils rentrèrent souriants en se tenant par la main : ils savaient bien que leur vie à eux ne s'évaderait jamais au-delà de la porte Saint-Antoine et leur bonheur de cette place d'Aligre où la nuit commençait à tomber.

Un coucou conduisit poète et femme d'affaires jusque chez Pierret au bas de la butte Montmartre. Léon et le maître de maison étaient prêts. Il fallut trouver une voiture plus grande pour gagner le 80 de la rue de Chaillot et, durant le voyage, les deux amis ne cessèrent de louer la beauté et l'élégance de Louise qu'on aurait pu voir rougir s'il n'avait fait aussi sombre dans la berline cahotante qui sentait le vieux cuir.

— Voici le « temple grec », comme Gautier appelle la maison de Delphine, dit Pierret. Elle a été construite, paraît-il, par le comte de Choiseul-Gouffier sur le modèle de l'Erechthéion. Une villa romaine eût mieux convenu à la beauté de notre hôtesse. Allons mes amis, entrons. Il est encore tôt et nous allons sans doute être les premiers.

Nul valet en livrée à la porte mais une jolie soubrette en robe noire et tablier blanc bordé de dentelle qui s'effaça souriante pour laisser passer les visiteurs.

— Patientez une minute, dit-elle, Madame va venir tout de suite.

Louise eut à peine le temps de remarquer que le vestibule était tendu d'un damas de laine vert d'eau qui lui donnait un air d'aquarium : Delphine de Girardin venait à la rencontre de ses hôtes.

— Entrez donc dans le salon. Il n'y a encore personne et nous allons pouvoir faire connaissance. Madame, prenez ce fauteuil, c'est celui qu'affectionne mon amie George Sand et vous, messieurs, installez-vous où vous voudrez.

Le salon, comme l'entrée, était tendu d'étoffe verte. « Il vaut mieux être blonde, se dit Louise, les brunes doivent prendre une drôle de couleur dans cette caverne sous-marine! » Delphine regarda un moment Louise et Bertrand sans ouvrir la bouche puis lança d'une voix nette et forte qui étonnait venant d'une personne aussi frêle :

– J'ai lu quelques-uns de vos poèmes, monsieur, et j'avoue qu'ils m'ont étonnée et charmée. Rien dans vos vers ne trahit le métier que vous exercez, un bien beau métier entre parenthèses. Pourquoi ne faites-vous jamais allusion à l'outil, à la main qui le tient et le dirige?

– J'ai commencé par là, madame. Quand j'ai accompli mon tour de France, j'ai chanté le compagnonnage, l'amour de la besogne bien faite, la solidarité des corporations. Il paraît qu'on fredonne encore mes chansons sur les routes de France...

– Comme Agricol Perdiguier.

– Vous connaissez Agricol Perdiguier? Il est je crois ce que la vieille et noble institution du compagnonnage a fait de mieux d'un pauvre apprenti sans instruction. Jamais le titre de maître n'a été mieux porté que par lui.

– Non, je ne le connais pas mais George Sand qui l'admire beaucoup m'a souvent parlé de lui. Elle projette d'écrire un roman sur les aventures d'un compagnon du tour de France, ce sera un peu son histoire. Elle le pousse aussi à écrire ses mémoires... Tout à l'heure vous nous ferez le plaisir de dire quelques-uns de vos poèmes mais parlons un peu de vous, madame. Pierret m'a dit que vous dirigez une entreprise de menuiserie! C'est prodigieux mais cela ne m'étonne pas. J'ai écrit une chronique où j'affirmais que l'avenir des affaires appartenait aux femmes. Les hommes endormis, étourdis, abrutis par l'usage immodéré de l'alcool et du tabac ne seront

bientôt plus en état de s'en occuper sérieusement.
Vous trouvez cela peut-être exagéré, c'est vrai, mais
réfléchissez : il y a beaucoup de vrai là-dedans!
Certes il a fallu aux femmes une bien grande habileté
pour arriver à cette influence malgré tant d'obstacles, malgré ces lois faites contre elles, malgré les
craintes soupçonneuses des hommes, si jaloux de
leur autorité.

— Mais, madame, je ne me sens pas concernée par
ce que vous pensez des hommes et des femmes qui
ont pris tant d'empire sur eux. C'est parce qu'ils me
l'ont demandé que j'ai entrepris d'aider les hommes
de ma famille, merveilleux ébénistes d'art, à mieux
vendre leur production et à survivre. Ce sont eux qui
ont jugé que j'étais la plus apte à lutter contre les
grandes entreprises mécanisées devant lesquelles
nous, artisans, ne pesons pas lourd!

Louise avait parlé d'une traite, tranquillement,
sans aucune gêne devant cette femme exceptionnelle
qui l'avait écoutée en souriant avant de répondre :

— Madame, vous êtes plus merveilleuse que je ne
le pensais et je vous félicite de faire partie d'une
famille aussi unie et aussi intelligente. Celles que je
fréquente et qui alimentent mes chroniques n'ont
hélas! malgré leurs noms qu'elles croient grands, pas
la noblesse de la vôtre.

Bertrand qui semblait s'amuser beaucoup et qui se
sentait maintenant tout à fait détendu, prit à son
tour la parole :

— Vous avez bien raison, madame, de parler de
noblesse. En ce qui nous concerne, c'est la noblesse
du bois dont les ancêtres n'ont été ni de grands
capitaines, ni des gens de cour, ni des financiers
enrichis. Ma grand-mère était la fille d'Œben et la
belle-fille du grand Riesener. Et comme je vois que
vous aimez être étonnée, je vais vous révéler un petit
secret de famille qui ferait bonne figure dans un
roman de votre ami Eugène Sue : mon père, Ethis,
enfant trouvé et vainqueur de la Bastille, est, en

droit, baron de Valfroy, nom du mari de ma grand-
mère. Adopté par cet homme de cœur qui fut
longtemps le conseiller et l'ami de Necker, il est
héritier d'un titre et d'une particule dont on ne fait
jamais état dans la famille. Je peux vous assurer que
si j'ai un jour le bonheur de pouvoir publier mes
poèmes, ils paraîtront sous le nom de Bertrand
Valfroy!

Etonnée, Delphine l'était!

— Merci, mon bon Pierret, de m'avoir permis de
rencontrer des jeunes gens aussi passionnants. Quant
à vos poèmes, monsieur Valfroy, ils seront édités je
vous le promets!

Bertrand aurait bien aimé poursuivre la conversation sur ce sujet qui l'intéressait plus que tout mais
deux belles barbes faisaient leur entrée dans le salon
vert. La première, foisonnante et longue jusqu'au
milieu du gilet, était celle d'Alphonse Karr et la
seconde, plus discrète et bien taillée, celle du peintre
Chassériau. Il était rare de rencontrer des inconnus
chez Delphine et les nouveaux venus se demandaient
visiblement qui étaient cette jolie femme et ces
hommes à la taille imposante qui entouraient la
maîtresse de maison. Celle-ci ne fit pas languir ses
amis :

— Mme Valfroy dirige une ébénisterie dans le
faubourg Saint-Antoine et son mari, ébéniste lui-
même, écrit entre deux coups de rabot les plus beaux
poèmes qui soient.

— Un ébéniste-poète! Voilà qui va intéresser notre
amie Sand, s'exclama Karr. Elle ne jure que par son
poète-maçon toulonnais Charles Ponty et va pouvoir
passer de la pierre au bois!

Bertrand sourit par politesse tout en ne trouvant
pas follement drôle le mot de l'écrivain, renommé
pour sa malice et son esprit. Mais Alphonse Karr
ajouta aussitôt :

— Ne vous trompez pas, monsieur, c'est un compliment car Mme Sand sait choisir ses protégés et

Ponty a beaucoup de talent. Mais peut-être nous donnerez-vous un aperçu de vos œuvres?

– Tout à l'heure! coupa Delphine. Laissez-moi d'abord vous raconter l'histoire incroyable de cette famille du bois et continuer avec Mme Valfroy la conversation que nous avions commencée sur l'influence croissante des femmes dans notre société encore honteusement gouvernée par la loi salique.

Merveilleuse conteuse, Mme de Girardin reprit le récit de la vie aventureuse d'Ethis dans le ton exquis de ses chroniques parisiennes. On l'écouta comme toujours avec ravissement et Chassériau y alla de son compliment que tout le monde approuva :

– Comme vous parlez bien, chère Delphine. Je pense que si vous aviez un jour touché un pinceau vous auriez été le meilleur peintre de portraits de notre temps.

– Détrompez-vous! J'ai essayé de dessiner dans ma jeunesse et les résultats n'ont pas été fameux.

Enfin, comme l'heure avançait, Bertrand fut prié de dire quelques-uns de ses poèmes. Habitué maintenant à faire valoir ses rimes en société, il s'acquitta sans le moindre embarras de cette tâche à laquelle il commençait à prendre goût.

– Enfin des vers qui ne sont pas des petits monuments de tristesse! dit Delphine. Votre poésie respire l'amour, la joie, le plaisir de la vie! Je vous promets que nous en ferons un volume qui aura du succès!

C'était assez pour combler Bertrand au-delà de ses espérances mais Karr ajouta la dernière fleur à ce bouquet :

– Vous savez peut-être que je suis depuis quelques mois directeur du *Figaro*[1]. Puis-je vous demander de m'envoyer quelques-unes de vos œuvres. J'aurai le

---

1. C'est en 1854 que Villemesant fondera *Le Figaro* bi-hebdomadaire qui deviendra bientôt quotidien, jusqu'alors le journal paraissait très irrégulièrement.

plus grand plaisir à les faire connaître à nos lecteurs.

Avec un courage indomptable, Louise poursuivait son travail de fourmi voyageuse. Elle visitait tous les ateliers où elle pensait surprendre une idée nouvelle, découvrir le secret qui permettrait à l'estampille de reprendre son importance dans le monde nouveau de l'ameublement. Elle apprenait, regardait fonctionner les machines, se renseignait sur les fournisseurs de bois. D'autres jours elle visitait les clients débiteurs et réussissait souvent à faire rentrer des sommes dues depuis longtemps et qu'Ethis, lassé, avait renoncé à réclamer. Enfin, elle avait décidé de faire le tour des ministères et des administrations qui, en dehors du Mobilier royal, étaient susceptibles de commander des meubles. C'était là un travail ingrat. Après d'innombrables démarches et de longues attentes dans les antichambres elle allait renoncer quand son courage fut enfin couronné grâce à un concours de circonstances étonnant.

Louise, ce jour-là, avait attendu plus d'une heure avant d'être reçue par l'adjoint au directeur du matériel du ministère des Travaux publics. Enfin, un monsieur aimable – cela n'avait pas toujours été le cas au cours de sa chasse aux commandes officielles – la fit asseoir dans un fauteuil doré qui devait être en place depuis Louis XV. Comme elle l'avait fait déjà cinq ou six fois, Louise, tous charmes dehors, proposa les services de l'entreprise familiale en insistant sur ses glorieux ancêtres Œben et Riesener. L'argument qui avait laissé froids tous ses autres interlocuteurs parut soudain éveiller l'intérêt de l'adjoint :

– Pardon, madame, vous me parlez bien de M. de Valfroy et de son fils adoptif Ethis?

Etonnée, Louise acquiesça et demanda :

– Vous connaissez notre famille?

– Mon père faisait partie de la section des Quinze-Vingts durant la Révolution et il nous parlait souvent de M. de Valfroy qu'il considérait comme un homme sage, honnête et qu'il admirait beaucoup. Plus tard j'ai connu Ethis, nous habitions alors rue Picpus et nous avons bu plus d'une chopine ensemble dans le Faubourg. Sous le Directoire j'ai pu suivre des cours et suis entré dans l'administration. J'ai maintenant mon bâton de maréchal et attends la retraite. Un bâton de maréchal qui, hélas! ne va pas me permettre de vous aider beaucoup. Le ministère où je travaille est pauvre et n'achète pas de meubles. Mais comment va Ethis? Vous remuez, madame, bien des souvenirs...

– Pas très bien. Sa jambe le fait de plus en plus souffrir et il marche difficilement. C'est pourquoi j'ai été amenée à le remplacer pour essayer de sauver notre marque mais c'est bien difficile!

– Attendez. Mon beau-frère est quelque chose comme économe à la manufacture de Sèvres et je sais qu'on va y entreprendre des travaux importants dans le magasin d'exposition. Je vais vous faire un mot pour lui et le préviendrai de votre visite. La chance est mince mais pourquoi ne pas la tenter? J'aimerais tellement pouvoir vous rendre service!

Louise ne parla de cette visite qu'à Bertrand, afin de ne pas éveiller de fausses espérances dans la famille. La semaine suivante, elle prit la Caroline à six sous qui desservait la banlieue jusqu'à Sèvres[1]. Son cœur battait quand elle fut introduite dans le bureau de l'intendant, M. Naquet. Il y avait trop longtemps qu'elle accumulait les échecs, elle avait besoin d'un succès pour garder courage et poursuivre sa mission.

---

1. Diverses voitures, appartenant à des sociétés différentes : les Carolines, les Favorites, les Diligentes, les Citadines, les Ecossaises... desservaient une quarantaine de lignes.

Vernaste, l'ami d'Ethis, avait heureusement préparé le terrain et à son grand soulagement Louise n'eut pas à répéter son refrain. M. Naquet était long comme un jour sans pain, maigre, sévère, le type même du fonctionnaire que dessinait Granville dans *Le Musée du rire*. Elle n'eut pas le temps d'esquisser une stratégie pour l'apprivoiser. L'intendant était homme qui, peut-être pour se donner de l'importance, entendait signifier à sa visiteuse qu'on n'était pas là pour faire des manières mais pour traiter une affaire :

– Madame, je sais par mon beau-frère que vous êtes candidate à l'obtention d'un marché de menuiserie. Il s'agit de garnir une pièce d'exposition de meubles de rangement à tiroirs aménagés sur des armoires basses. Voici le plan de cet ameublement. Une importante maison concurrente nous a fait une offre que je trouve trop élevée. Si vous êtes moins chère, je vous accorde la commande.

C'était net, précis, les sourires étaient d'emblée bannis du marchandage. Louise réfléchit un court instant et annonça :

– Deux choses, monsieur Naquet. Premièrement, l'estampille de notre maison, M. Vernaste a dû vous le dire, est une garantie de qualité. Deuxièmement, nous avons besoin de cette commande. Alors je vous propose de conclure notre accord pour un prix inférieur de cent francs à celui de notre concurrent.

Un silence, puis Louise crut reconnaître un sourire sur les lèvres minces de la caricature de Granville qui s'anima soudain :

– Madame, je n'ai pas l'habitude de traiter ce genre d'affaires avec des dames mais à compter de cet instant je vais le regretter. Jamais un homme n'aurait su prendre sa décision aussi promptement. Vous êtes comme moi, vous n'aimez pas perdre de temps, je vous donne la commande. Faites-moi tenir le plus vite possible votre devis descriptif arrêté à la somme de... Il chercha dans un dossier posé sur son bureau et, là, sourit vraiment avant d'ajouter : 1 350 francs, c'est exactement le prix proposé par votre concurrent.

Louise, pour un peu, aurait sauté au cou de M. Naquet qui avait repris son air affligé. Elle se contenta de le remercier et il se produisit alors quelque chose d'inattendu et de cocasse :

– Ah! les femmes! s'exclama le bonhomme. Vous faites de nous ce que vous voulez!

Louise était heureuse mais aussi un peu inquiète : n'avait-elle pas accepté un prix trop bas qui ferait lever les bras au ciel aux Caumont et à Bertrand?

Mais non, Bertrand consulté dit qu'à première vue ce contrat était très raisonnable et qu'il se révélerait probablement une bonne affaire. Louise annonça donc la nouvelle en faisant rejaillir sur Ethis les compliments qu'on lui fit :

– Vous voyez, père, que vous avez tort de croire que vous n'êtes plus utile : sans vous, sans votre nom et sans les souvenirs inoubliables que gardent de vous vos amis les plus lointains, nous n'aurions jamais obtenu cette commande!

– Il y a un peu de vrai dans ce que tu dis mais si tu n'avais pas été faire le pied de grue dans les ministères et si tu n'avais pas été là pour enlever l'affaire, personne ne serait venu demander à Ethis d'accepter une commande de 1 350 francs. C'est là une aubaine que nous te devons ma petite Louise!

Emu – l'émotion maintenant le gagnait facilement –, Ethis ajouta qu'il allait se coucher. Caumont, Jean et Bertrand avaient déjà déplié sur la table le plan du meuble de rangement et calculaient approximativement son prix de revient. Dès la semaine prochaine on pourrait commencer le travail. Encore fallait-il établir le devis et le faire signer par l'imprévisible M. Naquet. Sur la prière de Louise, Bertrand prit une feuille de papier et commença à écrire : « Pour la manufacture royale de Sèvres, corps de tiroirs surmontés de corps d'armoires en chêne pôli. »

– Ce n'est pas un poème que tu me fais écrire, dit Bertrand, mais c'est tout de même bien agréable! Ma Louise, tu nous tires une belle épine du pied. Tard dans la nuit, les hommes dessinaient encore, évaluaient les quantités de bois et les heures de travail nécessaires, refaisaient leurs calculs pour arriver à cette conclusion que la commande laissait finalement un bénéfice appréciable. Louise n'entendit pas les louanges que lui tressaient les trois compagnons : elle dormait depuis longtemps, exténuée par cette journée qu'elle pouvait enfin considérer comme une première preuve de sa réussite.

Trop occupé par l'atelier, Bertrand avait laissé de côté la poésie. Il avait bien envoyé une dizaine de sonnets, d'odes et de fantaisies rimées à Alphonse Karr mais *Le Figaro* qu'il feuilletait, quand il paraissait, à l'éventaire de la fontaine Trogneux n'avait encore rien publié. Quant au recueil que Mme de Girardin lui avait promis de faire éditer, il lui restait à recopier au net tous ses poèmes en y apportant d'ultimes retouches.

Repliée une fois de plus sur elle-même pour assurer la continuité de son estampille, la famille prêtait peu d'attention aux péripéties de la politique. Les nouvelles que rapportaient les femmes du marché étaient pourtant alarmantes. Louis-Philippe avait changé plusieurs fois ses ministres mais les affaires publiques n'en allaient pas beaucoup mieux. La dissolution de la chambre entraîna des élections qui renvoyèrent à peu près les mêmes hommes au Parlement. Le roi, que les caricaturistes ne représentaient plus que sous forme d'une poire, semblait blettir un peu plus chaque jour en attendant l'instant inéluctable où il se détacherait de la branche orléaniste.

Sans attendre cette chute que guignaient les partisans des Bourbons, les républicains de tout poil et les bonapartistes, une société secrète dite « des Saisons » et dont les chefs étaient Barbès, Blanqui et Martin Bernard déclencha une insurrection que le manque de préparation et la faiblesse des forces engagées vouaient à l'échec. Les insurgés prirent pourtant le poste du Palais de Justice et ne pouvant sérieusement envisager de s'emparer comme prévu de la Préfecture de police, se replièrent vers l'Hôtel de Ville qu'ils investirent sans coup férir. Le plus difficile n'était pourtant pas de s'emparer de ces postes importants mal défendus mais de les conserver contre un pouvoir qui, revenu d'un premier mouvement de stupeur, réagissait vigoureusement. Bientôt encerclés, les sectionnaires des Saisons abandonnèrent l'Hôtel de Ville avant même que la nouvelle de son occupation soit parvenue dans les ateliers du Faubourg demeurés sourds à la voix d'émissaires venus chercher du renfort pour soutenir les trois barricades élevées rue Greneta. Ces dernières devaient être le tombeau de l'insurrection. Barbès fut touché à la tête, la plupart de ses hommes furent tués...

Place d'Aligre, on commençait enfin à respirer. La commande de la manufacture de Sèvres avait été suivie de deux autres obtenues encore une fois par l'entremise de Fontaine que Louise était allée rencontrer dans son atelier du Palais-Royal. Le vieil architecte ne sortait plus guère mais, à quatre-vingt-cinq ans passés, il maniait encore avec virtuosité le compas et l'équerre. Il avait été touché par la démarche de Louise qui lui avait expliqué dans quel embarras se trouvait l'atelier d'Ethis et les raisons qui l'avaient poussée à s'occuper d'une tâche normalement réservée aux hommes.

— Aidez-moi, maître, à sauver la marque illustre dont vous avez suivi dès l'origine la fortune et l'infortune. Ethis est malade, je crois que ses jours sont comptés et il n'est pas possible que ses derniers mois ou peut-être ses dernières années soient ternies par une faillite qui lui percera le cœur plus douloureusement qu'un poignard.

– Je vous comprends, ma petite. Mon chagrin est égal au vôtre mais mon activité est désormais réduite et mon pouvoir aussi. J'ai néanmoins conservé assez de relations aux Beaux-Arts et au Mobilier royal pour essayer de tenter quelque chose. Si j'échoue vous ne m'en voudrez pas et si je réussis mon bonheur sera aussi vif que le vôtre.

Deux semaines plus tard arrivait une commande inespérée pour le Grand Trianon. On sut que Fontaine n'avait accepté d'en dresser les plans que si elle était confiée à l'atelier Valfroy-Caumont. Il s'agissait de meubles comme on n'en fabriquait plus que très rarement au Faubourg et la famille, recueillie, écouta Ethis en lire la description comme s'il s'agissait d'un texte sacré qui renouvelait l'alliance du bois, matériau noble, quasi divin, avec l'une des familles qui l'avaient toujours servi avec amour et loyauté. Les mots étaient secs, précis, froids, mais ceux qui les entendaient y trouvaient de l'âme, de la noblesse et du cœur.

Il s'agissait d'abord d'« une console forme Régence, montants à gaines en pieds de biche, sabots à griffes et à feuilles montantes, ceinture richement ornée en bronzes ciselés et dorés, marqueterie en ébène et cuivre découpé et gravé, traverse d'entrejambe en X, dessus en marbre campan vert-rouge ». Estimation 1 100 francs.

La seconde commande était plus importante encore : « Deux commodes forme Régence, contournées sur le devant et les côtés, marqueterie en ébène et cuivre découpé et gravé. Elles sont ornées de bronzes richement ciselés et dorés, couvertes en marbre campan vert-rouge et contournées à moulures de 0,035 m d'épaisseur. Hauteur 1,02 m. » Estimation : 1 135 francs la pièce, soit 2 270 francs.

Quand Ethis eut fini de lire, on applaudit comme

au théâtre après une tirade bien venue et chacun vint embrasser Traîne-sabot devenu patriarche.

Il est vrai parfois que les bonnes nouvelles n'arrivent pas seules. C'est le lendemain que Mme Flippot, quittant un moment son cabinet de lecture, entra comme un ouragan dans l'atelier de la rue Saint-Nicolas en brandissant *Le Figaro* que Bertrand, lassé, ne feuilletait même plus :

– Monsieur Valfroy, monsieur Valfroy, il y a l'un de vos poèmes dans le journal. Je viens de le lire et c'est très beau!

Bertrand, rouge de bonheur et de surprise, découvrit en page trois *Les Cinq Sens,* bien imprimé en milieu de colonne :

– Et c'est signé! Regardez : « Bertrand Valfroy » en caractères gras! Peut-être qu'ils vont publier les autres! C'est Louise qui va être heureuse quand elle va rentrer tout à l'heure!

Cette parution qu'il n'attendait plus redonna à Bertrand l'envie d'écrire et d'abord d'achever la copie du manuscrit qu'il porterait lui-même, c'était décidé, à Delphine de Girardin. N'eût été la faiblesse d'Ethis qui s'aggravait un peu plus chaque jour, le bonheur aurait été complet dans la famille. Chaque matin, il s'efforçait de sortir et de marcher jusqu'au Faubourg où il se reposait un quart d'heure à la terrasse du *Café Amelot* avant de reprendre la rue de Cotte jusqu'à la place d'Aligre. Sa jambe malade le faisait cruellement souffrir et il devait s'aider d'une canne dont l'usage forcé le désespérait. La vie de l'atelier ne l'intéressait plus tellement. C'est à peine s'il demandait certains jours où en était la commande du Trianon. Il s'agissait de livrer au plus vite la console et les deux commodes afin d'en toucher le prix et de liquider, enfin! les dernières dettes. Heureusement, Emmanuel tenait encore sa place à l'établi. Un peu plus jeune qu'Ethis, il était toujours vaillant et se chargeait des travaux de finition tandis que Bertrand et Jean, aidés par Victor, l'apprenti formé dans l'atelier et devenu compagnon, effectuaient les tâches les plus fatigantes. Victor était très habile, il ne ménageait pas sa peine et était tout dévoué à la famille qui le considérait comme l'un des siens. A la fois parce qu'il était affligé d'une légère déformation de la colonne vertébrale et qu'il maniait avec une adresse exceptionnelle l'outil utilisé pour aplanir les fonds d'entailles et exécuter les moulures sur les pièces chantournées, Ethis l'avait jadis surnommé Tarabiscot[1]. Sous ce sobriquet, il était connu dans tout le Faubourg. Plusieurs fois, des marchands-fabricants nouvellement installés lui avaient proposé un salaire plus élevé mais il avait toujours refusé, offusqué d'une offre qui ne lui paraissait pas convenable.

– Quitter les Valfroy pour quelques sous ? Vous n'y pensez pas ! Ce serait une trahison au moment où l'on a besoin de moi pour remettre la maison à flot !

Chacun s'était félicité d'avoir mis tant d'ardeur à livrer la commande car, loin de s'améliorer, la situation politique devenait inquiétante et l'on savait de longue date au Faubourg que ce n'est pas dans les périodes de troubles qu'on peut se faire payer de l'administration. Heureusement l'autorisation du règlement, à échanger contre du bel et bon argent au guichet du trésorier-payeur, était arrivée à temps pour ne pas subir les incommodités d'une insurrection qui commença à remuer Paris le jour où un gigantesque « banquet réformiste » transforma la place de la Concorde en bombe humaine prête à éclater au moindre incident. L'annonce d'un changement de ministère sembla calmer les esprits mais le soir du 23 février de 1848 une fusillade inattendue et meurtrière déclencha un mouvement irréversible qu'il fallut bien appeler révolution.

Du conglomérat de la place de la Concorde

1. Rabot à lame profilée.

s'étaient formées des bandes plus ou moins armées, portant des torches allumées, qui se répandaient par les rues en criant d'illuminer pour marquer son opposition aux autorités royales. Des pierres lancées dans les fenêtres de la Chancellerie, des cris contre l'armée... c'était simplement inquiétant et l'inquiétude était monnaie courante dans un Paris surchauffé où les chômeurs et les ouvriers des ateliers nationaux menacés de dissolution constituaient une masse désespérée et malléable que les chefs révolutionnaires et les agitateurs anarchistes comptaient bien soulever le moment venu.

Ce sont souvent des faits anodins ou des hasards qui entraînent les pires catastrophes. Ce soir-là, le destin voulut qu'une colonne venue de la Concorde rencontrât à la hauteur du ministère des Affaires étrangères un détachement du 14e de ligne. Rien ne devait se passer et rien ne se serait passé si le cheval du lieutenant-colonel commandant la troupe ne s'était cabré brusquement, occasionnant un mouvement de recul dans la foule d'où partit soudain un coup de pistolet. Personne ne fut touché mais ce coup fatal déclencha une décharge des soldats qui atteignit une cinquantaine de manifestants.

Au bruit de cette fusillade inattendue, des cris de fureur et de vengeance répondirent, les illuminations s'éteignirent et le groupe se répandit dans les rues en criant aux armes tandis que les promeneurs et les curieux épouvantés fuyaient et colportaient la nouvelle dans Paris.

Quelques bourgeois et des gardes nationaux relevaient pourtant les blessés. Les cadavres, une dizaine, furent chargés sur un chariot qui, promené dans toute la ville, allait être le brûlot qui enflammerait la colère populaire.

Jean et Bertrand rentraient ce soir-là d'une assemblée des compagnons et maîtres ébénistes et se trouvaient place de la Bastille au moment où le sinistre convoi faisait le tour de la colonne de Juillet.

Escorté par une foule sans cesse plus nombreuse, le
char des morts, les premiers de la révolution qui
commençait, avait été traîné vers les bureaux du
National et de *La Réforme* avant de reprendre la rue
de Rivoli et la rue Saint-Antoine où l'on criait : « Ce
sont des assassins qui ont frappé. Nous vengerons
nos héros! »

– C'est affreux, dit Bertrand. Regarde ces pauvres
corps qui chantaient il y a quelques heures. Ils gisent
maintenant sans vie, encore chauds, dans leur sang
mêlé qui rougit les roues du chariot et le pavé de la
rue.

– Et le reflet des torches sur ces visages livides et
ces blessures sanglantes! murmura Jean. J'ai bien
peur que ce sinistre cortège n'ouvre la voie à d'autres
spectacles aussi terribles.

A ce moment, le char était arrêté devant la porte
de bronze de la colonne et un homme, debout, les
pieds dans le sang, soulevait le cadavre d'une femme
et le montrait à la foule grondante.

– Cette épouvantable exhibition va faire plus en
une nuit que cent articles de presse en un an pour
entraîner la chute de Louis-Philippe! murmura
encore Bertrand. Comment ne pas réagir devant
cette horreur!

Ils rentrèrent silencieux place d'Aligre et ne dirent
rien aux femmes pour ne pas les affoler. Le quartier
était calme et ils s'endormirent en pensant qu'il
fallait mettre en route dès le lendemain une commande de douze tables de nuit que Louise avait
obtenue chez un marchand de la rue Saint-Honoré.
L'intérêt de ce travail était dérisoire à côté de celui
qu'avait suscité la fabrication de la console et des
commodes Régence, mais il fallait faire vivre l'atelier.

Levée la première – elle avait maintenant besoin
de beaucoup moins de sommeil –, Marie était des-
cendue aux nouvelles. Au cours de la nuit, surtout
vers le matin, elle avait perçu des bruits insolites qui

l'avaient intriguée. C'est qu'elle les connaissait, les bruits du quartier! En prêtant seulement l'oreille dans la nuit elle pouvait dire l'heure qu'il était à dix minutes près. Ce matin, elle savait qu'un drame se préparait dans le Faubourg.

Elle fut fixée en arrivant à hauteur des premières boutiques de la rue de Cotte. Mme Georges, la bouchère, lui fit en quelques phrases le portrait de la situation :

– J'hésite à ouvrir. Vous savez ce qui se passe? Ils ont commencé à dresser une barricade à l'entrée du Faubourg.

– Elle disait « ils » non pour désigner des personnes précises mais pour montrer, au contraire, que l'initiative ne venait pas des gens du Faubourg. Cet anonymat désignait des perturbateurs venus d'ailleurs.

– Mais non, madame Georges, j'ai bien entendu cette nuit de drôles de bruits mais nous ne savons rien.

– La barricade de la Bastille n'est rien, paraît-il, à côté de celles qui se montent rue Rambuteau, rue Transnonain, place de Grève et dans tout le quartier des Halles. A l'aube, mon mari qui allait chercher de la marchandise n'a pas pu passer avec sa carriole. Il m'a dit que certaines de ces barricades étaient de véritables constructions. C'est à la suite de la fusillade d'hier. Il paraît qu'on a promené autour de la colonne les corps sanglants de malheureuses victimes et que ce spectacle épouvantable a soulevé le centre de Paris. J'ai bien l'impression que notre pauvre ville s'apprête de nouveau à devenir un champ de bataille. Vous voyez, madame Valfroy, le malheur, dans tout ça, c'est qu'à tous ces braves gens, les patriotes qui veulent la réforme et le renvoi de Guizot, se mêlent des anarchistes et même de véritables bandits.

A ce moment on entendit le tocsin qui sonnait à

l'église Saint-Paul et presque aussitôt la cloche de Sainte-Marguerite qui se mettait en branle.

— Je rentre prévenir la maison, dit Marie. Je crois que vous avez raison : c'est bien une révolution qui commence! Et voilà la neige qui se met de la partie!

Des flocons en effet se mêlaient au crachin glacial qui saluait depuis l'aube cette journée du 24 février dont personne ne savait qu'elle serait historique.

Alertés, les hommes ne furent pas longs à s'habiller.

— Un peu de soupe chaude et nous allons voir ce qui se passe à la Bastille, dit Bertrand. Je ne sais pas s'il faut ouvrir l'atelier...

— Ouvrons! répondit Emmanuel Caumont. Nous avons du travail et il sera toujours temps de fermer si les choses se gâtent!

A la surprise de tous, Ethis annonça qu'il accompagnait son fils et les Caumont :

— Ce sera peut-être ma dernière barricade, je ne veux pas la manquer! Marie, donne-moi mon manteau à capuche.

— Tu es fou! Il fait un temps épouvantable et tu risques de glisser. Reste donc au chaud!

— Taratata! Jean et Bertrand m'aideront. D'ailleurs je peux encore marcher. Allons, en route!

Bertrand regarda sa mère en hochant la tête. Il savait comme elle qu'un matin comme celui-là, rien ne pourrait empêcher Ethis de faire ce qu'il avait décidé.

— Ne te tracasse pas, mère, nous allons faire attention à lui. Au besoin nous le ramènerons en voiture.

Ethis d'ailleurs était tout ragaillardi. Bien sûr il traînait la jambe mais la douleur semblait s'être envolée. Il était redevenu Traîne-sabot sur le chemin de la Bastille.

En apercevant la barricade qui atteignait mainte-

nant la hauteur du deuxième étage des dernières
maisons du Faubourg, Ethis émit un sifflement :

— Eh bien! les enfants, ce n'est pas une plaisanterie, dit-il en connaisseur. Elle sera dure à prendre
celle-là!

— Tu sais, rien ne résiste aujourd'hui au canon, dit
Bertrand. Et puis les forces de l'ordre et les militaires
ont maintenant l'habitude de forcer ce genre de
défense artisanale qui les surprenait de ton temps.

Avec la permission de celui qui semblait commander les barricadistes, Jean préleva une chaise, un peu
cassée mais encore utilisable, dans le monceau de
voitures, de vieux matelas et de grilles arrachées aux
monuments publics.

— C'est un vainqueur de la Bastille, il veut
voir...

— Bravo grand-père! Asseyez-vous, regardez et
dites-nous si notre barricade est digne de celles que
vous montiez. Quant à vous, messieurs, qui n'êtes
pas des vétérans de la Révolution, venez nous aider
à vider cette carriole de pavés qu'apportent les gens
de Bercy.

Emmanuel resta près d'Ethis. Quant à Jean et
Bertrand, ils relevèrent leurs manches et se joignirent
à ceux qui élevaient dans le plus grand désordre un
mur de pavés destiné à retenir les objets hétéroclites
amoncelés sur la chaussée.

— Nous voilà enrôlés! dit Bertrand. Si l'on m'avait
dit en me réveillant que j'allais construire une barricade! Bah! On n'est pas pour Guizot, on n'est pas
pour Louis-Philippe, on est pour la réforme... Alors,
allons-y gaiement, le temps de permettre à Ethis de
jubiler en nous voyant mettre la main à la pâte
révolutionnaire!

L'essentiel n'était pourtant pas ces tas de pavés
dont quelques coups de canon auraient raison. L'essentiel se passait ailleurs, aux Tuileries où le roi
déjeunait après avoir signé une proclamation qui,
pensait-il, allait tout arranger. Cette proclamation,

Emile de Girardin, le mari de Delphine, l'emportait
pour la faire imprimer sur les machines de *La Presse*
et la donner aux afficheurs chargés d'en couvrir les
murs de Paris. Tout en marchant entre deux barricades où il fallait à chaque fois parlementer pour
obtenir le passage, Girardin relisait le texte en
hochant la tête. Ce n'étaient pas ces quelques lignes
qui allaient calmer le peuple de Paris :

« Citoyens de Paris. L'ordre est donné de cesser le
feu. Nous venons d'être chargés par le roi de composer un ministère. La chambre va être dissoute. Le
général Lamoricière est nommé commandant en chef
de la garde nationale de Paris. MM. Odilon-Barrot,
Thiers, Lamoricière, Duvergier de Hauranne, sont
ministres. Liberté! Ordre! Union! Réformes! Signé :
Odilon-Barrot et Thiers. »

Le directeur de *La Presse* avait raison d'être
sceptique. Sitôt placardées, les affiches furent arrachées. Emile de Girardin, têtu, retourna aux Tuileries en bravant les mêmes périls qu'à l'aller. Il lui
fallait à tout prix obtenir une audience du roi pour
l'informer de l'état d'esprit du peuple. Etait-ce son
instinct de journaliste qui le poussait à accomplir
cette surprenante démarche ou l'espoir que l'abdica-
tion de Louis-Philippe et l'octroi de la régence à la
duchesse d'Orléans le placeraient en situation favorable pour accéder à un pouvoir politique auquel il
n'avait jamais cessé de rêver? Lui-même se posait la
question en faisant antichambre aux Tuileries. Enfin
il fut autorisé à entrer et trouva Louis-Philippe
effondré dans un fauteuil. Près de lui se trouvaient
Thiers et Rémusat.

— Que se passe-t-il, monsieur de Girardin?
demanda le roi.

— Sire, les minutes sont des heures. Vous perdez

un temps précieux, dans une heure peut-être il n'y aura plus en France ni roi ni royauté.

– Que faire?

– Abdiquer, Sire, et confier la régence à Mme la Duchesse d'Orléans.

Le duc de Montpensier qui avait conversé quelques instants dans l'antichambre avec Girardin confirma que c'était la seule solution envisageable pour éviter que le gouvernement de la France ne tombe aux mains de la rue.

Le roi parut réfléchir puis dit : « C'est bon, j'abdique. » Et il signa l'acte que Rémusat venait de rédiger :

J'abdique cette couronne que la voix nationale m'avait appelé à porter en faveur de mon petit-fils, le comte de Paris. Puisse-t-il réussir dans la grande tâche qui lui échoit aujourd'hui.

A une heure on afficha une nouvelle proclamation :

Citoyens de Paris. Le roi abdique en faveur du comte de Paris avec la duchesse d'Orléans pour régente.
Amnistie générale.
Dissolution de la chambre.
Appel au pays.

Une séance tumultueuse à la chambre envahie par une colonne révolutionnaire, les barricades qui continuaient à s'élever partout dans Paris et l'incendie du poste du Château-d'Eau où luttaient désespérément deux cents gardes municipaux ôtaient toute chance à une régence, morte avant d'avoir pu naître.

Le peuple triomphait tandis qu'aux Tuileries assiégées on s'affolait autour du roi déchu. Les voitures demandées aux écuries royales de la rue Saint-

Thomas-du-Louvre n'avaient pu parvenir jusqu'au palais. Deux chevaux qui les menaient avaient été tués ainsi que le piqueur qui les précédait. Enfin, la famille royale avait pu s'engouffrer dans trois modestes voitures, un brougham, une calèche fermée à quatre places et un cabriolet. La royauté de Juillet avait vécu.

Restait à faire la république dans une France déchirée, dans Paris armé où flottait toujours l'odeur de la poudre et où se succédaient des manifestations contre le gouvernement provisoire qui promettait beaucoup et ne pouvait rien faire d'autre que couvrir les murs de proclamations et d'arrêtés inutiles.

Curieux gouvernement en effet qui siégea jusqu'à la fin de l'été, d'abord dans l'Hôtel de Ville investi en permanence par une foule hurlante d'excités, de blessés, d'agitateurs de tout poil et d'ivrognes, puis au palais du Luxembourg dans un luxe qui offusquait les extrémistes et où Lamartine, infatigable, dialoguait avec d'innombrables délégations, se laissant aller à des discours enflammés et sincères mais sans conséquence. Le poète avait pourtant vu juste le jour où il s'était exclamé, debout sur une table dans la salle Saint-Jean de l'Hôtel de Ville : « De quel droit nous nous érigeons en gouvernement ? Du droit du sang qui coule, de l'incendie qui dévore les édifices, de la nation sans chef, du peuple sans guide, sans ordre et demain peut-être sans pain. »

Effectivement, il n'y eut bientôt plus ni travail ni argent mais d'innombrables faillites, le commerce et l'industrie demeurant plongés dans le marasme le plus affligeant. Pas question au Faubourg de chercher de nouveaux clients. Rue Saint-Nicolas, Jean et Emmanuel terminaient la série de tables de nuit sans savoir si elles seraient livrées et payées un jour. Bertrand, lui, profitait de cette activité réduite pour préparer son manuscrit mais quel pouvoir de le faire publier aurait demain Delphine de Girardin dont le mari, après avoir soutenu le gouvernement provisoire, était passé dans l'opposition?

Pendant ce temps, l'orage grondait. On sentait que les engrenages de la révolution étaient prêts à s'emballer de nouveau. Les ateliers nationaux, ouverts pour occuper les ouvriers sans emploi, embauchaient à tour de bras et payaient des salaires sans avoir de travail à offrir. « Nous allons bientôt voir s'élever de nouvelles barricades! » prédisait Ethis qui suivait sans passion les événements.

Les événements, il était de plus en plus difficile de les juger, au Faubourg comme dans les autres quartiers car dix journaux d'opposition avaient été interdits et Emile de Girardin incarcéré. Quand le directeur de *La Presse* contre lequel on n'avait pu retenir de motifs d'accusation fut libéré et que les journaux furent autorisés à reparaître, la censure prit le relais en sabrant dans tous les articles où perçait la moindre critique.

L'insurrection dont tout le monde pressentait la reprise flamba le 23 juin à la porte Saint-Denis et se répandit dans Paris comme si une traînée de poudre en avait préparé le cheminement. A dix heures le matin tout était calme sur les Boulevards et la circulation complètement libre quand un signal donné par plusieurs coups de sifflet rassembla en un clin d'œil une soixantaine d'individus qui se jetèrent à la tête des chevaux de l'omnibus n° 10, arrachèrent le conducteur de son siège et firent descendre les voyageurs avant de renverser la voiture en travers du boulevard, à quelques pas de la rue Saint-Denis, près de la fontaine des porteurs d'eau. Quelqu'un cria « Aux barricades! ». Ce nouveau signal allait enflammer Paris.

Les troupes ne commencèrent à apparaître que dans la soirée. Les émeutiers avaient durant la journée eu le temps de mettre en place un formidable appareil dont la place de la Bastille semblait être le centre et qui couvrait l'ensemble de la capitale. Dans tous les quartiers des incendies s'allumaient, des fusillades éclataient, le canon tonnait.

Ce vacarme épouvantable parvenait jusqu'à la place d'Aligre pourtant bien retirée entre les murs de ses vieilles maisons. « Pas question de sortir ce soir! » avait dit Marie aux hommes. Pourtant, personne n'avait envie d'aller se coucher. On écoutait le bruit des détonations en essayant de situer les lieux où l'on se battait. Ethis, l'air absent, fixait le ciel qui rougissait par instants les vitres de la fenêtre, Bertrand avait abandonné ses poèmes et tenait la main de Louise. Nul ne rompait le silence qui s'installait parfois entre deux canonnades. Enfin, vers deux heures tout se calma. On ne tirait plus mais, comme le dit Louise, on préparait les cartouches du lendemain. Emmanuel Caumont fit remarquer que les dernières détonations entendues paraissaient lointaines :

– Je vous assure qu'en comparaison des autres quartiers le Faubourg est resté calme. J'ai beaucoup écouté parler les gens dans la journée : rares étaient ceux qui se disaient prêts à prendre leur fusil pour tirer sur les soldats, dont la plupart ont été recrutés parmi les jeunes ouvriers. Se battre contre ses frères, ce n'est pas dans la tradition du quartier de la grande Révolution et des journées de Juillet. Ce soir, les barricades du Faubourg étaient à peine esquissées. On ne conspire pas dans les ateliers du bois!

– Ce que tu dis est vrai, dit Marie. Mais il n'y a pas que les compagnons du bois. Il y a les ouvriers des manufactures, ceux des ateliers nationaux qu'on veut fermer. Et même les gens du bois que je connais bien, cela m'étonnerait qu'ils résistent longtemps à tous les appels aux armes venus d'ailleurs et aux récits qu'on leur fait des actes de sauvagerie commis de l'autre côté de la porte Saint-Antoine par les hommes du général Cavaignac. Croyez-moi, les barricades du Faubourg vont grandir!

Marie avait vu juste. Dès le lendemain matin, le

Faubourg était truffé d'émissaires envoyés par d'autres quartiers en lutte et qui reprochaient avec véhémence aux artisans des cours et des passages leur mollesse et leur passivité. Une proclamation lue et relue d'un bout à l'autre de la grand-rue les appelait aux armes et donnait comme premier objectif la prise en force de la caserne de Reuilly où un capitaine, à la tête de cent cinquante soldats, refusait de se rendre.

Cet appel finit par émouvoir un groupe de deux cents hommes soudain entraînés à l'attaque de la caserne, tentative vivement repoussée par la garnison et qui causa des pertes considérables chez les assaillants où l'on compta bientôt une quarantaine de tués et un plus grand nombre de blessés.

Le 24, le combat recommença partout avec furie. Paris avait pris l'aspect d'un véritable camp retranché. Tous les quartiers insurgés étaient bloqués par des troupes nombreuses, en particulier la garde mobile et les régiments de ligne. La cavalerie occupait les quais et les boulevards, la garde nationale se battait à la pointe Saint-Eustache et le général Bedeau venait d'être chargé par Cavaignac de l'attaque du faubourg Saint-Antoine finalement plongé lui aussi dans la guerre civile.

La dernière proclamation officielle, diffusée dans tout Paris, ne laissait planer aucun doute sur la volonté de fermeté du gouvernement :

L'Assemblée nationale a adopté le décret suivant :

ART. I – L'Assemblée nationale se maintient en permanence.

ART. II – Paris est mis en état de siège.

ART. III – Tous les pouvoirs exécutifs sont délégués au général Cavaignac.

Délibéré en séance publique, à Paris, le 24 juin 1848.

La nuit du 24 fut relativement calme mais, dès les premières heures du lendemain, les combats reprirent avec violence dans Paris, épargnant encore le Faubourg défendu, il est vrai, par la grande barricade de la Bastille qu'on disait maintenant la plus haute et la plus résistante de Paris. Le muret de pavés était devenu une véritable fortification et la force armée ne s'y était pas encore attaquée. Il en allait autrement à la barrière Fontainebleau[1], quartier général de l'insurrection dont le pouvoir avait jugé indispensable de se rendre maître. Le général de Bréa avait été chargé de cette mission délicate. Il avait jusque-là réussi à repousser les insurgés au-delà du mur d'enceinte en employant des moyens pacifiques et en parlementant, annonçant partout où il était passé que l'Assemblée venait de voter un crédit de trois millions pour les ouvriers sans travail. La méthode ayant fait ses preuves, il avait décidé de l'employer à la barrière Fontainebleau défendue par 300 insurgés. C'est ainsi qu'il se présenta, confiant, accompagné du capitaine d'état-major Mangin et des chefs de bataillon Desmarets et Gobert pour parlementer avec les chefs. Les quatre officiers furent admis à pénétrer dans l'enceinte par un étroit passage ménagé sur la droite mais ils furent aussitôt entraînés avec brutalité dans la salle d'un restaurant, *Le Grand Salon,* aux cris de « A mort Cavaignac! A mort l'assassin de nos frères! ». Plusieurs individus leur arrachèrent leurs galons, leurs épaulettes et leur épée puis les mirent en joue. Quelques insurgés s'interposèrent pour les défendre en criant : « Ce n'est pas Cavaignac, c'est un vieux brave, laissez-le parler! » Mais on entendit du dehors les mots : « Voilà la Mobile! Feu! » Et six coups retentirent, blessant à mort le général et le capitaine Mangin. On sut plus tard par Gobert et Desmarets qui avaient

1. Porte d'Italie.

échappé à la mort en se cachant sous une table, que l'un des assassins dit : « Ils gigotent encore! » et que quatre misérables se chargèrent d'achever leurs victimes à coups de baïonnette et de crosses de fusil.

La nouvelle parvenue au Faubourg fut diversement commentée. « Les insurgés ne sont pas des assassins! » crièrent de nombreuses voix. « Nous nous battons sans être des meurtriers! » protestèrent certains autres. « Méfions-nous des brebis galeuses! » entendit-on encore. Le temps des assassins, hélas! venait de sonner et c'est au Faubourg qu'ils allaient accomplir leurs plus sinistres forfaits.

Marie, naturellement, n'avait pu retenir longtemps les hommes alors que tout le quartier était dehors, hommes, femmes et enfants groupés soit derrière la grande barricade, soit sous les porches et à l'entrée des passages. Ethis aussi était redescendu. Installé sur une chaise dans l'entrée de l'atelier Guivais, les mains et le menton appuyés sur sa canne, il regardait, l'air absent, le fourmillement de cette multitude aux aguets d'ordres souvent contradictoires où revenaient les mots de république et de république sociale. Républicains, ils l'étaient tous parbleu! Même ceux dont on attendait l'attaque, cette jeune garde mobile sortie du pavé de Paris, l'était aussi...

Les combats se rapprochaient. Un gosse d'une douzaine d'années qu'on voyait partout courant d'un groupe à l'autre, annonça que le général Négrier venait de reprendre avec le 24e de ligne la caserne des Célestins tombée la veille au pouvoir des insurgés et qu'il se dirigeait vers le haut de la rue Saint-Antoine pour la dégager en même temps que la place des Vosges. Il était évident qu'après ce serait le tour de la grande barricade. Tiendrait-elle longtemps sous les volées d'obus de l'artillerie de campagne qu'on disait faire mouvement vers la Bastille? Ethis consulté par Bertrand qui ne quittait guère son père des yeux répondit que oui : « Il en faudra des coups de canon pour abattre ce château fort de

vieilles charrettes et de pavés! » Et puis il ajouta :
« Je suis bien content que le Bon Dieu m'ait permis
d'assister encore à cette foutue pétarade! »

Bertrand ne releva pas cette singulière confidence
mais le danger se faisant plus pressant, il pensa à le
ramener à la maison puis il se ravisa : place d'Aligre,
Ethis était mourant, ici il vivait pleinement, encore
une fois...

Une demi-heure plus tard les canons attaquaient
la barricade dans un bruit épouvantable qui secouait
l'air et faisait trembler le sol. Les femmes, les enfants
et un bon nombre d'hommes prirent leurs distances
mais Ethis, à l'abri dans son couloir qui lui ménageait une vue presque complète du théâtre des
opérations, ne voulut rien savoir pour bouger :

– Fichez-moi la paix! Que voulez-vous qu'il m'arrive? Un éclat dans la jambe, dans l'autre? Mais elle
ne marche déjà plus. Regardez plutôt ce spectacle,
cette montagne informe qui vacille à peine sous les
coups! Remarquez, ils finiront par l'avoir, la République triomphera de la République!... Tu vois,
Bertrand, avoir vécu toutes les folies que j'ai vécues
et vivre encore celle-là, c'est prodigieux! Tiens, tu
devrais faire un poème là-dessus!

Bertrand ne pensait pas à la poésie : « Allons,
murmura-t-il à l'oreille de Jean, ce vieux fou est bien
le plus intelligent de nous tous! »

La canonnade pourtant s'était tue et l'on aperçut,
surgi d'un nuage de poussière, le képi doré d'un
officier qui avait obtenu le passage à l'entrée du
couloir de sûreté de la barricade. « Un parlementaire! » dit quelqu'un. « C'est le général Négrier, je le
reconnais! » précisa un autre qui ajouta : « Il en faut
du courage pour faire ce qu'il fait! »

A ce moment la fusillade partit, le général tomba,
les bras en croix. Son képi roula un instant puis
s'arrêta dans la poussière. Il se passa alors quelque
chose de surprenant. On vit le gosse-estafette, le
crieur de rumeurs, le sourire de cette journée san-

glante, s'avancer, ramasser le képi et le poser sur la poitrine du mort. Il se fit un grand silence, le silence de l'inconcevable qui parfois réveille la conscience collective des hommes.

Un soldat pourtant était mort, lâchement tiré d'une fenêtre par des inconnus, assassiné comme l'avaient été quelques heures auparavant les parlementaires de la barrière de Fontainebleau.

La riposte ne se fit pas attendre, les salves d'artillerie reprirent avec une puissance de feu augmentée par l'arrivée de nouveaux renforts. Cette fois, les canons n'étaient plus seulement braqués sur la barricade mais aussi sur les premières maisons du faubourg aux fenêtres desquelles des observateurs avaient repéré des tireurs. En quelques minutes, les trois étages de *La Belle Fermière* n'étaient plus que ruines et l'immeuble du *Bélier Mérinos,* un autre magasin de nouveautés situé de l'autre côté de la grand-rue, était ravagé.

La barricade, elle, tenait toujours. Parfois un obus en ébréchait le sommet, faisant voler les plumes d'un matelas ou les débris d'un meuble, mais l'assise ne bougeait pas. Un coup bien ajusté fit éclater la carcasse d'une calèche hissée par les insurgés au plus haut de l'édifice, emportant du même souffle le drapeau tricolore planté comme un absurde défi face aux mêmes couleurs arborées de l'autre côté par les soldats de la ligne et de la garde mobile.

Toujours dans son encoignure, Ethis ne perdait rien des allées et venues des insurgés qui montaient à tour de rôle aux créneaux pour vider leur fusil ou apportaient de nouveaux matériaux pour consolider leur forteresse de pavés. Ses yeux suivaient partout où il allait le jeune garçon au képi. Il éprouvait soudain une grande tendresse pour ce gamin dans lequel il se reconnaissait, petit Traîne-sabot de la grande Révolution. L'envie de lui parler, de savoir qui il était et comment il vivait dans ce Paris remué jusqu'au fond de son âme le tenaillait. Rien n'existait plus pour lui que le désir d'un retour aux sources qui lui permettrait d'attendre avec sérénité une fin qu'il savait proche. Un instant, la course incessante du garçon amena celui-ci non loin de l'endroit où Ethis était tapi. Alors, un élan irrésistible le poussa vers lui. S'appuyant sur sa canne il se leva sans mal, comme si ses forces, soudain, lui étaient revenues. Il fit trois pas vers la barricade sans que Bertrand puisse le retenir. A ce moment l'éclat d'un obus dont il n'entendit même pas le fracas le toucha à la tête et il s'effondra dans la poussière. Quand Bertrand et Jean qui s'étaient précipités se penchèrent sur lui, Ethis respirait à peine. Le sang coulait de sa blessure et inondait le sol autour de lui. Bertrand souleva sa tête éclatée et Traîne-sabot échangea avec son fils un dernier regard. Dans un souffle il murmura : « C'est très bien comme ça... Dis à Marie... » Il ne put aller plus loin, sa tête s'inclina sur le côté. Ethis, le vainqueur de la Bastille, était mort sur la grande barricade. Son dernier regard fut peut-être pour le génie doré qui se démenait, là-haut sur la colonne de Juillet dans le ciel de Paris embrumé de poudre et de tristesse.

Bertrand et Jean réussirent à ramener le corps dans le couloir de l'atelier Guivais. Un vieux compagnon leur ouvrit la porte et les aida à l'allonger sur un établi débarrassé à la hâte des outils et des copeaux qui l'encombraient. Epuisés, les beaux-frères se laissèrent tomber sur deux chaises, de chaque côté d'Ethis dont les yeux demeurés ouverts semblaient regarder les gabarits de sièges découpés dans du carton qui pendaient au plafond.

C'est à ce moment seulement que les deux hommes eurent vraiment conscience du drame qui venait de les toucher au plus profond de leur cœur.

– Je vais lui fermer les yeux, dit Bertrand.

– Oui. Et nous allons essayer de lui laver le visage. Il ne faut pas que Marie le voie dans cet état, murmura Jean.

Et tandis que Gaspard, le compagnon, qui connaissait Ethis depuis toujours, allait remplir une bassine d'eau et chercher un linge propre, ils se mirent à pleurer comme deux enfants.

– Qu'allons-nous faire? demanda Jean.

– Il faut le ramener place d'Aligre. Sa place est encore dans la famille.

– Mais comment? Nous n'arriverons jamais jusqu'à la rue de Cotte par le Faubourg dévasté où les obus tombent comme grêle.

– Je sais, dit Gaspard. Au fond de l'atelier il y a une porte qui donne sur le passage Balny. De là, nous pourrons gagner la place d'Aligre. Si le Faubourg est en feu, les petites rues sont tranquilles.

– Bon. Je vais d'abord annoncer le malheur à la mère et à Antoinette-Emilie, décida Bertrand. Pendant ce temps construisez un brancard de fortune qui nous permettra de transporter le corps.

Dans le tumulte et la confusion de la bataille, la mort d'Ethis, pourtant populaire de la Bastille à la place du Trône, était passée inaperçue. Une autre tragédie lui avait il est vrai succédé sur ces cent mètres de chaussée devenus l'enjeu d'un combat dont l'absurdité éclatait plus vivement à chaque minute. Agglutinés derrière leur barricade, les insurgés parmi lesquels on reconnaissait de moins en moins d'habitants du Faubourg, ne pouvaient pas ignorer qu'ils avaient depuis longtemps perdu la partie et qu'ils ne se battaient plus que pour consacrer des héros morts. Car on continuait à mourir de chaque côté de la barrière doublement républicaine.

Pour tenter de mettre un terme à ce carnage inutile, l'archevêque de Paris, Mgr Denis Affre, accompagné de ses quatre vicaires, s'était rendu à l'hôtel de la Présidence et avait offert au général Cavaignac de mettre au service de la paix sociale son dévouement et celui du clergé. Cette démarche se justifiait dans la mesure où l'émeute qui durait depuis de si longs jours n'avait jamais pris un caractère anticlérical et que les prêtres n'avaient pas pris parti pour l'un ou l'autre camp.

Le général accepta l'offre de l'archevêque et rédigea une proclamation que Mgr Affre emporta pour la lire aux insurgés. Celui-ci se dirigea tout de suite vers le faubourg Saint-Antoine et arriva place de la Bastille avec ses deux vicaires généraux Jacquemont et Ravinet, précédés d'un homme en blouse tenant un rameau de verdure à la main. L'archevêque, lui, portait l'étole, et sa croix brillait sur sa poitrine.

Il demanda d'abord au colonel qui remplaçait le général Négrier de faire cesser le feu. Les armes se turent aussi de l'autre côté de la barricade où il parvint en passant par la boutique d'un liquoriste. Puis il s'avança seul au-devant des insurgés pour leur parler. La fusillade reprit alors et le prélat s'affaissa, frappé d'une balle qui lui avait fracassé les reins.

Le coup de feu avait dû être tiré d'une fenêtre. Par qui? Les chefs de l'insurrection affirmèrent qu'il s'agissait d'un accident et non de ce qu'il fallait bien considérer comme un assassinat.

Mgr Affre fut transporté à Sainte-Marguerite, la vieille église du Faubourg où il fut administré par le curé avant d'être reconduit à l'archevêché. La barricade s'était ouverte pour laisser passer la civière où gisait le blessé. Il avait pu voir alors les têtes se découvrir, les fronts s'incliner et de nombreux insurgés se signer. Pendant le trajet, l'archevêque fut escorté par des gardes mobiles. L'un d'eux, François Delavignère, un enfant du Faubourg, attira son attention; il le pria d'approcher et lui donna une petite croix de bois suspendue à un collier noir qu'il portait sous sa soutane. Moins d'une heure après son arrivée à l'archevêché, Mgr Affre expira en murmurant : « Puisse mon sang être le dernier répandu dans cette guerre! »

Avec cette mort, la paix s'était enfuie encore une fois. Une partie de la nuit se passa en négociations mais le 26, à six heures du matin, le combat reprenait, furieux et désespéré. A dix heures, le général Perrot, négociateur malheureux de la nuit, et le général Lamoricière donnèrent l'assaut. La bataille fut courte mais terrible, il y eut encore des morts et d'autres maisons détruites. A dix heures et demie un parlementaire se présenta, déclarant que les insurgés se rendaient sans condition. Trois bataillons pénétrèrent alors sans résistance dans le Faubourg dévasté.

La révolution de 1848 était terminée. A une heure et demie, le président de l'Assemblée monta à la tribune et prononça la parole attendue avec angoisse depuis quatre jours : « Tout est fini! »

Tout n'était pas vraiment fini car, dans la nuit, il y eut encore une alerte. Vers minuit, une centaine d'insurgés pris les armes à la main étaient conduits au Luxembourg par la garde nationale du Loiret[1]. En passant place du Carrousel ils tentèrent de maîtriser l'escorte qui les tenait sous la menace de ses armes. Malgré la fusillade des gardes, la moitié des insurgés réussirent à s'enfuir vers la place du Palais-Royal poursuivis par d'autres gardes nationaux qui voulaient venger leurs frères d'armes tués ou blessés durant l'évasion. Quelques insurgés, les derniers de ces journées tragiques, purent disparaître dans les petites rues avoisinantes mais dix-huit autres furent fusillés sur la place par la garde marine qui gardait le palais. Trois fuyards repris rue de Valois furent aussi passés par les armes tandis que soixante-neuf resca-

---

1. Après la journée du 24, des gardes nationales étaient venues de nombreux départements au secours de l'Assemblée menacée.

pés de cette ultime et navrante bataille étaient arrêtés et enfermés dans les caves du Palais national.

Ces derniers morts étaient à ajouter à une longue liste que personne pour l'instant ne songeait à établir tellement elle s'annonçait longue et navrante. Les barricades qui avaient divisé tant de familles ne séparaient plus les morts des deux camps, tous tombés au service de la patrie républicaine et de la liberté.

Le lendemain, personne n'eut envie au Faubourg d'aller voir dans le jardin des Tuileries le général Cavaignac, nommé président du conseil des ministres par l'Assemblée, passer en revue les gardes nationales avant qu'elles ne rejoignent leurs départements. La circulation était rétablie mais on circulait dans les débris d'un champ de bataille. Des façades avaient disparu sous l'effet des canonnades, des boutiques, des appartements étaient complètement dévastés, il ne restait plus de carreaux aux fenêtres, le sol et les murs étaient maculés de traces sanglantes.

La boutique de *L'Enfant à l'oiseau* n'avait pas été épargnée. La maison tout entière était criblée de traces de balles et plusieurs boulets avaient crevé la devanture du magasin. Dès la fin des combats, les hommes avaient un instant laissé Marie et Antoinette-Emilie veiller le corps d'Ethis pour aller constater l'étendue des dégâts et sauver ce qui pouvait être sauvé. Les meubles exposés avaient souffert mais la plupart d'entre eux étaient réparables. Bertrand retrouva dans les décombres les deux statues de Pigalle absolument intactes :

– Ethis serait content, murmura-t-il. Il attachait une telle importance à ces deux bronzes fétiches !...

Aidés par un voisin, ils transportèrent dans l'atelier de la rue Saint-Nicolas les meubles à restaurer et rapportèrent les statuettes place d'Aligre. Marie avait assez bien supporté le choc quand Bertrand était venu lui apprendre la fin dramatique du père. Elle n'avait pas pleuré, elle s'était seulement jetée dans les bras de Bertrand en murmurant :

– Ethis ne pouvait pas mourir dans son lit! C'est sûrement bien qu'il soit tombé sur ses chers pavés!

Puis il avait fallu faire des démarches, recevoir la foule des voisins et des amis qui venaient lui apporter la consolation d'amitiés parfois vieilles d'un demi-siècle. Lucie était la plus effondrée. Elle vouait à son frère une véritable vénération que l'association avec Emmanuel Caumont n'avait cessé d'entretenir dans le bonheur comme dans les soucis de la vie familiale. Antoinette-Emilie et Louise, elles, essayaient de se montrer fortes pour soutenir Marie mais leurs yeux rougis montraient combien leur douleur était profonde. Louise savait qu'elle n'avait pas seulement perdu un beau-père aimé de tout le monde mais le plus cher de ses amis, son complice du premier jour, celui qui la comprenait mieux que personne, mieux que Bertrand...

Et Marie maintenant s'écroulait. La mort d'Ethis avait pris peu à peu son poids étouffant et l'écrasait, lui serrait le cœur et le ventre comme dans les mâchoires d'un étau. Elle souffrait et supportait de plus en plus mal toutes les difficultés auxquelles la situation les contraignait pour assurer à Ethis des obsèques convenables.

Le nombre des morts on le sait avait été énorme. Saint-Merri, Saint-Séverin, le Panthéon, le Val-de-Grâce et plus près Saint-Gervais, l'Hôtel de Ville et Saint-Paul avaient été convertis en ambulances et en morgues. Grâce aux efforts de Bertrand et de Jean, la dépouille d'Ethis avait pu échapper au dépôt commun mais son inhumation restait difficile. En attendant, Jean et Bertrand avaient construit un cercueil de chêne presque aussi lourd que celui de l'Empereur.

– Mon pauvre Ethis n'en demande pas tant! dit

Marie, qui n'était pas encore prête à admettre qu'il fallait maintenant parler du père au passé.

Louise et Lucie l'entraînèrent dans une autre pièce tandis que les hommes et Antoinette-Emilie couchaient le corps dans le cercueil.

— Il faut fermer tout de suite, dit Bertrand, la chaleur est trop forte et il vaut mieux que la mère n'assiste pas à cette affreuse cérémonie.

Les grosses vis d'acier doré qu'on était allé chercher rue de Montreuil, chez Duplin, le bronzier-cloutier, étaient prêtes. Chacun en vissa une, à tour de rôle. Bertrand serra la dernière alors qu'une larme, la larme du fils, roulait et brillait sur le verni du bois, comme une perle.

C'était fini, le visage d'Ethis, reposé, serein malgré la blessure qui lui avait laissé un trou au milieu du front, était maintenant à jamais caché au regard des vivants.

— Nous allons exister sans lui mais ce sera dur! murmura Emmanuel Caumont, le vieux compagnon des bons et des mauvais jours.

— En tout cas, il y a quelque chose qui lui aurait plu, dit Jean : toutes ces estampilles que les ébénistes du Faubourg sont venus graver sur le couvercle. C'est de l'Ethis tout vrai!

— C'est du Louise et c'est pareil, répondit Bertrand en essuyant sa larme. Ils pensaient toujours la même chose. Puisqu'elle a eu cette idée, c'est que c'est bien!

Les trois hommes penchés sur le cercueil lisaient en remuant les lèvres tous ces noms, connus ou non, symboles de réussite ou de pauvreté mais toujours images de dignité. Cette pétition du Faubourg pour demander que le nom d'Ethis ne soit pas oublié était en effet une idée de Louise. Elle n'avait pas eu de mal à convaincre Bertrand que, pour n'être pas dans la tradition, elle symboliserait mieux que tout autre rite funèbre l'adieu du monde du bois à l'un des citoyens les plus loyaux.

Chacun était venu dire un dernier adieu à Ethis, puis, avec son estampille, avait frappé son nom sur le couvercle d'acajou à la suite de tous ceux qui savaient que le noble métier venait de perdre un chevalier. En silence, Bertrand, Jean et Emmanuel déchiffraient la litanie du bois : Veuve Balny, J.P.S. Bariquant, Beurdeley, Cruchet, Remond, Ringuet-Leprince, Rossi fils, Sormani, Vierhaus, Meynard, Lemarchand, Krieger, Jeanselme... Alphonse Jacob, bien qu'ayant vendu en 1847 sa prestigieuse entreprise aux Jeanselme, était venu lui aussi :

— Nos familles sont liées depuis trop longtemps pour que le nom des Jacob ne figure pas sur le cercueil d'Ethis, avait dit Alphonse à Bertrand. Et il avait ajouté :

— Je ne pensais pas que mon poinçon servirait encore! Je ne te cache pas que ton idée m'a d'abord paru bizarre. Et puis j'ai réfléchi et je me suis dit que c'était une magnifique façon d'honorer Ethis.

On ne pouvait pas garder plus longtemps le cercueil place d'Aligre. Une fois encore, Louise avait pris les choses en main. Les cimetières et les services de pompes funèbres étaient assaillis de demandes d'inhumations et avaient fermé leurs portes pour un temps indéterminé. Il restait bien le vieil enclos des morts de Sainte-Marguerite mais il était désaffecté depuis longtemps. Louise décida d'aller voir le député Larabit qui s'était joint avec un courage et une abnégation admirables à toutes les tentatives de médiation entre les deux partis en lutte. Il s'était trouvé au côté de Mgr Affre quand celui-ci avait été abattu et c'est lui qui l'avait secouru le premier. Le peuple du Faubourg avait arraché le représentant des mains de quelques éléments étrangers qui voulaient le fusiller.

M. Larabit écouta avec émotion Louise lui faire le portrait d'Ethis et raconter comment était mort le vainqueur de la Bastille. Il rédigea immédiatement une lettre de recommandation pour le Dr Recurt[1] qui occupait depuis février les fonctions de préfet de la Seine et qui seul pouvait accorder la dérogation demandée.

Louise dut se battre pour être reçue mais, sa ténacité aidant, elle finit par être admise à pénétrer dans le cabinet du préfet. Par chance, le Dr Recurt avait été longtemps médecin dans le faubourg Saint-Antoine où il jouissait encore d'une vraie popularité fondée sur son action courageuse durant l'épidémie de 1832. Tout de suite, il arrêta Louise :

– Madame, je connais depuis longtemps la famille Valfroy que j'ai soignée, en particulier Ethis dont vous m'apprenez la mort tragique et qui fut l'un des personnages les plus marquants de ce faubourg auquel m'attachent tant de liens affectifs. Ce que vous me demandez est contraire à tous les règlements mais c'est le privilège du préfet – il n'en a pas tellement – de pouvoir parfois les transgresser. Je vous prie seulement de faire procéder aux obsèques de votre beau-père dans l'intimité et la discrétion. Je signe tout de suite un billet pour le directeur des pompes funèbres et le curé de Sainte-Marguerite. En d'autres temps, j'aurais assisté à l'enterrement d'Ethis mais ce n'est pas possible, trop de tâches m'accablent. Veuillez transmettre mes condoléances et celles de la Ville à Mme Valfroy et à toute la famille.

Ethis fut donc inhumé, presque en secret, dans le vieux cimetière du Faubourg. Une simple croix de bois sur laquelle Bertrand avait gravé à la gouge : « Ethis Valfroy, 1775-1848 », marqua l'endroit où reposait Traîne-sabot, l'enfant trouvé de la Bastille.

Et la vie reprit, tant bien que mal, dans le labyrinthe de cours et de passages où les compa-

---

1. Le Dr Recurt, trop intransigeant pour rester à l'Hôte de Ville quand un Bonaparte résidait à l'Elysée, donnera sa démission après l'élection de Louis-Napoléon.

gnons désœuvrés philosophaient à longueur de journée sur ce qu'il en coûte aux pauvres gens de se laisser entraîner dans une révolution. Rue Saint-Nicolas, Jean et son père passaient le temps en réparant les meubles détériorés par les boulets dans la boutique de *L'Enfant à l'oiseau*. Place d'Aligre, les femmes serrées autour de Marie apprenaient à vivre sans Ethis. Bertrand, lui, n'en finissait pas de recopier ses poèmes.

La grand-rue du Faubourg n'avait guère changé depuis la furieuse et dernière bataille du 26. A la place de *La Belle Fermière* s'élevait une montagne de débris calcinés. Autour, sur plus de trois cents mètres, on ne voyait que des façades trouées, alignées comme des parts de gruyère. De l'intérieur on essayait de boucher les ouvertures les plus béantes pour continuer à vivre entre les quelques meubles qui n'avaient pas été détruits. Heureusement, il faisait beau et l'on pouvait demeurer dans la rue livrée maintenant à la curiosité de gens venus d'ailleurs, par familles entières, voir les murailles en ruine et les ouvriers, embauchés parmi les chômeurs, replacer les pavés. Quand les voitures purent à nouveau circuler apparurent des files d'équipages descendus de Longchamp et occupés par des hommes et des femmes brillamment parés, intéressés, toujours, par le spectacle du désastre. Des quolibets les accueillaient, quelquefois un fruit mûr s'écrasait sur la portière d'un coupé trop voyant. Bientôt ces promenades insultantes cessèrent et la chaussée devint une sorte de désert : les chariots des marchands de bois et les voitures à bras des artisans n'avaient rien à transporter.

Cette inactivité menant à la ruine et le climat affligé de la place d'Aligre désespéraient Louise qui voyait ses efforts réduits à néant. Il fallait faire quelque chose, mais quoi? Le changement de régime avait coûté cher au gouvernement de la jeune République, les barricades plus cher encore. La Ville qui devait supporter l'aide aux familles indigentes dont le nombre croissait sans cesse était pratiquement en état de faillite. On voyait mal dans ces conditions comment le pouvoir aurait pu relancer le commerce et l'industrie, comment, en particulier, il aurait pu aider le quartier du meuble à sortir de son marasme.

Louise avait longuement réfléchi à l'avenir de la famille, elle avait eu à ce sujet d'interminables discussions avec Bertrand mais aucune solution n'en était sortie. Elle en vint à la conclusion qu'il fallait durer, se borner à survivre en attendant un réveil qui ne pouvait manquer d'arriver.

— Il y a tout de même une chose qu'on peut faire, dit-elle un jour : remettre en état le magasin détruit, repeindre sa façade, le décorer et le tenir prêt à accueillir les acheteurs.

Jean et Bertrand s'attelèrent à la tâche. Quant à Louise, en attendant de se lancer dans de nouvelles démarches dès qu'un espoir poindrait, elle décida de s'intéresser aux enfants, un peu négligés durant les récents événements. Elisabeth, la petite fille de la colonne de Juillet, allait sur ses quinze ans et ne posait pas de problème. C'était une belle jeune fille, blonde comme sa mère, vive et intelligente, que la mort d'Ethis avait durement éprouvée. Elle fréquentait l'école des sœurs de la rue Picpus et se montrait bonne élève. Il était temps cependant de trouver un autre établissement où elle pourrait poursuivre plus sérieusement son éducation. Louise avait bien une idée mais elle tardait à la confier à Bertrand car sa réalisation ne pouvait manquer de perturber l'existence de la famille. Enfin, un soir, alors qu'ils venaient de se coucher, elle murmura à son mari :

— Penses-tu quelquefois à l'avenir d'Elisabeth?

Comme il la regardait étonné, elle continua :

— Notre fille est trop douée pour qu'on laisse son

éducation à la diligence des sœurs de Picpus qui sont braves et dévouées mais me paraissent incapables de faire épanouir cette intelligence. Il faut donc lui trouver une autre école. Hélas, les bonnes écoles de jeunes filles sont rares et hors de prix.

– Alors? Je t'écoute, tu as sûrement une idée derrière la tête...

– Voilà, j'ai pensé qu'avec l'aide bienveillante de lord Hobbouse on pourrait placer notre fille dans l'une de ces institutions anglaises qui n'ont pas leur pareil en France. Ce sera pénible de nous séparer un certain temps d'Elisabeth mais, pour elle, et je ne vois en ce moment que son intérêt, ce serait la solution idéale. Elle apprendrait l'anglais dont elle ne connaît que des bribes et découvrirait un autre univers que celui de la place d'Aligre dont tu m'as dit il n'y a pas longtemps qu'il freinait toute ambition. Que dis-tu de ma proposition?

– Rien! répondit froidement Bertrand. L'idée de ne plus retrouver le sourire d'Elisabeth en rentrant me rend déjà malade. Et puis, crois-tu que ce soit le moment de l'enlever à sa grand-mère?

– Il n'est pas question d'envoyer tout de suite Elisabeth en Angleterre et d'augmenter par une séparation le chagrin de Marie. Je ne te soumets qu'un projet qui demandera du temps pour se réaliser. Réfléchis à cette décision qui me déchirera autant que toi. Maintenant si tu as une autre proposition...

– Tu sais bien que je n'en ai pas. On reparlera plus tard de l'avenir de notre fille. Ce soir, je suis fatigué et veux dormir. Bonsoir!

Toute autre que Louise eût pris cette réponse pour un refus catégorique mais elle connaissait Bertrand, savait que l'idée allait mûrir dans sa tête et qu'elle réussirait à le convaincre. Elle dit bonsoir à son tour, cala sa tête sur l'oreiller et s'endormit en pensant au dernier-né de la famille, Louis, le fils de Jean et d'Antoinette-Emilie, à qui on avait réussi à cacher la mort de son grand-père mais qu'il allait bientôt falloir avertir d'une façon ou d'une autre car il ne cessait de réclamer « Pérétis » comme il l'appelait dans son jargon d'enfant.

Chapitre 5

LA TOUPIE

On était à un an des barricades, à un an de l'époque lamentable et sanglante qui avait transformé la ville la plus aimable du monde en champ de bataille.

Au Faubourg, chacun avait repris sa place et les ateliers résonnaient à nouveau du bruit des scies mécaniques et des coups de maillet des sculpteurs. Les bourgeois avaient préservé la plus grande part des biens gagnés durant la monarchie de Juillet et recommençaient à acheter des meubles. Leurs commandes, même modestes permettaient au quartier du bois de retrouver quelque activité.

Le magasin de *L'Enfant à l'oiseau* reconstruit, repeint de neuf, offrait une devanture agréable et pimpante. S'il avait conservé sa vieille enseigne de fer qui avait résisté aux bombardements, il arborait maintenant le nom de « Valfroy-Caumont », peint en belles lettres bleues sur toute la longueur. La vitrine présentait les meubles d'un salon qui semblait prêt à accueillir des invités. C'était nouveau et les passants s'arrêtaient nombreux. Certains poussaient la porte et Louise réussissait souvent à leur arracher la commande d'une petite table à ouvrage, d'un guéridon, quelquefois d'une commode-toilette, meuble présenté en trois couleurs de bois différentes et demeuré la spécialité de la maison. Quand Louise n'était pas là, c'est Antoinette-Emilie qui la remplaçait et cet effort portait ses fruits. On ne vendait pas assez pour prospérer mais on vendait assez pour vivre, ce qui était l'essentiel.

— Il est encore trop tôt pour prospecter les administrations, disait Louise, mais je recommencerai bientôt à faire les antichambres!

Le départ d'Elisabeth pour l'Angleterre avait été fixé au mois d'octobre. Il avait été convenu que son père et sa mère l'accompagneraient et profiteraient de ce voyage pour voir où en était l'industrie du meuble chez nos voisins. Bertrand et Louise avaient surtout envie de refaire la traversée qui avait scellé leur union.

Lord Hobbouse avait répondu avec générosité à la demande de Louise. Non seulement il s'occupait de trouver un collège pour Elisabeth mais il avait déclaré qu'il assumerait les frais de son séjour :

« C'est ce qu'aurait fait ma chère femme pour sa filleule », avait-il écrit simplement à Louise en lui proposant l'hospitalité à Ham House lorsqu'elle conduirait la jeune fille avec son mari.

Cette proposition avait fait taire les dernières objections familiales. La grand-mère elle-même avait convenu qu'une pareille chance ne se retrouverait pas de sitôt et qu'il fallait avant tout se soucier de l'avenir d'Elisabeth.

Marie d'ailleurs avait refusé avec courage de se laisser enfermer dans sa douleur. Après un moment de prostration, elle avait décidé qu'il n'était pas bon de donner aux enfants le spectacle d'une veuve effondrée et elle avait repris une vie active derrière ses casseroles en veillant sur le petit Louis. Elle parlait maintenant d'Ethis avec naturel et l'évocation de son cher « vainqueur » ne lui arrachait plus de crises de larmes. Un jour, elle s'était longuement confiée à Louise :

— Vous savez que votre présence a illuminé ses dernières années. Il vous aimait autant que sa fille, peut-être plus car il vous admirait et disait que vous étiez l'être qui le comprenait le mieux. Quant à sa mort, j'ai mon idée. Je savais qu'il ne voulait plus vivre, qu'il ne supportait plus sa déchéance physique. Il m'avait dit plusieurs fois que s'il en avait le courage il se tirerait une balle de pistolet dans la tête. Vous voyez, ma petite Louise, je suis convaincue que la mort d'Ethis n'est pas vraiment accidentelle. Il n'avait pas prémédité son geste mais une force irrésistible a dû soudain l'attirer dans la bataille. Mourir sur une barricade... Mon vieux Traîne-sabot ne pouvait mieux réussir sa sortie. Et, vous le savez, il y avait chez lui un côté comédien...

Louise l'attira contre elle et l'embrassa avec tendresse :

— Je ne vous en aurais jamais parlé mais j'ai toujours pensé comme vous. Je crois que seules, nous deux, sommes capables de comprendre cela.

Ethis disparu, on s'intéressait moins place d'Aligre à la politique. Peut-être parce que la politique n'était pas intéressante qui retombait sporadiquement dans les mêmes fondrières et paraissait toujours se complaire aux limites de la guerre civile. Encore une fois l'Histoire pouvait s'en prendre aussi bien à ceux d'en haut qu'à ceux d'en bas; à Cavaignac proche de la dictature qu'aux Montagnards frôlant l'anarchie; au gouvernement chiffonnant la constitution qu'aux représentants appelant aux armes; au pouvoir bourgeois incapable de prévoir et d'accepter la promotion intellectuelle et sociale du peuple qu'au peuple croyant gagner sa dignité dans des émeutes sanglantes et éphémères.

Un événement pourtant sortait de l'ordinaire. De Londres puisque la France lui demeurait interdite, Louis-Napoléon Bonaparte, le neveu de l'Empereur, s'était porté candidat aux élections. Paris lui avait fait un triomphe avec plus de 100 000 voix, l'Yonne, la Corse, la Moselle, la Charente-Inférieure l'avaient également élu, lui ouvrant le chemin de la mère patrie pour siéger à la Chambre des députés.

La France politique découvrait avec curiosité un homme mince, aux allures un peu empruntées, au teint pâle, aux paupières tombantes, qui après sa validation monta à la tribune pour lire un papier tiré de sa poche :

« Après trente-trois ans de proscription, je retrouve enfin ma patrie et mes droits de citoyen. La République m'a fait ce bonheur. Je veux qu'elle reçoive mon serment de reconnaissance et de dévouement. Ma conduite prouvera à tous ceux qui ont tenté de me noircir que nul plus que moi n'est dévoué à la défense de l'ordre et à l'affermissement de la République. »

Le prince avait eu le temps de réfléchir durant son exil, de penser à la manière dont il convenait de séduire cette classe bourgeoise qui l'avait rejeté et de trouver dans le peuple l'appui qui lui était indispensable pour rejoindre le groupe des prétendants au pouvoir. Son élection l'avait conforté au-delà de ses espérances, sa déclaration, lue d'une voix monocorde, fruit de mûres réflexions, lui permit d'avancer quelques pions précieux.

Comment cette stratégie, dont il était aisé de deviner la finalité, était-elle perçue dans le Faubourg? Comme toujours après s'être trouvé engagé, souvent malgré lui, dans une bataille perdue, le peuple de la scie et du rabot aspirait au calme et à l'ordre, conditions évidentes d'un retour à la prospérité perdue. Napoléon, le grand, avait été bien accueilli par les gens du bois en 1799, et sa popularité, jamais démentie, jouait en faveur du neveu qui présentait, comme alors son illustre parent, l'avantage d'apparaître comme un personnage neuf dans un monde politique déconsidéré. « Tout mieux que le désordre », résume assez bien l'état d'esprit de la majorité des artisans au moment où Louis-Napoléon Bonaparte faisait son entrée discrète, rassurante mais déjà souveraine dans le microcosme du pouvoir.

Le prince avait un autre atout dans son jeu. L'élection présidentielle au suffrage universel approchait et il apparaissait comme la seule chance d'empêcher le général Cavaignac, honni de la Bastille à la place du Trône, d'accéder à ce pouvoir suprême convoité jusqu'au pied des barricades. C'était sans doute cette même hostilité qui rapprochait du prince Victor Hugo et Thiers, sans compter Emile de Girardin qui lui apportait l'inestimable appui de *La Presse*.

Bertrand suivait tout de même avec quelque intérêt cette campagne politique où le mari de sa protectrice s'était engagé avec sa fougue habituelle et sa plume rageuse. Il avait enfin terminé la copie et la mise au point de son manuscrit mais hésitait à le porter à Delphine. Le « vicomte » se souvenait-il encore de lui ? Pierret et Léon Riesener l'en assuraient mais ajoutaient qu'ils ne voyaient plus souvent la belle prêtresse de la rue de Chaillot dont l'état de santé était préoccupant. Ses chroniques parisiennes se faisaient en effet plus rares dans *La Presse* que Cavaignac censurait odieusement après avoir emprisonné dix jours son directeur. Mais, quand elle écrivait, sa plume était toujours aussi brillante. Bertrand avait découpé son dernier billet parisien pour le montrer à Louise :

– Tiens, lis. Comme je voudrais avoir écrit cela !

Seul, toujours seul !... Il est écrit que nous ne pourrons jamais être d'aucun parti.

Il y en a deux qui se disputent la France en ce moment, aucun des deux ne nous attire. Nous les avons déjà définis :

Le parti de ceux qui veulent tout garder.

Le parti de ceux qui veulent tout prendre.

Le parti des égoïstes.

Le parti des envieux.

Les uns ont un mot charmant qu'ils affectionnent, qui résume toute leur pensée :

Fusiller, fusiller!

Les autres aussi ont leur mot favori, également affectueux, qui dévoile tout leur système :

Guillotiner, guillotiner!

Et l'on veut que nous autres, nous les poètes, nous rêveurs d'héroïsme, professeurs de magnanimité, nous prenions fait et cause pour cette politique de happe-chair! que nous tendions nos mains généreuses à ces mains avides et crochues!...

Que nous saisissions la lyre d'or pour répéter à l'univers l'un de ces beaux refrains; que nous choisissions entre deux paroles d'amour :

Fusiller, fusiller!

Guillotiner, guillotiner!

Jamais!

— C'est superbe! dit Louise. Il n'y a qu'une femme pour ressentir et exprimer ce que pensent des millions de femmes. Hélas! ce ne seront pas les femmes qui choisiront le président, ce seront les hommes dont une bonne partie d'alcooliques et d'attardés mentaux. Ni Delphine ni George Sand ne seront jugées dignes de peser dans la balance du vote!

Le 3 septembre, Bertrand se décida. Il avait lu le matin l'article de Delphine qui, une fois encore, l'avait ému. Il avait cru discerner un certain désespoir dans ce cri pour défendre la liberté de penser et la liberté d'écrire ce que l'on pense :

Après quinze jours d'hésitations, on nous renvoie ce feuilleton vieilli, mutilé, n'ayant plus de sens ni d'à-propos. On a effacé tous les traits un peu piquants, on a supprimé toutes les idées un peu généreuses. Est-ce donc bien la France, ce pays où il n'est plus permis d'essayer d'avoir de l'esprit et du courage?

Vers la fin de l'après-midi, après avoir encore hésité devant la porte verte, Bertrand tira la sonnette de la maison des Champs-Elysées. Ses craintes étaient vaines, une soubrette l'introduisit tout de suite dans le petit salon. Delphine écrivait sur une petite table en marqueterie, à demi entourée d'un grand paravent chinois où, sur fond noir, voltigeaient des oiseaux bizarres à travers des bambous et des plantes exotiques. Elle était vêtue d'un peignoir blanc très large dont nulle ceinture ne marquait la taille, et se souleva de son fauteuil pour accueillir Bertrand :

— Asseyez-vous, monsieur le compagnon. Vous avez bien fait de venir à cette heure car ma santé précaire ne me permet plus de veiller. Alors, avez-vous terminé votre recueil?

— Oui, madame, mais je voudrais vous dire avant de parler de cette petite chose combien votre chronique de ce matin m'a touché.

— Vous savez que vous me causez une grande joie? Mes amis Lamartine, Musset, Gautier me couvrent de louanges, surtout depuis que je suis malade, mais je ne peux m'empêcher de penser qu'ils le font parce qu'ils m'aiment, pour me faire plaisir. Mais vous, dites-moi pourquoi vous avez aimé mon billet de ce matin?

Bertrand rougit. Il pensa soudain qu'il avait été maladroit, que Delphine pouvait prendre son compliment pour de la flagornerie dans un moment où il venait lui demander son aide :

— Je suis sincère! dit-il avec force. Je ne cherche pas à vous être agréable. Je trouve simplement que vous écrivez dans une forme et avec un art qui n'appartiennent qu'à vous des choses essentielles sur notre époque. Ce qui me plaît aussi dans vos chroniques, c'est le ton de liberté qui les anime. Vous vous enorgueillissez de n'être d'aucun parti préconçu en politique et cette option correspond à ma propre opinion. Je n'ai jamais cru qu'un bord était tout pureté et l'autre absolument noir...

— Merci, monsieur, vos paroles me touchent. Ainsi vous jugez comme moi que nous vivons dans un singulier pays où l'on est à la fois si spirituel et si bête, si brave et si lâche! Ici, excepté des balles, on a peur de tout. Ici tout le monde a le courage de se faire casser la tête, personne n'a le courage de la porter haut!

– C'est beau ce que vous dites...

– N'en dites pas plus, vous m'encourageriez à poursuivre la publication de mes chroniques, or celle que vous avez lue ce matin est sûrement la dernière. J'abandonne le journalisme qui éprouve trop ma sensibilité et ma santé. Mon mari, lui, continuera à tout donner à ce métier mais je le connais, il est fort... Moi, je me retire. Maintenant, parlons de vous et de vos vers que vous souhaitez, c'est bien normal, voir publier. Je vais m'y employer mais les éditeurs ne se battent pas en ce moment pour faire sortir de l'ombre de nouveaux poètes. Si mes efforts sont insuffisants, je ferai appel à George Sand qui aimera votre poésie et qui s'intéresse beaucoup aux écrivains ouvriers. Elle se flatte d'avoir découvert, outre le poète-maçon Charles Poncy, un nommé Germiny qui a écrit récemment un poème ravissant intitulé *Val de la Loire* et Savinien Lapointe, un poète énergique mais un peu trop menaçant à mon goût. Ce que je préfère dans vos vers c'est leur fraîcheur et la joie de vivre qui s'en dégage.

– C'est l'âme du bois, madame. On ne peut pas travailler ce matériau noble et sensuel sans devenir un peu poète.

– Vous exercez un merveilleux métier, monsieur Valfroy. Surtout ne l'abandonnez pas, même si la publication de vos poèmes vous vaut quelques appréciations élogieuses dans les journaux. Outre que la poésie ne fait vivre personne et que les meilleurs gagnent leur vie en écrivant des romans ou des pièces de théâtre, vous risqueriez de perdre l'inspiration en délaissant vos outils. En tout cas, laissez-moi votre manuscrit. Sa lecture me donnera du cœur à vivre et j'en ai bien besoin en ce moment.

Bertrand rentra au Faubourg à la fois heureux et

déçu. Heureux parce qu'il pouvait croire maintenant à la publication de ses poèmes, déçu parce que les derniers mots de Delphine de Girardin, dont il reconnaissait la sage franchise, mettaient fin à son vieux rêve de vivre un jour de sa plume.

Louise à qui il raconta par le menu son entretien lui dit avec tendresse les phrases qu'il fallait pour adoucir l'amertume qu'il ressentait :

— Tu as une chance merveilleuse d'être aidé par une femme aussi remarquable que puissante. Ne retiens que l'aspect favorable de sa conversation. Je crois sincèrement qu'elle a raison : n'abandonne pas la varlope pour l'ombre des sonnets si tu veux que tes rimes demeurent ta joie de vivre. Avoue-toi plutôt que tu n'as jamais cru vraiment à ce changement de vie radical. Le bois, l'atelier et le Faubourg te manqueraient vite mon chéri! Et puis, il y a la famille qui continue. T'est-tu demandé ce qu'elle deviendrait sans toi?

— Tu as toujours raison, ma douce. Ce n'est pas au moment où tu te bats pour rendre son prestige et sa prospérité à notre vieille estampille que je vais déserter!

Malgré sa peine de quitter la place d'Aligre et de laisser sa grand-mère, Elisabeth, consciente de sa chance, n'avait manifesté aucune hostilité au projet de Louise. Aujourd'hui, alors qu'elle prenait place avec ses parents dans un wagon de première classe au débarcadère du Nord, elle n'était plus que joie et curiosité. Pour Louise et Bertrand aussi, tout était nouveau. Ce voyage dans lequel ils avaient imaginé un pèlerinage aux lieux de leur première rencontre ne ressemblait en rien à leur équipée en diligence cahotante. Les banquettes de velours bien rembourrées qui les accueillaient étaient aux bancs de la malle-poste ce qu'un moelleux lit de plume est à un grabat.

Tandis que le train s'ébranlait dans les jets de vapeur de la nouvelle locomotive Crampton, ils se rappelaient en riant comme des enfants la tête rougeaude du marchand de bestiaux, les moustaches de l'Anglais et la faconde assommante du commis voyageur de la diligence de Calais.

— Comme la vie va vite! dit Louise. Il s'en est passé des choses en vingt-cinq ans! Je la regrette un peu notre vieille diligence qui nous serrait l'un contre l'autre à chaque tournant...

Fidèle à sa promesse, Lord Hobbouse avait fait tenir aux Valfroy trois billets de chemin de fer sur la ligne Paris-Lille dont la bifurcation sur Calais venait d'être inaugurée. Il avait aussi retenu à leur intention une chambre à l'*Hôtel d'Angleterre* afin qu'ils puissent de bon matin prendre le paquebot de Douvres. Elisabeth avait hâte de découvrir cette étape luxueuse dont ses parents lui avaient si souvent parlé :

— Est-ce vrai qu'il y a un théâtre dans l'hôtel? demandait-elle. Il y a vraiment plusieurs restaurants? Nous pourrons visiter les cuisines?

— Oui, oui et tu pourras même choisir entre trois salons pour prendre le café!

L'hôtel avait moins changé que la façon de s'y rendre. Seul, le digne et aimable propriétaire M. Dessin n'était plus là pour accueillir les voyageurs. C'était son fils, un bel homme blond tirant sur le roux, comme on en voit dans les tableaux flamands, bien serré dans son habit dont les pans traînaient presque par terre, qui le remplaçait :

— Mon père est mort l'an passé, expliqua-t-il à Bertrand, et je poursuis son œuvre. Il avait considérablement amélioré l'établissement hérité de mon grand-père et je vais moi-même agrandir et embellir l'aile droite. Nous manquons souvent de chambres et sommes contraints de refuser de nombreux clients.

La chambre retenue par lord Hobbouse était vaste comme la place de la Bastille. Tendue de velours rouge foncé elle était un peu austère et le grand lit à baldaquin aux montants de noyer foncé, sculpté de motifs baroques où des têtes de lions voisinaient avec des griffons à tête d'aigle, n'inspirait pas la gaieté :

– De l'autre côté de la Manche, il y aurait des fantômes dans une chambre pareille! s'exclama Louise.

– Le lit est merveilleusement travaillé, dit Bertrand qui voyait d'abord la qualité des meubles. C'est une pièce de musée!

Elisabeth disposait d'une alcôve heureusement plus riante et elle trouvait l'installation tout à fait « miraculeuse », mot qu'elle employait à chaque instant et en toutes circonstances, ce qui agaçait Bertrand, très à cheval sur la manière de parler la langue française. C'était pourtant le « salon de toilette » qui enthousiasmait le plus la jeune fille. Garni de glaces et de céramiques artistiques, il comportait une baignoire de faïence munie de robinets dorés et ciselés en forme de cygne. « Ça c'est nouveau, constata Louise, rappelle-toi Bertrand, lors de notre premier voyage les quatre baignoires de l'hôtel étaient en zinc. » Ce à quoi Bertrand répondit que dans la modeste chambre qu'il avait occupée il n'y avait rien d'autre qu'une cuvette et un broc.

Après le souper où la famille apprécia particulièrement les « soles pêchées dans l'heure », comme le précisait non sans quelque exagération le menu, Louise dit qu'il fallait, comme ils l'avaient fait autrefois, aller voir les bateaux sur le port. Ils ne reconnurent pas le quai où étaient alignés de grands vaisseaux, la plupart munis d'immenses cheminées et privés des roues-battoirs dont le fonctionnement tourmentait tellement le brave capitaine du *Henri-IV*.

– Les bateaux ont maintenant des hélices, dit Bertrand, et j'ai l'impression qu'on ne doit pas souvent hisser les voiles si joliment enroulées sur la mâture. Tiens, voici le *Great-Britain* sur lequel nous embarquerons demain matin.

– Mais il est énorme! s'exclama Elisabeth.

– Eh oui! mademoiselle, répondit un marin qui s'apprêtait, son sac sur l'épaule, à emprunter la passerelle pour rejoindre le bord. C'est qu'après une escale à Douvres et une autre à Southampton nous filerons jusqu'à New York.

– Et combien mettrez-vous de temps pour atteindre l'Amérique?

– Pas plus de douze jours. Vous partez demain avec nous?

– Oui, mais seulement jusqu'à Douvres, répondit Elisabeth avec une nuance de regret.

La mer était calme et il ne fallut pas beaucoup plus de deux heures au paquebot pour entrer à petite vitesse dans le port de Douvres. Installés sur le pont des premières dans de confortables chaises longues où un steward était venu leur offrir un thé chaud en même temps qu'une épaisse couverture de mohair, les Valfroy n'avaient pas vu le temps passer. Comme Bertrand en faisait la remarque, Louise lui répondit en souriant : « Il y a vingt-cinq ans non plus nous n'avons pas vu le temps passer, mais ce n'était pas pour les mêmes raisons... »

Lord Hobbouse, comme toujours, avait bien fait les choses. Une voiture qui les attendait devant le bureau des passeports les emmena à un train d'enfer vers Richmond.

Lorsque le rockaway[1] franchit la grille de Ham House et que le château se détacha au premier tournant de l'allée sur le rideau de verdure du domaine, Louise battit des mains comme une petite fille et s'exclama : « Voilà Ham House, toujours aussi majestueux! Vous voyez, j'y ai passé de longues années avec ma chère tante mais s'il me fallait revenir vivre ici je crois que je m'ennuierais à

---

1. Grand landau utilisé en Angleterre.

mourir. Ma maison, c'est vraiment celle d'Œben et mon domaine la place d'Aligre.

– Et moi, dit Elisabeth, je ne vais pas m'ennuyer?

– Non, toi, tu seras dans le plus beau collège d'Angleterre et quand tu viendras à Ham House, ce sera pour y passer de merveilleuses vacances.

Bertrand aurait voulu s'arrêter un peu longuement à Londres, revoir Merill Meadows, s'il était toujours en vie, retourner chez Maple, découvrir les nouvelles machines à bois de Thrust and Keeping, apprendre ce qu'étaient devenues les collections de sir Thomas, le fou du bois qui, lui, était sûrement mort depuis longtemps au milieu de ses meubles extravagants et de ses statues, mais il fallait revenir vite au Faubourg afin de rassurer Marie. Durant trois jours, lord Hobbouse avait été un hôte attentif et charmant. Heureux de retrouver Louise, il l'avait souvent entraînée dans des promenades autour de l'étang pour lui parler de lady Jane et l'écouter raconter ses souvenirs de jeune fille au côté de la femme qui occupait encore toutes ses pensées.

– Je vais comme je vous l'ai promis, dit-il aux Valfroy, m'occuper d'Elisabeth avec toute l'affection dont un vieil homme est capable. Jane l'aurait voulu ainsi... Venez voir votre fille quand vous le voudrez. Si c'est elle qui s'ennuie trop de vous, elle vous enverra des billets de passage. Ainsi grâce à elle, je vous reverrai, ma chère Louise... Surtout ne me remerciez pas, c'est moi qui vous suis redevable!

Elisabeth pleura un peu lorsqu'il fallut se séparer. C'était la première fois qu'elle quittait ses parents, et la vie de collège, si loin de la place d'Aligre, lui faisait un peu peur. Heureusement lord Hobbouse, avec ses bottes de cheval brillantes comme des miroirs, ses longues vestes de tweed à carreaux et sa moustache de grand-père, lui plaisait bien. Il avait dit qu'il ne laisserait à personne le soin de la conduire au collège, en passant par Londres afin de lui acheter son trousseau et le joli uniforme de sortie bleu ciel sur bleu marine de la Trinity School d'East Grinstead.

Cette perspective enchantait Elisabeth qui, finalement, laissa partir Louise et Bertrand sans trop de peine. C'est Louise, dans la voiture du retour, qui éclata en sanglots :

– Crois-tu que je sois une mère monstrueuse d'abandonner ainsi ma petite fille?

Bertrand la prit dans ses bras et la consola :

– Mais non, ma chérie! Moi non plus je ne suis pas un père dénaturé! Elisabeth va retirer un grand bienfait de ce séjour. Compte combien d'enfants d'artisans ont la chance de pouvoir étudier dans des conditions aussi exceptionnelles! Aucun évidemment! Le seul risque que nous pourrions craindre serait qu'Elisabeth s'habitue à sa vie de petite fille riche et que la place d'Aligre lui paraisse trop modeste quand elle reviendra, mais je la connais. Le luxe ne lui tournera pas la tête.

– Ne crains rien. D'abord, la vie dans un collège anglais n'est pas toujours toute rose; ensuite, si elle tient de sa mère, elle ne se laissera pas griser par la vie d'un château anglais inchauffable l'hiver et sûrement moins douillet qu'une chambre du Faubourg, meublée tout de même par Riesener! Les Canaletto ne lui manqueront même pas : elle ne connaît ni Venise ni la peinture. N'oublie pas que j'ai eu le choix entre la place d'Aligre et Ham House et que j'ai choisi...

– Moi!

– Vaniteux, voilà ce que tu es! Qu'est-ce que ce sera quand tes poèmes auront paru!

Une secousse à ce moment les projeta l'un contre l'autre et ils s'écrièrent ensemble : « Comme dans la diligence! »

Ils retrouvèrent Marie en assez bonne santé. La disparition d'Ethis ne lui était plus insupportable, il lui arrivait même de rire. Il fallut naturellement lui raconter le voyage par le menu, l'assurer qu'Elisabeth n'était pas malheureuse et qu'elle ne manquerait de rien dans ce pays où, paraît-il on ne savait pas cuire convenablement un rôti. « Elle va nous manquer! » dit-elle tout de même en essuyant une larme qu'elle accompagna de cette drôle de réflexion :

— Tiens, je me retrouve comme lorsque tu faisais ton tour de France : tout le temps en train de me demander si tu dormais bien, si tu mangeais bien, si tu ne travaillais pas trop...

Ce rapprochement auquel il n'avait pas pensé ragaillardit Bertrand qui, finalement, était celui que l'absence de sa fille tourmentait le plus.

Une surprise heureuse attendait les voyageurs mais Antoinette-Emilie ne leur en donna connaissance qu'à l'heure du souper quand tout le monde fut réuni devant les assiettes de soupe à l'oseille que Marie venait de servir :

— Pendant que vous jouiez les châtelains en Angleterre, j'ai pris à la boutique une commande qui nous assure un mois de travail! Qu'en dites-vous?

— Mais c'est merveilleux! s'exclama Louise. J'étais sûre que tu deviendrais une excellente vendeuse. Messieurs, préparez-vous à retrousser vos manches car je vous assure que si nous nous y mettons. Antoinette et moi, vous n'allez pas manquer de besogne. Nous pourrons bientôt acheter, enfin! ces fameuses machines! Mais quelle est cette commande?

— Un nouveau négociant de la rue Saint-Honoré qui faisait son marché au Faubourg. En réalité il allait tout droit chez Balny mais, séduit par notre vitrine, il est entré et mon charme persuasif a fait le reste. Il nous a commandé six commodes-toilettes en loupe d'orme et en acajou plus deux armoires à glace. J'ai dû lui faire un prix mais Jean et Emmanuel m'ont dit que l'affaire était tout de même excellente. Es-tu contente de ton élève, Louise?

– Plus que contente pour la famille qui grâce à toi va pouvoir redresser la tête. Pas question maintenant de tricoter tous les après-midi à la maison. Tu vas m'aider et...

– Nous allons devenir riches! conclut Bertrand en riant.

Les mois, les années passèrent dans une aisance acceptable. Le retour définitif d'Elisabeth était proche et chacun s'en réjouissait. Un soir, alors que les hommes vidaient place d'Aligre un petit verre d'eau-de-vie de pêche de Montreuil pour fêter une bonne commande enregistrée le matin, le sort du pays se jouait à l'Elysée où Louis-Napoléon Bonaparte, élu triomphalement président trois ans plus tôt, tenait sa réception habituelle du lundi. Au milieu d'une foule encore plus dense que d'habitude, il accentuait d'une bonne humeur marquée la calme bienveillance qui lui était coutumière. Tous les familiers du palais étaient là, du préfet de police au général Magnan, ministre de la Guerre, du ministre de la Justice à M. de Persigny, conseiller intime du prince. Seul manquait M. de Morny qui assistait à l'Opéra-Comique à la représentation des *Sept Châteaux de Barbe-Bleue*, la nouvelle pièce de M. de Saint-Georges, frère du directeur de l'Imprimerie nationale.

Nul dans l'assistance ne se doutait des pensées secrètes que cachait l'imperturbable sourire du président. Vers dix heures, celui-ci appela d'un signe le colonel Vieyra, nommé la veille chef d'état-major de la garde nationale.

– Colonel, lui souffla-t-il, êtes-vous assez maître de vous pour ne rien laisser paraître d'une grande émotion?

– Je le crois, monsieur le Président.

– Fort bien, alors je vous annonce que c'est pour

cette nuit. Et avec un sourire plus épanoui, il continua :

– Vous n'avez pas tressailli, vous êtes l'homme
fort qu'il me faut. Pouvez-vous me répondre qu'aucun rappel ne convoquera la garde?

– Oui, à condition que je puisse disposer d'assez
d'émissaires.

– Le ministre de la Guerre vous les fournira.
Partez, mais pas tout de suite, tous les yeux sont
fixés sur nous et l'on croirait que je vous ai donné un
ordre.

Prenant le plus naturellement du monde le bras de
l'ambassadeur d'Espagne qui s'avançait, le président
l'entraîna vers un coin du grand salon tandis que M.
Vieyra, pour donner le change, allait échanger quelques banalités avec un groupe de dames.

A minuit et demi, le colonel Espinasse du 42e de
ligne réunissait ses officiers au quartier et M. de
Morny, revenu de l'Opéra-Comique, montait chez le
prince. La réception était finie, les salons déserts.
Dans le cabinet présidentiel, une seule lampe brûlait,
éclairant à peine cinq têtes graves et attentives,
curieux conclave dont l'austérité mystérieuse tranchait sur l'insouciante gaieté qui régnait si peu de
temps avant dans les salons.

La réunion fut courte car ceux qui y participaient
n'avaient rien à apprendre sinon que l'heure était
venue de mettre en application un plan longuement
réfléchi où chacun avait à jouer un rôle déterminant.
Avant de se séparer, le président ouvrit avec une
petite clef d'argent suspendue à sa chaîne de montre
un tiroir de son bureau et remit à chaque conjuré,
car il ne pouvait s'agir que d'une conjuration, le pli
cacheté qui lui était destiné. Comme dans les mélo-
drames de M. Dumas les mains s'étreignirent et le
chef, d'une voix aussi calme que lorsqu'il disait tout
à l'heure des insignifiances à Mme de Nieuwerkerke
annonça simplement :

– Messieurs, nous allons prendre un peu de repos, et que Dieu sauve la France!

Deux heures sonnaient. Il entra dans sa chambre et s'endormit : la machine dont les rouages étaient si bien taillés et parfaitement huilés n'avait plus besoin de son intervention pour le mener là où il l'avait décidé le jour où le bateau le ramenait sur le sol de France.

La nuit pourtant s'annonçait animée. C'est M. de Saint-Georges qui donna le branle en réussissant à imprimer en quelques heures sur les presses de l'Imprimerie nationale les décrets et proclamations que les Parisiens devaient trouver affichés dans la capitale à leur réveil. Datés du 2 décembre 1851, ils pouvaient se résumer en quelques phrases : dissolution de la chambre, état de siège et annonce d'un référendum (suffrage universel) pour porter au pouvoir durant dix ans le prince Louis-Napoléon.

L'impression des actes qui sanctionnaient le coup d'Etat terminée, ce n'était pas la plus mince affaire, il restait à arrêter toutes les personnalités susceptibles d'entraver la marche des événements. D'abord le général Changarnier, surpris dans son lit à six heures et qui se rendit sans résister à une véritable petite armée, avant d'être envoyé à Mazas; M. Thiers ensuite, réveillé à la même heure, objecta que, représentant du peuple, sa liberté était inviolable, ce qui n'impressionna nullement le commissaire venu l'arrêter. Le général Cavaignac concurrent malheureux du prince à l'élection présidentielle, fut lui aussi conduit à Mazas où le général Lamoricière vint le rejoindre.

Tout avait fonctionné comme prévu : à six heures et demie du matin soixante-huit mandats avaient reçu leur application, au moment même où les troupes prenaient position aux lieux qui leur avaient été assignés.

Le coup avait été bien monté et laissait peu de marge de manœuvres à l'opposition. Dès les premières heures, on se rendit compte que Louis-Napoléon Bonaparte avait réussi et que toute résistance ne pourrait être que sporadique et vouée à l'échec. Le prince-président était bel et bien maître de la France. Et tout le monde pensait qu'il ne résisterait pas longtemps au désir d'assortir ce pouvoir du seul titre digne d'un Bonaparte, celui d'empereur.

La seule riposte, courageuse mais inutile, vint de l'Assemblée. Une soixantaine de représentants réussirent à pénétrer dans la salle par une petite porte non gardée de la rue de Bourgogne mais furent bientôt délogés par la troupe. Un peu plus tard, un groupe d'environ deux cents députés orléanistes et légitimistes se réunirent à la mairie du Xe arrondissement mais, là encore, il ne pouvait s'agir que d'une démonstration vaine. Tous se retrouvèrent bientôt au mont Valérien, à Mazas ou à Vincennes.

Et la rue? La rue restait sourde aux appels des derniers députés de la Montagne qui avaient échappé au coup de filet policier. Ils avaient commencé, comme toujours, par haranguer les ouvriers du faubourg Saint-Antoine qui n'avaient pas répondu à leurs exhortations. Personne n'avait oublié les sanglantes journées de juin 1848 qui n'avaient servi en rien la cause populaire. Quelques-uns répondaient : « Nous n'avons pas d'armes! » La plupart disaient simplement qu'ils n'avaient aucune envie d'aller se faire massacrer.

Les trois hommes de la famille Valfroy se rendaient à leur atelier après avoir lu les proclamations affichées :

— C'était à prévoir! Seuls seront étonnés ceux qui ne lisent jamais un journal, dit Bertrand. J'ai d'ailleurs l'impression que le Faubourg prend la nouvelle avec beaucoup de philosophie. Les vieux se souviennent d'avoir acclamé l'Empereur et, si le neveu est habile, il pourra bientôt lui aussi venir parader et recevoir des fleurs sur les pavés les plus révolutionnaires de Paris.

– En attendant, j'en vois quelques-uns se soulever! assura Jean. Regardez au coin de la rue de Charonne...

Une centaine d'ouvriers, en effet, avaient fini par succomber à l'appel aux armes lancé par une douzaine de députés qui sortaient de la salle Roysin, en face de la rue Sainte-Marguerite, où ils s'étaient réunis. Comme à regret, sans manifester le moindre enthousiasme, ils montaient un muret de pavés autour d'une carriole renversée.

– A côté de la grande barricade de 48, c'est une marche d'escalier! plaisanta Emmanuel. La troupe n'en fera qu'une bouchée.

La troupe justement arrivait : une compagnie envoyée de la Bastille par le général Marulaz. Et les émeutiers de s'enfuir à toutes jambes, abandonnant leur insignifiant bastion à l'armée d'un côté et à une quinzaine de courageux dont huit députés ceints de leur écharpe tricolore de l'autre. On entendit une voix de femme sortie d'un groupe s'écrier :

– Ah! Vous croyez que nos hommes vont aller se faire tuer pour vous conserver vos vingt-cinq francs par jour[1]?

Alors Baudin, un député assez peu connu, fit le premier pas vers la postérité en escaladant la barricade, ce qui n'était pas difficile, il s'enveloppa dans un drapeau et s'écria : « Attendez, vous allez voir comment on meurt pour vingt-cinq francs! » Puis il exhorta les soldats à se joindre à eux.

Baudin ne serait sans doute pas mort, ni pour vingt-cinq francs ni pour plus cher, si un coup de fusil, tiré de la barricade, n'avait à ce moment mortellement touché un lancier dans son rang. Indignée, la troupe riposta par une décharge générale. Et Baudin tomba foudroyé dans les plis de son drapeau. Ce fut avec le soldat la seule victime de la

1. Le traitement quotidien des députés leur valait le surnom de « Vingt-cinq francs ».

barricade : il avait perdu la vie et gagné une statue[1].

Cette fois le vent de l'émeute n'avait pas soufflé dans le Faubourg lassé d'une idéologie dont il faisait les frais depuis trop longtemps.

— C'est un signe, dit Bertrand en sortant du magasin Mercier où il s'était réfugié avec Emmanuel et Jean au moment de la fusillade. J'ai lu tout à l'heure que le prince allait demander un vote aux Français pour légitimer les pouvoirs qu'il vient de s'octroyer. Eh bien! vous allez voir les Français plébisciter le nouveau Napoléon qu'ils préfèrent déjà à tous leurs députés braillards!

— Tu voteras pour lui? demanda Jean.

— Je n'en sais rien, il faut réfléchir...

— Pour moi, c'est oui! s'exclama Emmanuel. J'ai trop vu de guerres civiles, d'émeutes et de barricades qui loin de donner du pain aux malheureux les appauvrissent un peu plus. Je ne suis pas certain que le prince nous apportera la paix mais je suis sûr qu'avec les autres on continuera à s'entre-tuer!

— Je crois bien qu'au Faubourg les anciens feront comme toi. Qui leur reprocherait de vouloir finir leurs jours tranquilles!

La pilule du coup d'Etat passait moins bien dans le goulet des Boulevards couvert de masses compactes, parfois agressives mais non armées qui s'écartaient pour laisser passer les troupes du général Bourgon et la brigade de cavalerie Reybell. Le carré des derniers émeutiers n'était pourtant pas sur la chaussée, il s'était disséminé dans les immeubles du boulevard Montmartre où de nombreuses ouvertures étaient occupées par des hommes armés de fusils.

Les tireurs postés aux fenêtres des magasins du *Prophète* ouvrirent le feu les premiers, causant la

---

1. La statue en bronze de Baudin, érigée sous la IIIᵉ République, demeurera en place à l'angle du faubourg Saint-Antoine et de l'avenue Ledru-Rollin jusqu'à l'occupation allemande de 1940.

panique dans les rangs du 5ᵉ chasseurs d'Orléans qui, obéissant aux ordres du capitaine Bochet de la brigade Canrobert, ne ripostèrent pas. Moins aguerris, les jeunes recrues du régiment de ligne qui suivaient perdirent leur sang-froid et déchargèrent leurs armes un peu à tort et à travers, criblant les façades de mitraille et fauchant les derniers civils demeurés sur les trottoirs. On releva un grand nombre d'innocentes victimes, les dernières du coup d'Etat. Napoléon triomphait au prix de 175 morts et 115 blessés chez les républicains, de 26 tués et 184 blessés dans les rangs de l'armée.

La paix du prince régnait à Paris comme dans les départements et le scrutin pour le plébiscite se déroula dans le calme. Le jour de la Saint-Sylvestre les résultats étaient proclamés : 7 439 215 oui contre seulement 640 737 non. Sans attendre la promulgation de la constitution, qui donnait au prince le gouvernement de la République pour dix ans, le maître de la France s'était installé aux Tuileries le 1ᵉʳ janvier. S'il n'avait pas encore le titre d'empereur, son nom et ses pouvoirs le faisaient considérer comme tel et l'année ne pouvait s'achever sans qu'il le fût.

Depuis sa création, l'atelier Valfroy figurait sur la liste des fournisseurs de l'Hôtel de Ville pour la préparation des fêtes et manifestations officielles. Il avait ainsi été fait plusieurs fois appel à Ethis pour participer à la construction d'estrades ou de tables volantes destinées à supporter les buffets et les services de boissons. Ce travail de menuiserie courante ne correspondait pas aux spécialités professionnelles de la maison mais pouvait constituer un adjuvant utile en périodes de crise; d'autre part, il était assorti d'une nuance d'officialisation qui, affirmait Ethis, pouvait servir un jour. En fait, cette

collaboration avec la mairie permettait à Traîne-
sabot, éternel curieux, d'assister à des cérémonies où
il n'aurait jamais été admis. Son grand succès en la
matière avait été le bal du duc d'Orléans donné en
l'honneur de la reine d'Espagne. Cette fois, il s'agissait de la distribution des aigles à l'armée, première
grande fête organisée depuis l'avènement du prince-
président qui la voulait à la fois populaire et grandiose.

Le Champ-de-Mars était tout indiqué pour ce
triomphe de l'armée et, durant des semaines, on y
installa des tribunes, des gradins et l'on transforma
en amphithéâtres les tertres qui s'élevaient de chaque
côté de l'esplanade. Innovation que toute la presse,
et en particulier *Le Moniteur,* montait en épingle :
pour subvenir à une partie des frais de la fête, les
sous-lieutenants et lieutenants de l'armée avaient
donné trois journées de solde, les capitaines quatre,
les chefs de bataillon et d'escadrons six, les colonels
huit, les généraux de brigade dix, les généraux de
division douze et le général en chef de l'armée de
Paris quinze.

– Il s'agit de faire du bon travail, dit Jean. Sans
cela on va écoper de huit jours de corvée!

Les travaux confiés aux Valfroy consistaient
essentiellement à installer la table du président prévue pour cent couverts sous une tente immense
rapportée de l'expédition d'Algérie et de mettre en
place les frontons décorant la tribune présidentielle.
Jean s'occupait de la réalisation de cette commande
exceptionnelle; il avait fait appel à un peintre, excellent artiste qui gagnait sa vie en peignant des
enseignes, pour décorer l'aigle immense, découpée
dans le bois de sapin, qui tenait dans ses serres le
grand cordon de la Légion d'honneur. Les différentes parties de cette allégorie patriotique avaient été
façonnées à l'atelier et transportées au Champ-
de-Mars dans des voitures militaires. Là, des
lignards avaient aidé à les hisser en haut d'un

échafaudage où Jean et Bertrand achevaient de les assembler.

– Ce sera peut-être grandiose vu d'en bas mais de près c'est ridicule! dit Jean en riant. Cette Légion d'honneur sur fond d'étoiles bleues me dégoûterait des décorations, si j'en avais!

C'est le matin de la fête, une heure à peine avant l'arrivée du prince-président, que Jean et Bertrand réussirent à accrocher solidement le dernier fronton rempli par des tords de feuilles de chêne dorées au centre desquelles était inscrit « 7 500 000 » : en chiffres ronds, le nombre des voix obtenues par Louis-Napoléon lors de sa dernière élection. Le peintre n'eut que le temps, alors que les musiques entamaient leurs flonflons, d'écrire dans les guirlandes qui entouraient les chiffres de l'exploit : *Vox populi, vox Dei*. Le malheureux artiste s'apprêtait à mettre le point sur le dernier *i* quand une escouade de sapeurs vint le déloger *manu militari* de son échafaudage afin de faire disparaître les dernières poutrelles de la tribune où commençaient à arriver les représentants des grands corps de l'Etat, vêtus de la tenue officielle qui tenait à la fois de l'habit d'académicien et de l'uniforme de colonel de pompiers. Jean, Bertrand et l'artiste n'eurent que le temps de se réfugier sous la grande tente pour ne pas être entraînés dans le défilé d'une compagnie de tirailleurs indigènes fort applaudis dans leur tenue chamarrée.

Laissant les armées se ranger, les invités arriver, les chevaux caracoler, l'archevêque se préparer à sa messe et, enfin, le président surgir au galop sur son cheval blanc pour passer en revue la cavalerie rangée en colonnes rapprochées, les Valfroy découvrirent sous la toile feutrée, doublée de tapis berbères, une animation aussi fiévreuse qu'à l'extérieur mais totalement discordante. Là aussi il y avait des uniformes mais c'étaient ceux des maîtres d'hôtel et des serveurs; là aussi il y avait des unités rangées en bon ordre, mais c'était des régiments de soupières, de plats, d'assiettes alignés sur l'immense desserte montée par l'équipe du Faubourg et couverte, comme la table qui faisait pendant, de nappes blanches décorées de bouquets tricolores censés représenter chacun une aigle. Des cris de « Vive Napoléon! » et de « Vive l'Empereur! » parvenaient du dehors, par rafales.

Le général qui allait présider tout à l'heure cette fête dans la fête et qui s'affairait entre les foies gras et les mayonnaises de homards ne portait pas de galons. Vêtu d'une longue jaquette noire et cravaté de blanc, on l'eût pris pour un ambassadeur si ses gestes impératifs et ses ordres secs comme des baguettes de macaroni n'avaient pas relevé d'une science plus exacte que la diplomatie : celle des gastronomes. L'officier de bouche chargé de nourrir les cent invités du président n'était autre que Chevet II, dix-septième fils du roi Chevet, le grand Germain Chevet, Chevet l'Ancien... Il avait succédé à son père mort en 1832 après avoir traité dans son temple du Palais-Royal les fines gueules de Paris et servi de fabuleux dîners dans toutes cours d'Europe.

A côté de la table présidentielle d'autres services étaient prévus pour les invités de moindre importance et les dames qui, à elles seules, allaient se trouver confrontées à 96 poissons, 48 jambons, 48 hures de sanglier, 192 volailles, 48 galantines, 48 gros pâtés, 96 mayonnaises de homard, 192 pièces de pâtisserie, 384 assiettes de fruits, 2 880 pains. Le maître d'hôtel en chef qui énumérait pour Bertrand ce menu gargantuesque ajouta avec la fierté d'un colonel parlant de son armement :

– Pour faire passer tout cela, M. Chevet a prévu 576 bouteilles de vin de Champagne et 960 de château-margaux. Et je ne vous parle pas des autres buffets ordonnancés pour 7 000 personnes et où 150 maîtres d'hôtel serviront 2 500 bouteilles de champagne et 2 500 bouteilles de bordeaux moins prestigieux. Maintenant, messieurs, si le cœur vous en dit, venez à l'office, derrière cette tapisserie, goûter à ce qui vous plaira. A moins que vous ne préfériez assister à la remise des drapeaux...

— Nous vous suivons, monsieur, dit Bertrand le poète. Puisque d'autres se chargent d'honorer les armes, allons mesurer les canons de la gourmandise.

Jean et Bertrand rentrèrent tard place d'Aligre. Les aigles de Louis-Napoléon leur pesaient sur l'estomac et le vin de Champagne continuait de pétiller dans leur tête. Louise et Antoinette-Emilie seraient bien allées au Trocadéro voir le feu d'artifice avec le petit Louis mais les hommes, ce soir-là joyeusement bonapartistes, n'étaient bons qu'à se coucher.

Après un pareil festin, il ne restait au prince-président qu'un plat à digérer : l'empire que le Sénat lui offrait sur un plateau d'or dans un sénatus-consulte :

Le peuple veut le rétablissement de la dignité impériale dans la personne de Louis-Napoléon Bonaparte, avec hérédité dans la descendance droite, légitime ou adoptive, et lui donne le droit de régler l'ordre de succession au trône dans la famille Bonaparte, ainsi qu'il est prévu par le sénatus-consulte du 7 novembre 1852.

C'est sous cette forme que le plébiscite devait être soumis à l'acceptation du peuple les 21 et 22 novembre. Son résultat ne faisait guère de doute mais l'opposition était obligée de se manifester d'une manière ou d'une autre contre un acte d'une telle gravité. Jusqu'alors elle n'avait réagi que par quelques écrits sans grande portée : *La Révolution sociale* de Proudhon et le pamphlet *Napoléon le Petit* de Victor Hugo qui, après avoir fréquenté un temps les réceptions de l'Élysée et s'être fait élire député, s'était exilé à Jersey. Tout changea avec l'annonce du référendum : aux molles diatribes succédèrent soudain des manifestes violents imprimés à un grand nombre d'exemplaires envoyés par la poste aux fonctionnaires, aux personnages importants ou distribués dans l'ombre.

Le gouvernement ne pouvait ignorer cette campagne. Il y répondit d'une manière intelligente et audacieuse en publiant pour les désamorcer ces manifestes dans *Le Journal officiel*. Il comptait avec quelque raison que la violence des appels lui rallierait les indifférents et l'immense foule des Français qui souhaitaient avant tout vivre en paix.

La signature de Victor Hugo au bas de l'appel des proscrits de Jersey ne souleva pas plus que les autres l'enthousiasme populaire. Ce manifeste était pourtant superbe :

Citoyens, Louis Bonaparte est hors la loi; Louis Bonaparte est hors l'humanité. Depuis dix mois que ce malfaiteur règne, le droit à l'insurrection est en permanence et domine toute la situation. A l'heure où nous sommes, un perpétuel appel aux armes est au fond des consciences. Or soyons tranquilles, ce qui se révolte dans nos consciences arrive bien vite à armer tous les bras. Amis et frères, en présence de ce gouvernement infâme, négation de toute morale, obstacle à tout progrès social, en présence de ce gouvernement meurtrier du peuple, assassin de la République et violateur des lois, de ce gouvernement né de la force et qui doit périr par la force, de ce gouvernement élevé par le crime et qui doit être terrassé par le droit, le citoyen digne de ce nom ne fait qu'une chose, et n'a qu'une chose à faire, charger son fusil et attendre l'heure.

Il n'existait qu'une faille dans ce cri généreux : personne dans les faubourgs n'avait envie de charger son fusil!

Il y a des moments dans l'Histoire où la moindre

étincelle suffit à mettre le feu aux poudres. Il y en a d'autres où les tisons les plus brûlants et les appels les plus enflammés n'ont pas plus d'effet sur la chair ouvrière des révolutions qu'une piqûre d'épingle. Au faubourg Saint-Antoine, ce rejet de la violence était plus marqué que dans les autres quartiers populaires. Bertrand avait bien analysé cette prise de position :

– Le père Hugo aurait eu raison en 92, en 48 aussi, mais en ce moment, alors que le travail commence à reprendre et que les gens du Faubourg mangent à leur faim, ce qui n'est pas arrivé depuis longtemps, aucune belle phrase ne peut les entraîner aux barricades. La dernière fois qu'ils ont aidé à en dresser une, la grande, à la Bastille, ils ont eu conscience de ne pas avoir servi leur intérêt mais d'avoir agi pour le compte d'idéologues fumeux dont la défaite a fait le jeu de la bourgeoisie.

– Tu as raison, dit Louise. Le bon peuple se dit qu'il a peut-être plus de chances d'accéder à l'aisance en essayant de devenir bourgeois, même si ces chances sont minces, qu'en dépavant les rues et en tiraillant contre une troupe organisée, bien armée et dix fois plus nombreuse.

En fait, le 21 novembre, le Faubourg n'avait pas oublié le réveil économique qui avait marqué le Consulat et les premières années de l'Empire. Il vota en grande majorité pour le rétablissement impérial, épousant la vague impressionnante qui soulevait la France. 7 839 552 électeurs s'étaient prononcés en faveur de Louis-Napoléon, 254 501 avaient répondu « non » et deux millions environ s'étaient abstenus. A Paris même, cœur de toutes les révoltes, les trois quarts des habitants avaient choisi l'empire. Il ne restait plus au prince qu'à signer le décret promulguant le sénatus-consulte ratifié par le plébiscite et à passer, triomphant, sous l'Arc de triomphe élevé par son oncle pour devenir l'empereur Napoléon III.

Marie qui avait vécu la grande Révolution dit à Emmanuel, l'autre doyen de la famille :

– Quand je pense! Toutes les phrases grandiloquentes que nous avons entendues et toutes les têtes que nous avons vues tomber, pour en arriver à acclamer un nouvel empereur! Je trouve que le Français est vraiment un drôle d'animal! Je suis trop vieille, je ne comprends plus rien à rien!

– Tu dis des bêtises, Marie, répondit Emmanuel. Ce n'est pas une question d'âge. Bertrand, Louise et Jean pensent comme toi. Et Mme de Girardin dont Bertrand nous a fait lire les beaux articles! Et rappelle-toi Alexandre Lenoir qui ne disait pas autre chose dans ses paraboles qui faisaient grincer tant de dents. Alors, puisque les dieux semblent vouloir nous accorder quelque répit, à nous qui ne sommes plus de la première jeunesse, profitons de la vie!

– Mais oui, mon bon Emmanuel, profitons encore un peu de cette vie qui, malgré ses folies, nous a tout de même valu pas mal de joies. Tiens, il est temps que je m'occupe du souper! Dis à Antoinette-Émilie de venir m'aider, j'ai envie de vous faire des crêpes!

L'avènement de l'empereur n'y était pour rien – ce n'est pas parce qu'on avait voté pour Napoléon qu'on avait envie de lui faire des frais – mais le souper fut gai ce soir-là place d'Aligre. Le repas de crêpes, spécialité des dames de la famille depuis que les hommes rabotaient le chêne, faisait partie des traditions. L'ordonnance en était immuable et tout manquement à la règle eût été sévèrement jugé. Lenoir avait dit un jour que si les crêpes, qu'il appelait des pannequets, à l'ancienne mode, étaient meilleures place d'Aligre, c'était parce qu'elles prenaient le parfum de la sciure des bois exotiques qui flottait sur le quartier. Marie, elle, savait que la recette de la pâte, dont la réussite parfaite tenait à un dosage d'apothicaire, était la seule raison de l'excellence et de la délicatesse des crêpes dorées dans la poêle familiale.

La nouvelle s'était vite répandue dans la maison : « Grand-mère Marie fait des crêpes, grand-mère Marie fait des crêpes », criait Louis. Louise qui venait de rentrer s'était aussitôt précipitée dans la cuisine où, sous l'œil attentif du garçon, Marie et Antoinette-Émilie lissaient en la remuant avec une cuiller en bois la pâte légèrement ocrée qui ne sentait encore que l'œuf et la farine.

— Mettons-en un grand bol de côté pour le consommé, dit Marie.

Le repas de crêpes commençait en effet invariablement par un bon bouillon dégraissé dans lequel on plongeait quelques minutes avant de servir de fines lamelles de crêpes salées à peine cuites.

— Que mettons-nous maintenant dans la pâte? demanda Louise qui s'intéressait médiocrement à la cuisine et qui n'avait pas souvent participé au rituel des crêpes.

— Que veux-tu y mettre, ma belle? répondit Marie étonnée.

— Du rhum ou peut-être de l'eau-de-vie de pêche...

— Quelle horreur! Tu as dû apprendre cela en Angleterre. Il n'existe de crêpes dignes de ce nom que parfumées à l'eau de fleur d'oranger, le seul parfum qui ne masque pas le bon goût de la pâte cuite! Maintenant laissons dormir en attendant les hommes.

Les hommes arrivèrent et ne furent pas longs à deviner que si les femmes se trouvaient toutes dans la cuisine c'était parce qu'il s'y mijotait quelque régal.

— Oh! des crêpes! s'écrièrent-ils. Ça c'est une bonne idée.

— Je vais à la cave chercher la bouteille des aigles, dit Bertrand.

Bertrand et Jean avaient rapporté du banquet des

drapeaux une bouteille de château-margaux au fond
de leur sac d'outils.

– Puisque nous avons un empereur, ajouta-t-il, il
sied de boire son vin à notre santé.

Marie, qui dirigeait l'opération avec le sérieux
qu'elle mettait dans toute manipulation culinaire,
annonça enfin que la pâte avait assez reposé, qu'on
pouvait commencer à cuire et à faire sauter. Car
chacun, évidemment, devait faire sauter sa crêpe.
Mais on n'en était pas là. Après les pannequets
réservés au potage, il fallait faire cuire ceux du
second plat qu'on servait fourrés de fromage de
Hollande. C'était une denrée assez rare et Marie, qui
avait prévu son coup en cachette, en avait acheté un
morceau le matin.

Ce n'est que lorsque la pile des crêpes salées eut
atteint une hauteur respectable qu'on passa à celles
devant constituer les desserts et qu'on avait l'habitude, place d'Aligre, de manger saupoudrées de sucre
fin ou fourrées de confiture. Là encore il fallait
respecter les usages. Il était admis une fois pour
toutes que les vrais pannequets ne pouvaient être
garnis que de confiture de groseilles ou d'abricots.
Une crêpe fourrée de toute autre sucrerie relevait
d'une fantaisie inconvenante.

Le margaux était excellent et soutint, comme il
fallait, la saveur du hollande. C'est à ce moment du
repas que Louise annonça qu'elle avait deux bonnes
nouvelles à faire partager :

– D'abord la meilleure. Une lettre est arrivée de
Richmond : Élisabeth revient à la fin du mois avec
un parchemin du collège qui doit nous rassurer sur
l'étendue de ses connaissances.

– Dieu béni ! je vais revoir ma petite-fille ! s'écria
Marie.

– La lettre de lord Hobbouse précise aussi qu'il
dotera Élisabeth. Ces trois années où nous avons été
privés de notre fille lui auront été profitables. Elle va
pouvoir espérer une vie plus facile que la nôtre.

– Plus facile ou plus heureuse? demanda Marie en hochant la tête. Je ne suis pas sûre que les périodes de ma vie où j'ai connu le grand bonheur soient celles où nous avons eu le plus d'argent.

– Bien entendu, mère, l'argent, c'est bien connu, ne fait pas le bonheur mais mieux vaut être heureux dans l'aisance que dans la pauvreté. En disant cela, continua Louise, je ne pense pas seulement à Élisabeth. Après avoir traversé des passes difficiles et frôlé la faillite, notre maison s'est redressée...

– Beaucoup grâce à toi! souligna Emmanuel Caumont.

– Grâce à nous tous. Grâce à Marie et Antoinette-Émilie qui ont assumé toutes les tâches de la vie quotidienne et surtout grâce à vous, les hommes, qui avez travaillé comme des bêtes. Maintenant, alors que le commerce des meubles reprend, pourquoi ne pas continuer l'effort, développer la fabrique familiale et la hisser au rang des meilleures? Nous pouvons faire ce que d'autres ont réussi. Regardez les Janselme, les Grohé, les Fourdinois dont les maisons, toutes plus récentes que la nôtre, ont pris tant d'importance!

– Bref, tu voudrais que nous devenions riches? interrompit Jean. Eh bien, je te suis! Après tout, notre situation, entre l'artisanat et la petite-bourgeoisie, n'a jamais été très confortable. Pour Louis, et pour nous, j'aimerais bien faire un pas en avant.

On rêva longtemps ce soir-là autour de la table d'Œben et tout le monde fut d'accord pour commencer par où l'on devait commencer : installer au plus vite les fameuses machines et agrandir l'atelier de la rue Saint-Nicolas en reprenant le local voisin qu'abandonnait le tourneur Rossi. Il faudrait naturellement emprunter mais on emprunterait : les banques dont le nombre augmentait paraît-il chaque mois étaient faites pour ça. « La soirée des crêpes, comme le dit Bertrand en riant, restera celle du renouveau! »

Elisabeth revint au Faubourg. Ses parents étaient allés la chercher à Richmond et, cette fois, Bertrand avait fait à Londres le tour des fabricants de machines à bois et des grandes maisons de meubles. Il rentrait même avec un contrat qui assurait à *L'Enfant à l'oiseau* la revente exclusive en France des créations de la firme Stanley, filiale de Maple. Louise qui n'ignorait pas le goût de nombreux acheteurs pour les meubles victoriens n'était pas étrangère à cet arrangement commercial qui pouvait réserver d'heureuses surprises.

Elisabeth était une superbe fille de dix-neuf ans. Au soulagement de ses parents qui craignaient tout de même que son séjour ne l'eût changée au point de lui faire paraître mesquine et étriquée la vie du Faubourg, elle avait retrouvé la famille avec une joie qui excluait toute restriction. Certes, le collège et les usages typiquement britanniques de Ham House avaient transformé la petite fille de la place d'Aligre mais, comme le disait Marie, c'était « tout en bien » et la chaleur familiale retrouvée lui avait vite fait oublier le luxe glacial de la demeure de Richmond. « Finalement, confia-t-elle à sa mère, je préfère en parler, toujours avec plaisir, plutôt que d'y vivre. Si vous saviez comme vous m'avez manqué! Et puis, il ne faut pas croire, la vie au collège n'était pas toujours un plaisir! »

Maintenant, il fallait savoir ce qu'on allait faire de cette grande fille instruite et jolie comme le jour. Bertrand et Louise en avaient souvent parlé, pour convenir qu'on ne pouvait pas la laisser se morfondre place d'Aligre en attendant qu'elle se marie. Comme toujours, c'est Louise qui trouva la solution :

– Elle va travailler avec moi! Antoinette-Emilie m'aide bien quand il le faut mais elle doit s'occuper du petit Louis et seconder Marie qui commence à prendre de l'âge. De plus, elle m'a confié sous le sceau du secret car elle n'en est pas encore certaine,

qu'elle attendait un autre enfant. Ainsi, Elisabeth
tiendra le magasin qui, si nos projets se réalisent, va
prendre de plus en plus d'importance. Avec son
charme, elle doit devenir une bonne vendeuse!

Elisabeth se montra enchantée de cet arrangement
qui la soustrayait à l'atmosphère un peu lourde de la
maison :

– Toutes les deux, maman, nous allons faire des
miracles. Et il en faudra bien quelques-uns pour
réaliser tous tes projets!

Il n'y eut pas de miracle mais beaucoup de travail.
C'est Louise qui traita avec la banque Fould l'emprunt indispensable à l'achat des machines. Une telle
opération eût été impossible avant 48 : les garanties
qu'offrait la maison Valfroy-Caumont étaient trop
minces; mais aujourd'hui l'argent circulait facilement grâce à un système bancaire organisé pour
l'investissement qui permettait, dans tous les domaines, le développement de l'industrie moderne naissante.

Bertrand avait vu fonctionner de belles machines
en Angleterre mais celles qui tournaient maintenant
chez Balny étaient aussi perfectionnées et présentaient le grand avantage d'être fabriquées en France,
ce qui rendait leur entretien plus facile. Depuis
l'avènement de la vapeur, la maison Arbey avait
œuvré à perfectionner l'outil mécanique et son propriétaire, un ingénieur, avait réussi à combler le
retard pris sur l'Angleterre : il pouvait maintenant
concurrencer avec succès les firmes Bentham, Bru-
nel, Smart qui avaient longtemps équipé l'industrie
française du bois. C'est donc chez M. Arbey que
Bertrand avait choisi une machine à vapeur d'un
tout nouveau modèle, bien plus puissante que celle
qui s'était essoufflée de si longues années rue Saint-
Nicolas et dont le volume était deux fois moindre. Il
avait aussi retenu une scie à ruban pour remplacer
l'ancienne dont les rouages usés faisaient un bruit
infernal et menaçaient de se rompre en libérant

dangereusement la lame. Enfin, son choix s'était porté sur une « dégauchisseuse », nouvelle petite machine à raboter fort utile, et sur une « toupie », dernière-née des machines à bois qui permettait de façonner très rapidement moulures, rainures, cannelures, feuillures droites ou cintrées et quantité d'autres éléments exigeant de nombreuses et coûteuses heures de travail.

En attendant la livraison de ces merveilles, Emmanuel, Jean et Bertrand discutèrent longuement de l'installation nouvelle de l'atelier. Finalement, ils décidèrent de placer les machines, y compris la motrice à vapeur qui devait les entraîner toutes, dans l'atelier racheté à Rossi qu'une porte faisait maintenant communiquer avec l'ancien local. Tout ce remue-ménage bouleversait la vie familiale et professionnelle. Les machines semblaient trop longues à arriver. On s'en était passé jusque-là mais, maintenant qu'elles étaient commandées, l'impatience gagnait tout le monde. Marie elle-même qui ne s'était jamais beaucoup intéressée à la vie de l'atelier s'inquiétait :

– Votre M. Arbey se moque de vous! Bertrand, tu devrais le relancer et exiger d'être livré dans la semaine!

Les machines tant espérées arrivèrent enfin avec le printemps. Dans leur châssis de bois protecteur elles avaient l'air de grands oiseaux bizarres ou de pachydermes à la peau luisante. Comme chaque fois qu'un atelier s'équipait, l'événement attirait les voisins et les gosses qui regardaient avec admiration ces mécaniques nouvelles dont ils comprenaient l'importance.

Enfin, quand tout fut mis en place dans l'atelier Rossi repeint de neuf à la chaux, on attendit plusieurs heures interminables l'arrivée de M. Arbey qui tenait expressément à assister aux essais. Toute la famille était là, Marie en tête qui voulait voir une fois dans sa vie « tourner ces monstres qui remplaçaient l'adresse et l'expérience des compagnons ».

M. Arbey était devenu dans la famille une sorte de personnage mythique, de démiurge du monde nouveau que magnifiaient ses roues, ses engrenages et ses pistons. Il apparut comme l'homme le plus doux et le plus aimable de la terre. Petit, mince, la barbichette en désordre et le sourire aux lèvres, il se présenta cérémonieusement, puis, avec la permission des dames, ôta sa redingote qu'il échangea contre une blouse blanche.

– La chaudière est-elle chargée? demanda-t-il à ses aides.

Après leur acquiescement, il fit le tour de l'installation, vérifia la tension des courroies de transmission, de la lame sans fin de la scie à ruban, puis il commanda de pousser le foyer.

– Nous en avons pour un petit moment. Il faut que la pression monte... mais vous allez voir : cette machine que je viens de mettre au point est une merveille. Elle tient trois fois moins de place que votre vieil engin et développe une puissance au moins deux fois supérieure. C'est la première que j'installe dans votre faubourg, vous allez faire des jaloux!

– Et la toupie? demanda Emmanuel qui craignait un peu ce couteau profilé qui paraissait inoffensif au repos mais qui devenait en tournant à une vitesse prodigieuse une arme redoutable.

– C'est l'outil mécanique qui, avec les scies, vous fera gagner le plus de temps. Mais attention! il faut l'utiliser avec une grande prudence. Un doigt avancé un peu trop près serait emporté en moins d'une seconde par cette mâchoire diabolique. Si vous n'avez jamais travaillé à l'aide de cet engin, je vous conseille de vous faire expliquer son maniement par un confrère qui l'utilise déjà. Et puis, dites-vous bien qu'il s'agit d'un outil à dégauchir et que, pour les travaux de finition, rien ne peut remplacer la gouge maniée par un compagnon habile.

Sagement alignée, presque recueillie, la famille attendait l'instant prodigieux où M. Arbey, d'un geste, mettrait en marche l'ensemble flambant neuf des rouages, des poulies et des courroies de cuir dont les bruits mêlés annonceraient l'entrée de *L'Enfant à l'oiseau* dans le monde de l'industrialisation.

Enfin, le moment tant attendu arriva. La vapeur jusque-là contenue se libéra dans les pistons et, dans une sorte de halètement, l'arbre principal se mit à tourner au plafond. M. Arbey embraya successivement les machines qui n'attendaient plus qu'on les nourrisse de bon bois à travailler pour siffler, grincer, miauler dans un concert impressionnant.

Il fallait maintenant amortir cette installation et Louise n'avait pas attendu qu'elle soit en état de fonctionner pour reprendre la prospection de la clientèle. Les gens du bois avaient un moment espéré que l'empereur imiterait son oncle en aidant les artisans par des commandes officielles mais les temps avaient changé, on s'était vite rendu compte que la renaissance du Faubourg ne dépendait plus des largesses du prince mais des besoins d'une clientèle particulière plus ou moins fortunée qui entendait profiter d'un confort auquel la reprise générale des affaires lui permettait d'accéder.

– Il faut montrer aux acheteurs éventuels qu'à prix égal nous fournissons une marchandise plus élégante et de meilleure qualité, disait Louise. Mais la petite boutique de la Bastille ne permet d'exposer que quelques échantillons de notre savoir-faire. Il faut penser à l'agrandir!

Louise ne parlait pas dans le vide. Elle avait une idée derrière la tête dont la réalisation, hélas! supposait de nouvelles dépenses. Les locaux situés au premier et au second étage du numéro 17, au-dessus du magasin, occupés depuis des générations par les

Rogier, bronziers-ciseleurs célèbres, allaient se trouver disponibles, les enfants ne voulant pas succéder à leur père dans un métier qui tendait à disparaître.

— Nous devons absolument reprendre ces locaux, dit Louise un soir à Bertrand. C'est que je pense aux meubles anglais de Stanley qui vont arriver le mois prochain. Où allons-nous les mettre?

— Tu as raison. Mais où trouver l'argent? Il nous faudrait une commande très importante.

— Je pense qu'on pourrait engager dans l'affaire les trois mille francs qui restent de l'héritage de lady Hobbouse et que nous conservions pour doter Elisabeth. Lord Andrews est homme de parole, il n'oubliera pas sa pupille lorsqu'elle se mariera. Et puis, cet argent n'est pas perdu, il va nous rapporter dix fois plus que la misère de rente servie par le notaire.

— Alors, il faut retenir dès demain le local. Meynard est paraît-il intéressé. Je ne veux pas qu'il nous coupe l'herbe sous le pied!

Louise décidément s'y entendait pour forcer le destin : quelques semaines plus tard maçons et peintres transformaient les anciens ateliers de Rogier en salons accueillants où les plus beaux meubles signés Valfroy-Caumont seraient mis en valeur, l'étage supérieur étant réservé à l'exposition de fabrications anglaises.

Et la commande espérée survint au moment où l'on s'y attendait le moins. Un soir, alors qu'il rentrait seul place d'Aligre après avoir été commander du bois chez Forgerie, Bertrand rencontra l'un de ses amis de jeunesse qu'il n'avait pas vu depuis longtemps, Alexandre Fourdinois qui était considéré comme l'un des grands artistes du bois de l'époque. Bon dessinateur, ébéniste et surtout remarquable sculpteur, il avait fondé sa maison en 1835 et, d'exposition en exposition, gravi tous les échelons du succès.

— Alors, et la poésie? demanda-t-il à Bertrand.

— Je rime toujours un peu pour les beaux yeux de Louise et je pense que bientôt mon premier recueil sera publié. Et toi, ton affaire est la plus prospère de Paris. Tu as perdu la clientèle du roi. As-tu trouvé celle de l'empereur?

— Plutôt celle de l'impératrice. Le petit Napoléon ne s'intéresse pas beaucoup aux beaux-arts et encore moins à l'ameublement. Il est trop content de vivre dans les meubles de l'oncle! Mais dis donc, j'ai entendu raconter que vous aviez eu des ennuis. Comment va le travail en ce moment?

— Pas mal, mais pas assez bien pour amortir les machines que nous venons d'acheter.

— Ah! tu vas te lancer toi aussi dans le meuble de série...

— Contraint et forcé. J'espère bien tout de même pouvoir de temps en temps construire des meubles de qualité, comme avant. Comme toi!

— Justement, je n'arriverai pas à finir à temps une importante commande du Garde-meuble impérial destinée au château de Saint-Cloud. Veux-tu que je t'en repasse une partie? Il n'y a plus tellement d'ébénistes dans le Faubourg capables de prendre un tel travail! Viens me voir rue Amelot, je te montrerai les dessins; tu verras, c'est du très beau!

— Merci. Cela va nous tirer d'affaire pendant un bout de temps. As-tu une seconde pour prendre un verre chez Grabel le Lyonnais? Il a du bon moulin-à-vent.

— Bien sûr, mais on ne parlera pas de l'affaire. Notre arrangement ne regarde personne.

Grabel était le nouveau marchand de vins fraîchement installé au coin de la rue de Cotte et l'on y était plus tranquille que dans la salle minuscule de la mère Briolle. Bertrand et Fourdinois s'étaient à peine assis à une table qu'un grand escogriffe à l'air rieur et sympathique vint les interpeller :

– Tiens, c'est le rendez-vous des fines lames[1]!

Fine lame, il l'était, lui, Auguste Sauvrezy qui, quinze ans après s'être établi rue de Turenne puis au 97 du Faubourg, continuait de suivre des cours de dessin et fermait quand il en avait envie son atelier pour voyager en Italie. Il aurait pu être statuaire aussi bien qu'ébéniste et ses meubles sculptés, inspirés de la Renaissance, n'étaient pas des produits de circonstance, exploitation d'une mode, mais des chefs-d'œuvre pour lesquels les jurys avaient déjà utilisé tous les superlatifs.

Sauvrezy s'assit à la table de ses amis et commanda un autre pichet :

– Cela me fait plaisir de vous retrouver, dit-il en regardant les deux compagnons. Vous n'avez pas vieilli depuis que je vous ai vus et cela remonte au moins à deux ou trois ans... Vous savez, je viens de passer six mois à Florence. Il me faut de temps en temps ma potion d'Italie, sans quoi je commence à m'ennuyer et à devenir grincheux. J'hésite pourtant à partir car, chaque fois que je m'absente, je trouve en rentrant le pays bouleversé. Une fois on avait chassé Charles X, maintenant on me dit que nous avons un empereur, un autre Napoléon... Qu'en pensez-vous? Et qu'en pense le brave Ethis, l'augure de la Bastille?

– Ah! tu ne sais pas? Mon père est mort en 48 sur une barricade.

– Bon Dieu! Qu'allait-il faire sur une barricade, à son âge?

– Je crois bien qu'il allait y chercher la mort, il ne voulait plus vivre, répondit Bertrand qui ajouta : L'enfant des rues ne pouvait pas mourir dans son lit!

– Oui, c'est peut-être mieux ainsi, mais avec lui a disparu sans doute la dernière grande figure du

1. Fine lame : titre que se donnaient entre eux les meilleurs sculpteurs sur bois.

Faubourg. On n'y rencontre plus aujourd'hui que
des marchands petits-bourgeois...

– Comme nous? demanda Fourdinois en riant.

– Mais oui! Même Valfroy qui pourtant a fait
jadis son tour de France, transforme son atelier en
usine. C'est ce qu'on m'a dit...

– On exagère. Nous avons simplement rajeuni le
matériel et acheté une toupie.

– Une toupie, cet engin démoniaque qui, prétend-
on, va remplacer la gouge! Cela dit je passerai voir
ton installation car je sais bien que si je veux
survivre il me faudra passer moi aussi à la vapeur!

On rit en réclamant un troisième pichet – il fallait
que chacun offre le sien – et Alexandre Fourdinois,
devenu soudain plus grave, parla du temps présent :

– Sauvrezy a raison, le quartier s'embourgeoise et
le métier aussi. Quel apprenti parisien a envie
aujourd'hui de quitter sa famille pour partir sur les
routes du tour de France? Tous les compagnons du
Devoir que je vois passer et que j'embauche pour
quelques mois ou quelques semaines sont des provinciaux! Enfin... cela ne sert à rien de récriminer. Sauf
qu'il faut convenir que nous éprouvons bien du
plaisir à nous retrouver ce soir et à parler d'autre
chose que de politique ou de gros sous. Mais il a
fallu que le hasard s'en mêle. Les anciens avaient
peut-être du mal à joindre les deux bouts mais ils
vivaient mieux le métier que nous!

La commande du mobilier impérial héritée de
Fourdinois n'était pas rien, elle était même considérable et les Valfroy durent embaucher deux compagnons dont un sculpteur pour la mener à bonne fin
en même temps que les travaux en cours de moindre
importance. Il s'agissait d'un meuble unique, mais
quel meuble! La description, jointe selon l'usage aux
plans et dessins fournis par l'administration, avait de
quoi donner à rêver : « Une grande bibliothèque à
deux corps superposés, celui du bas avec avant-corps

à quatre pilastres arrondis avec fond et cadre en bronze; quatre panneaux avec encadrements de moulures; quatre tiroirs sous la tablette d'appui; le corps du haut à quatre portes, les deux du milieu cintrées et plus hautes, quatre pilastres..., les portes garnies de glaces...; au milieu un fronton orné d'un grand cartouche avec palmes et fleurs...; ladite bibliothèque pour recevoir des armes et objets précieux. »

Le prix de 6 600 francs demandé par Fourdinois avait été ramené par l'administration à 6 500 francs, ce qui, selon les Caumont et Bertrand, devait tout de même laisser une jolie marge.

C'était la joie place d'Aligre où l'on se félicitait d'avoir eu l'audace d'agrandir l'atelier et de l'équiper de machines neuves. Pendant que les hommes travaillaient au bahut impérial, Louise surveillait avec Elisabeth l'installation du nouveau magasin. Un escalier faisait communiquer le rez-de-chaussée avec le premier et le second étage dont les murs salis et dégradés avaient été tendus d'une toile beige toute simple sur laquelle les meubles exposés devaient briller de tout leur éclat. On était loin de la première boutique ouverte par Ethis. Marie, quand elle vint voir les travaux presque terminés, dit : « C'est le père qui serait heureux! Mais comment allez-vous faire, mes pauvres enfants, pour payer tout cela! »

Paris s'était vite habitué au nouvel empire qui empruntait au premier l'étiquette surannée d'une cour servile et à l'époque les progrès d'une industrie révolutionnaire. Louis-Napoléon avait promis de rétablir l'ordre : l'ordre était rétabli; il avait promis de relancer l'activité économique : les affaires reprenaient et chacun y trouvait son compte, même si l'injustice sociale demeurait souvent criante. Quant aux libertés, l'empereur n'y touchait qu'avec prudence et s'il rognait les ailes de la presse, le peuple ne s'en désolait pas pourvu que le prix du pain soit maintenu à un niveau raisonnable.

Dans ce climat de détente, le Faubourg, on l'a vu, se réveillait. Les chargements de bois encombraient les quais de Bercy et les cours se remplissaient de piles de planches qui sentaient bon le travail, ce travail à la poursuite duquel on avait tant couru. Le Faubourg se réveillait parce que les Parisiens achetaient à nouveau des meubles. S'ils pouvaient acheter des meubles, c'est parce que les travaux publics allaient partout de l'avant, que les chemins de fer multipliaient les emplois et que le nombre des engins à vapeur avait triplé en un an...

Un homme allait symboliser cette flambée de prospérité : Haussmann, qui venait d'être prévenu par le télégraphe optique dans sa préfecture de Bordeaux qu'il était nommé préfet de la Seine. L'Hôtel de Ville, ambition de tout haut fonctionnaire, peut, si près du pouvoir, n'être qu'un poste de routine et de simple représentation. Napoléon III attendait autre chose de son préfet. Afin de mener à bien les vastes projets qu'il avait formés pour Paris, il lui fallait un homme énergique, passionné et, pourquoi pas, arriviste. Une conversation avec son ministre de l'Intérieur Persigny avait conforté l'empereur dans son choix : c'est Georges-Eugène Haussmann qui serait investi de la mission considérable de transformer Paris, d'en faire une cité moderne, plus saine et ouverte à une circulation qui ne cessait d'augmenter.

Napoléon III montra à son nouveau préfet une carte sur laquelle il avait tracé lui-même les nouveaux axes qu'il voulait ouvrir dans la chair même du vieux Paris. Il faudrait démolir, abattre des quartiers entiers et même faire disparaître d'anciennes maisons dont les pierres étaient scellées dans l'Histoire? Peu importe, on raserait pour pouvoir reconstruire, pour remplacer les logements misérables et insalubres par des maisons neuves et aussi pour des raisons stratégiques qui ne pouvaient échapper à l'ancien prisonnier du fort de Ham : il est plus facile de maintenir l'ordre et au besoin de mater une insurrection lorsque l'armée peut se déplacer dans des voies larges et rectilignes.

Ce n'étaient pas là des nouvelles à passionner le Faubourg où l'on s'inquiétait d'une nouvelle épidémie de choléra qui avait déjà fait plusieurs victimes dans le quartier. L'épidémie n'était pas brutale, comme Paris en avait connu déjà deux au cours du demi-siècle, elle attaquait sournoisement. Le mal se transmettait moins facilement mais se manifestait dans tous les quartiers. Malheureusement, la médecine était aussi démunie que deux siècles auparavant pour lutter contre le fléau. On reprit place d'Aligre les précautions naguère mises en œuvre par Ethis et l'on empêcha Marie, qui venait d'entrer dans sa soixante-quinzième année, de se rendre au marché ou à la fontaine, lieux de rencontres où le mal était censé se propager.

Les hommes continuaient d'aller à l'atelier car il n'était pas question d'abandonner la commande dont la réalisation touchait à sa fin. Le buffet-bibliothèque à double corps était superbe. Long de quatre mètres, il occupait, monté, une bonne partie de l'atelier. Le bois, un acajou de Haïti, celui qui a la couleur la plus vive, les fibres les plus fines et les plus serrées, venait d'être poncé et ciré. Bertrand et Jean posaient les cadres de bronze profilés et dorés par Aloïse Scherer, l'un des derniers grands ciseleurs du Faubourg. Denis Parret, le sculpteur, fignolait à la gradine et au petit fermoir les fleurs du fronton, et Bertrand, comme chaque fois qu'il avait le bonheur de travailler sur un meuble de grande qualité, éprouvait une sorte de jubilation en contemplant l'œuvre presque achevée. « C'est ça le métier, disait-il à Jean, les anciens avaient bien de la chance de ne vivre que dans la beauté du bois. De ce matériau noble nous sommes obligés aujourd'hui de tirer des pièces médiocres et bon marché. Quand, dans quelques jours, la bibliothèque aura quitté l'atelier, cela fera un vide... »

Heureusement, une grande joie vint distraire Bertrand de sa nostalgie. Le lendemain de la livraison au Garde-meuble, alors que l'atelier se remettait en branle pour fabriquer les modèles destinés à être exposés dans le nouveau magasin flambant neuf de *L'Enfant à l'oiseau,* Louise et Elisabeth arrivèrent rayonnantes rue Saint-Nicolas.

Bertrand abandonna la toupie sur laquelle il façonnait les feuillures cintrées d'une commode et se précipita à leur rencontre :

— N'entrez pas dans la salle des machines, vous allez tacher vos robes. Qu'est-ce qui vous amène? Nous apporteriez-vous une commande faramineuse?

— Mieux que cela! s'écria Elisabeth.

— Antoinette-Emilie vient d'accoucher? demanda Jean inquiet.

— Non. Cela te concerne, mon mari chéri.

— Une lettre qui me concerne? demanda Bertrand en voyant Louise sortir une enveloppe de son sac. Serait-ce...

— Je crois que tu as deviné. Tiens, je ne te fais pas languir plus longtemps. Lis!

Et Bertrand, fébrile, ému comme un gamin, rougissant sous la poudre de sciure qui couvrait son visage, lut ce qu'il avait attendu si longtemps, ce à quoi il ne croyait plus :

Cher compagnon du tour de France,

Comme il est agréable d'annoncer une bonne nouvelle à un ami! Je n'attends pas une seconde pour vous faire savoir que M. Michel Lévy, l'un des éditeurs de Victor Hugo et de Nerval est disposé à publier vos poèmes. George Sand s'est montrée persuasive et a décidé Lévy à vous lire. C'était le plus difficile. Le reste, vous ne le devez qu'à votre talent, à la fraîcheur de vos vers et à celle qui vous a inspiré de si beaux poèmes.

Rendez donc visite à votre éditeur, mon cher poète, et arrangez-vous avec lui. Mais attention, vous péné- trez dans un milieu où la friponnerie fleurit sur le front des meilleurs. Lévy est le plus charmant et le plus honnête des hommes mais il peut être tenté de vous proposer de participer financièrement à l'édition de votre petit livre. Refusez tout net. Il aime beaucoup votre poésie et il l'éditera comme il l'a promis à George.

A propos de George, mon amie aimerait vous rencontrer. Elle vit presque complètement à Nohant depuis les événements de 48 mais vient de temps en temps à Paris. Je vous ferai signe quand elle sera là. En attendant vous pouvez lui envoyer un mot dans le Berry et lire – mais vous l'avez sûrement déjà dévoré – son Compagnon du tour de France...

Croyez, cher compagnon, à mes sentiments très attentifs et transmettez mon souvenir à votre jolie femme.

Votre
Delphine de Girardin.

Bertrand était trop ému pour relire la lettre à haute voix et satisfaire la curiosité de l'atelier qui s'était groupé autour de lui. Elisabeth s'acquitta de cette tâche agréable et chacun vint féliciter le poète qui ne savait que répéter :

– C'est tout de même arrivé, c'est tout de même arrivé!...

– Mais oui, c'est arrivé! s'écria Louise et nous avons pensé qu'il convenait de fêter sans attendre cet événement merveilleux. Elisabeth, va chercher la bouteille que nous avons laissée dans le couloir.

– Tu as pensé à apporter du vin de Champagne! Merci, femme de ma vie. Nous allons le boire à la santé de tous les poètes et aussi pour fêter la belle aventure que nous venons de vivre avec la construction de la bibliothèque. Parret, va donc arrêter ces foutues machines qui font un tintamarre de tous les diables.

Jean avait déjà sorti les verres dépareillés et pas très nets du placard où ils étaient rangés, attendant, comme dans chaque atelier du Faubourg, l'occasion de servir l'amitié.

La bouteille n'était pas assez froide et la mousse aspergea tout le monde quand Bertrand fit sauter le bouchon. On rit et, en trinquant, Bertrand demanda soudain :

– La mère est-elle prévenue?

– Mais oui. Et je peux te dire qu'elle est aussi heureuse que toi!

– Il n'y a qu'Ethis qui ne saura jamais... Il y croyait tellement! Je le vois, s'il vivait encore, faire le tour des ateliers en montrant le livre et au besoin en déclamant quelques vers...

Joyeuse, la famille rentra place d'Aligre où attendaient Marie, le « petit Louis » comme tout le monde l'appelait encore bien qu'à dix ans il fût devenu un robuste garçon, et Antoinette-Emilie.

– J'ai pensé, dit Marie en embrassant Bertrand, qu'il fallait fêter ton succès et j'ai préparé une blanquette de poularde, l'une de mes spécialités que tu préfères. Mais donnez-moi encore un quart d'heure, il me reste à faire ma liaison à la crème.

– Merci, mère, ma bonne et tendre mère. Je vais en profiter pour faire un peu de toilette, cette sacrée toupie m'a quasiment saupoudré de sciure.

Dès la fin du repas, Bertrand se leva :

– Je vais tout de suite répondre à Mme de Girardin pour la remercier. Quelques vers conviendraient mais je ne sais pas s'ils vont venir de bon cœur au bout de ma plume.

Quand Louise vint le rejoindre dans la chambre, il lui tendit une feuille de papier :

— Tiens, lis et dis-moi franchement si je peux envoyer cela à Delphine sans être ridicule. Ecrire en vers à une femme qui a pour amis les plus grands poètes de son temps, c'est de l'inconscience...

Louise lut sans faire de commentaires, puis récita tout haut :

> *Merci, merci madame*
> *D'avoir aimé les gammes*
> *Du modeste ouvrier*
> *Noyé dans l'encrier,*
> *D'avoir cru au poète*
> *Qui de ses vers marquette*
> *Le vélin du papier*
> *Comme du merisier.*

— Ce n'est pas du Musset, dit-elle enfin, mais c'est simple et spontané. Je crois sincèrement que tu peux envoyer tes huit vers à Mme de Girardin. Ils lui feront plus plaisir qu'un mot banal de remerciements. Je suis fière de toi, mon mari chéri, et je me dis tous les jours que j'ai rudement bien fait de venir te relancer, un soir d'émeute, dans ton fief du Faubourg. Viens vite te coucher, j'ai encore plein de chose à te raconter...

L'année 1853 s'annonçait décidément sous les meilleurs auspices pour les Valfroy et les Caumont. La publication des poèmes de Bertrand était prévue pour le mois d'avril et la bonne Marie dont la santé avait donné quelque inquiétude semblait retrouver dans ces heureuses prémices une nouvelle jeunesse. Enfin, l'atelier se maintenait au sommet de la vague de prospérité qui marquait les débuts de l'empire : le nouveau magasin dont le raffinement tranchait sur

l'aspect désuet de nombreuses boutiques concurrentes voyait son succès s'affirmer. Ce n'était pas encore
la richesse mais les commandes dont le nombre
croissait de semaine en semaine permettaient d'utiliser les machines à plein rendement et de commencer
à rembourser les dettes en vivant confortablement.
La vente des meubles anglais, elle, donnait moins de
satisfaction mais Louise était confiante : « Nous
sommes peut-être un peu en avance mais la mode va
son train et vous verrez que bientôt ce commerce
nous fournira une grande partie de nos bénéfices. »

L'annonce du prochain mariage de l'empereur
avec Mlle de Montijo dont l'éclatante beauté était
soulignée par tous les journaux n'aurait pas autrement ému les Valfroy si lord Hobbouse n'avait pas
annoncé, dans une lettre à Louise, qu'il ferait partie
de la délégation anglaise invitée à assister aux festi-
vités. Surtout, il demandait si Elisabeth accepterait
d'être sa cavalière pour la réception organisée aux
Tuileries le soir de la célébration du mariage. Il
ajoutait qu'il prendrait naturellement à sa charge les
frais de toilette de la jeune fille qui pouvait se
présenter de sa part chez les anciens fournisseurs de
la regrettée lady Jane.

C'était demander au général s'il voulait gagner la
bataille. Elisabeth fut naturellement ravie de cette
proposition inattendue qui allait lui permettre d'approcher les dignitaires de cette cour dont on disait
que Napoléon III voulait en faire la plus éclatante de
l'Histoire. Et puis, la perspective de se faire faire et
de porter une robe à la mode, aussi belle que celles
de la marquise de Gallifet ou de la comtesse de
Pourtalès, ne pouvait que l'enchanter.

Le mariage de l'empereur souleva l'enthousiasme
des Parisiens, tous en fête, le dimanche 30 janvier.
Elisabeth n'était pas conviée à la cérémonie de
Notre-Dame et c'est au milieu de la foule qu'elle
attendit, avec son père, l'arrivée du cortège officiel.

Des coups de canon avaient annoncé le départ des Tuileries et, sur le parcours, trottoirs, maisons, fenêtres étaient envahis par la population. Des cris « Vive l'Empereur, vive l'Impératrice » saluaient le passage de la voiture de Leurs Majestés, des femmes agitaient leur mouchoir ou jetaient des bouquets.

– Qui aurait dit il y a seulement cinq ans que le Paris des barricades ferait un triomphe à Napoléon III qui s'est octroyé plus de pouvoirs que n'en avaient les rois de l'Ancien Régime! glissa Bertrand à sa fille qui se haussait sur la pointe des pieds pour essayer d'apercevoir la voiture de l'empereur.

Comme si la vieille cathédrale parisienne ne se suffisait pas à elle-même, on l'avait affublée d'un décor bizarre. Devant le portail, on avait élevé un porche gothique dont les panneaux en bois imitaient des tentures en tapisserie représentant des figures de saints et de rois de France. Sur les deux principaux pilastres on avait juché deux statues équestres en plâtre coloré de Charlemagne et de Napoléon Ier. Enfin, au sommet des tours quatre aigles paraissaient sur le point de s'envoler dans les plis de deux bannières tricolores.

– J'espère que la décoration est plus réussie à l'intérieur! dit Elisabeth.

Sitôt rentrée place d'Aligre, Elisabeth annonça qu'elle allait se préparer pour la soirée.

– Lord Hobbouse me fait prendre à sept heures et je ne veux pas être en retard, annonça-t-elle.

– Mais tu n'es pas pressée, remarqua sa mère. Il n'y a que ta coiffure qui prendra du temps. Je vais faire chauffer de l'eau pour te laver les cheveux. Quant à ta robe, tu n'auras qu'à l'enfiler au dernier moment.

La robe de bal avait été la grande affaire de la semaine. Elisabeth était allée avec sa mère chez Chevreux-Aubertot, boulevard Poissonnière. C'était l'un des magasins de couture les plus connus de Paris, fréquenté par les dames de l'aristocratie et les bourgeoises fortunées. Le nom de lord Hobbouse était un sésame infaillible et les dames Valfroy eurent tout de suite plusieurs vendeuses à leurs pieds pour déballer les richesses de la caverne d'Ali Baba. Elisabeth, après bien des hésitations, porta son choix sur une robe élégante mais pas tapageuse. « Prends quelque chose que tu pourras remettre, avait conseillé Louise. Ce n'est pas demain que tu retourneras à une fête aux Tuileries ! » Il s'agissait d'une robe de taffetas bleu léger glacé blanc avec trois volants gradués, chaque volant étant soutaché d'une grecque en ruban étroit de velours bleu foncé. Un corselet assorti bordé de dentelle au col et aux bras mettait en valeur le cou gracile de la jeune fille. On fit encore l'acquisition d'un petit sac du soir de velours brodé d'argent et d'une paire de souliers en cuir soyeux et à petits talons, innovation toute récente qui permettait aux dames de se passer des socques affreuses dont elles usaient pour protéger de la boue les trop délicates chaussures en satin.

— J'irai bien à ta place, dit Louise en brossant les longs cheveux blonds de sa fille. Pas pour admirer l'empereur et sa barbiche dont je me moque mais pour voir de quoi à l'air cette Eugénie de Montijo, comtesse de Teba, dont on dit que la beauté éclipse celle des plus jolis visages.

— Je te raconterai. Je me demande comment va être habillé lord Andrews !

— Ne te fais pas de souci, tu seras à sa hauteur et l'on se demandera quelle princesse accompagne ce soir le représentant de Sa Gracieuse Majesté. Ne bouge pas tout le temps sinon je ne réussirai jamais à placer les nœuds dans tes cheveux !

La voiture arriva à l'heure. Le temps qu'Elisabeth descende, elle était déjà entourée par une nuée de gosses du quartier qui n'avaient pas l'habitude de voir s'arrêter devant chez eux une berline aussi luxueuse. Ils restèrent béats quand ils virent que c'était Elisabeth qu'on venait chercher. Elle leur

sourit gentiment et escalada le marchepied en soule-
vant sa jupe. « Elle a des bas de soie ! » s'écria l'un
des enfants. Le cocher fouetta les deux chevaux
fringants de l'équipage qui tourna pour emprunter la
rue de Cotte.

Lord Hobbouse, qu'on passa prendre à son hôtel
de la rue Montpensier, était en grande tenue de
colonel de la Life Guard. Il fit mille compliments à
Elisabeth et lui dit qu'il était fier de lui servir
d'escorte. La jeune fille sourit comme il le fallait à ce
trait d'humour britannique et remercia son parrain
pour toutes ses bontés. Le palais des Tuileries était à
deux pas. Les lustres qui brillaient à chaque fenêtre
éclairaient toute la rue de Rivoli. Il ne restait à
Elisabeth qu'à ouvrir ses beaux yeux pour entrer
dans le spectacle.

— Ah ! je ne vous ai pas dit, petite fille, dit lord
Hobbouse à Elisabeth en montant l'escalier d'honneur qui conduisait aux salons de réception, lord
Cowley, notre ambassadeur à Paris, a pris froid aux
cérémonies de ce matin et a dû s'aliter. C'est moi qui
représente ce soir la reine de Grande-Bretagne et des
Indes. Cela va m'obliger à faire des frais au couple
impérial et à vous présenter.

Elisabeth faillit manquer la marche et s'étaler dans
les volants de sa robe :

— Ce n'est pas possible, mon parrain, je vais
mourir de peur !

— Allons, allons, il est temps que vous vous aper-
ceviez que les rois et *a fortiori* les empereurs sont des
gens comme les autres. C'est une bonne occasion de
faire la révérence comme on vous l'a appris à Trinity
School.

Tout finalement se passa bien. Elisabeth avait été
élevée dans son collège pour pouvoir, en en sortant,
être présentée sans rougir à la reine. Elle réussit donc
parfaitement sa révérence mais ne vit pas le regard
curieux et connaisseur que portait sur elle Louis-
Napoléon en se demandant qui pouvait être ce

tendron plein de grâce que le vieil Anglais présentait comme sa filleule. Elle sentit seulement sur son épaule la main douce de l'impératrice qui l'invitait à se relever.

Trimbalée de groupes en groupes elle dut commencer dix fois, vingt fois, à plier le genou devant un tas de personnages aux uniformes médaillés dont elle ne comprenait même pas le nom. A dix heures, elle croqua deux biscuits et trempa ses lèvres dans une coupe de champagne. A dix heures et demie les orchestres ouvrirent le bal pour l'empereur qui entraîna la belle Eugénie dans une valse historique. A onze heures, elle demanda à lord Hobbouse qui n'appréciait que les danses écossaises la permission de s'asseoir. Personne ne l'invita et elle se dit que c'était tant mieux : ses belles chaussures neuves lui faisaient mal aux pieds. Elle fut soulagée quand le représentant de Sa Gracieuse Majesté lui demanda si elle souhaitait rentrer se coucher.

C'est ainsi qu'après avoir fait son entrée à la cour impériale, la petite-fille de Traîne-sabot retrouva avec un plaisir infini le logement de la place d'Aligre et son lit douillet que vint border Louise avec tendresse :

– C'était beau? demanda-t-elle.

– C'était beau, ridicule et ennuyeux. Je te raconterai demain, maman chérie. Ce soir je suis trop fatiguée.

Chapitre 6

ET LA FORTUNE SOURIT

Sans constituer une caste, les ébénistes, les menuisiers en sièges et les sculpteurs aimaient marquer leur différence avec les compagnons et artisans des autres professions de l'ameublement. Ils avaient fondé entre eux, vers la fin du Premier Empire, une association d'entraide et de distraction. En dehors de quelques réunions professionnelles, la Société du Bois organisait un bal annuel où se retrouvaient les familles du Faubourg qui dansaient tout l'après-midi d'un dimanche après avoir fait honneur au buffet traditionnellement offert par les maisons les plus prospères. Ethis avait longtemps présidé l'association avant de laisser la place à Jacques Luc, un honnête fabricant de meubles en palissandre et en acajou établi rue Saint-Nicolas.

Il était convenu, cette année, que le bal se déroulerait aux *Vendanges de Belleville,* guinguette bien connue des gens du bois, surtout des jeunes qui allaient aux beaux jours y danser en plein air. La famille Valfroy était bien entendu de la fête, les organisateurs avaient même demandé à Bertrand de chanter quelques refrains du compagnonnage et de lire ses poèmes.

Louise et Antoinette-Emilie avaient acheté pour la circonstance des robes neuves et l'on avait longuement discuté pour savoir si Elisabeth devait porter

celle que lui avait offerte lord Hobbouse pour la
soirée des Tuileries.

– Elle est trop élégante, disait la jeune fille. Je vais
être ridicule.

Sa mère et Marie la persuadaient du contraire :

– Il suffit d'enlever les guipures du col et des
manches pour lui donner la simplicité que tu souhaites. Et puis, pourquoi ne serais-tu pas la plus belle et
la mieux habillée? Tu connais le dicton : il vaut
mieux faire envie que pitié.

Le temps était beau ce dimanche de juin et, vers
onze heures, on remarquait sur le chemin de Belleville des familles endimanchées qui gagnaient par
petits groupes les *Vendanges,* perdues au milieu de la
colline sous de généreuses frondaisons. Les Valfroy
au complet, sauf Lucie qui était restée place d'Aligre
avec Marie qui n'aurait pas supporté la promenade,
formaient l'essaim le plus joyeux. Jean s'en échappait parfois, il entraînait sa femme pour reconnaître
l'itinéraire que tout le monde connaissait. Par le
boulevard de Belleville on atteignit la rue de Paris[1] et
la Courtille où se succédaient les gargotes et les
guinguettes, dont celle du *Papa Dénoyer* qui avait
hérité de la vogue connue par Ramponeaux un
demi-siècle auparavant.

C'est devant cet établissement, célèbre entre tous,
que les Valfroy rejoignirent la famille Fradier dont
l'ascension dans le monde du bois était comparable à
celle d'Alexandre Fourdinois. Jean-Baptiste Fradier
était de la même génération que Bertrand. Fils d'un
tourneur de la rue de Lappe, il avait appris le métier
d'ébéniste chez Kolping, passage de la Juiverie, et
avait fondé sa propre maison en 1831. Comme
Fourdinois il avait très vite connu le succès et
comptait aujourd'hui parmi les fabricants les plus
prospères du Faubourg. Les familles Fradier et
Valfroy ne s'étaient jamais fréquentées mais elles

1. Aujourd'hui rue de Belleville.

s'estimaient. Jean-Baptiste n'oubliait pas qu'il avait reçu un jour dans ses ateliers une belle jeune femme qui n'avait pas froid aux yeux et voulait apprendre comment elle pourrait sauver l'atelier d'Ethis de la faillite :

— Alors, madame, dit-il quand on eut fait les présentations, je crois que vous avez réussi. Vos affaires marchent bien. J'en suis heureux. J'ai beaucoup de plaisir à retrouver votre mari. J'ai fait avec lui les quatre cents coups dans les passages et les cours du Faubourg quand nous étions enfants. Puis il est parti sur les routes du tour de France et nous nous sommes perdus de vue. Puisque le bal de la société nous réunit, allons partager la même table et danser ensemble aux *Vendanges*. D'ailleurs, il y a deux jeunes qui semblent avoir des choses à se dire...

Les regards se tournèrent vers Elisabeth en grande conversation avec le jeune Fradier quelques pas plus loin.

— C'est notre fils Jean-Henri, dit le père. Il a appris le métier à l'atelier mais c'est surtout un dessinateur extraordinaire. Et un créateur !

S'apercevant qu'on les regardait, les jeunes gens se rapprochèrent :

— C'est fantastique ! s'exclama Elisabeth. M. Fradier rentre d'Angleterre où il a passé deux ans. Nous y étions ensemble !

Mme Fradier et Louise eurent un regard attendri pour leur progéniture et, sur la remarque de Jean Caumont qui dit qu'il fallait se dépêcher pour avoir une bonne table, les deux familles s'acheminèrent de concert vers le parc Saint-Fargeau à l'orée duquel était nichée la guinguette.

Les tables étaient dressées sous les tilleuls autour d'un grand buffet où chacun allait se servir. Les mets ne venaient pas de chez Chevet mais étaient appétissants. Si le chaud-froid de volaille n'était pas marqueté de truffes, les bêtes n'avaient pas trop couru la campagne et la sauce du nappage était délicate. Toutes sortes de charcuteries débordaient des grands plats de terre installés comme des forteresses aux quatre coins de la table. A côté, un plateau plus étroit supportait les desserts : premières fraises de Montreuil, compotes, œufs à la neige, brioches, biscuits à la cuiller...

Le vin ne venait pas des vignobles bordelais mais la maison ne s'appelait pas pour rien *Les Vendanges*. L'est de Paris conservait assez de vignes pour approvisionner les guinguettes en vins de qualité et le patron savait choisir les meilleurs.

Vers deux heures, l'orchestre se mit en place. Pour montrer qu'il était à la mode, il entama une valse comme chez Mabille. Tout de suite, Jean-Baptiste Fradier invita Louise et Bertrand ne put faire autrement que d'offrir son bras à Marie-Louise Fradier qui avait un beau visage mais un tour de taille un peu trop opulent. Comme deux benêts, Elisabeth et Jean-Henri restaient assis en bout de table. Finalement c'est elle qui décida :

— Ecoutez, monsieur l'Anglais, j'ai assisté à un bal aux Tuileries mais je n'y ai pas dansé...

— Pourquoi? demanda le garçon.

— Parce qu'on ne m'a pas invitée! J'espère que pareille mésaventure ne m'arrivera pas aujourd'hui. Ou alors il me faudra admettre que je suis bien laide!

— Non, vous n'êtes pas laide, mademoiselle Valfroy, si j'osais je vous dirais même que vous êtes très jolie. La preuve : acceptez-vous de danser cette valse?

Ils éclatèrent de rire.

— Je dois tout de même honnêtement vous prévenir que je ne sais pas très bien danser la valse, dit Elisabeth en se levant.

— Moi je sais! Légère comme vous êtes, vous n'avez qu'à vous laisser porter par la musique. Et par mon bras...

Il l'entraîna et les trois volants de taffetas bleu de Chevreux-Aubertot s'ouvrirent comme une corolle autour de la taille d'Elisabeth qui se laissait emporter et tournait si vite qu'elle en perdait l'impression d'exister. Quand l'orchestre s'arrêta, elle dut s'appuyer sur le bras de son cavalier pour ne pas tomber et regagner sa place sous le regard mi-admiratif, mi-inquiet de Bertrand.

— Merci, monsieur, c'était très agréable! lança-t-elle à Jean-Henri.

Elle se mordit aussitôt la langue, se demandant s'il n'était pas osé d'avouer aussi ingénument une chose pareille à un jeune homme dont on ignorait encore l'existence le matin même. Mais elle n'eut pas le temps de se trouver une excuse car Jean-Henri lui murmura :

— Alors, mademoiselle Elisabeth, si c'était agréable je vous retiens la prochaine danse.

Le retour vers le Faubourg fut moins glorieux que l'aller. Les hommes avaient un peu trop bu et les femmes avaient mal aux pieds. Elisabeth, fourbue, faillit accepter le soutien de Jean-Henri. Finalement elle alla prendre le bras de son père. Bertrand lui en sut gré.

Plus de six mois avaient passé depuis le jour où Bertrand avait été rendre visite à l'éditeur Michel Lévy. Celui-ci l'avait bien reçu et lui avait promis d'éditer ses poèmes, non sans assortir cette acceptation de commentaires qui avaient un peu refroidi l'enthousiasme de l'auteur :

— J'aime vos vers et j'espère qu'ils auront du succès. Sachez tout de même que vous devez cette publication à l'intérêt que vous portent Delphine de Girardin et George Sand. Sans leur recommandation, je n'aurais sans doute pas lu votre manuscrit si vous me l'aviez envoyé. Je sais que c'est injuste mais,

que voulez-vous, il y a tellement de gens qui écrivent
et qui croient avoir du talent! Le métier d'éditeur est
un métier à haut risque : on peut s'y ruiner facilement!

— Merci, monsieur, répliqua Bertrand piqué. Mais
si vous jugez mes poèmes médiocres, je ne voudrais
pas...

— Ne dites pas un mot de plus, monsieur Valfroy.
Si vos vers étaient mauvais je ne les publierais pas.
D'ailleurs, ni Delphine ni George ne me les auraient
recommandés. Je vous demande seulement un peu de
patience, j'ai en ce moment plusieurs ouvrages
importants en cours de fabrication et je ne pourrai
m'occuper de vous que plus tard.

Bertrand trouvait l'attente vraiment longue et
pensait, une seconde fois, qu'il ne serait jamais
publié. Et puis, un matin, le facteur apporta un
paquet place d'Aligre. Marie l'avait mis à côté de
l'assiette de Bertrand qui l'ouvrit en venant prendre
son repas à midi. Il croyait déballer des échantillons
d'étoffes qu'il avait commandés mais c'est une pile
de feuilles de papier qu'il découvrit dans l'enveloppe.
La première était vierge mais la seconde portait son
nom imprimé dans le haut en gros caractères. Au
milieu éclatait le mot céleste, la lyre d'or de Delphine, « Poésies ».

On sait ce que représentent pour un auteur les
épreuves d'un premier livre : la confirmation tangi-
ble d'une publication prochaine, le bonheur profond,
indicible de voir sa pensée imprimée, la sensation,
qu'il ne retrouvera plus, d'entrer dans le monde
mystérieux de l'écriture. Bertrand ressentait tout cela
en feuilletant les pages où ses vers, bien alignés, lui
semblaient des étrangers avec leur air prétentieux
d'exhiber leurs pleins et leurs déliés.

Sans rien dire, il était trop ému pour parler, il
tendit le paquet à Louise qui s'écria :

— Tu vois, tout finit par arriver. C'est le grand
bonheur, mon mari chéri!

– Je suis fière d'être ta fille! vint lui murmurer à l'oreille Elisabeth en l'embrassant. Etre l'enfant d'un poëte, ce n'est pas rien!

– Une note de M. Lévy jointe au paquet me demande de retourner les épreuves le plus tôt possible, dit enfin Bertrand. Je vais m'y mettre dès ce soir mais je sais qu'il y a des signes spéciaux pour indiquer les corrections et je ne les connais pas. Pierret peut-être...

– Pourquoi ne vas-tu pas demander à Fontaine? suggéra Louise. Il a écrit beaucoup de livres et doit pouvoir te renseigner. Et puis, c'est une occasion d'aller prendre des nouvelles de notre vieil ami. Moi, je ne le connais pas beaucoup mais je sais qu'Ethis lui était très attaché.

– Tu as raison. J'irai tout de suite après le déjeuner. On se passera bien de moi à l'atelier durant quelques heures. Tiens, je vais prendre à la Bastille le nouvel omnibus à impériale[1]. Cela doit être drôle de traverser Paris juché sur le toit d'une voiture!

Le soir, avant de se plonger dans ses épreuves, Bertrand raconta son odyssée : le voyage à bord de la « Dame blanche » à impériale était, dit-il, plein de surprises. Malheureusement, les nouvelles de Fontaine n'étaient pas bonnes. L'architecte de Napoléon venait d'entrer dans sa quatre-vingt-onzième année, la main fine et assurée qui avait tracé tant de plans, dessiné tant de monuments et écrit tant d'ouvrages sur son art tremblait trop maintenant pour suivre les élans d'un cerveau qui, lui, n'avait rien perdu de sa prodigieuse vivacité.

– Je crois que Fontaine est près de la fin. Il ne peut plus tenir un crayon, ses yeux lui permettent à peine de lire quelques pages à la suite. Il ne se fait

---

1. Les omnibus d'une dizaine de compagnies différentes exploitaient alors à Paris 35 lignes avec 400 voitures et 3 700 chevaux. La création des places d'impériale à trois sous fut un événement. Deux ans plus tard, en 1855, l'administration municipale favorisa la fusion des compagnies d'omnibus.

aucune illusion sur sa mort prochaine et ne vit plus
que de souvenirs. Ma visite lui a fait plaisir, il ne m'a
parlé que de la place d'Aligre, des moments de
bonheur goûtés chez ses amis du Faubourg en
compagnie d'Antoinette et de son cher Percier qu'il
va, dit-il, retrouver bientôt au Père-Lachaise. La
mort d'Ethis l'a beaucoup affecté. Ce génie, nourri
de culture, éprouvait pour l'« autodidacte surdoué »,
c'est son mot, une réelle affection.

— A-t-il pu te donner les précisions que tu souhai-
tais?

— Oui, je sais maintenant ce qu'est un deleatur, ce
petit delta grec qui sert à indiquer sur une épreuve
qu'il faut supprimer quelque chose. Je vais pouvoir
me mettre au travail.

Peu de temps après, deux nouvelles parues dans
Le Moniteur furent l'objet de longues discussions
dans les ateliers et les familles du Faubourg. La
première, très officielle, tenait dans les quelques
lignes d'un décret impérial portant qu'une exposition
universelle des produits agricoles et industriels s'ouvrirait à Paris le 1er mai 1855. C'est le mot « universelle » qui était remarqué. Toutes les expositions qui
s'étaient tenues depuis la Restauration n'avaient été
en effet que nationales. Celle-ci s'ouvrirait à toutes
les nations, à l'exemple de l'Angleterre qui avait
organisé en 1851 une première exposition internationale dans le palais de Cristal, une merveille d'architecture construite à cet effet. Le succès de la foire
britannique avait été considérable : 17 000 exposants
répartis sur une surface de 73 150 mètres carrés
avaient présenté un panorama complet de l'art et de
l'industrie mondiale. Il fallait donc faire aussi bien et
si possible mieux que nos voisins si l'on voulait
éviter que la France ne se ridiculise dans une comparaison désobligeante. C'est ce qu'écrivait *Le Moniteur* dans son commentaire, ajoutant que le prince

Napoléon[1] présiderait une commission chargée d'organiser une manifestation digne de la France en commençant par construire un palais de l'Industrie grandiose sur le côté gauche des Champs-Elysées.

L'annonce d'une exposition était toujours un événement dans le Faubourg. Outre son intérêt commercial évident, ce genre de manifestation permettait aux meilleurs, qui étaient souvent les plus importants, de montrer leur savoir-faire et d'administrer la preuve que les progrès de la technique n'avaient pas tué le talent des vrais artistes du bois. Chez Mercier comme chez Fradier, chez Fourdinois comme chez Grohé, on commença à parler de chefs-d'œuvre, de choix, de médailles qu'il ne fallait pas laisser rafler par les concurrents.

La marque Valfroy-Caumont, en plein redressement, ne pouvait évidemment laisser passer une aussi belle occasion de manifester sa vitalité retrouvée.

– Nous avons dix-huit mois pour nous préparer, dit Louise. Ce n'est pas trop si nous voulons rivaliser avec les plus grands, mais cette fois nous ne pouvons pas compter sur le coup de crayon de Fontaine!

– Il faut aussi penser que nous partons dans la course avec un handicap, ajouta Bertrand. Notre effectif est trop réduit pour que l'un ou l'autre d'entre nous se consacre uniquement à l'exposition. L'atelier doit continuer à produire et à vendre pour payer les dernières dettes. Notre développement, déjà bien amorcé, est plus important qu'une médaille!

– Tu parles sagement, répondit Louise, mais l'exposition ou, si tu veux, notre succès à l'exposition est capital. Le développement qui te soucie à juste titre passe par la participation et la médaille. Si vous êtes d'accord, nous mènerons les deux de front. D'ailleurs, au train où vont les affaires il va nous falloir bientôt embaucher un ou deux compagnons!

1. Neveu de l'empereur, dit « Plonplon ».

L'autre nouvelle relevée dans *Le Moniteur* concernait plus le cœur que l'intérêt matériel du quartier. Dans une lettre adressée au conseil municipal, l'impératrice demandait que la somme de 60 000 francs que lui offrait la Ville de Paris pour l'achat d'une parure soit employée en charités et plus précisément à la fondation d'un établissement d'éducation pour les jeunes filles pauvres. Ce geste aurait suffi à rendre Eugénie populaire mais le lieu choisi pour l'édification de ce pensionnat ajoutait encore à la générosité : il serait construit à l'emplacement du numéro 262 du faubourg Saint-Antoine précédemment occupé par un magasin de fourrage. Ce magasin avait sa place dans l'histoire de la famille : Ethis s'y était réfugié en 1814 après avoir fait le coup de feu contre les cosaques à la barrière du Trône[1].

L'optimisme de Louise n'était pas feint : l'atelier avait trop de travail et devait sous-traiter pour honorer les commandes. La plupart des bâtis de commodes-toilettes et d'armoires à glace étaient montés à l'extérieur et les finitions, placages, pose des glaces et des marbres, faites rue Saint-Nicolas. Il y avait, c'était évident, du travail pour deux compagnons supplémentaires mais il était impossible de caser de nouveaux établis dans l'atelier déjà exigu. Les locaux voisins étaient tous occupés, l'agrandissement impérieux mais impossible devenait le souci majeur des Valfroy.

– Si nous ne pouvons pas nous étendre, il faut changer d'atelier, en trouver un beaucoup plus vaste où nous aurons enfin la place de travailler!

C'est Jean, le placide, le serein, qui émit un jour cette idée. Jean Caumont, certes, n'était plus le garçon timide et renfermé de sa jeunesse. Depuis son mariage il tenait sa place dans la famille et à l'atelier mais, s'il était capable de critiquer, d'améliorer un projet, il était rarement à son origine. « C'est un bon

---

1. Voir *Le Lit d'acajou*.

suiveur, disait Bertrand à Louise, il ne faut pas lui demander d'imaginer! » Et voilà qu'il lançait tranquillement l'idée d'un déménagement aventureux auquel Louise elle-même n'aurait pas osé penser. S'agrandir est une chose, déménager les machines, les outils, les réserves de bois, les meubles en cours, en est une autre.

Tandis que tout le monde regardait Jean avec étonnement et que les critiques commençaient à se manifester, Louise réfléchissait. Tout compte fait l'audace était peut-être le seul recours contre les difficultés qui entravaient la croissance de l'entreprise. La proposition surprenait parce qu'elle venait du plus timoré mais c'était peut-être une raison d'y croire. Finalement, elle intervint dans le débat :

– Je ne trouve pas l'idée de Jean saugrenue. Elle présente un immense avantage : elle est réaliste. Ne serait l'écueil financier, on pourrait, sans chercher beaucoup, trouver dans le quartier le local qui nous convient. Je suggère donc que nous retenions la proposition de Jean, que nous commencions à prospecter les ateliers disponibles, et que nous considérions cette mutation radicale comme un projet réalisable. Il sera temps, quand nous aurons trouvé le lieu idéal et que nous connaîtrons le prix à payer, de prendre une décision.

En fait, autant que les difficultés matérielles, c'était la perspective d'abandonner le vieil atelier de la rue Saint-Nicolas qui perturbait la famille. C'est là qu'était née durant la Révolution l'association d'Ethis et d'Emmanuel Caumont; c'est entre ces murs noircis par les fumées et par le temps qu'avait été gagnée, au fil des ans, la subsistance de la famille. Il leur tenait à la peau cet atelier d'où étaient sortis tant de beaux meubles.

Louise comprenait. Elle-même était attachée à cette ruche familiale où Bertrand lui avait fait découvrir, avant leur mariage, les sortilèges du bois. Mais elle savait que si l'on voulait aller de l'avant, devenir une entreprise importante, il ne fallait pas céder aux sentiments. Les Fourdinois avaient changé deux fois d'atelier rue Amelot pour confirmer leur succès. Pour la même raison, les Janselme avaient abandonné la rue des Deux-Portes puis la rue Neuve-Saint-Gilles pour trouver leurs aises rue du Harley.

L'affaire aurait pu traîner des années, même ne jamais se concrétiser. Le sort voulut qu'elle prît tournure dans des circonstances que nul n'aurait pu prévoir.

Comme Bertrand l'avait fait remarquer à Louise, non sans une trace d'émotion dans la voix, Elisabeth et Jean-Henri paraissaient avoir éprouvé du plaisir à se connaître. Mais depuis le bal des *Vendanges* la jeune fille n'avait fait aucune allusion à cette entrevue.

La fête et ses souvenirs paraissaient oubliés quand, un soir, Jean-Henri Fradier poussa comme par hasard la porte du cabaret de la mère Brignolle où Bertrand était attablé avec Emmanuel.

— Je vous ai aperçus du dehors et je viens vous saluer, dit le garçon.

— C'est gentil à toi. Viens donc t'asseoir un moment. Nous parlions de l'exposition.

— Vous allez y participer j'espère?

— Sans doute. Mais cela pose des problèmes : nous sommes une petite maison dont le développement s'accorde mal à la réalisation d'un chef-d'œuvre car il est évident que nous ne présenterons pas les meubles que nous fabriquons habituellement.

Bertrand expliqua à Jean-Henri qui, décidément, lui était sympathique, les difficultés que rencontrait la fabrique familiale pour monter d'un échelon dans la hiérarchie du Faubourg :

— Nous cherchons un local pour agrandir les ateliers mais déménager fait peur à tout le monde, financièrement et moralement.

— Vous trouverez plus facilement dans notre sec-

teur que dans la grand-rue, dit Jean-Henri. Je pense
à la rue du Chemin-Vert ou à la rue Saint-Sébastien.
Si j'entends parler d'un local libre je ne manquerai
pas de vous faire signe.

On parla de choses et d'autres, des machines, des
nouvelles voies que le préfet Haussmann s'apprêtait
à ouvrir, de la prospérité dont tout le monde profitait, inégalement bien sûr, de la presse muselée qui
ne rendait plus compte que de théâtre et de littérature... Puis le jeune homme rappela, avec un soupir,
la merveilleuse journée de Belleville avant de demander, timidement, des nouvelles de Mme Valfroy et de
Mlle Elisabeth. Enfin, il se lança, sous le regard
amusé de Bertrand :

— Votre maison est toute proche, je crois. Bien
que l'heure soit un peu tardive, pensez-vous que je
puisse aller présenter mes hommages à votre
épouse?

— Et peut-être aussi parler de l'Angleterre avec
Elisabeth? Venez, nous vous conduisons.

Marie était dans sa cuisine, Louise faisait des
comptes sur la table à écrire. Dans la chambre,
Elisabeth aidait Petit-Louis à démêler un devoir de
latin. L'arrivée inattendue de Jean-Henri troubla
d'un coup cette sérénité. Louise posa sa plume et
fixa un moment le jeune homme qui rougissait.
Elisabeth qui avait déjà renvoyé son élève en reconnaissant la voix de Jean-Henri se recoiffait à la hâte
et Marie, venue aux nouvelles ceinte de son grand
tablier blanc, se disait enchantée de faire enfin la
connaissance de M. Fradier dont sa petite-fille lui
avait plusieurs fois parlé.

Cette dernière phrase lui valut un regard cour-
roucé d'Elisabeth qui faisait justement son entrée.

— Quelle surprise! s'exclama-t-elle. Je ne pensais
pas vous revoir avant le bal de l'année prochaine!

« C'est un reproche », pensa Louise qui guettait
chaque réaction sur le visage des jeunes gens.

Jean-Henri fut prié de s'asseoir et Bertrand détendit l'atmosphère :

– Sais-tu que tu occupes la place de Riesener? C'est son fauteuil. Il l'a sculpté avant la Révolution. On te montrera tout à l'heure d'autres meubles qui portent son estampille.

Aucun visiteur de bon aloi ne s'était présenté à l'heure du souper chez les Valfroy sans qu'il fût prié de partager le repas du soir. Marie ne faillit pas à la tradition :

– Restez donc souper avec nous, monsieur Fradier. Vous tombez bien, j'ai préparé un haricot de mouton.

Jean-Henri se fit prier pour la forme puis accepta sur un discret encouragement d'Elisabeth :

– Je suis confus... mais ravi. Et j'aime autant le mouton que les haricots!

Un silence suivit cette déclaration et Bertrand souligna en souriant que le vocabulaire des cuisiniers et des gastronomes cachait bien des pièges :

– Notre ami Lenoir qui ne plaisantait pas sur la chère t'aurait traité d'ignorant : il n'y a pas de haricots dans le haricot de mouton mais des navets. Le nom de ce ragoût plébéien, t'aurait-il dit, est une déformation du « halicot de mouton ». Il aurait sûrement accrédité cette affirmation par quelques citations littéraires que j'ai, hélas, oubliées.

Jean-Henri pria Marie de l'excuser et n'eut pas à se forcer pour dire qu'il n'avait mangé de longtemps quelque chose d'aussi bon. Comme il regardait avec insistance la table de noyer ciré, épaisse, solide comme un dolmen, Elisabeth précisa, une lueur de fierté dans le regard, qu'elle avait été construite par son arrière-grand-père, le grand Œben, ébéniste du roi. On vida encore une bouteille de vin blanc de Charonne avec le dessert, un blanc-manger tout simple, et la conversation revint tout naturellement sur les choses du métier, ce qui permit à Louise de

poser à Jean-Henri les questions qui lui brûlaient les
lèvres :

— Parlez-nous donc un peu de vous, on sait seulement que vous avez passé deux années en Angleterre...

— Après l'école et le lycée où j'ai appris très peu de
tout, j'ai débuté dans l'atelier de mon père. A vrai
dire, le travail à l'établi ne m'a jamais beaucoup
intéressé. Ce qui me passionne c'est le dessin et la
sculpture. Quand j'eus assimilé les rudiments du
métier je suis entré chez Félix Duban, un architecte.

— Fontaine en parlait quelquefois, coupa Bertrand.

— Oui, c'est un grand artiste. Il a restauré la
galerie d'Apollon au Louvre et l'école des Beaux-
Arts. Dans son atelier j'ai appris à dessiner et j'ai
acquis les notions de l'équilibre architectural, de
l'harmonie des formes. Plus tard, quand je prendrai
la succession de mon père, je voudrais créer des
meubles.

— En Angleterre, tu étais chez un fabricant de
meubles?

— Non, j'ai travaillé comme dessinateur dans une
maison d'orfèvrerie, chez Morel, un artiste d'origine
française qui fabrique des pièces admirables. Imaginer la décoration d'une soupière ou celle d'un cabinet Renaissance, c'est la même chose. J'ai beaucoup
appris chez nos voisins.

— Quel est là-bas le style des meubles en vogue?
demanda Louise.

— Oh! Les Anglais sont comme nous! Ils mélan-
gent un peu tout, le rococo venu de France, le
gothique et le Regency mais ne créent rien d'original.
En dehors de cela, ce sont les rois du capiton et du
confort. Sur ce point on peut prendre modèle sur
eux.

— Et maintenant, que faites-vous? insista Elisabeth. Etes-vous retourné chez votre père?

– Non. Je dessine un peu pour lui mais je travaille chez Victor Paillard, le bronzier. A propos, pour l'exposition, si vous avez besoin de motifs de décoration n'hésitez pas. Mon crayon est à votre service.

– Pourquoi pas? Ton aide nous sera précieuse. Nous aurons plaisir à travailler avec un jeune qui nous rafraîchira l'esprit de ses idées nouvelles. N'est-ce pas Jean?

Les Caumont, père et fils, acquiescèrent avec enthousiasme :

– J'aimerais bien, ajouta Jean, que nous fassions un meuble en ébène. C'est le roi des bois et nous ne l'avons jamais travaillé pour une pièce importante. Il faut commencer à penser à tout cela, le printemps 65 va arriver sans qu'on s'en aperçoive...

– Surtout si nous déménageons, dit Louise, mais nos recherches n'ont pas donné grand-chose.

– J'ai dit à M. Valfroy que j'allais voir dans notre quartier, du côté du boulevard Beaumarchais. C'est un coin en pleine transformation et il y a souvent de grands locaux à louer ou à vendre.

– Comment? s'écria Marie, vous voulez nous installer au diable? Il n'est pas question que je quitte ma place d'Aligre!

– Mais il s'agit de l'atelier, maman, nous ne bougeons pas d'ici. D'ailleurs, la rue Amelot où sont installés les Fourdinois et les Fradier n'est pas plus éloignée d'ici que la place du Trône. Ce n'est pas au diable!

On rit, on se moqua gentiment de Marie, et Elisabeth proposa à Jean-Henri de lui montrer les meubles d'Œben et de Riesener, en particulier le bureau qui avait appartenu à Marie-Antoinette et la psyché ovale en acajou.

– Comment? Une psyché? s'écria Jean-Henri, nous avons justement l'intention d'en présenter une à l'exposition.

Les deux jeunes gens quittèrent la pièce et Bertrand regarda Louise :

– Tu ne sens rien venir? Jean-Henri savait très bien qu'il me trouverait chez la mère Brignolle et quand il m'a demandé s'il pouvait venir te saluer, j'ai compris qu'il avait envie de revoir Elisabeth.

– Tu es vraiment un fin psychologue! Enfin, c'est un gentil garçon qui a l'air intelligent et dont l'avenir semble assuré. J'ai l'impression que ta fille n'est pas non plus insensible à son charme. L'invitation à souper était peut-être prématurée mais tu connais Marie. Je crois qu'elle voit déjà sa petite-fille mariée. Comme beaucoup de gens âgés elle voudrait par moments que la vie aille vite...

La vie n'avait pas été vite pour Pierre-François-Léonard Fontaine qui durant plus de soixante-dix années en avait usé toutes les heures à imaginer la beauté, à construire des palais, à en restaurer d'autres et même à dessiner des meubles afin que ses clients, la plupart des grands de ce monde, puissent y vivre dans le confort et l'harmonie, le reste de son temps étant employé à parer la ville de pierres aussi précieuses que l'opale ou le rubis, monuments et perspectives qui font la gloire de Paris.

Fontaine avait rendu son crayon à Dieu le 10 octobre. Ses obsèques furent comme il en avait exprimé le désir très simples. Peu d'officiels s'étaient déplacés mais ses innombrables amis, à commencer par les Valfroy et les élèves de l'école des Beaux-Arts, accompagnèrent son cercueil au Père-Lachaise. Fidèle jusqu'au bout à l'amitié de sa jeunesse et de sa vie, il fut inhumé dans le tombeau dont il avait jadis dessiné la dalle et la croix de marbre à la mort de son compagnon Charles Percier. Le souper fut triste ce soir-là place d'Aligre. Après Lenoir, après Ethis, c'était une nouvelle page du registre doré de la place d'Aligre qui se déchirait. Marie, la dernière à en avoir feuilleté toutes les pages, essuya une larme en murmurant : « Bientôt il ne restera plus grand-chose de cette maison... » Bertrand, Louise, Elisabeth et les autres firent ceux qui n'avaient rien entendu.

Les jours passèrent et l'année 1854 commença dans le bonheur. On venait de fêter les Rois quand la poste apporta une lettre qui fit battre le cœur de Louise. L'expéditeur était l'éditeur Michel Lévy qui demandait à Bertrand de venir signer ses envois à la presse : son livre venait d'être achevé d'imprimer. Elle partit aussitôt avec Elisabeth prévenir l'heureux père que son enfant était né.

Ce jour-là, la mère et la fille avaient du pain sur la planche : un client, propriétaire d'une auberge-hôtellerie qu'il était en train de faire construire à Dieppe afin de profiter de la nouvelle mode des bains de mer, voulait garnir ses chambres de meubles anglais. Ce monsieur, un nommé Durand-Morim-beau[1], devait passer au magasin dans la matinée et Louise calculait que si l'affaire se faisait c'était un bénéfice net de plusieurs milliers de francs qu'elle pourrait comptabiliser sans autre effort que de passer commande à Londres. Louise et Elisabeth devaient ensuite, dans l'après-midi, faire une visite de reconnaissance dans un local libre de location qu'avait indiqué la veille Jean-Henri Fradier.

Après une halte rue Saint-Nicolas où Bertrand sauta de joie en apprenant que ses poèmes allaient enfin prendre des ailes, Louise et Elisabeth arrivèrent devant *L'Enfant à l'oiseau* en même temps qu'un équipage de bon ton. M. Durand-Morimbeau en descendit, se nomma et présenta son fils qui l'accompagnait.

— Madame, dit-il, il nous faut vingt lits, vingt armoires et vingt commodes-toilettes en acajou.

1. L'année suivante, M. Durand-Morimbeau fondera la société thermale de Cabourg.

Voulez-vous nous montrer vos meubles d'exposition et vos catalogues? La maison Stanley m'a indiqué que vous étiez son dépositaire mais je vous signale que je ne veux pas payer un sou de plus que si je passais directement ma commande à Londres.

« Voilà un personnage qui sait ce qu'il veut », pensa Louise en indiquant l'escalier qui menait aux étages. S'il semblait exigeant, M. Durand était aussi pressé. Il constata la bonne qualité et la couleur du bois, vérifia la solidité des tiroirs et demanda un rabais de 3 % pour paiement comptant. Louise réfléchit un instant, pensa que Mr. Brown, general manager de Stanley and Co., accepterait de prendre la moitié de cet agio à son compte et calcula qu'elle pouvait répondre affirmativement à son acheteur. M. Durand-Morimbeau émit un petit grognement qui devait signifier son contentement, signa la commande livrable au plus tard dans deux mois et tendit à Louise, à titre d'acompte, un billet à ordre de trois mille francs. L'opération n'avait pas duré vingt minutes. Quand il fut remonté dans sa berline, Louise s'effondra dans l'un des fauteuils Voltaire exposés dans le magasin.

— Ouf! Quel homme! Je ne voudrais pas être sa femme! Mais, pour traiter une affaire, il faut dire que ce genre de client est plus agréable que les bavards hésitants qui vous tiennent en haleine durant des heures pour finalement vous annoncer qu'ils vont réfléchir.

Le repas de midi, pris sur le pouce en compagnie de Bertrand qui s'était rasé, changé et qui ne pensait qu'à filer rue Jacob chez Lévy, Louise et Elisabeth prirent tranquillement le chemin de la Bastille et du boulevard Beaumarchais.

— Jean-Henri est vraiment très gentil de s'intéresser à notre atelier, dit Elisabeth à sa mère. Tu ne penses pas qu'on pourrait l'inviter à mon anniversaire?

— Cela te ferait vraiment plaisir?

— Tu sais bien que oui!

— Dis-moi, es-tu amoureuse? J'ai cru comprendre qu'il te trouve à son goût mais si tu n'es pas sûre de tes sentiments il ne faut pas l'attirer à la maison pour le désappointer un peu plus tard. Réponds-moi franchement.

— Oui, je l'aime. J'en suis de plus en plus certaine. Au début cela m'amusait qu'il me fasse la cour, j'étais flattée mais ce n'était pas la première fois qu'un garçon s'intéressait à moi... Et puis, je me suis habituée à ses attentions, à sa présence qui me manque lorsque je ne le vois pas durant plusieurs jours. Je me rends compte maintenant que j'éprouve du plaisir à l'écouter, même si je le trouve parfois un peu trop sérieux...

— Il ne t'a jamais parlé de mariage?

— Non. Peut-être qu'il n'ose pas...

— Ou que ton attitude réservée, je te connais, lui fait craindre un refus. Si Jean-Henri te plaît vraiment, sans te jeter à son cou, fais-le-lui comprendre. Enfin, rien ne presse. Tu verras plus tard que cette période où l'on se cherche, où l'on attend l'étincelle qui allumera le feu de la passion n'est pas, dans l'histoire d'un amour, la plus désagréable.

— Et vous, papa et toi, que pensez-vous de lui?

— Non seulement ton père l'apprécie mais il l'admire. Il pense que Jean-Henri est un véritable artiste qui dépassera bientôt tous les autres créateurs de meubles du Faubourg. Ce n'est certes pas lui qui s'opposerait à ton mariage!

— Et toi maman, vas-tu enfin me dire le fond de ta pensée?

— Il est le genre d'homme que toutes les mères rêvent d'avoir pour gendre : séduisant, intelligent, plein d'attentions... Je ne vois qu'une faille dans cette armure de chevalier sans reproche : comme toi je le trouve un peu trop raisonnable, trop sérieux, trop appliqué. Quand l'humour, je crois qu'il n'en manque pas, pointe sous sa gravité, on dirait qu'il veut s'en défendre, il lui coupe les ailes aussitôt. C'est à toi de le libérer, de lui apprendre qu'un amoureux ne saurait en aucun cas devenir ennuyeux sous peine de laisser s'évaporer le plus doux des parfums.

– Tu es merveilleuse, maman chérie. Tu as tout compris. Tu m'a donné le désir et la force de prendre les choses en main. A nous deux M. Jean-Henri.

– Comme j'aime t'entendre parler ainsi. Me ressemblerais-tu par hasard?

Arrivées place de la Bastille, les deux femmes s'engagèrent dans le boulevard Beaumarchais, l'ancien boulevard Saint-Antoine demeuré la plus belle promenade du quartier avec ses deux rangées de grands arbres de chaque côté de la chaussée. Une centaine de mètres plus loin, elles arrivèrent près d'un terre-plein lui aussi planté d'arbres, place d'un ancien bastion qu'on appelait le grand boulevard de la Porte-Saint-Antoine. C'est là, à l'angle de la rue du Chemin-Vert et de la rue Saint-Sabin que se trouvait le local, récemment libéré par une fabrique de porcelaine, qu'avait indiqué Jean-Henri.

– Cela a l'air immense, constata Louise, sûrement bien trop vaste pour nous!

– C'est la campagne ici! dit Elisabeth, il doit faire bon y travailler.

La maison semblait vide. Elles poussèrent le lourd portail d'une façade ouvragée qui devait remonter au siècle dernier et finirent par découvrir, dans la cour, un vieil homme dont elles venaient visiblement de troubler la sieste. Sans manifester trop d'empressement, il les conduisit jusqu'à une porte vitrée qui menait à un escalier monumental.

– Cette maison est à louer en totalité ou en partie? demanda Louise.

– Seul le rez-de-chaussée demeure disponible, les deux étages sont retenus par un Anglais qui va y installer des métiers à tisser. Mais vous, qu'est-ce que vous comptez faire de ce local?

– Une fabrique de meubles.

– Oh! la la! cela doit faire un bruit terrible!

– Sûrement moins que les métiers à tisser, mais nous n'en sommes pas là, nous voulons seulement visiter.

Louise sentit que le moment était venu de glisser une pièce dans la main du vieux qui se fit tout de suite plus aimable :

– Venez. Vous verrez, c'est grand, clair et assez propre. C'était l'atelier de décoration. Les femmes y peignaient des fleurs sur des assiettes.

L'enfilade de trois vastes pièces représentait une surface au moins deux fois plus grande que celle de l'atelier de la rue Saint-Nicolas.

– Qu'en penses-tu? demanda Elisabeth.

– Cela ne me paraît pas mal. Je crois que les hommes devraient venir voir. Ce sont eux qui décideront.

– Et le prix? questionna Louise. Avez-vous une idée, monsieur?

– Non, il faudra en discuter avec M. le Baron. C'est M. de Montreux, le propriétaire. Je vais vous donner son adresse.

Louise et Elisabeth reprirent en bavardant le chemin de la Bastille. La journée avait été mouvementée. Il restait encore à découvrir le livre de Bertrand dont il allait rapporter ce soir les premiers exemplaires.

– Maman, la vie est belle! dit Elisabeth.

– C'est vrai, il y a des jours comme ça où tout va bien. A propos quand revois-tu Jean-Henri?

– Demain. Il m'a invitée à souper au *Café anglais*. Peut-être irons-nous avant au théâtre.

– Théâtre et *Café anglais*! Jean-Henri est un seigneur! Mais si dans cette mise en scène sublime vous n'échangez pas quelques tendres répliques, autant fermer tout de suite le rideau!

Tard dans la soirée, Bertrand revint avec un paquet sous le bras :

— Voici donc imprimées les notes que mon luth d'or m'a chantées! déclama-t-il en entrant dans la grande salle où Antoinette-Emilie mettait le couvert.

On se précipita pour voir le livre, fruit de tant d'efforts, « acte de naissance d'un poète » comme devait l'écrire un peu plus tard Machefin, le critique du *Siècle*. Sur la couverture jaune orangé, chacun ne voyait que deux mots « Bertrand Valfroy », les lisait et les relisait avec une émotion mêlée de fierté. Les poèmes de Bertrand appartenaient depuis longtemps à toute la famille et ce soir-là toute la famille partageait son bonheur. Dans cette allégresse à laquelle Petit-Jean participait avec autant d'enthousiasme que Marie, le moins enflammé était peut-être l'auteur. Sans doute, avait-on trop parlé du livre, trop attendu. La chanson, devenue objet, avait perdu un peu de sa musique. Bertrand ressentait cela confusément, en riant avec les autres. Le livre, son livre, allait maintenant exister, ou mourir, en dehors de lui. Le rêve s'était éteint sous la presse de M. Lévy...

Le lendemain soir, Jean-Henri vint chercher Elisabeth vers sept heures. Elle était prête, serrée dans sa robe des Tuileries que Mme Pellerin, la couturière de la rue Saint-Bernard, avait mise au goût du jour en faisant gonfler les rangées de volants qui allaient en s'évasant vers le bas à la manière des jupes à crinolines reproduites dans *La Mode* ou *Le Journal des dames*. Jean-Henri, lui aussi, était élégant. Il avait rapporté de Londres plusieurs vêtements, en particulier une jaquette en drap bleu tissé dans la laine des monts écossais de Cheviot qui mettait en valeur sa prestance. Toujours délicat, il avait apporté un joli bouquet de pâquerettes pour la jeune fille et un autre formé de primevères qu'il offrit à Marie et à Louise.

Les femmes se mirent à la fenêtre pour regarder

les deux jeunes gens monter dans le coucou que
Jean-Henri avait fait attendre à la porte :

– Ils sont beaux tous les deux, dit Marie. Ils
devraient vite se marier s'ils veulent que j'assiste à
leurs noces.

Marie faisait de plus en plus souvent allusion à sa
mort. Bertrand, Louise et Élisabeth protestaient avec
force ou, le plus souvent, ne répondaient pas. Ils se
rendaient bien compte que la grand-mère vieillissait
et perdait petit à petit le besoin d'activité qui l'avait
toujours animée. Surtout, elle voyait de moins en
moins, la cataracte dont elle était atteinte dressait un
écran opaque entre elle et le monde extérieur. Elle ne
se sentait à l'aise que dans sa cuisine. Elle en
connaissait les mesures, les recoins et savait où
trouver les ustensiles qu'elle maniait depuis toujours.
Antoinette-Émilie lui allumait le feu le matin et elle
se débrouillait ensuite, dans le flou qui l'entourait,
pour préparer, comme elle l'avait toujours fait, les
repas de la famille. Il lui arrivait de demander de
l'aide mais elle était agacée quand on lui proposait
de l'assister :

– Laissez-moi donc! Je suis encore capable de
faire ma cuisine toute seule. Quand je ne distinguerai
plus une casserole d'une écumoire c'est que je serai
bien près d'aller retrouver mon Ethis.

Élisabeth ne pensait pas à sa grand-mère quand le
maître d'hôtel du *Café anglais* lui présenta une
chaise en velours cramoisi pour qu'elle prenne place
en face de Jean-Henri devant une table étincelante de
fine porcelaine, de verrerie gravée et d'argenterie
marquée de l'écusson « C.F. » dont elle n'avait vu
les pareilles qu'à l'hôtel de Calais. Jean-Henri était
sûrement déjà venu dans cet établissement, connu
paraît-il dans toute l'Europe, car il paraissait tout à
fait à l'aise. Cette constatation ne lui fit pas plaisir,
elle ressentit même une petite pointe de jalousie en
pensant que son compagnon avait invité, peut-être à
cette même table, une autre jeune fille ou une

maîtresse dont elle ne savait rien. Elle faillit lui poser la question mais se retint de crainte d'être ridicule. D'ailleurs, le maître d'hôtel revenait en tendant des cartes grandes comme des affiches.

— Prenez votre temps pour faire votre choix, mademoiselle. Un repas au *Café anglais* exige qu'on en médite tous les chapitres. Si c'est la première fois que vous venez, peut-être aimerez-vous goûter au fameux potage à la Camérani...

— Qu'est-ce que c'est? demanda-t-elle à Jean-Henri.

— La spécialité qui a rendu sa vogue au restaurant quand, privé de sa clientèle anglaise, en 1809, il allait faire faillite. Je ne suis pas expert en cuisine mais un garçon m'a expliqué qu'il s'agit d'un potage à base d'une purée de foies de poulets, avec cette particularité que les volatiles qui les fournissent doivent être mis à mort par l'électricité.

— Quelle horreur! Jamais je ne goûterai à une telle chose.

— Alors, prenez le potage Germiny qui convient mieux aux honnêtes gens. Voulez-vous, après, goûter à une sole Dugléré? C'est le nom du chef cuisinier, un artiste que le propriétaire a enlevé à la maison de Rothschild. Aurez-vous encore assez faim pour déguster une poularde Albuféra? Non? Alors nous passerons aux desserts avec bien entendu un soufflé à l'anglaise. Pour arroser le tout, nous boirons du vin de Champagne.

— Mais vous êtes fou, Jean-Henri, vous allez vous ruiner! Croyez-vous que je vaille tout cela?

— Vous valez bien plus! Et puis j'ai l'impression que ce souper est très important.

— Pourquoi? Pour qui? demanda Elisabeth qui sentait son cœur battre soudain très fort.

— Pourquoi? Parce que je suis bien avec vous, parce que vous me plaisez. Parce que...

— Je vous aime!

Elle avait dit cela doucement, presque inconsciem-

ment en regardant Jean-Henri dans les yeux et,
maintenant, elle rougissait comme une petite fille
surprise par sa mère en train d'essayer ses bijoux
devant la glace. Lui se taisait, surpris par ce mot
lâché comme une évidence, mot qu'il allait sûrement
prononcer lui-même... Pour cacher son émotion il
prit la main d'Elisabeth en manquant de renverser
un verre :

— Vous saviez ce que j'allais dire?

Elle avait retrouvé son aplomb et s'amusait maintenant de la gêne de Jean-Henri.

— Pas du tout! dit-elle.

— Alors?

— Alors quoi? J'ai dit « Je vous aime » en bon
français. Ce ne sont pas des mots très originaux mais
ils sont irremplaçables. Puis-je vous faire remarquer,
cher Jean-Henri, que vous, vous ne les avez pas
prononcés...

— Vous me taquinez. Oui je vous aime et si vous le
voulez nous nous marierons très vite. Mais voudrez-
vous épouser un homme du bois? Vous savez qu'un
jour je succéderai à mon père, que je ferai des
meubles et que je les vendrai... Peut-être aviez-vous
rêvé d'un autre mari, d'un chef de service dans
l'administration impériale, d'un bel officier aux
médailles sonnantes sinon trébuchantes sur sa poitrine à brandebourgs?

— Plusieurs de ces personnages m'ont fait la cour
mais un seul homme m'a fait rêver : c'est vous. Alors
continuons de rêver ensemble. J'en connais qui ont
rêvé comme cela toute leur vie. Et qui continuent.
Mes parents par exemple.

— Vous me rendez fou de joie. Et puis, vous savez
vraiment pourquoi je veux vous épouser? Pour parler anglais. Cela ne court pas les rues du Faubourg
les filles qui parlent anglais!

Ils éclatèrent de rire et Elisabeth qui tenait à avoir
le dernier mot dit :

– Auriez-vous de l'humour, monsieur l'homme du bois? Jusqu'ici vous ne l'avez guère montré.

– Mes amis le disent et j'espère que vous vous en apercevrez souvent.

– Alors vous ne serez jamais ennuyeux?

– Non, si vous-même ne me laissez pas le devenir.

– Bien répondu. Maintenant les soles de M. Dugléré arrivent et il est très dangereux de rire en mangeant du poisson.

– C'est pourquoi j'arrête!

Ils pouffèrent et finirent de goûter en amoureux les délices de M. Dugléré.

– Nous avons bien fait de ne pas aller au spectacle! dit Elisabeth. Nos répliques sont bien plus drôles que celles de Victorien Sardou.

– Et aussi bien plus sérieuses. Ne trouvez-vous pas, mademoiselle, que demander la jeune fille qu'on aime en mariage est un acte d'une extrême gravité? Chaque fois que pareille aventure m'est arrivée...

– Vous vous êtes fait rembarrer! Méfiez-vous que cela ne vous arrive pas encore. Je ne suis pas encore votre épouse, monsieur le fat!

Le cocher, hélé sur le boulevard, fut prié de ne pas emballer son coucou : Elisabeth et Jean-Henri avaient encore bien des choses à se dire et des caresses perdues à rattraper. Quand la voiture s'arrêta place d'Aligre, ils demeurèrent encore un long moment enlacés puis la jeune fille sauta sur le marchepied et le trottoir avec une grâce de libellule. Elle envoya un baiser à Jean-Henri et fit un sourire au cocher qui la salua d'une large envolée de son chapeau de cuir. Lestement elle grimpa à l'étage, ouvrit doucement la porte à l'aide de la clé que Louise avait cachée comme à l'accoutumée sous le tapis de l'entrée et prit soin de ne réveiller personne, sauf sa mère à qui elle glissa à l'oreille : « Je vais épouser Jean-Henri. »

Paris était devenu un immense chantier. Des milliers de chariots emportaient hors les murs les débris de quartiers entiers, sacrifiés à la beauté future de la capitale. Le percement du boulevard de Strasbourg était presque achevé, la place Saint-Pierre de Montmartre se dessinait, comme la rue Soufflot et la rue des Ecoles. Les piles du pont de l'Alma étaient en place, le Pont-Neuf en pleine restauration. A l'Hôtel de Ville, Ingres et Delacroix, les éternels rivaux, décoraient les plafonds.

Dans le Faubourg, on en était encore aux projets. On parlait de larges et longues lignes droites qui relieraient l'embarcadère de Lyon à la place du Trône et quadrilleraient la grande surface de ce quartier où l'on pouvait tailler sans dommage entre les couvents, les bicoques des maraîchers, les champs d'avoine et les dépôts de bois. On n'avait même pas besoin de toucher aux ateliers d'ébénistes tous groupés de part et d'autre de la grand-rue. La seule réalisation achevée était la modeste rue Roubo qui, non loin de la place du Trône, rejoignait le Faubourg à la rue de Montreuil. Les gens du bois savaient gré au conseil municipal de lui avoir donné le nom du maître ébéniste André-Jacob Roubo, mort en 1791, auteur d'un ouvrage monumental : L'*Art du menuisier*.

L'inauguration du chemin de fer de ceinture qui reliait, à l'intérieur des fortifications, les différentes lignes issues de Paris, retint l'attention car sa mise en service entraîna des travaux importants, notamment la construction du pont National à Bercy et celle des gares de Vincennes, Bel-Air et La Rapée[1].

---

1. D'abord réservé au trafic des marchandises, le chemin de fer de ceinture fut ouvert au public en 1862. Il en coûtait 55 centimes en première classe pour effectuer le tour de Paris : 35 kilomètres en une heure et demie, départ toutes les quinze minutes.

L'impératrice avait montré qu'elle ne se désintéressait pas du peuple du Faubourg en patronnant et
en dotant l'institution pour les jeunes filles pauvres
du quartier mais ni elle ni Napoléon III n'avaient
encore visité le vieux fief révolutionnaire qui avait
accepté l'empire sans passion mais avec sympathie.
C'était là un geste politique que la transformation de
l'antique hospice des Enfants trouvés donna au
couple impérial l'occasion d'accomplir. Cette bâtisse
construite sur un terrain qui avait jadis appartenu à
l'abbaye Saint-Antoine avait donné asile, au cours
des siècles, à un nombre considérable d'enfants
abandonnés. Agrandie en 1708, 1758 et 1776, elle
était devenue à partir de 1839 l'hôpital Sainte-
Marguerite puis l'asile Saint-Ferdinand. Enfin, dernière transformation, le vieil hospice devenait l'hospice Sainte-Eugénie, hôpital pour les enfants malades[1]. C'est dire que cet établissement faisait partie
intégrante du Faubourg et que son inauguration, le
9 mars 1854, revêtait une importance considérable.
Calé entre la grand-rue du Faubourg, la rue de
Charenton et la rue de Cotte, il était situé à deux pas
de la place d'Aligre et les femmes Valfroy n'étaient
pas les dernières à être descendues pour essayer
d'apercevoir la belle Eugénie.

Elle arriva au début de l'après-midi avec l'empereur. Tous deux furent immédiatement entourés par
une foule d'officiels en uniformes : le ministre de
l'Intérieur, les préfets de la Seine et de police, le
directeur de l'Assistance publique, le maire du
VIIIe arrondissement. Impossible, derrière cette haie
d'uniformes, de voir l'empereur et l'impératrice.
Tout juste pouvait-on les acclamer. Eugénie, devi-
nant la déception de la foule des femmes et des
enfants, demanda aux personnages de sa suite de

---

1. Il prendra le nom d'hôpital Trousseau en 1880 et sera démoli
en 1902 quand cet hôpital pour enfants sera transféré à son adresse
actuelle.

s'écarter et elle invita Napoléon III à monter à ses côtés sur le perron qui menait à l'hôpital. Les acclamations redoublèrent et les fonctionnaires de l'Assistance publique durent attendre un long moment avant d'ouvrir les portes de l'hôpital à l'empereur et à sa suite. Une semaine plus tard, les 425 lits étaient occupés par des enfants de deux à quatorze ans.

La visite impériale fut longuement commentée dans tout le quartier où l'on se demandait maintenant quand l'orphelinat du marché aux fourrages serait ouvert. Il s'agissait cette fois d'un édifice entier à construire. Les maçons travaillaient depuis trois mois sur le chantier, un de plus dans le nouveau Paris du baron Haussmann.

Jean-Henri Fradier était devenu un familier de la place d'Aligre où chacun appréciait ses prévenances et sa conversation qui, pour être réfléchie, n'en était pas moins piquante, marquée par un esprit où Elisabeth et surtout Louise reconnaissaient l'influence de cet humour particulier qu'affectionnent les Anglais. Il était considéré comme le fiancé d'Elisabeth bien que le mot n'ait pas été prononcé :

— Rien ne presse, disait Louise à Bertrand qui trouvait que les choses traînaient en longueur. Laisse-les apprendre à se connaître, à s'estimer, à devenir complices. Ils sont très heureux... Bien sûr, si Jean-Henri et les Fradier tardaient trop à manifester leur intention il faudrait aviser, mais mon petit doigt me dit que cela ne tardera pas.

— Je l'espère car en dehors de l'amour qu'il porte à Elisabeth, il a un fichu talent ce garçon! Le dessin qu'il nous a proposé pour notre participation à l'exposition est parfait. Qu'en penses-tu! On en a peu parlé...

— Il nous l'a donné tout à l'heure! Les Caumont,

tu les connais, vont y réfléchir longuement. Quant à ce que je pense cela n'a aucune importance. C'est vous les artistes, c'est vous qui fabriquez les meubles et c'est à vous de décider. Moi je vends, cela me suffit!

– Quelle mouche t'a piquée? demanda Bertrand surpris. Ce n'est pas parce que tu ne manies pas le trusquin et le rabot que tu ne dois pas donner ton avis. Tu as assez fait pour notre atelier! Quelqu'un t'aurait-il fait une remarque désobligeante?

– Pas du tout, c'est toi qui t'emballes. J'ai simplement dit que le choix du ou des meubles que nous présenterons est votre affaire. Maintenant, si tu veux savoir, je trouve la bibliothèque de Jean-Henri un peu trop simple, trop sévère pour une exposition.

– J'ai eu aussi cette première réaction et puis j'ai bien regardé le dessin et suis arrivé à cette conclusion que cette bibliothèque d'ébène est un chef-d'œuvre de forme et d'harmonie. C'est la pureté de ses lignes qui en fait la valeur. J'ai aussi pensé que Jean-Henri, et je lui en suis reconnaissant, a tenu à nous proposer un meuble à la mesure de nos possibilités de fabrication. Il lui aurait été aussi facile d'imaginer un buffet ou un cabinet Renaissance surchargé de sculptures comme en présenteront sûrement son père et Fourdinois, mais son tact lui a fait choisir cette austérité de bon aloi qu'aiment souvent distinguer les jurys. D'ailleurs, il ne faut tout de même pas exagérer, si ce meuble reflète une certaine simplicité, c'est tout de même un beau monument et l'ornementation des portes par des émaux en grisaille est une trouvaille.

– Quelle plaidoirie convaincante! Je crois qu'il ne faudra pas trop critiquer ton futur gendre... Mais tu as raison, il faut que nous jouions la partie sur des réalités et non sur des chimères!

Comme il arrive souvent, tout se précipita. D'abord, la location de l'atelier de la rue du Chemin-Vert dont Bertrand et Emmanuel Caumont allèrent signer le bail chez M. de Montreux, dans son hôtel de la rue des Lions situé juste à côté de la maison où avait jadis habité Alexandre Lenoir.

Le bonhomme était fier d'avoir réussi à sauver ses plus beaux meubles de la tourmente révolutionnaire. Il possédait entre autres un secrétaire qui sauta tout de suite aux yeux des deux ébénistes :

– Si je ne me trompe ce meuble est de Riesener? demanda Bertrand.

– Vous ne vous trompez pas. Je l'ai mis en lieu sûr dès les premiers jours de la Révolution et sa vue me cause tous les jours du plaisir. Je ne me vois pas vivre avec un secrétaire Empire massif et surchargé de bronzes.

Il fut ravi d'apprendre qu'il louait son local aux descendants du grand homme et accepta de ne pas demander de caution, ce qui arrangeait les Valfroy. Mieux, il leur proposa d'effectuer quelques réparations au secrétaire en échange du loyer du premier trimestre. C'était inespéré, Bertrand et Emmanuel rentrèrent joyeux place d'Aligre pour apprendre que M. et Mme Fradier invitaient Elisabeth et ses parents à souper le dimanche suivant. Jean-Henri n'avait pas caché qu'en dehors du plaisir de se revoir, c'était pour fixer les conditions du mariage.

Elisabeth rayonnait; Marie s'essuyait les yeux et ce n'était pas parce qu'elle venait d'éplucher des oignons; Louise rêvait à l'avenir des deux grandes familles du Faubourg qui, alliées, devaient accroître leur renommée; Petit-Jean ne jurait que par Jean-Henri qui lui avait montré comment on dessinait un cheval. Quant au reste de la famille, elle se réjouissait tout simplement de la nouvelle qui n'était, il faut le dire, une surprise pour personne.

La réception des Fradier fut simple et chaleureuse, tout à fait dans la tradition des gens du bois qu'ils n'entendaient pas négliger malgré leur réussite professionnelle et sociale. L'appartement qu'ils occupaient au numéro 18 du boulevard Beaumarchais n'avait rien de commun avec celui de la place d'Aligre. Il couvrait tout le deuxième étage d'une maison récente en belles pierres de taille, construite sur l'emplacement où s'élevait jadis la maison à l'italienne de l'auteur du *Barbier de Séville*. L'œil intéressé des Valfroy n'y remarqua aucune pièce du siècle précédent mais un ameublement riche et du meilleur goût où l'on devinait le travail et le talent qui avaient assuré le succès de l'atelier Fradier.

Emmanuel admira surtout le buffet en chêne verni à colonnes torses et panneaux en médaillons qui trônait dans la salle à manger.

– Tu regardes mon buffet? dit Fradier. Je l'ai présenté avec Fossey, qui a fait toutes les sculptures, à l'exposition de 44. On m'a proposé dix fois de l'acheter mais j'ai tenu à le garder.

La grande table de chêne à bords moulurés n'avait pas le cachet seigneurial ni la patine incomparable de celle d'Œben mais elle était assortie au reste du mobilier et dressée fort joliment avec une belle nappe damassée.

– Vous savez que j'ai tremblé à l'idée de vous recevoir? dit Mme Fradier en passant à table. Je ne suis pas mauvaise cuisinière mais la réputation de votre maison est telle que j'ai eu peur de n'être pas à la hauteur. Enfin, j'ai fait de mon mieux et j'espère que vous aimerez mes poulets à la crème, c'est une recette de chez moi, en Normandie.

Avant de goûter à ce plat dont l'agréable fumet parvenait de la cuisine, on dégusta un potage à la bisque d'écrevisses que n'eût pas renié la bonne Marie.

– Je serais bien incapable de faire tout cela! dit Louise. Je crains que le renom de notre table ne survive pas à la mère de mon mari. Jean-Henri qui a goûté sa cuisine vous a peut-être dit que c'est une véritable artiste.

On ne commença à parler du mariage qu'après être passé au salon, voué entièrement au capiton. Ce débordement moelleux de velours rouge garnissant tous les sièges et les canapés en une quantité de petits ballons piqués produisait un effet curieux que Jean-Henri souligna drôlement :

— Le salon, c'est ma chère mère. Elle a réussi à faire mieux que les Anglais dans le rembourrage! Quand on n'aime pas, on peut toujours s'en tirer en disant que c'est confortable! Vous trouvez cela bien, madame Valfroy?

« Tiens, se dit Louise, une première faute de tact. Jean-Henri a très bien vu que cette célébration du capiton ne me plaisait pas beaucoup. Il n'aurait pas dû nous mettre sa mère et moi dans cette situation délicate. » Elle sourit suavement et dit :

— Un salon est fait avant tout pour qu'on s'y trouve à l'aise et qu'on puisse s'y délasser dans les meilleures conditions possibles. Je trouve le salon de madame votre mère parfaitement réussi.

— Merci, madame, mais vous savez, depuis qu'il est installé, ce salon est l'objet des moqueries continuelles de mon mari et de mon fils. Alors, ne vous gênez pas pour le critiquer...

— Ce qui m'agace, dit Fradier, c'est l'omnipotence du tapissier. Voyez ces sièges, on n'y décèle pas la plus petite trace de bois. Cette mode, si elle se développait, entraînerait la mort du métier. Pourquoi, après tout, ne pas garnir les cabinets, les buffets et les armoires de capiton? Tout ce qui est exagéré est mauvais.

Bertrand et Élisabeth se gardèrent de prendre le parti dans la guerre douillette qui semblait diviser, fort gentiment d'ailleurs, la famille. Mme Fradier changea la conversation en amenant l'entretien sur l'affaire sérieuse que tout le monde attendait.

— Alors, mes chers amis, nos deux familles vont s'allier? Aujourd'hui ce sont les jeunes qui décident. Nous n'avons pas grand-chose à dire! Remarquez que je suis très heureuse du choix de Jean-Henri.

Élisabeth est intelligente et ravissante, ses parents sont sympathiques et appartiennent à une vieille famille du bois... Je ne pouvais rêver d'une belle-fille plus agréable.

– Nous pouvons vous retourner le compliment en ce qui concerne Jean-Henri, dit Louise. Nous le connaissons bien maintenant car il est souvent venu à la maison. C'est un garçon plein de charme et de talent mais, sur ce point, je préfère laisser parler mon mari qui trouvera des mots encore plus élogieux.

– Jean-Henri ne cesse de m'étonner, continua Bertrand. C'est un dessinateur remarquable, un ornemaniste comme il n'en n'existe plus. Et puis il a su se faire aimer d'Élisabeth... Marions-les donc et qu'ils soient heureux!

– Jean-Henri me succédera dans quelques années, précisa Auguste Fradier. Et la maison marche, je dirai même qu'elle est prospère!

– Sur ce point, la nôtre a du retard mais elle le rattrape, dit doucement Louise que cette insistance agaçait un peu. Elle continua encore plus suavement : Quant à la famille, vous en connaissez les origines. Je dois ajouter que lord Hobbouse dotera sa filleule Élisabeth. Je ne peux vous dire le chiffre mais c'est un homme généreux.

Fradier avait très bien compris le sens de la réplique. Il sourit :

– Ne vous méprenez pas, chère madame! Lorsque vous nous connaîtrez mieux, ma femme et moi, vous serez persuadée que nous aurions été aussi heureux de l'accomplissement du mariage si Élisabeth n'avait pas reçu d'autre dot que votre nom.

C'était bien dit. Louise fut heureuse de constater que le futur beau-père d'Élisabeth était un homme simple et intelligent.

La date du mariage fut décidée pour la mi-mai et l'on se sépara dans l'allégresse. Le nouvel atelier était à deux pas, Bertrand proposa d'aller y faire un tour avant de rentrer place d'Aligre, histoire d'admirer le portail et la petite place plantée d'arbres car il n'avait pas emporté les clés et l'immeuble était naturellement fermé à cette heure.

— Nous emménagerons dès la fin de la semaine, dit Bertrand. Le plus tôt sera le mieux car l'installation va nous empêcher de travailler pendant quelques jours et nous avons des commandes à livrer avant la fin du mois. J'ai demandé à Arbey d'assurer le transfert des machines. Pour le reste, les amis nous feront la conduite[1] et nous prêteront des voitures. Fradier nous enverra deux compagnons avec son charaban[2] pour emporter les meubles en cours de fabrication.

Les journalistes avaient mis du temps à s'émouvoir de la parution du recueil de poèmes de Bertrand. La plupart des écrivains à qui il en avait fait l'hommage, sur les conseils de Pierret, lui avaient courtoisement accusé réception et le poète du bois gardait précieusement les cartes et les lettres qui portaient des signatures célèbres. George Sand avait été l'une des premières à lui écrire combien elle avait goûté ses vers, Gautier l'encourageait vivement à continuer, comme Eugène Sue et Karr. De Marine Terrace, il avait reçu dix lignes élogieuses signées Victor Hugo qui l'appelait « Cher confrère » et lui disait que sur son rocher[3] il n'avait pas de plus grand plaisir, après l'écriture, que celui de fabriquer des meubles et de sculpter le bois.

Enfin la poste lui apporta une coupure de *La*

1. Vieux rite du compagnonnage.
2. Voiture à cheval couverte qui servait au transport de meubles.
3. Victor Hugo continuait d'assumer un exil qui ne lui était plus imposé.

Presse envoyée par Delphine qui, sous ses initiales, avait publié un très bon article sur son livre. « C'est pour vous que j'ai repris, une fois, ma plume de journaliste, disait-elle. Pardonnez le retard mais ma santé décline et je veux terminer ma pièce *La joie fait peur* que M. Scribe doit monter. »

D'autres comptes rendus avaient suivi dans *La Revue des deux mondes, Le Journal des débats* et *Le Figaro*. En les lui adressant, son éditeur Michel Lévy lui disait que la vente de ses poèmes se poursuivait normalement et que son recueil, sans atteindre un tirage mirobolant, trouverait assez de lecteurs pour couvrir les frais d'édition. « Considérez cela comme un succès, ajoutait-il, car beaucoup d'auteurs plus connus que vous ne peuvent en dire autant de leurs ouvrages. »

Tous ces témoignages faisaient évidemment plaisir à Bertrand. Il avait tant souhaité devenir écrivain! Pourtant il se sentait loin de ce métier, trop loin pour en goûter vraiment les joies, mais aussi trop loin pour en subir les vicissitudes. Son vrai, son seul métier était le bois! Plus tard peut-être il se remettrait à écrire. L'affaire prospérant, comme on pouvait maintenant l'espérer, il aurait des loisirs et pourrait, pourquoi pas, publier un second volume... Une nouvelle lettre de Michel Lévy vint le conforter dans l'idée que s'il mettait, pour un temps, la poésie entre parenthèses, il ne la sacrifiait pas :

« Si nous arrivons au point d'épuiser le tirage de votre recueil, je pourrai envisager de le faire entrer dans la « Bibliothèque des Voyageurs ». C'est, vous le savez, une collection de petit format dont les exemplaires sont vendus au prix uniforme de un franc. La réussite d'*Émaux et camées* m'engage à publier dans cet esprit de nouveaux poètes. L'ouvrage de Théodore de Banville *Les Pauvres Saltimbanques,* édité récemment, semble devoir se vendre. Pensez-vous que votre livre publié dans cette collection populaire aurait du succès auprès des compagnons du tour de France[1] ? »

C'était évidemment une éventualité intéressante mais, pour l'instant, Bertrand avait d'autres préoccupations. Le déménagement s'était bien passé, les machines remontées et les établis avaient trouvé leur place dans les nouveaux locaux vastes et clairs qui permettaient à l'atelier de suivre le rythme des commandes. *L'Enfant à l'oiseau* devenait une maison connue des Parisiens qui, dans tous les quartiers, se repassaient l'adresse. La vente des meubles anglais avait été longue à démarrer mais elle avait triplé en quelques semaines et Louise attendait avec impatience un arrivage de Londres pour satisfaire les demandes. Comme prévu, cette représentation de Stanley & Co. rapportait de gros bénéfices et Bertrand, satisfait mais un peu amer, disait :

– Pour gagner de l'argent, il faut vendre le travail des autres et ne pas fabriquer!

– Il faut faire les deux, répondait Louise. C'est l'atelier qui nous permet d'exister!

Seule ombre dans le ciel clair de l'empire florissant, la France se découvrait, sans que rien l'ait laissé prévoir, en guerre contre la Russie! Le peuple savait que Napoléon s'employait à rendre à l'armée un certain panache, la réapparition des fanfares, des bonnets à poil et des défilés n'était d'ailleurs pas pour lui déplaire. Non plus que le nouvel uniforme des « cent-gardes » dont les ors, les passementeries et les galons n'avaient rien à envier à ceux de la « vieille garde ». Mais de là à faire la guerre!

Les causes du conflit étaient trop complexes pour intéresser les gens du bois, occupés à prendre leur petite part du gâteau de prospérité que leur offrait

---

1. Michel Lévy avait créé la « Bibliothèque des Voyageurs » pour concurrencer Louis Hachette qui avait, le premier, lancé la « Bibliothèque des Chemins de fer ». C'était la première apparition des volumes « format de poche ».

l'empire. La presse appelait cela la question
d'Orient. Question à laquelle répondait la guerre de
Crimée qui devait nous permettre, alliés à l'Angleterre, à la Turquie et à la Sardaigne, d'empêcher les
Russes de contrôler les détroits.

Paris n'entendait rien à tout cela mais, docile à la
persuasion comme il peut l'être parfois, il se laissait
enflammer par l'enthousiasme officiel, certain que
cette guerre ne pouvait avoir d'autre issue qu'une
victoire dont l'empereur saurait tirer parti pour le
profit de tous. Rares étaient ceux qui doutaient.
L'immense majorité du peuple applaudit à cette
guerre lointaine et mystérieuse comme si elle l'attendait comme un bienfait. Et l'on vit une multitude de
badauds parisiens accompagner en chantant jusqu'à
deux ou trois lieues de là les régiments qui allaient
rejoindre leur corps d'armée.

Au panache militaire devait répondre la pompe
religieuse. L'archevêque Sibour s'en chargea par un
mandement : « La guerre est une nécessité; il en
sortira assurément quelque bien. » Dans toutes les
églises, le clergé appela les fidèles pour invoquer avec
lui le dieu des batailles et lui demander d'apporter
son aide à « une expédition préparée avec tant de
sagesse, de prudence et de résolution par le chef de
l'État ».

Le peuple du Faubourg ne demeurait pas étranger
à cet engouement guerrier. Le 15 août, jour de la
Saint-Napoléon, il n'était pas le dernier à crier
« Vive l'Empereur! » et à s'émerveiller des illuminations célébrant l'événement. Barbès lui-même avait
rédigé dans sa prison une lettre empreinte d'un
chauvinisme démesuré et Napoléon l'avait fait libérer sans conditions, se conciliant ainsi pour un temps
la neutralité des groupes secrets révolutionnaires.
Les troupes embarquées, il ne restait plus guère que
les familles des soldats pour s'intéresser au sort des
malheureux qui affrontaient dans un climat hostile

la mitraille russe et les souffrances d'une épidémie de choléra aussi meurtrière.

Les travaux entrepris par Haussmann arrivaient à bonne fin dans de nombreux quartiers de Paris où des Boulevards et des palais sortaient du sol comme par enchantement. Le gouvernement impérial menait ainsi de front les travaux de la guerre et les activités fécondes de la paix. Tout en poursuivant le siège de Sébastopol, il reconstruisait la capitale et bâtissait le palais de l'exposition qui devait ouvrir bientôt ses portes aux arts et aux industries. Des esprits éclairés, comme les Valfroy, se posèrent tout de même des questions quand on apprit que la Russie avait été officiellement invitée à envoyer au palais des Champs-Elysées les produits de son agriculture, de ses ateliers d'art et de ses usines bien que les hostilités fussent déjà engagées en Crimée. L'offre fut déclinée. Mais tout de même!...

Au Faubourg, l'exposition occupait maintenant tous les esprits. Le plus souvent dans le secret, si tant est qu'un secret pouvait être gardé dans ce grand village où tout le monde se connaissait. Il ne restait qu'une dizaine de mois avant l'ouverture et chacun voulait être prêt plusieurs semaines à l'avance afin d'avoir le temps, éventuellement, de reprendre un détail ou même de refaire une partie de meuble jugée imparfaite.

Le mariage de Jean-Henri et d'Elisabeth s'était déroulé le mieux du monde et dans la plus grande simplicité. Les jeunes gens l'avaient voulu ainsi, préférant consacrer l'argent qu'eût coûté une cérémonie pompeuse à un voyage d'agrément en Angleterre. Ils avaient été profondément marqués par leur séjour chez nos voisins et voulaient retrouver ensemble, afin de les confronter, leurs premières impressions. D'autre part, il convenait de rendre visite à lord Hobbouse qui, souffrant, n'avait pu se déplacer pour le mariage mais avait exprimé le désir de connaître le mari d'Elisabeth.

Tous deux étaient donc partis pour Londres et la vie, au Faubourg, aurait paru bien calme si l'aménagement du nouvel atelier, l'embauchage de deux compagnons et la préparation de l'exposition n'avaient occupé tous les instants des Valfroy et des Caumont. Bertrand et Louise s'inquiétaient aussi de la santé de Marie qui, après l'exaltation du mariage, se plaignait de tous les maux et disait que sa vie, heureusement, ne tenait plus qu'à un fil qu'elle souhaitait voir coupé au plus vite. De son côté, Emmanuel qui allait avoir soixante-quinze ans paraissait de plus en plus fatigué. Il continuait de se rendre à l'atelier mais n'y faisait plus grand-chose. Le trajet, beaucoup plus long, l'épuisait et la douce Lucie reprochait parfois à Jean et à Bertrand le déménagement qui lui causait ce surcroît de fatigue. Emmanuel se fâchait alors :

— Lucie, tais-toi! Tu sais aussi bien que moi que ce déménagement était indispensable et que seul compte l'avenir de notre maison. Si je ne suis plus bon à rien, Jean est là, et toute la famille. D'ailleurs nous allons mettre en train la bibliothèque de l'exposition et je suis encore bien assez valide pour en surveiller la fabrication.

Bertrand et Louise ressentaient profondément cet assaut de la vieillesse contre la famille dont on découvrait, depuis la mort d'Ethis, qu'elle n'était pas indestructible. Ils se rendaient compte qu'ils étaient tous les deux arrivés à ce tournant de la vie où les parents s'éteignent et où les enfants s'envolent :

— Nous vieillissons, mon Bertrand, disait Louise. Elisabeth vient de partir habiter avec son mari. Pour eux la vie commence au moment où celles de Marie et d'Emmanuel vont s'achever... Nous allons avoir un moment difficile à passer!

— Nous le passerons ensemble, comme nous vieillirons ensemble. Mais le départ d'Elisabeth t'égare, nous ne sommes pas vieux, nous avons encore un bon bout de chemin à parcourir, celui qui nous

mènera au succès et peut-être même à la richesse.
Alors ne sois pas triste, passe plutôt une belle robe,
je t'emmène dîner chez *Bonvalet*!

Le restaurant *Bonvalet* n'était pas très éloigné de
la Bastille. Installé à l'emplacement de l'ancien *Café
turc,* boulevard du Temple, il rassemblait le soir une
partie des spectateurs des théâtres voisins : le Théâtre lyrique fondé par Alexandre Dumas, le théâtre
des Funambules, le théâtre des Pygmées où s'étaient
illustrés deux célèbres pitres, Bobèche, fils d'un
tapissier du faubourg Saint-Antoine, et Galimafré,
apprenti menuisier.

Deux immenses salles étaient réservées aux noces
et banquets[1], une plus petite au service à la carte.
C'est dans cette dernière que furent placés Bertrand
et Louise qui fit remarquer que l'assistance était un
peu bruyante :

— Ah! ce n'est pas la *Maison dorée* ni la *Tour
d'argent,* répondit Bertrand, mais on mange bien ici.
Toutes les gloires littéraires se sont assises un jour
sur ces banquettes : Victor Hugo, Musset, Vigny; les
auteurs Deslandes, Martin et Benjamin Autier, le
créateur de *Robert Macaire...*

— Mais je suis heureuse d'être là! On s'y amusera
sûrement plus et, puisque la chère est bonne...

Le fils Bonvalet qui avait repris quelques années
plus tôt l'établissement ouvert par son père, arrivait
justement en maniant la carte avec l'élégance d'un
escrimeur.

— C'est la période du gibier, goûtez donc à mon
salmis de perdreaux aux truffes ou au civet de lièvre.
Il y a aussi des mauviettes et des cailles au gratin...

Ils optèrent finalement pour un filet de chevreuil
sauce poivrade avec, comme entrée, des truites froi-
des à la mayonnaise.

---

1. Les salons *Bonvalet* demeurèrent ouverts jusqu'à la fin des
années 30.

A la table voisine un homme parlait fort à ses deux compagnons. Louise dressa l'oreille et sourit à Bertrand en lui faisant comprendre que le discours du bonhomme était drôle :

– Savez-vous, disait-il, que c'est à notre table qu'opérait le père Gourier il n'y a pas si longtemps? C'était un étrange personnage surnommé « l'assassin à la fourchette ». Fortuné, il choisissait un invité permanent et s'amusait à le faire mourir d'indigestion. Le premier tint six mois et trépassa d'un coup de sang à la fin d'un repas particulièrement arrosé. Le second dura deux ans avant de succomber à une indigestion de foie gras...

Louise qui s'amusait ne put s'empêcher d'entrer dans la conversation :

– Monsieur, pardonnez-moi, j'ai tout entendu de votre récit. Dites-moi s'il est authentique et, dans ce cas, ce qu'il est advenu de votre amphitryon?

– Tout à fait authentique, madame, demandez à M. Bonvalet. Quant à Gourier, il a péri par où il avait péché : son troisième invité avait un solide estomac et il était malin. Tous les deux ou trois jours il cherchait querelle à Gourier et se retirait fâché. Chez lui il se mettait au régime à l'huile de ricin et revenait le lendemain frais pour de nouvelles agapes. Le père Gourier mangeait trop vite et mâchait mal, deux fautes qui le handicapaient devant un adversaire qui, remis à neuf, reprenait le duel farouchement. Après trois ans, l'heure du dénouement sonna. L'apoplexie frappa Gourier alors qu'il entamait une quatorzième tranche de bel aloyau. L'« assassin à la fourchette » avait trouvé son maître[1]!

Tout le monde éclata de rire. Le ton était donné et le voisin raconta bien d'autres histoires tandis que

---

1. Anecdote certifiée authentique par plusieurs auteurs du XIXᵉ siècle dont Eugène Chavette dans *Restaurateurs et restaurés*, 1867.

Bertrand commandait pour tout le monde une bouteille de château-lascombes.

— Je ne suis plus triste du tout! glissa Louise à l'oreille de son mari. Je crois même que je suis un peu grise... Que ces gens, tous bons vivants, sont sympathiques!

La conversation si bien engagée se poursuivit de table à table. Ils apprirent ainsi que les trois convives étaient des avocats qui se réunissaient chaque mois, au cours d'un dîner, depuis la fin de leurs études. L'un d'entre eux, lorsqu'il sut que Bertrand fabriquait des meubles, s'écria :

— Donnez-moi votre adresse, je passerai vous voir dans la semaine : je veux changer l'ameublement de mon cabinet et à vos manières aimables, j'ai deviné que vous ne sauriez être un mauvais ébéniste!

Bertrand et Louise rentrèrent un peu tard car les avocats avaient naturellement voulu leur rendre la politesse en choisissant un château-latour d'une bonne année. Pendue au bras de son mari, elle dit :

— Tu devrais m'inviter plus souvent à souper. D'abord, c'est agréable, ensuite on traite des affaires. Avoue que si le bonhomme nous commande vraiment les meubles de son cabinet, j'aurai bien gagné un dîner.

Le maître du barreau tint parole et fut reçu avec des égards particuliers au magasin de *L'Enfant à l'oiseau*. Comme les modèles qu'on lui proposait ne semblaient pas l'enchanter pleinement, Louise eut une idée.

— Avez-vous une voiture?

— Oui, madame, elle est à la porte.

— Alors je vous emmène jusqu'à l'atelier, c'est à cinq minutes. Mon mari vous montrera le dessin de la bibliothèque que nous allons présenter à l'exposition. C'est un meuble superbe auquel nous pouvons assortir le reste du mobilier que vous souhaitez. Je ne sais pas s'il est possible de construire en même temps deux bibliothèques identiques. Le maître vous le dira.

Louise débarqua donc rue du Chemin-Vert avec l'avocat qui découvrit avec intérêt l'atelier en pleine activité. Comme tous ceux qui pénètrent pour la première fois dans l'un de ces endroits magiques où l'arbre de la forêt se transforme en objets familiers, il découvrit l'âcre odeur de la colle qui bouillonnait dans la « sorbonne[1] » puis celle plus délicate de la sciure fraîche qui arrivait par bouffées de la salle des machines où Jean était en train de dégauchir des montants d'armoire. Il s'étonna encore de la multiplicité des outils, bien rangés sur l'établi du père Mougin, le sculpteur, un vieux de la vieille du Faubourg qui avait travaillé pour toute la lignée des Jacob et que les Valfroy venaient d'embaucher. Gouges plates, fermoirs, gouges coudées et contre-coudées, nérons, rifloirs, grattoirs... il se fit expliquer la fonction de chacune de ces lames plus coupantes que des rasoirs.

— Vous voyez tous ces outils? Eh bien, je n'en ai là qu'une centaine et il existe plus de 300 variantes de gouges! Un sculpteur en achète toute sa vie, soit parce qu'on lui propose un modèle qu'il ne possède pas dans sa panoplie, soit que l'une d'elles est usée. Un outil utilisé normalement et correctement affûté perd jusqu'à deux millimètres par an!

Quand il eut tout visité, qu'il se fut extasié devant la merveilleuse machine à vapeur de M. Arbey, Bertrand lui montra le dessin rehaussé de jolies couleurs que Jean-Henri avait réalisé pour le chef-d'œuvre de l'exposition.

— Cette bibliothèque vous plaît-elle, maître? demanda Bertrand. Nous la présenterons construite

---

1. Nom donné depuis le XVIᵉ siècle par les ébénistes à la cheminée alimentée par les tombées de bois et les copeaux pour faire chauffer la colle forte et les pièces de bois à plaquer. L'origine de ce mot, encore utilisé de nos jours, demeure inconnue.

en ébène mais il est possible de choisir un bois meilleur marché.

– Pas du tout, je veux la réplique exacte du modèle exposé. Il me faudra aussi un bureau dans le même esprit, un bureau plat, simple mais beau...

– C'est tout à fait possible. Nous allons vous préparer un devis car il s'agit de pièces peu courantes dont le prix sera élevé. Nous ne commencerons à travailler pour l'exposition que dans quelques semaines, vous aurez donc le temps de prendre une décision. Les deux bibliothèques seront exécutées simultanément afin de gagner un temps qui coûte cher...

Cette commande confirmée par l'avocat s'ajoutait à beaucoup d'autres. On travaillait ferme rue du Chemin-Vert où Jean et Bertrand durent bientôt faire appel à un troisième puis un quatrième compagnon. L'argent rentrait dans la comptabilité de Louise et à la banque du Crédit foncier où la famille s'était fait ouvrir un compte sur les conseils de Fradier. Et Louise disait à Bertrand : « Je crois que nous sommes en train de devenir fortunés! Mais le tout, quand on a gagné de l'argent, c'est de le garder! »

Deux bibliothèques furent donc mises ensemble en chantier. C'était une aubaine car les pièces préparées, découpées, moulurées par paire revenaient moins cher, comme les planches d'ébène, acquises en plus grande quantité.

Il avait fallu commander sans attendre les émaux qu'avait prévus Jean-Henri pour orner les trois portes du bas : deux médaillons à profils féminins de chaque côté et une scène d'inspiration grecque au milieu. Ces émaux en grisaille que seul Gobert savait fabriquer à Paris en ajoutant du platine et de l'oxyde de plomb aux fondants ordinaires, augmentaient sensiblement le prix de revient. Jean Caumont avait proposé de les remplacer par des motifs de bois sculpté ou de porcelaine mais Jean-Henri avait protesté :

– Plus un meuble est simple de ligne et d'ornementation, plus cette dernière doit être soignée. Ce sont les émaux qui donneront son « chic », comme l'on dit maintenant, à votre bibliothèque. Sans eux vous auriez un meuble triste. Il vaudrait mieux choisir un autre modèle.

C'était ce genre d'observations qui étonnaient Bertrand et lui faisaient dire que son gendre avait du génie.

Tarabiscot, le jeune compagnon formé à l'atelier depuis l'apprentissage et dont l'habileté ne cessait de s'affirmer, avait été chargé de la construction des deux bibliothèques. Emmanuel Caumont, installé le plus souvent dans un fauteuil, surveillait et donnait des directives. Il ne pouvait mieux se rendre utile, même s'il se levait parfois pour saisir un outil, se donnant ainsi l'illusion qu'il était encore capable de manier le ciseau ou le bédane.

Les jeunes mariés, après un long séjour à Londres où Jean-Henri avait gardé de bonnes relations, étaient partis pour Ham House. Lord Hobbouse les avait accueillis avec amitié. Le seigneur de Richmond, touché par une crise de goutte, ne pouvait guère se déplacer, il s'ennuyait dans ses tours de brique crénelées et savait gré aux jeunes gens d'être venus lui tenir compagnie. Lui aussi avait été conquis par Jean-Henri, son enthousiasme et sa profonde connaissance de l'histoire des arts. Venus pour quelques jours, Elisabeth et son mari restèrent une semaine et demie. S'ils avaient écouté lord Hobbouse ils se seraient tout bonnement installés au château pour y passer l'été mais Elisabeth commençait à s'ennuyer de Paris et Jean-Henri n'en pouvait plus de boire la bière tiède que leur hôte fabriquait lui-même chaque soir, après le souper, selon une méthode familiale qui remontait à Jacques IV d'Ecosse. D'ailleurs, il leur fallait s'installer dans l'appartement que les Fradier avaient loué à leur intention de l'autre côté du boulevard Beaumarchais, au numéro 68 de la rue des Tournelles. Il s'agissait du second étage d'un bel hôtel du XVIIᵉ siècle dont la façade aurait mérité une sévère restauration mais qui, à l'intérieur, réservait d'agréables surprises : des murs solides dépourvus d'humidité et, surtout, un escalier monumental avec une superbe rampe à balustres de chêne. Les Valfroy qui avaient craint un déménagement lointain étaient satisfaits : Elisabeth, tout en abandonnant la place d'Aligre, restait, à deux pas de la Bastille, proche à la fois de la vieille maison Œben et de l'atelier de la rue du Chemin-Vert.

Jean-Henri ne construisit pas de ses mains le lit conjugal comme il était encore de tradition chez les ébénistes mais il le dessina, de formes pures empruntées aux courbes élégantes du style Louis XV qu'il rehaussa d'un fronton sculpté. Cette discrétion de bon goût devait mettre en valeur la table à écrire de Marie-Antoinette dont Louise et Bertrand avaient fait cadeau aux jeunes mariés. Pour le reste, ceux-ci n'avaient eu qu'à choisir dans le catalogue d'Auguste Fradier.

Elisabeth et son mari venaient de rentrer d'Angleterre quand Marie s'éteignit au petit matin après une nuit d'agonie. Veillée par toute la famille, elle ne parut pas souffrir mais délira durant de longues heures, s'agitant dans le lit, prononçant des phrases dont on ne comprenait pas le sens mais où revenaient sans cesse le mot de cuisine et le nom des ustensiles dont elle s'était si longtemps servie. Angoissée, elle cherchait désespérément, dans tous les placards, poursuivant ainsi dans son dernier cauchemar le combat contre la cécité qui avait attristé les derniers mois de la vie.

En dehors du chagrin qu'elle cause, la mort d'une mère bouleverse la maison dans sa vie quotidienne, simplement parce qu'elle est une femme et que c'est sur elle que repose la tâche essentielle d'assurer les exigences matérielles. On pleura Marie, Marie l'épouse parfaite, Marie la mère attentive, Marie la mère nourricière. La mort d'Ethis avait laissé un grand vide, la mort de Marie causait le désarroi. Comment allait-on nourrir les hommes qui rentraient fatigués du travail? Qui allait vérifier que Mme Dourt faisait bien les lits? Et le ménage? Au début, chacun y mit du sien mais on se rendit vite compte qu'il fallait trouver une solution durable à ce problème psychologiquement pénible parce qu'il culpabilisait chacun en l'obligeant d'admettre qu'il regrettait la servante en même temps que l'être aimé. Une servante, Louise justement y songeait pour remplacer la vieille Mme Dourt qui venait juste aider au ménage. Ce qui hier aurait paru un luxe devenait une nécessité et, ce luxe, la famille pouvait aujourd'hui se l'offrir. Louise le dit à Bertrand que le décès de sa mère avait profondément touché.

– Je crois qu'il faut en passer par là, répondit-il, mais avons-nous les moyens d'assumer cette charge? Nous n'avons jamais employé de vraie servante dans la famille...

– Oui, nous le pouvons. Mais il ne faut pas considérer cette aide comme une fantaisie. Tu as embauché un nouveau compagnon pour te préparer le travail, tu engageras une bonne pour te préparer tes repas. C'est comme cela qu'il faut voir les choses.

Rose vint ainsi prendre sa place dans la famille après une sévère sélection. Antoinette-Emilie, chargée du recrutement, vit une dizaine de filles avant d'arrêter son choix sur une femme qu'on connaissait bien dans le quartier. Veuve d'un garde national tué en 48, elle n'arrivait pas, avec sa maigre pension, à élever convenablement son fils de neuf ans et avait décidé de se placer à condition de pouvoir garder son enfant avec elle. Comme le départ d'Elisabeth

avait libéré une chambre on la donna à Rose Gayot
et au jeune Pierre, un garçon gentil, intelligent,
toujours prêt à rendre service et qui fut vite adopté,
lui aussi. Son rêve était de devenir ébéniste, il avait
été entendu qu'il entrerait en apprentissage à l'atelier
un peu plus tard.

Rose n'était pas un cordon-bleu mais savait faire
une cuisine simple à laquelle on fut bien obligé de
s'habituer en attendant qu'elle se familiarise avec les
recettes que Marie avait relevées depuis quarante
ans, de sa belle écriture anglaise, dans un cahier relié
de grosse toile grise. Rose ne devait pourtant jamais
parvenir à la perfection et l'on continua longtemps à
regretter, place d'Aligre, la poularde farcie et le
gratin de cardons à la moelle de Marie. « Cela ne
fait rien, disait Bertrand. Rose a d'autres qualités, si
nous avons envie de faire un repas fin, on peut
s'offrir *Bonvalet*. »

Les bibliothèques se « présentaient bien » comme
disait Jean, heureux de travailler l'ébène, « un bois
difficile mais franc qui ne fait jamais d'éclat ».
Bertrand était moins enthousiaste depuis qu'il avait
brisé en le sculptant une gouge coudée irremplaçable
qui portait encore, gravé sur son manche, le nom
d'Œben.

Les deux meubles étaient presque terminés, il ne
restait qu'à les « finir » en les ponçant finement afin
de les préparer à recevoir le vernis. On attendait les
glaces destinées aux deux portes du haut et, surtout,
les émaux qu'on fixerait en dernier dans leurs alvéoles. Tels quels, les deux meubles avaient belle allure.
Bertrand craignait qu'ils ne parussent trop sévères
mais Jean-Henri avait vu juste : la simplicité n'est
pas triste quand on sait la flatter, les émaux allaient
faire vibrer le miroir sombre de l'ébène.

Le grand jour approchait. Dans quarante-huit
heures il faudrait transporter, avec des précautions
infinies, la bibliothèque au palais de l'Industrie qui

ouvrirait ses portes trois jours plus tard. Les maisons les plus importantes du Faubourg, une trentaine, qui devaient participer à l'exposition, tenaient prêts leurs chefs-d'œuvre. On savait que les Balny présenteraient un ameublement complet; Diehl, dont l'accent allemand était connu dans tout le Faubourg, des petits meubles genre Boulle; Fourdinois un cabinet de noyer sculpté Renaissance formant armoire; Grohé un bureau de dame en bois de violette; André Lemoine, l'associé de Lemarchand, constructeur du cercueil de l'Empereur, un buffet sculpté et quelques petits meubles en bois de rose; Mazaroz, le sculpteur, un buffet en noyer; Sormani, des tables à jeux dites « mouchoirs »; Claude Mercier, une armoire à glace et un lit à baldaquin. Auguste Fradier, lui, présentait un superbe meuble d'appui dessiné par Jean-Henri. Bien qu'il fût construit en bois d'ébène et comportât lui aussi un médaillon en émaillé de grisaille, ce meuble ne ressemblait en rien à la bibliothèque des Valfroy. Orné de mascarons, de cariatides en bronze doré et émaillé de tons divers, il éclatait de richesse. « Un vrai meuble d'exposition, disait Bertrand, mais un peu surchargé à mon goût! » Jean-Henri avait convenu qu'il n'aimerait pas posséder un tel meuble chez lui mais que les jurys n'étaient sensibles qu'à l'extrême simplicité ou, au contraire, à l'emphase.

Terminé, le palais de l'Industrie suscitait bien des critiques.

– C'est une horreur, disait Jean-Henri. Quand je pense que le monde entier va venir à Paris pour découvrir ce bâtiment lourd et disgracieux!

Le palais, construit il est vrai, avec une rapidité qui tenait du prodige, était laid. De surcroît, les calculs faits à la hâte manquaient d'exactitude : le bâtiment se révéla trop petit pour abriter tous les exposants et les architectes durent, au dernier moment, bâtir une série d'annexes, boursouflures qui

enlaidissaient encore, si c'était possible, l'ensemble
de l'édifice[1].

La médiocrité de l'écrin n'enlevait heureusement
rien aux joyaux qu'il contenait, rangés à l'intérieur
dans un ordre parfait, par nationalités, genres et
spécialités. Dès la veille de l'ouverture, Paris affi-
chait complet. Tous les hôtels étaient pleins et un
grand nombre de visiteurs se trouvaient purement et
simplement contraints de coucher à la belle étoile
faute d'avoir trouvé un gîte chez un particulier. Les
restaurants n'arrivaient pas à nourrir tous les clients
qui faisaient la queue devant leur porte et les marchands ambulants de saucisses chaudes et de beignets étaient dévalisés dès qu'ils apparaissaient.
Paris, malgré ses nouvelles voies, n'était pas encore,
il fallait en convenir, en mesure de recevoir autant de
visiteurs en même temps.

Comble de disgrâce, le 15 mai, la pluie tombait et
il faisait un froid de loup. Les invités qu'on avait
priés de venir en grande tenue et en robes de bal
durent patauger dans la boue devant la porte d'entrée où régnait un grand désordre. L'intérieur, heureusement, était plus accueillant, en particulier le
bâtiment principal où d'immenses tribunes garnies
de velours s'élevaient en avant et de chaque côté du
trône pour recevoir les délégations étrangères, les
grands corps de l'Etat, les hauts fonctionnaires et
leurs femmes. Tout ce beau monde en uniforme et en
robes de soie donnait belle allure à la manifestation
dont la mise en scène avait été soigneusement
réglée.

Les emplacements réservés à l'industrie du meuble
n'étaient pas éloignés du centre de la nef et les
Valfroy, représentés par Bertrand, Jean et Louise,

---

1. Le palais de l'Industrie ne sera démoli qu'en 1900.

pouvaient apercevoir entre leur bibliothèque et le buffet d'un voisin une grande partie de cette scène géante où l'on n'attendait plus que l'empereur.

Enfin, un coup de canon tiré des Invalides annonça que le cortège impérial venait de quitter les Tuileries. Sa Majesté fit peu après son apparition dans la grande volière où pépiaient, gazouillaient, roucoulaient les oiseaux les plus distingués de l'empire. Un grand silence se fit, tout le monde se leva tandis que Napoléon gagnait lentement son trône de velours cramoisi. Comme l'ensemble des invités il dut écouter le discours long et ennuyeux du prince Napoléon, président de la commission impériale de l'exposition. Prélats, maréchaux, amiraux, ministres, ambassadeurs, cela faisait vraiment beaucoup de galons, de plumes, de poils, de médailles et de rubans. L'empereur, visiblement satisfait, regardait ce foisonnement de couleurs disposées autour de lui comme un arc-en-ciel prometteur de succès. L'empire en était à un stade d'exubérante jeunesse où tout lui était permis, où tout lui souriait.

Les souverains descendirent de leur estrade pour parcourir l'allée centrale, répondre au salut des exposants et quelquefois s'intéresser à ce qu'ils présentaient. Louise prétendit que le regard de l'impératrice s'était un moment attardé sur la bibliothèque mais Bertrand se moqua : « Penses-tu, c'est notre voisin de derrière, le bonhomme qui montre une poupée mécanique, qui l'intéressait. » Le cortège se reforma dans l'autre sens pour revenir devant le trône. L'orchestre se mit alors à jouer la marche finale de *Guillaume Tell,* de Rossini. C'était le signe du départ. Les officiels laissèrent la place au public, l'Exposition internationale était bien ouverte. On y attendait les jours prochains le roi du Portugal, la reine Victoria d'Angleterre et d'autres souverains de moindre importance.

— Crois-tu que nous aurons une nouvelle

médaille? demanda Louise avec l'air gourmand d'une petite fille qui rêve de confitures.

Bertrand éclata de rire :

– Comment le savoir? Me prends-tu pour un diseur de bonne aventure?

Puis sérieusement il continua :

– Deux raisons me font croire à une récompense : d'abord notre bibliothèque est très réussie, ensuite nous sommes l'une des plus modestes maisons qui exposent et les jurys se doivent de montrer qu'ils savent distinguer aussi les petits.

Elisabeth et Jean-Henri qui étaient près des Fradier durant l'inauguration vinrent les rejoindre. Ensemble ils firent le tour des exposants échangeant des paroles aimables avec les confrères, demandant des nouvelles des uns et des autres. L'exposition était aussi une occasion de se retrouver entre gens de même sensibilité. Chacun se connaissait dans ce carré de verrière réservé aux industries du bois et qui semblait être une réduction du Faubourg. Louise était maintenant connue dans le métier. Après l'avoir regardée comme un phénomène, on lui reconnaissait des qualités de femme d'affaires. N'avait-elle pas sauvé la maison Valfroy? Ne possédait-elle pas une bonne connaissance de l'histoire de l'art, ce qui lui avait permis de se familiariser très vite avec les habitudes du métier? Bref la profession l'avait adoptée et il n'était pas rare que des maîtres, propriétaires d'une estampille historique, viennent lui demander conseil à propos de démarches administratives ou d'achat de bois. Elle était donc reçue avec empressement par chaque exposant, moins chaleureusement par les dames qui avaient accompagné leur mari et jalousaient cette femme jolie et élégante dont les hommes faisaient grand cas.

– Tu es en train de devenir la reine du Faubourg! lui dit Bertrand. Tu as vu tous ces messieurs se rouler à tes pieds? Il va falloir que je fasse attention, sinon l'un de ces bourgeois va te séduire!

– Bourgeois? Mais tu en es devenu un!

– Un bourgeois qui manie le ciseau et la varlope, qui se salit les mains dans la colle et aide à transporter les plus lourdes planches!

– De moins en moins... Embauche encore quelques compagnons et tu ne toucheras plus guère tes outils. C'est comme ça, mon mari! Que tu le veuilles ou non nous sommes des bourgeois bien que tu affectes, avec ta grande cravate noire et tes pantalons de velours, de jouer les poètes, ce qui entre nous me plaît bien!

– C'est vrai, le Faubourg s'embourgeoise mais il ne faut pas oublier que la majorité de ses habitants sont des ouvriers pauvres ou de modestes artisans!

L'exposition ouverte, il restait six mois pour la visiter et pour en parler. La foule s'y pressait chaque jour et s'intéressait à toutes ces richesses venues du monde entier. L'aile de gauche de la galerie du premier étage attirait en permanence de nombreux curieux. C'est là, entre les emplacements réservés à l'Angleterre et à la Grèce, que se tenaient les comptoirs de la Chine, de la Turquie, de l'Egypte et des Indes orientales. Les femmes y admiraient de superbes étoffes de cachemire et de soie tandis que les hommes découvraient, dans les vitrines de l'Orient, les objets les plus variés : armes, pièces d'orfèvrerie et même des meubles fabriqués à Ahmadabad ou à Udaipur.

Il n'était pas question de monter la garde en permanence auprès de la bibliothèque mais Elisabeth passait chaque jour plusieurs heures dans le modeste emplacement des Valfroy et dans celui, plus vaste et plus riche, de son beau-père. Elle écoutait les conversations des visiteurs, notait leurs remarques souvent cocasses et les rapportait à son mari et à ses parents.

Deux fois par semaine, Jean-Henri et Elisabeth venaient souper place d'Aligre et goûter la cuisine que Rose préparait avec un soin touchant. Bertrand lançait tout de suite Jean-Henri sur l'exposition. La finesse de ses critiques, la justesse de ses analyses et le mordant de ses jugements rappelaient par leur chaleur les propos fulgurants d'Alexandre Lenoir.

– Cette exposition est un fourre-tout, disait-il. Tous les types, toutes les formes, tous les genres se mêlent dans le désordre. Faute d'une direction dans les formes, on les mélange, on triture les styles des siècles passés, on fait côtoyer les noyers sculptés et les capitons, le Louis XV et le Renaissance. Et maintenant les copies de Louis XVI depuis qu'Eugénie s'est entichée du Trianon...

– Tu as raison, répondait Bertrand. Notre époque n'a pas été capable d'enfanter un style, elle copie quelquefois bien, quelquefois mal, mais c'est la faute à qui? Pas aux ébénistes qui ont végété des années sans commandes. Peut-être aux marchands. Ou à la machine. Mais vous les architectes, les dessinateurs, les ornemanistes comme on vous appelait jadis, qu'avez-vous inventé? Fontaine était conscient de cette impuissance!

– Bien sûr mais regardez : il a fallu, mon cher beau-père, que j'insiste pour que vous acceptiez le projet de bibliothèque qui n'est pas génial mais qui a le mérite de ne copier personne. Vous auriez préféré mettre vos gouges dans un beau gâteau Renaissance. Comme Pierre Ribaillier avec son buffet-étagère qui attire tous les regards et qui, paraît-il, serait déjà acheté par l'empereur. Vous l'avez vu? C'est pour moi un pandémonium, une illustration de l'enfer où se retrouvent pêle-mêle les figures des quatre parties du monde auxquelles on a joint un échantillon de leur flore. Ajoutez une frise d'enfants personnifiant les quatre éléments, le tout flanqué de deux statues représentant des oiseleurs. En cherchant bien, on y trouve encore plusieurs centaines de figures censées être les personnages illustres de l'Humanité, de l'origine à nos jours. Quel chef-d'œuvre! Cela me rend malade!

De toutes ces tendances disparates devait tout de même émerger sinon un style du moins une mode, celle qui reflétait le mieux les goûts d'Eugénie de Montijo. L'impératrice s'était prise de passion pour l'époque de Marie-Antoinette. Elle avait fait vider le Garde-meuble et même le musée du Louvre des chefs-d'œuvre d'Œben, de Benemann, de Riesener, de Molitor qui s'y trouvaient encore, pour les faire transporter aux Tuileries, à Saint-Cloud, à Compiègne. Enfin, c'est tout à son honneur, elle ne se contentait pas des reliques de Versailles et commandait aux meilleurs ébénistes des copies qu'elle mêlait, selon son humeur et son goût, aux pièces authentiques et à tous les poufs confortables, crapauds et chauffeuses capitonnés.

Cette mode de la disparité qui faisait fureur dans le vêtement comme dans l'ameublement se reflétait dans la vie de tous les jours. Paris vivait dans une atmosphère bizarre, ballotté entre les nouvelles du siège de Sébastopol qui s'éternisait, les inaugurations de voies ouvertes à la circulation, les fêtes données dans le cadre de l'exposition, dont la plus somptueuse fut la réception de la reine d'Angleterre, et les manifestations de bienfaisance au profit des pauvres.

La prospérité de la bourgeoisie, les Valfroy en profitaient. Tandis que des milliers de visiteurs, chaque jour, écarquillaient leurs yeux devant les merveilles du palais de l'Industrie, l'atelier de la rue du Chemin-Vert n'arrivait pas à fabriquer tous les meubles que Louise et Elisabeth vendaient dans le magasin de *L'Enfant à l'oiseau*. Les emprunts contractés étaient depuis longtemps remboursés. Sans s'en rendre bien compte, les Valfroy et les Caumont s'enrichissaient. C'était un état auquel la vieille famille du bois n'était pas habituée. Il fallait remonter, à travers des récits cent fois répétés, à la grande période de Riesener, l'ébéniste de la reine, pour retrouver le souvenir d'une pareille aisance. On s'était tant battu pour vivre que la richesse soudaine devenait une sorte d'intruse à laquelle il fallait s'habituer. Louise, heureusement, conservait sa sérénité :

— Croyez-moi, disait-elle, il est plus facile de s'adapter à l'abondance qu'à la pénurie. Le tout est de savoir employer son argent avec intelligence. Comme nous n'avons ni les uns ni les autres des goûts de luxe effrénés, il faut faire comme Grohé, comme Fourdinois, comme Balny : acheter notre maison. Pour y travailler et peut-être ensuite pour y loger.

— Et quitter la place d'Aligre? demanda Bertrand.

— Pourquoi pas? Si c'est pour être mieux!

Comme toujours lorsqu'elle avançait une proposition, Louise avait une idée derrière la tête. Bertrand le savait :

— Qu'est-ce que c'est que cette histoire de maison? lui demanda-t-il le soir en se couchant. Tu n'as pas lancé cette phrase en l'air sans penser à quelque chose de précis. Avoue-moi tout.

— Tu commences à me connaître, mon chéri! Figure-toi qu'hier, lorsque j'ai été porter le montant du loyer à M. de Montreux, celui-ci a tenu à m'offrir une tasse de chocolat.

— C'est gentil. Que te voulait-il?

— Il m'a questionnée sur toi, sur les Caumont, m'a demandé comment marchaient nos affaires, si nous nous sentions bien dans sa maison, pour quels clients nous travaillions... Je me demandais bien où il voulait en venir. Finalement il m'a laissé entendre qu'il souhaite vendre son immeuble et qu'il serait ravi que nous soyons les acheteurs. Il aime le bois et les beaux meubles, que veux-tu!

— N'est-ce pas un bien gros morceau pour nous?

– Si! Mais on doit pouvoir le digérer. Il nous consentira tous les crédits que nous voudrons.

– Nous endetter à nouveau?

– Pas tellement, tu ne sais même pas combien nous avons à la banque. Presque de quoi payer l'immeuble! Nous emprunterons pour nous installer. Les tisserands doivent bientôt partir, nous pourrions utiliser le deuxième et le troisième étage pour nous loger et consacrer le premier à un agrandissement de l'atelier et à un magasin d'exposition.

– Et qu'est-ce que nous ferons de la place d'Aligre?

– Nous vendrons ou nous louerons. Tiens, Tarabiscot qui va se marier cherche un logement...

– C'est à voir... Tu sais à quoi je pense? Cela ne me déplairait pas d'avoir un appartement aussi bien que celui des Fradier!

C'était là plus qu'il n'en fallait pour occuper la famille. On s'intéressait pourtant aussi, place d'Aligre, comme partout, à la prise de Sébastopol. Depuis le temps qu'on l'annonçait pour le lendemain, personne n'y croyait plus et cette victoire des Alliés, la première depuis la prise de l'Alma, fut ressentie comme un grand soulagement et fêtée comme il convenait. On n'avait pas rentré les drapeaux que le roi de Sardaigne et son Premier ministre Cavour arrivaient à Paris. Ils étaient les derniers visiteurs illustres de l'Exposition universelle qui allait fermer ses portes. La cérémonie de la distribution des récompenses était fixée au 15 novembre. Une attente anxieuse commençait pour les exposants[1].

Les Valfroy, eux, ne se faisaient guère de souci. « Une médaille serait la bienvenue, disait Bertrand, mais si nous n'en avons pas on s'en passera très

1. 9 500 exposants français, 10 500 étrangers.

bien. Ce n'est pas comme en 44 où le sort de l'entreprise dépendait un peu de cette breloque. » En attendant, il emmenait Louise souper chez *Bonvalet* ou chez *Tortoni*. Un soir ils allèrent comme de nombreux Parisiens faire la queue devant le théâtre des Bouffes-Parisiens, ouvert récemment par un bonhomme dont la silhouette mince et le lorgnon commençaient à intéresser les caricaturistes. C'était Jacques Offenbach qui avait quitté l'orchestre de la Comédie-Française dont il était chef et violoncelliste, pour jouer ses propres œuvres. Celui qui allait être l'infatigable pourvoyeur des scènes parisiennes durant vingt-cinq ans commençait son difficile métier de distraire les hommes et, s'il n'était pas encore célèbre, il remplissait chaque soir son petit théâtre.

Deux jours avant la cérémonie, les jurys rendirent publique la longue liste des récompenses attribuées dans chacune des sections aux exposants les plus remarqués. C'est Loyeux, le président des marchands ébénistes qui vint prévenir Bertrand : la marque Valfroy-Caumont allait se voir décerner une médaille de première classe!

Les Valfroy n'avaient jamais pensé recevoir une médaille d'or ou d'argent. Leur participation avait été modeste en regard de celle des autres concurrents et une simple mention les eût contentés. Ils avaient une médaille, c'était le bonheur! On commença de fêter l'événement à l'atelier comme il se devait. L'apprenti et Tarabiscot furent chargés d'aller acheter dix bouteillesde chablis au *Café des Beaux-Arts,* boulevard Beaumarchais, tandis que Millot, le dernier compagnon embauché, un as du vernis qui aurait fait briller comme un miroir la plus pourrie des planches de sapin, était parti chercher une miche de pain et deux kilos de petit salé cuit chez le traiteur de la rue Saint-Gilles. Ces fêtes d'atelier dont l'origine remontait aux premiers âges du faubourg du bois continuaient de marquer les événements importants de la famille ouvrière. Souvent impromptues, elles permettaient au patron de manifester son amitié et sa reconnaissance aux compagnons.

En attendant le retour des pourvoyeurs, on avait fait place nette sur trois établis recouverts de toilettes[1] en guise de nappes et le père Glandu, un ancien qui prétendait avoir participé à la campagne de France avec le « vrai Napoléon », avait sorti son clairon du placard où il était rangé, enveloppé dans des vieux journaux. Le clairon de Glandu était célèbre dans tout le Faubourg. On l'avait entendu derrière toutes les barricades, il avait sonné le départ des trois derniers Bourbons et la *Marche des grenadiers* indiquait depuis longtemps l'heure des chansons dans les fêtes de l'atelier où Glandu travaillait.

Libations, chants, sonneries de trompette, la médaille fut dignement fêtée dans les copeaux avant même d'avoir été solennellement décernée dans l'enceinte de l'exposition. Deux jours plus tard, 10 000 personnes se pressaient dans les tribunes et sur les gradins d'un gigantesque amphithéâtre qui occupait tout le palais de l'Industrie, pour assister à la cérémonie des récompenses qui clôturait l'Exposition universelle.

Les costumes étrangers mêlés aux uniformes des grands corps français donnaient à cette multitude l'aspect cosmopolite sous le signe duquel s'était déroulée la grande confrontation des arts et de l'industrie. Jamais l'alliance des nations n'avait été aussi bien figurée. Ce 15 novembre 1855, tous les peuples étaient frères dans le brouhaha des langues et le mélange des bannières nationales.

La famille Valfroy, comme celle des autres exposants, était au grand complet. Malgré une bronchite

---

1. Carrés de toile résistante, généralement verte, qui servaient à envelopper les pièces de bois travaillées durant leur transport. Utilisés aussi par les blanchisseuses pour livrer le linge.

qui le fatiguait, Emmanuel Caumont avait tenu à venir recevoir une médaille qui, disait-il, « enrubannait la fin de sa vie ». Bertrand, pour la circonstance, avait abandonné son large pantalon de velours serré aux chevilles et sa veste de poète, Louise s'était fait habiller de neuf chez Vanthust et Elisabeth avait osé s'aventurer dans la cohue vêtue d'une demi-crinoline. Antoinette-Emilie était aussi très élégante.

A dix heures, tout le monde s'installa, sauf Bertrand et Emmanuel qui prirent place dans la tribune réservée aux lauréats. Auguste Fradier n'y figurait pas. Les meubles qu'il avait présentés n'avaient pas retenu l'attention du jury, ce qui était injuste car d'autres maisons dont les productions ne valaient pas les siennes se trouvaient récompensées. Cette éviction du palmarès avait créé un léger malaise, vite dissipé, entre les Valfroy et le père Fradier un peu vexé de se voir supplanté par la famille d'Elisabeth. Louise, heureusement, avait su calmer cette égratignure d'orgueil en soulignant la part capitale de Jean-Henri dans la création de la bibliothèque :

— Sans votre fils nous n'aurions sans doute pas obtenu de récompense. Bertrand ne cesse de dire qu'il a du génie. Il a aussi dessiné les superbes meubles que vous avez présentés, ce qui montre combien ce genre de manifestation est une loterie.

Jean-Henri était présent sur les gradins, mais ses parents, c'était compréhensible, avaient préféré s'abstenir. Le jeune homme prenait l'événement avec philosophie, riant même de la déconvenue de son père :

— Quand je serai patron, j'aimerai peut-être les médailles mais maintenant je m'en moque. Encore que je suis bien content de vous avoir aidé à obtenir la vôtre. Cela réchauffe le cœur!

On avait bien besoin d'être réchauffé. Pendant l'entrée du public les portes avaient laissé passer un brouillard glacial sous la verrière et l'on enviait ceux qui avaient pris la précaution de se couvrir de fourrures et de manteaux épais. A midi, heureusement, un rayon de soleil réchauffa l'atmosphère. C'était l'heure où l'empereur faisait son entrée. Napoléon, accueilli par son cousin Plonplon, prononça un beau discours et l'on passa tout de suite à la remise des récompenses.

Chaque lauréat, lorsqu'il était appelé, se présentait sur l'estrade, précédé d'un porte-bannière. Le prince impérial Plonplon tendait les médailles et diplômes à l'empereur qui les décernait lui-même. Ce manège devint vite monotone et la foule commença à bouger, à s'interpeller, à bavarder. Quelques officiels essayaient bien, par de grands gestes, de rétablir le silence mais comment faire taire aussi longtemps une foule qui s'ennuyait?

Le tour de Valfroy-Caumont arriva et Bertrand poussa Emmanuel vers le prince :

– Va, c'est à toi que revient l'honneur de recevoir la médaille.

Le bon Emmanuel s'avança et se vit gratifier de félicitations qui pour être impériales n'en étaient pas moins banales. Il prit l'écrin de carton bouilli que lui tendait l'empereur tandis que Bertrand recevait le diplôme qui portait, tracés d'une belle écriture, les attendus de la distinction.

Il ne peut en prendre connaissance qu'un peu plus tard, lorsqu'il fut revenu à sa place. Dans un style ampoulé qui fit sourire Bertrand, le jury exposait, c'était bien son tour, les raisons qui avaient motivé la récompense :

MM. Valfroy et Caumont ont montré en exposant une bibliothèque d'une sobre élégance, en bois d'ébène sculpté et décoré d'émaux, qu'ils maintenaient l'ancienne et glorieuse maison L'Enfant à l'oiseau *dans la noble tradition des grands maîtres de l'ébénisterie française. Ils ont prouvé qu'ils ne veulent céder en rien à leurs plus illustres rivaux. Leur exécution est du plus grand mérite. Le jury leur décerne une médaille de première classe.*

– Ouf! s'écria Bertrand. Voilà des compliments qui, dans un beau cadre, impressionneront je l'espère nos clients hésitants!

L'année se termina, hélas! par une grande tristesse, la mort de Mme de Girardin. L'annonce de la disparition de Delphine avait plongé Bertrand dans l'affliction. Elle s'était éteinte dans cet hôtel des Champs-Élysées qu'elle avait tant aimé et dont elle avait fait le grand rendez-vous des lettres, des arts et de la politique, entourée d'Émile, fou de douleur, du Dr Cabarrus son ami fidèle et d'Alexandre, le fils de son mari qu'elle avait adopté en 1844. La veille de son décès, Lamartine et George Sand étaient à son chevet. Avec elle, Paris et la France perdaient une intelligence, un talent singulier et un sourire qui avait éclairé toute une génération[1].

Bertrand et Louise assistèrent aux obsèques où se pressaient en pleurant tous ceux qui l'avaient aimée, personnages célèbres ou non qui se retrouvaient sans s'être concertés autour du cercueil. Emile conduisait le deuil, il avait voulu pour la femme de sa vie le tombeau le plus simple, une dalle de marbre blanc avec une croix pour simple ornement.

– Ce qu'elle a fait pour moi, dit Bertrand à Louise, elle l'a fait pour bien d'autres, jamais je ne l'oublierai...

Le 29 décembre tout le Faubourg était en émoi. Les troupes de ligne et de la garde revenaient de Crimée. Dès l'aube, malgré le froid, les alentours de la gare de Lyon étaient noirs de monde, comme la place de la Bastille où l'empereur devait recevoir les

1. A cinquante et un ans, Delphine a succombé à un cancer de l'estomac.

rescapés de la lointaine et meurtrière expédition.

Dans la gare même, dès l'arrivée des trains, le maréchal Magnan et son état-major faisaient ranger les troupes dans l'ordre du défilé qui devait les conduire jusqu'à la place Vendôme où l'impératrice les accueillerait à une fenêtre du ministère de la Justice. Tous les soldats étaient en tenue de campagne, sac au dos, les officiers des régiments de ligne portant les bottes montantes adoptées durant le siège. Le petit Louis qui était venu accompagné par son père, s'apitoya devant les blessés qui ouvraient la marche et dont les pansements à la tête ou aux bras attestaient les rigueurs de la guerre :

— Les pauvres! dit-il. Et combien de soldats sont morts là-bas?

— Beaucoup, des milliers mais les autorités ne donnent pas de chiffre!

La vue des uniformes usés, déchirés, des drapeaux criblés de balles, les visages brûlés de soleil et fatigués des soldats suscitaient la plus vive émotion. Des femmes leur jetaient des fleurs ou leur mouchoir qu'ils attrapaient au vol en souriant, des enfants se joignaient à eux dans les rangs. Les zouaves de la garde, reconnaissables à leur pantalon et à leur chéchia, étaient les plus applaudis. Il se dégageait de ce spectacle ponctué par le bruit des souliers cloutés et les ovations un sentiment de grande pitié qui l'emportait sur la jubilation cocardière. Louis ne s'y trompa pas.

— Quelle différence, remarqua-t-il, avec les défilés des troupes qu'on voit sortir, musique en tête, de la caserne Reuilly! Ces soldats-là sont des malheureux!

— C'est qu'ils viennent de l'enfer, mon garçon. Ils ont vu mourir trop de leurs compagnons.

— On était forcé d'aller faire la guerre aussi loin?

— Je ne crois pas mais, tu sais, quand on s'appelle

Napoléon et qu'on a une belle armée à sa disposition, le désir doit être grand de l'envoyer gagner des
batailles.

– Oui, mais le grand Napoléon il allait avec ses
soldats sur les champs de bataille. On nous a même
appris à l'école qu'il avait été jusqu'en Russie. Le
nôtre, il est resté à Paris!

Jean regarda son fils avec un certain contentement :

– Tu as raison, tu sais voir les choses au-delà des
apparences. Garde et cultive cet esprit critique qui
n'est somme toute que l'intelligence.

Intelligent, Petit-Louis l'était. Au collège Charlemagne, rue Saint-Antoine, il était l'un des meilleurs
de sa classe. Premier en latin et en grammaire il
avait, à douze ans, lu une grande partie de la
bibliothèque de Bertrand et Louise. Il aimait parler
de poésie avec son oncle qui venait de lui prêter
La Bohème galante, le dernier livre de Gérard de
Nerval, cet écrivain famélique qu'on avait retrouvé
pendu, au début de l'année, à une grille de la rue de
la Vieille-Lanterne, tout près du Châtelet. Cette
précocité étonnait ses professeurs et passionnait Bertrand et Louise, les seuls de la famille à pouvoir
répondre à la soif de connaissances du jeune garçon :
« Jusqu'où ira Louis? se demandaient-ils. Pas question d'en faire un ébéniste, il va falloir l'aider à
trouver sa voie. »

En attendant ils emmenaient souvent le garçon en
promenade le dimanche. Comme Paris se transformait sans arrêt, il y avait toujours quelque chose de
nouveau à découvrir. C'était le pont aux arches de
pierre blanche jeté entre la colline de Chaillot et la
rive gauche et auquel on avait donné le nom de pont
de l'Alma en l'honneur de la victoire de 1854. Plus
que le pont lui-même, c'étaient les quatre statues
représentant les soldats des diverses armes qui
avaient pris part à la bataille qu'on venait admirer,
en particulier celle du zouave, œuvre du sculpteur

Dieboldt[1]. Un autre dimanche, Louise et Bertrand conduisaient Louis au musée du Louvre. Ils l'avaient aussi emmené voir le cousin Eugène Delacroix dans son atelier. Le peintre avait été surpris par la maturité de l'enfant et l'intelligence des questions qu'il lui avait posées sur le tableau auquel il travaillait : *Hamlet et Polonius*. Heureux de retrouver Louise et Bertrand, il les avait emmenés voir l'exposition de son ami Courbet, avenue Montaigne.

– Vous allez voir deux œuvres superbes refusées par le jury du Salon : *L'Enterrement à Ornans* et *L'Atelier*. L'exposition privée de Courbet montre comme s'il en était encore besoin, la façon scandaleuse dont les œuvres sont sélectionnées.

Delacroix paya les dix sous d'entrée pour chacun et s'arrêta devant *L'Atelier* :

– C'est la troisième fois que je viens et j'ai du mal à m'arracher de cette vue. Regardez comme les plans sont bien entendus. Il y a de l'air et des parties d'une exécution considérable : les hanches, la cuisse du modèle nu et sa gorge... On a refusé là un des ouvrages les plus singuliers de ce temps; mais Courbet n'est pas un gaillard à se décourager pour si peu! Cela dit, mes amis, je vous quitte, je suis attendu à dîner avec Mercey[2] et Mérimée. Ils pensent comme moi de Courbet mais je vais discuter ferme avec le second : il n'aime pas Michel-Ange!

Ce soir-là, Louis qui rentrait avec un petit croquis à la plume que lui avait offert Delacroix annonça qu'il voulait être artiste peintre. Comme il avait déjà dit qu'il souhaitait devenir un écrivain, un ingénieur pour construire des locomotives et un homme politique pour pouvoir prononcer au Sénat un discours

1. Le zouave du pont de l'Alma, statue légendaire et populaire, bravera toutes les crues de la Seine dont il servira à mesurer l'ampleur. Il survivra même à la reconstruction du pont.
2. Peintre et écrivain, ami de Delacroix.

terrible contre le ministère, on sourit sans faire attention.

1856 devait s'affirmer comme une année d'importance pour la famille Valfroy qui, maintenant, représentait assez bien cette classe d'une nouvelle bourgeoisie dont la prospérité s'épanouissait sous la protection de l'aigle impériale. L'acte d'achat de l'immeuble de la rue du Chemin-Vert avait été signé chez le notaire et l'on n'attendait plus que le départ du tisserand pour quitter la place d'Aligre et s'installer dans le confort.

Emmanuel mourut au début de l'année, dans la dignité et la discrétion qui avaient été siennes sa vie durant. Il ne restait plus que sa femme Lucie, la douce Lucie, pour témoigner d'un âge où son frère Ethis aidé par Emmanuel, bâtissaient les premières fondations de la maison *L'Enfant à l'oiseau* sous l'œil vigilant de la bouillante Antoinette. Abandonner la place d'Aligre ne lui plaisait pas mais puisque la famille allait continuer à demeurer sous le même toit elle se prépara sans trop de regrets au déménagement.

Un fait divers – Bertrand en était friand – intéressa un moment le Faubourg par son étrangeté. M. de Vaulabelle, conservateur du cimetière du Père-Lachaise était bien connu des gens du quartier. Il habitait un hôtel près de la place du Trône et facilitait avec beaucoup d'humanité les démarches de ses voisins dans la peine. Informé que des malfaiteurs s'introduisaient la nuit dans le cimetière, il avait posté des gardiens avec ordre de tirer au premier qui-vive adressé aux pilleurs de tombes. Comme M. de Vaulabelle était d'un naturel perfectionniste, il voulut s'assurer, une nuit, de l'exécution de sa consigne et se dirigea vers le poste de l'un des gardiens, un nommé Dabille. Malheureusement le vent soufflait et l'infortuné conservateur, interpellé par sa sentinelle, n'entendit rien et ne répondit pas à son injonction. Il fit encore deux pas et s'écroula frappé d'une balle en pleine poitrine sur la locomotive de pierre sculptée par Dantan pour rappeler, sur son tombeau, la mort violente de Dumont d'Urville dans la catastrophe du chemin de fer de Versailles en 1842. Puisqu'il était chez lui, on ne ramena pas le corps du brave M. Vaulabelle, mort au champ d'honneur des conservateurs de cimetières. Déposé dans la chapelle du Père-Lachaise, il fut inhumé le surlendemain.

Du côté des Tuileries, l'humeur était plus joyeuse. Le 16 mars, la naissance d'un fils sembla combler tous les vœux de Napoléon. Comme son oncle en 1811, comme Louis-Philippe en 1820 à la naissance du duc de Bordeaux, il eut en comptant, en même temps que la cour et le peuple de Paris, les vingt-deux coups de canon annonciateurs de la divine nouvelle, l'illusion que sa dynastie devenait impérissable. Le petit prince Napoléon-Eugène-Louis-Jean-Josèphe venait au monde au moment où le gouvernement impérial était à l'apogée de sa prospérité et de sa gloire. Il avait le pape pour parrain et la reine de Suède pour marraine... L'empereur pouvait croire à toutes les apparences!

Le quartier du Faubourg était pauvre en églises. En dehors de la vieille paroisse de Sainte-Marguerite toujours debout malgré révolutions et barricades, il fallait aller jusqu'à Saint-Paul, rue Saint-Antoine, pour assister à la messe. C'est pourquoi la bénédiction de la nouvelle église Saint-Eloi, construite rue de Reuilly, constitua un événement considérable. L'architecte Maréchal avait peut-être du goût ou était contraint à la simplicité par raison d'économie, toujours est-il que Saint-Eloi échappa au faux gothique fort prisé à l'époque pour épouser un style roman empreint d'une simplicité de bon aloi.

Quelques jours plus tard, une autre inauguration

retint l'intérêt des gens du bois, celle de la « Maison Eugène-Napoléon », enfin terminée, établissement d'éducation professionnelle pour jeunes filles pauvres construit sur la demande de l'impératrice.

Prompt à déclencher des révolutions, le Faubourg se montra tout aussi empressé à acclamer. Il était chez lui, devant le numéro 262 flambant neuf, pour accueillir avec chaleur l'empereur et l'impératrice. La maison était aménagée pour recevoir 300 élèves de huit à dix ans destinées à y demeurer jusqu'à vingt et un ans, le produit des travaux exécutés par les jeunes filles étant consacré à les doter. L'impératrice Eugénie, déjà très populaire dans le quartier, n'en fut que plus aimée.

Chapitre 7

LE VOYAGE

Le déménagement d'une famille qui avait ses racines plantées place d'Aligre depuis près d'un siècle n'était pas chose facile. Heureusement, la place ne manquait pas rue du Chemin-Vert et les Valfroy s'y installèrent sans trop de peine. Les meubles d'Œben et de Riesener comme les plus récents étaient tassés dans le vieil immeuble. Ils trouvèrent dans la nouvelle maison l'espace qui leur manquait et les mettait en valeur. Chacun découvrait l'agrément de vivre dans un confort ignoré jusqu'alors. « Je retrouve mon château! » dit un jour Louise. Depuis, on n'appela plus la maison de la rue du Chemin-Vert que « le château ».

L'atelier avait aussi bénéficié du changement. La chaudière à vapeur réinstallée dans un local spécial ouvert sur la cour ne gênait plus par son bruit et ses odeurs de charbon les ouvriers qui travaillaient maintenant à l'aise bien que leur nombre se fût accru. Un grand magasin clair et bien aménagé permettait de montrer aux clients de *L'Enfant à l'oiseau* un éventail de modèles qui, faute de place, ne pouvaient être exposés au Faubourg. Bref, chacun trouvait son compte dans l'abandon de la maison Œben et si Lucie retournait souvent place d'Aligre pour y chercher ses souvenirs et bavarder avec ses amies et voisines de toujours, elle revenait sans regrets au « château » où l'absence d'Emmanuel lui semblait moins pénible. Enfin, cela avait aussi son importance, on pouvait recevoir dignement les Fradier dont l'aisance, peut-être trop affichée, avait au début du mariage des enfants assombri les rapports entre les deux familles.

Elisabeth et Jean-Henri semblaient bien s'entendre et ils venaient souvent partager le souper au « château ». Elle, retrouvait avec joie tous les siens et lui, découvrait un peu mieux chaque fois les mérites et les qualités de sa belle-famille. Surtout, il pouvait avoir avec Bertrand et Louise des conversations passionnantes sur des sujets qui n'avaient jamais intéressé ses parents. Il ne se lassait pas d'écouter Bertrand raconter ses aventures du tour de France et Louise celles de sa jeunesse à Ham House. Souvent il demandait à Bertrand de dire quelques poèmes et le pressait de se remettre à écrire. La vie des cousins peintres Léon Riesener et Delacroix le fascinait et Bertrand lui avait promis de l'emmener un soir faire la fête avec eux, en compagnie de Pierret et de ce fantastique M. Auguste qu'il rêvait de connaître.

Un soir où les deux jeunes gens étaient là, Bertrand rapporta un recueil de poèmes qui venait de paraître : *Les Fleurs du mal,* de Charles Baudelaire.

— Tu voudrais que je recommence à aligner des vers mais comment oser écrire après un tel livre! Rappelle-toi, Louise, Delphine de Girardin nous a un peu parlé, le jour où nous sommes allés la voir pour la première fois, de ce jeune homme qui traduisait des nouvelles d'Edgar Poe et venait de publier une plaquette dans laquelle il mettait Delacroix au premier rang des peintres de tous les temps. Pierret dit que c'est le meilleur critique d'art et que sa perspicacité dans ce domaine est infaillible. Eh bien! M. Charles Baudelaire se révèle aujourd'hui comme le meilleur des poètes. Ecoutez plutôt. Louise qui dit si bien les vers va nous réciter *Harmonie du soir*.

Une heure plus tard Louise lisait toujours relayée parfois par Elisabeth. On applaudit *Le Flacon,* on se laissa emporter par *Le Beau Navire :* « Quand tu vas balayant l'air de ta jupe large, tu fais l'effet d'un beau vaisseau qui prend le large... », on cria au chef-d'œuvre à *La Mort des amants* et aux *Femmes damnées.*

– Certaines de ces poésies ne vont-elles pas scandaliser nos tartufes? demanda Antoinette-Emilie, subjuguée elle aussi par la musique baudelairienne.

– C'est déjà fait, répondit Bertrand. Un imbécile nommé Gustave Bourdin a mis le feu aux poudres dans *Le Figaro* et la justice va paraît-il s'emparer de l'affaire malgré un article très élogieux d'Edouard Thierry dans *Le Moniteur.* Je vous conseille, les jeunes, d'acheter dès demain un exemplaire des *Fleurs du mal* car son interdiction me paraît probable.

Paris bougeait, le Faubourg aussi où chaque construction nouvelle prenait l'allure d'un événement. L'ouverture d'une fabrique de cigares par exemple. La manufacture du Gros-Caillou qui fournissait toute la région parisienne en tabac s'avérait incapable malgré, ou plutôt à cause de son moteur à vapeur nouvellement installé, de fabriquer des cigares de qualité supérieure, de plus en plus demandés. C'est pourquoi on avait installé rue de Reuilly, en face de la caserne, une manufacture exclusivement consacrée à la confection des cigares de luxe à partir des feuilles de tabac de la Vuelta abajo, les plus chères du monde[1]. Mais c'est la capitale tout entière qui était bouleversée par une loi qui faisait reculer les limites de Paris jusqu'au pied du glacis fortifié et lui annexait du même coup les communes de Passy, Auteuil, Batignolles-Monceau, Montmartre, la Cha-

1. Plus de 3 000 francs les 100 kilos pour les meilleurs crus.

pelle, la Villette, Belleville, Charonne, Bercy, Vaugirard et Grenelle.

En s'agrandissant, Paris changeait aussi de plan puisque la ville était désormais divisée en vingt arrondissements au lieu de douze précédemment. Ainsi le vieux quartier des artisans du bois se trouvait pour moitié dans le onzième et pour moitié dans le douzième. Mieux, la limite était fixée sur la ligne médiane de la grand-rue, ce qui signifiait que le côté droit du faubourg Saint-Antoine, en allant de la place du Trône à la Bastille, appartenait au XIe arrondissement et le côté gauche au XIIe. Chaque arrondissement portait un nom, Popincourt pour le XIe, Reuilly pour le XIIe, et était partagé en quartiers[1]. En fait, ce changement affectait peu la vie des Parisiens, en particulier ceux des XIe et XIIe arrondissements qui se retrouvaient agrandis d'anciens bourgs depuis longtemps réunis à Paris.

Le temps était passé où le Faubourg, grand village aux limites de la ville, vivait en vase clos. Les nouvelles locales et familiales prenaient alors l'avantage sur les informations plus générales, souvent importantes, qui parvenaient avec un long retard dans les cours et les ateliers. Le développement de la presse et la multiplication des lignes d'omnibus facilitaient la communication. C'est ainsi qu'on sut le soir même, dans les cafés du quartier, qu'un épouvantable attentat avait eu lieu contre l'empereur alors qu'il arrivait à l'Opéra pour assister à une représentation de gala donnée au bénéfice du ténor Massol qui prenait sa retraite.

Les clients attardés chez *Amelot* eurent même le privilège d'un témoignage direct, celui d'un employé au Crédit foncier habitant la rue de Charonne et qui

---

1. Le XIe arrondissement dit de Popincourt comprenait les quartiers de la Folie-Méricourt, Saint-Ambroise, la Roquette et Sainte-Marguerite. Le XIIe dit de Reuilly les quartiers du Bel-Air, Picpus, Bercy et Quinze-Vingts.

se trouvait au nombre des badauds présents devant la façade illuminée de la rue Le Peletier. Il avait fait des heures supplémentaires et, en attendant l'omnibus, profitait d'un spectacle dont les Parisiens ont toujours été friands parce qu'il leur donne l'illusion de participer à la fête des riches. Victor Laney, « le banquier » comme on l'appelait dans le quartier, avait bien besoin, après les scènes atroces auxquelles il avait assisté du remontant que le père Amelot lui offrit :

– Vers huit heures, raconta-t-il, les trois voitures du cortège impérial qui avaient emprunté les Boulevards s'engageaient au petit trot dans la rue Le Peletier, encadrées par une trentaine de lanciers de la garde. Celle de l'empereur et de l'impératrice était la dernière, on la reconnaissait aux officiers qui se tenaient de chaque côté près des portières. Quand elle fut arrivée à hauteur du péristyle de l'Opéra[1], les cris de « Vive l'Empereur » redoublèrent mais furent bientôt étouffés par une formidable explosion suivie de cris déchirants. Des éclats de toutes sortes retombèrent sur nous, tenez, regardez, un morceau de verre m'a fait une estafilade à la main! Deux autres explosions survenues peu après achevèrent de plonger la rue Le Peletier dans un tumulte indescriptible. Tout cela se passait dans l'obscurité car les illuminations s'étaient tout de suite éteintes.

« La première bombe, on l'apprit avant que la police nous fasse dégager la place, était venue s'abattre au milieu du cortège. Les chevaux des lanciers apeurés, privés de cavaliers, galopaient et ruaient dans tous les sens en hennissant, des cris de terreur sortaient de partout, des râles, des gémissements, des supplications retentissaient sous la voûte de l'entrée dont les abords étaient jonchés de cadavres. De nombreuses personnes du public avaient été blessées

1. L'ancien Opéra de la rue Le Peletier.

à mes côtés. Croyez-moi, j'ai eu de la chance de m'en tirer à si bon compte!

– Et l'empereur? demanda un consommateur. Est-il mort?

– Non, d'après ce qu'on a entendu il n'a pas été atteint, ni l'impératrice. Mais il y a de nombreux morts et blessés.

Le lendemain matin, les journaux relataient l'affaire et soulignaient l'exploit de la police qui avait arrêté peu après l'explosion les auteurs de l'attentat. Il s'agissait de Felice Orsini, un révolutionnaire italien plusieurs fois condamné dans son pays pour tentatives de soulèvement et qui reconnut avoir apporté d'Angleterre les bombes qu'il avait bourrées de fulminate. Ses trois complices, Pieri, Rudio et Gomez, étaient aussi emprisonnés. On avait relevé huit morts et cent cinquante blessés dans des mares de sang autour du théâtre.

Un autre événement fut annoncé : l'inauguration du boulevard de Sébastopol qui, en raison de l'importance des démolitions et des travaux que son percement avait occasionnés, était un symbole de l'œuvre d'Haussmann. En fait, une partie de cette voie avait déjà été ouverte par tronçons depuis 1855 mais la dernière jonction reliant la rue Rambuteau au faubourg Saint-Denis permettait maintenant de l'emprunter de la rue de Rivoli jusqu'à la gare du chemin de fer de l'Est.

Une foule considérable se pressait sur tout le parcours dès onze heures du matin le 5 avril 1858. C'était un jour férié, le soleil brillait de son éclat printanier et les habitants de Paris avaient répondu en masse à l'invitation de venir assister à cette consécration de l'urbanisme impérial. Durant les jours précédents, une armée d'ouvriers avaient achevé les derniers travaux de nivellement, macadamisé la chaussée, placé des lampadaires à gaz d'un nouveau modèle et planté de distance en distance de grands mâts pavoisés de banderoles tricolores. L'im-

mense majorité des gens valides du Faubourg s'était
déplacée par familles entières, les Valfroy avaient
eux aussi rejoint la foule qui contemplait la large
trouée faite à travers un dédale de rues tortueuses, la
plupart assombries par les pignons inclinés et les
encorbellements du Moyen Âge, rues hier connues
de tous et dont les noms allaient disparaître des
mémoires. En attendant l'arrivée de l'empereur, à
cheval, et de l'impératrice dans une calèche à la
Daumont, Bertrand essayait, avec sa sœur Antoinette-Émilie, de faire l'inventaire des ruelles détruites : rue de la Savonnerie, rue de la Vieille-Monnaie,
rue des Trois-Maures, rue Salla-au-Comte, la cour
Batave, le passage de Venise...

— Tu as oublié le passage du Cheval-Rouge et
l'enclos de la Trinité, dit Antoinette. Et avec cet
enclos toutes les venelles sordides qui portaient des
noms pompeux : rues des Arts, du Commerce, des
Métiers, des Mécaniques...

— Et la rue de la Laiterie! Tu vois des vaches dans
cet écheveau inextricable!

L'inauguration était prévue pour deux heures et
Rose, la servante, avait préparé pour la famille un
cabas de provisions : tartines au fromage et au
jambon, sablés et fruits qu'on se partagea dans la
bonne humeur, au bord du trottoir gardé tous les dix
mètres par un soldat de la ligne, de la garde impériale ou de la garde nationale. C'était la fête, on
riait, on chantait la marche de Gounod *Vive l'Empereur!* ou *La Chanson de la reine Hortense* devenue un
air populaire.

Louis, tout en participant à la gaieté familiale
regardait d'un œil curieux et critique cette foule
venue acclamer Napoléon III :

— Les hommes sont vraiment des enfants! dit-il
très sérieusement. Ils passent sans transition et sans
se poser de question de la barricade à l'enthousiasme
délirant pour un gouvernement qui les asservit

autant que le précédent. Finalement Badinguet[1] a raison : ils méritent d'être traités comme des moutons!

Bertrand sourit en écoutant son neveu et répondit :

— Ne les juge pas trop vite. Ce que tu dis je l'ai pensé avant toi mais, vois-tu, si le peuple de Paris est cocardier, versatile, imprévisible, il est aussi courageux et ce courage, souvent inutile, lui a coûté si cher qu'il a besoin de se reposer, d'oublier. Ce qu'il applaudit aujourd'hui ce n'est pas tellement Napoléon, c'est la paix civile et une certaine prospérité. Mais un jour viendra sûrement où le bon peuple cessera d'applaudir pour dépaver les belles avenues de M. Haussmann.

— Permets-moi de te faire remarquer qu'elles sont en macadam...

— Oh! il restera toujours assez de pavés dans Paris pour monter une barricade.

— Cela dit, mon oncle, je suis fasciné par les travaux entrepris à Paris. Il faut rendre à Napoléon ce qui appartient à Badinguet : avoir porté les habits d'un maçon a dû donner à l'empereur le goût de construire. Ce qu'il fait avec Haussmann est prodigieux. S'il reste quelque chose de lui ce ne sera pas le souvenir de la bataille de Sébastopol mais le boulevard du même nom. Tu m'as demandé dix fois ce que je voudrais faire plus tard, aujourd'hui j'ai envie d'être un bâtisseur!

Le cortège s'avançait, les maréchaux et les officiers de la maison impériale, en tête de l'état-major que précédaient les cent-gardes et un détachement de lanciers. Lorsque les premiers éléments arrivèrent à hauteur du boulevard Saint-Denis, l'immense vélum

---

1. Nom du maçon dont Louis-Napoléon Bonaparte emprunta l'identité et les vêtements pour s'évader en 1846 du fort de Ham où il était relégué depuis sa tentative manquée de débarquement à Boulogne en 1840. « Badinguet » était devenu le surnom donné par les opposants à l'ancien conspirateur devenu empereur.

qui masquait la voie nouvelle fut tiré comme un rideau de théâtre. Il était tendu entre deux colonnes d'un genre vaguement mauresque, allez savoir pourquoi! dont les piédestaux représentaient les figures allégoriques des arts, des sciences, de l'industrie et du commerce. Louis trouva l'empereur « assez grotesque dans son uniforme » et Eugénie fort belle, mais personne ne put entendre ses commentaires tellement les acclamations étaient fortes au passage du couple impérial. Il est vrai que la vue de Napoléon caracolant autour de la calèche de son épouse était assez inattendue. Déjà la parade ambulante s'estompait vers la gare de l'Est où l'empereur devait recevoir les ministres et le conseil municipal.

Terminée depuis deux ans, la guerre de Crimée laissait, malgré les victoires, de mauvais souvenirs. Trop de familles avaient été touchées. C'est dire que les bruits d'une déclaration de guerre à l'Autriche pour la chasser d'Italie suscitaient plus d'angoisse que d'enthousiasme. Mais l'enthousiasme se fabrique et l'empereur était habile à manier l'opinion. Celle-ci fut informée par petites nouvelles savamment distillées dans la presse. On apprit que Napoléon III avait rencontré secrètement à Plombières Cavour, premier ministre du royaume de Piémont-Sardaigne; puis peu après qu'une intervention française avait été envisagée; puis qu'un traité conclu à Turin engageait la France à une aide militaire moyennant la cession du comté de Nice et de la Savoie. Enfin, le 3 mai, le ministre d'Etat vint annoncer au Sénat que les troupes autrichiennes étaient entrées sur le territoire sarde et que ce fait constituait un cas de guerre.

Dix jours plus tard, l'empereur quittait Paris par la gare de Lyon pour prendre le commandement de l'armée d'Italie. De quoi rêver pour un Bonaparte! Comme pour le retour de Crimée, le quartier du

Faubourg fut couvert de drapeaux et l'on cria « Vive
l'Empereur! » Marches militaires dans la salle des
pas-perdus, serrements de mains et serments de
fidélité, le « petit Napoléon » pouvait monter dans le
train impérial dont la locomotive lançait, au bout du
quai, des flots de fumée patriotique. La guerre était
commencée.

Elle ne dura pas longtemps, d'avril à juin 1859,
mais fut extrêmement meurtrière. 17 000 soldats
français payèrent de leur vie les victoires de Mac-
Mahon à Magenta et à Solférino. Le traité de Zurich
qui mit fin aux combats n'était pas sans avantages
pour la France qui, après un plébiscite, s'enrichissait
comme prévu de la Savoie et du comté de Nice. Le
Milanais revenait au Piémont mais l'Autriche gardait tout de même un pied en Italie en conservant la
Vénétie. Un coup de main sérieux, il est vrai, avait
été donné à l'unité italienne : le royaume du Nord se
constituait autour du Piémont avec la Toscane et
l'Emilie.

La presse souligna que la France avait enfin effacé
l'humiliation de 1815. L'année 1860 s'ouvrait sous
les lauriers, l'empire était à son apogée.

C'est à cette époque que Jean-Henri devint le
collaborateur direct d'Auguste Fradier décidé à
prendre au plus tôt sa retraite. Le moment était
arrivé pour le fils formé aux connaissances artistiques les plus diverses et au dessin dans ses formes les
plus variées, de succéder au père, pur manuel qui
avait gravi, grâce à son talent et à son courage, tous
les échelons du métier jusqu'à devenir l'un des
meilleurs ébénistes d'art de Paris.

— Cette responsabilité me fait peur, avait dit Jean-
Henri à Louise qu'il prenait volontiers pour confi-
dente. J'ai certes appris beaucoup au cours de ces
dernières années mais la vie d'atelier m'est devenue
étrangère. Imaginer des formes, concevoir des meubles, les dessiner comme on les voit parachevés est
une chose. Mener à bien leur construction, assurer

leur finition, diriger des ouvriers dont la compétence est reconnue en est une autre. Mon père est parti de l'outil, moi de la théorie. Arriverai-je à son niveau?

Louise l'avait rassuré :

– Vous le dépasserez. Certes vous ne pourrez pas aider Fossey[1] à finir à la gouge un travail difficile, mais vous lui fournirez des dessins nouveaux sur lesquels il pourra exercer son talent. Et puis, vous avez naturellement ce qu'Auguste a dû apprendre sans toujours y réussir : cette capacité de paraître partout à l'aise, de mettre en valeur votre production et même, disons le mot, de la vendre. Ce sont ces possibilités qui m'ont permis de sauver notre atelier. Les vôtres sont cent fois plus éclatantes. Ne vous faites aucun souci.

Des idées, Jean-Henri en avait plein la tête mais il se garda bien de les appliquer tant que son père était encore là. Il se contenta sagement d'apprendre comment fonctionnait une fabrique de meubles, comment utiliser les machines sans nuire à la qualité, comment choisir les bois que l'on devait transformer en objets d'art...

Un jour, il arriva rue du Chemin-Vert et dit à Bertrand :

– Voulez-vous m'aider à faire une expérience? Il s'agit d'une technique nouvelle d'incrustation dont j'ai eu l'idée. Je préfère réaliser cet essai avec vous car mon père n'est pas favorable aux innovations. Mais il va falloir que vous teniez l'outil car je suis incapable de concrétiser mon idée. Voilà ma tare, je ne suis pas un bon ébéniste.

– Tout ce que tu veux, mon garçon, viens dans mon bureau, puisque maintenant j'ai un bureau, et explique ce que tu attends de moi. Après, nous passerons à l'établi.

1. Fossey : l'un des plus célèbres sculpteurs sur bois du XIXᵉ siècle.

– Vous savez que nous sommes réputés dans le
domaine de la décoration polychrome, à juste titre
d'ailleurs car le père s'y connaît mieux que personne
pour utiliser et mettre en valeur les bois de couleur.
Eh bien, au lieu de les traiter par placage, j'ai pensé
qu'on pouvait utiliser un autre système de marqueterie en les incrustant en plein dans un fond qu'ils
traverseront. On doit pouvoir ainsi obtenir des blocs
composés que l'on pourra travailler comme s'il
s'agissait d'une pièce de bois massif ordinaire. Le
sculpteur, par exemple, pourra fouiller à sa guise ce
bloc fait d'essences diverses. Rien n'empêche d'ailleurs d'incruster à plein des morceaux d'ivoire, d'ar-
doises ou autres... Qu'en dites-vous?

Bertrand avait écouté son gendre avec attention. Il
hocha la tête en signe d'assentiment et dit :

– Tu sais, tu recoupes l'idée première de Boulle
que la technique du placage a fait un peu oublier. La
référence est flatteuse. Allons voir si ton idée est
réaliste.

Bertrand s'était réservé un établi sur lequel il ne
travaillait plus guère mais qui lui permettait de
prêter la main à un compagnon en cas de besoin.

– Sur quoi allons-nous essayer? Ce n'est pas la
peine d'aller chercher un bois dur, difficile à pénétrer. Tiens, ce panneau de tilleul doit faire l'affaire.

– Parfait, prenons du tilleul. Je vais l'aplanir au
rabot et je dessinerai dessus un motif quelconque
que nous essaierons de traiter à ma façon. Avez-vous
des tombées de bois de citronnier, d'amarante, de
palissandre ou autres?

Jean avait délaissé le pied d'un canapé qu'il était
en train de sculpter pour rejoindre Jean-Henri et
Bertrand. Lui aussi était intéressé par l'expérience. Il
aida à chantourner le panneau selon le dessin tracé,
un papillon que le jeune homme avait tracé d'un
geste vif et assuré, puis comme il était le plus habile,
il prépara les morceaux de bois à incruster qui, une
fois glissés dans leurs alvéoles encollés, donnaient

des couleurs au panneau, comme l'auraient fait les touches de pinceau d'un peintre.

Il ne restait plus qu'à niveler la surface au rabot, réglé très finement, et à le poncer. Les trois hommes, penchés sur l'établi comme des chimistes sur leurs cornues, attendaient le résultat.

– Je crois que c'est bon, dit enfin Jean-Henri. Croyez-vous que le procédé peut être utilisé couramment?

– Attends, je vais donner une forme en ronde bosse à ton papillon. On va voir comment la gouge pénètre dans ce pâté de bois et l'effet que cela produit.

L'effet était indiscutablement agréable.

– Mon cher Jean-Henri, je crois que tu as eu une fameuse idée! dit Bertrand. Si tu me le permets, en attendant que tu puisses faire ce que tu veux chez papa Fradier, j'utiliserai ton système dès qu'une commande le permettra. Maintenant allons fêter l'événement au *Café des Artistes.* Je vous offre une carafe de bourgogne. Je sais qu'il est tard et que les femmes vont rouspéter mais tant pis! Ce n'est pas tous les jours qu'on innove dans notre fichu métier!

La construction et l'inauguration de la gare du chemin de fer de Vincennes occupa fort les gens du Faubourg, davantage que la gare de Lyon pourtant plus importante mais bâtie l'année précédente sur les champs de Bercy, à la limite du vieux quartier du bois. La nouvelle gare, destinée à desservir Vincennes, Joinville, Saint-Maur et La Varenne-Saint-Hilaire, s'élevait, elle, à la Bastille, à quelques pas de la colonne de Juillet, sur l'ancien emplacement de la cour de la Juiverie. C'était l'un des plus anciens vestiges du Faubourg de Boulle qui disparaissait, mais il laissait la place à un beau bâtiment blanc, l'embarcadère de Vincennes qui promettait aux Parisiens, et en premier lieu aux habitants du quartier, des escapades dominicales faciles sous les ombrages du bois ou dans les guinguettes des bords de la Marne.

« Démolition, construction, inauguration » semblait être à Paris la devise du régime impérial au sommet de sa gloire : les morts d'Italie oubliés il ne restait que les victoires et la France agrandie de deux superbes provinces. Le Faubourg partageait dans sa grande majorité ce sentiment confortable d'appartenir à une nation qui avait retrouvé son prestige. Il restait bien sûr des pauvres qui ne savaient ramasser que les miettes du grand festin bourgeois mais, comme disaient les chroniqueurs du *Moniteur,* ils étaient, Dieu merci, aidés. C'est vrai qu'on ne mourait pas de faim à Paris en 1860, pas tout à fait; car le drame de la misère urbaine était ressenti comme un échec de la société libérale, non seulement par le pouvoir mais aussi par beaucoup de ceux qui profitaient de l'état de grâce économique de l'empire. L'action gouvernementale était ainsi complétée par de nombreuses initiatives individuelles en faveur des pauvres et des personnes en difficulté. La charité était devenue en quelque sorte un devoir d'Etat. Même si elle était autant motivée par le désir de maintenir l'ordre social que par celui d'aider les malheureux, elle permettait aux plus déshérités de survivre.

Les premiers trains à peine échappés de la gare de la Bastille, on parlait d'autres démolitions du côté des rues d'Angoulême, de Crussol, de Ménilmontant, des Amandiers. Au bout de la rue du Chemin-Vert, les pioches abattaient des maisons, comme dans la rue de Charonne et la rue de la Roquette. Il s'agissait d'une grande percée, avant tout stratégique, devant relier la place du Trône au début des

Boulevards[1]. C'était une grande affaire. Malgré le nombre des ouvriers employés sur le chantier les travaux n'en finissaient pas; on protestait jusqu'à la rue de Montreuil contre le bruit et les nuages de poussière.

L'annonce de la construction d'un nouvel opéra pour remplacer celui de la rue Le Peletier intéressa moins le quartier que celle de l'église Saint-Ambroise dont les fondations étaient déjà creusées sur le parcours du prochain boulevard du Prince-Eugène. Après avoir été réduit durant des siècles à la seule paroisse de Sainte-Marguerite, le Faubourg se voyait donc doté, avec Saint-Eloi, de deux nouvelles églises.

L'année 1862 s'ouvrit sous de moins bons auspices. Les projets financiers et les nouveaux impôts annoncés par M. Fould, le ministre des Finances, semaient l'inquiétude chez les petits rentiers. Le souffle de la prospérité qui avait permis à l'empire de vivre douillettement se muait progressivement en orage : la crise touchait les industries les unes après les autres et le nombre des sans-travail ne cessait d'augmenter. Suivant la version officielle, la guerre civile des Etats-Unis était la seule cause du malaise économique dont souffrait la France. Les opposants au gouvernement affirmaient, eux, que c'étaient les traités de libre-échange conclus avec l'étranger qui ruinaient les usines et vidaient les ateliers.

Le quartier du bois ne semblait pas heureusement devoir souffrir de ce malaise. Ses clients étaient les bourgeois qui avaient gagné beaucoup d'argent et ne ressentaient que faiblement les effets de la récession. Quant aux grandes maisons de meubles dont la renommée s'était affirmée durant la décennie, elles

1. Les travaux dureront trois ans avant l'inauguration par l'empereur et l'impératrice le 7 décembre 1862 du boulevard du Prince-Eugène. Cette voie deviendra le boulevard Voltaire en 1870.

travaillaient pour les grandes familles fortunées et pour le Mobilier impérial. Seuls les petits « choutiers » du Faubourg commençaient à craindre le spectre du chômage qui avait cessé depuis longtemps d'être pour eux une obsession.

Paris n'était pas seul touché. Jean-Henri qui avait fait un voyage à Lyon pour acheter des étoffes destinées à garnir des sièges commandés par le duc de Morny, revint préoccupé :

– Faute de débouchés à l'étranger les soyeux ont presque tous interrompu leurs fabrications. On m'a dit que les hauts fourneaux de la région du Nord s'éteignaient et que les ouvriers de la Seine-Inférieure sont au chômage depuis que le coton n'arrive plus du Nouveau Monde. Dieu soit loué, j'ai trouvé mon tissu mais cela est bien inquiétant !

En fait, pour la première fois depuis la proclamation de l'empire, les rues parisiennes risquaient de perdre cette parfaite tranquillité, cette paix civile que les thuriféraires du nouveau régime ne cessaient de comparer aux émeutes presque quotidiennes qui avaient marqué les années du gouvernement de Juillet. Les premiers troubles se manifestèrent, suivant la coutume, dans le quartier des écoles. Il ne s'agissait pas d'un chahut d'écoliers mais d'une protestation de l'élite de la nation contre une décision de l'empereur qui suscitait, jusque chez les membres du Corps législatif, une opposition véhémente. L'empereur venait en effet de couvrir d'honneurs le général Cousin-Montauban, promu comte de Palikao, nom d'un village chinois dont la prise lui avait ouvert ainsi qu'aux troupes anglaises, mais au prix de massacres horribles, les portes de Pékin. L'indignation de voir récompensé celui qui avait commandé le sac du Palais d'Été n'était pas la seule cause des désordres au quartier Latin. De sourds mécontentements couvaient depuis la campagne d'Italie. Les catholiques ne pardonnaient pas à Napoléon III d'avoir aidé les Piémontais à mettre en danger le pouvoir temporel du pape et à spolier le Saint-Siège. A toutes ces raisons de mécontentement s'en ajoutait une autre : l'interdiction du cours d'Ernest Renan au Collège de France mettait les étudiants en colère.

Paris, qui s'était désintéressé durant de longues années des débats parlementaires et de la politique en général, recommençait à suivre dans la presse les joutes oratoires engagées au Corps législatif. La capitale semblait se réveiller de la somnolence sociale où l'avait plongée le nouveau régime. Après avoir joui de la paix elle reprenait goût à la contestation, à la controverse, à l'échange d'idées.

La vie littéraire n'était pas moins intense que la vie politique. Les œuvres majeures se suivaient en librairie. *Salammbô* de Gustave Flaubert avait obtenu dès sa mise en vente un succès considérable. Deux mille volumes enlevés en deux jours, il avait fallu attendre une réimpression pour que Bertrand puisse rapporter un exemplaire à Louise, impatiente de découvrir la fabuleuse histoire de Matho l'esclave libyen et de la fille d'Hamilcar. Le public était enthousiaste mais les critiques rechignaient, comme il arrive souvent devant un triomphe populaire. Le genre les étonnait, ils accusaient Flaubert de s'être fourvoyé dans l'Histoire, trahie par de coupables inexactitudes. Sainte-Beuve lui-même n'avait pas été tendre dans trois articles du *Constitutionnel*. Flaubert répondit point par point à ces critiques, aidé par Théophile Gautier, fidèle défenseur de l'œuvre.

Admiration et colère pour *Salammbô,* des louanges pour *Les Misérables*. L'éditeur Lacroix avait garanti et payé 300 000 francs de droits, somme énorme, à Victor Hugo toujours en exil volontaire à Guernesey, pour son œuvre commencée en 1845, l'année où Louis-Philippe l'avait fait pair de France. Le roman publié en dix volumes, écrit sur le peuple et pour le peuple, obtint un succès foudroyant. Sans doute le bruit qui se fit autour des aventures de

Fantine, de Javert et de Jean Valjean empêcha-t-il
Les Poèmes barbares de Leconte de Lisle de prendre
la place qu'ils méritaient.

En revanche la pièce d'Emile Augier *Le Fils
Giboyer* qui mettait férocement en cause la bourgeoisie, fit scandale. Les bourgeois aiment se faire étril-
ler. Ils protestèrent véhémentement mais allèrent
voir la pièce au Théâtre-Français où elle battit un
record de recette.

Lucie Caumont disparue à son tour, alla rejoindre
Emmanuel dans le caveau du Père-Lachaise. Et
soudain Bertrand se sentit vieux. Comme il était loin
le temps du tour de France et celui du premier
voyage à Londres! Même la fortune qui lui souriait
semblait pesante au compagnon du Devoir de
liberté. Souvent le métier l'accablait. Maintenant
qu'il gagnait de l'argent facilement, surtout en reven-
dant les meubles importés d'Angleterre, il regrettait
l'époque où il fallait se battre pour empêcher l'atelier
de couler, les courses aux commandes de Louise et
ses rentrées triomphales lorsqu'elle rapportait du
travail pour quelques semaines, la naissance d'Elisabeth, sa connivence avec Ethis et la colonne de
Juillet...

Ethis et sa mère, il y pensait de plus en plus
souvent. La nuit, un cauchemar revenait avec insistance : Traîne-sabot lui apparaissait tout jeune, à
l'âge où Antoinette et le baron de Valfroy l'avaient
recueilli; il était couvert de blessures épouvantables :
la grande barricade de 48 venait de s'effondrer sur
lui.

Louise, au contraire, ne s'était jamais sentie aussi
forte qu'à cinquante ans. Elle continuait de mener la
maison avec fermeté et bonne humeur. Même si
parfois elle sentait sourdre l'atteinte de l'âge, elle ne
le montrait pas. Son seul vrai souci était Bertrand

dont elle devinait l'anxiété. Elle savait qu'elle était la seule à pouvoir l'aider mais elle ne se précipitait pas, guettant dans ses propos et sur son visage le moment opportun d'intervenir.

Un soir, alors qu'il lisait « son » Baudelaire, allongé sur le lit de repos qu'on venait de faire recouvrir d'un velours bleu d'Italie, elle se décida à parler.

– Ne crois-tu pas que tu devrais me confier ta peine? Tu n'es plus le même depuis la mort de Lucie, il semble qu'elle ait réveillé en toi une armée d'ombres qui t'empêchent de vivre.

Il leva la tête, sourit tristement et récita les derniers vers qu'il venait de relire :

> *L'innocent paradis, plein de plaisirs furtifs,*
> *Est-il déjà plus loin que l'Inde et que la Chine?*
> *Peut-on le rappeler avec des cris plaintifs,*
> *Et l'animer encor d'une voix argentine,*
> *L'innocent paradis plein de plaisirs furtifs?*

– C'est beau, dit Louise, j'aime quand tu me dis des vers, les tiens... ou ceux de Baudelaire!

Elle rit pour détendre l'atmosphère et continua :

– Je crois savoir ce qui te rend malheureux, mais c'est bête...

– Tu as deviné, je me sens vieux! C'est vrai que je perds goût à la vie et cela me désespère. J'ai l'impression que, désormais, il ne peut plus rien m'arriver, que je suis condamné à finir mon existence emmitouflé dans mes souvenirs.

– Mais il peut tout t'arriver! Tiens, tu vas être grand-père, c'est tout de même quelque chose! Tu peux aussi tomber amoureux!

– De qui s'il te plaît? Ne te moque pas.

– De qui? Mais de moi bien entendu. Tu ne penses tout de même pas que je tolérerais quelqu'un d'autre dans ta vie, même si tu trouves qu'elle n'est plus ce qu'elle était! C'est vrai que j'aimerais bien te retrouver un peu amoureux. Songe, misérable, que tu ne m'as pas écrit un poème depuis au moins six mois!

– Je n'en écris pour personne.

– C'est bien ce que je te reproche. Le temps n'est pas si lointain où la poésie était la moitié de ta vie. Tu n'avais pas le temps alors, car tu travaillais à l'établi dix heures par jour. Pourtant tu écrivais, la nuit, le dimanche et même à l'atelier : je t'ai vu souvent poser ta scie ou ton ciseau pour griffonner des vers au dos d'un morceau de papier de verre!

– Comme tu as raison! Je regrette ce temps de la rage d'écrire mais, vois-tu, on peut se forcer à travailler manuellement mais pas à trouver des rimes. Je ne suis qu'un poète d'occasion... Enfin, cela reviendra peut-être...

– Cela reviendra car je vais t'y aider. Dès qu'Élisabeth aura eu son bébé, nous partirons en voyage. Un beau voyage vers le soleil, vers la beauté. Nous ne connaissons pas l'Italie, pourquoi ne pas aller à Milan, à Venise, à Florence? Je suis sûre que la Sérénissime te rendra ton inspiration. Souviens-toi des vers de Musset que tu me récitais :

> *Dans Venise la rouge,*
> *Pas un bateau qui bouge,*
> *Pas un pêcheur dans l'eau,*
> *Pas un falot...*

Tu peux faire aussi bien, ou presque!

– J'ai toujours eu envie de voir Venise avec toi. Et Florence dont parle si bien Sauvrezy qui ne laisse pas passer deux ans sans aller fouler les pavés de la piazza della Signoria. Il pourrait nous donner tous les renseignements nécessaires...

– Ça y est, mon mari chéri. Tu es déjà parti... Eh bien! nous allons y penser à ce voyage d'amoureux. Dans trois mois si tout va bien, nous serons en gondole et je trouverai le soir sur mon oreiller le bouquet de poésies que tu auras cueilli pour moi sur le bord de la lagune.

— Dis donc, c'est toi ou moi le poète?

Pour la première fois depuis longtemps, Bertrand s'endormit dès qu'il se fut couché. Il rêva du Ponte Vecchio et, le lendemain, se rendit chez Sauvrezy, au 97 de la grand-rue. Encore une fois Louise, la magicienne, avait réveillé sa joie de vivre.

Auguste, « le bon sauvage » comme l'appelaient ses amis, reçut Bertrand à bras ouverts :

— Comment? Tu as quitté ton château du Chemin-Vert pour venir me voir? Quel honneur! Je craignais que l'opulence ne te fasse oublier les vieux camarades du Faubourg. Moi, tu vois, je n'ai toujours que deux compagnons pour m'aider et tenir la boutique quand je suis en Italie. Toujours pas de machine à vapeur ni de toupie. Quand j'en ai vraiment besoin je vais chez Frédéric Schmidt qui, lui, voit comme toi les choses en grand.

— Nos machines sont à ta disposition, tu sais que tu peux venir quand tu veux.

— Je sais mais ce n'est pas tous les jours que j'ai des moulures à pousser à la toupie. J'évite de reproduire plusieurs fois le même meuble. Ma clientèle ne m'enrichira pas mais elle est fidèle et me permet de vivre à ma guise. Mon seul luxe est l'Italie!

— Oui mais quel luxe! C'est justement à propos de l'Italie que je suis passé te voir. Je broyais du noir tous ces temps et Louise pense qu'un voyage...

— Comme elle a raison! Je vous parlerai de tout ce qu'il faut voir et vous passerai de bonnes adresses. Depuis le temps que je les connais, les hôteliers sont devenus des amis et vous serez reçus comme des princes, tant à Venise qu'à Florence. J'espère que tu écriras là-bas. J'ai acheté ton livre de poèmes, tu sais que c'est très bien! Je voudrais pouvoir en faire autant.

— Tu fais bien d'autres choses! Je ne dis pas cela

par flagornerie mais je pense que tu es le meilleur de nous tous. Tiens, ce meuble à bijoux est une merveille, un chef-d'œuvre comme personne n'en fait plus depuis longtemps. La finesse d'exécution des sculptures est fantastique. Regarde ces figurines taillées dans le buis! Et ce buste de femme pris dans le noyer! Quel sourire, quelle beauté!

– C'est tout ce qui me reste de Pauline. Oui elle était belle, elle posait pour moi, nous allions nous marier... Il y a déjà cinq ans de cela. Elle est morte un matin...

Le géant – Sauvrezy mesurait près de deux mètres – caressa de la paume le cou de Pauline, aussi fin, aussi doux, qu'avait dû l'être sa peau et essuya une larme en relevant sur le front ses longues mèches de cheveux poivre et sel. Il s'excusa :

– Je ne sais pas si je fais bien de garder tout le temps sous les yeux le visage de Paulina, elle était italienne, de Bologne... Mais je ne pourrais jamais l'enlever d'ici. Ce serait une seconde mort.

Bertrand posa la main sur le bras de son ami et ne dit rien. Il comprenait, c'était la première fois que Sauvrezy parlait de sa vie privée... Les deux hommes convinrent qu'Auguste viendrait souper rue du Chemin-Vert la semaine suivante. Pour parler de l'Italie...

Elisabeth mit au monde un beau garçon le 15 juin 1862. Il fut déclaré à la nouvelle mairie du XIe arrondissement sous le nom de François, Edouard, Ethis et le baptême fut fêté dans le grand salon des Valfroy. Plus pour s'amuser que par souci de revanche, Louise mit quelque malice dans sa réponse à Marie Fradier qui offrait d'organiser chez elle le repas du baptême : « Notre salon est plus grand, il conviendra mieux! »

Les beaux-parents s'entendaient d'ailleurs très bien. Ils se fréquentaient toujours avec plaisir, respectant des marges de temps suffisamment longues pour éviter tout risque de conflit. Auguste Fradier s'était finalement décidé à laisser la maison à son fils. Il souffrait d'emphysème pulmonaire et projetait de passer la belle saison dans la maison de campagne que la famille possédait en Normandie, du côté de Lisieux.

— Comme cela je ne serai pas tout le temps sur le dos de Jean-Henri. Je me connais, je sais d'avance que toutes les modifications qu'il va apporter dans l'atelier ne me plairont pas. Mieux vaut que j'y mette les pieds le moins souvent possible.

Jean-Henri se retrouva donc en même temps père de famille et patron. Méticuleux comme toujours, il assuma les deux tâches avec passion et dévotion. Pour l'enfant, son rôle était évidemment secondaire. Pourtant, contrairement à la plupart des hommes de son temps, il lui consacrait le plus d'heures qu'il pouvait, allant même jusqu'à le langer certains soirs en rentrant. Elisabeth était radieuse, son accouchement sans histoires la laissait juste un peu dolente. Elle aussi avait été inquiète de voir son père sombrer dans la mélancolie mais Louise l'avait rassurée en lui annonçant leur prochain départ pour l'Italie. Elle avait décidé de faire un deuxième enfant, ce qui était une manière de croire qu'elle pouvait l'éviter.

En attendant les canaux de Venise, Bertrand et Louise étaient partis passer quelques jours à Beuzeval, une petite plage de Normandie nichée entre Caen et Trouville, où Léon Riesener venait d'acheter une maison. Leur cousin et sa jolie Laure les reçurent avec chaleur dans le moulin qu'ils avaient restauré et arrangé avec le goût qu'on pouvait attendre d'un artiste délicat attaché aux couleurs douces et aux recherches sur la lumière :

— Voyez, avait-il dit en leur faisant visiter son domaine fleuri, j'ai quatre petites rivières et un aqueduc qui va au bassin du potager. De votre fenêtre, vous avez une vue magnifique sur le bief. Demain nous irons pêcher des truites mais il faut que je vous montre la vallée et ses prairies plantées

d'arbres : un merveilleux désordre à la Poussin!
Vous ne trouverez pas ici de peupliers, ce qui prouve
que ce pays heureusement peu connu des Parisiens
est encore protégé de la civilisation citadine qui
amène toujours avec elle ces grandes bringues d'arbres alignés en rangs d'oignons.

— Et tu travailles bien dans ce paradis? demanda
Louise.

— Oh oui! je voudrais tout peindre et je me désole
de voir le temps s'échapper. Car vous découvrez
Beuzeval sous le soleil dans sa plus belle parure,
mais il faut bien dire qu'il pleut souvent dans ce pays
et que la rivière se transforme vite en torrent. A nous
les guêtres de cuir et les manteaux imperméables!
Bien que l'air soit tonique, Delacroix n'aime pas
beaucoup venir ici, il trouve le climat trop humide. Il
faut dire qu'Eugène ne va pas bien, sa santé m'inquiète. La vie de Paris, sa célébrité, lui font mener
une existence mondaine qui ne lui est pas profitable.
En revanche, je vois souvent Léon Belly, un bon
peintre que tu as sûrement rencontré chez Pierret
encore qu'il soit bien plus jeune que nous. Il veut
peindre des paysages pour oublier les Arabes et les
dromadaires dont il s'est fait une spécialité.

Les trois jours passés à Beuzeval semblèrent
courts à Louise et à Bertrand, heureux de se retrouver en amoureux loin de l'agitation et des soucis de
Paris :

— Sais-tu que nous n'avons jamais été seuls depuis
des années? dit Louise. La famille, c'est inappré-cia-
ble, mais il faut la quitter de temps en temps. Je vais
y veiller quand nous serons rentrés d'Italie.

Bertrand composa un poème qu'il offrit à Julie, la
fille aînée des Riesener. Inspiré par la grâce de
l'adolescente il l'avait écrit d'un jet, le dernier après-
midi, sous l'ombrage d'un pommier centenaire dont
les branches tordues montaient à l'assaut de la
maison. C'était un sonnet pimpant qui commençait
ainsi :

Ton pas était léger sur le sentier de terre
Où je voyais ta robe en percale abricot
Gonfler comme misaine dans les coquelicots,
Phalènes écarlates aux ailes éphémères.

— C'est toi qui m'as fait un cadeau, dit Bertrand à Julie qui le remerciait. Je n'avais pas écrit de vers depuis des années et tu m'as rendu le goût de rimer. Pour moi c'est un grand jour. Je te le dois.

Dès qu'il eut pris la direction des ateliers familiaux, Jean-Henri se fixa un premier but à atteindre dans l'ascension qu'il s'était promis de réussir. Son père Auguste Fradier lui avait laissé une maison prospère, connue pour l'irréprochable qualité de sa fabrication et l'originalité de ses créations. Elle était loin cependant d'atteindre la célébrité de Mercier, fournisseur de la cour d'Angleterre, du richissime duc de Brunswick et de la cour impériale où il était reçu, ni celle de Gouffé qui agrandissait sans cesse ses ateliers de la rue Saint-Nicolas et de la rue Traversière, encore moins le renom international de l'entreprise Soubrier installée à l'orée de la rue de Reuilly. Jean-Henri avait du chemin à faire pour arriver à cette notoriété mais il avait conscience de ses qualités et de l'avantage que lui procurait sa formation. Elisabeth, sans posséder la formidable énergie de sa mère, n'était pas une petite-bourgeoise confinée dans son rôle de femme au foyer. Elle avait été à bonne école et savait encourager, nourrir, stimuler la détermination de Jean-Henri.

— Nous serons reçus aux Tuileries! avait-il dit un jour.

— Crois-tu vraiment, mon mari, que ce soit un but dans la vie? Traîner une robe ridicule et toi un habit de cérémonie entre des essaims de vieux préfets, des

escouades de diplomates et des pelotons d'officiers
ployant sous le poids de leurs médailles ne me fait
pas rêver!

— Moi non plus mais puisque les Tuileries constituent aujourd'hui une étape obligée de la réussite,
essayons d'y arriver!

— Je ne pense pas que les clients t'achèteront un
mobilier parce que tu es reçu une ou deux fois par
an à la cour. D'ailleurs, comment le sauraient-ils?

— Ne te fais pas de souci, tu n'en es pas encore à
faire la révérence devant l'impératrice.

— Je l'ai faite sous l'œil curieux et attendri de lord
Hobbouse. L'empereur m'a même regardée avec
attention. Eh bien! cela a été l'une des plus ennuyeu-
ses soirées de mon existence. Tu n'ambitionnes pas
de te faire décorer, tout de même?

— Grohé est bien officier de la Légion d'honneur,
médaille gagnée à l'établi. Et il est né en Allemagne!
Si un jour on me propose une décoration pour avoir
inventé par exemple la marqueterie en plein, je ne la
refuserai pas.

— Et je coudrai ton ruban sur le revers de ton
habit. Allons, cessons cette discussion sur les signes
distinctifs de la respectabilité. Va plutôt jouer avec
ton fils en attendant le souper.

Un peu plus tard, Jean-Henri lança l'idée d'une
association entre son atelier et celui des Valfroy.

— Si nous ne faisions qu'une de nos deux maisons? dit-il à Bertrand. Je vois des avantages intéressants à ce regroupement familial : doublement de
nos moyens de production, baisse des dépenses grâce
à des achats groupés de bois et de fournitures,
meilleure utilisation des machines et des compéten-
ces...

Cette proposition avait surpris Bertrand qui était
plus un homme de réflexion que de repartie. Le
grognement qu'il émit pouvait aussi bien être interprété comme un assentiment que comme une réaction négative.

– Nous en reparlerons, finit-il par dire.

C'était surtout à Louise qu'il voulait en parler. D'ailleurs, Jean était aussi concerné, même plus que lui car il était plus jeune. Bien sûr il y aurait des avantages mais...

Louise vit tout de suite où le bât blessait :

– Avec cette combinaison, c'est la marque qui disparaît, la vieille estampille d'Ethis et d'Emmanuel remisée pour toujours au fond d'un tiroir. C'est dur à admettre, même pour moi...

– Comment cela « même pour moi »? Cette marque a survécu et prospéré grâce à toi et tu y es autant attachée que nous tous. Dis-moi le fond de ta pensée.

– Figure-toi que l'idée de Jean-Henri m'a déjà effleurée. J'attendais d'y avoir un peu plus réfléchi pour t'en parler. Il faut voir les choses en face : d'un côté ton gendre qui est brillant, entreprenant et qui a soif de réussite. De l'autre toi et moi qui n'avons plus tellement envie de nous épuiser à faire marcher une affaire de plus en plus lourde. Que nous passions la main en faveur du mari d'Elisabeth fait partie du cours normal de la vie.

– Mais il y a Jean Caumont!

– Oui, il y a Jean Caumont qui vieillit lui aussi et qui serait, si nous nous retirions, incapable d'assumer la charge commerciale de l'atelier. Acceptera-t-il un arrangement qui le placera fatalement sous la coupe de Jean-Henri? Tout dépend des conditions dans lesquelles pourrait se faire le changement. C'est une question de notaire et de banquier. Aussi une question de tact de la part de Jean-Henri qui, heureusement, n'en manque pas. Il doit à mon avis ne parler de rien. Nous, nous allons réfléchir. Je pense que les choses s'arrangeront car Louis n'a nulle envie de reprendre l'affaire. Que ferait d'ailleurs notre futur agrégé de lettres dans les copeaux d'un atelier! Finalement, seule la proposition de Jean-Henri peut sauver la pérennité de l'atelier!

Elève brillant au lycée Charlemagne, Louis avait été admis dans les premiers à l'Ecole normale supérieure. L'« Ecole », comme on l'appelait simplement dans les milieux intellectuels, avait été fondée par la Convention mais elle n'avait, en fait, existé que sur le papier jusqu'à ce que Napoléon Ier s'y intéresse et que Louis-Philippe lui donne un toit et des structures dignes de sa haute mission. En 1863, lorsque Louis y fut admis en qualité de « conscrit[1] » après avoir subi la rude épreuve du concours et celle du « méga[2] », l'école de la rue d'Ulm rassemblait avec sa voisine et contemporaine, l'Ecole polytechnique, les meilleurs jeunes esprits, aussi les plus bûcheurs, de la France impériale.

Plus encore que la plupart de ses condisciples issus de la classe bourgeoise, Louis avait découvert à Normale supérieure un univers aussi éloigné du milieu du bois où il avait toujours vécu, que s'il avait été transporté par quelque tapis magique dans une peuplade de la Terre de Feu. Il revenait chaque semaine au Faubourg la tête pleine de récits fantastiques qu'il racontait dans un langage étrange, lardé de mots inconnus ou employés rituellement à contresens. Il avait fallu des semaines à la famille pour apprendre ce que signifiaient cube, archicube, turne, biturne, caïman, canular, carré...

Louis avait été particulièrement frappé par deux choses : l'enseignement professé à l'Ecole qui lui paraissait confus et fort discutable après l'effort épuisant déployé en cagne, et la discipline rigoureuse qui régnait dans le vaste et froid bâtiment carré construit autour d'un bassin à poissons rouges orné d'une guirlande de grands hommes. Louis était mal tombé, le règlement répressif régissant l'Ecole ne datait que de l'année précédente. Il était l'œuvre du

---

1. Elève de première année.
2. Ensemble des mystifications et brimades marquant la réception des nouveaux normaliens.

ministre Fortoul que les promotions normaliennes successives vouèrent longtemps aux gémonies. Louis dut rapporter une copie de ce règlement pour que Louise et Bertrand croient à son existence :

— Tenez, lisez l'article 15, insista Louis : « Les principaux devoirs des élèves sont le respect pour la religion et pour l'autorité publique, une application soutenue, la docilité et la soumission envers leurs supérieurs, l'observation fidèle des règlements de l'Ecole. Quiconque manquera à ces devoirs sera puni suivant la gravité de la faute. » Et l'article 21 : « L'introduction de toute arme et de la poudre à tirer, même en artifice, est interdite aussi bien que celles du tabac à fumer, du vin et des liqueurs fortes. Les livres dangereux et futiles ne devront point entrer à l'Ecole. La lecture de journaux, à l'exception du *Moniteur,* est défendue comme étrangère aux études. Le directeur de l'Ecole et les directeurs des études feront faire par les maîtres-surveillants la visite de livres aussi souvent qu'ils le jugeront à propos. »

— Et quel est l'effet de ce règlement draconien qu'aucun colonel ne songerait à faire respecter dans son régiment ?

— On fume en cachette, *Le Charivari* et *Le Boulevard* sont lus dans toutes les turnes. Quant aux livres interdits, tous les romans, à commencer par *Madame Bovary,* sont rangés dans une armoire sous de fausses couvertures : Lucrèce, Hérodote ou Plutarque.

— Et si vous vous faites prendre ?

— On est punis : colles, privations de sortie, rapports à la direction.

Le règlement Fortoul, c'était la malchance de Louis, la suppression de l'uniforme, son bonheur. A quelques années près il eût porté la tenue militaire. Un arrêté ministériel bienvenu l'avait remplacée par un trousseau qui coûtait cher aux parents mais qui était plus seyant. Pour les sorties : habit de drap noir, gilet casimir noir, pantalon satin noir, souliers à élastiques et chapeau haut de forme. Pour l'intérieur, l'habit était en drap bleu, les chaussures « résistantes » et le chapeau rond. Le texte officiel ne parlait pas des pantoufles mais il était de bon ton, le soir, de se promener les pieds au chaud dans des chaussons douillets[1].

Bertrand avait profité de la sortie de Louis, un dimanche, pour lui parler de l'idée qu'avait eue Jean-Henri :

— Je n'ai encore rien dit à ton père, je veux avant de lui proposer l'association que préconise mon gendre connaître ton avis. Tu es d'ailleurs concerné.

Louis écouta Bertrand, hocha la tête et dit :

— Dans la mesure où tu souhaites, avec Louise, te retirer de l'affaire, il me semble normal que Jean-Henri et Elisabeth vous succèdent. Mon cousin ne pourra assumer la direction de deux affaires distinctes et comme je ne vois pas mon père se débrouiller sans toi et, pardonne-moi, sans Louise, je trouve que l'idée de l'association des deux maisons est excellente. Sans invoquer le déterminisme kantien, comme le ferait M. Malassis, mon professeur de philosophie, je crois que l'avenir de la marque Valfroy-Caumont est écrit dans l'ébène... A moins évidemment que, reprenant les théories de Locke, je m'astreigne à l'expérience et devienne ébéniste...

Bertrand et Louis éclatèrent de rire.

— Dis donc, cela ne vous arrange pas, l'Ecole normale! Mais, sérieusement, comment crois-tu que ton père prendra la chose? S'il devait être malheureux, je dirais tout de suite non à Jean-Henri.

— Le père commence à être fatigué et j'aimerais bien le voir déchargé d'une partie de son travail. Le tout est de bien lui présenter les raisons et les avantages de l'affaire. Il n'est pas sot et comprendra. Laisse donc Louise s'occuper de cela.

---

1. Cette mode n'est pas tombée en désuétude.

— Tu as raison. Au fait, pourquoi ne pas proposer à Jean la surveillance des deux ateliers? Personne mieux que lui ne peut surveiller la fabrication, choisir les bois, engager les compagnons? Il faudrait qu'il ait sous ses ordres deux aides de première force qu'il dirigerait. Il faut y réfléchir!

— D'accord! Mais pour reparler de l'Ecole, tu sais, Bertrand, malgré le règlement un peu sévère j'y suis heureux. Plus que les cours, ce qui compte c'est la présence permanente à ses côtés d'esprits intelligents, sceptiques, illuminés, passionnés, rudes ou sensibles, idéalistes ou théoriciens. Cette fournaise intellectuelle me chauffe le cerveau!

— Et que vas-tu faire lorsque tu sortiras le cerveau en feu? Tu te sens une âme de professeur de lycée? C'est un beau métier...

— A vrai dire je ne sais pas encore, cela dépendra des circonstances. Pour tout t'avouer, la perspective d'être professeur de latin-grec à Cavaillon ne m'enchante pas. S'il me fallait des modèles, je prendrais volontier le trio fameux de la promotion de 1851 : Taine, Prévost-Paradol et Edmond About. Tu vois, l'histoire, le journalisme, la critique... Je dois tenir de toi.

Jean Caumont ne fit aucune objection sérieuse à la proposition d'association que Louise sut lui présenter avec son adresse habituelle.

— Tu sais que les affaires ne sont pas mon fort, dit-il. Je te laisse le soin de défendre nos intérêts. A dire vrai, l'idée de me retrouver à la tête de l'atelier m'angoissait. Je ne sais pas comment j'aurais pu, seul, fabriquer, vendre et vous payer votre part de l'affaire. Jean-Henri est un bon garçon, je m'entendrai avec lui. L'ennui, c'est que nous allons avoir deux ateliers, il est vrai assez proches l'un de l'autre. Il faudra autant que possible qu'ils aient chacun leur spécialité. Je crois, Louise, que tu devrais organiser quelques réunions au cours desquelles nous pourrions nous mettre d'accord. Sans compter qu'il faudra un avocat ou un notaire, sans doute les deux, pour rédiger et enregistrer les papiers.

— Et la marque? Le maintien de nos noms va poser un problème. Pour le commerce, une estampille trop longue n'est pas bonne. D'autre part abandonner la marque d'Ethis et de ton père me semble déchirant...

— Sûr qu'Ethis et Emmanuel auraient eu le cœur gros. Leur marque, en dépit des moments difficiles, a toujours inspiré le respect dans le métier. Mais, que veux-tu, la vie avance, tout change et un bon arrangement aujourd'hui vaut mieux qu'un désastre dans quelques années. Il y a des moments où il faut laisser de côté la sensiblerie : le nom des Caumont c'est peut-être Louis qui l'empêchera de tomber dans l'oubli.

— Celui de Valfroy, hélas! s'éteindra. Nous n'avons qu'une fille qui porte le nom de son mari. Tu vois, Jean, c'est peut-être à moi qui suis venue par hasard dans la famille que cela fera le plus de peine!

— Il y a bien un moyen. Trois noms c'est impossible mais nous avons prouvé qu'on peut en mener deux au succès. Nous devons cela à Ethis et surtout au baron de Valfroy et à Antoinette. Je propose que la nouvelle maison s'appelle « Fradier-Valfroy ». Tu ne trouves pas que cela sonne bien? Et pourquoi Elisabeth et son mari ne prendraient-ils pas légalement ce double patronyme à l'exemple de nombreux bourgeois? Quant aux Caumont ils ont depuis plus de cinquante ans été tellement liés aux Valfroy que ce nom est devenu le leur.

Louise s'aperçut alors qu'elle connaissait mal Jean et que l'être réservé qu'il était demeuré cachait un cœur d'or et une âme généreuse. Elle le regarda un instant et lui prit les mains :

— Très bien, Jean. Il sera fait comme tu le veux. Je vais m'occuper de mettre tout cela en ordre avec Jean-Henri d'abord puis avec les hommes de loi. Durant ce temps nous nous réunirons toutes les fois qu'il le faudra. Rien naturellement ne sera fait sans ton accord.

L'idée d'ajouter le nom de Valfroy au sien ne déplut pas à Jean-Henri. D'abord il voulait satisfaire les désirs de ses futurs associés et faire plaisir à sa femme, ensuite il ne lui déplaisait pas d'acquérir dans l'affaire une petite image de noblesse...

L'ensemble de l'opération qui paraissait si simple lorsque la famille en parlait s'avéra extrêmement compliqué lorsque les notaires s'en emparèrent. Il fallut procéder à l'inventaire des biens des trois parties concernées, rassembler des pièces irrécupérables, revoir les détails des successions passées, en particulier celle d'Emmanuel Caumont qui n'avait pas été close dans les règles... Jean-Henri avait trop de travail pour s'occuper de ces démarches insupportables, Louise s'en chargeait, ce qui retardait d'autant la date du départ pour l'Italie.

Auguste Sauvrezy avait dressé pour Bertrand et Louise un plan de voyage qui ne laissait en principe rien au hasard. Il avait pourtant ajouté, en leur remettant l'itinéraire et les adresses des amis qui pouvaient leur être utiles :

— Maintenant, il faut savoir qu'en Italie rien n'est sûr. Les dernières guerres n'ont pas arrangé les choses et vous devez vous attendre à des surprises. Mais l'imprévu fait partie des plaisirs du voyage. N'oubliez pas que si Venise est la perle de l'Italie, elle appartient à l'Autriche, ce qui désespère tous ses habitants. D'ailleurs, ils ne manqueront pas de vous le faire savoir.

Arriver à Venise n'était pas si simple. Le chemin de fer vous conduisait bien sans encombre jusqu'à Cannes, la ligne venait même d'être prolongée jusqu'à Cagnes mais, à partir de là, il fallait oublier la vapeur, la vitesse et le confort des nouveaux wagons mis en service par la compagnie du P.L.M.[1]. En retrouvant la route de Nice et les hauts marchepieds de la diligence on faisait un saut de vingt ans en arrière. Bertrand et Louise savaient tout cela mais l'idée de revivre le temps des postillons sur les routes italiennes les excitait plus qu'elle ne les inquiétait.

Ce temps consacré aux affaires de la famille permit aux Valfroy de voter avant leur départ. Le climat politique s'était bien dégradé en un an. L'empereur continuait, certes, à jouir d'une bonne popularité dans le pays mais la capitale qui l'avait tant acclamé accueillait avec de plus en plus d'intérêt les proclamations de l'opposition. Le décret fixant les élections au 31 mai était accompagné par une déclaration du premier ministre, Percigny, qui consacrait le système des candidatures officielles, système propre à enflammer Paris :

Le suffrage est libre, y était-il dit, *mais afin que la bonne foi des populations ne puisse être trompée par des habiletés de langage ou des professions de foi équivoques, les préfets désigneront hautement les candidats qui inspirent le plus de confiance au gouvernement.*

Et ce fut un échec pour l'empire. Toute la liste d'opposition fut élue : Jules Favre, Ollivier, Darimon, Picard et Thiers qui faisait sa rentrée dans la vie publique à côté de nouveaux venus, Pelletan, Jules Simon, Havin et Guérout.

Après cet accès de fièvre politique, Paris retrouva son esprit curieux. Les buts de promenades ne manquaient toujours pas aux badauds qui s'en allaient le dimanche visiter les chantiers de M. Haussmann : les nouvelles voies de la rive gauche

1. Formée en 1857 par la fusion de la Cie Paris-Lyon et de la Cie de la Méditerranée.

ou le « trou de l'Opéra », fondations abyssales du nouveau temple de la musique et de la danse dont Garnier avait exposé la maquette au dernier Salon.

Bertrand et Louise eurent encore le temps, avant de prendre le train, d'assister au grand événement de l'année, l'un de ces spectacles populaires dont Paris a le secret et qui mêlent dans une atmosphère de fête la science et l'aventure. Il s'agissait de voir s'envoler dans les airs, au milieu du Champ-de-Mars, le *Géant,* un ballon aux dimensions colossales mesurant 90 mètres de circonférence, jaugeant 6 500 mètres cubes de gaz et à la construction duquel avaient été employés 20 000 mètres de soie.

Bertrand et Louise n'auraient peut-être pas été se mêler aux cent mille Parisiens qui avaient envahi dès les premières heures du matin la pelouse du Champ-de-Mars si l'organisateur de l'entreprise n'avait été l'un des meilleurs amis de Jean-Henri. Curieux personnage que Félix Tournachon qui s'était fait connaître à Paris sous le nom de Nadar dans des activités variées. Venu de Lyon à Paris pour y étudier la médecine, il avait vite abandonné les leçons d'anatomie pour publier des critiques de spectacles qu'il agrémentait de jolis dessins. Artiste, auteur de nouvelles, bohème, fondateur de *La Revue comique,* Nadar, au moment où Jean-Henri l'avait connu à Londres, se passionnait aussi pour l'aérostation et pour la photographie. Il venait alors de publier sous le titre de *Panthéon Nadar* un album des portraits des célébrités de l'époque où figuraient Théophile Gautier, Alexandre Dumas, Rachel, George Sand et son ami Charles Baudelaire[1]. C'est aussi lui qui avait réalisé en 1858 les premières photographies prises d'un aérostat.

---

1. C'est Nadar qui présenta Jeanne Duval à Baudelaire et qui fit du poète une série de photographies admirables. « Nadar est la plus étonnante expression de vitalité... », écrira Baudelaire dans *Mon cœur mis à nu.*

Les Valfroy, Elisabeth et son mari étaient donc aux premières loges, dans l'enceinte réservée aux personnalités parisiennes, savants, gens de lettres, artistes, journalistes tandis que la peau du Gargantua de l'air aspirait en se gonflant son énorme ration de gaz. Nadar était aussi un metteur en scène de génie. Lorsque le *Géant* eut pris sa forme de saucisse monstrueuse, on vit arriver sur l'aire de lancement un curieux équipage : quatre chevaux attelés à la Daumont tirant une sorte de maison d'osier à deux étages. C'était la nacelle qui avait ainsi circulé dans Paris depuis le matin.

La famille alla saluer le maître qui surveillait d'un air détaché le gonflement de son ballon :

— Je suis heureux de vous voir ici. C'est un grand jour pour moi. Si mon ascension réussit, et je ne vois pas pourquoi elle ne réussirait pas, j'irai la recommencer dans toutes les capitales d'Europe, peut-être même en Angleterre. Ces exhibitions me permettront de réunir assez d'argent pour construire un nouveau moteur qui bouleversera la navigation aérienne...

— Quel est ce moteur? demanda Bertrand. Fonctionnera-t-il à la vapeur?

— Non. Je ne peux vous en dire plus aujourd'hui, seulement qu'il s'appellera l'« Hélicoptère[1] ».

— C'est un beau nom, dit Elisabeth.

A quatre heures, le ballon était complètement gonflé et tenu par des cordages à quelques mètres du sol. La nacelle était en place et le roi des Argonautes pria ses invités de prendre place à bord. A ce moment deux cavaliers, une femme et un homme arrivèrent dans l'enceinte et, laissant leurs chevaux à des gardiens, se précipitèrent.

— Monsieur Nadar, je suis la princesse de la Tour-d'Auvergne, je me rendais au Bois quand je me suis rappelé que vous vous envoliez cet après-midi

---

1. Le mot aura plus de chance que le moteur qui, lui, ne verra jamais le jour.

pour l'inconnu. Voulez-vous m'accueillir dans votre maison aérienne? Je serai votre Atalante mon cher Jason. Mon compagnon le prince de Sayn-Wittgen-stein souhaiterait aussi vous accompagner.

Nadar souriait, hésitait puis il s'écria :

– Montez, madame, et vous aussi, monsieur. Nous serons treize à nous envoler. C'est un nombre qui m'a toujours porté bonheur.

A cinq heures, la manœuvre commença. Maintenu par soixante soldats, le *Géant* s'éleva majestueuse-ment mais le capitaine Nadar cria dans son porte-voix :

– Maintenez à hauteur. Le ballon a du mal à s'élever, nous allons jeter du lest!

Une dizaine de sacs de sable furent lancés de la nacelle et Nadar donna enfin l'ordre qu'attendaient les spectateurs haletants : « Lâchez tout! »

L'aéronef libéré parut hésiter. Allait-il partir? Soudain, comme arraché par une poigne céleste, le monstre piqua le ciel à la verticale, tel une flèche, entraînant la maison d'osier où l'on apercevait les passagers s'agripper aux cordages pour résister au ballant.

Un seul cri « Hourra! » s'éleva de la foule auquel répondit un jet de fleurs lancées de la nacelle. Poussé par un fort vent d'ouest le *Géant* demeura longtemps en vue puis disparut dans les nuages. La question était de savoir jusqu'où la brise porterait les espoirs de Nadar. On apprit à Paris le lendemain que le ballon était descendu près de Meaux après avoir traversé un nuage chargé de pluie. La nacelle s'était renversée en touchant le sol près d'un marais et les passagers, trempés, s'en tirèrent avec des rhumes et quelques contusions. Le succès était mince mais l'enveloppe du ballon intacte. Nadar put annoncer qu'il renouvellerait sa tentative dans les quinze jours. Il tint parole, le *Géant* poussé vers le nord alla plus loin, jusqu'à l'extrémité de la Hollande. C'était beau-coup mieux, presque le triomphe; malheureusement une bourrasque venue de la mer du Nord plaqua le ballon au sol lors de la descente. Mme Nadar qui, cette fois, avait accompagné son mari sortit comme lui sérieusement blessée de l'aventure. Il n'y eut pas de troisième tentative.

Accompagnés par toute la famille, y compris le petit François souriant dans les bras de sa mère, Bertrand et Louise gagnèrent à pied la gare de Lyon. Jean-Henri et Louis, le normalien qui était en vacances, portaient les bagages, deux mallettes en osier dont Bertrand avait renforcé la fermeture et la poignée jugées trop fragiles pour supporter les chocs du voyage.

Le voyage! Ce mot qu'on avait si souvent prononcé et qui avait tant fait rêver, perdait soudain son abstraction sur le quai où s'allongeait, comme un serpent endormi, le train de Marseille qui semblait aligner ses wagons jusqu'à l'infini. Encadrés par la famille, Bertrand et Louise passèrent devant le fourgon de queue que des hommes en blouse bleue et casquette de cuir emplissaient de colis, de caisses et de sacs marqués du sceau de la Poste impériale. Ils longèrent quatre wagons de troisième classe dont les banquettes de bois verni étaient déjà presque toutes occupées, ils passèrent devant les voitures de première classe où les capitons exhibaient leur luxe et arrivèrent enfin aux wagons de seconde. Leurs places, face à face côté fenêtre, étaient retenues depuis longtemps.

Tout semblait neuf dans ce train, le plus prestigieux du réseau français. Depuis plusieurs années les premiers wagons à découvert qui livraient les voyageurs aux tempêtes du ciel et de la vitesse, les amenant à destination hagards et caparaçonnés d'une poussière charbonneuse, avaient été remplacés par des voitures fermées munies de fenêtres vitrées.

Celles du Paris-Marseille sortaient des usines du
Creusot, les cuivres astiqués des rampes d'accès
attestaient leur entretien méticuleux.

Le train ne partait qu'à 20 h 53. Il restait une
bonne demi-heure aux Valfroy pour se dire adieu.
Quand ils eurent déposé leurs bagages dans les filets
destinés à cet effet, Bertrand et Louise descendirent
retrouver les enfants, Louis, Jean et Antoinette-
Emilie ainsi que l'ami Auguste Sauvrezy qui se
sentait des responsabilités dans le voyage et qui avait
tenu à accompagner ses amis.

– Je partirais bien avec vous, dit-il. Ce train sent
déjà le soleil et l'Italie! Il se peut qu'un jour prochain vous receviez un télégramme vous disant que
j'arrive. J'éprouve soudain une envie folle de revoir
la statue de mon vieil ami Colleoni, à cheval, au
campo San Giovanni e Paolo.

La petite troupe décida d'aller jusqu'à la tête du
convoi admirer de près la locomotive, l'une des
300 machines Crampton commandées par les diverses sociétés qui géraient les chemins de fer français.
Louis savait tout sur la Crampton. Bien qu'appartenant à la section lettres il avait assisté à l'Ecole à la
conférence d'un ingénieur.

– Regardez ce monstre! s'exclama-t-il en arrivant
devant la locomotive embrumée d'un nuage de
fumée et de vapeur. Ils poussent le feu pour le
départ. Vous voyez, sur la Crampton 300, les roues
motrices ne sont pas à l'avant sous la chaudière
tubulaire mais à l'arrière. Cela a permis d'agrandir
considérablement leur diamètre et de gagner de la
vitesse. Cette machine peut dépasser les cent kilomètres à l'heure!

– Oui, dit Bertrand, on a lu il y a quelque temps
que l'empereur était revenu de Marseille à bord de
son train spécial à cent kilomètres de moyenne.

– C'est une histoire de journalistes. L'ingénieur à
qui nous avons posé la question nous a dit que cela
était impossible. Le train de l'empereur qui ne

comprenait que trois wagons a pu pousser des pointes à cent kilomètres mais il a dû comme les autres ralentir dans les montées et à certains passages. Il a été aussi obligé de s'arrêter pour faire le plein d'eau et de charbon.

Encore immobile, même si elle ne dévorait pas les rails à cent à l'heure, la Crampton avait belle allure.

– C'est un bijou dans un écrin de suie, dit Bertrand qui pensait déjà au poème qu'il écrirait. Les bielles et les tiges de piston, luisantes comme les hanches d'un pur-sang au départ d'une course, resteront pures de toute souillure dans le déchaînement de la machine.

Louis sourit et Louise approuva d'un regard affectueux. La fumée s'étant dissipée on regarda avec curiosité et admiration les deux hommes qui allaient conduire cette bête de métal, l'un enfournant le charbon dans la gueule du foyer, l'autre partagé entre ses manettes de cuivre et le rail d'argent sans cesse renouvelé qu'il faudrait surveiller d'un œil aveuglé par les fumées. Pour l'instant, le chauffeur et le mécanicien bavardaient tranquillement. On sentait qu'ils étaient prêts, comme leur machine, à emporter deux cents voyageurs à leurs trousses.

La corne du chef de gare rappela par deux coups brefs que l'heure du départ approchait. La pendule suspendue marquait 20 h 45. Les Valfroy revinrent au wagon qui s'était rempli de voyageurs et l'on s'embrassa une dernière fois. La trompe retentit encore une fois et la locomotive lâcha un long coup de sifflet avant d'ébranler dans un halètement animal le pesant convoi. Louise, penchée à la fenêtre, agita son mouchoir longtemps, avant de l'utiliser à sécher les larmes qui coulaient sur ses joues.

Le train avait pris de la vitesse. Les deux amoureux de la diligence de Calais se retrouvaient face à face, filant vers un inconnu qui déjà les coupait de toutes leurs habitudes. Ils se sourirent sans parler, simplement pour se montrer l'un à l'autre qu'ils s'aimaient et qu'ils étaient heureux.

Ils avaient souvent pris le train, pour leur second voyage à Londres ou pour aller à la campagne mais ils sentaient que celui qui les menait à la Méditerranée était différent. Pas seulement parce qu'il était plus majestueux, plus rapide, plus confortable, mais parce qu'ils savaient qu'ils les conduisait dans un voyage qui marquerait la dernière partie de leur existence.

Le ciel était clair, le soleil de la fête, Bertrand et Louise regardaient passer le paysage auquel la vitesse donnait un aspect inattendu. C'était le fil du télégraphe qui montait et descendait brusquement. C'était la route longeant la voie qui s'écartait, disparaissait puis revenait si près qu'on aurait presque pu toucher les charrettes dont le train, en passant, faisait voltiger la paille qui les emplissait. C'étaient aussi les gares que le Paris-Marseille giflait si fort au passage que Louise, dont la vue n'avait plus l'acuité de ses vingt ans, n'arrivait pas à lire leur nom. C'était la campagne et les champs, les vignes et les forêts qui se déchiraient en d'innombrables tableaux où l'œil ne trouvait plus ses références familières.

Bertrand trouvait cela fascinant.

— Pourquoi écrire? La poésie est là dans le cadre de cette fenêtre. La vitesse nous l'offre. Peut-être en désordre mais c'est à nous de la composer.

Plus réaliste, Louise sourit :

— Tu ne crois pas que tu t'égares? Ton lyrisme est touchant mais il sera encore plus admirable quand tu le traduiras, un crayon à la main, sur ton carnet.

Bertrand convint que sa femme avait raison. Il sortit pour le lui prouver un morceau de papier de sa poche et y nota quelques images particulièrement frappantes.

Sens fut traversé dans un bruit d'enfer et quand le train se mit à zigzaguer entre les collines du Morvan, le poète déclara qu'il avait une petite faim. Louise tira du sac qu'Antoinette-Emilie lui avait confectionné au petit point, pour le voyage, un papier sulfurisé contenant des tartines entre lesquelles elle avait glissé du jambon et du fromage. Elle en tendit une à Bertrand et demanda :

— Cela ne te rappelle rien?

— Si, la diligence. Je n'oublie pas que tu m'as attiré dans tes rets avec une tartine. Aujourd'hui je devrais me méfier mais, hélas! j'ai faim et ton en-cas me paraît appétissant.

Soudain le train ralentit, on entendit les freins grincer et la vapeur fuser. Le convoi s'arrêta doucement un peu plus loin le long d'un quai qui s'anima d'un coup. Des gens descendaient, d'autres montaient et un homme à l'uniforme galonné – c'était le chef de gare – parcourut toute la longueur du convoi en annonçant : « Auxerre dix minutes d'arrêt. »

— Viens, dit Bertrand, nous allons nous dérouiller les jambes et voir s'ils changent la locomotive.

La Crampton 300 n'était pas décrochée. Elle soufflait comme un coursier après l'effort et l'on apercevait le chauffeur qui enlevait par pleines pelletées le mâchefer de la grille. Le mécanicien, lui, était juché sur la machine et remplissait la chaudière d'eau à l'aide d'un tuyau de toile. Sous la visière de sa casquette on distinguait son visage ruisselant de sueur noire.

— C'est tout de même une belle invention, dit Louise. Dans quinze ou seize heures nous serons à Marseille, mais que la tâche de ces hommes est pénible, je les plains.

— C'est aussi un beau métier. J'ai lu dernièrement un article où un conducteur de locomotive expliquait combien il était attaché à sa machine et la joie intérieure qui le gagnait quand, à chaque voyage, il escaladait le marchepied pour en prendre possession. Je comprends ça très bien...

Et le train repartit vers le sud. Un homme vint

allumer les lanternes du compartiment, mais leur lumière était si falote qu'on devinait à peine la présence des autres voyageurs. Louise allongea ses jambes contre celles de Bertrand :

— Dommage, glissa-t-elle à son mari, que nous ne soyons pas assis côte à côte. J'aurais bien besoin de ton épaule pour y poser ma tête.

Maintenant le convoi s'engouffrait dans la nuit. Ils sommeillèrent par à-coups, réveillés par le sifflet de la machine et les arrêts successifs. Vers la fin de la nuit Louise et Bertrand s'endormirent pour de bon. Quand ils ouvrirent les yeux il faisait presque jour. Un voisin leur dit qu'on avait dépassé Lyon et qu'on approchait de Valence.

A Valence où l'on changeait de locomotive ils descendirent acheter des pommes et des gâteaux à un marchand qui poussait sa charrette sur le quai.

— Un besoin se fait pressant, dit Louise, avons-nous le temps de gagner...

— Allons-y mais il y a la queue. Sinon, nous monterons dans le dernier wagon qui est aménagé afin que les voyageurs puissent se soulager. Mais il nous faudra attendre le prochain arrêt pour pouvoir regagner notre compartiment!

— Il y a encore des progrès à faire pour rendre les voyages en chemin de fer confortables! souligna Louise qui ajouta : Je paierais cher afin de pouvoir me passer un peu d'eau sur la figure et me donner un coup de peigne. Je dois avoir l'air d'une vagabonde!

Ils avaient à peine retrouvé leurs places que le train démarrait. Le paysage avait changé. Plus de champs cultivés à perte de vue mais des haies de cyprès et des fermes à tuiles rondes :

— Cela me rappelle mon tour de France, dit Bertrand. J'ai marché jadis sur ces chemins, la malle à quatre nœuds au bout de ma canne de compagnon. J'étais jeune, je découvrais la liberté de vivre...

— Je comprends ta nostalgie mon beau mari mais,

quarante ans après, la vie n'est pas si triste. Songe à tout ce que nous allons découvrir ensemble! Je t'assure qu'aujourd'hui je ne me sens pas vieille du tout et que toi tu parais vingt ans de moins que ton âge!

— Tu exagères mais il y a du vrai dans ce que tu dis. Notre voyage à deux commence. Vive la vie! Mais dis donc, à propos de ma canne de compagnon, sais-tu où elle est rangée? Il y a des années que je ne l'ai pas vue.

— Elle est dans une armoire. Je l'ai rangée moi-même quand nous avons déménagé. Elle a même gardé ses rubans.

— La canne officielle de « compagnon fini » qu'on m'a remise à Bordeaux, oui, je sais où elle est, mais je veux parler de la vieille canne sculptée par un lointain ancêtre d'Antoinette et dont le nom « Jean Cottion » apparaissait encore gravé dans le bois. C'est elle qui m'a accompagné durant la presque totalité de mon tour. Tout le monde l'admirait et disait que c'était une pièce historique. C'est celle-là que j'ai soudain envie de prendre en main. Où peut-elle donc bien être?

— Elle a été longtemps dans la boutique de *L'Enfant à l'oiseau*. Rappelle-toi, plusieurs clients ont voulu l'acheter... Je crains bien, mon pauvre Bertrand, qu'elle n'ait disparu en 48, quand la maison a été à moitié détruite par la mitraille et les obus. Nous n'avons eu alors qu'une préoccupation : sauver ce qui restait de meubles et réparer les dégâts. Personne, pas même toi, ne s'est soucié de la canne de Jean Cottion. La maison éventrée est restée ouverte plusieurs jours et quelqu'un a dû s'en emparer. C'est un miracle que les bronzes de Pigalle n'aient pas suivi le même chemin. Mais peut-être que je me trompe et que nous allons la retrouver. Tu as de la peine?

— Oui, beaucoup. Je ne sais combien de compagnons appartenant à la famille se la sont transmise.

Dire qu'elle a fait tant de chemin pour s'égarer dans une révolution! Enfin, n'y pensons plus. Ce n'était après tout qu'un objet et les objets disparaissent un jour ou l'autre...

– Tu devrais écrire un poème sur cette canne. Ce serait un moyen de ne pas oublier ceux qu'elle a aidés à courir les chemins.

– C'est une idée. J'essaierai...

Le train fit son entrée dans la gare de Marseille, saluée de deux longs coups de sifflet, à 10 h 35 du matin. Il fallait attendre l'omnibus de 12 h 50 pour Cagnes, terminus provisoire de la ligne qui devait au cours des années à venir être prolongée jusqu'à Nice puis jusqu'à la frontière italienne.

– Viens, dit Bertrand. Nous allons déposer les bagages à la garderie et prendre un fiacre. Je veux te montrer Marseille. C'est une ville extraordinaire!

A Paris, la vie continuait. Elisabeth s'ennuyait bien un peu de sa mère, toujours si proche d'elle malgré son mariage, mais le petit François l'occupait. Quant à Jean-Henri, il travaillait ferme à harmoniser la marche des deux ateliers qui n'en faisaient plus qu'un sous la nouvelle estampille de « Fradier-Valfroy ». Loin d'affecter Jean Caumont, l'association lui rendait son énergie. Il avait toujours su qu'il ne pouvait être un premier, hors de l'univers de son atelier, et il se laissait entraîner par la fougue de Jean-Henri qui, lui, avait à cœur de prouver sa compétence et de mériter la confiance qu'on lui faisait. Pour hisser la nouvelle maison au rang des plus importantes du Faubourg, il avait besoin d'un collaborateur capable de remplacer Louise dans le délicat travail de prospection où elle avait si bien réussi. Trouver des clients intéressés par les ameublements de haute qualité qu'il entendait continuer de fabriquer n'était pas chose facile en 1863, alors que le climat social et politique se détériorait et que les riches bourgeois voyaient poindre une crise qui risquait de gêner leur irrésistible ascension. La chance servit Jean-Henri qui apprit qu'un de ses camarades de jeunesse formé à l'école du commerce de la rue Saint-Antoine[1] et qui travaillait chez Mercier souhaitait changer d'emploi pour assumer des responsabilités accrues.

Justin Richebraque était l'homme de la situation. Il avait ses entrées au Mobilier impérial, connaissait la plupart des clients de Mercier et, sans transgresser les règles de l'honnêteté commerciale, se faisait fort d'en amener quelques-uns chez Fradier-Valfroy. Jean-Henri l'engagea donc à un bon salaire en lui promettant un pourcentage sur les affaires qu'il apporterait. C'était là un arrangement peu commun à l'époque mais il ne déplaisait pas au jeune patron d'innover. Son but était de pouvoir le plus tôt possible se consacrer entièrement à la création. Pour réussir il fallait plus que jamais imaginer des variantes de la mode qui finalement s'imposait, le néo-Louis XVI cher à l'impératrice, sans pour cela abandonner les beaux meubles-monuments Renaissance qui avaient fait la réputation des Fradier.

Jean-Henri et Elisabeth sortaient souvent :

– Nous avons la chance de vivre à Paris l'une des plus brillantes époques de son histoire, il faut en profiter, disait-il.

Depuis le départ des parents ils avaient été applaudir les débuts de Mlle Agar dans le rôle de Phèdre, ce qui leur avait permis d'admirer la nouvelle façade du Théâtre-Français qui venait d'être inauguré. Ils avaient vu aussi _Rigoletto,_ l'opéra de Verdi au Théâtre lyrique qui faisait salle comble tous les jours, et avaient follement ri au _Voyage de_

---

1. Le développement des affaires au cours du Second Empire doit beaucoup à l'école du 143, rue Saint-Antoine et à ses directeurs MM. Brodart et Legret.

M. Perrichon que venait de reprendre Le Gymnase. Créée l'année précédente, la pièce avait une fois encore valu à son auteur, Eugène Labiche, les éloges de la critique et l'adhésion du public. La plupart des théâtres de Paris reprenaient périodiquement ses œuvres les plus célèbres, *Embrassons-nous Folleville, Le Chapeau de paille d'Italie* ou *La Poudre aux yeux*.

Cette vie où Jean-Henri et Elisabeth mariaient sagement le travail et le plaisir fut malheureusement attristée par une nouvelle qui bouleversa la famille. Depuis sa naissance, Eugène Delacroix était de santé fragile. Cela ne l'empêchait pas de voyager, de courir les ateliers amis, de vivre intensément la vie de Paris. On se moquait un peu de lui, Pierret disait qu'il avait une mauvaise santé de fer mais, en fait, tout le monde admirait son courage et la façon élégante qu'il avait de se jouer de la maladie, par exemple en travestissant en accessoire de dandy l'écharpe rouge qu'un mal de gorge chronique le contraignait à porter.

La nouvelle de la mort de Delacroix parvint le 14 août rue du Chemin-Vert, sous la forme d'un mot mis à la poste par Jenny Le Guillou, sa servante dévouée qui était aussi une amie et une conseillère capable de parler de l'art mieux que bien des critiques :

« Eugène est mort hier soir sans trop souffrir. Ses obsèques auront lieu le 17 à Saint-Germain-des-Prés. Vous pouvez venir saluer son corps à l'atelier, place Fürstenberg. Votre Jenny. »

– Bertrand aura beaucoup de chagrin, dit Jean. Il parlait tout le temps de son cousin qu'il admirait comme le plus grand peintre du siècle. Je vais aller place Fürstenberg avec Antoinette-Emilie qui était aussi la cousine d'Eugène.

– Je vous accompagne, ajouta Elisabeth. Je n'ai pas vu souvent le cousin Eugène mais Dieu, qu'il était beau ! Petite fille j'étais amoureuse de lui...

Un fiacre conduisit la famille sur la place où une dizaine de personnes formaient un petit groupe et parlaient à voix basse devant la porte du numéro 6. Parmi eux, Elisabeth reconnut Léon Riesener qui paraissait effondré. Pierret et M. Auguste étaient morts tous les deux et, en l'absence de Bertrand, il restait le seul des compagnons de jeunesse et de bohème de Delacroix. Il embrassa Elisabeth :

– Tu me donneras l'adresse des Valfroy à Venise. J'écrirai à Bertrand, il vaut mieux que ce soit moi qui lui annonce la triste nouvelle. Cela va lui donner un coup! Vous pouvez entrer : Eugène repose dans son atelier. Le dernier tableau auquel il a travaillé sent encore la peinture. C'est une turquerie. Ces derniers temps, il revenait aux sujets qui avaient nourri son génie naissant.

– S'est-il vu mourir? demanda Antoinette-Emilie.

– Hélas! je crois que oui. Jenny m'a dit qu'il avait rédigé son testament il y a quelques jours.

Allongé sur le lit de velours rouge où tant de modèles avaient posé pour lui, le peintre avait gardé son visage délicat, un peu sévère. On aurait pu le croire vivant si ses yeux, par lesquels était passée tant de beauté, n'avaient été clos. La chaleur de deux cierges sensibilisait l'odeur d'huile de lin et de térébenthine qui flottait dans la pièce, comme un encens.

Assise dans un coin, Jenny Le Guillou semblait perdue dans un rêve. Elle sourit doucement à Antoinette-Emilie :

– Je sais par Léon Riesener que Bertrand est en Italie. Il va avoir du chagrin lui aussi...

– Et vous, madame Le Guillou? Vous avez la force de supporter votre malheur?

– Il faut bien. Mais la vie va être pénible. Quand on a vécu longtemps auprès d'un génie, il doit être difficile d'exister sans lui!

Eugène Delacroix eut à Saint-Germain-des-Prés

les obsèques simples qu'il avait souhaitées dans son testament[1]. La saison avait dispersé beaucoup d'amis et d'admirateurs aux bains de mer et à la campagne, l'assistance n'était pas très grande. L'Institut qui, durant vingt ans, lui avait préféré des artistes médiocres[2] était représenté par le statuaire Jouffroy qui prononça un discours pauvre et sourdement hostile. Heureusement Paul Huet, paysagiste de la nature en fête et ami intime de Delacroix, sut parler du disparu avec toute l'émotion de son cœur et de son âme d'artiste. Il prophétisa l'immortalité de celui qui avait eu tant de peine à imposer son génie. Il lut la dernière phrase écrite au crayon sur le calepin du mort : *Le premier mérite d'un tableau est d'être une fête pour l'œil. Ce n'est pas à dire qu'il n'y faut pas de la raison : c'est comme les beaux vers, toute la raison du monde ne les empêche pas d'être mauvais s'ils choquent à l'oreille. On dit « avoir de l'oreille »; tous les yeux ne sont pas propres à goûter les délicatesses de la peinture. Beaucoup ont l'œil faux ou inerte; ils voient littéralement les objets, mais l'exquis, non.*

Jean-Henri et Elisabeth avaient raison de penser qu'ils vivaient une époque passionnante. L'année 1863 s'affirmait comme un millésime de gloire pour les lettres et l'esprit français. Le journaliste Marcellin venait de publier le premier numéro de *La Vie parisienne* qui détrônait déjà les autres journaux boulevardiers. C'est dans ses pages qu'on trouvait un feuilleton intitulé *Notes sur Paris* qui rappelait la chronique jadis tenue par Delphine de Girardin dans *La Presse* sous le pseudonyme du vicomte de Lau-

---

1. Le tombeau de Delacroix, sans buste, statue ou emblème, comme il l'avait demandé, sera érigé au Père-Lachaise deux ans plus tard.
2. Delacroix avait posé sa candidature à l'académie des Beaux-Arts en 1837 à la mort de Gérard. Il y fut nommé en 1857.

nay. Il était signé Frédéric-Thomas Graindorge et tout Paris se demandait qui se cachait sous ce nom bizarre. On s'amusa beaucoup lorsqu'une indiscrétion révéla qu'il s'agissait du grave professeur de philosophie Hippolyte Taine.

Salammbô continuait d'être la cible des journaux satiriques mais son succès s'accentuait et Gustave Flaubert pouvait se frotter les mains en lisant les innombrables épigrammes que faisait naître son roman carthaginois et qui en assuraient la publicité :

Des mythes africains débrouillant l'écheveau,
Peintre de Bovary, peins-nous le sale en beau.

Les censeurs sérieux n'attaquaient plus *Salammbô*. Ils sortaient leurs griffes pour déchirer *La Vie de Jésus* d'Ernest Renan. « Il ne sait pas l'hébreu », proclamaient les uns. « Il n'a jamais mis les pieds dans les lieux qu'il décrit », assuraient les autres. Et d'annoncer que le père Gratry et Mgr Plantier, l'évêque de Nantes, allaient river son clou à l'auteur en attendant que Veuillot se charge de réfuter le livre maudit. Dans un registre plus profane, *Le Fils de Giboyer* qui continuait de faire les beaux soirs de l'Odéon était l'objet de révélations surprenantes : des gazetiers affirmaient qu'Emile Augier avait écrit la pièce sous l'inspiration, pour ne pas dire la dictée, du prince Napoléon et même, précisaient certains, dans le cabinet du cousin de l'empereur, au Palais-Royal.

Un autre homme d'esprit allait aussi marquer son temps par les mots, les boutades, les proverbes acides qu'il semait dans son petit journal *Le Nain jaune* fort prisé des Parisiens. Cette occupation attirait pourtant moins d'ennemis à Aurélien Scholl que les brillantes polémiques qu'il menait envers et contre tous dans *Le Figaro*. Villemessant, son directeur, disait que Scholl lui attirait autant de procès que de lecteurs. Un duel contre Francisque Sarcey, mécontent d'une critique particulièrement dure, enflamma Paris. Sarcey s'en tira avec une égratignure mais après, dit-on, un combat acharné.

Dans le même temps, la presse libérale protestait contre la fermeture sans raison d'une sorte d'université populaire appelée « Entretiens et lectures de la rue de la Paix ». La mesure était stupide mais la nomination d'un nouveau ministre de l'Instruction publique parut de bon augure et calma les esprits. Il s'agissait de M. Victor Duruy, inspecteur général de l'enseignement secondaire qui passait pour un esprit libéral. Louis le normalien fut l'un des premiers prévenus de cette promotion : son meilleur camarade rue d'Ulm était le fils du nouveau ministre et toute l'Ecole se mit à espérer un assouplissement du règlement que l'administrateur, Louis Pasteur[1], faisait appliquer sans faiblesse. Mais Paris n'aurait plus été Paris si l'on n'avait vu dans cette faveur rapide l'effet d'une étrange coïncidence : M. Duruy, raconta-t-on, avait été le collaborateur discret de l'empereur qui s'apprêtait à publier une *Histoire de Jules César*.

Questionné sur le sujet par les « conscrits » et les « cubes », l'élève Duruy répondit avec esprit que ce n'était pas son père qui avait servi de nègre à Napoléon III mais lui-même durant les dernières vacances. Il ajouta que le nouveau ministre n'allait pas se contenter de présider les distributions de prix et qu'il avait un carton plein de réformes à faire appliquer.

En effet, sitôt nommé, Victor Duruy réintroduisit l'étude de l'histoire contemporaine dans les programmes et rétablit l'agrégation de philosophie. Il s'acquit aussi d'emblée la sympathie des potaches en « civilisant » le redoutable uniforme des lycéens :

1. Le grand Louis Pasteur, administrateur de l'Ecole, imposa une discipline terrible aux élèves. Il appartenait lui-même à la promotion 1843.

pantalon de drap à passepoil, képi, godillots et
capote rembourrée.

Elisabeth s'inquiétait : on avait été plus d'un mois
sans nouvelles des voyageurs et la première lettre qui
venait d'arriver avait été postée à Venise trois semaines auparavant. Heureusement elle était excellente et
les parents semblaient heureux. Ils racontaient leur
voyage en train et les aventures extraordinaires qu'ils
avaient vécues sur les routes italiennes jusqu'à
Milan, puis Vérone, en attendant de pénétrer en
territoire autrichien puisque la Vénétie avait été
offerte à l'empereur François Ier et Metternich par le
Congrès de Vienne.

*Les Italiens, écrivaient Bertrand et Louise, ne
savent pas trop s'ils doivent nous aimer ou nous
maudire. Ils nous adoreraient sans restriction si Napoléon, après les avoir aidés à libérer la Lombardie en
battant les Autrichiens à Solférino, n'avait subitement
décidé de les abandonner, arrêtant là la reconquête de
la Vénétie. A Venise, la population gronde contre
l'occupant. Grâce aux adresses de Sauvrezy nous
avons fait déjà des connaissances. Venise est une ville
indescriptible, tellement différente de toutes celles que
l'on connaît.*

*Nous marchons beaucoup, nous nous perdons dans
l'écheveau des petites rues qui enjambent des canaux,
longent des palais ou des maisons modestes qui paraissent somptueuses sous le soleil et débouchent soudain
sur des places où surgissent des églises admirables.
Notre santé est excellente. Il faut seulement faire
attention, la nuit tombée, de ne pas rencontrer un
groupe de soldats autrichiens ivres. Ils sont les maîtres
de la ville et le montrent à tout moment. Pour eux,
chaque passant devient un conspirateur. Il faut dire
que les Vénitiens résistent dans l'ombre mais avec un
courage extraordinaire aux occupants qui ne circulent
qu'en groupes tellement ils ont peur de se faire
attaquer sous un « porticcio » et d'être jetés dans un*

canal. *Cette atmosphère d'insécurité nous rappelle
certaines époques du Faubourg. Ne vous inquiétez pas
tout de même car dans la journée tous les quartiers
sont calmes, même joyeux. Les chants des gondoliers
et les cris des marchandes de fruits et de poissons
couvrent les bruits de bottes. Vous pouvez nous écrire
à la pension Panonia, S. Bartolomeo, Venezia, mais
il est peu probable que votre lettre arrive avant notre
départ, si elle arrive un jour jusqu'ici. Notre projet est
de gagner Florence, il y a paraît-il une bonne diligence
qui couvre ce trajet. De là nous quitterons l'Italie par
Pise d'où un bateau nous mènera à Gênes. Et puis, vite
le chemin de fer qui en quelques heures nous conduira
de Cagnes à Paris. Cela demandera bien encore un
mois mais nous ne prolongerons pas le voyage. D'ailleurs nous n'aurons plus d'argent. Nous avons hâte de
retrouver la colonne de la Bastille et la rue du
Chemin-Vert. Mille caresses au petit François et à
vous tous nos baisers et nos pensées les plus tendres.*

Bertrand et Louise.

*N.B. Nous confions cette lettre à un voyageur qui
rentre à Marseille et qui vous la postera en arrivant
dans cette ville.*

Bertrand et Louise ne mentaient pas en écrivant
qu'ils appréciaient leur voyage dans le plus beau des
pays. Ils avaient seulement été un peu au-dessous de
la vérité en parlant des dangers que faisait courir à
tous les passants attardés le combat terrible et
clandestin que livraient les patriotes vénitiens à
l'armée autrichienne. Ils n'avaient pas dit non plus
que les amis auxquels Sauvrezy les avait recommandés appartenaient à une société secrète dont l'action
les plaçait sous la menace d'un danger permanent.
La famille Risorto les avait accueillis si gentiment
dans la maison qu'elle occupait depuis des siècles sur
le Zattere al Ponte Lungo, face à la Giudecca, que

les Valfroy n'avaient pas eu l'envie d'interrompre des relations aussi chaleureuses lorsqu'ils avaient appris les engagements politiques de leurs hôtes. Ils prenaient des précautions et rentraient tôt à leur pension mais ne pouvaient s'empêcher d'éprouver quelques craintes. Que se serait-il passé en effet s'ils avaient été surpris en même temps que les Risorto au cours d'une perquisition de la police autrichienne? Il existait des dénonciateurs payés par l'occupant et les exécutions de patriotes étaient nombreuses. Français ou Vénitiens, les occupants de la maison auraient été purement et simplement fusillés.

— Ce serait trop bête, disait Louise, d'avoir échappé à toutes les révolutions du Faubourg pour venir mourir à Venise.

— Mais non, la rassurait Bertrand, le danger, s'il existe, est minime. Les Risorto sont prudents, ils ne nous mêlent à aucune de leurs actions, et puis on ne peut pas toujours vivre dans la crainte... Ayons confiance!

Giorgo Risorto et son fils aîné Clodio étaient sculpteurs. Le père, surtout, était un remarquable artiste. Les guirlandes d'angelots que ses gouges faisaient sortir des blocs de noyer ou de bois fruitiers étaient retenues des mois à l'avance par les marchands de San Marco. Il sculptait aussi dans le tilleul et quelquefois dans l'ébène des serviteurs noirs porteurs de flambeaux, presque grandeur nature.

— Certains sculpteurs, disait-il, sont habiles et réussissent à faire leur nègre dans la journée. Moi, il me faut une semaine mais les antiquaires ne s'y trompent pas et j'ai en commande une suite de six serviteurs de visages et de vêtements différents pour le palais du comte Volpi.

Clodio, lui, travaillait plus volontiers la pierre. Il était occupé à la restauration de la Ca' Foscari, un superbe palais du XVe siècle, situé près du pont du Rialto, dont les décors gothiques s'effritaient par endroits. Bertrand et Louise avaient été le voir

travailler sur un échafaudage suspendu au-dessus du
Grand Canal. Installés à une fenêtre du troisième
étage, au-dessus de la passerelle sur laquelle se
trouvait Clodio, ils regardaient la ville vivre sur les
eaux vertes où se croisaient et se dépassaient les
gondoles légères et les bateaux de transport, plus
longs et plus trapus, chargés de matériaux de construction, de légumes, de bonbonnes et de caisses. Les
rames semblaient à peine effleurer les vagues du
canal mais ces caresses suffisaient pour faire glisser
vivement toutes ces barques dans un ballet plein de
charme et de couleurs.

Une gondole vernie de neuf, aux cuivres étince-
lants et aux tapis épais, arrivait du Rialto, conduite
par deux rameurs en tenue marine et chapeau à
ruban rouge.

– Regardez! leur cria Clodio. C'est la gondole du
colonel Waldheim, commandant les lanciers autrichiens. C'est un chacal qui a fait fusiller au moins
une dizaine de patriotes. Les deux mariniers sont des
amis. Il leur en coûte de ne pouvoir flanquer leur
passager dans le canal. On va tout de même lui faire
peur. Mais, quand vous aurez vu, ne restez pas à la
fenêtre, sauvez-vous!

Clodio avait pris, bien en main, un bloc de pierre
de deux ou trois kilos détaché d'un pilastre, un
débris comme il en tombait de temps en temps de la
façade délabrée. Il attendit que la gondole arrive
sous lui et lâcha son énorme caillou qui s'écrasa sur
le toit protégeant du soleil l'officier impérial. Au
même moment, les deux gondoliers mimèrent un
déséquilibre et se livrèrent à une sorte de danse qui
faillit faire chavirer le bateau et lui fit embarquer
deux bons seaux d'eau.

Clodio avait quitté tout de suite son échafaudage.
Bertrand et Louise le retrouvèrent un peu plus tard,
sur le campo SS. Apostoli. Il était hilare et dégustait
une glace qu'il venait d'acheter à un marchand

ambulant. Les deux Parisiens étaient moins flam-
bards :

— Tu es fou! dit Bertrand. Tu aurais pu tuer le
colonel et être arrêté pour meurtre. Ou atteindre l'un
des gondoliers...

— Mais non. Mes amis étaient prévenus et le toit
d'une gondole est assez solide pour résister au jet
d'une pierre. Ils ont évidemment fait exprès de
remuer pour faire croire que la gondole allait se
renverser. Elle a seulement, je crois, embarqué un
peu d'eau. Juste assez pour tremper le pantalon bleu
du colonel.

— Ne va-t-on pas faire une enquête et savoir qui
travaillait sur l'échafaudage?

— La police a déjà dû envahir le palais mais tout le
monde, à commencer par le gardien qui est des
nôtres, a affirmé que personne ne travaillait en ce
moment sur le chantier et que les travaux sont
destinés à empêcher la chute de morceaux de façade
qui se détachent de temps en temps et risquent de
blesser quelqu'un. Si par hasard on me retrouvait,
j'ai dix amis qui jureraient que ce matin-là je travaillais avec eux à la réfection de la tour de l'Horloge à
San Marco. Nous allons d'ailleurs nous y rendre
tout de suite afin de ne pas les faire mentir.

Bertrand et Louise demeurèrent encore cinq jours
chez les Risorto qui avaient tenu à ce qu'ils aban-
donnent durant leur dernière semaine vénitienne la
pensione Panonia pour venir habiter chez eux.

— Comme vous venez souvent manger la pasta à
la maison il vous faut rentrer souvent à la nuit. Ce
n'est pas sage : les rues sont dangereuses. Puisque
nous avons une chambre pour vous...

Il est vrai que les Valfroy ne pouvaient être mieux
que chez ces amis hospitaliers qui ne savaient quoi
faire pour leur être agréables. Seulement, Louise
pensait avec quelque raison que si les rues étaient
dangereuses la nuit, la maison des Risorto l'était
bien davantage. La dernière fantaisie de Clodio, qui

ne pouvait qu'être suivie d'autres aussi risquées, mettait la maison à la merci des gendarmes autrichiens pour peu qu'une maladresse ou une dénonciation vienne à leur indiquer la famille comme l'une des plus actives de la résistance italienne.

— Etre français n'est pas une référence pour les culottes blanches, dit Louise. Si nos amis sont pris, nous serons mis dans le même sac et je ne tiens pas à être fusillée en regardant la petite lumière vaciller dans sa niche du mur de San Marco comme les anciens condamnés des doges. Sans compter qu'avant cette dernière cérémonie nous devrions subir l'épreuve des plombs et franchir le pont des Soupirs que je préfère admirer depuis le quai des Esclavons. Nous avons une famille qui nous attend, la sagesse nous commande de quitter au plus vite notre adorable mais trop impétueuse famille vénitienne.

Après des adieux déchirants, les Valfroy prirent donc congé de leurs hôtes et embarquèrent à bord de la gondole d'un cousin des Risorto que Bertrand reconnut comme l'un des deux marins qui avaient amené de bon cœur le bateau du colonel Waldheim sous l'échafaudage de la Ca' Foscari. Eugenio était un joyeux gaillard qui chantait pour se donner du cœur à l'ouvrage. Il lui en fallait pour couvrir sur la lagune la vingtaine de kilomètres qui séparaient Venise de Chioggia d'où partait la diligence de Bologne.

— Je coucherai comme vous à Chioggia, dit Eugenio. Nous irons chez Vittorio Rinaldi qui partage nos idées. Il tient l'albergo *San Francesco* et prépare la meilleure pasta asciuta de la Vénétie.

Là encore, les Valfroy tombèrent dans un repaire de *congiurati*. Ils ne comprirent pas grand-chose aux discussions animées qui réunissaient des pêcheurs, des mariniers et quelques messieurs élégants autour de bouteilles endimanchées dans leur robe de paille. L'assemblée parlait en dialecte et si Bertrand comme

Louise réussissaient à se faire comprendre grâce aux quelques mots appris chez les Risorto et à leurs souvenirs de latin, ils ne pouvaient saisir au vol les phrases enflammées du parler vénitien. Après avoir avalé un saladier de tagliarini aux fruits de mer, deux larges tranches de jambon fleurant le bois et des figues fraîches, ils s'apprêtaient à monter dans leur chambre quand deux carabinieri poussèrent la porte. Louise étouffa un cri mais Eugenio la rassura d'un geste : la police italienne était du côté des patriotes et attendait comme tout le monde le moment de renvoyer les Autrichiens dans leurs montagnes. Ils dormirent donc paisiblement. Le matin, à l'instant de monter dans la diligence qui faisait relais à côté de l'albergo, le patron, Vittorio, qui avait refusé tout paiement en disant qu'un hôte étranger envoyé par Giorgio Risorto ne pouvait être considéré que comme un invité, leur remit un paquet enveloppé de toile :

— Tenez, prenez. La route va être longue et l'on ne sait jamais ce qu'on trouvera à manger dans les contrées sauvages que vous allez traverser en quittant la Vénétie.

Louise dut embrasser toute la famille et le brave Eugenio qui avait quatre bonnes heures à ramer pour rejoindre le Grand Canal. La diligence devait dater de l'empereur Théodose. Construite sûrement avant l'invention des ressorts de suspension, elle donnait l'impression de perdre l'une de ses roues à chaque cahot.

— C'est la ligne la plus effroyable d'Italie! leur dit en riant un voyageur qui parlait correctement le français. Il venait d'acheter des pièces de soie et des dentelles pour son magasin de Pise. Mais rassurez-vous, ajouta-t-il, à partir de Ferrare vous aurez une voiture convenable.

Vers midi, Bertrand dit que d'être ainsi secoué lui donnait faim. Louise ouvrit le colis qui contenait de quoi se nourrir pendant une semaine : mortadelle, jambon de Parme, salami et fruits. Mme Rinaldi avait ajouté une bouteille de valpolicella. La vie était belle et les Valfroy se sentaient déjà sur la voie du retour. Le Faubourg, presque exclu de leurs préoccupations depuis le début du voyage, commençait à reprendre place dans la conversation. Oui, la vie était belle. Et il restait encore à vivre la grande fête de Florence, à découvrir la Seigneurie et le Palais-Vieux, les douces collines de San Miniato et de Fiesole. Et le campanile de Giotto...

– J'ai hâte de voir, dit Bertrand, si la Signoria qui est, comme l'affirme Sauvrezy, le centre de l'Italie, m'inspire autant que la Sérénissime. A propos, as-tu aimé le dernier poème sur Venise que je t'ai donné hier soir ?

– Beaucoup. Tiens, je vais te le réciter au prochain arrêt.

A Rovigo, tandis que les garçons d'écurie, plus bruyants encore que les cochers français, changeaient d'attelage, Louise, assise sur une pierre, lut de sa voix douce et chaude :

APRÈS CHOPIN

Ce soir-là, souviens-toi, Venise était à nous.
De la Fenice bleue, des accords de Chopin
Effacés par nos pas sur le pavé marin,
Il ne restait qu'un rêve et des notes un peu
[floues.

Nous n'étions plus que deux traversant le décor
Tapissé dans la nuit par la Sérénissime.
Les palais endormis dans une paix sublime
Flottaient sur les eaux vertes aux remous
[cernés d'or.

Enlacés nous allions titubants de bonheur.
Longeant l'ocre des murs allumés par la lune
Pour gagner notre lit, Hôtel des Voyageurs.

Guidés par le bruit des gondoles enchaînées,
Nous arrivâmes enfin au bord de la lagune.
Là-haut nos volets clos et notre éternité.

— Tu sais, Bertrand, que c'est peut-être ton meilleur poème? dit Louise après un instant de silence. Peut-être parce qu'il me rappelle le concert de la Fenice, c'est celui que je préfère.

— Alors c'est le plus beau!

Et Bertrand, sous l'œil étonné des autres voyageurs et du cocher qui appelait à monter en voiture, enlaça sa femme, l'embrassa comme une fiancée et l'entraîna dans une valse où Chopin chantait dans sa tête.

De retour à Paris, Bertrand et Louise éprouvèrent quelques difficultés à reprendre leurs habitudes. Le Faubourg, certes, n'avait pas changé mais ils avaient été tellement marqués par l'Italie, ses beautés, sa grandeur, son exubérance que la vie calme, régulière et monotone de la famille leur donnait l'impression de vivre au ralenti, sur un rythme étrangement décalé.

— Tu vois, ma chérie, disait Bertrand à sa femme, il ne faut pas trop jouer avec la liberté. On y prend goût... C'est ce qui est arrivé à Sauvrezy qui étouffe dans son atelier. Quand je suis rentré après mon tour de France, j'ai été aussi mal à l'aise pendant un moment. Mais cette nostalgie ne manque pas de charme...

La lettre de Léon Riesener n'était pas arrivée à Venise et l'annonce de la mort de Delacroix avait touché profondément Bertrand. Leurs métiers, la gloire d'Eugène devenu une célébrité, les avaient séparés ces dernières années mais les souvenirs de jeunesse ne s'effacent pas comme un dessin au fusain. L'une des premières sorties des Valfroy fut pour aller se recueillir au Père-Lachaise sur la tombe du peintre.

Heureusement, il y avait le petit François qui réveillait toute la famille. C'était un enfant gai, aimable et qui semblait intelligent. Son père en était fou et Élisabeth se révélait être une bonne mère. Quant aux grands-parents, leur retour paraissait n'avoir été motivé que par l'existence de ce petit homme, héritier de la plus célèbre lignée d'ébénistes du Faubourg mais qui, Bertrand en souffrait parfois, ne perpétuerait pas le nom de Valfroy. Celui-ci s'éteindrait avec le fils d'Ethis. Sa présence sur l'estampille familiale était sa dernière chance de survie. « A moins que Jean-Henri Fradier n'accolle notre nom au sien », disait Bertrand.

Depuis le début, le jeune homme avait joué la carte de la qualité, comme le vieux Fradier, comme les Valfroy, et il entendait continuer. Pour l'instant, il épousait sans aucun regret la mode de l'impératrice qu'on n'appelait pas encore le style Napoléon III.

L'empereur était d'ailleurs étranger à cette résurrection du Louis XVI. Son goût personnel l'aurait plutôt porté vers un retour à l'antique qui aurait poursuivi jusque dans la forme des fauteuils les choix de l'oncle modèle. Le prince Jérôme Napoléon avait bien essayé de faire pièce à l'impératrice, qu'il détestait, en commandant pour sa somptueuse villa pompéienne de l'avenue Montaigne un ameublement à la romaine beaucoup plus proche du style antique que les à-peu-près de la fin du XVIIIᵉ siècle, mais le « néo-pompéien », comme disait Gautier, n'eut pas de succès alors que le « Louis XVI impératrice » pénétrait dans tous les appartements élégants. Il y avait longtemps qu'une femme n'avait pas imposé ses goûts dans l'art de se meubler. Ceux d'Eugénie de Montijo qui avait une passion pour Marie-Antoinette eurent d'autant moins de mal à triompher que Napoléon III, plus préoccupé par les affaires du Mexique que par le souci de choisir l'ameublement de ses sujets, laissait sa femme transformer en Trianon les salons que l'architecte Lefuel venait d'achever pour elle aux Tuileries.

Jean-Henri poursuivait son idée de devenir un jour l'un des fournisseurs de l'impératrice. Le fabricant-ébéniste qu'il considérait comme un modèle n'était plus établi au Faubourg mais avenue de Villars où les frères Grohé travaillaient presque exclusivement pour la cour depuis que Louis-Philippe leur avait acheté un meuble Renaissance au salon de 1839. Les honneurs pleuvaient sur Georges Grohé fait chevalier de la Légion d'honneur en 1849, et Jean-Henri pensait qu'en se donnant un peu de mal il pouvait obtenir non pas le ruban mais quelques commandes officielles. La première ne vint pas des Tuileries, malgré les démarches de Justin Richebraque qui se révélait être un collaborateur très actif, mais du Corps législatif. Vingt-quatre fauteuils de forme Louis XVI et une grande table de bibliothèque en noyer : c'était un bon début.

L'atelier ou plutôt les ateliers de Fradier-Valfroy produisaient au maximum de leurs possibilités et Jean Caumont retrouvait en les dirigeant une nouvelle jeunesse. C'était un homme bon et loyal qui ne pouvait que s'entendre avec Jean-Henri, associé intelligent, travailleur et fin diplomate. Un jour il lui demanda :

— Jean-Henri, pourquoi n'engageons-nous pas de nouveaux ouvriers? Nous n'arrivons pas à honorer toutes nos commandes et il y a là un manque à gagner auquel pourrait remédier l'embauche de trois ou quatre compagnons menuisiers en sièges.

— Je vous comprends très bien, Jean, mais je crois que nous commettrions une erreur en augmentant actuellement nos effectifs. Plus on devient important plus on est vulnérable. Mon père m'a souvent rappelé la faillite et la ruine de Georges Jacob qui employait pourtant près de trois cents ouvriers. Les affaires marchent très bien aujourd'hui mais nous sommes toujours à la merci d'une crise. Depuis que nous avons repris les ateliers, vous et moi, nous nous sommes beaucoup développés et je crois que, maintenant, il faut souffler. Il n'est d'ailleurs pas dit que nous gagnerions plus d'argent en augmentant le volume de nos affaires.

C'était la voix de la sagesse. Jean l'entendit et Bertrand appuya son gendre :

– Beaucoup de clients, cela signifie beaucoup de paperasses, de comptes, de factures. Déjà, sans l'aide de Louise et souvent celle d'Élisabeth, Richebraque n'y arriverait pas. Et puis les clients, il faut avoir le temps d'aller les chercher!

Eternel recommencement, on se mit à parler de l'Exposition de 1867 où l'ameublement devait tenir une grande place. C'était la fièvre de 1855 qui reprenait avec, en plus, la multiplication des machines-outils qui avaient pris en dix ans une importance capitale, souvent, il faut le dire, au détriment de la qualité et de l'invention.

Déjà on citait des chiffres : plus de 600 000 mètres carrés offerts à plus de 40 000 exposants! Comme la dernière fois, il s'agissait de faire mieux que les Anglais qui, en 62, avaient réunis 27 000 exposants au palais de Cristal. On avait eu « l'année italienne », puis « l'année mexicaine » peu glorieuse malgré le sanglant combat de Caméron[1]. 1866 était « l'année Sadowa[2] » et 1867 serait, pour le monde entier, « l'année de l'Exposition de Paris ». Jean-

---

1. 64 hommes d'un régiment français de la Légion étrangère, commandés par le capitaine Danjou, attaqués dans le hameau de Cameron par plus de 2 000 Mexicains, résistèrent durant 9 heures. Il n'y eut que 3 survivants.
2. Victoire remportée à Sadowa par l'armée prussienne sur l'Autriche qui devait abandonner la Vénétie à l'Italie et permettre à la Prusse de réorganiser et de dominer l'Allemagne au nord du Main.

Henri, Bertrand et Jean Caumont commençaient à se demander quel mobilier ils allaient montrer aux centaines de milliers de visiteurs attendus au Champ-de-Mars l'année suivante.

– Cette fois nous avons les moyens de réussir une belle exposition, dit Jean-Henri. Nous devons être aussi bons que les premiers. Je suis sûr que 1867 sera une grande année pour notre marque.

– Et pour nous! continua Elisabeth. Je suis à peu près sûre que François va avoir un petit frère ou une petite sœur!

Comme pour fêter cette heureuse perspective, le lendemain, Jean-Henri était convoqué aux Tuileries par Amédée Bourganeuf, directeur du Mobilier de la Couronne. Ce rendez-vous le plongeait dans la perplexité. Pourquoi le priait-on de venir aux Tuileries et non dans les bureaux du Mobilier? Et que lui voulait-on?

– Sûrement du bon! dit Bertrand. Sans doute la commande d'un meuble particulier destiné aux appartements impériaux. Bourganeuf veut te montrer le cadre auquel il est destiné.

Le jour venu, Jean-Henri passa sa plus belle redingote qui le serrait ce qu'il fallait à la taille et noua une cravate grise discrète autour de son col blanc à larges rabats. Coiffé du chapeau haut de forme acheté pour la circonstance, M. Fradier, représentant de l'estimable maison Fradier-Valfroy, avait fière allure et l'humeur énergique d'un conquérant. Elisabeth rectifia le nœud de sa cravate et enleva d'une pichenette la poussière posée sur un revers puis l'embrassa avant de le laisser partir :

– Voilà! dit-elle. Tu es parfait et si l'impératrice t'invite à prendre le thé, tu ne seras pas déplacé. Bonne chance, mon mari!

Au poste de la grille, son nom figurait sur la liste des visiteurs attendus et un grenadier de la garde le conduisit jusqu'au salon d'attente où M. Amédée

Bourganeuf, un homme rond et jovial, vint le retrouver :

– Je vous ai prié de venir, dit-il d'emblée, parce que votre nom a été plusieurs fois cité en ma présence comme celui d'un excellent ébéniste et que Sa Majesté impériale souhaite qu'une partie importante des travaux d'ameublement soit confiée à des maisons du faubourg Saint-Antoine.

– Je suis flatté, monsieur, et vous signale que nous avons reçu il y a quelque temps une commande du Corps législatif.

– Cela n'a rien à voir. Il s'agit cette fois d'une importante commande destinée aux nouveaux appartements de Leurs Majestés à Saint-Cloud.

Il tira une feuille de son maroquin et lut :

– « Un grand lit en palissandre à quatre colonnes massives cannelées, torses et baldaquin avec belles moulures et bronzes dorés; grand et petit dossier avec perles et torsades dorées et un écusson avec les lettres L N en bronze doré; les chapiteaux en bronze doré avec quatre aigles, *id.* sur les angles du baldaquin. » Je vous ferai tenir un dessin. La commande comporte encore un autre lit en bois noir verni, mêmes mesures, mêmes bronzes et aigles, moins de dorures.

– Je suis sensible à la description détaillée de ces meubles mais puis-je me permettre, monsieur, de vous demander si, dans une faible mesure, je suis autorisé à modifier quelques détails au cas où la nécessité artistique le commanderait en cours d'exécution?

M. Bourganeuf regarda Jean-Henri d'un air un peu étonné :

– Il est rare que vos confrères appelés à travailler pour la Couronne songent à apporter un changement quelconque à un projet très étudié et qui a reçu l'approbation de l'empereur. Mais votre question est intéressante...

– C'est que je suis, monsieur, un créateur en

même temps qu'un constructeur. Je ne demande cette marge d'interprétation personnelle que dans le but de fournir un meuble sans défauts.

– J'apprécie vos remarques. Je préfère un artiste intelligent, responsable, à un exécutant servile. Vous avez toute liberté, monsieur Fradier, à condition de respecter la ligne essentielle et les mesures du projet. Je vous signale simplement que votre travail serait refusé si vous vous livriez à des fantaisies qui dénatureraient le projet initial.

– Est-ce tout, monsieur?

– Non, voici une liste de quatorze sièges, chaises ou fauteuils dont la réalisation ne doit vous poser aucun problème.

Jean-Henri remercia l'aimable fonctionnaire de la Couronne et il s'apprêtait à prendre congé quand le bonhomme s'écria, s'amusant à l'avance de son tour :

– Ah! j'oubliais, monsieur Fradier, l'impératrice m'a demandé de vous conduire vers elle. Venez!

– L'impératrice? demanda Jean-Henri éberlué.

– Oui, Sa Majesté possède dans son salon privé une commode de Riesener et un meuble de Beneman qui ont besoin de quelques réparations. Elle m'a demandé de trouver le meilleur ébéniste capable d'exécuter ce travail qu'elle considère comme délicat et très important. Or votre famille est apparentée aux grands artistes que furent Jean-François Œben et Jean-Henri Riesener...

– Comment le savez-vous?

– La Couronne aime connaître le passé des gens qu'elle fait travailler.

– La police n'est pas si bien informée que cela. Il s'agit de mon beau-père et associé, Bertrand de Valfroy, qui descend de ces illustres ébénistes. Et c'est d'ailleurs lui qui se chargera de ce travail. Soyez certain qu'il remettra en état la commode de Riesener avec tout le respect souhaitable.

– Parfait, suivez-moi, on ne fait pas attendre l'impératrice!

Après avoir traversé plusieurs salons et franchi un dédale de couloirs, ils arrivèrent devant une porte sculptée et moulurée d'or fin. M. Bourganeuf frappa, presque aussitôt une dame d'atours vint ouvrir qui les pria d'entrer et les dirigea vers le fond de la pièce. Etrange salon que découvrait Jean-Henri avec curiosité et étonnement. Des meubles d'Œben, des encoignures de Boulle côtoyaient des poufs épanouis comme des grosses fleurs sur un tapis de la Savonnerie. Près d'un magnifique bureau de Weisweiler trônait un confortable. L'encombrement était tel qu'il fallait contourner chaque meuble et se mouvoir dans l'appartement comme un navire au milieu des écueils.

Eugénie de Montijo était assise près d'une fenêtre. Elle sourit à Jean-Henri qui s'inclina respectueusement sans perdre des yeux cette femme élégante qui dégageait un charme rare.

– Bonjour monsieur, dit-elle d'une voix où perçait un accent que Jean-Henri trouva émouvant. Je souhaiterais que vous vous intéressiez à deux meubles auxquels je tiens beaucoup. Regardez donc cette commode et ce médaillier. Ils portent des signatures célèbres mais le temps a eu raison de quelques détails de marqueteries qu'il faudrait restaurer. Je n'ai pas confiance dans le talent des ouvriers du Mobilier qui m'ont abîmé deux sièges de Jacob. M. Bourganeuf m'a parlé de vous et des attaches de votre maison avec le maître Riesener. Je pense que vous aurez à cœur d'assurer l'entretien de son œuvre. Voyez-vous, monsieur, j'ai la passion des meubles de la fin du siècle dernier et je m'occupe personnellement de la décoration de nos salons. Il n'y a pas ici un meuble dont je n'aie choisi la place.

Jean-Henri remercia et s'empêtra un peu en voulant complimenter son impériale cliente alors qu'il pensait qu'Eugénie avait bien tort de se passer du concours d'un tapissier. M. Bourganeuf esquissa un sourire et reconduisit Jean-Henri.

– Alors, monsieur Fradier? Etes-vous content?

– Je ne sais comment vous exprimer ma gratitude. Cette commande et la confiance de l'impératrice me permettent d'approcher du but que je me suis fixé quand j'ai repris l'atelier de mon père. L'exposition internationale de l'an prochain devrait nous aider car nous allons faire un effort exceptionnel.

Et le temps passa, très vite, après qu'Elisabeth eut mis au monde une petite fille, Antoinette, laissant juste à Jean-Henri l'occasion d'affirmer son autorité dans la profession où l'estampille Fradier-Valfroy était classée désormais parmi les plus importantes. La foire universelle du Champ-de-Mars s'était terminée par un succès éclatant : la Grande Médaille, remise par l'empereur à la trinité familiale Bertrand, Jean et Jean-Henri. Une photographie de la cérémonie avait été prise. Malheureusement, l'empereur, agacé, n'avait pas voulu prendre la pose et ce document qui devait trôner dans le magasin de *L'Enfant à l'oiseau,* devenu encore plus important grâce à l'achat de deux boutiques voisines, se révéla complètement flou. Bertrand apprit un peu plus tard, grâce à l'indiscrétion d'un membre du jury, que l'attribution du « Grand Prix de l'ameublement » avait donné lieu à une longue discussion. A une voix de majorité, c'est Auguste Fourdinois qui l'avait emporté :

– Ce n'est que justice, dit Jean-Henri, bon joueur. Le mobilier de chambre à coucher présenté par Fourdinois et qu'a acquis le roi d'Espagne était supérieur à notre œuvre maîtresse, le cabinet en ébène. La Grande Médaille après avoir frôlé le Grand Prix, c'est tout de même un succès!

Jean-Henri eut d'ailleurs la consolation d'être peu

après convié avec Elisabeth à l'un des bals des Tuileries. Cette consécration les obligea à acheter une robe de cour et un habit de soie, importables ailleurs qu'aux réceptions impériales. Mais elle leur permit d'approcher les hauts dignitaires de l'Etat et de contempler leurs costumes dont la diversité rappela à Elisabeth la représentation de *La Grande Duchesse de Gerolstein* qu'ils venaient d'applaudir au Palais-Royal : chambellans en habit rouge, préfets du palais en habit ponceau, maîtres des cérémonies en violet, écuyers en vert, officiers d'ordonnance en bleu clair, tous plus ou moins chargés de broderies et de dorures selon les grades.

— Avec de pareils uniformes, l'armée impériale doit être invincible! glissa Elisabeth à l'oreille de son mari qui se tenait près d'elle en haut du grand escalier.

— Je l'espère mais Sadowa a montré que les troupes prussiennes le sont sans doute aussi.

Ils avaient entr'aperçu l'empereur et l'impératrice qui s'étaient retirés à minuit pour souper dans un salon réservé. Maintenant, les invités se ruaient vers les buffets richement dressés sur les deux côtés de la grande galerie. Cette invasion de tenues multicolores et de falbalas donnait l'illusion d'une étrange bataille de perroquets. Ce n'était heureusement pas du sang qui coulait parfois sur les manches galonnées et les robes brodées mais le coulis d'un sorbet ou la sauce poivrade d'une pièce de gibier.

— Va si tu veux, dit Elisabeth. Moi je ne me lance pas dans cette cohue. Regarde-moi ces sauvages, on dirait que chez eux ils ne mangent pas! Et elle ajouta de ce ton moqueur que Jean-Henri connaissait bien :

— Mon cher époux lauréat de la Grande Médaille, vous connaissez enfin la fierté d'être invité aux Tuileries. J'espère que cela vous comble de bonheur!

— Ne te moque pas, cruelle! Tu sais bien que ce

genre de manifestations me déplaît autant qu'à toi mais, que veux-tu, nous vivons dans un régime où l'apparence et certaines distinctions ont leur importance. Les Soubrier, les Mercier, les Fourdinois sont là. Le fait de se raser en leur compagnie car, ils s'ennuient autant que nous, est la marque que nous sommes leurs égaux. Tiens, regarde à droite ce gros monsieur qui parle avec Grohé dont il est un bon client, c'est le comte de Lagrange, le propriétaire de Gladiateur, le cheval qui vient de gagner le Grand Prix.

— Entre médaillés, c'est normal qu'on s'entende!

— Ecoute, il y a tout de même pire dans la vie que d'assister à une réception aux Tuileries!

— Oui mon chéri mais, pour tout te dire, je suis fatiguée. Je n'ai qu'une envie : rentrer à la maison, retrouver François et Antoinette, manger un œuf à la coque dans la cuisine et dormir avec toi. Si tu veux t'occuper un peu de ton épouse cela sera encore mieux!

— Viens, mon amour, rentrons! Nous allons bien trouver un fiacre mais, la prochaine fois, je te jure que nous aurons notre voiture avec notre cocher qui nous attendra!

La France, elle, commençait à se demander si elle était encore bien conduite. Les lois dites libérales de 1868 n'amenaient que des effets désastreux. Celle sur la presse avait eu l'air de donner la liberté d'écrire mais cette faveur étranglait en réalité un peu plus les journalistes. « Curieuse liberté, écrivait *Le Figaro,* qui est bornée au nord par le capital, au sud par le droit de timbre et de cautionnement, à l'est par la police correctionnelle et à l'ouest par le ministère de l'Intérieur. »

Le cœur c'est vrai n'y était plus. Le train-train officiel suait l'ennui et ce n'était pas le remplacement de M. Pinard par M. de la Roquette au ministère de l'Intérieur qui allait réveiller le pays, non plus la nomination des officiers de la garde mobile que venait de créer le maréchal Niel, encore moins l'arrivée à Paris d'une ambassade chinoise. On s'intéressait davantage aux attaques dont M. Haussmann était l'objet à la tribune du Parlement. Thiers l'accusait d'avoir lancé la France dans le tourbillon des grosses dépenses et donné à Paris un budget de royaume qui grevait la capitale pour de longues années. Ce n'était pas faux mais, en réfléchissant un peu, on pouvait penser que Paris valait bien une dette.

Les morts illustres eux-mêmes quittaient le monde sans fanfare. Lamartine, oublié par le Second Empire littéraire et politique, s'était éteint paisiblement en regardant le crucifix d'Elvire, dans la modeste maison de Passy que la Ville avait mise à sa disposition. Hector Berlioz avait été inhumé sans même que sa musique fût jouée à ses obsèques. Mais, l'illustre inconnu M. Troplong, président du Sénat, avait eu droit à un enterrement national de première classe.

L'empire était malade, c'était évident. Le thermomètre des élections législatives marquait la progression de l'esprit d'opposition à Paris. Henri Rochefort et son journal satirique *La Lanterne* n'y étaient pas pour rien. Chaque semaine, un nombre de plus en plus grand de lecteurs s'arrachaient la feuille et la faisaient circuler. On lisait peu les journaux au Faubourg mais *La Lanterne* se passait d'un atelier à l'autre et les artisans du bois y découvraient avec délices des articles pleins d'allusions piquantes et de mordantes épigrammes contre les hommes et la politique de l'empire.

Ce qui devait arriver arriva : le onzième numéro de *La Lanterne* fut saisi et Rochefort n'eut que le temps de passer en Belgique avant d'être condamné à un an de prison et à 10 000 francs d'amende. Le seul nom de Rochefort mettait les Tuileries en transes, ce fut pis encore lorsqu'il cessa la publication de *La Lanterne* pour poser sa candidature au

Corps législatif, dans la première circonscription de la Seine, et qu'il fut élu député. Non seulement Rochefort représentait dans sa forme la plus agressive, la plus insolente, l'opposition à l'empire mais il se dressait ouvertement et directement contre l'empereur et l'impératrice.

Un fait divers allait permettre au journaliste le plus célèbre de France d'attaquer Badinguet d'une plume encore plus féroce qu'à l'accoutumée. Victor Noir, un jeune collaborateur de *La Marseillaise,* avait été froidement abattu d'une balle de pistolet par le prince Pierre Bonaparte à qui il rendait visite en qualité de témoin de M. Paschal Grousset qui s'estimait offensé par une lettre du petit-neveu de l'empereur parue dans un journal corse.

La nouvelle du meurtre produisit une sensation considérable dans Paris. La jeunesse de la victime et la personnalité de son assassin soulevèrent une indignation quasi unanime que Rochefort devait sublimer dès le lendemain dans un article encadré de noir publié en première page de *La Marseillaise :*

J'ai eu la faiblesse de croire qu'un Bonaparte pouvait être autre chose qu'un assassin.

J'ai pu imaginer qu'un duel loyal était possible dans cette famille où le meurtre et le guet-apens sont de tradition et d'usage.

Notre collaborateur Paschal Grousset a partagé mon erreur et aujourd'hui nous pleurons notre pauvre et cher ami Victor Noir, assassiné par le bandit Pierre-Napoléon Bonaparte.

Voilà dix-huit ans que la France est entre les mains ensanglantées de ces coupe-jarrets qui, non contents de mitrailler les républicains dans les rues, les attirent dans des pièges immondes pour les égorger à domicile.

Peuple français, est-ce que décidément tu ne trouves pas qu'en voilà assez ?

                                        Henri Rochefort

Les obsèques de Victor Noir dont le corps avait été transporté à son domicile, à Neuilly, attirèrent une foule considérable. Certains voulaient ramener le corps à Paris pour l'inhumer au Père-Lachaise mais l'avis de la famille prévalut et l'enterrement se fit au cimetière de Neuilly. Cent mille, deux cent mille personnes? On ne saura jamais le nombre de ceux qui remplissaient le cimetière, ni celui des autres qui n'avaient pu entrer et débordaient dans toute l'avenue.

« Ceux qui étaient mêlés à cette foule, écrira Jules Claretie, n'oublieront jamais l'impression grondante, le formidable mugissement de cette mer humaine qui montait en chantant l'avenue de Neuilly vers l'Etoile. »

« C'est l'empire que Paris a enterré! » écrivit Rochefort. L'affrontement avec les escadrons de chasseurs à cheval avait été évité de justesse. Napoléon III pouvait bien ordonner l'arrestation et le renvoi du prince en haute cour de justice, la voie triomphale qui avait mené l'empire au sommet de sa puissance avait pris soudain la pente du déclin sur la tombe ouverte de Victor Noir, remplie de fleurs, où quelqu'un avait posé une couronne portant l'inscription : « A Victor Noir, la Démocratie. »

Devant ces menaces, il fallait réagir. Napoléon savait que si Paris lui échappait, la province bien encadrée par les patrons tout-puissants, l'Eglise et les châteaux, lui était acquise. Le temps était venu pour l'empereur de faire appel à la nation par voie de plébiscite afin de se voir conforté dans sa légitimité et de faire face aux assauts révolutionnaires de la capitale.

Le dimanche 8 mai 1870 il faisait beau, presque chaud à Paris. Bertrand et Jean retrouvèrent Jean-Henri devant la mairie du XIe arrondissement où se tenait le bureau de vote. La campagne électorale avait été sévère et les comités, celui des partisans de l'empire et celui des démocrates, s'étaient affrontés au cours de réunions qui souvent avaient dégénéré en violences. Pour les Valfroy, le choix avait été facile. Ils avaient été longtemps favorables à l'empire mais les entreprises guerrières, surtout celle du Mexique, les avaient détachés de ce régime absolu dont ils reconnaissaient pourtant les réussites, comme la grande majorité des gens du Faubourg. Voter non au référendum, c'était rester fidèles aux vieilles idées républicaines de la famille, à celles d'Ethis et aussi aux opinions généreuses si souvent manifestées durant la grande révolution par le baron de Valfroy. Et puis tous ces uniformes chamarrés, ces ors, ces médailles arborés avec morgue par les thuriféraires du régime agaçaient les familles d'artisans où la blouse de toile écrue avait toujours été considérée comme l'habit de noblesse d'un monde qui croyait en ses vertus. Jean-Henri, lui, avait décidé de voter pour l'empire et personne dans la famille n'aurait osé le lui reprocher.

— Je vous comprends, avait-il dit, mais égoïstement, je choisis l'ordre afin de défendre notre patrimoine. J'ai réussi à réaliser une partie de mes rêves mais je sais que notre maison est encore fragile et que j'ai besoin de paix pour consolider notre succès.

Le petit François qui allait sur ses huit ans avait accompagné son père et son grand-père qui lui expliqua pourquoi tous les Français glissaient ce jour-là un morceau de papier sur lequel il pouvait lire, imprimés en grosses lettres « Non » ou « Oui ». Il lui dit aussi toutes les luttes qu'il avait fallu mener, dans le Faubourg et ailleurs, pour gagner ce droit de vote. Le petit garçon comprit parfaitement les explications de Bertrand qui regardait avec attendrissement celui qui tiendrait peut-être un jour ses outils, toujours rangés sur son établi bien qu'il ne les utilisât plus depuis des années.

— Mais dis donc, grand-père, s'exclama soudain le

garçon, ce que tu me dis est beau. Mais pourquoi voter oui ou non puisque, n'importe comment, l'empereur fait ce qu'il veut?

Bertrand sourit. Décidément François était un gosse intelligent :

– Parce que, si un jour trop de Français votent non, l'empereur ne pourra plus faire ce qu'il voudra, répondit-il.

Le grand café *A la Mairie* qui venait de s'ouvrir au coin de la rue de la Roquette était plein. On n'y distinguait pas les bourgeois des artisans et des compagnons qui s'étaient vêtus de leurs plus beaux habits pour venir accomplir leur devoir de citoyens. Presque tous portaient un chapeau haut de forme. La famille trouva une table libre sur le trottoir et s'y installa. Exceptionnellement – on ne buvait pas d'alcool en dehors des grands événements chez les Valfroy –, les hommes commandèrent une absinthe. François, lui, eut droit à un sirop d'orgeat. A toutes les tables on ne parlait naturellement que des élections, mais sans passion. Les « pour » et les « contre » se connaissaient trop pour se chamailler. En les écoutant, Bertrand se fit la remarque que, durant toute l'époque dramatique qu'il avait vécue, il n'avait jamais vu les gens du faubourg du bois se battre les uns contre les autres. Cette constatation lui fit chaud au cœur.

Il était en bonne santé, le Bertrand. Louise veillait sur lui, sur ses soixante-dix ans qu'il ne paraissait pas mais qui l'obligeaient depuis le début de l'année à s'aider d'une canne. Sa hanche droite l'asticotait quand il avait marché trop longtemps et il était obligé de se ménager :

– Comme nous avons bien fait, répétait-il à Louise, de faire ce voyage en Italie. Je ne me vois plus aujourd'hui escalader la diligence de Chioggia!

Le dépouillement du scrutin donna les résultats prévus : Napoléon III perdait la partie à Paris où sur 416 215 inscrits et 332 243 votants, 184 406 électeurs s'étaient prononcés contre lui alors que seulement 138 406 lui étaient favorables. C'était un échec, largement compensé par le résultat général du plébiscite qui, grâce aux votes massifs de la province, donnait pour la France entière 7 336 434 oui contre 1 560 709 non.

Quelques troubles à Paris, vite réprimés, n'empêchèrent pas l'empire de triompher ni l'empereur de laisser éclater sa joie et son orgueil quand, au cours d'une séance plus mondaine que politique, le Corps législatif réuni dans la grande salle du Louvre exalta la confiance que la France lui portait. Napoléon avec un enthousiasme revigoré par la victoire des urnes se laissa aller à quelques prophéties :

« Nous devons plus que jamais envisager l'avenir sans crainte. Qui pourrait en effet s'opposer à la marche progressive d'un régime qu'un grand peuple a fondé au milieu des tourmentes politiques et qu'il fortifie au sein de la paix et de la liberté. »

C'était compter sans le roi de Prusse. Sans compter non plus avec la médiocrité des talents diplomatiques et militaires de l'empereur. Celui-ci venait à peine d'annoncer la paix que le fléau fondit sur Paris et sur la France entière : la guerre. Cette guerre que l'empire n'avait su ni prévoir ni conjurer, saurait-il la mener à bien?

C'est la question que posa sans détour Louis Caumont au cours du souper qu'il était venu partager ce soir-là comme chaque semaine rue du Chemin-Vert. L'opinion de Louis prenait un relief particulier car M. Caumont, ministre plénipotentiaire de deuxième classe attaché au ministère des Affaires étrangères, savait de quoi il parlait. Depuis sa sortie de l'Ecole normale supérieure avec une agrégation de lettres, sa carrière avait été fulgurante. Son camarade de promotion Duruy, fils du ministre, l'avait fait entrer au secrétariat de son père. Après s'être familiarisé avec la vie de cabinet, il avait passé le concours des Affaires étrangères et se voyait promis à une belle carrière diplomatique. La France avait besoin de hauts fonctionnaires, de grands commis et elle puisait dans la réserve prestigieuse que constituaient les anciens élèves de la rue d'Ulm.

Louis, c'était certain, ferait un ambassadeur de France. Il lui fallait seulement patienter et le poste de vice-consul à Amsterdam qu'on lui avait promis comblait les vœux d'un jeune homme de vingt-sept ans né dans les copeaux d'un atelier d'ébéniste.

— Nous allons tout droit à une guerre qui, dans l'esprit de quelques hommes sensés comme M. Thiers, présente tous les risques d'un désastre. Malheureusement, ces analystes clairvoyants se comptent sur les doigts de la main et toutes les classes de la société, les politiques comme les bourgeois, les ouvriers comme les paysans, sont partisans de répondre, sans autre réflexion, aux provocations des Prussiens.

— On ne peut tout de même pas tout accepter de ces Allemands qui voudraient mettre un prince de Hohenzollern sur le trône de Charles Quint! dit Bertrand. Sans prendre au mot la presse devenue soudain belliqueuse, il est normal que le gouvernement réagisse.

— Il va réagir en déclarant la guerre à la Prusse après s'être ridiculisé avec cette fichue dépêche d'Ems, piège que nos diplomates n'ont pas su déjouer. Il est vrai que les Prussiens veulent la guerre mais, comme le dit Thiers, c'est une imprudence fatale de jouer leur jeu. Le moment est mal choisi pour affronter une armée plus nombreuse et mieux équipée que la nôtre.

— Mais j'ai lu dans *Le Gaulois* que nous avions des mitrailleuses, une arme terrible paraît-il, objecta Jean-Henri.

— C'est exact. Je peux même vous dire que cet après-midi on a essayé ces mitrailleuses à Satory. En trois minutes deux de ces engins ont abattu 300 chevaux achetés aux équarrisseurs. Seulement, il faut savoir que ces armes sont peu nombreuses et je doute que les soldats de Bismarck se laissent approcher aussi facilement que des chevaux d'abattoir!

– Tu ne vas pas être mobilisé, au moins? demanda Antoinette-Emilie soudain inquiète.

– Un diplomate? Tu veux rire, maman! A l'armée de Moltke, homogène, formée par une conscription obligatoire de trois ans et une réserve entraînée, nous allons opposer des troupes disparates et notre garde nationale mobile. Napoléon a renoncé à la conscription universelle qui mécontentait l'opinion. On en est donc resté à l'ancien et détestable système du tirage au sort et du remplacement cher à la bourgeoisie. Ce n'est pas que les pauvres fassent de plus mauvais soldats que les nantis mais notre armée est en fait une armée de métier dont l'effectif est bien inférieur à celui des Prussiens. Non, malgré nos chassepots qui paraît-il sont meilleurs que les fusils allemands, je ne suis pas optimiste!

Le lendemain 15 juillet au soir, le Sénat accordait au ministère de la Guerre un crédit de 50 millions. Paris, le Paris qui venait de dire non à l'empereur, se sentait soudain remué, belliqueux, enthousiasmé par un souffle guerrier qui poussait la ville dans les rues, sur les boulevards, dans les cafés où l'on chantait *La Marseillaise*.

Le 17, c'était un dimanche, tout le Faubourg était rassemblé rue de Reuilly et le long de la grand-rue pour voir partir le 71e régiment de ligne. En même temps, les 7e et 29e régiments quittaient les casernes du faubourg du Temple et du faubourg du Prince-Eugène. Partout dans Paris le clairon sonnait, le tambour battait. Drapeaux en tête la France partait à la guerre aux cris de « Vive la ligne! Mort aux Prussiens! ». La grande cour de la gare de l'Est était pleine de bataillons en armes, des estafettes à cheval et des fourgons traversaient Paris en tous sens. Mais la curiosité populaire s'attachait surtout aux mitrailleuses, montées sur deux roues comme des canons et traînées par deux chevaux. Un long sac de cuir cachait, hélas! au public chaque machine dont on entrevoyait seulement une sorte de manivelle assez semblable à celle qui sert à « moudre » les airs des orgues de Barbarie.

Tandis que l'armée se dirigeait vers la frontière, Paris continuait de vivre une sorte de fièvre guerrière. Pas un théâtre ne baissait le rideau sans que la troupe et la salle debout n'eussent chanté en chœur *La Marseillaise*. Dans le Faubourg, l'excitation commençait pourtant à faire place à l'inquiétude. L'appel de la garde nationale mobile à laquelle était confiée en principe la défense de Paris, concernait de nombreuses familles et, le premier frisson patriotique passé, on se disait que la paix avait tout de même du bon...

Les proclamations officielles affichées sur les murs ne rassuraient personne, surtout pas celle de l'empereur annonçant qu'il allait lui-même prendre le commandement des troupes :

Français,
Je vais me mettre à la tête de cette vaillante armée qu'anime l'amour du devoir et de la patrie. Elle sait ce qu'elle vaut car elle a vu dans les quatre parties du monde la victoire s'attacher à ses pas.
J'emmène mon fils avec moi, malgré son jeune âge. Il sait quels sont les devoirs que son nom lui impose, et il est fier de prendre sa part dans les dangers de ceux qui combattent pour la patrie.

Une dépêche falsifiée avait déclenché la guerre, d'autres télégrammes n'avaient pas fini de mettre les nerfs des Français à rude épreuve. Un premier, daté de Metz, faisait état d'un engagement victorieux à Sarrebruck. Le second, publié par *Le Gaulois,* était une dépêche particulière de l'empereur à l'impératrice. Il y était dit que le jeune prince impérial avait ramassé et conservé une balle qui était tombée tout

près de lui. A cette niaiserie s'en ajoutait une autre :
« Il y a des soldats qui pleuraient en le voyant si
calme. » Ce message ridicule, signé de l'empereur, fit
le plus mauvais effet.

Enfin, Louis rapporta du ministère une nouvelle
qui avait mis en émoi tout le centre de Paris. Le
texte d'un télégramme annonçant une grande victoire avait été diffusé à la Bourse durant la
séance; « Grand succès, 70 000 Français contre
120 000 Prussiens. Fait 25 000 prisonniers parmi
lesquels le prince Frédéric-Charles. Landau est en
notre pouvoir. »

Il y avait de quoi émouvoir le quartier qui fut
bientôt pavoisé. Tandis que les cours flambaient
dans le palais de M. Brongniart, Mlle Sass, la
fameuse chanteuse de l'Opéra, reconnue dans un
fiacre, fut portée par la foule en haut des marches et
priée de chanter *La Marseillaise,* ce qu'elle fit avec
une fougue toute patriotique. Avant la fin du dernier
couplet, l'allégresse tomba en même temps que le
démenti donné à la dépêche, sinistre manœuvre
imaginée par un spéculateur.

La vérité, hélas! n'était pas de celles qui font
monter la rente. Dès le 7 août, des nouvelles alarmantes parvenaient de l'Est : échec de Wissembourg,
mort du général Douay, retraite de l'armée de
Mac-Mahon sur Saverne et Bitche, défaite du général Frossard commandant le 2e corps à Forbach...
Le gouvernement d'Emile Ollivier et les Français
voyaient poindre le pire : l'envahissement du territoire par les armées prussiennes et une menace
directe sur Paris.

Pour la première fois depuis le début des hostilités
déclenchées dans un enthousiasme patriotique proche du délire, les Parisiens prenaient conscience du
danger. Le siège de Paris cessait d'être une hypothèse
d'école militaire et la certitude de voir les uhlans
camper dans le jardin des Tuileries une manœuvre
pour démoraliser le peuple français. Les proclama-

tions signées de « l'impératrice régente Eugénie » et affichées sur tous les murs produisaient l'effet opposé à celui recherché : loin de rendre confiance au peuple, elles lui donnaient l'impression de n'être plus gouverné, sinon par une femme, espagnole de surcroît.

La nomination d'un nouveau ministère et celle du général Trochu promu gouverneur de Paris et commandant en chef des troupes chargées de défendre la capitale calma un peu les esprits mais les préparatifs accélérés pour soutenir un siège, dont chacun était témoin, ramenèrent vite l'inquiétude.

Le Faubourg était calme. Les gens du bois, une fois de plus, n'avaient pas répondu aux appels à l'émeute lancés par Blanqui et ses amis mais l'activité des ateliers était brusquement tombée. Ce n'était pas, à l'heure où les appels aux engagements volontaires se succédaient, où un emprunt de guerre de 750 millions était lancé et où l'approvisionnement de Paris devenait pour les jours à venir le principal sujet de préoccupation, que l'on s'avisait de changer son mobilier. Jean-Henri et Caumont venaient, la mort dans l'âme, de dire à leurs ouvriers de rester chez eux. Bertrand et Jean Caumont qui avaient vécu tous les graves événements du siècle ne se faisaient pas trop de soucis. Ils savaient que la roue tournerait et ramènerait un jou la prospérité mais Jean-Henri, devant les menaces d'une crise dont personne ne pouvait prévoir la gravité, voyait déjà ses efforts ruinés, ses espérances anéanties. Cette vision sombre mais réaliste de l'avenir le poussa à envisager une sage mesure : éloigner de Paris alors que cela était encore possible Elisabeth, François et Antoinette, la petite dernière qui venait d'avoir deux ans.

— Ne croyez-vous pas, dit-il à Louise, qu'Elisabeth et les enfants devraient partir tout de suite? Vous devriez les accompagner en Normandie. Je me débrouillerai bien tout seul si, comme on peut le craindre, les Prussiens assiègent Paris dans les prochains jours. Louis que j'ai questionné dit qu'au ministère tout le monde croit la France déjà battue.

– J'ai eu la même idée pour les petits et Elisabeth. Ne perdez pas de temps. Si le chemin de fer ne fonctionne plus, louez une voiture. En ce qui nous concerne, ni Bertrand ni les Caumont, je les connais, ne voudront quitter Paris. Nous resterons avec vous en espérant que les épreuves à subir ne seront pas trop pénibles.

– Comme vous voudrez. J'irai vivre au « château » si vous le voulez bien. En attendant je crois qu'il faut faire des provisions sans tarder, il paraît que la plupart des magasins d'alimentation sont déjà dévalisés.

Elisabeth prit l'un des derniers trains pour Rouen. Le lendemain, le dimanche 4 septembre, sous un soleil radieux, la population parisienne prenait connaissance de la proclamation la plus sombre, la plus consternante jamais affichée sur les murs de la capitale :

Français! Un grand malheur frappe la patrie. Après trois jours de lutte héroïque soutenue par l'armée du maréchal Mac-Mahon contre 300 000 ennemis, 40 000 hommes ont été faits prisonniers.

Le général Wimpffen qui avait pris le commandement de l'armée en remplacement du maréchal Mac-Mahon grièvement blessé, a signé une capitulation.

Ce cruel revers n'ébranle pas notre courage. Paris est aujourd'hui en état de défense. Les forces militaires s'organisent.

Avant peu de jours une armée nouvelle sera sous les murs de Paris; une autre armée se forme sur les bords de la Loire.

L'empereur a été fait prisonnier dans la lutte.

Le gouvernement, d'accord avec les pouvoirs publics, prend toutes les mesures que comporte la gravité des événements.

Signé : comte de Palikao et tous les ministres.

Napoléon III prisonnier! Bientôt les crieurs des journaux du matin annonçaient à tue-tête la terrifiante nouvelle. Paris s'arracha les feuilles hâtivement recomposées. Elles commentaient la séance de nuit à la Chambre où le gouvernement avait fait part aux députés de l'étendue du désastre et relataient en détail, d'après les journaux belges, la catastrophe de Sedan déjà vieille de trois jours.

Vers huit heures, tout Paris était en rumeur. De tous côtés des mouvements de foule se dessinaient, emportant les habitants de la périphérie vers le centre où les abords du Palais-Bourbon étaient déjà occupés par une foule immense hurlant « Déchéance, déchéance! ». Une heure après les cris de « Vive la République! » couvraient tous les autres. L'Assemblée était envahie et dans un tumulte indescriptible Gambetta s'écriait :

« Citoyens, attendu que la patrie est en danger; attendu que nous sommes et que nous continuons le pouvoir régulier issu du suffrage universel, nous déclarons que Louis-Napoléon Bonaparte et sa dynastie ont à jamais cessé de régner sur la France! »

C'en était fait de l'empire. A quatre heures Jules Favre et ses amis constituaient un nouveau gouvernement composé d'Emmanuel Arago, Crémieux, Jules Ferry, Gambetta, Garnier-Pagès, Rochefort, Jules Simon et du général Trochu comme président.

Le Faubourg, la Bastille, les Boulevards étaient tout à fait calmes. Comme il faisait beau on continuait de s'y promener, les petites industries de la rue n'avaient pas déserté, cracheurs de feu et danseurs de corde continuaient tranquillement de se livrer à leurs exploits au milieu de groupes de militaires.

Restaient les Allemands qui, aussi tranquillement, approchaient de Paris où se réfugiaient sans réfléchir les habitants des banlieues limitrophes. Le gouvernement de la Défense nationale faisait son travail, organisait le siège, faisait rentrer des provisions et entraînait les nouvelles recrues. Mais rien ne pouvait empêcher l'étau de se resserrer inexorablement vers la capitale. Il semblait qu'avant de prendre Paris, les Prussiens voulaient l'effrayer. Ils n'y réussissaient pas mais nul n'aurait osé affirmer que, sous le véritable élan patriotique qui unissait l'énorme majorité des habitants, commençait à percer la lassitude.

Petit à petit, Paris prenait la physionomie d'une ville assiégée avec les réfugiés de la banlieue installés comme des bohémiens dans les jardins publics, la création de parcs à bestiaux sur les boulevards extérieurs et le jardin du Luxembourg, la cherté de la vie qui ne cessait d'augmenter. Les chemins de fer avaient interrompu tout trafic et, le 19 septembre, le réseau télégraphique de l'ouest, dernier lien entre Paris et le reste de la France était coupé. Il ne restait que le ballon pour communiquer avec la province.

Les souffrances du peuple suscitent toujours des mouvements anarchisants où des illuminés sincères rejoignent en toute bonne foi d'authentiques voyous prêts à profiter du désordre. Sporadiquement, des débuts d'émeutes éclataient autour de l'Hôtel de Ville et du Louvre où siégeait le gouvernement de la Défense nationale. En invoquant la patrie en danger, des groupes plus ou moins contrôlés par Blanqui et ses amis exigeaient qu'on leur remît des armes et des munitions, ce qui leur était bien entendu refusé. A peine le blocus de Paris était-il devenu une effrayante réalité qu'un cri nouveau « Vive la Commune ! » se faisait entendre au cours des manifestations. En dehors de ces actions révolutionnaires sans conséquences immédiates, un calme, un silence lugubre pesait sur Paris.

La ville commençait à souffrir de la pénurie mais, suivant le gouvernement dans sa volonté de défense à tout prix, saisie d'un élan cocardier qu'on voulait assimiler à celui de 1792, était prête à combattre l'envahisseur.

L'atelier de la rue du Chemin-Vert était maintenant complètement arrêté. Jean-Henri, affolé par des événements qui bouleversaient la vie de la famille sans qu'il soit possible de prévoir leur développement, questionnait Bertrand et Louise :

– Croyez-vous que la garde nationale, forte en principe de 200 000 Parisiens mais qui ne compte en réalité qu'une cinquantaine de milliers de combattants, puisse réussir là où a échoué toute l'armée française et battre les Prussiens? Gambetta peut bien passer les lignes en ballon pour aller essayer de lever des armées en province, il faudra bien que la Ville se rende un jour! Et si, en plus, nous avons une révolution!

Bertrand essayait de le rassurer en lui rappelant comment Paris s'était vite ressaisi après les Trois Glorieuses et les barricades de 48, comment la prospérité avait alors suivi les luttes fratricides et le dénuement. Pourtant, il se rendait compte que la situation n'était pas la même. Au romantisme des mouvements de la première moitié du siècle s'ajoutait, chez ceux qui prétendaient défendre la patrie par la révolution, un esprit nouveau marqué par le développement industriel et économique du Second Empire qui avait très fortement accru à Paris le nombre des ouvriers :

– Prévoir ce qui va se passer est impossible, répondait-il à son gendre. Il existe à Paris aujourd'hui un mouvement ouvrier lié à la Ire Internationale créée à Londres. Les nouveaux chefs socialistes savent utiliser le droit de grève reconnu depuis 64 et la liberté de réunion. Varlin et Marlon n'ont pas de roi à renverser mais ils mènent une campagne sur des thèmes bien plus importants tels que l'expropriation des compagnies financières et l'appropriation par la nation des banques, des chemins de fer, des assurances, des mines... Le vide laissé par l'éclatement du régime impérial et le sursaut patriotique contre les Prussiens fournissent un terrain de luttes idéal à ces révolutionnaires. Seront-ils assez forts pour s'imposer dans le désordre? C'est toute la question!

Ce genre de discussions ennuyait Louise qui devait résoudre des problèmes matériels de plus en plus difficiles. Elle se félicitait chaque jour de n'avoir pas à nourrir les enfants car tout commençait à manquer. Dès le petit matin, avant même l'ouverture des portes, des queues s'allongeaient devant les boucheries de bœuf et de cheval. Les premiers décrets du ministre de l'agriculture et du commerce fixant le prix de la viande de cheval – 1,80 F le kilo d'aloyau et de faux-filet et 1,40 F les autres morceaux –, étaient depuis longtemps caducs, les rations de pommes de terre réquisitionnées et de pain fabriqué avec une farine non blutée mélangée de seigle se voyaient périodiquement réduites. Louise, heureusement, avait fait quelques provisions et Jean-Henri avait rempli la cave de chutes de bois : le combustible manquait comme le reste et Paris, affamé, commençait à souffrir du froid.

Louise et Jean-Henri avaient essayé par deux fois d'expédier une lettre à Elisabeth qui, ils s'en doutaient, devait trembler pour la famille. En principe un service postal fonctionnait, grâce aux aérostats montés, à destination de la province et de l'Algérie. Un grand nombre de Parisiens se pressaient chaque matin place Saint-Pierre, à Montmartre[1], d'où s'envolaient les ballons-poste. Malheureusement, les départs étaient tributaires des conditions atmosphériques et bien souvent les sacs demeuraient au sol et

1. De cette place, Gambetta et Spuller s'étaient envolés le 7 octobre 1870 à bord du ballon *Armand-Barbès* conduit par l'aéronaute Trichet pour aller organiser la défense nationale en province.

s'entassaient dans les granges d'un moulin voisin. Les Valfroy n'avaient jamais su si leurs lettres étaient arrivées à bon port.

La vie dans la ville assiégée devenait de plus en plus insupportable, surtout pour les plus démunis qui constituaient autant d'émeutiers en puissance, prêts à suivre les mots d'ordre lancés contre le gouvernement par des activistes dont les noms commençaient à être connus : Blanqui, Félix Pyat, Flourens, Delescluze, Tibaldi...

Depuis le 21 octobre, les Prussiens qui jusque-là s'étaient contentés d'assurer le blocus de Paris, ripostaient violemment aux tentatives de sortie des troupes françaises et l'annonce, le 31 au matin, de la reddition de Metz et de la reprise du Bourget par les Prussiens entraîna de nouvelles scènes de désordre. L'Hôtel de Ville où siégeait le gouvernement fut envahi, le général Trochu, gouverneur militaire de Paris retenu par les insurgés avec Jules Favre, Garnier-Pagès et le général Tamisier, tandis que Jules Simon et Jules Ferry réussissaient à s'enfuir par un souterrain. Les « factieux », c'est Jules Ferry qui venait de prononcer le mot en refusant à Flourens la démission du gouvernement, allaient-ils sortir vainqueurs de cette attaque? C'était compter sans l'intervention des gardes mobiles bretons et berrichons qui surgirent soudain baïonnette en avant des caves de l'Hôtel de Ville où ils demeuraient en réserve. La surprise et la panique des insurgés fut totale. Certains demandaient à genoux la vie sauve, d'autres cherchaient à s'enfuir ou à se cacher. Le gouvernement de la Défense était sauvé. Pour combien de temps?

Un hiver terrible aggravait les maux du siège. En décembre le thermomètre marquait moins huit degrés et le charbon, d'ailleurs introuvable, coûtait 7 francs le sac. Les pommes de terre valaient 20 francs le décalitre, l'œuf de poule 2 francs, un poulet 60 francs. Des marchands commençaient à proposer des chats à 20 francs et des rats à 2 francs et ils en vendaient. Enfin, le 30 décembre, on tua Castor et Pollux, les deux éléphants du Jardin d'acclimatation autant pour les dépecer et les manger que parce qu'on ne pouvait plus les nourrir. Un boucher, M. Deboos, acheta leurs dépouilles 27 000 francs. Il fit, paraît-il, une excellente affaire.

Le 27 décembre, l'ennemi avait commencé de bombarder les forts. Par milliers, les gros calibres de 24 tombaient sur les casemates de Rosny, de Nogent, de Noisy et du plateau d'Avron. Le 9 janvier de la nouvelle année, les artilleurs prussiens allongèrent leurs tirs et les obus tombèrent au hasard dans Paris. Louis qui continuait à se rendre au ministère, plus pour y recueillir des nouvelles que pour y faire de la diplomatie, raconta le soir que les omnibus avaient reçu l'ordre de s'arrêter au pont de Grenelle, que l'école de droit avait été frappée en pleine façade et que cinq enfants avaient été tués par un obus tombé sur l'école des frères de la rue de Vaugirard.

C'est le lendemain que Bertrand décida, pour s'occuper, d'écrire au jour le jour le récit des événements qui accablaient les malheureux habitants de Paris. « Dès que nous le pourrons, avait-il dit, nous enverrons cette histoire et les commentaires que j'y ajouterai à Elisabeth afin qu'elle apprenne ce qui se passe ici. »

Il commença à la date du 14 janvier 1871 :

« Quel tableau épouvantable que celui de Paris à demi terrassé par l'ennemi mais qui se défend encore bravement! Comme nous sommes heureux de vous savoir à l'abri de ces malheurs! Quand je vois les pauvres enfants du quartier obligés de manger, comme les adultes, ce pain gluant et malsain dont on leur mesure la quantité, j'ai envie de me révolter contre la poursuite d'une résistance qui devient chaque jour un peu plus désespérée.

« Nous n'avons pas trop à nous plaindre car nous avons de l'argent et réussissons à chauffer le salon où nous nous sommes tous réfugiés. Mais notre Faubourg, comme toute la ville, est affaibli physiquement et triste avec ses rues désolées où des marchands vendent de pauvres légumes gelés et des nourritures abjectes telles que des rats (les plus gros valent 3 francs), des corbeaux, des chats et de la viande de chien... Mais cela n'est rien à côté des bombardements qui écrasent aveuglément des immeubles, tuant des vieillards et des enfants. Hier, l'hôpital de la Pitié a été atteint. Même la nuit les brancardiers ramassent des cadavres broyés sous les décombres. L'église du Val-de-Grâce, Saint-Sulpice, la Sorbonne ont été frappés. Ce quartier de la rive gauche semble le plus exposé aux tirs de l'ennemi, et l'on a évacué le musée du Luxembourg. Hier, ce sont les serres du Muséum d'histoire naturelle qui ont été pulvérisées par une salve d'obus. Les pointeurs des canons de M. Krupp ont sans doute éprouvé du plaisir à détruire les fleurs les plus admirées au monde.

« *19 janvier*. Les troupes parisiennes ont encore essayé de percer à Montretout, à Buzenval et à Garches mais ces sorties se sont soldées par des échecs sanglants qui n'ont fait qu'ajouter des morts à tous ceux que l'on déplore déjà.

« *21 janvier*. Les responsables font de leur mieux pour parer aux urgences les plus graves mais ils ne reçoivent que des injures de la part des fanatiques qui se réclament de la Commune et se livrent à des actes inconsidérés. Ainsi, un groupe d'émeutiers a attaqué la prison de Mazas et libéré plusieurs prévenus politiques puis, après avoir vainement tenté d'établir un quartier général de l'insurrection à la mairie du XXe arrondissement, s'est emparé de deux mille rations de pain destinées à la population

indigente de Belleville. Cela doit te paraître monstrueux, nous, nous sommes habitués à ce genre
d'agressions qui ne font pas honneur à ceux qui
prétendent instaurer un régime prolétarien. Les
ouvriers du Faubourg qui ont pourtant bien des
raisons d'être inquiets ne suivent pas les meneurs. Le
quartier jusqu'à présent est resté calme, ce qui ne
veut pas dire qu'il ne risque pas à tout moment de
devenir le théâtre d'événements graves.

« *22 janvier.* Des troubles et des violences dont
nous n'avons eu connaissance que ce matin par la
lecture des journaux ont continué hier soir à l'Hôtel
de Ville où se tenait une réunion ministérielle. Les
tristes héros de ces violences sont, hélas! des gardes
nationaux appartenant pour la plupart au 101e bataillon de marche. Commandés par un individu en
civil, ils ont ouvert le feu sur des officiers de la garde
mobile qui tentaient de les calmer sur le perron. Le
colonel Vabre a échappé aux balles mais un adju-
dant-major a été grièvement blessé aux deux bras et
à la tête. L'arrivée des gardes républicains a mis en
fuite les émeutiers. Une vingtaine d'entre eux ont été
faits prisonniers et le capitaine du 101e arrêté. Ce
triste combat fratricide s'est déroulé alors que les
obus prussiens pleuvaient sur la rive gauche et sur la
ville de Saint-Denis.

« *23 janvier.* Finalement, les désordres de l'Hôtel
de Ville auraient fait cinq morts et dix-huit blessés.
Le gouvernement a réagi en publiant ce communi-
qué, un de plus. Hélas! il n'aura pas grand effet :

*Considérant que, à la suite d'excitations criminelles
dont certains clubs ont été le foyer, la guerre civile a
été engagée par quelques agitateurs, désavoués par la
population tout entière... qu'il importe d'en finir avec
ces détestables manœuvres qui, si elles se renouve-
laient, entacheraient l'honneur, irréprochable jusqu'ici,
de la défense de Paris, décrète : les clubs seront
supprimés jusqu'à la fin du siège. Les locaux où ils
tiennent leurs séances seront immédiatement fermés.*

« *27 janvier*. C'est aujourd'hui la 135ᵉ journée du siège. Quatre mois déjà que tu as quitté Paris avec les enfants! Nous n'avons pas de nouvelles précises mais il semble qu'il se passe des choses importantes. Pour la première fois depuis longtemps le feu a cessé, on n'entend plus le canon tonner vers les fortifications.

« *Même jour, midi*. Une grande affiche vient d'être placardée dans Paris, l'une sur notre mur, à côté du portail qui demeure fermé par prudence. Eh bien! c'est l'armistice, autant dire franchement la capitulation. Je t'en recopie une partie car il ne restera rien demain ou après-demain de cette proclamation et il faut que François conserve la trace de ce jour de deuil. C'est aussi pour lui, tu t'en doutes, que j'écris tout cela :

Les chances de la guerre ont refoulé nos armées de province. L'une sous les murs de Lille, l'autre au-delà de Laval, la troisième sur les frontières de l'est. Nous avons dès lors perdu tout espoir qu'elles puissent se rapprocher de nous et l'état de nos subsistances ne nous permet pas d'attendre. Dans cette situation, le gouvernement avait le devoir de négocier. Les négociations ont lieu en ce moment. Nous pouvons cependant dire que le principe de la souveraineté nationale sera sauvegardé par la réunion immédiate d'une assemblée; que l'armistice a pour but la convocation de cette assemblée; que pendant cet armistice, l'armée allemande occupera les forts mais n'entrera pas dans l'enceinte de Paris; que nous conserverons notre garde nationale intacte et une division de l'armée et qu'aucun de nos soldats ne sera emmené hors du territoire.

« *28 janvier*. L'armistice produit des réactions diverses. Certains patriotes s'en indignent mais ceux qui, comme nous, reconnaissent que la résistance était devenue impossible, ne sont-ils pas aussi des patriotes? Des patriotes lucides? Un fait curieux est d'autre part en train de se produire. Tu sais combien les privations de nourriture ont été pénibles à sup-

porter par les Parisiens. Eh bien! Aux premières
annonces de l'armistice, on a vu sortir de terre, ou
plutôt des caves, des quantités de produits alimentai-
res dont on ne soupçonnait pas l'existence. Des gens,
sûrement nombreux, avaient fait des provisions personnelles, certains en prévision d'une famine encore
plus dure, d'autres dans un but spéculatif. Toutes ces
richesses cachées comme des trésors ont soudain
réapparu, souvent mises en vente directement par
leurs propriétaires. Devant le *Café des Artistes* un
bourgeois vend des fromages et des conserves. Le
coiffeur de la rue Saint-Sabin expose des jambons.
Et les cours ont baissé comme par enchantement.
Les lapins qui valaient hier plus de 50 francs trouvent aujourd'hui difficilement preneurs à 20!

« Les étalages des épiciers se sont soudain regar-
nis. Celui du boulevard Beaumarchais, Faucheur, a
affirmé hier à Louise qu'il n'avait ni pâtes ni confitures. Il est en train de nettoyer sa vitrine et commence à y entasser des pyramides de pots et à
présenter des sacs ouverts contenant d'appétissantes
tagliatelles et des macaroni.

« Cela pourrait faire rire mais on ne peut s'empêcher de penser aux enfants qui ont eu faim si
longtemps. L'esprit mercantile et rusé de certains
commerçants apparaît plutôt comme une grande
tristesse.

« *29 janvier.* L'armistice est donc officiel. Malheureusement il est encore interdit de sortir de Paris
sans un permis officiel des autorités françaises et
allemandes. Il nous est donc impossible de venir
vous rejoindre en Normandie. D'ailleurs, les chemins
de fer ne sont pas rétablis et les rares trains qui vont
circuler ces prochains jours seront exclusivement
réservés au ravitaillement de Paris. Un service postal
pour les lettres non cachetées à destination de la
province va être organisé par l'intermédiaire du
quartier général prussien de Versailles. Je me garderai bien de lui confier ce récit mais nous t'enverrons

dès que cela sera possible une carte banale pour te dire que nous allons bien. Je suis sûr que tu feras la même chose. Ah! Louis m'apporte la dernière nouvelle de la journée : nous voterons le 8 février pour élire les députés.

« *5 février 1871.* Les journaux de ce matin publient quelques statistiques intéressantes : Le siège de Paris a duré quatre mois et douze jours, le bombardement un mois entier. Depuis le 15 janvier, la ration de pain a été réduite à 300 grammes. La ration de viande de cheval depuis le 10 décembre n'est plus que de 30 grammes. La mortalité a plus que triplé.

« *10 février.* L'Angleterre et en particulier la ville de Londres ne cesse, depuis la levée du siège, de prodiguer sa sympathie agissante aux Parisiens. Plusieurs milliers de tonnes de farine sont arrivées par Le Havre. Le rationnement est pratiquement supprimé. Louise a rapporté tout à l'heure du marché une belle miche de pain. Si tu savais combien nous en avons apprécié la blancheur et la saveur!

« Nous connaissons depuis ce matin le résultat des élections. Paris a voté contre le gouvernement de la Défense nationale qu'il accuse d'avoir trompé sciemment les habitants depuis le début, en leur promettant que la ville ne capitulerait jamais. En fait la république du 2 septembre perd la guerre sur tous les tableaux : à Paris où le peuple a trop souffert pour ne pas faire payer au gouvernement l'humiliation de la défaite; en province où l'on ne comprend pas l'obstination de ce gouvernement à prolonger une guerre inutile. Mais Paris pèse peu dans la balance : la province a voté contre les républicains vaincus et élu une chambre à majorité royaliste. 200 orléanistes et 200 légitimistes contre 200 républicains, c'est une majorité considérable. La province a pris peur des excès parisiens, de la volonté à peine cachée de la capitale à vouloir gouverner la France. Comme le dit Louis, c'est le parti de l'ordre qui a gagné mais les orléanistes et les légitimistes ne sont pas d'accord sur la forme de régime à instaurer. Quant aux républicains, ils ne sont unis qu'en apparence. Les " Jules " Grévy, Favre et Ferry n'ont pas grand-chose de commun avec les radicaux d'extrême gauche comme Clemenceau et Gambetta.

« Tout cela ne me dit rien qui vaille et je crois qu'il faudra attendre avant de retrouver le calme qui fera renaître nos ateliers. Et puis, il y a ces gardes nationaux en armes qui circulent dans Paris et parmi eux tous les agitateurs politiques que l'on a vus à l'œuvre ces derniers mois.

« *26 février*. Les préliminaires de paix sont signés et, malheureusement, le gouvernement a dû consentir à faire plier la France sous une nouvelle humiliation : l'entrée des Prussiens à Paris. Ce n'est qu'à cette condition que les négociateurs allemands ont accepté de laisser au pays l'importante place de Belfort.

« Mes craintes semblent, hélas! justifiées : de graves manifestations se sont produites hier à la Bastille. C'était le jour anniversaire de la révolution de 48. La colonne de Juillet, " ta " colonne, avait été décorée de guirlandes d'immortelles et de drapeaux rouges. Beaucoup de ceux qui étaient venus, attirés par le seul désir de témoigner leur deuil patriotique, regrettaient l'absence des trois couleurs de la République mais défilaient en silence. C'est alors qu'un certain nombre de provocateurs assaillirent d'inoffensifs agents de la paix publique. L'un d'eux, attaché à une planche, a été jeté dans le fleuve glacé. Empêché de regagner la berge par des jets de pierres et des coups de croc, le malheureux est mort. Vois-tu, ma petite Elisabeth, nos malheurs ne se sont pas terminés avec la fin du siège. Paris demeure encore, pour combien de temps? exposé à bien des dangers. Surtout, même si tu en as l'occasion, ne rentre pas! Notre réconfort est de te savoir à l'abri avec les enfants. Mais un jour viendra où ces drames ne seront plus que des mauvais souvenirs. Paris et le Faubourg ont traversé assez de tempêtes pour nous donner confiance. A demain.

« *27 février.* Comme dans tous les moments de troubles, il est bien difficile d'être exactement informé. Les journaux se contredisent selon leur opinion et les murs de Paris sont couverts de proclamations, de décrets, d'appels aux armes ou au calme. Personne ne comprend plus rien aux discours politiques et les gens du Faubourg semblent indifférents au combat qui oppose le nouveau gouvernement de M. Thiers à une partie très active, et disons-le révolutionnaire, des gardes nationaux. Les seules nouvelles sérieuses nous viennent de Louis qui se morfond dans son ministère et attend que le gouvernement issu des élections lui offre un poste à l'étranger ou une fonction à Paris. Ce qui est sûr, c'est qu'Adolphe Thiers, nommé par l'Assemblée qui siège jusqu'à nouvel ordre à Bordeaux, chef du pouvoir exécutif, entend résister aux extrémistes.

« *1er mars.* Ça y est. Les préliminaires de paix signés, les Prussiens sont entrés dans Paris. Journée de tristesse infinie qu'aggravent encore les conditions imposées par l'Allemagne et auxquelles on ne voulait pas croire : nous devrons payer une indemnité de guerre de cinq milliards de francs et nous perdons l'Alsace et la Lorraine. Un million et demi de Français parmi les plus patriotes vont donc devenir allemands! J'ai été faire un tour ce matin dans le Faubourg où travaillent depuis longtemps beaucoup d'ébénistes d'origine alsacienne et lorraine. Ils pleuraient en songeant à la famille demeurée au pays. Il y a eu quelques manifestations mais, dans l'ensemble, Paris s'est montré d'une dignité exemplaire. Les édifices publics, la Bourse et la plupart des restaurants et cafés sont demeurés fermés. Partout des pancartes annonçaient " Fermé pour cause de deuil national ". Les statues de la place de la Concorde étaient voilées de noir et des inconnus avaient dans la nuit barricadé l'Arc de triomphe de l'Etoile afin que les troupes prussiennes ne puissent emprunter la voûte sacrée pour défiler sur les Champs-Elysées.

« *3 mars.* Toujours aucune reprise dans les ateliers où la misère commence à montrer son museau inquiétant. Ceux qui sont gardes nationaux n'ont que leur pauvre solde, un franc cinquante par jour, pour vivre. Les autres n'ont rien. Ce dénuement fait l'affaire des meneurs qui viennent de créer la Fédération républicaine de la garde nationale, dirigée par un comité central. Leur mot d'ordre « Défendre la République » va séduire beaucoup de gardes qui craignent une décision antirépublicaine de la chambre. Louis dit que les Prussiens ont laissé volontairement leurs armes aux gardes nationaux afin de diviser les Français. Si cela est vrai, ils ont réussi : la garde nationale avec ses 250 bataillons est devenue une force politique importante qui, habilement manœuvrée, n'a pas fini de créer des soucis au gouvernement.

« *13 mars.* Le gouvernement voudrait dresser contre lui l'ensemble des Parisiens et même des Français qu'il ne s'y prendrait pas autrement. Il avait déjà contre lui les ouvriers, il a maintenant les bourgeois et les commerçants. La loi qu'il vient de voter abrogeant le moratoire des loyers et le délai de paiement des effets de commerce relève de l'inconscience. Dans Paris qui sort d'un long siège et où l'activité économique est nulle, c'est la faillite assurée pour des milliers de commerçants et d'artisans. Comment veux-tu qu'un petit maître ébéniste, pour prendre un exemple que nous connaissons bien, paie actuellement le loyer de son atelier et de son logement alors qu'il n'a pas gagné un sou depuis des mois?

« *17 mars.* Le gouvernement va s'installer à Versailles et M. Thiers, de passage à Paris, a décidé, faute de pouvoir désarmer la garde nationale, de lui retirer au moins les canons dont elle dispose et qui constituent un véritable arsenal risquant à tout moment de tomber entre les mains des auteurs d'un soulèvement. Il y a, d'après les journaux de ce matin, répartis entre les positions de Belleville, Montmartre, Ménilmontant et la Chapelle, plus de 200 pièces et une centaine de mitrailleuses avec leurs munitions. La garde nationale refuse de rendre ces armes lourdes qui, d'après les conditions d'armistice, doivent être livrées aux Allemands. Thiers va-t-il déclarer la guerre à la garde?

« *19 mars.* M. Thiers n'a pas déclaré la guerre mais il l'a perdue et cette affaire des canons dont l'intérêt peut paraître secondaire plonge à nouveau Paris dans les affres d'une guerre civile. Puisqu'il est de moins en moins question que tu rentres, je t'explique brièvement ce qu'il s'est passé la nuit dernière. Sur les buttes de Montmartre, les troupes du 88ᵉ de ligne avaient pris sans résistance les 91 pièces et les 76 mitrailleuses qui s'y trouvaient. Tout se passait plutôt bien mais la cavalerie chargée d'emporter les armes n'était pas au rendez-vous. Lorsqu'elle arriva deux heures plus tard, on avait battu le rappel dans les environs et la place Saint-Pierre était remplie d'une foule de gardes, de soldats, de curieux, d'enfants et de femmes, sans compter la canaille toujours prête à se joindre aux manifestations et à les envenimer. Une véritable résistance s'organisait dans toutes les rues avoisinantes tandis que la foule distribuait vivres et boissons aux soldats du 88ᵉ. Cette fraternisation n'était pas bien grave mais l'arrivée d'une compagnie de gardes nationaux décidés à en découdre déchaîna un désordre que ni le général Vinoy qui commandait l'expédition, ni le général Lecomte qui le secondait ne surent maîtriser. Il devait en découler des événements dont personne aujourd'hui n'est capable de prévoir les conséquences.

« Les gardes nationaux se sont emparés du général Lecomte et de quelques officiers tandis que le général Susbielle, venu en renfort, s'était rendu compte que le retour à l'ordre était impossible et s'était retiré avec ses troupes du côté du boulevard de Clichy. Une partie de l'armée pactisant avec l'émeute, tout était perdu et le gouvernement ne pouvait que prendre acte de son impuissance. Je reproduis pour toi et le petit François le récit que nous a fait Louis de la fin de la nuit tragique et des événements qui ont marqué la matinée du lendemain :

« *Toute la nuit le désordre allait croissant et le gouvernement multipliait les proclamations et les arrêtés, aussi inutiles les uns que les autres. Au petit matin, M. Thiers se rendit compte que toute action était impossible dans l'immédiat et décida que le gouvernement devait se retirer à Versailles pour délibérer en sûreté. Les ministres sont déjà partis. Fonctionnaires à responsabilité et employés doivent suivre cet après-midi. Le train prévu pour le ministère des Affaires étrangères part à trois heures et j'ai juste le temps de prendre un petit bagage avec du linge. Je ne serai pas loin mais, étant donné les circonstances, je ne sais pas si nous pourrons nous revoir avant un certain temps.*

« Je reprends mon récit. La famille, déjà scindée en deux, se trouve avec le départ de Louis un peu plus disloquée. Il en va ainsi pour de nombreux foyers. J'ai rencontré tout à l'heure Godin, l'associé des Janselme. Sa famille est à l'abri en Bourgogne et il a fermé boutique comme Grohé, Mercier et tous les autres. Le Faubourg est complètement mort. En prenant un verre chez Amelot, j'ai appris une nouvelle atroce : le général Lecomte et le général Clément-Thomas qui avaient été faits prisonniers à Montmartre ont été tués dans des conditions particulièrement odieuses. Ils ont été exécutés non pas en soldats, par un feu de peloton, mais assommés à coups de crosses et achevés par des balles venant de tous côtés, selon le bon plaisir des individus présents dans le jardin de la rue des Rosiers où l'on avait poussé du poing et du pied les malheureux officiers. Lanneau, le fils, qui est du côté des gens du comité central et qui, répondant aux rappels, se trouvait à Montmartre, était lui-même écœuré par ce qui s'était passé :

« *Le corps de Clément-Thomas était criblé de 70 balles et, longtemps après sa mort, une foule ivre de violence frappait encore le cadavre du général Lecomte. Un peu plus tard, des femmes et des enfants arrachaient les dépouilles de ses débris sanglants. Ce matin on vendait dans la rue des boutons de sa tunique au prix de 50 centimes pièce. J'en ai encore la nausée. Si c'est cela que veulent les gardes fédérés, je ne suis plus des leurs. Il y avait d'ailleurs beaucoup de gens, gardes nationaux ou civils, qui étaient de mon avis!*

« Voilà ma chérie ce qu'on peut voir en ce moment à Paris. Pas dans notre quartier qui demeure très calme. Mais la butte Montmartre aussi était calme hier matin!

« *22 mars.* L'assassinat des deux généraux a jeté la stupeur dans Paris mais, le gouvernement parti, l'insurrection est absolument maîtresse de la capitale. Est-elle capable de gagner la province? Peu de gens le croient. Les colères révolutionnaires de Paris lui font peur depuis longtemps! En attendant, les murs sont couverts de proclamations et d'appels au peuple signés par les membres du comité central dont les noms sont pour la plupart inconnus. On y retrouve toujours les mêmes phrases : " Le peuple de Paris a secoué le joug qu'on essayait de lui imposer... " " Aidés par votre généreux courage et votre admirable sang-froid, nous avons chassé le gouvernement qui nous trahissait... " C'est dans ce climat de guerre civile que Paris va voter pour élire son conseil municipal qui prendra la relève du comité central. Seuls seront candidats des hommes favorables au régime révolutionnaire de l'Hôtel de Ville. Pour ma part je ne voterai pas et Jean-Henri non plus. Ton mari t'écrit souvent mais nous ne savons pas si tu reçois ses lettres. Je t'enverrais bien le début de mon récit mais la poste fonctionne très mal et est surveillée. Il serait dangereux de lui confier ce témoignage rédigé au jour le jour et qui, je le crois, est l'honnête reflet de la vérité.

« Jean-Henri, que j'apprends à mieux connaître en vivant près de lui, est un homme plein de qualités. Le lendemain de ton départ, il voulait s'engager pour aller combattre les Prussiens. Il n'attendait qu'un conseil favorable de ta mère et de moi pour aller signer la feuille d'enrôlement à la mairie. Nous avons réfléchi et finalement l'avons décidé de n'en rien faire. La guerre contre la Prusse était déjà perdue, pourquoi dans ces conditions aller risquer sa vie quand on a une femme et deux petits enfants à charge. Comme nous avons bien fait d'agir ainsi! L'héroïsme inutile n'est beau qu'en littérature...

« *27 mars*. Les élections se sont déroulées sans incidents graves. La municipalité qui a pris officiellement le nom de " Commune ", comprend 90 membres dont 71 révolutionnaires très actifs. Dans notre quartier, le XIᵉ arrondissement, ont été élus : Eugène Mortier, ouvrier; Delescluze, directeur du *Réveil*; Assi, mécanicien; Eugène Protot, avocat; François Eudes, typographe; Avrial, mécanicien; Augustin Verdure, ouvrier. Il faut noter que les deux ouvriers ne font pas partie de la corporation du bois. Dans le XIIᵉ, on ne connaît qu'un élu : Albert Theisz, le ciseleur. Comme tu le vois les gens du bois demeurent extrêmement circonspects. Ils n'ont jamais fourni de gros contingents à la garde nationale et je connais très peu d'ébénistes ou de sculpteurs qui sont engagés dans cette affaire qui ne peut que mal finir.

« *30 mars*. La Commune, réunie à l'Hôtel de Ville, a pris des mesures militaires : les portes de Paris sont fermées et des bataillons de fédérés se retranchent au Panthéon, à Montmartre et place Vendôme.

« *3 avril*. C'est hier, dimanche des Rameaux, que la guerre civile a commencé. Un sieur Cluseret, nommé général, a décidé d'attaquer les troupes de Versailles en trois endroits : Clamart, bas Meudon et le mont Valérien. Les hostilités ont été ouvertes au rond-point des Bergères à Courbevoie où, paraît-il, un médecin-major a été tué. En chantant gaiement, les fédérés ont continué vers le mont Valérien, persuadés que l'armée allait fraterniser avec eux, au cri de "Vive la Commune ! ". Ce fut l'échec et les bataillons de la Commune, défaits, durent rentrer se mettre à l'abri dans la capitale. Pour masquer sans doute ce revers, la Commune a mis Thiers et les ministres en accusation avec confiscation de leurs biens. De son côté, l'Eglise est déclarée séparée de l'Etat et ses biens sont confisqués. Midelin, l'ébéniste de la rue de la Forge, m'a dit tout à l'heure que Mgr Darboy, l'archevêque, avait été arrêté.

« *5 avril*. Le quartier est toujours calme. Les gens ne sortent que pour aller se ravitailler, ce qui redevient presque aussi difficile que durant le siège. Depuis aujourd'hui, beaucoup ont peur : la Commune vient de décréter que toute personne prévenue de complicité avec le gouvernement de Versailles sera immédiatement arrêtée et incarcérée; que toutes les personnes ainsi arrêtées seront les "otages du peuple de Paris". Le même décret porte que toute exécution d'un prisonnier de guerre ou d'un partisan du gouvernement de la Commune de Paris sera sur-le-champ suivie de l'exécution d'un nombre triple d'otages. Nous voici donc revenus au temps de la Terreur dont Ethis nous a si souvent raconté les excès. La famille, comme toutes les autres est à la merci d'une dénonciation. Le fait que Louis soit fonctionnaire du gouvernement risque peut-être de nous conduire en prison. Nous allons nous faire tout petits, nous terrer dans notre maison dont j'ai fermé le portail tout à l'heure et ne parler à personne.

« *6 avril*. Les chemins de fer sont surveillés, on ne laisse plus sortir de Paris que les femmes, les vieillards et les enfants. Tous les hommes valides doivent rester et se tenir à la disposition de la Commune. Comme beaucoup de gens dans son cas, Jean-Henri a décidé de partir pour te rejoindre en Normandie. Il y a des risques mais il ne veut sous aucun prétexte se trouver enrôlé. Il va essayer de passer à la tombée de la nuit par la porte de Bercy. Dieu le protège! Pauvre Dieu, on ferme une à une toutes ses églises après les avoir pillées. Hier, c'était le tour de l'église Saint-Eloi, rue de Reuilly, et l'on a dit à Louise que des prostituées étaient montées en chaire à Sainte-Marguerite pour faire entendre d'horribles blasphèmes. Il faut convenir qu'on raconte n'importe quoi.

« *20 avril*. J'ai délaissé mon journal tous ces jours car je ne me sens pas bien. Cette vie que nous menons à Paris me tue. Si je n'étais pas si faible, je partirais bien avec ta mère; et puis nous ne voulons pas laisser Jean et Antoinette-Emilie seuls à garder la maison. Les choses ne se sont pas améliorées. Tous les journaux qui ne sont pas à la botte de la Commune ont été supprimés. Ceux qui restent comme *Le Père Duchêne* ou *Le Cri du peuple* se font l'écho de toutes les calomnies, de toutes les basses vengeances, de toutes les infamies qui circulent sur le compte des gens. Paris semble entré dans une sorte de folie sinistre qu'on ne peut expliquer que par l'état de fièvre qui a gagné les Parisiens le jour où les Prussiens sont entrés dans Paris. Envahissant leurs cerveaux, cette fièvre semble avoir retiré à certains toute notion du bien et du mal, du juste et de l'injuste. Peut-être me trouves-tu bien dur car cette réaction n'était somme toute, à l'origine, qu'une manifestation de patriotisme. Mais le patriotisme inconscient peut être dangereux et je t'assure que les orgueilleux qui se croient aujourd'hui des hommes d'Etat parce qu'ils ont rétabli le calendrier républicain, qu'ils nomment des généraux et des colonels chaque matin et publient des communiqués de victoire que démentent tous les faits, contribuent plus à détruire la République qu'à la servir.

« *30 avril.* Ce qui devait arriver arrive : les troupes gouvernementales qui sont demeurées jusqu'ici sur la défensive commencent à passer à l'action. Les bataillons de fédérés massés à Vanves, Issy et Montrouge ont dû se replier en désordre abandonnant un grand nombre de morts. Ceux qui tenaient le fort d'Issy avaient dû l'évacuer et sont rentrés à Paris en criant : " Nous avons été trahis ! " Le soir même, c'était hier, le général Cluseret, délégué à la guerre, a été arrêté et enfermé à Mazas.

« Remarque intéressante : alors que les écrivains les plus célèbres, les Hugo, Zola, George Sand, qui se sont si souvent engagés, ne prennent pas parti et gardent leurs distances vis-à-vis de la Commune, un certain nombre d'artistes peintres, graveurs, dessinateurs se fédèrent. Parmi eux, il est vrai, peu de noms illustres à part Gustave Courbet qui préside la commission. Je me demande ce qu'aurait pensé Eugène Delacroix !

« *3 mai.* Les événements semblent s'accélérer. Les Versaillais approchent partout des barrières et les fédérés accusent des pertes de plus en plus lourdes. Cluseret arrêté, on lui avait trouvé un successeur en la personne d'un certain Rossel. Mais voilà qu'à son tour Rossel a été arrêté et remplacé par Delescluze nommé délégué civil à la guerre. La Commune a aussi décidé d'organiser un comité de salut public, d'interdire aux boulangers de travailler la nuit, de protéger les grandes voies de Paris par des barricades et de désarmer le 15e bataillon de la garde nationale suspecté de tiédeur.

« *10 mai.* Un décret de la Commune ordonne que la maison de M. Thiers soit rasée. Ce n'est pas cela qui va arranger les affaires! On a su que Rossel, enfermé à la questure sous la garde de Géradin, un membre de la Commune, s'était enfui en compagnie de son gardien. Ces deux-là ont intérêt à bien se cacher!

« *16 mai.* Après la démolition de la maison de Thiers, c'est la colonne Vendôme qui est vouée à la démolition. Le *Journal officiel* annonce qu'elle aura lieu aujourd'hui à deux heures.

« *17 mai.* Voici, racontée par la presse, la chute de la colonne qui était plus solide qu'on ne l'imaginait. " Dès le début de l'après-midi, la place était encombrée par une foule de curieux. A trois heures, un homme monta sur la colonne et agita un drapeau tricolore. Aussitôt la fanfare joua *La Marseillaise* et *Le Chant du départ* tandis que les membres de la Commune s'installaient au balcon du ministère de la Justice. "

« " A trois heures et demie, le clairon sonna pour faire écarter les badauds et le cabestan mis en place commença à manœuvrer. Il cassa presque aussitôt, renversant les ouvriers chargés de son maniement. L'un d'eux fut tué sur le coup. A cinq heures, un autre cabestan était installé et entrait en action. Cinq minutes plus tard, la colonne commença de s'ébranler, Napoléon vacillait sous l'œil intéressé de Gustave Courbet qui voyait l'un de ses vieux rêves se réaliser : le 14 septembre il avait demandé en vain l'autorisation de déboulonner la colonne Vendôme, le « mirliton » comme il l'appelait. Cette fois le monument érigé en 1810 pour célébrer les vainqueurs d'Austerlitz tombait à ses pieds, sur le lit de paille et de fumier préparé pour le recevoir. Immédiatement un drapeau rouge a été arboré sur le piédestal resté debout. La tête de la statue s'est détachée du tronc en tombant et de nombreux spectateurs ont cherché à s'emparer des débris[1]. "

« *17 mai*. Nous n'avons aucune nouvelle de Jean-Henri depuis sa fuite. Nous pensons que c'est bon signe et qu'à l'heure où j'écris il est auprès de toi. S'il avait été arrêté nous aurions sûrement eu une perquisition et serions peut-être en prison. A Paris, il **ne** fait pas bon en ce moment d'être prêtre, bourgeois ou simplement étiqueté comme " non sympathisant au gouvernement de la Commune ". *Le Tribun du peuple,* nouveau journal pro-Commune, reprend un arrêté paru au *Journal officiel* dont la teneur m'inquiète : "Tous les dépositaires de pétrole ou autres huiles minérales devront, dans les quarante-huit heures, en faire la déclaration dans les bureaux de l'éclairage situés au 9 de la place de l'Hôtel-de-Ville. " La Commune voudrait-elle par hasard savoir sur quelles quantités de produits incendiaires elle peut compter? C'est l'avis de Louise, toujours curieuse, lucide et courageuse. Ta mère soutient le moral de toute la famille. Le mien est défaillant. Je me sens vieux, malade. Comme je voudrais que ce calvaire imposé à Paris trouve une fin rapide et honorable pour les deux partis! Mais cela n'en prend pas le chemin : la Commune, cela se ressent partout, sait qu'elle est perdue mais elle fait tout pour retarder la chute prévue. De l'autre côté, Thiers, qui a attendu patiemment que les fédérés s'épuisent physiquement et moralement, semble décidé à en finir. Que Dieu me permette au moins de vous revoir. Après tout m'est égal...

« *19 mai*. Ton père m'a demandé de continuer ce journal que tu liras bientôt, ma petite fille chérie. Ce matin il ne s'est pas levé et son état de santé

---

1. Le président de la commission des Beaux-Arts fut, après la chute de la Commune, condamné à six mois de prison. Accusé d'avoir ordonné la destruction de la colonne Vendôme, Courbet dut « deux ans plus tard » payer pour sa restauration. Ruiné, il s'exila en Suisse.

m'inquiète. La vie ne semble plus l'intéresser... Mais je vais réussir une fois de plus à le remonter. Il n'est pas comme Ethis à son âge atteint d'une maladie grave. Il suffirait que ce cauchemar finisse et qu'il vous retrouve pour que tout aille mieux.

« En dehors de cela, rien de bien nouveau. La grande majorité des Parisiens se terre. Comme ton père et Jean ils n'ont pas voté, laissant à 50 000 partisans de l'insurrection la responsabilité des événements. Le Faubourg est partagé. C'est vrai que les communards acharnés n'y sont pas nombreux. Les admirateurs de M. Thiers non plus. Tu connais les gens du bois, ils ne sont pas du " parti de curés " mais ils refusent de participer ou d'applaudir à l'arrestation des religieux de Picpus. Ils réprouvent cette persécution comme toutes les exactions souvent commises au nom de la Commune par des voyous sans mandat ou des gardes en état d'ivresse. Le vieux Faubourg n'a jamais été si peu engagé qu'aujourd'hui dans une action révolutionnaire. Thiers n'est pas populaire, il est même souvent haï mais l'anarchie qui règne actuellement à Paris fait si peur à beaucoup de gens du quartier qu'ils souhaitent, sans toujours oser se l'avouer, l'arrivée rapide des Versaillais.

« Je suis bien sérieuse, pour une fois que Bertrand me laisse la plume! C'est que, ma pauvre, nous ne nageons pas ici dans un climat de folle gaieté. A demain.

« *22 mai*. Ma santé n'est pas aussi déplorable que ta mère le prétend. La preuve : je suis sorti ce matin acheter du pain et c'est moi qui reprend le récit qui t'est destiné. Cela vaut d'ailleurs la peine car il y a du nouveau : l'armée régulière est entrée dans Paris! Comment cela s'est-il passé? Voilà ce qu'on racontait tout à l'heure au *Café des Artistes,* car je suis même passé boire un verre! Gruber, le sculpteur de la rue de Lappe, était allé hier, c'était dimanche, voir son frère qui habite rue Saint-Charles, à Grenelle. Il rentrait chez lui à pied, vers cinq heures, quand il vit, à sa grande stupéfaction, des soldats de l'armée versaillaise s'avancer du côté du chemin de fer de ceinture. Comme lui, les passants n'en croyaient pas leurs yeux : le matin même des communiqués et des rapports militaires ne signalaient que des actions victorieuses au profit des fédérés. Gruber est aussitôt retourné chez son frère. Deux heures plus tard, les nouvelles éclairant le mystère couraient le quartier de maison à maison et d'étage à étage. Comme les journaux ne raconteront jamais comment les choses se sont passées, je consigne pour toi ce récit de première main.

« Après la prise d'Issy, les tranchées avaient été poussées, au Point-du-Jour, jusqu'au contact. C'est là, de son observatoire, que le capitaine de frégate Trèves qui inspectait le rempart à la lunette, s'aperçut qu'il était dégarni. Il décida d'opérer une reconnaissance jusque-là en compagnie d'un sergent. Du fond du fossé, ils entendirent une voix qui leur criait : " Vous pouvez avancer. Les fédérés sont tous retranchés derrière les barricades ! " L'officier prévint aussitôt le général Douay qui alerta les autres corps. Bientôt, marins et lignards se glissaient à l'aide de passerelles de fortune de l'autre côté du rempart. Jugeant la partie perdue, les gardes nationaux s'étaient enfuis. Rien ne s'opposait à l'entrée massive des troupes régulières qui prirent pied depuis la Seine jusqu'à la porte d'Auteuil d'un côté, jusqu'à la porte de Vanves de l'autre. Un peu plus tard, le général Douay occupait la position du Trocadéro et Cissey arrivait jusqu'au Champ-de-Mars sans avoir tiré une cartouche.

« Voilà la grande nouvelle, ma chérie. L'ouest de Paris est aux mains des Versaillais. Si la raison pouvait l'emporter, l'aventure de la Commune de Paris s'arrêterait là. Mais il ne faut pas rêver...

« *23 mai.* J'avais raison hélas! Rien n'est fini. L'armée avance bien dans Paris mais les rues et les carrefours sont maintenant hérissés de barricades que les fédérés défendent le plus souvent avec le courage du désespoir. Evidemment ces barricades sont attaquées et prises les unes après les autres mais avec des pertes et des blessés de chaque côté. Tout à l'heure, nous avons entendu un grand bruit sur le boulevard Beaumarchais. Nous nous sommes précipités aux fenêtres : un convoi de munitions se dirigeait vers la Bastille. Jean est descendu pour se renseigner, il paraît que la Commune concentre toutes les munitions disponibles à la mairie du XIe pour y établir une défense. Tu vois, notre quartier épargné jusqu'ici va encore souffrir. Continuer à résister est une folie mais tout dans cette affaire, née d'un élan populaire cocardier soigneusement entretenu, n'est-il pas une folie? Plusieurs voisins sont décidés à se réfugier dans leurs caves. Louise et moi préférons demeurer chez nous. Il sera toujours temps de descendre un matelas...

« C'est hier dans la soirée, mais nous l'avons su ce matin, que les principaux otages de la Commune ont été transférés de Mazas[1] à la prison de la Roquette dans des charrettes de factage du chemin de fer de Lyon. Exposés aux insultes d'individus et de femmes qui suivaient ce sinistre cortège, on a reconnu Mgr Darboy, l'archevêque, l'abbé Petit son secrétaire, M. Perny, missionnaire rentré de Chine, le président Bongeant, Mgr Surat, archidiacre de Notre-Dame, le banquier Jecker...

« Hier encore, on s'est battu longuement au Champ-de-Mars et faubourg Saint-Germain. Contraints de battre en retraite, les défenseurs de la Commune ont fait sauter les munitions entassées au manège de l'Ecole d'état-major et incendié des maisons dans la rue du Bac et au carrefour de la

---

1. Prison située boulevard Mazas, aujourd'hui boulevard Diderot, donc très proche de la grand-rue du faubourg Saint-Antoine.

Croix-Rouge. Un peu plus tard c'est le palais de la Légion d'honneur et d'autres bâtiments publics du quai d'Orsay qui étaient réduits en cendres.

« *24 mai*. Comme nous ne sortons pratiquement pas de la maison, les nouvelles sont plus longues à nous parvenir. Tard dans la nuit, les incendies ont éclairé le ciel de Paris. Le Néron de la Commune, le pétroleur des monuments de la République est un certain Jules Bergeret, député du XXe arrondissement. Ce sinistre imbécile qui, paraît-il, a joué un rôle important toutes ces dernières semaines dans le gouvernement de Paris, exerçait dans les théâtres de Paris l'intéressant métier de chef de claque. On sait aujourd'hui qu'il a aussi incendié l'Hôtel de Ville, le Palais de Justice et la préfecture de police. Une grande réserve de pétrole avait été préparée dans les caves du palais du Sénat, mais l'arrivée de la troupe empêcha Bergeret d'y jeter son brûlot.

« Ce soir le canon tonne dans différentes directions. Les Versaillais doivent pilonner les puissantes batteries que les fédérés ont installées au Père-Lachaise, à Montmartre et aux Buttes-Chaumont. Nous allons essayer de dormir un peu dans ce vacarme mais je ne peux m'empêcher de penser à l'état dans lequel nous allons retrouver Paris après ce désastre. Je songe aussi au jour où je suis allé, en compagnie de Pierret et de Léon Riesener, voir Delacroix qui achevait à l'Hôtel de Ville le magnifique plafond du salon de la Paix. Il ne reste rien aujourd'hui des huit tympans et des caissons qui entouraient le motif central. Non! Eugène qui avait peint avec passion *La Liberté guidant le peuple sur les barricades* en 1830 n'aurait pas aimé les incendiaires de la Commune!

« Un mot encore ma chérie. Jean vient de m'apprendre que le palais des Tuileries lui aussi est en flammes. Ainsi ils ont osé. Vont-ils encore brûler le Louvre et les trésors de son musée? Voilà encore des meubles de Riesener et des grands maîtres du

XVIIIᵉ siècle qui disparaissent. Je pense à la belle commode que j'ai restaurée pour l'impératrice[1].

« *25 mai.* On croit chaque jour avoir touché le fond de l'horreur mais les nouvelles qui nous parviennent sont toujours plus terribles. Hier, à huit heures moins le quart du soir, l'archevêque Mgr Darboy, quatre autres religieux et le président Bongean qui avaient été transportés à la Roquette, où la disposition des lieux se prêtait mieux au massacre, ont été fusillés. Il reste cinquante autres otages qui attendent dans leurs cellules l'heure de passer au supplice. On avait assuré aux gardes faisant partie du peloton d'exécution qu'il s'agissait de venger Flourens, l'un des pseudo-généraux qui avait eu la tête fendue d'un coup de sabre au cours de l'expédition manquée du 2 avril contre le fort du mont Valérien.

« La Commune vit-elle les derniers spasmes de son agonie? Si c'est vrai, ils sont terribles : on vient d'apprendre que douze dominicains, arrêtés le 19 à l'école Albert-le-Grand, ont été massacrés avenue d'Italie, en pleine rue, devant la geôle disciplinaire du quartier où ils étaient enfermés.

« Ai-je raison de te faire le récit de toutes ces horreurs? Je me le demande parfois mais, puisque je l'ai commencé, je me dis qu'il faut aller jusqu'au bout de ce témoignage que, tu le sais bien, j'écris sans haine, avec le souci constant de respecter la vérité. Quand allons-nous enfin avoir de vos nouvelles?

---

1. Cinq chariots transportant de la poudre, du goudron liquide, de l'essence de térébenthine et du pétrole étaient entrés le matin dans la cour du Carrousel sous la conduite de Bergeret, d'un ancien sergent de ville révoqué nommé Boudin et d'un garçon boucher. Leur contenu fut répandu dans les caves d'abord vidées des bouteilles qu'elles contenaient et allumé. L'incendie dura trois jours. Il aurait atteint les galeries du musée du Louvre sans l'arrivée d'un bataillon de chasseurs. Trois siècles d'Histoire partirent en fumée avec le palais des Tuileries dont il ne subsista que des pans de pierres et de marbres noircis.

« *27 mai*. Encore un massacre. Cinquante otages de la Roquette ont été tirés de leurs cellules et conduits rue Haxo où 60 fédérés appartenant à divers bataillons tirèrent au hasard dans le groupe[1]. Un témoin racontait tout à l'heure au *Café Grépont*, rue de la Roquette, que la tuerie avait duré un quart d'heure et qu'il avait entendu de ses propres oreilles l'une des furies présentes, qu'on appelait la cantinière Marie, s'écrier en désignant un cadavre criblé de balles : " Je lui ai foutu ma main dans la gueule pour lui arracher la langue! "

« *28 mai*. C'est fini. A neuf heures, des soldats du génie sont venus coller sur les murs de Paris, sur le nôtre en particulier, cette proclamation que je recopie :

Habitants de Paris,
L'armée de la France est venue vous sauver. Paris est délivré. Nos soldats ont enlevé à quatre heures les dernières positions occupées par les insurgés.
Aujourd'hui la lutte est terminée; l'ordre, le travail et la sécurité vont renaître.
> *Le Maréchal de France commandant en chef,*
> *De Mac-Mahon, duc de Magenta.*
Au quartier général, le 28 mai 1871.

« Trois phrases qui mettent fin à 73 jours de drames, de peur et d'héroïsme dévoyé! Il s'est paraît-il passé des choses horribles cette nuit dans le cimetière du Père-Lachaise. Je te les raconterai demain. Ce soir je veux rester sur la note optimiste de la proclamation. Nous allons enfin nous retrouver. Quel soulagement!

---

1. Se trouvaient là, conduits à pied depuis la Roquette, onze prêtres, pères de la compagnie de Jésus, trente-six gardes de Paris ou gendarmes et des civils. 47 cadavres seront retrouvés le 29 mai dans un souterrain voisin. L'un d'eux portait les traces de 67 coups de feu.

« *29 mai*. La lutte qui s'est livrée la nuit dernière, sous la pluie, au Père-Lachaise, fut à la fois horrible et impie. Ce lieu de repos éternel, où s'étaient retranchés les derniers défenseurs de la Commune, a servi de champ de bataille durant de longues heures. On s'est battu avec acharnement, à l'arme blanche, entre les tombes. Imagines-tu l'hallucinant spectacle de fusiliers marins, l'uniforme dégoulinant de pluie, le visage noir de poudre et de sueur, sanglant parfois, poursuivant les communards dans les caveaux. Ces combats corps à corps dans le cimetière, ces égorgements sur les dalles mortuaires, cette furie aveugle dans la ville morte constitue l'acte le plus étrange de ce drame monstrueux.

« Nous reparlerons ensemble de cette semaine terrible où la foule, criminelle anonyme, a multiplié les exécutions en faisant monter par sa joie malsaine la fièvre des premiers massacres. La répression immédiate de l'armée, enfin maîtresse après de lourdes pertes de l'hydre communaliste, a été atroce. La réaction des troupes est regrettable sans doute, on eût pu arrêter au lieu de tuer. Les tribunaux ne pourront juger, hélas! que ceux qui n'ont pas été fusillés durant et tout de suite après la bataille. Mais la rage de combattre des fédérés, leurs crimes, les destructions auxquelles ils ont participé, expliquent avec la fatigue et les souffrances d'une guerre civile sans merci la surexcitation des soldats et les violences qu'on ne va pas manquer de leur reprocher. Pour ma part, je plains, comme en 48, les pauvres diables courageux qui ont cru défendre au prix de leur vie le droit et la justice. Je n'ai en revanche, et ta mère non plus aucune pitié pour les forcenés, les sans-cervelle ou les trop habiles qui ont poussé la masse au combat, un combat perdu d'avance contre l'armée nationale. Et tout cela, ne l'oublions pas, sous l'œil intéressé du véritable ennemi : l'armée prussienne qui campe toujours aux portes de Paris et

qui nous a regardés nous entre-tuer avec un étonnement narquois.

« Mais je m'emballe... L'imbécillité des foules m'a
toujours mis en colère. Allons, demain peut-être,
serons-nous tous réunis. »

Chapitre 8

VIVE LA REPUBLIQUE!

Il faisait beau, ce matin du 3 septembre 1877. Les tilleuls de la petite place du boulevard Beaumarchais, devant le « château » des Valfroy, n'avaient pas perdu une feuille; à l'intérieur de la cour, les marronniers plantés par Jean Caumont pour rappeler la place d'Aligre dessinaient sur la façade de jolies taches d'ombre. La gaieté, hélas! ne chantait que dans le décor. A l'intérieur de la maison aux volets clos, le malheur imprégnait tentures, meubles et rideaux devant lesquels passaient des ombres silencieuses. La mort avait fini par avoir raison de Bertrand que la famille et les amis s'apprêtaient à conduire dans sa « dernière demeure », comme disent ceux qui préfèrent la litote au vocabulaire brutal de la mort.

Il était encore tôt mais l'enterrement du maître avait dû être avancé : le même jour, au début de l'après-midi, M. Thiers allait être inhumé, lui aussi, au cimetière du Père-Lachaise et les morts ordinaires ne devaient gêner en rien les obsèques officielles de l'illustre homme d'Etat.

Le cercueil de Bertrand venait d'être descendu et posé sur deux tréteaux au milieu de la cour qui s'était d'un coup remplie de monde. Toute l'aristocratie du Faubourg était là, représentée par les fils ou les petits-fils de ceux dont les noms figuraient depuis plus d'un demi-siècle sur les plus belles maisons du quartier du meuble. Bertrand Valfroy était le doyen des grandes familles du bois. Les Mercier, les Grohé, les Soubrier de la première génération étaient morts, Alexandre Fourdinois avait quitté le monde des ébénistes le mois précédent et son fils Henri, encore en grand deuil, consolait Louise, assise toute droite dans le grand fauteuil d'Œben. Elle ne pleurait pas mais son visage montrait combien elle souffrait. Elisabeth, debout à côté d'elle avec Jean-Henri, répondait d'un pauvre sourire à tous ceux qui venaient lui dire leur peine et leur sympathie.

Elle expliquait que son père n'avait pas souffert, qu'il était mort l'avant-dernier soir, une heure après s'être couché. En soupant il avait parlé avec son gendre de l'exposition qui se tiendrait l'année suivante au Champ-de-Mars et qui doit montrer au monde que la France, après l'année tragique de 71, a retrouvé son panache. « Ce sera la dernière que je verrai, avait-il dit. A soixante-dix-sept ans, je ne peux espérer l'impossible! »

A neuf heures, la délégation des compagnons du tour de France arriva, la bannière du Devoir en tête. Ils étaient une vingtaine, venus du Faubourg et d'autres quartiers, vêtus de la redingote de cérémonie et coiffés du haut chapeau de soie noire. Le plus vieux, Manneville, un tourneur, avait soixante ans. Les autres étaient des jeunes qui venaient d'achever leur tour de France. Tous portaient la canne à pommeau d'argent enrubannée aux couleurs du métier.

— Vous savez, dit Elisabeth à Manneville, mon père nous a toujours dit qu'il voulait être inhumé vêtu de la redingote qu'il portait le jour où il a été déclaré compagnon fini. Nous allons poser sa canne sur le cercueil. Il en avait une autre, qu'il vous a peut-être montrée...

— Je pense bien. C'était celle qu'avait sculptée l'un des premiers compagnons du tour, l'un de ses ancê-

tres. Elle est superbe. Pourquoi ne la joignez-vous
pas à l'autre. C'est avec elle qu'il est parti sur les
routes...

— Hélas! Elle a disparu en 48. Mon père en parlait
encore il y a quelques jours.

Les compagnons entourèrent le corbillard chargé
de fleurs et le cortège remonta lentement la rue du
Chemin-Vert. Louise avait refusé de suivre en voiture : « Je marcherai comme tout le monde, avait-
elle dit. Le cimetière n'est pas loin et je ne suis pas à
bout de forces. » En avançant sur les pavés mal
joints, soutenue par Elisabeth et Jean-Henri, elle
pensait aux moments merveilleux qu'elle avait vécus
avec Bertrand dans cette famille qui l'avait adoptée.
Elle pensait à Ethis, à Marie, à cette passion du bois
qu'ils lui avaient transmise...

Alors elle faillit éclater en sanglots mais elle se
redressa, souleva un peu le voile noir qui la gênait et
se murmura : « Allons, Louise, souviens-toi que tu
as été élevée à l'anglaise. Pas de pleurnicheries, pense
à Elisabeth, à son mari si plein d'attentions et à tes
petits-enfants. Bertrand s'en va mais la vie continue...

— Mais oui, mère, la vie continue, dit une voix à
sa gauche.

C'était Jean-Henri. Elle ne s'était pas aperçue
qu'elle venait de parler tout haut.

Le cortège fit un détour pour s'arrêter à l'église
Sainte-Marguerite. Juste le temps d'une bénédiction.
Bertrand avait toujours affirmé qu'il ne voulait pas
de grande cérémonie religieuse pour son enterrement, non plus que de discours. Seulement une
chanson de compagnonnage.

Au bord de sa tombe, il eut sa chanson, l'une de
celles qu'il avait composées jadis et que chantaient
encore sur les routes du tour de France les Vivarais-
la-Vertu et les Marseillais-Bonne-Conduite d'aujourd'hui :

*Par Salomon, beaux drilles, nous te rendons
                                    [hommage
En offrant à tes pierres l'amour de notre
                                    [ouvrage...*

C'était très beau. Et très triste. Louise ne put
retenir ses larmes quand Manneville, se découvrant,
vint lui remettre la canne de son mari :

— Prenez-en soin, madame, elle appartenait à
notre compagnon Parisien-la-Canne-d'or.

Seule dans sa grande chambre du Chemin-Vert,
seule dans le grand lit d'acajou que Bertrand avait
jadis fabriqué de ses mains, Louise réfléchissait, la
tête posée sur l'oreiller désormais solitaire. Elisabeth
et Jean-Henri lui avaient proposé de changer de
chambre mais elle avait tenu, dès le premier soir de
solitude, à ne pas rompre avec cet hier où Bertrand,
couché à côté d'elle, lui parlait à mi-voix de la vie,
des enfants, du quartier, de leurs voyages... avant
qu'elle dise « Bonsoir mon chéri, j'ai sommeil » et
s'endorme la tête posée dans le creux de son épaule
ou serrée contre lui, « en petite cuiller » comme elle
disait en riant.

Après plusieurs nuits de veille, la journée avait été
pénible. La longue marche du cortège, la cérémonie
interminable du cimetière où, empêtrée dans ses
voiles, elle avait dû remercier un à un tous les amis,
auraient dû la laisser effondrée, épuisée, abattue par
le chagrin. Pourtant elle n'avait pas sommeil. Elle
était au contraire d'une incroyable lucidité et pensait
l'avenir sans Bertrand. A sa droite, le gros matelas
de laine gardait encore son creux et elle eut envie de
retrouver la dernière strophe d'un poème de Bertrand qui lui échappait. Elle se leva, alluma la lampe
à pétrole posée sur la table de nuit et prit dans la

bibliothèque le volume relié pour elle dans une peausserie qui portait ses initiales. Elle l'ouvrit et lut tout haut, ainsi qu'elle l'avait fait si souvent :

Tu me manques ce soir dans notre lit glacé
Où s'étend sous le drap un désert de Carare.
Du haut de l'oreiller, je guette le rempart
Où tu apparaîtras dans mon rêve angoissé.

Elle sourit, souffla la lumière et se dit qu'elle avait eu beaucoup de chance de garder en vie son Bertrand qui avait été si près de la mort à la fin du siège et de la Commune. Cinq ans, six ans déjà... La vie s'était précipitée comme pour rattraper le temps perdu. Jean-Henri, rentré sain et sauf avec Elisabeth et les enfants, s'était jeté dans le travail, décidé à reconstruire ce qui avait disparu dans la tourmente. Toutes les fabriques du Faubourg devaient, comme lui, refaire surface, retrouver la clientèle, reconstituer les réserves de bois brûlées pour se chauffer, réparer les machines laissées à l'abandon et réembaucher des compagnons. Aidé par Jean, conseillé par Bertrand qui retrouvait ses forces, soutenu aussi par elle qui avait repris la comptabilité, Jean-Henri n'avait pas mis longtemps à rendre à la marque Valfroy-Fradier son prestige de l'empire.

Les enfants avaient grandi. A quinze ans, François-Edouard était un bon élève, sans plus, au lycée Charlemagne. Il voulait après son baccalauréat entrer dans une école de dessin et n'avait d'autre ambition que de travailler avec son père avant de lui succéder. Cette détermination satisfaisait toute la famille.

Louis, le normalien, poursuivait une brillante carrière. Après avoir occupé plusieurs postes à l'étranger, il venait d'être nommé premier conseiller à l'ambassade de France à La Haye. A trente-quatre ans, c'était une belle promotion. Enfin, Antoinette, troisième du nom, allait avoir huit ans dans quelques

jours. La mort de son grand-père qu'elle adorait
l'avait profondément touchée et Louise avait pensé
qu'elle devait s'occuper beaucoup d'elle. Libérée,
hélas! de son rôle d'infirmière auprès de Bertrand,
elle allait aussi pouvoir se consacrer davantage à la
marche de l'atelier. Il était par exemple nécessaire de
relancer la vente des meubles importés d'Angleterre.
« A soixante-six ans, une dame du Faubourg n'est
pas vieille, se dit-elle. Ni Ethis ni Bertrand n'aime-
raient me voir sombrer dans le désespoir. Je dois
lutter pour continuer d'exister! » Les choses cependant n'étaient pas si simples. Il fallut plusieurs mois
à Louise pour qu'elle retrouve son sommeil et la
force de survivre.

Jean-Henri s'était un moment laissé tenter par la
politique. Nommé juge au tribunal de commerce, il
s'était vu proposer de figurer sur une liste de candidats au conseil municipal. Finalement il avait sagement renoncé, préférant consacrer son temps et son
énergie aux affaires. « On verra plus tard », avait-il
répondu. Cela ne l'empêchait pas de suivre avec
attention les rebondissements de la comédie politique. Le gouvernement d'ordre moral et réactionnaire
institué après la chute de M. Thiers qui voulait
défendre la République qu'il avait sauvée, ne plaisait
guère au Faubourg où l'on n'était pas anticlérical de
nature mais où l'on supportait mal la mainmise de
l'Eglise sur les institutions. Cette opinion était partagée par la famille où, périodiquement, on discutait
de politique avant de s'en désintéresser. C'était le cas
de la grande majorité des Parisiens.

En 1875, pourtant, les journaux recommencèrent à
circuler dans les ateliers et l'on retrouva au « château » quelque intérêt pour la chose publique, souvent à cause des propos de Louis qui se trouvait à
l'époque à Paris. L'opinion publique, dans son
ensemble, commençait à avoir assez des séances
tumultueuses de la Chambre où une majorité monar-
chique se trouvait mal à l'aise dans la République-

éponge du maréchal de Mac-Mahon. Les Prussiens payés et partis, il était temps que la France se donne une constitution!

— Cela est évident, disait Louis, mais l'opposition à la République est telle que personne ne peut dire s'il sortira un drapeau blanc ou tricolore de l'urne où les députés vont déposer leurs suffrages. Et pourtant, renier la République entraînerait à coup sûr une nouvelle révolution!

Qui pouvait dénouer ce nœud gordien? Un professeur en Sorbonne doublé d'un politique habile formé à l'école de Guizot y parvint par un ingénieux artifice. Faute d'une voix, les monarchistes perdaient leur roi. Cette voix, M. Wallon la trouva en introduisant discrètement le mot « République » dans un amendement.

— Le nom de Wallon restera célèbre, dit Elisabeth. Il est le père de la constitution. Il mérite une médaille d'or.

On ne lui décernera une médaille que trois ans plus tard après un sauvetage en mer. Vive la République!

En attendant, Paris recommençait, comme s'il ne s'était rien passé depuis dix ans, à vivre pour l'Exposition. Celle de 1867 n'avait été, à en croire ce qui se disait, qu'une bagatelle à côté de la gigantesque manifestation qui se préparait. Les Parisiens sceptiques n'avaient d'ailleurs qu'à aller faire un tour du côté du Champ-de-Mars pour se rendre compte de l'ampleur du chantier. Le palais qui se montait était un immense rectangle de 700 mètres sur 340. Son luxe n'apparaissait pas encore mais on pouvait l'imaginer, comme celui des autres pavillons, galeries, parcs, serres, bâtiments français et étrangers, restaurants, tous illuminés à l'électricité.

Ceux qui n'avaient pas assez rêvé pouvaient se retourner et apercevoir sur le sommet de la colline de Chaillot le palais du Trocadéro dont la silhouette blanche se dessinait dans le ciel. L'immense rotonde paraissait peut-être un peu lourde mais le monument, destiné à survivre à l'Exposition, ne manquait pas de grandeur.

Les ébénistes étaient bien plus nombreux à avoir fait acte de candidature. On retrouvait sur la liste soumise au comité d'admission tous les grands noms du bois, connus depuis des décennies mais aussi beaucoup d'ateliers modestes créés à la fin de l'empire et même après la Commune.

Il devenait pourtant de plus en plus difficile de faire son trou dans le Faubourg. Le temps était loin où il suffisait d'un établi loué dans un coin d'atelier et de quelques outils dans sa giberne pour tenter sa chance de devenir un Boulle, un Crescent ou un Riesener. Seuls les plus talentueux et surtout les plus entreprenants arrivaient à percer. Ainsi Charles Husinger, un Alsacien du Haut-Rhin, connu seulement depuis 1860, établi d'abord dans la grand-rue, puis rue Keller et qui venait d'installer un atelier moderne rue Sedaine. On disait que le meuble d'ébène incrusté d'ivoire qu'il comptait présenter était un chef-d'œuvre.

Depuis plusieurs mois, Jean-Henri avait fait son choix. Edouard Detaille, le peintre des batailles, lui avait commandé pour son hôtel du 120, boulevard Malesherbes un mobilier constitué d'éléments originaux décoratifs et très travaillés ne relevant d'aucun style du passé. C'était le type de meubles parfait pour une exposition. Jean-Henri, avec l'accord de son illustre client, avait sélectionné trois pièces qui ne pouvaient manquer d'étonner les visiteurs et les membres du jury appelés à choisir entre d'innombrables déclinaisons des œuvres des grands ébénistes du XVIIIe siècle. Valfroy-Fradier – les deux noms étaient maintenant légalement réunis – comptait surtout sur l'un de ces meubles, une armoire à deux corps formant cabinet et dont le vantail était orné d'une peinture du maître représentant un cavalier arabe. D'inspiration orientale, ce meuble en ébène sculpté ressemblait à un gros bijou. Le jury ne risquait pas de trouver l'équivalent chez un concurrent.

Les familles unies sont comme les grands chênes. Solidement enracinées dans la vie elles semblent immortelles, comme si rien ne pouvait empêcher leurs plus vieilles branches de continuer à pousser indéfiniment leur feuillage vers la lumière. Et puis un orage survient qui casse comme du verre les bois devenus fragiles. La mort, qui se laisse volontiers oublier, frappe soudain et bouleverse un équilibre jusque-là harmonieux. On a beau se dire que le chêne est encore debout, que la famille continue, c'est pourtant un autre arbre qui repart dont les branches incertaines changent de destinée.

La mort de Bertrand commençait à peine à devenir supportable que Jean Caumont disparut à la fin de l'hiver 77, terrassé par une pneumonie. Antoinette-Emilie ne lui survécut que quelques mois. Les Caumont qui avaient tenu une place importante dans le métier durant presque un siècle étaient à jamais rayés du grand livre du métier. Si Louis, le dernier de la lignée, honorait le vieux nom du Faubourg, c'était sous les lambris dorés des ambassades. Il ne restait que Louise, le greffon des Trois Glorieuses, pour témoigner que les Valfroy avaient joué leur rôle dans la grande histoire du bois. Depuis la mort de Jean, elle avait repris une activité intense, secondant Jean-Henri dans toutes les obligations commerciales. Elle avait maigri et retrouvé, sans le chercher, une taille de jeune femme. Elle s'intéressait de nouveau à ses toilettes et aidée par Elisabeth avait renouvelé sa garde-robe. « Dans ce métier d'homme, disait-elle, une femme doit être élégante pour se faire respecter. » Respectée, elle l'était. Depuis le temps qu'elle s'occupait de l'atelier, elle connaissait comme sa poche le Faubourg et l'inextricable réseau d'im-

passes, de ruelles, de passages et de cours qui
entouraient la grand-rue. Elle y était aussi connue
comme le loup blanc et c'est à elle qu'on venait
souvent demander conseil. Chose curieuse, depuis la
mort de Bertrand et comme pour mieux montrer
l'estime qu'on lui portait, beaucoup de gens l'appelaient madame de Valfroy. Cette particule qu'Ethis
avait toujours dédaignée et dont Bertrand n'avait
jamais voulu entendre parler resurgissait au moment
où la France essayait d'apprivoiser son nouveau
régime républicain. Cela amusait Elisabeth qui se
moquait gentiment de sa mère : « Dans le fond, cela
ne te déplaît pas tellement qu'on t'appelle madame
de! » Et elle ajoutait : « Je suis sûre que Jean-Henri
se baptiserait volontiers " de Valfroy-Fradier ". »
    Louise s'était d'abord défendue, maintenant elle
laissait faire :
    — Que voulez-vous que je dise à ceux qui pour me
flatter, ou tout simplement parce qu'ils croient
m'être agréable, me nomment madame de Valfroy?
Et puis si cela peut aider dans le commerce, pourquoi pas!
    On ne sut jamais si la particule avait aidé à
l'affaire, si Louis avait donné un coup de pouce de
son ministère ou si la proposition d'Auguste Fourdinois, personnage puissant et honoré de la profession,
avait suffi mais, un beau jour, un pli arriva du
ministère des Beaux-Arts. C'était la copie d'un
décret nommant Mme Louise de Valfroy membre du
conseil de l'Ecole nationale des arts décoratifs. Poste
honorifique? Pas seulement si l'on considérait les
raisons de cette nomination énumérées dans le texte
officiel. Le conseil et le ministre, bien renseignés,
faisaient état du passé de la marque Valfroy-
Caumont devenue Valfroy-Fradier, associations de
familles qui avaient toujours servi l'ébénisterie d'art
française avec un succès qui devait tout au travail et
à la probité. Après une allusion aux grands ancêtres
Œben et Riesener, le rôle de Louise, « médaillée des

journées de juillet 1830, femme de goût dont l'activité au service de l'art et de la formation des jeunes artisans ne s'était jamais démentie », était avantageusement souligné. Ses qualités d'organisatrice et « le rôle qu'elle avait joué dans les échanges commerciaux avec l'Angleterre » avaient été aussi remarqués. Bref, à soixante-six ans, Louise accédait de la façon la plus inattendue à des honneurs qu'elle n'avait pas souhaités mais qui donnaient brusquement des ailes à son énergie affaiblie par les deuils successifs. Seul inconvénient de cette nomination : la marque Valfroy-Fradier ne pouvait plus briguer de médaille aux expositions où elle était désormais classée « hors concours », ce qui selon Jean-Henri valait toutes les récompenses du monde et le plaçait en bonne position pour devenir lui-même membre du jury.

La famille se trouvait donc complètement métamorphosée, dans sa composition, dans ses habitudes, dans ses relations avec la profession. Comme ce bouleversement s'accompagnait d'une prospérité qui la plaçait maintenant au rang des plus importantes fabriques de meubles de Paris, on s'y inquiétait assez peu des changements politiques auxquels le Faubourg, dans son ensemble, demeurait étranger.

Gambetta, Freycinet, Jules Ferry... les ministères se succédaient sans apporter de changements notables à la vie de tous les jours. Une manifestation des survivants de la Commune avait, l'espace de quelques heures, rendu à la place de la Bastille et au quartier un semblant d'atmosphère révolutionnaire; un incendie aux grands magasins du Printemps avait un moment ému les Parisiens; ceux-ci s'étaient retrouvés peu nombreux au Père-Lachaise pour assister aux obsèques d'Auguste Blanqui, l'âpre journaliste anarchiste de *Ni Dieu ni maître*. L'expulsion des jésuites n'avait guère non plus touché le quartier. Un début de crise avait permis à Louise Michel, la militante passionnée de la Commune, de retour de

Nouméa où elle avait été exilée, de venir agiter son drapeau noir dans quelques boulangeries; mais tout cela n'avait guère de conséquences. Le Faubourg avait du travail et il travaillait. La mode tapissière de Napoléon III oubliée, les ateliers continuaient à copier l'ancien pour toutes les bourses. Il sortait des cours et des passages des commodes admirables imitées de Riesener, des meubles « genre Boulle » très convenables mais aussi des buffets de style Henri II sauvagement sculptés dans du chêne de qualité discutable et des armoires dites Louis XVI plaquées sur du sapin.

Tout le monde vivait de cette production disparate, les spécialistes de meubles de qualité mieux que les autres car, si la IIIe République n'avait pas eu raison de la pauvreté, elle n'avait en rien attenté aux privilèges de la bourgeoisie impériale.

Comme tous les Parisiens riches ou aisés, les Valfroy-Fradier sortaient souvent. Quelquefois Louise les accompagnait au restaurant ou au théâtre. La brasserie *Bofinger* luxueusement installée depuis 1864 rue de la Bastille était à deux pas et l'on y mangeait une excellente choucroute. M. Bofinger s'occupait lui-même de la sélection des vins d'Alsace qui contribuaient beaucoup à l'atmosphère de franche gaieté qui régnait dans son établissement. Quand Jean-Henri et Elisabeth décidaient de faire la fête à deux, en amoureux, ils allaient aux Champs-Elysées, chez *Ledoyen*. La vieille guinguette où Tallien avait dîné avec Robespierre quelques jours avant la réaction thermidorienne était devenue l'un des restaurants les plus luxueux de Paris. Il était dirigé par M. Balvet, un cuisinier exceptionnel que connaissaient tous les gourmets de la capitale.

Souvent, Jean-Henri et Elisabeth constataient la chance qu'ils avaient de vivre dans une époque aussi extraordinaire où vingt théâtres jouaient à Paris les pièces d'auteurs considérables comme Victor Hugo, Alphonse Daudet, Alexandre Dumas fils, François

Coppée, George Sand, Labiche... où Verdi venait conduire l'orchestre de l'Opéra pour la première de *Aïda,* où dans un registre plus frivole trois cents soirées aux Bouffes-Parisiens n'avaient pas épuisé le triomphe de *La Mascotte* dont un public inlassable revenait toujours applaudir le « duo des Dindons ».

– N'oubliez tout de même pas, mes enfants, disait Louise, que nous avons subi il n'y a pas si longtemps une défaite cruelle, l'abominable siège de Paris et l'effroyable folie de la Commune. Mais c'est vrai que notre temps est riche d'artistes et d'écrivains. Hugo, Renan, Zola, France, Maupassant... on enviera peut-être souvent l'époque où nous vivons.

La « petite reine » ou « Antoinette III », comme l'appelait son père, avait déjà treize ans. L'an prochain, grâce à l'appui de son oncle Louis, elle pourrait entrer à Fénelon, le premier lycée de jeunes filles qui venait d'être inauguré. Cette création qui marquait l'entrée des femmes ou plus exactement leur admission dans le système de l'enseignement officiel français constituait un événement qui valait au ministre Jules Ferry l'approbation générale. On s'était moins gêné dans les rangs de l'opposition de droite pour critiquer le statut de l'école primaire qui établissait la gratuité de l'enseignement obligatoire et laïc. Le manque de personnel freinait d'ailleurs cette laïcisation.

François, à vingt ans, était élève de première année à l'Ecole des arts décoratifs où sa grand-mère n'avait pas eu de mal à le faire admettre. Il était convenu qu'en sortant de l'école, selon le temps de service militaire qu'il devrait accomplir[1], il entrerait à l'atelier pour compléter à l'établi ses connaissances artistiques. L'affaire que lui laisserait un jour son

---

1. Il était fortement question d'instituer le service militaire obligatoire. Celui-ci ne sera décidé qu'en 1885.

père n'était plus une modeste entreprise artisanale. Il fallait qu'il soit prêt à assurer cette succession.

Au « château » les mois passaient sans qu'on s'en aperçoive. Jean-Henri menait son entreprise d'une main ferme mais avait retenu de son père et de Bertrand la nécessité d'entretenir de bons rapports avec les compagnons qui travaillaient, certains depuis plus de vingt-cinq ans, dans les ateliers familiaux. « On ne peut faire prospérer une maison que lorsque ceux qui travaillent sont heureux et convenablement rétribués! » aimait à répéter Henri Fradier jusqu'à sa mort, deux ans auparavant. Le fils continuait de veiller au respect de ces principes.

A la suite d'une attaque cardiaque heureusement jugulée, Louise dut restreindre ses activités. Elle continuait à se pencher sur les comptes de la maison mais elle sortait peu et avait abandonné sa mission à l'Ecole des arts décoratifs. Elle ne s'occupait plus que de l'école de dessin qu'elle avait aidé à fonder rue de Charonne et où les apprentis du bois venaient s'initier, le soir, à l'histoire des styles et à la décoration. Tandis qu'Antoinette poursuivait ses études au lycée Fénelon, malheureusement situé loin du Faubourg, François travaillait maintenant à l'atelier. Le père Frénon, le plus vieil ouvrier de la maison, dont l'habileté était connue de la Bastille à la place du Trône, avait été chargé par Jean-Henri de l'initier aux subtilités du métier. Le jeune homme était courageux et apprenait de bonne grâce son futur métier de patron.

Côté politique, la République marchait parfois de guingois mais elle tenait bon. Si parfois le drapeau rouge était brandi, par exemple pour enterrer la vieille mère de Louise Michel, le calme se rétablissait de lui-même, sans barricades et sans fusils.

Ce n'étaient là que péripéties à côté d'un événement qui prit soudain dans toute la presse une importance prodigieuse : la santé de Victor Hugo devenait inquiétante. Quand Paris et la France entière apprirent que tout espoir était perdu, une consternation générale s'abattit sur le pays. La défaite de Sedan, malgré ses conséquences terribles, l'avait moins marqué que la mort, le 22 mai 1885, de celui qui depuis plus d'un demi-siècle occupait la première place dans les lettres françaises. Le deuil était universel, deuil pour la pensée, deuil pour la liberté, deuil pour l'intelligence. Le dramaturge d'*Hermani,* de *Ruy-Blas,* de *Marie Tudor,* l'audacieux prosélyte de la préface de *Cromwell,* le chantre de *La Légende des siècles* et de l'épopée napoléonienne, le contempteur de « Napoléon le Petit », le politique fougueux, courageux et indépendant, imposait après sa mort le respect qui ne lui avait jamais manqué durant sa longue vie.

Le Petit Parisien, dans son édition bordée de noir, rappelait les derniers moments du patriarche entouré de l'ami de toujours Victorien Sardou, de son petit-fils Georges et de sa petite-fille. Ses derniers mots furent pour elle : « Adieu Jeanne! » Et il perdit connaissance. Le journal publiait la page superbe dans laquelle Victor Hugo avait résumé son enfance et raconté comment il s'était dégagé lui-même des choses du passé pour venir à la République :

L'auteur est fils d'une Vendéenne et d'un soldat de la Révolution. Il a subi les conséquences d'une éducation solitaire et complexe où un proscrit républicain donnait la réplique à un proscrit prêtre. Mais il n'a jamais fait un pas en arrière. Jamais dans tout ce qu'il a écrit on ne trouvera un mot contre la Liberté. Il y a eu lutte dans son âme, entre la Royauté que lui avait imposée le prêtre catholique et la Liberté que lui avait recommandée le soldat républicain : la liberté a vaincu. Là est l'unité de sa vie. Il cherche à faire prévaloir en tout la Liberté. La Liberté, c'est dans la philosophie la raison; dans l'art l'inspiration; dans la politique le droit.

Aucune fausse note dans la presse. Les journaux royalistes et réactionnaires trouvèrent des mots déférents pour regretter que les obsèques nationales décrétées par le Parlement ne comportent point de cérémonie religieuse. Mais comment ne pas respecter les volontés du grand homme qui avait aussi exprimé le désir que son corps fût porté au cimetière sur le corbillard des pauvres?

Le corbillard des pauvres porta bien le poète mais ce fut pour le conduire sous l'Arc de triomphe de l'Etoile où, durant deux jours, une ville entière, celle qui avait célébré quatre ans auparavant l'anniversaire du maître dans une grandiose fête populaire, vint défiler, en larmes, devant le cercueil.

Comme la plupart des Parisiens et la presque totalité des habitants du Faubourg, Jean-Henri et sa famille avaient tenu à participer au dernier hommage rendu à l'auteur des *Misérables*. Seule Louise, fatiguée, était restée rue du Chemin-Vert. Ils s'étaient portés avec la foule rue Soufflot, noire de monde comme les Champs-Elysées. Ce qui frappait dans cette manifestation de masse, c'était l'émotion et le calme qui s'en dégageaient. Seul le canon rompait le silence à intervalles réguliers :

— Je ne sais pas si Victor Hugo eût aimé que le canon l'accompagnât jusqu'à la tombe, remarqua Antoinette.

La foule demeura en place, silencieuse, recueillie, après le passage du cortège, et ne commença à se disperser que lorsque s'éteignirent, au Panthéon, les derniers accords de la *Marche funèbre* de Chopin.

Rue du Chemin-Vert l'année 1887 commença dans les ennuis et se poursuivit dans la douleur. Pour la première fois depuis longtemps les affaires s'étaient ralenties et l'on commençait à parler de crise dans les ateliers. La baisse du nombre des commandes n'était pas dramatique mais Jean-Henri, qui n'avait pas connu les longues périodes de chômage de la première moitié du siècle, s'inquiétait de voir les bénéfices de la fabrique baisser et son développement interrompu. Il avait perdu son caractère égal et sa bonne humeur. Louise le rassurait :

– Mon petit Jean-Henri, lui disait-elle, tu as eu jusqu'ici la chance exceptionnelle de vivre et de travailler dans une période de continuelle expansion. Mais c'est dans les moments difficiles qu'on juge les vrais patrons. A toi de trouver de nouveaux débouchés pour faire vivre les ouvriers qui t'ont aidé à réussir. Je n'ai plus la force, hélas! d'aller courir les ministères et relancer les clients!

Louise avait gardé son esprit intact mais chaque déplacement, même à l'intérieur de la maison, devenait pour elle un supplice à la fois physique et moral. Ne bougeant presque pas, elle prenait du poids et ces kilos pesaient lourdement sur ses jambes malades. Les onguents au camphre du Dr Petit qui soignait la famille depuis la mort du Dr Perrot ne la soulageaient pas plus. Il craignait une phlébite et ne pouvait recommander à Louise que de rester allongée le plus possible.

C'est au mois de février qu'elle se blessa à la jambe en ratant une marche dans l'escalier. Une petite plaie sans gravité qui, bien soignée, semblait se cicatriser, se mit brusquement à suppurer. Quelques jours plus tard, la fièvre se manifesta et la jambe commença à bleuir. Malgré tous les désinfectants le mal empira et le Dr Petit annonça à Elisabeth que sa mère était atteinte de septicémie, une maladie qui pouvait guérir toute seule une fois sur cent mais que la médecine ne savait pas combattre.

La maison commença alors à vivre à contretemps, dans la fausse gaieté destinée à rassurer la malade qui, de son côté, avait compris la gravité de son état mais ne voulait pas affoler les siens. Cela dura une petite semaine et puis, d'un coup, la température monta, indiquant que l'empoisonnement du sang avait atteint une limite extrême. Le médecin confirma que c'était la fin et que Louise pouvait s'éteindre d'un moment à l'autre. Le soir, elle dit à Elisabeth qu'elle voulait voir François et Antoinette :

— Je sais, ma chérie, que je suis à bout. Je souffre moins mais je sens mes dernières forces m'abandonner. Vous m'enterrerez bien entendu avec Bertrand. Tu sais, ce n'est pas si difficile de mourir quand on a vécu une vie aussi remplie...

Elisabeth lui tenait la main et pleurait. Elle finit par chuchoter, car il y a des choses qu'on ne peut dire que tout bas :

— Veux-tu, maman, que j'appelle...

— Un prêtre? continua Louise. Non, je n'ai plus la foi depuis longtemps et je préfère passer mes derniers instants avec vous plutôt qu'en compagnie d'un curé qui voudra me confesser. Mais de quoi s'il te plaît? Ma conscience est en paix...

Louise mourut dans la nuit, à une heure et demie. Comme pour Victor Hugo il y eut beaucoup de gens, parmi les amis et les voisins, qui regrettèrent qu'une dame comme Louise de Valfroy fût enterrée civilement. Le chagrin entra pour de longues semaines au « château » qui venait de perdre le dernier lien qui le reliait à la génération des pionniers.

Les pionniers de la République, eux, commençaient à s'enliser dans les méandres de la politique des partis. Il se faisait un grand bruit autour d'un général jusque-là inconnu, Georges Boulanger, nommé ministre de la Guerre grâce aux appuis curieusement conjugués de Clemenceau et du duc d'Aumale. Sans passé militaire sérieux, il était en coquetterie avec les hommes de la droite après avoir fait les plus grandes avances aux républicains radicaux. Il prêtait complaisamment l'oreille à tous ceux qui le poussaient à prendre la tête d'un nouveau parti. Les adversaires de la République ne pouvaient que se réjouir de voir l'envahissant ministre créer par ses initiatives des embarras au gouvernement déjà fragile de M. René Goblet. Les républicains de vieille souche, ceux qui avaient combattu le Second Empire, commençaient, eux, à s'alarmer des allures dictatoriales de Boulanger et de son influence grandissante sur l'opinion publique.

La polémique engagée dans la presse à son sujet servait les desseins confus du général : devait-il demeurer ministre de la Guerre dans le nouveau ministère en formation ? Le nouveau chef du gouvernement, M. Rouvier, ayant décidé de l'envoyer plutôt commander le 13e corps d'armée à Clermont-Ferrand, la presse dévouée à la fortune de ce politicien original qui faisait vendre les journaux annonça la date et l'heure de son départ à la gare de Lyon, ce qui suffit pour rassembler une foule délirante autour de celui que Jules Ferry qualifiait de « Saint-Arnaud de café-concert ». Tandis que certains empêchaient le train de démarrer, d'autres criaient « Vive Boulanger ! » et « Boulanger à l'Elysée ! ».

C'est dans cette atmosphère de poudre qu'éclata « l'affaire des décorations », un titre qui n'allait plus quitter durant de longues semaines la première page des journaux. C'était une affaire à rebondissements, dans laquelle chaque jour des personnes de plus en plus importantes se trouvaient impliquées. On avait commencé par de pseudo-femmes du monde, une Mme Limouzin et une Mme de Courteuil pour découvrir qu'un sénateur était mêlé à un important trafic de décorations et arriver à découvrir que le principal coupable de cette vente à l'encan de Légions d'honneur n'était autre que le général Caffarel, sous-chef d'état-major général !

Comme si cela ne suffisait pas, la presse dévoila quelques jours plus tard que le gendre du président

Jules Grévy, le député d'Indre-et-Loire Daniel Wilson, était lui aussi compromis dans l'affaire. Le président de la République était-il au courant? Avait-il chercher à couvrir le mari de sa fille? C'était là le genre de questions dont les Français, et en particulier les Parisiens, faisaient leurs délices.

Comment, il est vrai, s'ennuyer avec l'allure de pièce à succès que prenait l'affaire des Légions d'honneur, devenue « affaire Wilson ». Grâce à la presse quotidienne, les Français vivaient dans les couloirs du Palais de Justice où les actes se succédaient avec une rapidité, un brio dignes d'un Maquet ou d'un Alexandre Dumas. Un jour on apprenait qu'un magistrat, fasciné par les inventions nouvelles, avait trafiqué un téléphone pour surprendre les secrets d'un prévenu. Le lendemain, c'était un juge d'instruction qui interrompait l'interrogatoire d'un inculpé pour aller dîner amicalement avec lui dans un restaurant à la mode et lui signifier au café un mandat d'amener immédiatement mis à exécution. C'était aussi un duel homérique publiquement engagé entre la Cour de cassation et la Chancellerie. Les accusateurs transformés brutalement en accusés, un magistrat n'ayant qu'une galerie à traverser pour comparaître devant un conseil disciplinaire où il continuait à signer des arrêtés d'inculpation... C'était le spectacle contorsionniste qu'offrait la justice française aux lecteurs de journaux. Jules Grévy, démissionnaire, ayant été remplacé par Sadi Carnot vainqueur de Jules Ferry, les passions se calmèrent et l'opinion versatile accueillit avec indifférence la relaxe prononcée par la cour d'appel en faveur du gendre de M. Grévy condamné à une lourde peine en première instance.

La rentrée en scène du général Boulanger suffisait d'ailleurs à occuper l'attention publique. Ayant abandonné son uniforme et ses étoiles, le général célébré par Paulus dans *En revenant de la revue* devenait un redoutable adversaire pour le gouvernement. Délivré des liens de la discipline militaire, il pouvait se laisser porter sans risque par l'enthousiasme benêt du bon peuple qui en avait fait son idole et par la frénésie de la droite qui voyait en lui un sauveur providentiel. Candidat universel l'homme le plus populaire de France n'avait qu'à se présenter pour être élu dans les départements du Nord, du Midi ou du Centre.

Le faubourg Saint-Antoine, comme les salons du faubourg Saint-Germain, était devenu boulangiste. Rue du Chemin-Vert, la famille était plus réservée. Louis qui venait d'être promu ambassadeur de France en Suisse et qui habitait provisoirement le « château » en attendant de rejoindre son poste, avait mis les siens en garde :

— Je suis atterré de voir la France prête à se livrer à ce militaire médiocre, ce Bonaparte de pacotille qui n'a pas gagné sa gloire à Arcole mais sur la scène des cafés-concerts. Hier, j'ai croisé sur les Boulevards un groupe d'excités qui braillaient, applaudis par le public :

> *C'est Boulange, lange, lange*
> *C'est Boulanger qu'il nous faut!*

— On chante aussi ce refrain dans le Faubourg. Tu te rends compte, le berceau de la Révolution! ajouta François. On m'a dit que la mère Dianse, la droguiste de la cour des Mousquetaires, vend du « savon Boulanger ».

— Il y a aussi le « papier à cigarettes Boulanger » et, au *Café des Artistes,* le nouveau propriétaire proposait hier un « apéritif Boulanger », continua Jean-Henri. Mais le père Jaunion, un ancien de la Commune qui a tiré six ans en Nouvelle-Calédonie, lui a vidé sa bouteille sur le trottoir!

— Croyez-vous que le Faubourg suivrait si Boulanger tentait de prendre le pouvoir par la force? demanda Louis.

– Non, je ne le crois pas, répondit Jean-Henri. Il est vrai que les changements continuels de ministères et les rivalités de partis agacent les ouvriers. Cependant, même s'ils chantent *En revenant de la revue* et *Les Pioupious d'Auvergne,* ils n'aideront pas à porter ce général-là à l'Elysée.

C'est dans cette atmosphère fétichiste et irrationnelle que Boulanger, appelé par certaines feuilles « le fils de Jeanne d'Arc », se battit en duel un matin contre le président du conseil, M. Charles Floquet. Le combat paraissait inégal. Le héros étoilé ne pouvait que pourfendre son adversaire, politicien ventripotent peu entraîné au maniement des armes. Et c'est le général qui s'écroula vaincu d'un coup d'épée à la gorge dont il ne réchappa que par miracle!

Le lendemain, le chef du gouvernement inaugurait place du Carrousel le monument élevé par souscription publique à la mémoire de Gambetta. Il fut acclamé pour son exploit de la veille, seuls quelques manifestants crièrent « Vive Boulanger! ». On commença alors à avoir l'impression que la pâte populaire ne levait plus comme avant dans le pétrin du « brav' général ».

La communauté du bois s'intéressait plutôt maintenant à l'extraordinaire bouquet de ferraille qu'un certain M. Eiffel était en train de faire pousser sur la pelouse du Champ-de-Mars à l'occasion de l'Exposition de 89.

M. Gustave Eiffel n'était pas un inconnu. La presse avait souvent parlé de ce petit homme, un ancien centralien dont l'entreprise prospère avait essaimé des ponts, des gares, des banques dans le monde entier. Paris lui devait une synagogue, une banque et un grand magasin. C'est lui aussi qui avait monté, pièce par pièce, l'ossature de la statue de la liberté de Bartholdi, envoyée par mer en 1876 à New York.

Les travaux du Champ-de-Mars avaient com-

mencé en 1887 malgré les protestations de nombreux
journalistes, écrivains et artistes qui s'étaient déchaî-
nés contre l'édification de cette tour qui allait profa-
ner la capitale. Guy de Maupassant avait parlé d'un
« squelette hideux », Léon Bloy d'un « lampadaire
tragique » et Huysmans de « Notre-Dame de la
brocante ». Insensible à ces cris, la tour avait
dépassé le second étage en octobre 88 et continuait
de lancer, toujours plus haut ses poutrelles de fer
vers le ciel.

C'est à cette époque que Jean-Henri décida toute
la famille à aller voir de près les cinq mille tonnes de
métal déjà assemblées sur les sept mille que pèserait
la tour lorsqu'elle aurait atteint la fantastique altitude de trois cents mètres. Ce dimanche d'octobre
devait marquer dans l'histoire des Fradier : c'est ce
jour-là que François dit aux siens qu'une jeune fille
qu'il devait passer prendre chez ses parents, passage
Saint-Bernard, les accompagnerait au Champ-de-
Mars. Elisabeth savait que son grand fils n'était pas
insensible aux charmes d'une certaine Marie qu'il
avait emmenée plusieurs fois danser à Nogent au
cours de l'été mais, chaque fois qu'elle lui avait
demandé de la présenter à la famille, François avait
répondu que cela n'était pas indispensable. Et voilà
que l'amourette devenait sans doute sérieuse puisque
ce matin-là, avant l'heure du déjeuner, Marie fit son
entrée au « château ».

Elle était mignonne, Marie, dans sa robe de
mousseline rose bien serrée à la taille et qui dessinait
ses formes agréables. Quelques années auparavant,
ces robes collantes, créées par les couturiers en
renom et portées par les riches élégantes, avaient
offusqué les bourgeois et les gens modestes. Puis,
cette mode jugée inconvenante avait été mise à la
portée de toutes les jeunes femmes par les grands
magasins de confection qui faisaient, comme on
disait, « descendre la mode dans la rue ». La robe
collante n'avait pas encore gagné toutes les cours

ouvrières du Faubourg mais était déjà adoptée par la classe nouvelle des jeunes filles employées dans les bureaux et les magasins. Marie était caissière chez Benoiston, un grand magasin de la place de la République spécialisé dans les vêtements féminins, et elle avait bénéficié, pour s'habiller à la dernière mode, de la remise de 12 % que la patronne consentait à ses employées. « Lorsque je me marie-rai, Mme Benoiston m'offrira ma robe blanche », avait-elle glissé innocemment à François.

Toutes les femmes de la famille avaient passé leur « examen d'entrée », comme disait jadis Antoinette, dans la vieille maison Œben de la place d'Aligre. Marie était la première à être présentée rue du Chemin-Vert. Elle était plus curieuse qu'impression-née en montant les marches du perron. François lui avait tellement parlé de son père, un grand artiste du bois, de sa mère élevée dans le château d'un lord anglais et de sa petite sœur qui ne vivait que pour la musique et venait d'entrer au Conservatoire, qu'elle avait envie de voir la tête de ces gens surprenants.

– Mon chapeau-bouquet de roses n'est-il pas trop voyant ? avait-elle demandé à François.

– Il est adorable. Même ma mère qui ne s'habille qu'en velours noir, à la mode de 1830, le trouvera élégant.

Elle avait découvert Elisabeth non de noir vêtue mais joliment drapée dans une robe à fleurs bleues de chez Pailleron qui mettait en valeur ses boucles blondes semées de mèches blanches. Elle salua d'une révérence à peine esquissée, comme il se devait. Elisabeth apprécia et lui présenta Jean-Henri qui étrennait un « complet », nouveau vêtement fait d'une seule étoffe, jaquette, gilet et pantalon, que les hommes commençaient à porter. Antoinette se joi-gnit au reste de la famille dans le salon où l'on s'était maintenant installé. Marie la trouva jolie mais pensa que la toilette ne devait pas être le premier de ses soucis.

C'est elle qui lui montra les meubles historiques de la famille : l'imposante table d'Œben qui servait maintenant de bureau à Jean-Henri, la psyché de Riesener et le petit bureau de Marie-Antoinette. Marie admira, ne posa pas de question saugrenue et effleura d'un doigt léger la courbe voluptueuse de l'accoudoir du lit de repos de Georges Jacob.

– Vous connaissez le bois, mademoiselle, dit Elisabeth. Cela se voit.

Marie sourit :

– Comment pourrait-il en être autrement? Mon grand-père était ébéniste, comme mes deux frères qui commencent leur apprentissage. Mon père, lui, est sculpteur.

Jean-Henri avait retenu une table au restaurant *Lucas,* place de la Madeleine. Le propriétaire, l'honorable M. Augis, était un fin cuisinier dont la spécialité était le gibier qu'il préparait de cent manières différentes. Elisabeth avait voulu un très bon repas pour marquer ce jour qu'elle pressentait important. Ce fut un repas de fête. Il fallut bien tout le trajet de la Madeleine au Champ-de-Mars, effectué au pas de promenade sous un beau soleil d'automne, pour aider à la digestion d'un fabuleux lièvre à la royale.

Sans la flèche qui devait projeter tout l'édifice vers le ciel, les quatre piliers et le trapèze du second étage formaient une masse un peu mastoc. Jean-Henri qui avait toujours été un inconditionnel de l'exploit en convint mais il ajouta avec conviction :

– On ne peut juger une œuvre, quelle qu'elle soit, si elle n'est pas achevée. Je vous assure que la tour sera non seulement le clou de l'Exposition mais que les étrangers nous l'envieront!

Les Issler et Marie, leur fille, étaient arrivés à Paris en 1872 en même temps que de nombreux

Alsaciens et Lorrains qui refusaient de devenir prussiens. Leur pays, Saint-Ingbert, près de Sarrelouis, avait été français depuis que Louis XIV avait bâti en 1681 la forteresse de Sarrelouis. Il n'avait été rattaché à la Prusse qu'en 1815. Français de cœur – la frontière était à dix kilomètres –, les Issler avaient ressenti la défaite de 70 avec désespoir et décidé de venir s'installer à Paris pour en finir avec les brimades d'une administration de plus en plus autoritaire.

Les deux frères de Jean-Baptiste Issler, Mathias et Léon, les avaient précédés dans la capitale. Ebénistes, ils avaient naturellement choisi de s'installer faubourg Saint-Antoine, comme jadis Stadler, Œben, Riesener et naguère Vierhaus, les frères Wassmus ou Grohé arrivé en 1827 du duché de Bade et qui venait de se retirer des affaires couvert d'honneurs et fortune faite.

Un logement était vacant au-dessus de celui habité par ses frères. Jean-Baptiste s'y installa avec Catherine et Marie. Ainsi s'était constituée la « maison des Sarrois », au numéro 4 du passage Saint-Bernard, maison assez semblable à toutes celles du Faubourg occupées par les mêmes familles, comme l'avait été si longtemps la maison Œben de la place d'Aligre.

Le passage Saint-Bernard était étroit. Son aspect n'avait guère changé depuis les premiers temps. Bordé de cours qui sentaient bon le lilas au printemps, il s'ouvrait sur une multitude d'ateliers dont l'étage servait le plus souvent de logement. La maison du 4 était une exception. Construite quinze ans auparavant sur trois niveaux, elle offrait un certain confort, en particulier un poste d'eau et des toilettes à chaque étage. C'est là que Marie avait été élevée ainsi que ses deux frères et une petite sœur nés à Paris. Jean-Baptiste avait eu la chance d'arriver au moment où la prospérité renaissait après la tourmente. Il était un remarquable sculpteur. Sa maîtrise – il travaillait mieux et deux fois plus vite que les

meilleurs – n'avait pas tardé à être reconnue et
appréciée par les fabricants de meubles de qualité.
Tout de suite il avait très bien gagné sa vie et celle de
la famille élevée dans les règles strictes des gens de
l'Est. Tous les enfants avaient fréquenté jusqu'au
certificat d'études l'école du quartier et avaient fait
leur première communion dans la paroisse voisine de
Sainte-Marguerite. A Sarrelouis les parents avaient
toujours parlé le français et il ne leur avait fallu que
quelques mois pour perdre tout à fait leur léger
accent germanique. Les Issler étaient fiers d'être des
Français de France. Lorsque parfois un mot d'allemand échappait à Catherine, elle se faisait tout de
suite sermonner par le père.

La richesse en moins, rien n'opposait les Valfroy-
Fradier aux Issler et l'entrée de Marie au « château »
ne posa pas de question. Le soir de la promenade à
la tour Eiffel, Jean-Henri hasarda juste une remarque sur la différence de situation mais Elisabeth
avait vite remis les choses au point :

– Nous n'avons qu'un fils. La seule question qui
compte est qu'il soit heureux. S'il souhaite épouser
Marie il l'épousera. Il ferait bon de voir gâcher le
bonheur de François sous le prétexte que ses parents
possèdent quelque bien!

Jean-Henri s'était tout de suite rendu :

– Tu as raison. J'ai réagi comme l'auraient sans
doute fait mes parents, mais Louise et Bertrand
penseraient comme toi. L'essentiel c'est qu'ils s'aiment et la petite Marie a l'air tout à fait bien. Même
riche, je vois mal une cruche se faire une place dans
notre maison!

Antoinette, troisième du nom, ne devait pas faire
non plus un mariage d'argent. Elisabeth et Jean-
Henri ne le savaient pas encore mais elle était
amoureuse d'un camarade du Conservatoire, un
violoncelliste dont le père, veuf, était premier violon
aux concerts Colonne. Entrer dans une famille vouée

à la musique valait pour la rêveuse tous les trônes de la terre.

On maria le même jour l'harmonie et l'acajou. Marie avait reçu des mains de Mme Benoiston en personne la belle robe blanche des fiancées maison. La grande dame des nouveautés ne perdait rien car Elisabeth lui avait commandé la même pour Antoinette. François s'était chargé de faire fabriquer à l'atelier, selon les dessins de son père, deux magnifiques chambres à coucher. M. Hostier, le maître de musique, fit, lui, une surprise aux mariés et aux invités qui furent accueillis à l'église par la *marche nuptiale* de Mendelssohn jouée par quinze musiciens des concerts Colonne. On n'avait jamais vu ni entendu quelque chose de pareil à Sainte-Marguerite !

Marie vint habiter au « château » le charmant appartement de trois pièces aménagé pour les jeunes mariés. Le départ d'Antoinette pour la maison des Hostier où l'on pouvait jouer de la musique jour et nuit sans crainte de gêner les voisins car elle était située au fond d'une vieille cour du Marais, affecta beaucoup ses parents, Jean-Henri surtout qui avait une passion pour sa fille. Et la tour Eiffel continua de monter dans les nuages. Quand elle eut atteint la hauteur de trois cents mètres, c'était l'inauguration de l'exposition de 89. Les contempteurs de la dame de fer apprirent enfin à quoi elle allait servir : offrir au vent de Paris un drapeau tricolore de huit mètres qui portait en lettres d'or les initiales de la République...

Après avoir mis tant de temps à creuser son trou, la République en dépit du boulangisme, semblait s'être calée pour de bon dans une France agitée mais de plus en plus convaincue que de tous les régimes qu'elle avait connus depuis un siècle, elle était celui qui lui convenait le mieux. L'Exposition de 89 avait été un triomphe. L'électricité en avait été la grande inspiratrice. Le téléphone existait et si l'on pouvait compter le nombre de postes en service, il fonctionnait! Le phonographe faisait aussi beaucoup parler et les gazettes avaient raconté comment M. Gustave Eiffel avait enregistré à 300 mètres d'altitude, à l'intention de M. Edison, un concert donné par des artistes de l'Opéra et le bruit du premier coup de canon annonçant la fin de l'Exposition.

L'électricité n'avait pas seulement servi à illuminer le Champ-de-Mars. Elle avait aussi définitivement prouvé qu'elle pouvait remplacer dans les usines et les fabriques la lourde et dangereuse machine à vapeur. Les Valfroy-Fradier songeaient sérieusement à en équiper leurs ateliers.

Jean-Henri se déchargeait de plus en plus du poids de l'entreprise sur son fils. La vie quotidienne au « château », bien modifiée par la disparition de ses fondateurs, avait trouvé un nouveau rythme, plus jeune, plus gai aussi avec l'arrivée de Marie qui avait sans trop de peine réussi à imposer sa personnalité. La naissance d'un enfant, le petit Alexis, avait consacré son autorité et ce n'était pas Elisabeth, trop heureuse de pouvoir s'occuper de son petit-fils, qui y trouvait à redire. Les affaires, sans être aussi fructueuses que par le passé, étaient encore prospères. Le pastiche était devenu une constante dans l'industrie de l'ameublement. Il sortait des ateliers de la rue du Chemin-Vert autant de fauteuils Louis XV que de bergères Louis XVI, autant de buffets Renaissance que de commodes Régence. Signe que le moment n'était pas encore venu de faire preuve d'originalité : la clientèle recommençait à demander des bureaux et des sièges Empire! Cet effacement de la création navrait Jean-Henri :

— Voyez-vous, disait-il, tout en ayant réussi dans le métier, j'ai parfois l'impression d'avoir raté ma vie. A vingt ans je rêvais d'inventer des meubles nouveaux, d'attacher mon nom à un style ou à son évolution. A soixante ans je m'aperçois que je n'ai fait, comme les autres, que de la « copiotte ». Oh! techniquement c'est parfait! Nos tiroirs glissent mieux que ceux de Riesener et ils sont en bon chêne aux planches bien assemblées. Les moulures poussées à la machine sont plutôt plus régulières qu'au XVIIIe siècle, mais tout n'est que copie, même les bronzes et les motifs de marqueterie! J'ai essayé, rappelez-vous, de créer des lignes simples, plus architecturales que décoratives qui mettaient en valeur l'admirable exécution de nos ébénistes, cela n'a eu aucun succès. Après tout, si nos contemporains préfèrent à l'harmonie des formes les pâtisseries Renaissance, il faut les leur fabriquer. Ce sont eux qui payent!

François, né avec la machine et habitué depuis son plus jeune âge à voir charger la tapissière[1] de meubles aux styles variés, était moins désolé. Il comprenait son père mais considérait avant tout le côté économique et n'avait pas d'états d'âme quant au métier qui faisait bien vivre la famille.

Cette vie sage et agréable était coupée aux beaux jours par des escapades à Nogent où l'on déjeunait et dansait en famille à l'île d'Amour, par des voyages joyeux au Tréport ou, l'hiver, par les concerts que venaient donner au « château » le « trio Hostier ». François qui avait décidé son père à acheter un petit landau et à promouvoir cocher le vieux Goublet qui gardait la maison, allait chercher sa sœur, son beau-frère et Théodore Hostier le premier violon. On embarquait les instruments dans la voiture et, après le souper, Elisabeth annonçait le nouveau morceau, Schubert, Mendelssohn ou Saint-Saëns, étudié spécialement pour la réunion familiale.

1. Voiture à cheval couverte d'un toit et fermée sur les côtés par des toiles de bâche mobiles et qui servait au transport des meubles.

Le 26 juillet 1891, un événement terrible et imprévisible vint montrer aux Fradier la précarité du bonheur. Il y avait ce dimanche-là, à Saint-Mandé, un concours de musique et un concert auquel participaient les élèves du Conservatoire. Saint-Mandé, c'était la proche campagne du Faubourg et toute la famille avait décidé, naturellement, d'aller applaudir Elisabeth et Paul. La voiture aurait été trop petite pour contenir tout le monde et l'on avait décidé de prendre le train à la gare de la Bastille. La journée s'était bien passée, Elisabeth avait interprété, accompagnée par un camarade de la classe de piano, la *Sonate à Kreutzer* et avait obtenu un joli succès. Oui, la journée avait été belle. Seul, le petit Alexis que sa mère avait eu bien du mal à faire tenir tranquille durant le concert, manifestait des signes d'impatience en attendant le départ du train supplémentaire formé à Vincennes pour ramener les participants à la fête. Le convoi tardait à partir, la cause en était sûrement les bruits d'une dispute venus du quai. Comme Alexis, malgré les caresses de sa grand-mère, hurlait de plus belle, Elisabeth décida de descendre pour le calmer. Une minute plus tard, le train ne bougeant toujours pas, le reste de la famille les imita. Marie eut encore le temps d'aller reprendre son violon et celui de son mari car Jean-Henri avait trouvé un compartiment voisin à peu près vide. Alors que la famille se préparait à y monter, un coup de sifflet continu déchira l'air. Une seconde plus tard, le 116, train régulier venant de Joinville, tamponnait l'arrière du convoi toujours arrêté. Le choc fut terrible. Le fourgon de queue du 116 *bis* disparut; pulvérisée, la machine du train tamponneur se cabra comme un cheval et s'écrasa sur le premier wagon qui, tant à l'intérieur qu'à l'impériale, contenait quatre-vingts voyageurs. En même temps le foyer de la locomotive communiquait le feu à deux wagons.

François et Paul avaient eu juste le temps de

repousser les femmes et Alexis en arrière du quai. Une pluie de débris et des cendres brûlantes s'abattait sur eux. Le wagon où ils se trouvaient encore l'instant d'avant n'était pas en feu mais il était écrasé dans le sens de sa longueur. On entendait des blessés hurler à l'intérieur. Alexis, lui, s'était tu. Il ne pleurait plus et regardait sans comprendre ce spectacle épouvantable dont on l'écarta aussitôt.

– Mon cher Alexis, dit Paul Hostier, tu nous as sauvé la vie. Sans toi, nous serions réduits à l'état de bouillie.

Protégé par sa mère, l'enfant n'avait pas été touché. Marie, elle, avait été brûlée par un tison. Elisabeth avait perdu son chapeau emporté dans le brasier et Jean-Henri avait été blessé à la joue par un morceau de portière. Antoinette et Paul étaient indemnes, leurs instruments aussi. On apprit le lendemain par *Le Petit Parisien* que l'accident avait causé la mort de cinquante personnes et fait de très nombreux blessés.

La vie laborieuse du Faubourg, heureusement, se ressentait peu des maux qui continuaient à accabler la République. Les anarchistes qui semaient des bombes meurtrières dans Paris ne fréquentaient pas le quartier, le bruit des explosions du boulevard de Clichy n'était pas parvenu jusqu'à Saint-Antoine. Seuls ceux que leurs occupations appelaient dans le centre connaissaient l'atmosphère de crainte qui y régnait. Magasins, omnibus, théâtres, musées étaient contrôlés par la police. Après plusieurs semaines d'accalmie, la population se reprenait à espérer la fin de cette vague d'attentats déclenchée par les nihilistes russes et poursuivie d'une façon atroce par le groupe anarchiste d'un certain Ravachol, quand deux nouvelles bombes éclatèrent au commissariat de la rue des Bons-Enfants tandis qu'une forte charge de dynamite était désamorcée à temps à la préfecture de police. Et la peur recommença à rôder dans la capitale où la police, impuissante, recherchait toujours le fameux Ravachol. Ce personnage existait-il vraiment? On commençait à en douter quand son arrestation, dans un restaurant du boulevard Magenta, administra la preuve qu'il n'était pas un mythe et que la police n'était pas aussi maladroite que certains journaux l'affirmaient. Une cicatrice à la main gauche et sa canne-épée l'avaient trahi. Paris pouvait respirer.

Malheureusement, d'autres embarras guettaient les responsables politiques : l'émotion causée par les scandales de Panama qui mettaient en cause cent quatre députés et une épidémie appelée « influenza » dans les quartiers chics et carrément choléra dans les arrondissements périphériques. Comme la mort fauchait alors hardiment dans les rangs des célébrités, on accusa sans certitude les miasmes de l'influenza d'être responsables des décès de Renan, de Théodore de Banville et de Jules Grévy. Le doute n'était pas permis pour le général Boulanger qui s'était suicidé sur la tombe de sa maîtresse.

Tous ces troubles qui agitaient le Parlement, le Palais de Justice et les hôpitaux n'avaient heureusement pas d'incidence majeure sur l'économie et les Parisiens continuaient d'encombrer leurs salles à manger de buffets Henri II. Cette prospérité attira dans le Faubourg une nouvelle vague d'ouvriers italiens qui débarquaient du Piémont, de Vénétie ou de Lombardie et trouvaient toujours au fond d'une cour un bout d'atelier et une chambre pour héberger la famille. La plupart étaient d'excellents ébénistes ou sculpteurs. Comme ils étaient travailleurs et peu exigeants, ils n'avaient aucun mal à se faire embaucher, ce qui irritait les ouvriers français qui se battaient pour obtenir deux sous de plus de l'heure.

Certaines familles italiennes arrivées au début des

années 80 étaient déjà bien implantées. Chez les sculpteurs, les noms de Marucco et de Forzi figuraient à côté de celui de Jean-Baptiste Issler au palmarès des « fines lames ».

Quand Jean-Marius Capriata naquit le 3 juin 1892, ses parents et sa sœur Eugénie habitaient depuis deux ans la cour du Bel-Air, autrefois occupée par les mousquetaires du roi, qui s'ouvrait au 56 de la grand-rue, entre le passage Saint-Nicolas et le passage Saint-François. Les maisons qui entouraient la cour pavée dataient de Louis XIII ainsi qu'en témoignaient les escaliers et les rampes de chêne. Elles avaient été rénovées quelques années auparavant et les logements y étaient plutôt confortables pour le quartier. Celui qu'occupaient les Capriata, au premier étage, comprenait une petite entrée, une salle à manger et deux grandes chambres. Avantage très rare à l'époque, il possédait aussi une petite salle d'eau avec un robinet et surtout un cabinet d'aisance intérieur[1]. La vigne poussait le long des murs et, l'automne venu, les enfants pouvaient cueillir leur grappe de raisin en se penchant un peu à la fenêtre.

Le père Capriata était en quelques années devenu un personnage du Faubourg. Né à Novi, dans la province de Tortone, Jean, Hyppolite, Démosthène avait étudié jusqu'à dix-huit ans dans un séminaire piémontais puis, renonçant à la prêtrise, était venu s'installer à Montpellier où il fut quelques années durant le seul marchand forain à parler couramment le latin. C'est sur un marché de la ville qu'il rencontra Claire-Augustine Carrière, une jeune fille du pays qu'il épousa et qu'il emmena un beau jour vivre à Paris dans le faubourg Saint-Antoine.

Le séminaire ne forme pas d'ébénistes. Démosthène Capriata se demanda ce qu'il pouvait faire

---

1. Quatre logements sur cinq n'avaient pas à l'époque de cabinets intérieurs.

pour gagner sa vie dans un quartier voué aux métiers
du bois. Il serait peut-être devenu professeur de latin
à l'école des Francs-Bourgeois de la rue Saint-
Antoine si un vieux marchand de meules et de
pierres à aiguiser, établi depuis toujours dans le
passage du Chantier, ne lui avait pas proposé de
reprendre sa boutique en payant le fonds à crédit.
Pierres à l'eau pour les ciseaux et fermoirs, pierres à
l'huile pour les gouges aux formes délicates, meules
de tous modèles, le commerce se révéla assez florissant et tout le Faubourg vint chez Démosthène
acheter de quoi affiner ses lames. On faisait aussi,
passage du Chantier, commerce de la conversation.
L'arrière-boutique où les meules de grès étaient
alignées comme des fromages, servait parfois de
confessionnal. Le meulier ne donnait pas l'absolu-
tion mais il savait écouter et les compagnons du bois
demandaient souvent ses conseils. C'est aussi chez
lui qu'il fallait s'adresser pour savoir quels ouvriers
souhaitaient changer de maison ou étaient libres
d'embauche. Il connaissait tout le monde, les durs,
les doux, les bons et les mauvais caractères et savait
si tel ouvrier avait des chances de s'entendre avec tel
patron.

Parfois, les questions posées dépassaient sa compétence. Il faisait alors appel à son meilleur ami, le
curé de la paroisse Saint-Antoine, rue de Charenton,
un acolyte à sa mesure avec un cœur d'or et une
fantaisie à faire éclater de rire un conclave. Une fois
par semaine, les deux amis se livraient, en privé, à un
concours de messe. Celui qui la disait dans le temps
le plus court avait gagné.

L'abbé Berthier était évidemment de la fête quand
Démosthène se mettait en cuisine : personne à Paris
ne faisait mieux la pasta. Sur la table lavée à grande
eau, il préparait sa pâte à l'aide d'un énorme rouleau
de frêne de quinze centimètres de diamètre et d'un
mètre de long. Après, c'était l'inspiration ou le goût

des invités : lasagnes, nouilles plates, ravioli... la petite Italie chantait tard chez les mousquetaires[1].

La cour du Bel-Air formait un petit village dans la ville qu'était devenue le Faubourg. Au rez-de-chaussée, un cordonnier fabriquait des chaussures sur mesure pour les gens riches. Il les vendait cinq francs la paire et aucun artisan n'aurait eu les moyens de s'en offrir une. Cinq francs, c'était le salaire d'une semaine pour un ouvrier non qualifié ou un homme de peine.

Au deuxième étage travaillait le fils Rossi, un merveilleux ébéniste originaire de Toscane qui ne touchait jamais un meuble neuf. Il s'était spécialisé dans la restauration des pièces d'époque qui commençaient à sortir des greniers plus ou moins endommagées. Avec sa blouse blanche on l'aurait pris pour un chirurgien quand il reconstituait les motifs de marqueterie abîmés à l'aide de minuscules morceaux de citronnier ou de bois d'amourette taillés avec un scalpel dans les essences de ses réserves. C'est à lui que Jean-Henri confiait les travaux de restauration demandés par ses clients.

Sur le même palier opérait Rondeau, le meilleur laqueur vernisseur du Faubourg. Lui aussi était connu de tous les fabricants et marchands. Il préparait les laques et les vernis qu'il utilisait sur les meubles anciens ou récents à la façon des maîtres du temps de Louis XIV : entoilage-collage avant le laquage-ponçage dix fois recommencé après séchage. Il était capable de reconstituer au dixième de millimètre près les paysages chinois qui décoraient les meubles du grand siècle.

Au troisième était installé un marqueteur lui aussi très habile mais que méprisait un peu Rossi car il

1. La cour du Bel-Air existe encore aujourd'hui. Amoureusement entretenue par les habitants elle a conservé le charme du vieux Faubourg. On y voit encore un pavé plus large et plus haut que les autres. C'est, paraît-il, sur son tapis de mousse que les mousquetaires jouaient aux dés.

« faisait du neuf ». A côté logeait la famille Rubin-
stein qui fabriquait des matelas et des sommiers pour
les lits de qualité. Le père et la mère étaient sans
doute les premiers Russes implantés au Faubourg
après avoir fui les persécutions dont les Juifs étaient
victimes dans leur pays. Eux aussi avaient réussi
dans leur spécialité[1].

Depuis plus d'un an, une idée tenace trottait dans
la tête de Jean-Henri. Bertrand et Jean Caumont
disparus, il n'avait guère d'interlocuteurs capables de
le comprendre. François était trop pragmatique pour
user du temps – il travaillait neuf ou dix heures par
jour comme les ouvriers – à s'intéresser à la philosophie du meuble et à son avenir. Jean-Henri ressassait
donc seul le sujet qui l'obsédait : libérer le meuble
des contraintes de l'industrialisation et sortir l'esprit
créatif de la léthargie où le XIXe siècle l'avait plongé.
Il avait eu à ce propos une passionnante conversation avec un verrier-faïencier de Nancy rencontré au
Havre dans les entrepôts d'un importateur de bois.
Emile Gallé, c'était son nom, était fasciné par les
couleurs et les veinures des grumes exotiques :
– Je suis un industriel d'art, un verrier, mais je
voudrais ne plus limiter mes activités à la faïence et
au verre. J'ai envie d'ajouter à mon entreprise un
atelier d'ébénisterie où je pourrais faire exécuter des
meubles dont les formes épouseraient les lignes florales qui font mon succès en verrerie.
Jean-Henri n'avait pu qu'être intéressé par ces

1. De nombreux juifs russes et polonais s'installeront faubourg
Saint-Antoine après la Grande Guerre. Un descendant des Rubin-
stein était encore établi matelassier cour du Bel-Air à la fin de 1975.
Il est mort d'une crise cardiaque en apprenant qu'il allait être
expulsé de son atelier par une société immobilière. Grâce à lui,
sans doute, la cour du Bel-Air a été sauvée du saccage par
l'administration des Beaux-Arts *(France-Soir,* 3 septembre 1975).

propos. Les deux hommes avaient voyagé ensemble
dans le train qui les ramenait vers Paris et ils étaient
vite tombés d'accord sur la nécessité de trouver un
nouvel appareil de formes, première étape vers un
style qui concilierait les exigences d'une véritable
création artistique avec les moyens techniques offerts
par la révolution industrielle.

Emile Gallé avait dans son bagage un carnet à
dessin. D'un crayon habile il avait tracé les grandes
lignes d'une table dont le piétement était constitué
par des tiges végétales qui se mêlaient et s'épanouis-
saient sur le plateau en une grande fleur marque-
tée :

— Vous voyez ce que je voudrais faire. C'est un
nénuphar. Les enveloppes florales du marronnier
conviendraient aussi bien. Ou une libellule... La
nature nous offre dans sa faune et surtout sa flore
autant de modèles qu'on peut en désirer. Tenez,
regardez les photographies de quelques-uns des vases
que j'ai exposés aux Arts décoratifs. Si on réussissait
à appliquer au bois les mêmes principes ce serait
sûrement intéressant. Le meuble nouveau devrait
être modelé, fondu comme un bronze, rompant ainsi
avec les sempiternelles pièces de bois équarries,
débitées et assemblées avant d'être sculptées.

Jean-Henri avait écouté parler le Nancéien, subju-
gué par cet homme qui ne connaissait rien aux
métiers du bois mais qui exprimait si bien ce qu'il
ressentait.

— Je partage entièrement vos idées et je vous
admire. Je crois, voyez-vous, qu'un ébéniste n'aurait
jamais osé imaginer ces meubles-fleurs arrangés
comme des bouquets qui rompent avec des usages
aussi anciens que les premiers compagnons. Je vais
avec votre permission travailler moi-même dans le
sens que vous venez de me suggérer.

— J'en serai ravi. Je ne peux pas faire la révolution

à moi tout seul! Mais venez donc un jour à Nancy, lorsque j'aurai installé mon atelier d'ébénisterie. Vos conseils me seront précieux. Vous serez mon invité, naturellement.

Cette rencontre qui devait marquer le début d'une longue amitié transforma la vie de Jean-Henri. Il décida de confier à son fils la majeure partie de la gestion de la maison pour se consacrer à la recherche d'une nouvelle forme de mobilier et à son application industrielle. La planche à dessin, depuis long-temps abandonnée, refit son apparition dans le bureau vitré qui avait été celui de Bertrand. Il en fit fabriquer une autre qu'il dressa dans l'appartement, près de la fenêtre de sa chambre et commença d'imaginer des guéridons qui ne reposaient plus sur des pieds mais sur leur propre décor, des branches de glycine, des tiges de pavot ou des lianes porteuses de papillons.

Un jour, Jean-Henri se décida à mettre en fabrica-tion un petit bureau à abattant dont il avait dessiné tous les détails avec la minutie dont il usait jadis lorsqu'il créait des modèles de bronzes. Il avait maîtrisé les problèmes de structure assez facilement en donnant aux quatre pieds une courbe florale délicate qui se terminait par une sorte de feuille abstraite et s'élargissait en un large pétale. Jean-Henri avait d'abord tenté d'éliminer toutes les droi-tes de son dessin mais il s'était vite rendu compte que l'abus de lignes flexueuses allait alourdir l'en-semble et lui enlever sa grâce. Il se contenta donc de moulurer l'abattant rectangulaire, couvert d'une marqueterie florale composée de six bois précieux différents.

Il y a loin du crayon à la matière. Jean-Henri s'aperçut vite dès le premier dégrossissage des for-mes, effectué pourtant par l'un des meilleurs ouvriers de l'atelier, que ce genre de meubles demeurerait longtemps l'apanage d'une élite parce qu'il exigeait

une main-d'œuvre hautement qualifiée et qu'il élimi-
nait pratiquement toute utilisation de la machine.

C'est à ce moment que l'on commença à parler
dans les journaux d'un certain capitaine Dreyfus,
accusé de trahison et condamné par le conseil de
guerre à la déportation à vie dans une enceinte
fortifiée. Dégradé, il avait été envoyé à l'île du
Diable, en Guyane, malgré toutes ses protestations
d'innocence.

Personne ne mettait en doute la culpabilité de
Dreyfus. Jean Jaurès lui-même avait déploré à la
Chambre que le tribunal ait montré de l'indulgence
pour un officier traître alors qu'un simple soldat
avait été condamné à mort et fusillé peu auparavant
pour un délit moins grave que l'espionnage. L'affaire
était simple : une femme de ménage travaillant pour
les services de renseignements français à l'ambassade
d'Allemagne avait découvert, dans une corbeille à
papier, un bordereau qui semblait prouver la culpabilité d'un officier de l'état-major français. Une
ressemblance entre l'écriture du bordereau et celle du
capitaine Dreyfus avait motivé le jugement du
conseil de guerre. Comme preuve c'était mince mais
l'accusé était juif et les juifs n'étaient guère prisés,
c'est le moins qu'on puisse dire, par l'aristocratie et
la grande bourgeoisie catholique où se recrutait la
grande majorité du corps des officiers. Cet antisémitisme était entretenu par Edouard Drumont, auteur
du livre *La France juive* et par son journal *La Libre
Parole*.

Louis dirigeait un service au ministère des Affaires
étrangères après s'être vu évincer du poste à Rome
qu'il guignait depuis longtemps. Il avait bien dit un
soir au « château » que le capitaine Dreyfus avait été
condamné sans preuve parce qu'il était juif, mais
personne dans la famille n'avait relevé ce propos,
sauf Jean-Henri qui se disait de droite depuis la
Commune et qui avait répondu à Louis qu'on

accordait beaucoup trop d'intérêt à un espion. Louis avait souri et l'on avait parlé d'autre chose : du bureau nouveau style qui était maintenant chez le vernisseur.

Jean-Henri était content de lui et il pouvait l'être : le bureau dont les lignes ondulées avaient d'abord fait rire les ouvriers qui se demandaient si le patron n'était pas devenu fou, commençait à trouver des défenseurs dans l'atelier. L'enthousiasme d'Issler dont la gouge magique avait su épouser avec tant d'élégance les courbes dessinées par Jean-Henri donnait à réfléchir et Brasier, l'ébéniste qui avait réalisé la carcasse du meuble, disait maintenant :

– Il faut le voir terminé ce bureau! C'est le premier d'une série et Jean-Henri a un carton plein de dessins. Même s'il présente quelques défauts, avouons que nous avons éprouvé plus de joie à le fabriquer qu'à refaire pour la centième fois une commode vaguement inspirée du XVIIIe siècle.

Louis fit promettre à Jean-Henri de lui montrer son œuvre dès qu'elle serait terminée. L'expérience de son cousin l'intéressait prodigieusement :

– Comme je te comprends! Le monde est en train de changer. Il n'en peut plus de buter contre les préjugés et de soumettre les meilleurs de ses enfants, ceux qui veulent s'évader du cadre mesquin de l'art officiel, aux désirs d'une bourgeoisie stupide et pétrifiée. J'ai appris cet après-midi que l'Etat, soutenu par l'Académie, bon nombre d'hommes politiques et des journalistes avait refusé le legs Caillebotte[1]. Ces imbéciles ont décidé que huit superbes toiles de Monet, onze Pissarro, deux Renoir, trois Sisley et deux Cézanne étaient indignes de figurer dans les collections nationales! Quel gâchis! J'enrage! Ce sont pourtant ces artistes, qu'on appelle des impres-

---

1. En 1894, vingt-deux ans après la naissance du mouvement impressionniste!

sionnistes, qui marqueront notre époque. La littérature aussi change et la vie de tous les jours avec les machines, l'électricité et le téléphone... Il n'y aurait donc que l'ameublement qui ne bougerait pas et renoncerait ainsi une fois pour toutes à être considéré comme un art? Ce n'est pas possible. Tu es un précurseur, je suis certain que d'autres vont te suivre.

— Mais certains m'ont précédé, à commencer par Emile Gallé et ses amis de Nancy, les Majorelle, les Gruber, les Vallin... Il paraît qu'en Belgique des architectes inventent des meubles pour garnir les maisons nouvelles qu'ils construisent. En Espagne et en Allemagne aussi ce qu'on commence de nommer l'« art nouveau » suscite des vocations.

— Cela ne m'étonne pas. Je ne pose qu'une question : réussirez-vous à vendre les meubles que vous créez? C'est qu'un meuble n'est pas comme un tableau. C'est un objet industriel, long à construire qui exige des matériaux rares et chers.

— Mon ami Gallé a déjà vendu certains de ses meubles : une salle à manger à un M. Vannier, de Reims, et une commode, la « commode aux hortensias » que lui a commandée le comte Robert de Montesquiou pour son appartement de l'avenue Franklin.

— Il connaît Montesquiou? demanda Louis.

— Oui, Gallé est un passionné de musique et je crois qu'ils se sont rencontrés à Bayreuth. Tu le connais toi?

— Quand on fréquente les salons des ambassades, on croise forcément Robert de Montesquiou-Fezensac. C'est un inverti, un dandy insolent qui se pique de poésie et qui est accroché aux branches de tous les arbres généalogiques de France. Cela dit il peut être drôle. Il s'est toujours intéressé à la décoration et il est devenu un collectionneur fort sollicité par les grands antiquaires. Si tu veux en savoir plus sur ce personnage, un futur client peut-être, lis le roman de Huysmans *A Rebours*. Des Esseintes c'est lui[1].

On apprit le lendemain que les anarchistes avaient encore frappé. Cette fois la victime était illustre : Sadi Carnot, le président de la République. Caserio, un jeune Italien, l'avait assassiné d'un coup de couteau alors qu'il allait inaugurer l'exposition de Lyon. La nouvelle toucha le peuple du Faubourg. Carnot était populaire : il avait traversé la vie politique la plus agitée, vécu durant son septennat l'aventure boulangiste, le scandale de Panama, les débuts musclés du syndicalisme et les attentats anarchistes avec une dignité exemplaire. Homme intègre de la loi, le Faubourg honorait en lui le défenseur intransigeant de la République.

François, qui avait pris de l'assurance, dirigeait avec bonheur les ateliers dont la réputation de sérieux n'était plus à faire. Valfroy-Fradier continuait de fabriquer d'excellents meubles à la « façon du siècle », des pastiches réussis des maîtres de toutes les époques, à la discrétion d'une clientèle qui ne demandait rien d'autre.

Pendant que le fils exploitait le passé, le père, lui, se lançait dans l'avenir, comme un jeune homme. C'est vrai qu'à soixante ans passés, Jean-Henri rajeunissait. Sa conversion au modernisme lui avait fait connaître ceux qui à Nancy, à Paris, à Londres, à Bruxelles ou en Allemagne labouraient les champs stériles de l'académisme pour y faire croître la luxuriante et aimable végétation de M. Gallé. Il avait été voir à Bruxelles, avec son ami Louis Majorelle, un autre Nancéien, l'hôtel Tassel conçu par l'architecte

1. C'est l'époque où Marcel Proust rencontre Robert de Montesquiou. Il en fera Palamède, baron de Charlus, dans *A la recherche du temps perdu*.

Victor Horta qui s'était occupé également de tous les détails de l'ameublement. Les pierres de la maison et le bois rare des meubles semblaient se mêler, s'unifier dans les entrelacs d'un même monde végétal. Un autre jeune architecte, bien français celui-là, achevait à Paris son *Castel Béranger* où il mêlait audacieusement pierre de taille, brique, fer et céramique. Il s'appelait Hector Guimard et jouait lui aussi sur l'élégance des décors floraux et végétaux.

Le monde du bois était jusque-là demeuré replié sur lui-même. L'art nouveau permettait aux rares ébénistes créateurs qui s'y intéressaient de s'évader, d'apprendre à connaître et à fréquenter ceux qui, dans d'autres domaines, se lançaient dans les mêmes recherches : architectes, peintres, verriers, orfèvres. Ils se retrouvaient depuis peu rue Chauchat, dans le magasin que venait d'ouvrir Samuel Bing à l'enseigne bien significative de *L'Art nouveau*. Meubles, vases de verre ou de céramique, objets d'argent décoratifs s'y trouvaient mêlés dans ce qu'on aurait appelé un curieux bric-à-brac s'ils n'avaient pas tous appartenu au même courant moderniste.

Jean-Henri exposait chez Bing une sellette en noyer à trois tablettes marquetées, reliées par des pieds en forme de nénuphars ainsi qu'un petit buffet-desserte en noyer et marqueterie de bois polychrome. Le premier, il avait osé agrémenter les courbes naturalistes du bois avec un autre matériau : le plateau de sa desserte était souligné de chaque côté par deux importants épis de blé en bronze doré.

– L'art nouveau, avait-il dit à ses confrères, c'est aussi la liberté. Ne tombons pas dans un nouvel académisme en nous imitant les uns les autres.

Ses propos avaient reçu l'approbation de l'Américain Louis Tiffany, dessinateur et réalisateur d'objets décoratifs qui exposait lui aussi chez Bing. La plupart des représentants du modernisme international, en particulier le Belge Van de Velde, tous les artistes français, de Paris ou de Lorraine figuraient naturellement au nombre des exposants de la galerie.

François s'était au début moqué gentiment de son père « qui travaillait pour le roi de Prusse alors que lui fabriquait pour vendre ». Et voilà que le nom de Valfroy-Fradier acquerrait une certaine célébrité dans le monde du modern style, comme disaient les revues d'art qui fleurissaient un peu partout en Europe. A Paris, *La Revue blanche,* créée par Thadée Natanson, se faisait l'écho des aspirations nouvelles. C'était une caution royale : toute l'intelligentsia de l'époque, Jarry, Zola, Péguy, Mallarmé, Proust, Gide et Verlaine jusqu'à sa mort, collaborait à *La Revue blanche*. Kostrowitzky y signait pour la première fois d'un pseudonyme : Apollinaire, Claude Debussy tenait la critique musicale sous le nom de M. Croche; Léon Blum écrivait sur la littérature, le théâtre et parfois sur les sports.

Fait aussi important que d'être cité dans la revue qu'illustraient Bonnard, Toulouse-Lautrec et Vuillard, les meubles de Jean-Henri se vendaient. Le premier bureau à abattant avait été acheté par un ami de Robert de Montesquiou. Premier pas dans le monde qui faisait la mode à Paris, cette vente avait été suivie de plusieurs autres, mais chaque meuble était une pièce unique et Jean-Henri n'arrivait pas à suivre le rythme des commandes. A titre d'expérience, il avait exposé une table-guéridon et deux chaises-fleurs dans la vitrine du magasin du Faubourg. Tout avait été vendu, cher, dès le lendemain, à un marchand de la rue Saint-Honoré. Aussi François n'ironisait plus. Il parlait même de commercialiser la production paternelle. Jean-Henri n'était pas chaud :

— Mes créations, disait-il, reviennent trop cher. Les meubles que nous fabriquons avec mes amis du groupe ne peuvent concerner que quelques esthètes, des collectionneurs. La réalisation en série, condition

de l'exploitation normale d'un modèle, se prête mal
à nos trouvailles.

François insista :

— Tout en continuant à imaginer et à fabriquer ces
pièces uniques qui te valent admiration et considération, pourquoi ne pas mettre en chantier quelques
modèles plus simples, compatibles avec l'utilisation
de la machine et qui conserveraient les caractéristi-
ques de votre style? Ton ami Gallé n'installe-t-il pas
ses nouveaux ateliers, à Nancy, en fonction d'une
production semi-industrielle? Crois-moi, père, vos
travaux ne deviendront vraiment un style que s'ils
peuvent déboucher sur une commercialisation
rationnelle et importante. C'est le grand public qui
décide. L'emballement de quelques snobs ne signifie
pas grand-chose, sinon qu'il annonce un succès
public possible. Et moi j'y crois à vos tables-fleurs et
à vos chaises-papillons!

François avait raison. Jean-Henri le savait mais il
n'avait plus l'énergie de ses vingt ans, son enthousiasme avait besoin d'être stimulé. La réaction de
son fils lui faisait plaisir. Elle lui rappelait l'esprit
d'entreprise qui l'animait quand il avait succédé à
son père et aux Valfroy. Il ne fallait pas décevoir
François et, au contraire, lui laisser carte blanche
pour développer son idée :

— Très bien, François. Nous allons travailler
ensemble à ton projet et c'est toi qui le mettras en
œuvre. Bing et les marchands ne demanderont pas
mieux que de vendre du modern style à un prix
abordable!

Six mois plus tard, une partie des ateliers de la rue
du Chemin-Vert travaillaient à construire des meubles art nouveau dont de nombreuses pièces étaient
préparées à la machine. L'adaptation de la toupie
aux volutes, aux courbes naturalistes et aux « fumées » du style moderne avait posé des problèmes
mais François, remarquable technicien, les avait
résolus. Au moment où la vogue des meubles anglais

qui avait permis à la maison de se développer commençait à s'éteindre, l'Art nouveau prenait le relais pour maintenir Valfroy-Fradier dans le groupe de tête des ébénistes d'art.

Trois années avaient passé depuis la condamnation de Dreyfus. L'immense majorité des Français se rappelait à peine qu'un procès avait eu lieu et qu'un capitaine dégradé payait à l'île du Diable le prix du déshonneur. La famille Dreyfus et en particulier Mathieu, le frère du condamné, n'avait pourtant pas cessé de rechercher des preuves de son innocence et de faire appel aux consciences qui demeuraient troublées par ce procès à huis clos où la défense n'avait pas pu prendre connaissance de pièces secrètes considérées comme accablantes. Et d'un coup, tout changea, l'ombre de l'oubli se déchira, le silence devint tumulte.

Le colonel Picquart venait d'être nommé chef du bureau des renseignements au ministère de la Guerre et avait eu connaissance, à ce titre, d'une lettre-télégramme adressée à un officier du service, le commandant Esterhazy, par un agent d'une puissance étrangère. Il ordonna une enquête comme son devoir le lui commandait et fut rapidement convaincu que l'écriture du fameux bordereau était celle d'Esterhazy. Esterhazy coupable, Dreyfus était innocent. Mais comment les officiers de l'état-major, les généraux Billot, Gonse et de Boisdeffre qui l'avaient fait condamner pouvaient-ils reconnaître une erreur qui ne pouvait que discréditer l'armée? Au nom d'un patriotisme pervers et sous l'influence de l'antisémitisme qui régnait dans le corps des officiers, ils décidèrent d'étouffer la vérité, de ne pas poursuivre Esterhazy, d'expédier l'encombrant colonel Picquart au fin fond de la Tunisie et de laisser Dreyfus en Guyane.

Louis Caumont qui suivait pour le ministre des Affaires étrangères les détails de ces rebondissements en avait raconté l'essentiel rue du Chemin-Vert. François avait été sérieusement ébranlé dans ses convictions. Quant aux autres membres de la famille, ils étaient scandalisés. En dehors du « château », l'opinion publique restait mal informée. Son indifférence aurait peut-être jeté encore une fois le voile de l'oubli sur le sort du malheureux Dreyfus si Emile Zola n'avait pas décidé de réveiller les consciences.

Usant de la plume généreuse, puissante et précise qui avait fait sa gloire, il raconta toute l'histoire de l'erreur judiciaire dans un article intitulé *J'accuse!,* publié sous forme d'une lettre au président de la République qui couvrait toute la première page de *L'Aurore,* le journal de Clemenceau. Esterhazy, traduit sur sa demande devant le conseil de guerre de Rennes, avait été officiellement innocenté afin de perdre une seconde fois Dreyfus. C'est cette dernière iniquité qui avait poussé Zola à hurler la vérité, à stigmatiser non seulement le vrai coupable mais aussi tous ceux qui l'avaient couvert.

Le 13 janvier 1898, *L'Aurore* était dès huit heures du matin introuvable chez les marchands de journaux. Jamais un quotidien n'avait consacré sa première page à un seul événement. Jamais un titre n'avait été imprimé en aussi grosses lettres. Jamais depuis bien longtemps un journal n'avait suscité une telle curiosité. Dans le quartier, les numéros manquaient comme ailleurs mais on se les passait d'un atelier à l'autre. Le « J'accuse! » de Zola était attendu autour des établis et quand un apprenti l'apportait on arrêtait les machines, on en commentait les phrases terribles. La marchande de journaux installée à la terrasse du *Café des Artistes* avait mis un exemplaire de côté pour Elisabeth qui le rapporta en revenant de faire son marché. Jean-Henri dessinait dans l'appartement et elle lui mit sous les yeux le titre accusateur :

– Je n'ai pas eu le temps de lire entièrement l'article de Zola mais si tu persistes, après cela, à excuser les tortionnaires de Dreyfus, je ne te parle plus!

Jean-Henri posa son crayon et commença la lecture. Vers la fin, il appela Elisabeth qui discutait dans la cuisine avec Rose, la bonne de la maison.

– Ma belle, je crois que tu continueras de m'adresser la parole. Comment ne pas être convaincu par un tel réquisitoire? Le ton en est admirable mais on a, en le lisant, l'impression que le talent de l'auteur n'ajoute rien à la persuasion des arguments. Ce n'est évidemment pas tout à fait vrai... Quand le courage s'allie au style, un grand écrivain dispose d'une puissance formidable. Tiens écoute :

C'est un crime d'égarer l'opinion, d'utiliser pour une besogne de mort cette opinion qu'on a pervertie, jusqu'à la faire délirer. C'est un crime d'empoisonner les petits et les humbles, d'exaspérer les passions de réaction et d'intolérance, en s'abritant derrière l'odieux antisémitisme, dont la grande France libérale des droits de l'homme mourra si elle n'en est pas guérie. C'est un crime d'exploiter le patriotisme pour des œuvres de haine, et c'est un crime enfin que de faire du sabre le dieu moderne, lorsque toute la science humaine est au travail pour l'œuvre prochaine de vérité et de justice.

Et ces conclusions qui résument toute l'affaire :

J'accuse le lieutenant-colonel du Paty de Clam d'avoir été l'ouvrier diabolique de l'erreur judiciaire.

J'accuse le général Mercier de s'être rendu complice d'une des plus grandes iniquités du siècle.

J'accuse le général Billot d'avoir eu entre les mains les preuves certaines de l'innocence de Dreyfus et de les avoir étouffées...

J'accuse le général Gonse et le général de Boisdeffre de s'être rendus complices du même crime.

J'accuse le général de Pellieux et le commandant Ravary d'avoir fait une enquête scélérate.

J'accuse les trois experts en écritures d'avoir fait des rapports mensongers et frauduleux.

J'accuse les bureaux de la guerre d'avoir mené dans la presse, particulièrement dans L'Eclair *et dans* L'Echo de Paris, *une campagne abominable pour égarer l'opinion et couvrir leur faute.*

J'accuse enfin le premier conseil de guerre d'avoir violé le droit en condamnant un accusé sur une pièce restée secrète, et j'accuse le second conseil de guerre d'avoir couvert cette illégalité, par ordre, en commettant à son tour le crime juridique d'acquitter sciemment un coupable.

En portant ces accusations, je n'ignore pas que je me mets sous le coup des articles 30 et 31 de la loi sur la presse qui punit les délits de diffamation. Et c'est volontairement que je m'expose.

— Cela va faire beaucoup de bruit! continua Jean-Henri. Je crois que l'affaire Dreyfus ne fait que commencer!

Après cette prédiction, Jean-Henri tourna la page et s'arrêta sur un placard publicitaire :

— Elisabeth, regarde cette annonce. Elle reflète le goût profond du public et montre comment on vend les meubles aujourd'hui. C'est intéressant. Et c'est grave pour l'avenir et notre métier.

En page 4 un grand encadré était titré : *Un appartement complet pour 3 750 francs* et portait en sous-titre : *Innovation de la maison Alfred Orlhac, 91, rue Saint-Lazare, Paris. Téléphone n° 157-44.*

Elisabeth lut :

— « Entrez dans un appartement dont les murs sont nus, vous le meublerez aussitôt par la pensée selon vos goûts; combien on serait heureux de savoir alors ce que coûterait cette installation. Ce renseignement, M. Orlhac, le tapissier bien connu, a bien voulu nous le donner. Le prix est incroyablement bon marché et pour prouver que tout est de premier ordre, il nous suffira de rappeler que c'est à M. Orlhac que Sarah Bernhardt a confié l'ameublement de la plupart des pièces de théâtre de la Renaissance. Voici donc le budget d'un appartement complet :

1° Une chambre à coucher Louis XV en noyer ciré, sculpté à agrafes, composée de : une armoire à deux portes à glaces biseautées, un lit, une table de nuit, deux chaises Louis XV, un fauteuil et un bout de pied. Une fenêtre en Titien deux tons avec passementeries assorties, un décor de lit même genre avec fond de lit drapé et jeté de lit.

2° Une salle à manger Renaissance composée de : un buffet à quatre portes en noyer ciré, ceinture à moulures; une table à doubles colonnettes et à allonges, six chaises en cuir de Venise avec dessin à choisir, une bande de tapisserie de style formant encadrement à la fenêtre avec passementeries et doublures.

3° Un meuble de salon Louis XVI à couronnes avec sculptures rehaussées à la poudre d'or, composé de : un canapé, deux fauteuils, deux chaises et deux chaises légères, le tout recouvert en riches étoffes de soie; une table de milieu Louis XVI assortie au meuble avec un dessus en peluche; une fenêtre avec rideaux à l'italienne, décors de draperies et chutes dans le haut, doublées, molletonnées.

Le prix demandé pour le tout est de 3 750 francs. »

— Pas trace de modern style dans l'inventaire de M. Orlhac, constata Jean-Henri, mais le catalogue complet de toutes les imitations. Les trois quarts des ébénistes du Faubourg gagnent leur vie en faisant de la série pour des MM. Orlhac. Je voudrais tout de même bien savoir à quoi ressemblent les sculptures à agrafes! Sans doute des panneaux collés... On commence à voir s'installer dans Paris ces grands magasins de meubles qui vendent de tout et ne fabriquent rien. Beaucoup achètent à la trôle[1] pour une bouchée de pain les meubles que les petits artisans sont contraints de vendre pour manger. Tout cela n'est pas bon pour le vieux Faubourg. Les maîtres du siècle passé doivent se retourner dans leur tombe en voyant produire en série ces buffets et ces armoires qui ne tiennent pas debout!

Le siècle allait vers sa fin sans que l'art nouveau ait vraiment réussi sa percée. Malgré les efforts de Gallé, de Majorelle, de Jean-Henri et de quelques autres, il demeurait encore réservé à une clientèle très étroite. Rue du Chemin-Vert, les compagnons voyaient partir les buffets d'acajou de Cuba et de bois d'amourette aux courbes graciles dans la tapissière de la maison vers un monde qui leur resterait toujours étranger, celui des riches banquiers, des industriels épris de modernisme et des négociants millionnaires souhaitant étonner leurs amis. Ils n'iraient même jamais voir les maisons de style « nouille », comme les nommaient certains journaux, que Guimard construisait dans les beaux quartiers, du côté de Passy. Et comment auraient-ils su que, Cornuché, le fondateur de *Maxim's,* recevait dans un décor art nouveau les princes de l'Europe et les cocottes de Paris?

Ils ne savaient qu'une chose, les ébénistes-jardiniers de fleurs en cédrat et de feuillages en frêne d'or : c'est que la fabrication de ces meubles élégants à regarder et doux à caresser les faisait vivre et

1. Depuis 1880 se tenait chaque samedi dans l'avenue Ledru-Rollin un marché très particulier, la « trôle », où les artisans du Faubourg venaient exposer sur le trottoir des meubles de toute sorte fabriqués dans leurs ateliers, directement au public ou aux marchands qui raflaient le soir à bas prix ce qui n'avait pas été vendu. La « trôle » disparut en 1914.

même bien vivre. Les rares patrons qui avaient eu le goût et l'audace de se lancer dans la bataille du renouveau trouvaient leur compte dans cette éclosion florale. Sur la demande de François, complètement converti à l'art nouveau, Jean-Henri avait dessiné un ameublement complet pour le salon du « château ».

– C'est à nous de montrer l'exemple, avait-il dit. Il est temps d'envoyer à la salle des ventes les fauteuils Napoléon III et les poufs de velours rouge qui commencent à montrer leur entoilage. Changeons tout, meublons-nous art nouveau !

Hélas ! l'abondance des commandes ne permettait pas de distraire les ouvriers de la production commerciale. Alexis, qui allait sur ses huit ans, continuait donc à sauter sur les crapauds et sur le canapé à fanfreluches, bien mieux adaptés aux jeux d'un garçon, il faut en convenir, que les sièges-papillons en acajou et macassar de Jean-Henri.

Alexis n'était d'ailleurs plus le petit prince unique du « château ». Marie avait accouché à l'automne d'une fille qu'on avait appelée Anne et qui semblait avoir du caractère. Elle était brune comme les Issler et gaie comme Elisabeth qui jouait les grands-mères avec bonheur. Chez les Hostier, il y avait aussi deux jeunes enfants. L'aîné, baptisé Jean-Sébastien en l'honneur de Bach, avait dix-huit mois et Aurore, la dernière, avait l'âge d'Anne, à quelques jours près. Antoinette avait dû abandonner le concert Pasdeloup où son beau-père l'avait fait entrer en qualité de second violon pour s'occuper des enfants. Cela la navrait mais elle n'était pas privée de musique pour autant. Paul Hostier faisait une brillante carrière de violoncelliste et envisageait de monter un orchestre de chambre avec quatre amis.

La maison des Hostier était proche de la rue du Chemin-Vert et Antoinette pouvait très souvent venir voir ses parents. Et puis, aux beaux jours, il y avait les dimanches de Montreuil ! Jean-Henri avaí acheté une dizaine d'années auparavant deux mille mètres de terrain à La Croix-de-Chavaux pour rendre service à un ami. Depuis, ni lui, ni Elisabeth ne s'étaient souciés de ce bout de terre prêté à un maraîcher voisin. Marie lorsqu'elle avait appris l'existence de ce jardin planté de pêchers et de cerisiers, avait lancé l'idée d'y faire construire un abri qui permettrait à toute la famille de s'y retrouver le dimanche. Sur la planche à dessin de Jean-Henri, l'abri était devenu une vraie maison avec un bosquet ombragé pour y prendre les repas lorsqu'il faisait beau.

Depuis, Montreuil s'appelait le paradis. Les Hostier venaient avec les enfants quand Paul n'avait pas de concert et les Issler rejoignaient la famille aux premiers rayons du soleil. Et c'était le bonheur! Mathias et Léon, les frères de Marie, avaient installé une balançoire, les enfants jouaient dans l'herbe et cherchaient des trèfles à quatre feuilles. Jean-Baptiste Issler était un redoutable joueur de jacquet en face duquel Jean-Henri n'avait guère de chance. Les deux amis s'installaient à l'ombre près d'un seau où rafraîchissait une bouteille de vin blanc. Les dés roulaient, les pions claquaient et l'on ne tardait pas à entendre les cris indignés du maître de l'Art nouveau:

– Ce n'est pas possible une chance pareille! Je suis enfermé et tu vas encore gagner cette partie! Pourtant je sais jouer!

En réalité il jouait mal, il fallait que la chance lui fût très favorable pour que Jean-Baptiste lui abandonnât une partie. Toutes les semaines, la même scène se répétait et Jean-Henri se levait furieux... Le temps de mettre en train une partie de bouchon et de gagner trois sous au père Issler moins habile que lui à lancer le palet.

Les femmes avaient leur coin. Assises sur deux bancs « Allez Frères », elles bavardaient en cousant ou en tricotant. Deux d'entre elles, le plus souvent

Marie et Antoinette, partaient le dimanche matin de bonne heure au marché de La Croix. Elles en revenaient chargées de cabas pleins de beaux légumes et de fruits cueillis au lever du jour. Elles rapportaient aussi de la viande, un ou deux gigots, des poulets, des lapins... C'est qu'il en fallait des provisions pour nourrir tous ces jeunes à l'appétit aiguisé par le grand air. Parfois, pour le goûter, ou quand il y avait un anniversaire à célébrer, Catherine Issler faisait une montagne de bugnes ou de beignets aux pommes. C'était la fête dans la fête.

Au début, on se rendait à Montreuil par l'omnibus qui partait de la barrière du Trône mais c'était long et pénible. Puis François avait résolu le problème du transport en équipant les deux tapissières de bancs mobiles. On relevait les bâches, le gardien attelait Coco et Jules, les deux bretons bais et, fouette cocher! en route pour la campagne, la cueillette des cerises et les parties de bouchon!

Le lendemain, la vie reprenait son cours laborieux. Quand Emile, le contremaître, arrivait bientôt suivi par les trois sculpteurs et les cinq ébénistes, Maurice, l'apprenti, avait déjà balayé les copeaux du samedi, allumé le feu dans la sorbonne et mis la colle à chauffer.

L'affaire Dreyfus qui continuait d'empoisonner le climat politique et la vie quotidienne de nombreuses familles, n'influait pas sur la bonne humeur de l'atelier où François, éternel recommencement, songeait déjà sérieusement à l'Exposition de 1900. On en parlait partout de cette exposition qui devait marquer d'un éclat formidable le passage de l'homme dans le XXe siècle. Tout le monde comprenait ainsi « 1900 » malgré l'avis des puristes et des chroniqueurs méticuleux qui affirmaient, non sans raison, que le premier siècle ayant commencé à l'an 1, le vingtième ne pouvait débuter que le 1er janvier 1901.

Depuis plus de deux ans, le tsar Nicolas II, l'impératrice de Russie et le président Félix Faure avaient posé la première pierre du pont Alexandre-III. Serait-il prêt pour l'inauguration? D'énormes échafaudages cachaient encore son arche monumentale. A deux pas, sur la rive droite, deux énormes chantiers se dressaient dans l'axe de l'esplanade des Invalides. Avec un peu d'imagination, les Parisiens admiraient déjà les deux palais, le grand et le petit, ouvrant dans la blancheur de leurs pierres neuves la voie républicaine vers la Seine et le pont le plus large d'Europe en direction du dôme des Invalides.

En dehors de son millésime magique, l'Exposition présentait pour les gens du bois, en particulier pour ceux qui avaient créé le style moderne, la perspective de marquer l'apothéose de l'art nouveau. Ceux qui, les premiers, avaient enchaîné des arabesques pour en faire des meubles ne devant rien aux styles précédents, se préparaient à étonner le monde. Chez Gallé, chez Majorelle, chez Gautier, les projets étaient avancés. Il était temps pour Valfroy-Fradier de mettre en œuvre des pièces dignes d'une réputation de précurseur.

Les châtelains du Chemin-Vert qui avaient peut-être tendance à somnoler se réveillèrent aux sons des trompettes annonciatrices de la grand-messe de l'art nouveau. Crayon en main, penchés sur la planche à dessin, Jean-Henri, émoustillé par l'enjeu, et François, soudain passionné, ébauchèrent les contours des éléments du cabinet de travail qu'ils avaient décidé d'exposer : un bureau, une bibliothèque et des sièges.

– Il faut de l'acajou, c'est le roi des bois! avait déclaré Jean-Henri. Et un peu de bronze pour les poignées des tiroirs. Les pieds du bureau, regarde comme je les vois, seront des tiges qui s'écarteront au départ du sol et rejoindront le plateau, couvert d'un cuir vert gravé, dans un bouquet de grosses fleurs de nénuphars. Le devant ne doit pas être droit. Je le vois incurvé, enveloppant avec ses deux tiroirs l'utilisateur du bureau...

Tout en parlant il dessinait. Peu à peu, l'esquisse prenait du modelé et une forme élégante, épurée qui préfigurait le meuble. Son fils le regardait, admiratif :

– Tu es un véritable artiste, père! Je vais faire de ton croquis un dessin à l'échelle que nous coterons. Pour la sculpture, je crois qu'il faudra faire appel à Jean-Baptiste Issler...

– Bien entendu. Lui seul peut, à Paris, donner une unité à ce genre de meubles. Gallé et Majorelle trouvent encore à Nancy de bons artistes mais ici on a fabriqué depuis 1830 trop de meubles sans vraie sculpture et le métier s'est perdu.

On aurait voulu en cette fin de siècle oublier « l'Affaire » que cela aurait été impossible. Emile Zola avait été comme il l'avait prévu traduit en justice et condamné dans une confusion extrême au maximum de la peine : un an de prison. Après cassation et un nouveau procès, l'auteur de « J'accuse! » avait été à nouveau condamné et obligé de s'enfuir à Londres pour ne pas être emprisonné. C'est en exil qu'il avait appris la nouvelle qui relançait une nouvelle fois l'affaire : le colonel Henry, convaincu d'avoir fabriqué un faux pour faire condamner Dreyfus, s'était suicidé!

La révision du procès Dreyfus devenait inévitable. Un second procès se déroula donc devant le conseil de guerre de Rennes qui pour la seconde fois, au mépris de toute justice, déclara Dreyfus coupable avec des circonstances atténuantes et le condamna à dix ans de réclusion! Le nouveau chef du gouvernement, Waldeck-Rousseau, souhaitait l'apaisement.

Un décret de grâce[1] permit à Dreyfus de recouvrer la liberté. La France pouvait accueillir le monde sans trop de honte.

Aucun décret ne pouvait, hélas! accélérer les travaux de l'Exposition dont la date d'inauguration était définitivement fixée au 14 avril. Les architectes avaient beau doubler les postes sur les chantiers, surmener les ouvriers et faire travailler jour et nuit, il paraissait maintenant certain que l'ouverture se ferait au milieu des échafaudages et des plâtres suintants.

Dans la hâte et l'angoisse des derniers jours, les accidents s'étaient multipliés, une passerelle s'était écroulée et un court-circuit avait détérioré une partie de l'installation électrique. Le 14, seuls les discours étaient au point. La plupart des sections n'offraient à contempler que le vide de leurs halls et beaucoup de provinciaux et d'étrangers, avertis de l'état incomplet des travaux, avaient retardé la date de leur arrivée. Tout semblait conspirer contre le succès de l'Exposition, même la canicule qui sévissait depuis l'ouverture : trente-huit degrés le 20 juillet, la plus haute température observée à Paris depuis le début du siècle! Cette chaleur excessive transformait en épreuve pénible la visite de cette ville fabuleuse et éphémère bâtie au cœur de la capitale.

Les halls consacrés à la décoration et au mobilier, installés à la meilleure place sur l'esplanade, étaient, eux, terminés et tous les exposants présents lorsque le président Loubet les parcourut en compagnie des ministres. Au « château », on avait travaillé jour et nuit, les derniers jours, pour achever le cabinet-bureau dont le vernis, juste sec, luisait comme un miroir sous les feux de l'électricité. Les meubles qui le composaient, du bureau-nénuphar à la bibliothè-

---

1. L'Affaire ne trouvera son épilogue qu'en 1906 : enfin innocenté par la Cour de cassation, Dreyfus sera réintégré dans l'armée avec le grade de chef d'escadron.

que et aux sièges, reflétaient tous les caractères de l'art nouveau.

— Je crois, avait dit Jean-Henri avec une certaine fierté, que la marque Valfroy-Fradier peut figurer sans rougir à côté des Majorelle et des Gallé!

Il avait raison. L'exposition réalisait son vieux rêve : devenir membre à part entière du club très fermé des novateurs français et étrangers du modern style. Car tous les grands architectes et constructeurs européens étaient présents sous la verrière des Invalides : le Catalan Gaspar Homar, l'Ecossais Mackintosh, le Viennois Hoffmann et le précurseur flamand Van de Velde.

Restait l'adhésion des amateurs, des clients célèbres et fortunés sans laquelle la réussite d'un artiste reste sans lendemain. Elle se manifesta sans tarder avec l'achat du cabinet de travail par Adrien Bénard, banquier et promoteur du métro de Paris, et par des commandes nombreuses dont celle d'une salle à manger complète destinée au château de l'industriel Martin.

Enfin, Jean-Henri Valfroy-Fradier connut la consécration suprême quand M. Alexandre Millerand, ministre du Commerce, le décora, le dernier jour de l'Exposition, de la croix de la Légion d'honneur. Par un hasard heureux, c'était le jour de son soixante-septième anniversaire.

Dès le lendemain on fêtait l'événement au « château » illuminé pour la circonstance comme un palais princier. Autour d'Elisabeth, superbe dans une robe de soie noire plissée où toutes les femmes reconnaissaient le talent du couturier Worth, se pressaient la famille, les Issler, les Hostier et tous les ouvriers de l'atelier avec leurs épouses.

Les grands noms du Faubourg, François Soubrier, Mercier, Gouffé avaient été conviés. Ces maisons n'avaient guère participé à l'aventure de l'art moderne mais leurs dirigeants reconnaissaient de bonne grâce le succès d'un des leurs. La Légion d'honneur de Jean-Henri, c'est tout le vieux Faubourg qui se l'épinglait sur la poitrine.

Sans en parler à quiconque, François avait demandé à Démosthène Capriata, fournisseur et ami de la famille, de venir sur le coup de dix heures avec « ses Italiens », une dizaine de garçons originaires de toutes les provinces de la Botte et qui se retrouvaient chaque semaine chez le meulier pour jouer de la mandoline et pousser la canzonetta avant de se régaler d'une énorme marmite de pasta. Les Italiens arrivèrent discrètement, comme prévu, et soudain le « château » s'emplit de vibratos, de barcarolles et de cantabile.

– Les Italiens de Démosthène! s'écria Jean-Henri. Quel bonheur, tout le monde me fête... C'est vraiment un jour merveilleux!

– On te fête parce qu'on t'aime et qu'on te respecte, répondit Elisabeth en lui serrant le bras. Prions pour que ce bonheur dure longtemps!

Chapitre 9

L'ART DÉCO

Finalement, cette année 1900 n'avait pas manqué de panache! Elle avait ouvert le siècle en fanfare dans ses palais, couronné l'art nouveau, accepté l'impressionnisme et même reconnu le génie de Rodin. Elle avait vu aussi s'installer dans le sous-sol de Paris un prodigieux moyen de transport : le métropolitain.

Dieu sait qu'il avait été combattu, ce projet de tube souterrain malodorant, malsain où les rats ne pouvaient manquer de pulluler. Raillé, chansonné, le directeur des travaux, l'ingénieur Fulgence Bienvenüe, était pourtant parvenu au bout de son tunnel. Un éboulement s'était bien produit, en janvier, boulevard Diderot sur une longueur de 25 mètres mais, l'accident oublié, les premières rames avaient commencé à fonctionner dès le 14 juillet, cinq jours avant l'inauguration officielle. La ligne nº 1, première d'un réseau qui devait desservir tous les quartiers de Paris avant huit ans, partait de la porte Maillot et aboutissait à la porte de Vincennes. C'est dire qu'elle intéressait les gens du Faubourg puisque les gares de Saint-Paul, Bastille, Gare-de-Lyon, Reuilly-Diderot et Nation jalonnaient pratiquement la vieille voie royale de Vincennes. Il ne fallait que trente-trois minutes pour parcourir les 10,300 km de la ligne. Un temps qui paraissait infiniment court aux habitués

des omnibus tirés par deux ou trois chevaux, avec
bête de renfort au bas des côtes.

Comme la plupart des familles du Faubourg, les
Valfroy-Fradier voulurent être parmi les premiers à
descendre dans le « ventre de la terre », comme disait
Alexis, grand lecteur de Jules Verne, en empruntant
l'une des entrées dessinées par Hector Guimard dans
le plus pur style art nouveau.

Le jeune garçon était fasciné par ce jouet merveilleux, ces rames de trois voitures toutes neuves[1] qui
roulaient presque aussi vite que l'express de Granville à travers la campagne. Quant à Jean-Henri, il
ne cessait de répéter : « Je suis tout de même content
d'avoir vu ça avant de mourir! », ce qui lui attirait
les reproches d'Elisabeth qui répondait qu'il se portait très bien.

La reine Victoria mourut en tout cas avant lui, le
22 janvier 1901, après avoir régné durant soixante-
trois ans sur l'Empire britannique. Cette disparition
qui frappa l'Europe entière, remit curieusement d'ac-
tualité une histoire scabreuse, dont on avait beaucoup parlé autour des années 90. Il s'agissait d'un
fauteuil aux formes mystérieuses qu'avait fabriqué la
maison Soubrier dans le plus grand secret et qui était
devenu célèbre dans le Faubourg sous le nom de
« siège d'amour ». La plus grande discrétion avait
présidé à la construction de ce meuble spécial.
M. Soubrier en avait dirigé personnellement les
travaux effectués par pièces séparées de manière
qu'aucun ouvrier ne puisse avoir une idée de l'ensemble et de son usage. Le montage ainsi que la pose
de la tapisserie n'avaient donné lieu à aucune fuite et
ce n'est que plus tard, grâce à des recoupements et
des confidences de cafés, qu'un bruit se répandit : le

---

1. Le nombre des voitures devait être augmenté en fonction de la
densité du trafic. Les voyageurs se déclarèrent tout de suite
satisfaits du confort des wagons bien éclairés. Deux autres lignes
furent bientôt ouvertes : Etoile-Porte Dauphine et Etoile-Troca-
déro.

« siège d'amour » avait été réalisé selon les plans et
les directives du prince de Galles, fils aîné de la reine
Victoria et du prince Albert, grand amateur de
femmes légères. On apprit peu après que ce trône
particulier ressemblant plus à un traîneau qu'à une
bergère Louis XVI occupait la place d'honneur dans
le salon aux miroirs du Chabanais, haut lieu des
ébats des têtes couronnées et des rois de la
finance.

Le prince devenant roi, qu'allait devenir le « siège
d'amour »? Le Chabanais était était comme l'Elysée
ou Buckingham une institution bien trop éloignée du
Faubourg pour qu'une réponse puisse être donnée à
cette question autour des guéridons de marbre du
Beaujolais un nouveau café qui venait d'ouvrir au
coin de l'avenue Ledru-Rollin. C'est pourtant là,
sous l'œil intéressé du patron, un Auvergnat nommé
Alaniesse, que le père Rochard, ancien contremaître
de Soubrier qui avait cessé toute activité depuis des
années, dessina un soir sur un morceau de papier le
fameux siège dont il avait assemblé les pièces après
avoir fait le serment de n'en rien dire à personne. Le
saint-amour aidant et l'histoire évoluant, il s'était
enfin décidé à parler en vertu d'une logique très
personnelle :

– Maintenant que le prince de Galles devient roi,
il n'y a plus de raison de se taire! affirma-t-il. Le
croquis initial du « siège d'amour » était bien de la
main d'Edouard. Seuls quelques ouvriers, trois avec
moi, étaient au courant et nous ne parlions entre
nous et avec M. Soubrier de cette commande royale
que sous le nom de code de « l'affaire Chut ». Pour
du beau travail, c'était du beau travail! Les moulures compliquées comme l'usage du fauteuil dont
nous ne sommes jamais arrivés à comprendre toutes
les subtilités, étaient prises dans la masse. Le meuble,
sculpté par le fils Goron, était polychrome avec des
rechampis à l'or fin. A l'avant, deux rails permettaient à une sorte de repose-pied monté sur roule-

ments à billes de se mouvoir d'arrière en avant. Nous avons toujours pensé que c'était la place du prince de Galles, le fauteuil lui-même, sûrement très inconfortable en raison de sa forme, devait être occupé par la partenaire du prétendant à la couronne.

Cette révélation fit naturellement le tour des ateliers du Faubourg donnant au couronnement d'Edouard VII une tournure impromptue[1].

Sans s'en rendre compte, le Faubourg s'était mis à l'heure du XXᵉ siècle. Dans les ateliers modernes, l'électricité faisait tourner la toupie et briller quelques ampoules chétives au-dessus des établis. C'était mieux que le gaz dont la flamme vacillante inquiétait patrons et ouvriers que la hantise de l'incendie poursuivait jusque dans leur sommeil.

La République avait eu raison des grands coups de colère, des barricades meurtrières et de la guerre civile. Les hommes du bois, pour leur part, savaient qu'il était préférable de discuter avec les patrons pour les obliger à consentir quelques avantages que de déterrer les pavés. Ceux du Faubourg n'avaient pas bougé depuis la Commune, sauf place du Trône devenue place de la Nation où l'imposante statue de Dalou symbolisant *Le Triomphe de la République* était maintenant entourée d'un magnifique bassin et d'un square où les enfants du quartier étaient rois.

1. A la fermeture des maisons closes, après la dernière guerre, le « siège d'amour » fut vendu à l'hôtel Drouot à un antiquaire qui le céda plus tard à un confrère. Le dimanche 20 avril 1985, le fameux fauteuil fut à nouveau mis aux enchères à la salle des ventes parisienne. C'est la famille Soubrier qui s'en rendit acquéreur pour 250 000 francs (300 000 avec les frais). Le meuble en très mauvais état fut entièrement restauré par les descendants de son constructeur. Il a réintégré le numéro 14 de la rue de Reuilly et le Faubourg où l'illustre maison tient toujours commerce de meubles à l'enseigne de « Soubrier et fils ».

Si les ouvriers du bois voyaient d'un bon œil s'implanter le syndicat et versaient volontiers leur cotisation à la permanence, ils se méfiaient des émissaires qui tentaient de les enrôler dans le parti de l'Internationale ouvrière dirigé par des marxistes dont on ne savait pas grand-chose. Le Faubourg s'était souvent soulevé, il avait quelquefois suivi ces agitateurs, et aussi regretté de l'avoir fait. Jamais il ne s'était enrôlé et entendait continuer.

Libre, il voulait l'être tous les jours, même au risque d'écorner sa paye, en lançant à un mauvais patron : « C'est bien, monsieur, salut! Je ramasse mes " clous "! » Les « clous » c'étaient les outils personnels qu'il se mettait alors à ranger en sifflotant.

Lorsqu'un tel incident survenait, tous les ouvriers de l'atelier posaient leur outil et venaient entourer le « partant ». Parfois l'un ou l'autre décidait de s'en aller aussi par solidarité mais tous aidaient l'ami. Le plus souvent il avait préparé son départ et un établi l'attendait dans une autre maison. Alors tout l'atelier, de l'apprenti à la fine lame, lui « faisaient la conduite », selon le vieux rite des compagnons du tour de France. L'un prenait une trousse, un autre l'imitait ou s'emparait de l'étau s'il s'agissait d'un sculpteur. Et dès que le partant avait « touché son compte » la petite troupe quittait l'atelier pour accompagner le camarade jusque chez son nouveau patron. S'il faisait beau, on chantait en chœur *Le Vin de Marsala, Le Génie de la Bastille* ou *La Chanson du petit ébéniste,* bien plus fort à l'arrivée qu'au départ car l'usage voulait qu'on s'arrêtât pour boire un verre dans chaque bistrot rencontré sur le chemin. La machine n'avait pas tué l'esprit du compagnonnage!

Jean-Henri semblait immortel. A soixante-quinze ans, il faisait chaque jour sa tournée des ateliers, discutait avec François des commandes en cours et, selon le temps, allait comme Boulle jadis et naguère

Ethis « faire son tour du Faubourg » ou s'installait tout de suite devant sa planche à dessin installée dans l'appartement; il s'y sentait plus tranquille et, surtout, plus près d'Elisabeth. Tout en continuant la production courante, comme les autres fabricants, l'atelier avait vendu beaucoup de meubles art nouveau en France et à l'étranger. Mais le style moderniste, qui n'avait jamais touché le grand public, semblait s'essouffler. Gallé était mort en 1904 et avec lui l'école de Nancy qui avait été à la pointe du combat. Jean-Henri vieillissait et Majorelle, s'il continuait à créer de beaux meubles en acajou d'une exécution parfaite où le décor végétal était souvent surajouté, commençait à se sentir attiré par un nouveau courant plus inspiré par les décorateurs, les joailliers, les peintres et même les couturiers que par les artisans du meuble.

C'est que le XXᵉ siècle allait vite, très vite. L'impressionnisme était à peine reconnu que le fauvisme éclatait comme un feu d'artifice au Salon d'automne de 1905. Matisse, Derain, Vlaminck, Braque, Dufy, Camoin, Valtat, Van Dongen y avaient exposé des œuvres dont le style nouveau, plein de force et de couleurs exubérantes, se refusait à être une imitation formelle de la nature. Ce grand mouvement de changement qui touchait tous les domaines, de l'automobile déjà adulte à l'aviation naissante, des découvertes scientifiques aux expériences artistiques révolutionnaires annonçait le déclin de l'art nouveau.

Jean-Henri Valfroy-Fradier s'endormit un après-midi sur sa planche à dessin pour ne plus se réveiller. Le crayon lui était tombé des doigts en même temps que la vie. Elisabeth l'avait trouvé le visage calme, presque souriant, penché sur la feuille où l'on reconnaissait l'esquisse d'une chaise qui ne serait jamais construite.

Le Faubourg lui fit des obsèques de général mort au combat. Le 16 mars 1906, la cour du « château » était pleine d'une foule triste où chacun se reconnaissait. Les patrons retrouvaient d'anciens ouvriers, les femmes des compagnes d'école perdues de vue depuis longtemps, deux vieux rescapés de la Commune s'embrassaient, en évoquant le hasard qui avait fait jadis de l'un un Versaillais et de l'autre un fédéré... Tous vivaient ou avaient vécu du bois. C'est ce que fit remarquer le président Pérol, fondateur de la nouvelle organisation syndicale de l'ameublement, dans un discours qui en fit pleurer plus d'un.

Autour du cercueil d'acajou construit par l'atelier, des fleurs par milliers, des bouquets de drapeaux et des bannières coloraient la masse sombre des redingotes et des chapeaux hauts de forme. Les légionnaires de l'arrondissement avaient envoyé une délégation. M. Chausse, président du conseil municipal, était là ainsi que les dirigeants du patronage industriel des Enfants de l'ébénisterie. Une classe représentait l'école Boulle[1] et les compagnons du Devoir avaient mis un crêpe au pommeau d'ivoire de leur canne. Six des ouvriers de l'atelier confièrent leur chapeau à leur femme ou à un voisin pour porter le cercueil de Jean-Henri jusqu'au corbillard qui attendait devant la porte.

Le maître de l'art nouveau ne fréquentait pas l'église, Elisabeth savait qu'il avait perdu la foi depuis longtemps mais, après avoir beaucoup hésité, elle avait choisi pour son compagnon des obsèques religieuses, en souvenir d'un jour où il lui avait confié : « Il m'arrive parfois de regretter de ne plus croire. » C'est elle qui regretta sa décision car le curé de Saint-Ambroise fut odieux et manifesta publiquement sa réticence à enterrer un paroissien aussi incertain. La musique remplaça le verbe : à la vingtième mesure de *Que ma joie demeure,* joué par

---

1. Fondée en 1886, et installée définitivement rue de Reuilly en 1895 par le président Félix Faure, l'école Boulle formera des générations d'ouvriers d'art.

le trio des Hostier, tout le monde pleurait, même le grand Berthet, le meilleur sculpteur de la maison dont l'anticléricalisme était connu. Jean-Henri avait toujours été un patron loyal et bon. Ce n'est pas le genre de choses qui s'oublient dans le Faubourg!

Elisabeth qui souffrait depuis des années d'une maladie de cœur résista encore quelques mois puis une crise la terrassa. François, à quarante-quatre ans, se retrouvait seul à la tête d'une des entreprises les plus prospères du Faubourg, née du talent et du courage de quatre générations de bons et fiers compagnons.

François n'était pas un créateur comme son père ni un ébéniste d'art comme ses grands-pères. Il possédait d'autres qualités, aussi importantes à l'époque où il prenait en main les destinées de la marque Valfroy-Fradier, dont le sens inné de l'organisation. Il savait aussi obtenir des autres le maximum de ce qu'ils pouvaient donner en ne demandant à chacun que ce dont il était capable. Médiocre à l'établi, il était bon à sa table de travail où il élaborait les plans de production, établissait les prix de revient et programmait le développement de l'atelier. Pouvait-on d'ailleurs continuer à donner le nom d'atelier à cette fabrique qui ne cessait de perfectionner son matériel et d'étendre ses dépendances? Dans la grand-rue, comme les vieux appelaient toujours le Faubourg, le magasin d'Ethis *L'Enfant à l'oiseau* avait été considérablement agrandi. Il ne pouvait certes pas rivaliser avec l'immeuble Mercier aux quatre-vingts fenêtres mais ses vitrines d'exposition éclairées depuis peu à l'électricité offraient aux clients qui venaient de plus en plus nombreux se meubler dans le Faubourg, un choix de tous les styles, du Renaissance aux créations modernes de Jean-Henri.

En dépit de cette réussite François était resté un homme simple. D'ailleurs Marie, fille et sœur d'ouvriers, tout en sachant profiter des avantages d'une vie facile, ne l'aurait pas laissé devenir l'un de ces bourgeois prétentieux et ridicules que la civilisation industrielle fabriquait en série.

— Sais-tu pourquoi je t'admire? lui demanda-t-elle un jour. C'est parce que tu es un homme juste et généreux. Une fille Issler ne pourrait aimer un mari qui n'aurait pas de considération pour ceux qu'il emploie. Rien ne peut me faire plus plaisir que de savoir nos ouvriers les mieux payés du Faubourg. Je suis d'ailleurs certaine que tu n'y perds rien!

— Tu me couvres de fleurs, ma chérie. J'ai simplement la chance d'être comme tu aimes que je sois. En tout cas sûrement pas un saint!

— Dieu merci! Ce doit être très ennuyeux de vivre avec un saint! Ah! tiens! j'aime aussi que tu ne sois pas un patron trop paternaliste, comme on dit maintenant. Je n'oublierai jamais la mère Benoiston qui exploitait ses employées, les faisait travailler jusqu'à huit heures le soir et s'estimait vraiment bonne et généreuse parce qu'elle leur offrait leur robe de mariée!

— Tu étais ravissante mon amour dans la robe de Mme Benoiston!

Cela se passait un matin de mai dans le jardin de Montreuil. Les Issler n'étaient pas arrivés, Anne et Aurore, les deux cousines, dormaient encore, Antoinette et Paul Hostier étaient partis faire une promenade à bicyclette en compagnie d'Alexis.

— Tu étais ravissante, continua François. Tu es toujours ravissante et je m'aperçois que nous sommes seuls, ce qui arrive rarement dans cette maison du Bon Dieu. Ne crois-tu pas que nous pourrions faire un tour dans le fond du jardin...

— Du côté de la grange par exemple..., murmura Marie en se serrant contre son mari.

Quand ils revinrent un peu plus tard, les deux

filles, enfin réveillées, prenaient leur petit déjeuner dans le bosquet.

— D'où sors-tu maman? demanda Anne. Tu as de la paille plein les cheveux!

Vers onze heures, les cyclistes rentrèrent en criant qu'ils avaient faim et soif.

— Les Italiens ne sont pas arrivés? demanda Alexis.

— Non mais ils ne vont pas tarder, dit Marie. Viens Antoinette, je t'attendais pour mettre le rôti au four.

Les Capriata étaient souvent invités à venir passer la journée à Montreuil. Ils apportaient avec eux, dans leur carriole, la joie et l'exubérance méridionales. Claire, la femme de Démosthène, avait conservé son accent chantant de Languedocienne et gardé de son village de Fozières le goût des fêtes de vignerons où le vin chantait dans les verres et dans les têtes. Ils amenaient leurs enfants Marius et Claire, qu'on appelait on ne savait trop pourquoi Fernande, et une cousine prénommée Adèle, âgée de seize ans et demi comme Alexis. C'est naturellement à cause d'Adèle que celui-ci s'intéressait à l'arrivée des Capriata. Il était amoureux et, bien qu'il s'en défendît, tout le monde était au courant de ses tendres sentiments. Il faut dire qu'Adèle était bien jolie. Brodeuse comme Mimi Pinson, elle était toujours habillée de couleurs claires et de dentelles légères qui, sous leur air bien convenable laissaient deviner la finesse et la douceur de sa peau.

Démosthène arriva enfin avec son matériel : une énorme marmite pour faire cuire les pâtes qu'il avait préparées tôt le matin et les trois fromages, parmesan, ricotta et gorgonzola, qu'un frère lui envoyait du Piémont et sans le mélange desquels la pasta n'était selon lui qu'une lamentable bouillie. De son côté, Claire qui s'était convertie à la cuisine italienne, avait confectionné une *zuppa inglese* qui,

Dieu merci, on s'en assura tout de suite, n'avait pas souffert du voyage.

– Maman, demanda Alexis, dans combien de temps nous mettons-nous à table? Adèle a envie de faire une promenade à bicyclette.

– Pas avant une heure... Mais revenez plus tôt, tu as déjà pédalé toute la matinée et tu vas être épuisé.

Déjà les deux jeunes gens avaient enfourché leur vélo et gagnaient la route de Rosny. Adèle avait retroussé sa jupe pour qu'elle ne se prenne pas dans le pédalier et Alexis roulait sagement à son côté.

Marie les regarda partir en souriant. « Voilà mon grand garçon devenu un homme », pensa-t-elle en soupirant.

Quand il avait transformé le terrain de Montreuil en maison de campagne, Jean-Henri avait dit : « C'est pour faire des souvenirs de jeunesse aux enfants. Ils n'oublieront jamais les beaux dimanches de Montreuil. » Il ne serait jamais venu à l'idée de François de changer des habitudes devenues traditions. Il pensait simplement que Montreuil était de moins en moins la campagne, qu'on y rencontrait trop d'automobiles Renault ou Brasier qui roulaient à toute vitesse et soulevaient des nuages de poussière. Alors il envisageait de transférer le paradis dominical du côté de La Varenne, tout près de la Marne où les jeunes pourraient se baigner et canoter. « Il faudra un jour que nous allions faire un tour de ce côté », disait-il à Marie.

En attendant la vie s'écoulait sans heurts. Il y avait bien quelquefois dans le quartier des réunions houleuses qui se terminaient en bagarres quand l'avocat Etienne Alexandre ou un autre chef socialiste venait parler aux ouvriers dans l'arrière-salle du *Café Léon* mais cela n'allait jamais bien loin. Il y avait longtemps que l'éloquence politique ne menait plus aux barricades.

Si les bons ouvriers, recherchés par les grandes

maisons, gagnaient bien leur vie et pouvaient élever convenablement leur famille, les moins habiles, les tâcherons et les hommes de peine vivaient difficilement. La prospérité se comptait pour eux en miettes et leur situation, sans être misérable, demeurait précaire. Le louis d'or valait vingt francs en bel et bon argent mais il fallait travailler un peu plus d'une semaine pour en gagner deux. La vie heureusement n'était pas chère. Le pain coûtait 0,40 F le kilo et la viande 2,80 F, l'œuf deux sous et le lait 0,30 F le litre. Une famille modeste de trois enfants dépensait cinq francs par jour pour se nourrir. La grande question était le logement. Il fallait économiser chaque jour pour pouvoir payer tous les trois mois le montant du terme au propriétaire : 150 francs pour les logements qu'habitaient les Capriata dans la cour du Bel-Air et les Issler dans le passage Saint-Bernard devenu rue du Dahomey depuis qu'il débouchait sur la nouvelle rue Faidherbe.

Une épicerie gigantesque, comme il n'en existait nulle part ailleurs, s'était ouverte au coin du faubourg Saint-Antoine et de l'avenue Ledru-Rollin. Le nom de son propriétaire, Félix Potin, devint célèbre dans le quartier. On y trouvait tous les produits nécessaires pour se nourrir, des pâtes au cacao, de la viande aux légumes frais. Les ménagères allaient s'y approvisionner en épicerie mais préféraient continuer d'acheter leurs légumes chez les marchandes des quatre-saisons alignées au bord du trottoir, de l'hôpital Saint-Antoine à l'avenue Ledru-Rollin, ou au vieux marché de la place d'Aligre doté maintenant d'une halle. Les femmes venaient souvent de loin faire leurs courses au marché d'Aligre où les petits agriculteurs et maraîchers de la banlieue proche, Vincennes, Montreuil ou Gagny, venaient en charrettes vendre directement leurs récoltes. C'était frais et toujours moins cher que dans les boutiques.

Vers 1908, François comme les autres ébénistes et architectes survivants engagés depuis plus ou moins longtemps dans le mouvement art nouveau, constatait que les commandes se raréfiaient tandis que le nombre et l'imagination des détracteurs s'amplifiaient. Les expressions comme « style nouille » ou « école du coup de fouet, du ver solitaire, de l'os à gigot » stigmatisaient dans les gazettes un art qu'on avait de plus en plus tendance à considérer comme une extravagance. Seul Guimard n'était pas touché et continuait à meubler de ses superbes créations personnelles les hôtels qu'il construisait dans Paris. C'étaient des mobiliers inimitables dont le prix de revient était très élevé. Il avait bien essayé de faire fabriquer certains de ses meubles en petite série mais ses ébénistes, Ollivier et Desbordes, avaient fait faillite. L'art nouveau, que les Allemands appelaient le *Jugendstil* n'avait pas réussi sa percée dans les classes moyennes. Il était condamné à disparaître au profit d'un autre mouvement moderniste issu directement de la révolution industrielle.

Ce déclin n'était pas une catastrophe pour Valfroy-Fradier qui n'avait jamais abandonné la fabrication du mobilier traditionnel :

– L'art nouveau est fini, disait François, mais la volonté de changement qui l'a inspiré servira de moteur aux créateurs de demain. Il a en tout cas permis au père de vivre une grande aventure et, qui sait, de passer à la postérité. Car les plus beaux meubles se réclamant du modern style seront un jour dans les musées !

Ces dernières années, François et Marie avaient discuté de l'avenir d'Alexis. Le cousin Louis, maintenant ambassadeur à Londres, son dernier poste avant la retraite, avait proposé de lui mettre le pied à l'étrier pour entrer dans l'administration préfectorale, mais trois années d'études de droit après un baccalauréat obtenu, il faut le dire, de justesse, n'enthousiasmaient pas le jeune homme. Marie était navrée qui voyait déjà son fils en uniforme de préfet inaugurant des écoles et coupant des rubans tricolores mais François, qui pensait à sa succession, voyait les choses différemment :

– Si Alexis ne reprend pas la maison, la marque Valfroy-Fradier va disparaître. Dans vingt ans nous vendrons le « château » et les ateliers... Cela me fendra le cœur. Je ne voudrais pas être celui qui enterrera l'estampille de la famille. Si le fils avait été un élève très brillant, promis comme Louis aux plus hautes destinées, je n'y aurais pas mis obstacle. Comme ce n'est pas le cas, le mieux est de le préparer dès maintenant à assumer un jour la direction de la maison.

– Tu as raison, dit Marie. Je n'oublie pas que je suis une fille de sculpteur. Alexis, lui, a la chance d'être né fils de patron, cela lui facilitera bien l'existence !

Il fut convenu que le jeune homme irait deux ans à l'école commerciale de l'avenue de la République puis voyagerait un peu avant de devenir le collaborateur de son père rue du Chemin-Vert.

En attendant, Alexis accompagnait le plus souvent ses parents lorsqu'ils sortaient le soir, deux ou trois fois par mois, pour aller au spectacle avant d'aller manger une choucroute chez *Bofinger*. Paulus venait de mourir. On fredonnait encore l'air qui avait fait son succès, *En revenant de la revue,* mais Paris venait de se découvrir une nouvelle coqueluche : Harry Fragson qui se disait d'origine anglaise et s'appelait en réalité Victor Pot.

Les Valfroy-Fradier avaient été parmi les premiers à venir l'applaudir à l'Alhambra, un music-hall situé rue de Malte à deux pas de la place de la République toute proche. Fragson avait plu parce qu'il apportait du nouveau dans la chanson française. Il chantait assis en s'accompagnant lui-même au piano. Son répertoire était vaste, il pouvait passer facilement de

la chanson fantaisiste à la romance où sa voix, bien
balancée à la manière des Noirs américains, faisait
merveille, surtout auprès de femmes qui en avaient
assez de la gaudriole militaire. Il n'avait pas fallu
huit jours pour que tout Paris chante au coin des
rues et au dessert dans les repas de famille :

Je connais une blonde
Il n'en est qu'une au monde.
Quand elle sourit, le paradis
N'a rien d'aussi joli.

C'était une bonne époque pour la chanson française qu'un jeune compositeur marseillais, Vincent
Scotto, venait soudain d'éclairer d'un grand coup de
soleil. N'avait-il pas écrit pour la jolie Lanthenay
Ah! Si vous vouliez d'l'amour et surtout pour le
grand Mayol *La Petite Tonkinoise* puis *Ah! Mademoiselle Rose...*

Parfois la famille délaissait la scène pour l'écran
du cinéma. Ces jours-là, Anne était de la fête et se
laissait entraîner avec délice dans l'univers magique
de Méliès, découvrait avec étonnement le cinéma
sans acteur avec *Fantasmagorique,* le premier dessin
animé d'Emile Cohl, ou tremblait en regardant *Les
Derniers Jours de Pompéi,* une réalisation italienne.

Jamais le monde n'avait autant bougé que durant
cette première décennie du XXᵉ siècle. Les événements plus considérables les uns que les autres se
succédaient. Pierre et Marie Curie recevaient le prix
Nobel; Robert Koch isolait le bacille de la tubercu-
lose et créait la bactériologie moderne; le Parlement
votait une loi sur les retraites ouvrières; Caruso
triomphait au Châtelet dans *Aïda,* Louis Blériot
traversait la Manche sur son biplan, Picasso rompait
avec toutes les traditions de la peinture et achevait
Les Demoiselles d'Avignon; le transsibérien reliait
Paris à Vladivostok en vingt et un jours; un jeune
couturier, Paul Poiret, s'installait faubourg Saint-

Honoré pour entamer son combat contre le corset; Charcot rentrait du pôle Nord sur son *Pourquoi-Pas?*; Kandinsky peignait les premiers tableaux abstraits; la *Gauloise bleue* faisait son apparition dans les débits de tabac tandis que le pilote hongrois Ferenc Szisz, sur Renault, gagnait le Grand Prix automobile de France à 101 kilomètres de moyenne et que Serge Diaghilev faisait exploser les Ballets russes et la musique révolutionnaire d'Igor Stravinski.

Emportée par le tourbillon du progrès, la France, pas plus que les autres nations d'Europe, ne se doutait qu'elle dansait sur un volcan. Pendant que l'intelligence humaine faisait des miracles, son ennemie, l'insondable sottise des Etats, préparait la guerre.

Après quarante ans de paix qui avaient permis à chacun de s'installer dans son petit bonheur, le vieux Faubourg ne voulait pas croire à la possibilité d'un conflit qui ramènerait la souffrance.

Alexis, pourtant, était rentré de Londres où son cousin l'avait reçu à l'ambassade durant un mois, porteur de tristes prévisions.

— Louis est sûr que la course aux armements à laquelle se livrent les grandes nations ne peut qu'aboutir à la guerre. L'Allemagne a annoncé la construction de quatorze bateaux de guerre en une seule année, celle des matériels offensifs terrestres étant à l'avenant. L'Autriche-Hongrie a doublé son budget d'armement et la Russie veut quadrupler les effectifs de son armée de terre. Il paraît que pendant ce temps-là, les Français s'amusent à renverser tous les ministères issus des dernières élections.

— Le cousin me semble bien pessimiste, dit François. Millerand a complètement réorganisé l'armée il y a dix-huit mois et une loi est en discussion à la Chambre pour accroître les possibilités de la Défense nationale.

— Je sais. Et Jaurès qui croit que l'union des

socialistes français et allemands évitera la guerre est
contre cet effort. Comme je voudrais qu'il ait raison!

Jaurès n'avait pas raison, mais il ne le sut jamais.
Il fut assassiné le 31 juillet 1914 par un déséquilibré,
Raoul Villain, influencé par les campagnes de journaux nationalistes. Quatre jours plus tard l'Allemagne déclarait la guerre à la France. La Grande-
Bretagne se rangeait à nos côtés après la violation de
la neutralité belge par l'armée allemande.

L'ordre de mobilisation générale bouleversa en
quelques heures la vie du Faubourg. Son premier
résultat fut de vider les ateliers et de remplir les
cafés. On avait besoin de parler entre hommes, car la
guerre était encore une affaire d'hommes, de comparer les fascicules de mobilisation et de savoir si un
ami n'était pas convoqué au même centre que vous.
Personne ne se disait surpris et tenait à montrer qu'il
avait prévu le dénouement tragique d'une crise internationale qui couvait depuis longtemps. En fait, la
nouvelle déconcertait. La guerre, qu'on n'avait
jamais crue inévitable, cessait soudain d'être un mot
abstrait, chargé de mythes pour devenir une réalité
qui posait d'emblée des problèmes dramatiques.
Qu'allaient devenir les femmes, les enfants, les vieux
qu'on allait laisser pour partir vers la frontière? Et le
travail commencé? Le client n'allait-il pas renoncer à
sa commande si la guerre durait trop longtemps?

Les plus jeunes n'avaient pas le temps de penser :
il leur était ordonné de rejoindre le plus tôt possible
la caserne ou le lieu de rassemblement indiqué sur
leur fascicule. Les plus anciens devaient attendre une
convocation. C'était le cas de François qui à cin-
quante-deux ans faisait partie de la réserve. Alexis,
lui, avait quelques heures pour gagner la caserne des

Minimes. Reuilly était à deux pas mais on l'envoyait à l'autre bout de Paris, allez savoir pourquoi!

Comme toutes les mères, Marie voyait partir son fils avec angoisse mais François la rassurait : le conflit ne pouvait s'éterniser, Alexis reviendrait bientôt...

Paul Hostier, à quarante-six ans, était versé dans la « territoriale ». On ne savait pas trop ce que cela représentait mais on pensait qu'il échapperait aux premières batailles. Pas de bataille immédiate non plus pour Alexis qui avait voulu faire son service militaire dans l'aviation et qui, malgré l'appui de Louis, n'avait pu obtenir qu'une affectation au 1er groupe d'aérostation à Versailles. C'est là qu'on l'envoya dès qu'il fut enregistré au centre mobilisateur des Minimes.

Privé de la moitié de sa population masculine, le Faubourg prit un aspect curieux. Beaucoup de femmes se voyaient confrontées à des situations difficiles. Devaient-elles chercher un travail ou attendre les allocations que l'Etat devait verser aux femmes de mobilisés chargées de famille? Les bureaux de la mairie étaient assaillis, les premières distributions de lait avaient donné lieu à de regrettables désordres.

Et puis le quartier s'organisa dans la guerre. Ceux qui étaient pauvres avant le devinrent un peu plus et les gens aisés perdirent quelques-uns de leurs privilèges. Marie prit sous son aile Marthe Poliet qui venait depuis des années faire un peu de ménage au « château ». Son mari, un homme de peine chez Mercier, était sur le front de la Marne depuis le début des hostilités et elle restait seule avec deux garçons, l'un de neuf ans et l'autre de dix. Elle touchait 1,25 F d'allocation par jour plus 50 centimes par enfant et avait droit, irrégulièrement, à des distributions de farine, de sucre et de lait. Le charbon, très vite, était devenu rare : l'ennemi occupait les régions minières du Nord et de l'Est. La belle-sœur de Marthe Poliet tenait heureusement la boutique Bernot, rue Saint-

Antoine, où l'on délivrait de temps en temps dix kilos de charbon ou de boulets contre un ticket remis par la mairie. Quand il faisait vraiment trop froid, les garçons allaient voir la belle-sœur et revenaient parfois avec un petit sac de charbon sur la tête. C'était l'époque où le gouvernement recommandait aux familles de fabriquer et d'utiliser une « marmite norvégienne », simple caisse ou carton bourré de chiffons de laine autour d'un récipient où la nourriture était censée continuer de cuire après qu'on l'eut retirée du feu.

Alexis avait droit à deux permissions par an. Sept jours chez soi pour six mois de front, c'était peu, à peine le temps de montrer ses galons de lieutenant gagnés dans la nacelle de sa saucisse, une sorte de ballon captif de forme allongée, qu'un treuil retenait à une hauteur d'où l'on pouvait observer les lignes ennemies. Alexis ne pilotait pas un Nieuport ou un Morane-Saulnier pour descendre les Fokker allemands mais il faisait tout de même la guerre dans les airs en qualité d'observateur. Sa seule arme était un revolver pour le cas où il aurait été abattu à l'intérieur des lignes ennemis et son outil une paire de jumelles. Il disposait aussi d'un parachute pour sauter si son ballon était incendié par un avion ennemi. Cela lui était arrivé une fois, à Verdun. Il s'en était tiré avec une brûlure à la jambe et une palme supplémentaire sur le ruban de sa croix de guerre gagnée l'année d'avant pour avoir réussi à repérer une colonne ennemie dans la fumée des obus et le tumulte d'un orage.

Ces exploits frisaient l'héroïsme et c'est en héros que le Faubourg l'accueillait. Au cours de sa seconde permission de convalescence il avait revu la nièce de Capriata, la jolie Adèle des temps heureux, oubliée avec bien d'autres souvenirs au cours du service militaire puis des voyages. Cette fois la retrouvaille n'était pas un feu de paille. La plus belle fille ne pouvait résister aux avances d'un héros. Trois mois plus tard, le lieutenant Alexis Valfroy-Fradier revenait en permission spéciale de trois jours pour épouser Adèle qui attendait un enfant. C'est le mois suivant qu'il fut descendu par un Fokker de l'escadrille du baron von Richthoffen. Son parachute s'était ouvert trop tôt et avait été enflammé en même temps que l'hydrogène contenu dans la saucisse. Alexis n'avait pas été brûlé mais ses camarades relevèrent son corps disloqué à cinquante mètres du poste d'envol.

Le général Dhers, commandant la 87ᵉ division, cita à cette occasion la 83ᵉ compagnie d'aérostiers qui, « sous le commandement du lieutenant observateur Valfroy-Fradier, tombé glorieusement aux armées, avait, grâce au courage de ses officiers-observateurs et à la compétence de son personnel technique, contribué à la retraite de l'ennemi dans le secteur ». Alexis fut personnellement cité à l'ordre de l'armée et décoré de la Légion d'honneur à titre posthume.

Le maire du XIᵉ arrondissement, vêtu de noir, vint un après-midi frapper à la porte du « château ». Marie, quand elle l'aperçut, comprit tout de suite. Comme toutes les femmes, elle savait ce que signifiait la visite du maire. Elle blêmit et s'effondra en larmes sur le fauteuil de l'entrée. Ses cris désespérés alertèrent Anne qui demanda d'une voix blanche : « Alexis? » Le maire répondit d'un signe affirmatif et sortit de son étui la croix du héros. Ses paroles se perdirent dans les sanglots des deux femmes. François arriva de l'atelier où quelques vieux ouvriers fabriquaient des crosses de fusil et des hélices d'avion. Droit comme un I, l'œil fixe, il remercia le maire qui venait de répéter les phrases banales dont il accompagnait chaque visite aux parents des soldats tués et dit aux femmes : « Ne restez pas là, montez avec moi, nous n'avons plus qu'à partager notre douleur. Et Adèle qui va apprendre l'atroce nouvelle en rentrant... Pourvu qu'elle ait la force de garder le petit! »

Adèle arrivait justement de chez le Dr Malfray, un vieux médecin qui avait repris du service pour soigner les habitants du quartier, les plus jeunes praticiens étant mobilisés dans les hôpitaux de campagne ou dans les centres sanitaires de l'arrière.

Tout allait bien pour la future maman qui en était à son quatrième mois de grossesse. Il faisait beau et elle s'était arrêtée un moment pour regarder les gamins qui défilaient par bandes, tous coiffés d'un calot militaire, le plus souvent celui que le père avait rapporté du front. Elle souriait en poussant la porte du « château ». C'était, pour longtemps, le dernier sourire qui devait fleurir sur ses lèvres.

On admira le courage de François qui n'avait abandonné l'atelier que quarante-huit heures. C'est vrai qu'il était fort et qu'il considérait comme un devoir, lui qui n'avait pas été mobilisé, de livrer ponctuellement les commandes d'hélices destinées à équiper les Gaudron, les Dorand et les Spad que pilotait l'escadrille de Guynemer. La maison Hirch, de l'avenue Parmentier, une importante fabrique de meubles du Faubourg, avait été amenée par l'entremise d'un jeune ingénieur de l'aéronautique, Marcel Bloch, à fournir des hélices aux usines d'aviation qui travaillaient pour la Défense. Le père Hirch, connu pour ses meubles Henri II, possédait une réserve de noyer bien sec, quelques ouvriers spécialistes mais pas de machine pour le découpage. Il avait fait appel à François qui travaillait déjà pour l'armée et fabriquait des crosses de fusil. La présence de François était donc utile, même nécessaire à l'atelier mais, sans se l'avouer, il cherchait aussi à fuir durant la journée l'atmosphère débilitante de la maison où les femmes, vêtues de noir, noyaient leur chagrin dans les larmes.

Tandis que le Faubourg comptait chaque jour ses morts dont les noms circulaient dans les ateliers

encore ouverts, la guerre redoublait d'intensité.
Désemparés, les femmes et les vieux qui peuplaient
maintenant le quartier lisaient dans les journaux les
communiqués toujours plus alarmants. Déclenchée
le 27 mai 1918, l'offensive allemande du Chemin de
Dames se soldait par un désastre pour l'armée
française. La Marne était franchie, Château-Thierry
pris ainsi que La Ferté-Milon. Paris, bombardé par
les grosses Bertha du Kaiser, se trouvait directement
menacé.

– Le moral et la résistance de la France tiennent à
un fil! disait le vieux Jean-Baptiste Issler. Et il
ajoutait : un fil d'acier que Clemenceau tient tendu
comme un bouclier devant les lignes ennemies!

Le patriotisme lorrain de Jean-Baptiste le rendait
lyrique. Il faut dire que l'homme qu'on appelait le
Tigre, en attendant de le nommer « Père la Victoire », faisait tout pour combattre le décourage-
ment : celui de la classe politique, celui de la
population et surtout celui des soldats. Le vieillard
aux grosses moustaches blanches multipliait les visi-
tes au front, passait une nuit entière dans le fort de
Douaumont repris par l'infanterie, coiffait le casque
bleu des poilus pour rejoindre les premières lignes.

Comme si la plaie ouverte de la guerre ne suffisait
pas à affaiblir ces grands malades qu'étaient devenus
les pays du champ de bataille une terrible épidémie
avait attaqué depuis 1917 villes et villages. On
appelait « grippe espagnole » cette sorte de choléra
dont furent soudain frappées presque toutes les
familles. Aux listes des morts pour la Patrie s'ajoutait celle des morts de la grippe. On en réchappait
une fois sur deux mais les malheureux qui succom-
baient étaient si nombreux que leur inhumation
posait de graves problèmes aux services municipaux.
Durant un mois on enterra même le dimanche et,
certains jours, les corbillards durent être chargés de
deux cercueils.

Et puis, soudain, l'éclaircie. Tandis que l'épidémie[1] diminuait d'intensité, il sembla qu'un miracle venait de se produire sur le front. Mangin, par une contre-offensive surprise, avait réussi à bloquer les Allemands à soixante-dix kilomètres de Paris. C'était, alors que l'on craignait le pire, le début de la retraite allemande.

Le 8 novembre 1918, Adèle accoucha d'un garçon de trois kilos et huit cents grammes. François alla le déclarer à la mairie du XIe sous le nom d'Alexis, Jean, André, Valfroy-Fradier. Avec lui, pour la première fois depuis cinq mois, un peu de soleil entrait dans le château des larmes. Le grand-père, d'un geste, fit arrêter la toupie qui modelait les crosses de fusil et dit :

— Faisons passer la vie avant les forces de la mort. Tenez, je vous ai fait un plan : construisez vite ce berceau pour le fils d'Alexis!

Trois jours plus tard, c'était l'armistice.

La guerre laissait la famille Valfroy-Fradier en plein désarroi. La disparition d'Alexis, en plus de l'immense chagrin qui pesait sur le « château », remettait en cause l'avenir de la dynastie. S'il n'y avait pas eu le bébé dont les vagissements réveillaient la vie dans la maison en deuil, et Anne dont personne n'avait eu l'envie de fêter les vingt ans, François aurait vendu. Il en avait longuement parlé avec Marie puis il s'était ressaisi :

— Il faut penser aux jeunes. Après tout, nous ne sommes pas vieux et Alexis n'aurait pas aimé cette lâcheté. La marque pour laquelle nous nous sommes tous battus doit continuer. Le Petit Alexis ne sera certes pas en âge de me succéder mais Anne épou-

---

1. L'épidémie de grippe de 1917-1918, dont le virus venait d'Extrême-Orient, fit quinze millions de morts dans le monde.

sera peut-être un garçon capable de faire tourner la maison...

– Et puis, avait enchaîné Marie, que deviendrais-tu loin de tes établis et de tes machines? Oui, il faut continuer!

La pauvre Marie ne manquait pas de cran. A la perte du fils était venue s'ajouter celle de son père Jean-Baptiste Issler, frappé l'un des derniers par l'épidémie de grippe. Les Valfroy avaient proposé à Catherine de venir habiter le « château » mais elle avait décliné l'offre, disant qu'elle ne voulait pas se « dépoter » à son âge et qu'elle attendrait la mort dans son logement de la rue du Dahomey.

La guerre et la grippe laissaient partout des blessures difficiles à cicatriser. Eugénie Capriata, que tout le monde appelait Nina et qui était une musicienne de talent, avait aussi été victime de la maladie. Malgré son désespoir, Démosthène avait lui aussi décidé de ne pas fermer boutique. Il avait du mérite car l'arrivée en France des meules d'émeri américaines avait fait baisser considérablement le chiffre de ses ventes. Il s'était mis alors à exploiter la fabrication d'un coupe-verre de son invention et celle d'un marteau coupe-verre muni d'une molette d'acier et d'un couteau à mastiquer dont il avait fait breveter le modèle.

Dans toutes les familles il fallait s'adapter à l'ère nouvelle qui commençait. L'Exposition de 1900 avait permis de découvrir toute une gamme de machines à bois perfectionnées fabriquées aux Etats-Unis. Celles que proposaient maintenant Fay and Egan de l'Ohio. Jonsered de Suède et Robinson and Son de Liverpool montraient les nouveaux progrès réalisés en moins de vingt ans. François qui pressentait que l'industrie du meuble allait s'orienter vers la série et une mécanisation de plus en plus poussée, s'intéressait beaucoup à un catalogue que lui avait donné son ami et fournisseur de bois Jean Hollande. La famille Hollande, établie dans le Faubourg depuis

1825, avait été à la base de l'éclatante prospérité du quartier au XIXᵉ siècle. Le grand-père Auguste avait créé et organisé l'importation directe du bois des îles, jusque-là tributaire du marché anglais. Grâce à des installations portuaires modernes construites sur le modèle des West India Docks de Londres, Le Havre était devenu le concurrent des grands ports anglais et même un centre régulateur pour le commerce du palissandre. Depuis des décennies, quatre mobiliers sur cinq fabriqués dans le faubourg Saint-Antoine l'étaient en « bois de Hollande ».

Dans le catalogue où figuraient les gravures de machines à raboter, à dégauchir, à scier, à mortaiser, à moulurer, François avait repéré un engin particulièrement intéressant. « Cette machine, disait le texte, économise la main-d'œuvre d'une manière très sensible et fait à elle seule le travail de quatre menuisiers habiles. C'est la machine universelle à travailler le bois. La force motrice nécessaire à son fonctionnement n'est que de trois chevaux-vapeur effectifs et elle peut être employée pour raboter, dégauchir, faire les feuillures, chamfreiner et creuser les moulures rectilignes et circulaires. »

Comme il s'agissait d'un gros investissement et que la guerre avait entamé sérieusement le capital de l'atelier, François avait demandé à Jean Hollande de lui consentir un prêt. Il était de tradition dans les métiers du bois de s'entraider et la famille Hollande avait toujours soutenu quand il l'avait fallu ses clients et voisins du Faubourg.

En juillet 1919 la machine nouvelle arrivée de Chelsea prit donc sa place à côté de la scie à ruban, de la décolleteuse et de la toupie qui faisaient maintenant figures d'ancêtres. Tout de suite François put constater qu'il avait fait une bonne acquisition : la « Princesse », comme l'appelaient les ouvriers, lui permit d'accepter une importante commande d'un grand magasin de meubles de la rue de Rivoli.

Le Faubourg changeait. Beaucoup d'anciens, parmi les plus grands, avaient disparu comme Fourdinois, Pérol, Balny, Beurdeley mais de nouveaux venus, la plupart marchands, s'installaient[1]. Parmi ces derniers, les gens du métier n'avaient pas été longs à remarquer un jeune homme un peu maigrichon qui se promenait été comme hiver le cou enroulé dans une écharpe et qui venait d'acheter un terrain avenue Ledru-Rollin. Etait-il promoteur immobilier ou fabricant de meubles? Les deux, disait-on. Le prolongement annoncé de l'avenue où s'était tenu jusqu'à la guerre le pittoresque marché de la trôle avait été décidé et le mètre carré y prenait de la valeur. D'autre part, le « monsieur au cachenez », comme on l'appelait, venait d'installer, toujours avenue Ledru-Rollin une petite fabrique où il se proposait, comme son beau-père Hirch Minckès, de construire des meubles traditionnels de qualité. Le jeune homme frileux s'appelait Marcel Bloch. Il venait d'épouser Madeleine, la fille du fabricant de meubles de l'avenue Parmentier qui avait façonné ses hélices durant la guerre.

Après l'armistice, le marché de l'aviation était devenu inexistant. Il l'avait abandonné et, en attendant des jours meilleurs, était entré dans la fabrique de son beau-père. Le bois, après tout, était un matériau agréable, en faire de belles copies d'ancien ne lui déplaisait pas. Sous des dehors fragiles, Bloch était un être fort, doué d'une farouche volonté. Le père de Madeleine ne pouvait que se féliciter d'avoir trouvé, en même temps qu'un gendre, un précieux collaborateur. Et puis, dans les ateliers de l'avenue Parmentier, Marcel avait retrouvé Marcel Minckès, un camarade d'enfance devenu son beau-frère qui travaillait lui aussi dans la maison paternelle. Tout

---

1. Parmi les anciens qui avaient créé leur maison au XIXᵉ siècle ou avant la Grande Guerre demeuraient Mercier, Soubrier, Rinck, Janselme, Sanyas et Popot, Hirch..

aurait été pour le mieux s'il n'y avait pas eu dans la place un autre fils André Minckès avec lequel il ne s'entendait pas. C'est à cause de ces mauvaises relations qu'il avait décidé de fonder sa propre maison.

— Il me faut, avait-il fait dire dans le quartier, les meilleurs ébénistes et les meilleurs sculpteurs du Faubourg. Je suis disposé à les payer mieux que partout ailleurs!

Son appel avait été entendu et il avait constitué une petite équipe de fines lames capables de travailler vite et bien, ce qui était la condition de la réussite.

Marcel Bloch était exigeant mais il savait reconnaître le travail bien fait. Ses ouvriers se plaignaient parfois de l'avoir trop souvent sur leur dos, mais tous appréciaient M. Bloch, un patron pas comme les autres qu'on respectait.

Dans le Faubourg, tout part du bois pour quelquefois s'en évader au hasard d'alliances qui changent les destinées et bouleversent les géographies familiales. Le chantier des Hollande, par exemple, qui constituait une véritable voie privée entre la rue de Charenton et le faubourg Saint-Antoine et dont la haute cheminée de brique[1] symbolisait par son panache la noblesse des bois qu'il abritait, semblait ancré pour des siècles au cœur du quartier. Jean Hollande ne pouvait se douter, en mariant sa fille Julie à un jeune homme nommé Emile Hermès, que sa descendance affirmerait sa fortune en travaillant le cuir de Russie plutôt que l'acajou de Tabasco.

Vouée au cuir comme les Hollande l'étaient au bois, depuis qu'un certain Thierry Hermès était venu s'établir bridier en 1843 au 37 de la rue Neuve-

---

1. Vestige de l'industrialisation du faubourg Saint-Antoine au XIXᵉ siècle, cette cheminée, classée, est toujours visible au numéro 74, celui du bel immeuble bourgeois construit par les Hollande et qui reste propriété de la famille.

des-Mathurins, la modeste famille était devenue au cours des années, par sa conscience professionnelle, son honnêteté et l'exigence du travail bien fait, celle du premier sellier de Paris, fournisseur des cours européennes, puis la propriétaire d'un atelier de luxe où chacun, du patron à la vendeuse, célébrait la noblesse du cuir, matériau vivant, odorant et sensuel comme le bois[1].

Il existe dans toutes les classes des personnages hors du commun qui passent à travers le tamis des traditions et des barrières sociales. C'était le cas de Georges France que la famille Valfroy-Fradier connaissait depuis toujours. Le gosse avait été élevé par sa grand-mère, une marchande des quatre-saisons installée hiver comme été à côté de l'entrée de l'hôpital Saint-Antoine. Gentil, serviable, il était connu comme le loup blanc dans le quartier et n'avait eu aucune peine, après le certificat d'études, à trouver une place d'apprenti. Il avait failli devenir ébéniste mais le patron d'une marbrerie du Faubourg lui plaisait bien et c'est chez lui, au 243, à l'entrée du passage, qu'il apprit à égriser, à tailler et à polir ce matériau dur et fragile qui, depuis Louis XIV, recouvrait les commodes fabriquées dans le quartier. Le métier était pénible, ne connaissant pas encore les outils mécanisés. Pourtant, les noms de la matière travaillée, marbres de Babalcaire, d'Alep ou de Paros, faisaient rêver Georges que tout le monde dans le quartier appelait « Jo ».

Le garçon devenu ouvrier était économe la

1. L'une des trois filles nées du mariage de Julie Hollande et d'Emile Hermès, Aline, épousera Jean Guerrand qui, avec son beau-frère Robert Dumas, transformera les ateliers de harnachements devenus peu à peu sans objet en fabrique et magasin de haut luxe où le cuir et le « cousu main » conserveront leur noblesse. Aujourd'hui, Jean-Louis Dumas-Hermès et Patrick Guerrand-Hermès, le premier président-directeur général, le second vice-président, continuent avec leurs cousins et frères de développer une affaire de famille qui fait honneur, depuis un siècle, au génie du commerce de luxe français.

semaine pour vivre plus largement ses jours de congé. Il troquait alors son tablier de cuir et les sabots maculés de ponce contre un élégant complet à rayures bleues acheté chez Henri Esder, le nouveau magasin de vêtements de la rue Saint-Antoine, et de fines chaussures en chevreau avec lesquelles il dansait très bien la valse musette et le tango dans les bals du quartier. C'est au bal Vernet qu'il avait fait la connaissance de Marcel Minckès qui lui parlait souvent de son beau-frère Bloch, un travailleur acharné, qui veillait tard le soir, quand les ouvriers avaient quitté l'atelier de l'avenue Ledru-Rollin, pour dessiner des projets d'avion.

– Marcel ne pense qu'à l'aviation. Il est ingénieur aéronautique. Je suis sûr qu'il abandonnera un jour les bergères Louis XV et les tables Renaissance pour construire des avions!

La prédiction était facile. Six mois plus tard, Jo France aperçut, alors qu'il rentrait chez lui rue de Charonne, une sorte de pale arrondie qui dépassait de la devanture du magasin de Marcel Bloch, dont le rideau de fer n'avait pu être baissé. On se demanda un moment dans le quartier quel meuble bizarre pouvait construire le gendre Hirch. C'était, on l'apprit bientôt, le bout de l'aile d'un avion qui perçait dans la rue, l'aile du premier avion de Marcel Bloch[1].

Est-ce cette expérience qui fit s'envoler Jo France? Il quitta un jour pour de bon son tablier de marbrier et devint tenancier d'un hôtel de la rue de Charonne avant de réaliser le rêve de sa jeune vie : créer un bal pas comme les autres dans le quartier et y attirer les vedettes de l'art, du théâtre et de la chanson les plus célèbres de Paris. C'était un rêve fou. A la fin des

1. L'histoire du premier avion de celui qui devait devenir le célèbre constructeur Marcel Dassault m'a été racontée par Jo France et confirmée depuis. A noter que dans son livre *Le Talisman*, Marcel Dassault a gommé la période « marchand de meubles » et le faubourg Saint-Antoine de son histoire *(N.d.A.)*.

années 20, le petit-fils de la marchande des quatre-
saisons l'avait pourtant réalisé.

C'est chez lui, au *Balajo,* rue de Lappe, que Paul
Marraco, le fils du marchand de colle et de vernis de
la rue de Montreuil chez qui se fournissaient tous les
menuisiers et ébénistes du Faubourg, emmena danser un soir Anne Valfroy-Fradier. Ils se connaissaient
depuis longtemps mais s'étaient perdus de vue. Cette
soirée était celle des retrouvailles et pourquoi pas,
comme l'espéraient François et Marie, l'amorce de
fiançailles? Le couple avait dîné à *La Tour d'Argent,*
le plus ancien restaurant-brasserie de la Bastille, et
Anne s'était regimbée quand Paul lui avait proposé
d'aller danser rue de Lappe, une voie du quartier qui
n'avait pas bonne réputation la nuit venue.

Paul l'avait rassurée :
– S'il y a quelques voyous, ils ne sont pas
méchants, ce sont des figurants qui font croire aux
dames riches qu'elles s'encanaillent. Je t'assure que
tu seras surprise de voir toutes les belles autos qui
stationnent devant la porte.

Il n'avait fallu que quelques semaines d'existence
au *Balajo* pour attirer dans le décor révolutionnaire
choisi par Jo tout ce que Paris comptait d'artistes en
renom, d'écrivains, de poètes et de snobs. C'était
l'époque des filles-lianes aux yeux cernés, le temps
où les femmes se faisaient couper les cheveux et
lisaient *La Garçonne* de Victor Margueritte, la
grande année du *Bœuf sur le toit,* la décennie des
surprises-parties où, entre deux charlestons, on passait sur le phono *Dans la vie faut pas s'en faire.*

Paris, dans sa volière impure des oiseaux à la
mode, mais Paris aussi dans les quartiers populaires
et leurs bistrots, se sevrait de la guerre, oubliait les
poilus et les embusqués, découvrait le jazz des nègres
américains et « cherchait après Titine ».

Jo France, lui, avait eu l'intelligence de tourner le
dos à la mode. Aux bars américains il avait substitué
des tables dont le plateau reposait sur une sorte de

tambour révolutionnaire gris perle et rouge. Au
saxophone il avait préféré l'accordéon et aux appli-
ques de verre dépoli style Lalique du *Bœuf* des
faisceaux de torches tricolores qui rappelaient qu'on
était bien à la Bastoche.

Anne ouvrait de grands yeux en regardant les
hommes en smoking et les dames dénudées dans leur
robe-chemise danser la java. Les murs, le plafond,
tendus de cotonnades à rayures bleues et rouges et
décorés de bonnets phrygiens donnaient à la salle un
petit air de 14 Juillet. M. France, lui aussi en
smoking, vint accueillir les jeunes gens :

— Enfin des amis du quartier! s'écria-t-il. Comment vas-tu Paulo? Tu te rappelles quand je venais
chercher de la ponce et de la cire... Mes clients et
mes clientes aux mains blanches qui me comman-
dent, comme au ciné, « une bouteille de champagne
Jo! » ne savent pas que j'ai longtemps frotté le
marbre. Une année la pâte à polir gelait sous la
main. Quand je le leur dis, ils ne me croient pas!

— Je vous connais depuis longtemps, dit Anne. Je
suis la fille de François Valfroy-Fradier. Je vous ai
vu dans la cour du 243. J'étais encore petite et je me
disais que ce devait être un travail pénible.

— Oh! pas tant que ça! Je ne regrette pas d'être
passé par là. Je vais vous trouver une bonne table,
tenez là-bas à côté du monsieur qui fait danser ses
bras en parlant. C'est Jean Cocteau avec les deux
femmes les plus extraordinaires de Paris. L'une
s'appelle Misia, c'est la femme d'un peintre, Sert, qui
décore les plafonds de fresques à la vénitienne. Il
voulait peindre le mien, j'ai refusé, je voulais de la
cretonne de sans-culotte! L'autre est Coco Chanel,
un génie de la mode. Partie de rien, une orpheline,
comme moi! Hier il y avait à votre table Diaghilev
avec deux danseurs. Mistinguett et Maurice Chevalier arrivent souvent après le Casino. Tout le monde
vient ici, un jour ou l'autre. Derain, le peintre,

Marcel Achard avec ses roues de bicyclette sur le nez, Jean Oberlé qui fait dans la romance sentimentale et Francis Carco, Marcel Aymé, Céline, Arletty, Pierre Benoit...

Paul avait trente ans, Anne vingt-cinq. Il avait fait la guerre dans l'artillerie, gagné une croix de guerre en poussant son 75 dans la boue de Verdun, été blessé deux fois et réformé en juin 18. Cela lui avait peut-être sauvé la vie. C'était un garçon sensible et fin, pas tellement accordé à la carcasse d'athlète qu'il promenait nonchalamment. La guerre l'avait profondément marqué, la mort de son frère aîné en 17 surtout.

S'aimaient-ils vraiment? L'un et l'autre s'étaient posé la question sans trouver de réponse. Ce soir, ils étaient venus à leur rendez-vous en pensant qu'ils éprouvaient du plaisir à se rencontrer, qu'ils s'entendaient bien, qu'ils avaient peut-être passé l'âge de l'amour fou et atteint celui où l'on réfléchit avant de s'engager. Anne sentait Paul crispé, elle-même était nerveuse. Elle savait que s'il ne se passait rien dans l'heure qui allait suivre leurs vies risquaient fort de ne plus se croiser. C'est elle qui parla :

— Paul, n'as-tu pas l'impression que nous vivons en cet instant quelque chose de très important? Moi si : notre bonheur.

— Je pense la même chose, Anne. Puisque tu as prononcé le premier mot, je dirai le suivant : je crois que nous nous plaisons et que nous nous estimons assez pour envisager de vivre ensemble, je veux dire de nous marier...

— Monsieur, répondit Anne tout émue, puisque vous me demandez ma main, je vous la donne. J'ajoute même trois mots que vous auriez pu cette fois être le premier à prononcer : Je vous aime! Cela se dit, savez-vous, entre un homme et une femme.

Paul ne répondit rien, se pencha vers elle et l'embrassa longuement. Ce baiser qui était une promesse ne risquait pas de choquer quelqu'un au *Balajo* où la nuit ne faisait que commencer. Ils dansèrent, mal, un tango qui leur parut sublime et prirent congé de Jo France qui refusa le billet que lui tendait Paul :

– Le champagne est offert aux enfants du Faubourg, dit-il. J'espère que vous fêtiez ce soir un événement agréable?

– Nous venons de décider de nous marier! lança Paul en riant.

Dans la rue, des façades ruisselaient de lumière. Le succès parisien et mondain du *Balajo* avait réveillé les vieux bals auvergnats de la rue de Lappe qui s'endormaient un peu depuis la guerre. *Chez Bouscat, Au Petit Balcon* et *La Boule Rouge* avaient repris un coup de jeunesse en recueillant la clientèle qui ne trouvait pas de place chez Jo France[1]. Tendrement enlacés, les fiancés du musette regagnèrent la place de la Bastille.

– Je te reconduis chez tes parents..., avança Paul avec une hésitation qui fit sourire Anne.

– Est-ce une question? demanda-t-elle. Si oui, je pense que cela peut attendre. Avant, j'aimerais voir ton appartement de la rue de Reuilly que tu viens de remettre à neuf. Histoire d'être sûrs que nos goûts concordent...

---

1. Georges France, l'enfant du Faubourg, se rendra acquéreur un peu plus tard du *Moulin-Rouge* auquel il rendra le lustre de l'époque de Toulouse-Lautrec. Après avoir arrondi sa fortune dans l'immobilier et vendu ses établissements de nuit, il s'est retiré dans une superbe maison juchée sur la montagne de Nice. Il joue au golf avec ses fils et ne regrette qu'une chose en vous montrant deux photos qui trônent dans son salon, l'une en tablier de cuir de marbrier, l'autre en smoking recevant le président Vincent Auriol lors d'un gala de bienfaisance : n'avoir personne, dans sa retraite dorée de la baie des Anges, à qui parler du faubourg Saint-Antoine, de sa grand-mère et du temps où elle lui disait : « On n'a pas le temps d'aller à l'église mais travailler, c'est prier Dieu. »

Le temps est un balancier gommeur. Il efface tout, les misères de la vie, les douleurs de la guerre, les affres de la mort. La photographie d'Alexis en uniforme de lieutenant demeurait bien en vue à côté de sa croix de la Légion d'honneur sur la grande étagère du salon, mais le souvenir du héros était peu à peu devenu au « château » une ombre de compagnie. On vivait maintenant familièrement avec elle sans qu'elle vous obscurcisse à tout instant la lumière et vous plonge dans le désespoir. François était absorbé par la fabrique – signe des temps, on disait de plus en plus rarement l'atelier –, Marie s'occupait de la maison et du petit garçon, Anne s'apprêtait à épouser Paul Maracco. La plus malheureuse était Adèle qui avait à peine connu son mari et portait son veuvage comme une croix sur le chemin de sa vie gâchée. Cette situation était-elle vraiment irrémédiable? Marie posa la question à François :

– Adèle a trente ans, elle n'a pratiquement pas vécu avec Alexis, trouverais-tu inconvenant qu'elle se remarie?

– Bien sûr que non, mais trouver un mari après une guerre qui a tué 1 400 000 hommes en France et fait près de trois millions de blessés est une gageure. J'ai bien cru que notre Anne allait rester vieille fille...

– C'est peut-être à nous de l'aider à trouver un compagnon. Il faut voir...

Voir quoi? Avec mille précautions, Marie s'était ouverte de ses réflexions à Adèle qui s'était récriée :

– Je n'ai nulle envie de me remarier. Et le voudrais-je, vous savez comme moi que ce ne serait pas possible. Après tout je ne suis pas malheureuse. J'ai une famille. L'enfant et moi ne manquons de rien, au contraire. Quand on pense à toutes celles qui n'ont pour vivre que leur maigre pension de veuve de guerre!

Seul le hasard pouvait donner un mari à Adèle. Le hasard se manifesta en la personne d'Angelo Carlusconi débarqué un beau jour de Crémone chez les Capriata. Sa trajectoire parisienne était originale. Une place de luthier s'était révélée aussi difficile à trouver à Paris que dans la patrie de Stradivarius. Sans travail, ne parlant que quelques mots de français, Angelo avait sauté sur le premier emploi que lui avait proposé un compatriote. Il s'agissait d'un travail de peinture. Rien à voir avec l'assemblage minutieux des pièces d'un violon ou d'un alto mais il fallait vivre. Carlusconi n'avait pratiquement jamais quitté sa province, c'était la première fois qu'il voyageait et découvrait une grande ville; il réussit pourtant grâce à un plan succinct à se présenter à l'heure au rendez-vous qu'on lui avait fixé au Champ-de-Mars.

C'est ainsi qu'Angelo s'était retrouvé quelques jours après son arrivée à Paris suspendu à 200 mètres du sol en train de repeindre la tour Eiffel!

Un peu plus tard, Marius Capriata, le fils de Démosthène, l'avait présenté à François. Il n'y a pas grand-chose de commun entre un violon et un bureau Louis XV, sauf qu'ils sont tous deux en bois. Angelo entra donc un jour de 1922 dans l'atelier Valfroy-Fradier en qualité d'homme à tout faire. Il y exerça avec ponctualité et courage les métiers successifs de laveur de vitres, graisseur de machines, cocher-livreur, jusqu'à ce qu'on s'aperçoive, un jour où l'ébéniste-marqueteur était malade, que Carlusconi, habitué à travailler les fines feuilles de bois des instruments de musique, était capable de restaurer des panneaux de marqueterie et même d'en réaliser des neufs.

Angelo avait une quarantaine d'années, il était sérieux, habile, économe, cultivé comme peuvent l'être les artistes italiens. Il dessinait aussi très bien et François prit l'habitude de lui confier des responsabilités. Les débuts avaient été difficiles à cause de la langue mais il se débrouillait de mieux en mieux. Adèle servait d'interprète dans les cas délicats. Cela les avait rapprochés. François et Marie ne furent pas trop étonnés le jour où Adèle leur annonça en rougissant qu'Angelo l'avait invitée à déjeuner le dimanche suivant. Il ne leur vint pas à l'idée de s'offusquer ou de critiquer leur belle-fille :

– Adèle aurait pu mal tomber, dit Marie. Angelo est un beau garçon intelligent et courageux. Si la pauvre peut être heureuse avec lui...

– Le bougre a même réussi à se rendre indispensable à l'atelier! continua François.

– Et à se faire aimer par Alexis qui en fait ce qu'il veut.

– Eh bien! Je crois que la famille va s'agrandir! Tant mieux, je commençais à me sentir un peu seul au milieu de toutes mes femmes.

Le mariage de Paul et d'Anne comme celui d'Angelo et d'Adèle ne prêtèrent pas à réjouissances. Ils furent célébrés le même jour mais seuls les Italiens allèrent faire bénir leur union à Saint-Ambroise. Le soir on dîna en famille avec Paul et Antoinette Hostier, heureux d'avoir un neveu luthier. On parla plus de violons et d'altos que de meubles.

Anne avait déjà quitté le « château » pour habiter avec Paul qui venait de reprendre le magasin paternel. Oui, la vie avait une fois de plus changé au « château ».

– Tu vois, dit François, si la maison continue après nous, ce ne sera pas grâce au mari d'Anne comme nous l'espérions mais à l'Angelo qui nous est tombé du ciel italien. Que je tienne encore quatre ou cinq ans et il pourra me succéder. Plus tard, bien plus tard, peut-être qu'Alexis...

Après la guerre, des mots nouveaux étaient apparus dans les magasins et certains ateliers. « Arts décoratifs », « style art déco », « meubles cubistes », « étoffes géométriques »... avaient remplacé le vocabulaire de l'art nouveau et fané les efflorescences

végétales de la Belle Epoque. Dans le Faubourg,
totalement étranger à l'art en formation, on ne
savait pas trop ce que signifiait ce nouveau vocable.
On savait seulement que les meubles qui naissaient
dans l'esprit des architectes et des décorateurs ne
pouvaient être fabriqués que par des ébénistes et que
les artisans du quartier ne tarderaient pas à être
sollicités.

— Si Jean-Henri avait été là, disait François, il y a
longtemps qu'il aurait senti le vent et créé les
premiers meubles art déco du Faubourg. Mais moi,
je ne suis pas un inventeur.

— Pourquoi n'envoies-tu pas Angelo faire le tour
des décorateurs de Paris pour essayer de savoir ce
qui se prépare?

L'idée de Marie était bonne. Angelo, quelques
jours plus tard, avait appris beaucoup de choses sur
l'art déco et était en mesure d'expliquer ce qu'on
pouvait en attendre.

— C'est une grande transformation qui se prépare,
dit-il. Plus importante que celle entraînée par ce que
vous appelez le modern style. En effet l'art déco
puise à de nombreuses sources : aussi bien dans les
tableaux cubistes que dans les Ballets russes ou dans
l'art nègre.

— Et ça donne quoi, ce salmigondis? demanda
François.

— Des meubles, j'y viens. Ceux que j'ai vus ne sont
plus faits pour garnir des châteaux mais sont adaptés
aux petits appartements de notre époque. Tradition
oblige, il y a toujours des salles à manger mais les
buffets perdent leur corps supérieur, la table n'a plus
forcément quatre pieds mais repose souvent sur un
fût central de bois massif ou de marbre.

— Et les chambres?

— Le lit s'abaisse, comme les divans. « Il est
normal, m'a dit le décorateur Michel Dufet, que la
suppression du corset pour les femmes entraîne la
création de meubles adaptés à la souplesse retrouvée

des femmes. » Ah! l'armoire à glace semble démo-
dée. Le miroir se trouve à l'intérieur des portes
décorées de motifs géométriques sculptés. Mais l'art
déco ne va pas jouer que sur le mobilier : le verrier
Lalique réalise des vasques et des coupes d'éclairage
ainsi que de nombreux objets d'art. Les tissus qui
garnissent les chaises et les fauteuils ont des couleurs
vives et insolites. Ils mêlent par exemple l'orange vif
et le noir pur...

François qui s'était senti dépassé par l'élan créatif
de son père au moment du modern style l'était
encore davantage par le rapport d'Angelo. Celui-ci,
au contraire, semblait excité. Mais comme ce
n'étaient plus les ébénistes qui inventaient les meubles, il n'y avait rien d'autre à faire que d'attendre
d'hypothétiques commandes.

Et puis d'un coup, l'incendie qui couvait dans les
bureaux d'études et dans quelques galeries éclata.
L'annonce d'une Exposition internationale des arts
décoratifs à Paris en 1925 avait mis le feu aux
poudres. Le style qui s'annonçait ne pouvait que
plaire aux couturiers habitués à jouer les francs-
tireurs. Les femmes, habillées par Paul Poiret, Lanvin, Callot, Worth, allaient devenir, dans le monde
et dans les magazines, les hirondelles du printemps
art déco. Les tissus de leurs robes étaient un vrai
manifeste, avec leur cubisme végétal où les feuilles
étaient roses et les roses vertes, où des lignes en
éventail se croisaient dans les arcs sans ciel.

Ces motifs simples qui se donnaient des airs
compliqués, on allait bientôt les retrouver partout :
sur le cristal des flacons de parfum, dans le fer forgé
des rampes d'escalier, sur les bijoux, dans le verre
opaque des lustres électriques, dans la pierre de taille
des immeubles et sur les panneaux des meubles de
toutes qualités que les marchands commençaient à
mettre en vitrine.

Un jour, Angelo qui suivait à la trace comme un
bon chien, la piste de l'art déco dans l'ameublement,

rentra au « château » avec une commande intéressante :

– Les Grands Magasins, dit-il à François, se lancent carrément dans l'ameublement. « Primavera », le rayon du Printemps, nous propose de fabriquer cent petits meubles-armoires en chêne dont les portes supérieures doivent être décorées d'un motif moderne. Voici le dessin et le plan réalisés par le bureau de création de la maison. Si vous pouvez faire un prix qui convient, nous aurons l'affaire.

Le mari d'Adèle se révélait bon commerçant et rien ne pouvait faire plus plaisir à François. Celui-ci examina le projet, réfléchit un moment et regarda Angelo :

– Bravo! Tu te débrouilles bien. On ne peut pas dire que leur meuble soit révolutionnaire. Si je comprends bien, la seule nouveauté, c'est ce machin qu'ils mettent sur les portes. Enfin! C'est de la série et la série permet de se défendre. Je vais étudier le prix de revient. Mais si c'est ça leur art déco!...

– Non, il y a aussi de beaux meubles faits dans des bois rares et que dessinent les grands décorateurs comme Iribe, Legrain ou Jallot pour de riches personnalités. Jeanne Lanvin vient par exemple de demander à Armand Rateau d'installer et de meubler son appartement. Peut-être qu'un jour nous fabriquerons ces mobiliers de luxe pour Ruhlmann, Follot ou Leleu...

– Qui sont ces gens? Des ébénistes?

– Vous en entendrez bientôt parler. Ce sont des « ensembliers », des maîtres d'œuvre si vous préférez.

– Au siècle dernier et même avant on les appelait des tapissiers. Enfin... En attendant l'art déco de luxe on va faire de la camelote. Tu vois, dans le modern style où nous avons brillé grâce à mon père, il n'y avait que de beaux meubles, pièces uniques pour la plupart. L'art déco au contraire se prête à la commercialisation en nombre. Pour un chef-d'œuvre

on fera cent caisses à savon vaguement décorées
d'une sculpture moderne ébauchée à la machine.

Valfroy-Fradier eut la commande. Et bien d'autres car tous les marchands, à l'approche de l'Exposition, se pliaient aux caprices de la mode. Comme
François l'avait prévu, le plus grand nombre des
ébénistes du Faubourg fabriquèrent du « moderne »
pour toutes les bourses. François, heureusement, put
en marge de cette industrialisation continuer à faire
des meubles de qualité, copies d'ancien, boiseries de
château et même parfois de l'art déco élaboré et
soigné.

Dans le Faubourg où, héritage du compagnonnage, on n'avait pas perdu l'amour du travail bien
fait, personne ne se réjouissait de la médiocrité qui
semblait s'imposer comme règle. Aucun sculpteur
digne de ce nom n'acceptait de bâcler en trois coups
de gouge ces panneaux dits « modernes » qui étaient
ensuite collés sur les meubles. De ceux qui se prê-
taient à ce travail aux pièces, pour gagner leur vie,
on disait dans l'argot des ateliers qu'ils « faisaient du
canaque[1]».

Pour la première fois depuis longtemps, Valfroy-
Fradier ne participa pas à l'Exposition pourtant
consacrée aux arts décoratifs. Jean-Henri n'était plus
là pour insuffler à l'atelier l'esprit créatif qui avait
tant contribué à son renom et François avait jugé,
avec raison, qu'il était inutile de dépenser de l'argent
pour présenter une production banale. D'ailleurs, les
« ébénistes debout » comme il appelait les artisans
ou fabricants en ateliers par comparaison aux marchands, décorateurs et architectes, n'avaient guère
droit de cité dans l'enceinte de l'esplanade des Inva-

1. Expression utilisée couramment dans les ateliers ɉ   u'en
1940.

lides où s'élevaient de véritables palais bâtis par les
plus grands architectes à l'intention des exposants
officiels, des Grands Magasins ou des groupements
d'intérêts artistiques et financiers.

Deux pylônes striés et un immense dôme de béton
ajouré annonçaient le pavillon de Primavéra. Plus
géométrique, celui de « La Maîtrise » des Galeries-
Lafayette caractérisait mieux l'esprit de l'Exposition.
Le pavillon de la Ville de Paris abritait un grand
salon réalisé par André Fréchet, directeur de l'école
Boulle, avec soixante-douze de ses élèves. Enfin,
l'« hôtel de Collectionneur », grande bâtisse aux
lignes modernes ornée d'un bas-relief à l'antique et
précédée d'une statue à la gloire de Jean Goujon,
était consacré au groupe Ruhlmann. On admirait
encore « Une ambassade française » présentée par la
Société des artistes décorateurs. Le faubourg Saint-
Antoine était timidement représenté par Mercier,
Gouffé et Soubrier : les plus grandes maisons du
vieux quartier ne pouvaient, hélas! rivaliser avec les
nouvelles puissances de l'art. François en tout cas ne
regrettait pas de s'être abstenu :

– En 1900, nous étions parmi les premiers. Cette
année, nous n'aurions pu que faire figure de parent
pauvre. Cela dit je trouve cette exposition passionnante. Il est sûr que Ruhlmann et les autres grands
décorateurs illustrent avec bonheur un style nouveau
qui, entre parenthèses, n'a pas tout à fait oublié la
nature luxuriante du modern style. Certains meubles,
comme le buffet en palissandre de Rio, de Bouchet
ou ceux du boudoir des Galeries-Lafayette sont
superbes. Mais je me demande où cela nous mènera!
L'art nouveau n'a pas survécu à ses chefs de file.
L'art déco survivra-t-il aux Ruhlmann, Leleu et les
autres? Comme les styles qui l'ont précédé, il n'est
riche et beau que si on y met le prix, si les créateurs
exigent une technique impeccable et utilisent des
matériaux choisis. Le vase de fleurs stylisé qu'on
retrouve partout dans l'art déco n'est pas le même,

sculpté à la va-vite dans du bois de pacotille, et
marqueté d'ivoire ou de bois précieux dans le palissandre d'un meuble somptueux.

Les lampions de l'Exposition éteints, le Faubourg
devait s'apprêter à vivre pour un temps sous le
drapeau bariolé de l'art déco, le bon et le mauvais,
l'admirable et le « canaque ».

Les « années folles » ne filaient pas sans nostalgie
entre Bastille et Nation. François sentait, comme
tous les paladins du bois, ceux des ateliers perdus au
fond des cours, ceux des passages dont les noms
semblent sortir d'une ballade de Villon, ceux du
Devoir de liberté et ceux qui chantent en creusant la
mortaise, que le royaume de l'ébène et de l'amboine
était en train de perdre son âme.

Oh! bien doucement... Une communauté qui date
du roi Louis XI ne se disloque pas comme une
barricade! François Valfroy-Pradier, descendant
d'Œben, de Riesener, d'Antoinette grande dame du
Faubourg, d'Ethis vainqueur de la Bastille, de Bertrand poète-ouvrier et de Jean-Henri pionnier de
l'art nouveau, savait bien que le vieux quartier du
bois lui survivrait, qu'il survivrait à Angelo et peut-
être même à Alexis. Mais il voyait le vent tourner
autour du génie de la Bastille. L'air que l'équilibriste
des Trois Glorieuses soufflait vers l'Hôtel de Ville
n'était plus chargé, comme avant, du parfum pénétrant de la colle chaude et de la sciure fraîche. Les
vieux maîtres ne faisaient plus guère d'apprentis. Les
artistes de la gouge et du rabot abandonnaient la
place au négoce.

Par chance, les nouveaux venus n'avaient pas
l'idée de vendre dans le quartier légendaire du bois
autre chose que des meubles. Même s'ils ne venaient
pas tous, tant s'en faut, des ateliers de Saint-
Antoine, ils sentaient bon le chêne et la cire blonde.

Le Faubourg des abbesses demeurait encore, pour le meilleur et pour le pire, uni à la vieille noblesse du bois.

Le 12 octobre dernier, Me Maloud, commissaire-priseur, mettait en vente à l'hôtel Drouot, salle n° 3, un lot de bons meubles et de tableaux modernes, cinq tapis d'Orient et, pièce rare, une canne sculptée de compagnon du tour de France datant, selon l'expert, des premiers temps du compagnonnage.

La canne fut adjugée pour 9 764 francs, avec les frais, à un collectionneur. On peut penser qu'il s'agissait de la canne de Jean Cottion dont les lecteurs des *Dames du Faubourg* ont suivi, à travers les siècles, l'itinéraire romanesque.

ADIEU AU FAUBOURG

On ne quitte pas sans nostalgie un quartier dont on a, six années durant, travaillé à reconstituer la vie dans ses détails les plus quotidiens. L'entreprise était ambitieuse : trois livres, quelque mille six cents pages, pour ramasser quatre siècles d'Histoire!

Mission accomplie, la parution du dernier tome de la saga des gens du Faubourg est pour l'auteur un soulagement. On ne s'étonnera pas qu'elle soit aussi une déchirure. Déchirure de devoir casser le fil rouge du roman qui, depuis 1471, relie entre elles les familles et les dynasties du bois. Et déchirure de résilier un contrat privilégié avec des lecteurs attentifs et amicaux qui n'ont jamais cessé de manifester leur intérêt pour la longue histoire des artistes de Saint-Antoine.

Cette histoire s'arrête en 1925 avec l'Exposition internationale des Arts décoratifs. Mieux valait en effet conclure en beauté une aventure dont l'intérêt ne pouvait que décroître avec la vogue du « design » et des meubles en métal.

Est-ce à dire que, soixante années plus tard, le vieux quartier a été rayé du plan poétique, artistique et sentimental de la capitale? Heureusement non. Le béton de l'Opéra de la Bastille, c'est vrai, a atteint au cœur le fief du bois mais il faut reconnaître qu'il lui procure un regain de jeunesse, avant même que la

musique de Verdi et de Wagner donne une âme à
l'édifice. Voilà que le royaume caché des abbesses,
de Jean-Henri Riesener et de Georges Jacob devient
un quartier à la mode. Décorateurs, peintres, cinéas-
tes et originaux se disputent à prix d'or les ateliers
vacants. C'est là une chance et un danger. Chance de
l'amorce d'un nouveau destin mais danger de voir
disparaître, engloutis par une vague de snobisme, les
derniers artistes du bois. Car il existe encore, Dieu
merci, des ébénistes, des menuisiers en sièges, des
tourneurs, des vernisseurs, des doreurs et des
laqueurs au fond des vieilles cours pavées. On les
découvre facilement si l'on s'avance un peu dans les
passages. Ce sont des gens simples et avenants qui
aiment parler de leur métier et ouvrent volontiers
leurs ateliers à ceux qui souhaitent connaître l'odeur
de la colle chaude et respirer le parfum du passé.

Quelques centaines d'artisans y exercent le métier
qu'ils aiment. Parmi eux une dizaine d'ébénistes
d'art maintiennent la tradition des maîtres du
XVIIIᵉ et du XIXᵉ siècle. On les compte sur les doigts
de la main mais leur renommée est mondiale, ils
exportent 70 % des meubles qu'ils fabriquent. Ainsi
Jean Moqué qui possède les gabarits de tous les
sièges de Jacob répertoriés; Marcel Bart qui a succédé à son père il y a cinquante-huit ans et qui
s'apprête à laisser l'atelier à son fils Jean-Paul,
ancien élève de l'école Boulle; Jean-Marie Dissidi, le
président des ébénistes d'art qui vient de s'allier à
Rinck, l'une des plus vieilles dynasties du Faubourg.
Il faut aussi compter au nombre des maîtres de
l'ébénisterie Janrys, le voisin de Moqué, Vergnère
établi près de la Nation et Groumin émigré à
Montreuil, enfin Lucien Perrodin, Moro, Sieuzac...

A côté de ces « Mohicans » comme ils se nomment
eux-mêmes, demeurent entre Nation et Bastille de
merveilleux ouvriers qui travaillent à façon soit pour
des particuliers, soit pour les grandes maisons et les
marchands de meubles de qualité. Tous, maîtres,

artisans et négociants se font un devoir de préserver le prestige du vieux quartier du meuble. Ils n'ont qu'une crainte : être repoussés vers la périphérie par les amateurs de « lofts ». C'est déjà le cas de nombreux ébénistes. D'autres professions de l'ameublement comme celles des doreurs et des tapissiers semblent mieux s'accrocher aux pavés du Faubourg. Un signe : quand Dissidi a succédé à son père, il y avait 33 artisans installés passage de la Bonne-Graine. Il n'en reste que deux. Et pourtant, l'école des métiers de l'ameublement, heureusement maintenue au cœur du quartier, abrite 400 apprentis dont une cinquantaine d'ébénistes ; l'école Boulle en forme d'autres.

Non, le Faubourg de Riesener et de Jacob n'est pas condamné. Encore faudrait-il que les professionnels de la Culture ne sacrifient pas l'art du bois à la maçonnerie. Fût-elle un béton d'opéra !

REMERCIEMENTS

L'auteur exprime sa gratitude à ceux qui l'ont aidé à mener à son terme ce roman du faubourg Saint-Antoine.

Il remercie les lecteurs qui ont mis à sa disposition de précieux documents familiaux et historiques, en particulier MM. Marius Capriata et Roger Motelet.

Il témoigne sa reconnaissance aux amis qui lui ont ouvert leur bibliothèque : Micky et Richard Ferrer, Jacqueline et Maurice Denuzière, Nicole Hambourg. Enfin, il est heureux de saluer tous les professionnels du faubourg Saint-Antoine, maîtres, artisans, ouvriers, marchands dont les encouragements et les conseils ont été déterminants.

DU MÊME AUTEUR

Aux Éditions Denoël

CHEZ LIPP.
LES DAMES DU FAUBOURG.
LE LIT D'ACAJOU (Les Dames du Faubourg, II).
LES VIOLONS DU ROI.
LE GÉNIE DE LA BASTILLE (Les Dames du Faubourg, III).
RÉTRO-RIMES.

Aux Éditions Fayard

HÔTEL RECOMMANDÉ, *roman.*

En collaboration avec Jacqueline Michel

DE BRIQUES ET DE BROCS.
DRÔLES DE NUMÉROS.

Aux Éditions Albin Michel

SI VOUS AVEZ MANQUÉ LE DÉBUT.

Aux Éditions Philippe Lebaud

LE LIVRE DU COCHON, *en collaboration avec Irène Karsenty.*

Éditions D'Art, Joseph Forêt

HENRY CLEWS, *préface d'André Maurois.*

Impression Brodard et Taupin
à La Flèche (Sarthe),
le 4 août 2004.
Dépôt légal : août 2004.
1ᵉʳ dépôt légal dans la même collection : mai 1991.
Numéro d'imprimeur : 25404.

ISBN 2-07-038393-8 / Imprimé en France.